MAIS MORTAIS QUE OS HOMENS

MAIS MORTAIS QUE OS HOMENS

Obras-primas do Terror de Grandes Escritoras do Século XIX

Prefácio à Edição Brasileira de Michele Henriques,
do Coletivo Literário LEIA MULHERES

Selecionadas por
GRAEME DAVIS

Introdução à edição brasileira, tradução e notas
Thereza Christina Rocque da Motta

JANGADA

Título do original: *More Deadly Than The Male*.
Seleção de textos copyright © 2019 Graeme Davis.
Copyright da introdução © 2019 Graeme Davis.
1ª edição 2020
Todos os direitos reservados. Nenhuma parte desta obra pode ser reproduzida ou usada de qualquer forma ou por qualquer meio, eletrônico ou mecânico, inclusive fotocópias, gravações ou sistema de armazenamento em banco de dados, sem permissão por escrito, exceto nos casos de trechos curtos citados em resenhas críticas ou artigos de revistas.

A Editora Jangada não se responsabiliza por eventuais mudanças ocorridas nos endereços convencionais ou eletrônicos citados neste livro.

Esta é uma obra de ficção. Todos os personagens, organizações e acontecimentos retratados nesta coletânea são produtos da imaginação do autor e usados de modo fictício.

Design da capa: Faceout Studio, Jeff Miller
Imagem da capa: Arcangel and Shutterstock

Editor: Adilson Silva Ramachandra
Gerente editorial: Roseli de S. Ferraz
Preparação de originais: Karina Gercke
Gerente de produção editorial: Indiara Faria Kayo
Editoração eletrônica: Join Bureau
Revisão: Vivian Miwa Matsushita

Dados Internacionais de Catalogação na Publicação (CIP)
(Câmara Brasileira do Livro, SP, Brasil)

Davis, Graeme
  Mais mortais que os homens: obras-primas do terror de grandes escritoras do século XIX / Graeme Davis; introdução à edição brasileira, tradução e notas Thereza Christina Rocque de Motta. – 1. ed. – São Paulo: Jangada, 2021.

  "Prefácio à edição brasileira de Michele Henriques, do coletivo literário Leia Mulheres"

  Título original: More Deadly Than The Male
  ISBN 978-65-5622-017-8

  1. Ficção norte-americana I. Título.

21-62883   CDD-813

Índices para catálogo sistemático:
1. Ficção: Literatura norte-americana 813
Aline Graziele Benitez – Bibliotecária – CRB-1/3129

Jangada é um selo editorial da Pensamento-Cultrix Ltda.

Direitos de tradução para o Brasil adquiridos com exclusividade pela
EDITORA PENSAMENTO-CULTRIX LTDA., que se reserva a
propriedade literária desta tradução.
Rua Dr. Mário Vicente, 368 – 04270-000 – São Paulo, SP – Fone: (11) 2066-9000
http://www.editorajangada.com.br
E-mail: atendimento@editorajangada.com.br
Foi feito o depósito legal.

Dedico à minha mulher, meu amor e minha melhor amiga, Jamie Paige Davis, que me prova todos os dias que as mulheres são surpreendentes. Eu te amo.

SUMÁRIO

PREFÁCIO À EDIÇÃO BRASILEIRA 11
    Michelle Henriques

INTRODUÇÃO À EDIÇÃO BRASILEIRA 15
    Thereza Christina Rocque da Motta

INTRODUÇÃO 23
    Graeme Davis

A TRANSFORMAÇÃO 27
    Mary Wollstonecraft Shelley

A DAMA DAS TREVAS 51
    Sra. S. C. Hall

A MANSÃO MORTON 65
    Elizabeth Gaskell

UMA HISTÓRIA DE FANTASMA 117
    Ada Trevanion

A HISTÓRIA DE UM MAQUINISTA 133
    Amelia B. Edwards

PERDIDO NUMA PIRÂMIDE OU A MALDIÇÃO DA MÚMIA 157
    Louisa May Alcott

A HISTÓRIA DE FANTASMA DE TOM TOOTHACRE 171
    Harriet Beecher Stowe

O FANTASMA DE KENTUCKY 183
    Elizabeth Stuart Phelps

NA ABADIA DE CHRIGHTON 207
    Mary Elizabeth Braddon

O DESTINO DE MADAME CABANEL... 247
    Eliza Lynn Linton

PREVENIDO E ARMADO 269
    Sra. J. H. Liddell

O RETRATO 291
    Margaret Oliphant

O TÚMULO DA MORTE 341
    Lady Dilke

O FANTASMA DE BECKSIDE 349
    Alice Rea

A PORTA OCULTA 369
    Vernon Lee

INEXPLICADO 405
    Mary Louisa Molesworth

À SOLTA 467
    Mary Cholmondely

A CAVERNA DOS ECOS 491
    Helena Blavatsky

O PAPEL DE PAREDE AMARELO 505
    Charlotte Perkins Gilman

A MISSA DE RÉQUIEM 529
    Edith Nesbit

O FANTASMA DE TYBURN 543
    Condessa de Munster

A DUQUESA EM ORAÇÃO 553
    Edith Wharton

O TERRENO BALDIO 581
    Mary E. Wilkins-Freeman

UMA HISTÓRIA NÃO CIENTÍFICA 603
    Louise J. Strong

UMA ALMA INSATISFEITA 619
    Annie Trumbull Slosson

O AJUSTE 643
    Mary Austin

Agradecimentos 653

Sobre o organizador 655

Sobre a prefaciadora 656

PREFÁCIO À EDIÇÃO BRASILEIRA

Sinto arrepios cada vez que ouço alguém usar o termo "literatura feminina" para se referir a uma obra escrita por uma mulher. O adjetivo "feminino" ainda remete à docilidade, ao drama e ao delicado, características que costumam ser relacionadas apenas às mulheres. Além disso, coloca todas as escritoras numa mesma caixinha, fato que não ocorre com os homens. Parece ridículo pensarmos em "literatura masculina", colocando Franz Kafka e Nicholas Sparks numa mesma categoria, não é mesmo? Então por que fazer isso com as mulheres? Considero impossível comparar Hilda Hilst a Chimamanda Ngozi Adichi.

Este livro que você tem em mãos é um ótimo exemplo do porquê o termo "literatura feminina" é completamente equivocado. Mary Shelley e Louisa May Alcott ficaram conhecidas por suas literaturas que em nada se assemelham, *Frankestein* e *Mulherzinhas*, respectivamente. E aqui se encontram num mesmo gênero, o terror, que sempre foi conhecido como território dos homens, com destaque para H.P. Lovecraft, Bram Stoker e Edgar Allan Poe. Biografias à parte, são ótimos escritores, mas não são os únicos.

O gênero vive um bom momento com as mulheres, seja no cinema ou na literatura. Mas elas produziam histórias macabras, soturnas e aterrorizantes desde muito antes. A já citada Mary Shelley talvez seja o principal nome, e sua "Criatura", que se tornou uma figura carimbada da cultura pop, é ainda maior do que sua criadora. E é justamente um texto dela que abre a presente seleção. Seu conto "A transformação", de 1830, tem ecos da lenda de Fausto e fala muito de virtude e religiosidade, temas sempre presentes nas histórias assustadoras.

Elizabeth Gaskell publicou aquele que talvez seja seu romance mais conhecido, *Norte e Sul*, em 1855, poucos anos depois dos clássicos *Jane Eyre*, de Charlotte Brontë, e *O Morros dos Ventos Uivantes*, de Emily Brontë, ambos de 1847. O conto aqui presente, "A Mansão Morton", de 1853, segue os passos da boa literatura vitoriana: mansões mal-assombradas, fantasmas do passado, amores não correspondidos, solidão e abandono.

Pouco se sabe sobre a escritora Ada Trevanion, mas especula-se que ela tenha sido parente de Lord Byron. Sim, aquele que foi a maior inspiração de nosso grande poeta romântico, Álvares de Azevedo. Foi na Villa Diodati, uma mansão localizada no vilarejo de Cologny, perto do Lago Genebra, na Suíça, que Lord Byron recebeu Mary Shelley e seu marido, e, com eles, John William Polidori, seu médico particular, naquela fatídica e chuvosa madrugada, em 16 de junho de 1816, na qual ela teve a ideia para escrever *Frankenstein*. O conto "Uma história de fantasma" me remeteu ao filme alemão *Senhoritas em uniforme*, de 1931, dirigido por Leontine Sagan. Claro que aqui temos o toque sobrenatural.

Ainda hoje há preconceitos contra escritoras lésbicas, e muitas pessoas gostam de rotular as respectivas literaturas dessa forma. O mesmo aconteceu com o grande James Baldwin, homem negro e homossexual, que escreveu diversos personagens, e a crítica sempre esperava que ele escrevesse como a si próprio. Em 1866 já tínhamos Amelia

B. Edwards, uma das primeiras escritoras publicamente lésbicas, e que nos brindou com o conto de terror "A história de um maquinista".

Mulherzinhas é um livro clássico e marcou a infância de muitos de nós. Graças à recente adaptação para o cinema, dirigida por Greta Gerwig, a obra deve chegar a muitas pessoas. Mas vocês sabiam que Louisa May Alcott também escreveu muita coisa de terror? Antes de Agatha Christie publicar *Morte no Nilo*, Alcott já havia escrito sobre os mistérios do Egito em 1869.

Helena Blavatsky nasceu na Ucrânia em 1831 e foi cofundadora da Sociedade Teosófica. Seu nome está sempre ligado aos estudos místicos e ocultistas, mas poucos sabem que ela também escreveu ficção voltada para o terror. O conto aqui presente, "A caverna dos ecos", é um dos melhores exemplos do talento da autora para a ficção.

A maternidade sempre foi um assunto bastante abordado dentro do feminismo. Qual o lugar ocupado pelas mães? Felizmente o debate segue mais acalorado que nunca, com muitas pautas referentes às mães sendo discutidas. Recentemente, o cinema de terror tem usado a maternidade como plano de fundo para histórias assustadoras. Os filmes *O Babadook* e *Sob a sombra* mostram mães sozinhas lutando contra forças sobrenaturais para proteger seus filhos. Nos anos 1970 tivemos uma pequena amostra disso em *O exorcista*, em que uma mãe faz de tudo para ajudar sua filha que está possuída.

"O papel de parede amarelo", de Charlotte Perkins Gilman, foi recentemente redescoberto aqui no Brasil e está presente nesta coletânea. A obra trata de uma mulher em uma clara depressão pós-parto. O marido acha que para melhorar é necessário que ela fique isolada. Claro que isso não é correto e sua sanidade começa a se deteriorar ao correr das páginas. Muitos questionam se a obra pode ser inserida dentro do gênero terror, ou se é um enredo do drama da maternidade. Fica à escolha do leitor, e também ao seu entendimento.

Como disse no início deste texto, precisamos sempre estar atentos à versatilidade das escritoras, que escrevem livros para crianças e contos de terror com a mesma destreza. Charlotte Perkins Gilman é um dos exemplos máximos. Além do conto citado acima, ela também é autora da utopia *Herland: A terra das mulheres*, que trata da vida em uma cidade na qual habitam apenas mulheres em perfeita harmonia. Lemos muitas distopias, mas também temos grandes utopias, como esta e "O país das mulheres", de Gioconda Belli.

Mais mortais que os homens não apenas é uma ótima seleção de autoras clássicas que escreveram sobre terror, mas também uma porta de entrada para aqueles que desejam conhecer mais sobre o gênero, no qual há muitas antologias clássicas sobre o assunto, mas sempre compostas de textos escritos majoritariamente por homens, com raríssimas exceções, tanto em português como em outros idiomas. Ainda há uma discussão inútil de que o gênero é menor, sem importância. Cada uma das autoras aqui presentes prova o contrário. Assim como o cinema de Jordan Peele usa o terror para discutir racismo, aqui as autoras se utilizaram dele para criar histórias fantásticas que nos levam para outros mundos.

Boa leitura.

Michelle Henriques, primavera de 2020

INTRODUÇÃO À EDIÇÃO BRASILEIRA

As mulheres são surpreendentes. Mesmo em situações extremas, elas se superam, como neste livro, que traz 26 escritoras, entre famosas e nomes obscuros, e suas histórias de terror. O que aparentemente seria apenas uma coletânea de autoras do século XIX que eu deveria traduzir revelou-se um aprendizado de como escrever sobre o improvável, o assombroso, o irreal, o místico, o transcendental.

Às vezes, assumindo a voz masculina dos personagens, estas escritoras, não só assumem o lado físico, como também o psicológico, sociológico e histórico do relato, trazendo outro enfoque. Nada nesta antologia é comum. Sempre descobrimos um novo comportamento, mesmo de duzentos anos atrás.

Mary Shelley (sempre ela) inaugura o livro com "A transformação", de 1830, uma descrição da pura vaidade masculina em busca da realização. Mas, em vez de se adequar ao seu propósito maior, atrapalha-se com sua arrogância. A autora é tão implacável com seu personagem, que duvidamos que ele vá vencer no final. Ela consegue que sigamos o seu Guido em sua transformação surpreendente. Realmente, ela é a mãe do monstro de *Frankenstein*. Aqui também os corpos são trocados, e ele vive momentos do mais puro terror, até finalmente alcançar a redenção.

Além do impacto emocional, tive que vencer a tradução literal para passar os contos para o português. Algumas palavras, no original, foram usadas com outro significado, e então foi preciso traduzi-las a partir do contexto dentro da história, e não de acordo com o que significam hoje. Deparei-me com expressões que eu não tinha a menor ideia do que fossem. Ou com referências que, se não fossem explicadas com uma nota, o leitor também não saberia de quem ou do que se estava falando.

Eu precisava não só traduzir corretamente as acepções dos termos, como pesquisar sobre quem ou a que se referiam as autoras. Foi nesse ponto que percebi que as notas de rodapé seriam mais que necessárias. Entre as referências históricas, geográficas e sociais que aparecem nos contos, somos conduzidos por uma narrativa bem urdida até o meio das histórias, envolvidos por névoas, tempestades e descrições dos lugares por onde seguem as personagens.

Margaret Oliphant, em seu conto "O retrato", de 1885, faz uma comparação entre o sentimento do narrador e o de William Cowper, poeta da época, que também perdera a mãe em tenra idade, que desconhecemos, por não saber quem foi tal poeta.

Harriet Beecher Stowe, em "A história de fantasma de Tom Toothacre", de 1869, cita o porto de Castine, no Maine, Nova Inglaterra, que, na década de 1820, foi um importante entreposto para as frotas de pesca norte-americanas. Quem sabe disso? Eu não sabia. E acrescentei essa informação para que o leitor entendesse por que foram até lá pintar o navio para espantar os fantasmas.

Maria Louisa Molesworth, no conto "Inexplicado", de 1888, estende-se por cinquenta páginas, enredando-nos numa história intrigante sobre uma xícara de porcelana que atrai um fantasma até a pousada Katze, em Silberbach, no interior da Alemanha, de onde a protagonista e seus dois filhos não têm como sair. O desespero por estarem ilhados numa aldeia, sem contato com o resto do mundo, faz com que ela encontre um modo diferente para escapar dali. E isso não é nem a metade da história. É o conto mais longo, mas que não conseguimos largar até ela explicar a súbita aparição.

A sequência dos contos é cronológica de acordo com o ano de publicação, então, não há hipótese de terem sido ordenados por assunto, porém, há alguns temas que permeiam as histórias, como se fossem tecidas pelo mesmo fio. Uma citação num conto ressurge em outro, que cita o título do mesmo livro. Coincidências? Se formos pensar assim, as inglesas e norte-americanas (e uma russa que entra de brinde) são todas fascinadas pelos mesmos poetas românticos ingleses, Keats, Shelley e Byron (este citado cinco vezes) que viveram no início do século XIX.

As breves biografias das autoras são tão fascinantes quanto seus contos. A vida de cada uma daria um filme. Mesmo que conheçamos relatos contemporâneos sobre mulheres que lidaram com maridos abusivos, não há como não se indignar com o comportamento do sr. Bland, casado com Edith Nesbit (que escreveu um dos romances infantojuvenis favoritos na Inglaterra, *As crianças da ferrovia*), quando ela se vê obrigada a engolir a traição do marido com sua melhor amiga e ainda ter que reconhecer os dois filhos do marido como dela. Aqui confesso que fui ler mais sobre a autora e descobri que o marido morreu anos depois, quando ela pôde se casar novamente e ter uma vida mais feliz, o que não consta no original em inglês. Confesso que meu coração apertou ao saber que ela passou a vida sustentando a família e a do marido com sua amiga na mesma casa. Acrescentei esse trecho para descrever uma parte da biografia que faz toda a diferença. Em "A missa de réquiem", de 1893, Edith Nesbit embarca num relato fantástico sobre um casamento que não deveria acontecer, substituído por um encontro de almas, mesmo da forma mais atrapalhada possível. E o destino faz com que a justiça divina seja feita, no final, de modo sutil. Porém, para quem não vivia um casamento ideal, ela fala como se o tivesse vivido, pois Hubert Bland só veio a falecer em 1914, e ela se casou com o novo marido três anos mais tarde, mas faleceu apenas sete anos depois.

Por isso eu disse, no início, que as mulheres são surpreendentes. Escrevem, produzem, criam, apesar de todos os revezes. A cada conto, eu aprendia um pouco mais sobre elas. Mesmo que os contos sobrenaturais não fossem sua produção principal, eram os escapes para suas mentes prolíficas.

Louisa May Alcott, tão famosa por *Mulherzinhas*, cujo primeiro volume saiu em 1868, e o segundo, em 1869, com 759 páginas no total, encontrou algum momento, nesse último ano, para escrever e publicar "Perdido na pirâmide, ou A maldição da múmia", que é tão arrebatador quanto seu longo romance. Em quase dez páginas, ela descreve, com precisão, a descoberta de uma caixa com três sementes de uma flor desconhecida, presa nas mãos de uma múmia dentro de uma pirâmide e conta o que aconteceu quando resolveram plantar as sementes para descobrir que flor brotaria. Louisa May nunca se casou, e faleceu, aos 55 anos, de infarto, dois dias após a morte de seu pai, e está enterrada no Cemitério de Sleep Hollow, em Concord, Massachusetts.

Cada um dos 26 contos, de suas 26 autoras, surpreende a seu modo. Elizabeth Gaskell, com "A Mansão Morton", de 1853; Amelia B. Edwards, com "A história de um maquinista", de 1866; Elizabeth Stuart Phelps, com "O fantasma de Kentucky", de 1869; J. H. Riddel, com "Prevenido e armado", de 1874; Charlotte Perkins Gilman, com "O papel de parede amarelo", de 1892; e Edith Wharton, com "A duquesa em oração", de 1900, transcendem todas as expectativas.

A cada conto, as notas de rodapé se acumulavam. E eu mergulhava num mundo cada vez mais fascinante dessas excelentes escritoras, donas de um texto culto, bem escrito, enriquecido com nomes de músicos, pintores e escultores do mais alto escalão. Descobri instrumentos medievais e a razão de seus nomes. Estão aí para o leitor conferir.

Muitas vezes me surpreendi com o próprio andamento da história e me emocionava com o que traduzia. A releitura na hora da revisão não me tocou menos. A escolha das palavras é fundamental, sem deixar que a estrutura invertida do inglês subverta a compreensão no português. Por fim, precisei fazer um copidesque da minha própria tradução. Só a terceira leitura me deixou mais tranquila. Mas cada vez eu gostava mais do que tinha traduzido.

Há também histórias engraçadas: "O terreno baldio", de Mary Wilkins-Freeman, de 1903, tem um humor doce e picante ao mesmo tempo; "Uma alma insatisfeita", de Annie T. Slosson, de 1904, trata, de modo divertido e bem-humorado, de um assunto que poderia ser considerado uma heresia. Nos últimos contos, por coincidência, há muitas referências bíblicas, que fiz questão de indicar, essas referências também aparecem em "O fantasma de Beckside", de Alice Rea, de 1886. Até Shakespeare é citado quatro vezes, pois nunca poderia faltar. As citações devem ser identificadas, para não perdermos a fonte.

A cada descoberta, eu percebia que estava trilhando por um terreno novo, como se ninguém tivesse passado por ali antes. Não sou a única, nem serei a primeira a ter essa sensação, mas a novidade tem esse condão de despertar um frescor que está contido na história há mais de 100 ou 150 anos. Descobri, por exemplo, o que é "pó maréchale", que as mulheres usavam para colorir os cabelos e quem o inventou, e que antes dos lampiões a gás, no início do século XIX, havia meninos que carregavam um tipo de tocha, à noite, para iluminar o caminho dos pedestres. Eles eram chamados "tocheiros", ou "*Moon cursers*", por xingarem a lua quando seus serviços eram dispensados.

O dia a dia, os termos emprestados do francês para designar móveis (*fauteuil*) e carruagens (*post-chaise*), os livros levados em viagens (*A balada do velho marinheiro*, de Samuel Coleridge), os hábitos de como se vestir (*um roupão de veludo de Gênova*) e o que comer (*Welsh rarebits*), e a descrição de lugares que nunca vimos com esse olhar (*Turim, Pádua, Veneza, Vicenza*). História e tradição se misturam de um modo revelador.

É irresistível, ao ler qualquer um destes contos, querer trafegar pelas mesmas ruas e ver as mesmas cenas, com toda a pompa e circunstância, ou desnudar a simplicidade em que o povo vivia e como falava no interior da Inglaterra, como em "À solta", de Mary Cholmondely, de 1890, no qual um cético arquiteto, ao entrar em uma cripta para fazer a cópia de um retábulo, acaba, sem querer, libertando o espírito assassino de um senhor da região.

Religião, arte e cultura se misturam num cadinho que faz, de cada conto, uma joia a ser descoberta. A descrição dos ambientes se mistura a dos personagens que correm à margem, com suas peripécias, como em "A porta oculta", de Vernon Lee, de 1887, que nos leva a um castelo com suas ameias na fronteira com a Escócia.

Tudo é belo e delicado, mesmo crivado de horror e medo, como quando se revela o nome do assassino em "A caverna dos ecos", de 1892, em que Helena Blavatsky deixa correr a pena num de seus contos sobrenaturais, sem resvalar na Teosofia que ela criou.

Em "O ajuste", de 1908, Mary Austin encerra a coletânea com uma leveza inesperada. Outra vez, a Bíblia é usada para despachar o espírito de uma dona de casa que resiste a ir embora; como o pai-nosso foi necessário, em "O fantasma de Tyburn" (1896), da Condessa de Munster, para afastar a visão de uma bruxa numa pensão em Londres.

Mary Austin era uma escritora pioneira e fez o texto do primeiro livro de fotos de Ansel Adams, *Taos Pueblo* (1930), cujos exemplares da primeira edição hoje valem 75 mil dólares. Ao ler essa referência, como as outras, descobri como essas autoras estavam mais próximas de mim do que eu imaginava.

Traduzir não é só passar um texto para sua língua ou outro idioma. É aprender tudo o que ele traz, incluindo o autor. Traduzir estas autoras, para mim, foi renovador. Espero que os leitores aproveitem tanto quanto eu ao traduzir estes contos e descubram, por si mesmos, tudo o que elas nos trazem de novo.

Thereza Christina Rocque da Motta, inverno de 2020

INTRODUÇÃO

Graeme Davis

Nos séculos XVII e XVIII, os chamados "livros de comportamento" aconselhavam os responsáveis pela educação – especialmente os pais – como deveriam educar os filhos – especialmente as filhas – conforme a cordialidade social. Nesses livros e, em outras publicações, gastou-se muita tinta contra a influência corruptora dos romances populares. Os romances – de fato, todas as maneira de ficção popular – supostamente tocavam as emoções de forma pouco saudável, instilando falsas expectativas de vida e falsos valores nos leitores, e o excesso de indulgência em leituras sensacionalistas era um caminho certo para a ruína. Mas, mesmo assim, as mulheres não apenas liam as ficções góticas e outros livros exagerados: elas também escreviam ficção sensacionalista. Clara Reeve – cujo pai era pároco –

publicou um romance gótico chamado *O campeão da virtude*[1] (renomeado mais tarde como *O velho barão inglês*),[2] em 1777, uma imitação do seminal *O castelo de Otranto*,[3] de Hugh Walpole. O romance em dois volumes de Ann Radcliffe, *Um romance siciliano*,[4] introduziu o instigante "herói byrônico", a partir do modelo do poeta escandaloso: seu arquétipo é o ancestral direto de Edward Cullen e Christian Grey. Radcliffe criou o clássico em quatro volumes, *Os mistérios de Udolfo*,[5] e alega-se que seu trabalho mais tarde inspirou vários autores, de Fiódor Dostoiévski a Edgar Allan Poe, além do Marquês de Sade. Seu pai era um respeitável camiseiro londrino que se mudou para a estilosa Bath a fim de abrir uma loja de faianças. Para os leitores de hoje, no entanto, um nome está acima de todos: Mary Wollstonecraft Shelley, a autora de *Frankenstein*. Embora ela tenha seguido os passos de Reeve, Radcliffe e outras autoras pioneiras, sua obra foi a primeira a conquistar a verdadeira imortalidade. Não a afetou o fato de a história ter sido concebida durante uma tempestade, por causa de uma aposta para escrever um conto, entre seu marido, o poeta romântico Percy Bysshe Shelley, Lord Byron e o médico particular de Byron, John Polidori, cujo texto se tornou o primeiro romance sobre um vampiro. Se a ideia de mulheres lerem romances incomodava os homens, então mulheres escreverem romances era uma ideia ainda mais insuportável. Muitas autoras, como as irmãs Brontë, decidiram publicá-los usando pseudônimos masculinos – Currier, Ellis e Acton Bell –, enquanto outras usaram as iniciais, como J. K. Rowling o fez dois séculos depois. Outras ainda se recusaram a se curvar à pressão social e publicaram corajosamente usando os próprios nomes.

---

[1] *The Champion of Virtue*, no original. (N. da T.)
[2] *The Old English Baron*, no original. (N. da T.)
[3] *The Castle of Otranto*, no original. (N. da T.)
[4] *A Sicilian Romance*, no original. (N. da T.)
[5] *The Mysteries of Udolfo*, no original. (N. da T.)

Porém, de acordo com a escritora e jornalista britânica Hephzibah Anderson, apenas na década de 1970 estudiosos e críticos começaram a observar como o gênero afetava a ficção de horror que os autores escreviam. Em "O papel de parede amarelo", de Charlotte Perkins Gilman, por exemplo, Anderson observa que a depressão puerperal da autora foi elevada a níveis quase psicóticos em razão do confinamento paternalista a que foi submetida. Em outros momentos, surgem sinais de ressentimentos maritais transformados em contos de assassinatos sangrentos, ou fantasmas vingativos assombrando os perpetradores de todo tipo de crimes que faziam parte da vida das mulheres dessa época – e muitos deles continuam a ser perturbadoramente comuns até hoje.

Nem todas as histórias de horror escritas por mulheres contêm esses subtextos, evidentemente, e nem todos os fantasmas femininos são vingadores libertados pela morte das constrições da sociedade. É extremamente restritivo definir essas autoras apenas pelo seu gênero, o que equivaleria a defini-las por raça, classe social, ou qualquer outro fator. No entanto, notamos que muitas autoras se superam ao escrever histórias de horror de uma forma mais pensada e psicológica, com pouco ou nenhum sadismo do que encontramos nas obras de alguns homens.

Violet Paget (que se assinava Vernon Lee) usou o sobrenatural com um toque tão sutil, que nem sempre é fácil distinguir seus contos de horror dos seus comentários sociais.

Outras autoras incorporaram o sobrenatural. Mary Shelley sabia lidar com o horror sobrenatural de maneira tão hábil quanto com a ficção científica de *Frankenstein*. Em "O fantasma de Beckside", Alice Rea narra uma história comum do folclore inglês a ponto de arrepiar os cabelos, enquanto Helena Blavatsky, mais conhecida como fundadora da Sociedade Teosófica, narra uma história de fantasma muito útil em "A caverna dos ecos".

Talvez sejam mais interessantes os contos inesperados de autoras que se tornaram tão famosas por seus trabalhos em outros gêneros, que suas incursões pelo horror acabam sendo esquecidas. Louisa May Alcott e Harriet Beecher Stowe certamente não são lembradas por seus contos de horror, enquanto apenas os especialistas em histórias de terror se lembram de Edith Nesbit por outras histórias além de *As crianças da ferrovia*.[6] O grande romance de Edith Wharton, *A idade da inocência*,[7] conferiu-lhe o Prêmio Pulitzer e ela foi indicada três vezes ao Prêmio Nobel de Literatura, embora suas histórias de horror sejam conhecidas por muito poucas pessoas.

Wharton não está sozinha. Muitas das autoras nesta coleção escreveram em diversos gêneros e, aqui, talvez, esteja o maior contraste com seus contemporâneos masculinos. Escritores como Poe, Lovecraft e M. R. James mantiveram-se em seu gênero, alimentando assiduamente as plateias que lhes trouxeram fama e fortuna; por outro lado, muitas damas, cujas obras enfeitam estas páginas, escreviam tudo o que quisessem, cruzando fronteiras e misturando gêneros conforme o conto exigisse. Se elas se recusaram a serem confinadas por ideias sociais de cordialidade feminina, também relutaram em aceitar as restrições literárias de gênero e mercado. Apenas escreviam grandes histórias.

---

[6] *The Railway Children*, no original. (N. da T.)
[7] *The Age of Innocence.*, no original. (N. da T.)

CAPÍTULO I

A TRANSFORMAÇÃO

Mary Wollstonecraft Shelley

1830

Filha da filósofa feminista Mary Wollstonecraft e do filósofo político, romancista e protoanarquista William Godwin, Mary é mais conhecida como autora de *Frankenstein* e mulher do poeta romântico Percy Bysshe Shelley, amigo de Lord Byron. É difícil imaginar uma história pessoal e uma carreira mais distantes dos ideais de gentileza feminina.

Mary não conheceu a mãe, que veio a falecer menos de um mês depois de seu nascimento. Ela tinha um relacionamento conflituoso com a segunda esposa de seu pai, a vizinha Mary Jane Clairmont, com quem ele se casou quatro anos mais tarde, porém ela recebeu uma educação ampla e pouco convencional, com base nas teorias políticas do pai.

As publicações de Godwin promovendo a justiça e atacando as instituições políticas fez com que ele conquistasse vários admiradores e um deles era o poeta Percy Shelley, que era casado conheceu Mary, conheceu em 1814, mas os dois logo iniciaram um relacionamento que resultou em uma gravidez, então o casal decidiu se exilar e enfrentar a pobreza.

Em 1816, Mary e Shelley fizeram a histórica viagem até a Itália, com Byron e seu médico particular, John Polidori. Durante essa viagem, surgiu a ideia de escrever *Frankenstein*. Eles se casaram no fim do ano, depois que a esposa de Shelley se suicidou.

Mary era uma escritora prolífica. Além de *Frankenstein*, escreveu o conto pós-apocalíptico "O último homem"[8] (1826), o romance histórico *As vidas de Perkin Warbeck* (1830) e vários outros romances, bem como contos, diários de viagem e resenhas. Temas estranhos e góticos caracterizam muitos de seus contos: em "A transformação",[9] Mary Shelley antecipa *A história do ladrão de corpos*,[10] de Anne Rice, com o enredo de um jovem degenerado que troca de corpo com uma criatura disforme e demoníaca. O conto é recheado de elementos literários góticos: decadência, pobreza, revolta e virtude ameaçada.

Agora minha mente foi tomada
Por uma lamentável agonia,
Que me forçou a contar minha história,
E assim ela me libertou.

---

[8] *The Last Man*, no original. (N. da T.)
[9] "The Transformation", no original. (N. da T.)
[10] *The Tale of the Body Thief*, no original. (N. da T.)

Desde então, a toda hora,
Retorna esta agonia;
E até terminar meu conto medonho,
Meu coração arde dentro de mim.
— Samuel Taylor Coleridge,
A balada do velho marinheiro[11]

uvi dizer, que, quando qualquer fato estranho, sobrenatural e necromântico acontece a um ser humano, este ser, embora deseje escondê-lo, sente-se, em determinados períodos, torturado por uma tormenta intelectual, e é forçado a abrir as profundezas de seu espírito a outra pessoa. Sou testemunha de que isso é verdade. Jurei várias vezes a mim mesmo jamais revelar a ouvidos humanos os horrores aos quais, certa vez, em excesso de orgulho diabólico, eu me entreguei. O santo padre que ouviu minha confissão e reconciliou-me com a Igreja já morreu. Ninguém mais sabe disso.

Por que não deveria ser assim? Por que contar uma história que, de forma ímpia, atente contra a Providência, humilhe e subjugue a alma? Por que, respondei-me, vós que sois sábios diante dos segredos da natureza humana? Só sei que assim é; e apesar de uma forte determinação – de um orgulho que me domina –, da vergonha, e até do medo, de modo a me tornar odioso à minha espécie, eu devo falar.

Gênova! Minha cidade natal – cidade orgulhosa, diante do azul do Mediterrâneo! – lembras-te de mim na minha infância, quando teus penhascos e promontórios, teu céu brilhante e as alegres vinhas eram meu mundo? Que tempo feliz! Quando, para o jovem coração, o

---

[11] No original, *The Rhymes of the Ancient Mariner*, do poeta inglês Samuel Taylor Coleridge, de 1798, é um dos poemas mais importantes do autor e marca o início da literatura romântica inglesa. (N. da T.)

universo de limites estreitos, que deixa, por sua própria limitação, liberdade para a imaginação, prende nossas energias físicas e, como período único de nossas vidas, une a inocência e o prazer. No entanto, quem olha para a infância, e não se lembra de suas tristezas, angústias e medos? Nasci com um espírito imperioso, altivo e indomável. Hesitei apenas diante de meu pai; e ele, generoso e nobre, porém caprichoso e tirânico, imediatamente conduziu e reprimiu meu caráter selvagem e impetuoso, fazendo-me obedecer-lhe, mas sem inspirar respeito pelos motivos que guiavam suas ordens. Ser um homem, livre, independente, ou, em outras palavras, insolente e dominador, era a esperança e o desejo do meu coração rebelde.

Um amigo de meu pai, um rico e nobre genovês, após um tumulto político, foi repentinamente banido e teve sua propriedade confiscada. O Marquês Torella seguiu para o exílio sozinho. Como meu pai, ele também era viúvo: tinha uma filha, a jovem Julieta, que ficou sob a tutela de meu pai. Certamente, eu poderia ter sido desagradável para a adorável menina, mas fui forçado, pela minha posição, a me tornar seu protetor. Uma sucessão de incidentes infantis tendia todos a um ponto – fazer Julieta me ver como uma fortaleza de pedra; eu era para ela aquele que deve perecer pela suave sensibilidade de sua natureza rudemente visitada, senão pelo cuidado de guardião. Crescemos juntos. O botão de rosa de maio não era mais doce do que esta adorável menina. A beleza irradiava de seu rosto. Suas formas, seus passos, sua voz – meu coração chora até hoje em pensar em toda a confiança, gentileza, amor e pureza que ela guardava. Quando eu estava com onze anos, e Julieta, oito, um primo bem mais velho – para nós, ele parecia um adulto – começou a prestar muita atenção em minha companheira de folguedos; ele a chamou de noiva e a pediu em casamento. Ela recusou, mas ele insistiu, abraçando-a contra sua vontade. Com a expressão e a emoção de um maníaco, atirei-me sobre ele – tentei sacar sua espada –, agarrei-me ao seu pescoço com a feroz determinação de estrangulá-lo: ele precisou pedir ajuda para se livrar de mim. Naquela noite, levei Julieta até a capela em nossa casa: eu a fiz tocar as relíquias sagradas – atormentei seu coração infantil e profanei seus lábios de criança, fazendo-a jurar que ela seria minha e somente minha.

Bem, esses dias passaram. Torella retornou alguns anos depois, e se tornou mais rico e mais próspero do que nunca. Meu pai morreu quando eu contava dezessete anos; ele foi um magnífico pródigo; Torella se alegrou que minha menoridade seria a chance de reparar minha riqueza. Julieta e eu tornamo-nos noivos junto ao leito de morte de meu pai – Torella seria um segundo pai para mim.

Eu desejava ver o mundo e fui indulgente. Fui para Florença, Roma, Nápoles; dali, passei a Toulon e, finalmente, cheguei ao destino[12] dos meus desejos, Paris. Acontecia de tudo em Paris nessa época. O pobre rei, Charles VI, ora são, ora louco, ora reinava, ora se tornava um escravo abjeto, era a própria zombaria do mundo. A rainha, o delfim, o duque de Borgonha, ora amigos, ora inimigos – encontravam-se agora em festas pródigas, ora derramavam o sangue em disputas – cegos para a miséria de seu país e aos perigos que o ameaçavam, e se entregavam totalmente ao prazer dissoluto e aos combates selvagens. Eu ainda seguia com meu personagem. Eu era arrogante e voluntarioso; adorava me exibir e, acima de tudo, perdi todo o controle. Meus jovens amigos ansiavam promover paixões que lhes dessem prazer. Consideravam-me belo – eu era o mestre de todos feitos cavalheirescos. Eu não estava ligado a nenhum partido político. Tornei-me o favorito de todos: minha presunção e arrogância eram perdoadas por eu ser tão jovem: tornei-me um menino mimado. Quem iria me controlar? Não as cartas nem os conselhos de Torella – apenas a grande

---

[12] "O país desconhecido de cujo destino nenhum viajante retorna." *Hamlet*, de William Shakespeare. (N. do A.)

necessidade que me tocava na horrenda forma de uma bolsa vazia. Mas havia meios de preencher esse vazio. Vendi cada acre, cada propriedade. Minhas roupas, minhas joias, meus cavalos e suas capas eram incomparáveis na esplêndida Paris, enquanto as terras que herdei passavam a pertencer a terceiros.

O duque de Orleans foi sobrepujado e assassinado pelo duque de Borgonha. Medo e terror tomaram toda a Paris. O delfim e a rainha se calaram; todo prazer foi suspenso. Eu me cansei dessa situação, e meu coração ansiava pelas assombrações da infância. Eu era quase um mendigo, mesmo assim, ainda voltaria, retomaria minha noiva e reconstruiria minha fortuna. Certos negócios bem-sucedidos como comerciante me fariam novamente rico. Porém, eu não retornaria em andrajos. Meu derradeiro ato foi dispor da minha última propriedade, próxima a Albaro, pela metade de seu valor, por um pagamento à vista. Então, despachei todos os artífices, arras, móveis de esplendor real, para montar uma relíquia com o restante da minha herança, meu palácio em Gênova. Demorei-me um pouco mais, envergonhado com a volta do filho pródigo que eu temia representar. Enviei meus cavalos. Despachei um *jennet*[13] espanhol incomparável à minha prometida: seus trajes flamejavam com joias e tecidos dourados. Por toda parte, uni as iniciais de Julieta e seu Guido. Meu presente caiu nas graças de seus olhos e de seu pai.

Porém retornar como perdulário, marcado como impertinente, talvez com desprezo, e encontrar apenas as censuras ou os insultos dos meus concidadãos não era uma perspectiva atraente; para me proteger da censura, pedi a alguns companheiros mais imprudentes que me acompanhassem: assim, fui armado contra o mundo, ocultando um sentimento irritante, metade medo e metade penitência, pela bravata.

---

[13] Um tipo de cavalo leve. (N. do A.)

Cheguei a Gênova. Pisei na calçada do meu antigo palácio. Meu andar orgulhoso não expressava o que meu coração sentia, pois no fundo eu sabia que, embora estivesse cercado de luxo, na verdade, eu era um mendigo. O primeiro passo que dei para retomar Julieta deve ter-me declarado assim. Vi desprezo ou pena no olhar de todos. Percebi que ricos e pobres, jovens e velhos, todos me encaravam com escárnio. Torella não se aproximou. Não é surpresa que meu segundo pai esperasse, da minha parte, a deferência de um filho ao visitá-lo primeiro. Mas, levado pela irritação e tocado pela minha loucura e demérito, preferi jogar a culpa nos outros. Fizemos orgias noturnas no Palácio Carega. Depois de noites insones e tumultuosas, seguiam-se manhãs apáticas e supinas. Na hora da ave-maria, passeávamos singelamente pelas ruas, zombando dos cidadãos sóbrios, lançando olhares insolentes a mulheres que se envergonhavam. Julieta não estava entre elas – não, não; se estivesse ali, a vergonha teria me afastado, se o amor não tivesse me feito ajoelhar a seus pés.

Eu me cansei disso. De uma hora para outra, decidi visitar o marquês. Ele estava em casa, uma das muitas no subúrbio de San Pietro d'Arena. Estávamos em maio, as flores das árvores frutíferas desbotavam entre a folhagem densa e verde; as videiras amadureciam; o chão estava coberto de flores das oliveiras; os vaga-lumes povoavam as sebes de murta; o céu e a terra estavam sob um manto de beleza incomparável. Torella me recebeu com gentileza, embora sério; e até sua sombra de descontentamento logo se desvaneceu. Alguma semelhança com meu pai – alguma aparência e o tom de ingenuidade juvenil suavizaram o coração do bondoso velho. Ele chamou a filha – e apresentou-me a ela como seu prometido. A sala iluminou-se com uma luz sagrada quando ela entrou. Tinha o olhar de querubim, aqueles grandes olhos meigos, bochechas cheias de covinhas e boca de doçura infantil, que expressa a rara união de felicidade e amor. Fui tomado, primeiro, pela admiração; ela é minha! – foi a segunda emoção de orgulho, e meus lábios se curvaram com um triunfo altivo. Eu não tinha sido o *enfant gaté*[14] das beldades de França para não ter aprendido a arte de seduzir o doce coração de uma mulher. Se, em relação aos homens, eu era arrogante, a deferência que lhes prestava era mais contrastante. Iniciei minha corte fazendo mil elogios a Julieta, que me prometera na infância jamais admitir a devoção de outro, e que, embora habituada a expressões de admiração, não fora iniciada na linguagem amorosa.

Por alguns dias, tudo correu bem. Torella não fez alusão à minha extravagância; tratou-me como filho favorito. Mas chegou o momento, enquanto discutíamos as preliminares da minha união com sua filha, que a aparência amena de tudo começou a se nublar. Um contrato fora lavrado em vida pelo meu pai. Na verdade, eu julgara esse contrato nulo por eu ter desperdiçado toda a riqueza que deveria ser repartida entre Julieta e eu. Torella, em consequência, preferiu considerar esse acordo cancelado e propôs outro, no qual, embora a fortuna oferecida por ele fosse imensuravelmente maior, havia tantas restrições quanto ao modo de gastá-la, que eu, que só via independência se pudesse usá-la de forma livre, de acordo com a supremacia da minha própria vontade, provoquei-o a tirar proveito da minha situação, e recusei-me a assinar sob suas condições. O velho esforçou-se gentilmente em apelar para meu bom senso. O orgulho exacerbado tomou conta do meu pensamento: ouvi com indignação – repeli-o com desdém.

– Julieta, és minha! Não trocamos juras de amor quando ainda éramos inocentes na infância? Não estamos unidos sob o olhar de Deus? E teu pai de coração e sangue frios irá nos separar? Sê generosa, meu amor, sê justa! Não tires o presente, o último tesouro do teu Guido! Não retires teus votos! Vamos desafiar o mundo, e começando do zero, vamos encontrar, em nossa afeição mútua, um refúgio de todo o mal.

---

[14] Menino mimado, em francês no original. (N. do A.)

Eu devo ter parecido o demônio com tanto sofisma para envenenar aquele santuário de pensamento sagrado e terno amor. Julieta se encolheu de medo de mim. Seu pai era o melhor e o mais gentil dos homens, e ela se esforçou para me mostrar como, ao obedecer a ele, todo bem haveria de se seguir. Ele receberia minha aceitação tardia com caloroso afeto, e ele me perdoaria de forma generosa depois do meu arrependimento – palavras inúteis para uma jovem e gentil filha usar com um homem habituado a fazer da sua vontade a sua lei, e a sentir em seu próprio coração um déspota tão terrível e severo, que ele não obedecia a ninguém, senão a seus próprios imperiosos desejos! Meu ressentimento crescia com a resistência; meus selvagens companheiros estavam prontos para lançar lenha na fogueira. Armamos um plano para raptar Julieta. A princípio, pareceu-me que teríamos sucesso. No meio do caminho, em nosso retorno, fomos surpreendidos pelo pai agoniado e seu séquito. Um combate se seguiu. Antes que a guarda da cidade decidisse a vitória a favor dos nossos antagonistas, dois dos lacaios de Torella foram seriamente feridos.

Esta parte da minha história é a que mais pesa para mim. Como homem mudado que sou, abomino a mim mesmo só de lembrar. Que ninguém que ouça esta história tenha se sentido como eu. Um cavalo enfurecido pelas esporas pontiagudas de um cavaleiro não seria mais subjugado do que eu à violenta tirania do meu temperamento. Um demônio possuía minha alma, levando-a à loucura. Eu sentia a voz da consciência falar dentro de mim, mas se eu cedesse a ela por um breve momento, seria apenas depois de ser dilacerado por um turbilhão – carregado por uma corrente enraivecida – o joguete das tempestades geradas pelo orgulho. Eu fui preso, e depois, a pedido de Torella, libertado. Novamente, retornei para tentar levar sua filha para a França, país infeliz, então perseguido por mercenários e gangues de foras da lei, que ofereciam um grato refúgio a um criminoso como eu. Nossos planos foram desvendados. Fui condenado ao banimento e, como minhas dívidas já eram vultosas, minha última propriedade foi colocada nas mãos dos agentes para proceder ao pagamento. Torella novamente me ofereceu sua mediação, exigindo apenas a promessa de não tentar nada novamente contra ele e sua filha. Desprezei sua oferta e imaginei haver triunfado ao ser expulso de Gênova, para um exílio solitário e sem tostão. Meus companheiros sumiram: foram expulsos da cidade semanas antes, e já estavam na França. Eu estava sozinho – sem amigos, sem espada, nem ducados em minha bolsa.

Vaguei à beira-mar, possuído por um turbilhão de paixões que rasgava minha alma. Era como se houvesse um carvão aceso ardendo em meu peito. No início, ponderei o que eu deveria fazer. Eu me juntaria a um bando de mercenários. Vingança! – a palavra me pareceu suave; eu a abracei, acariciei-a, até que, como uma serpente, ela me feriu. Por outro lado, abjuraria e desprezaria Gênova, aquele recanto do mundo. Voltaria a Paris, onde havia muitos amigos, onde meus serviços seriam avidamente aceitos, onde eu arrancaria a riqueza com a espada, e faria com que minha desprezível cidade natal e o falso Torella se arrependessem do dia em que me expulsaram, eu, um novo Coriolano, de suas muralhas. Eu retornaria a Paris – portanto, a pé –, um mendigo, e me apresentaria em andrajos diante daquele que antes eu recebi com suntuosidade? O fel jorrava diante de tal pensamento.

A realidade começava a tomar conta da minha mente, fazendo--me desesperar. Por vários meses, fiquei preso: os males do meu calabouço açoitaram minha alma, até me enlouquecer, mas alquebraram meu corpo. Eu estava fraco e vencido. Torella usou de inúmeros artifícios para trazer-me conforto; eu os percebi e rejeitei todos, e colhi os frutos da minha obstinação. O que eu deveria fazer? Deveria me ajoelhar diante do inimigo e pedir-lhe perdão? Prefiro morrer dez mil vezes! Eles nunca terão essa vitória! Ódio – eu jurei eterno ódio! Ódio de quem? Contra quem? De um exilado errante – contra um poderoso nobre! Eu e meus sentimentos não significavam nada para eles: já haviam se esquecido de um desqualificado como eu. E Julieta! – seu rosto angelical e forma de sílfide brilhavam entre as nuvens do meu desespero com sua vã beleza, porque eu a perdi – a glória e a flor do mundo! Outro poderá chamá-la de sua! – aquele sorriso do paraíso abençoará outro!

Mesmo agora meu coração estanca quando me lembro dessas sombrias e odiosas ideias. Agora reduzido apenas a lágrimas, agora revolvendo em minha agonia, eu ainda vagava pela praia rochosa, que a cada passo tornava-se mais selvagem e desolada. Penhascos e precipícios altíssimos olhavam o oceano tranquilo; grutas escuras se abriam; e entre os recessos batidos pelo mar, murmuravam e escorriam as águas salobras. Agora meu caminho fora interrompido por um abrupto promontório, tornava-se quase impraticável pelas rochas que rolavam pelo penhasco. A noite se aproximava, quando, na direção do mar, surgiu, como num passe de mágica, um amontoado de nuvens escuras, cobrindo o céu azul da tarde, escurecendo e perturbando o plácido oceano. As nuvens tinham formas estranhas e fantásticas, mudavam e diminuíam, e pareciam estar sob um poderoso encantamento. As ondas elevavam as cristas embranquecidas; o trovão primeiro reboou, depois trovejou sobre o mar, que se tingiu com um tom arroxeado escuro, coalhado de espumas. O lugar onde eu estava abria-se, de um lado, para alto-mar; do outro, um imenso promontório. Em torno desse cabo, de repente, surgiu um navio, trazido pelo vento. Em vão, os marinheiros tentavam abrir caminho até mar aberto – os ventos o empurravam contra os rochedos. Eles iriam perecer! – todos a bordo iriam morrer! Ah, se eu estivesse entre eles! E, para meu jovem coração, a ideia de morte me veio, pela primeira vez, misturada à alegria! Era terrível ver aquele navio lutando contra seu destino. Eu mal podia ver os marinheiros, mas podia ouvi-los. Logo tudo acabou! Uma rocha, banhada pelas ondas agitadas, imóvel, aguardava sua presa! Um trovão estourou acima da minha cabeça no momento em que, com um choque terrível, o navio se lançou sobre o inimigo oculto. Em pouco tempo, o navio foi partido em pedaços. Ali eu estava a salvo; e ali estavam meus irmãos lutando, inutilmente, contra a aniquilação. Penso tê-los visto lutando – realmente podia ouvir seus gritos, espalhando-se sobre as ondas reboantes em pura agonia. O mar agitado lançava de um lado a outro os fragmentos do naufrágio, que logo desapareceram. Fiquei fascinado, olhando até o fim: então, caí de joelhos – cobri o rosto com as mãos. Olhei novamente para cima; algo vinha flutuando das nuvens em direção à margem. Aproximava-se cada vez mais. Tinha forma humana? Ficava cada vez mais nítido; e por fim uma onda forte, elevando aquilo tudo, deixou-o sobre o rochedo. Um ser humano conduzindo um baú de marinheiro! – um ser humano! Mas, era mesmo? Com certeza, nunca vi tal ser – um anão muito feio, de olhos miúdos, feições distorcidas e corpo deformado, uma visão terrível. Meu sangue, que até aquele momento tinha esperanças de ver um ser se salvar da sepultura das águas, congelou no meu coração. O anão desceu do baú; puxou para trás o cabelo liso e molhado do rosto odioso.

– Por Belzebu! – ele exclamou. – Já fui mais bem tratado.

Ele olhou em volta e me viu.

– Ó, pelo demônio! Aqui está outro aliado do Todo-Poderoso. Para que santo rezaste, amigo, se não foi para o meu? No entanto, não me lembro de ter-te visto a bordo.

Eu me encolhi diante do monstro e de sua blasfêmia. De novo, ele me questionou, e respondi algo inaudível. Ele continuou:

– Não consigo ouvir tua voz com esse rugido dissonante. Como esse mar é barulhento! Alunos saindo de salas de aula não fazem mais barulho do que essas ondas brincando soltas. Elas me perturbam. Não suporto mais ouvi-las. Silêncio, Mar barulhento! Ventos, avante! De volta para suas casas! Nuvens, voem para os antípodas e limpem o céu!

Enquanto falava, ele abriu os braços compridos e retorcidos, que mais pareciam patas de aranha, e estendeu-os no espaço à sua frente. Aconteceu um milagre? As nuvens se partiram e desapareceram; o céu retomou sua cor azul, e depois se espalhou num vasto campo celestial e calmo acima de onde estávamos; os ventos de borrasca transformaram-se em brisas suaves soprando do Oeste; o mar abrandou; as ondas escoavam em filetes.

– Gosto de obediência mesmo desses estúpidos elementos – disse o anão. – Quanto mais da indomável mente humana! Foi uma tempestade e tanto, não foi? E fui eu mesmo que a fiz.

Era uma sorte tentadora conversar com esse mágico. Mas o homem respeita o Poder em todas as suas formas. O assombro, a curiosidade, o fascínio ofuscante atraíam-me para ele.

– Vamos, não fiques com medo, meu amigo – disse o aleijão. – Fico bem-humorado quando algo me agrada; e agradam-me tuas formas bem proporcionadas e belo rosto, embora estejas com ar abatido. Sofreste um cataclismo; eu, um naufrágio. Talvez eu possa consertar a tempestade que se abateu sobre tua sorte, como fiz com a minha. Podemos ser amigos?

Ele me estendeu a mão, mas eu não consegui tocá-la.

– Bem, então, pelo menos companheiros, dá no mesmo. E agora, enquanto descanso da borrasca pela qual acabei de passar, dize-me por que um jovem galante como tu está vagando por aqui, sozinho e deprimido, nesta praia selvagem?

A voz do aleijão era rascante e horrenda, e o modo como ele se contorcia enquanto falava era uma visão dantesca. Mesmo assim, começou a me conduzir, o que eu não consegui evitar, e contei-lhe minha história. Quando terminei, ele riu bem alto por um bom tempo: as rochas ecoavam sua gargalhada. Parecia que o inferno se ria de mim à minha volta.

– Ó, primo de Lúcifer! – ele disse. – Então também caíste por causa do teu orgulho; e embora esteja claro como o sol da manhã, estás pronto para abrir mão de tuas belas feições, tua noiva e teu bem-estar, em vez de te submeteres à tirania do bem. Eu respeito tua escolha, pela minha alma! Então fugiste e abandonaste tudo; e vieste passar fome nestes rochedos, e deixar que os abutres comam teus olhos depois de morrer, enquanto teu inimigo e tua prometida regozijam sobre tua ruína. Teu orgulho aproxima-se estranhamente da humildade, penso eu.

Enquanto ele falava, mil pensamentos nefastos atravessavam meu coração.

– O que achas que eu deveria fazer? – gritei.

– Eu! Ah, nada, a não ser deitar-se e rezar antes de morrer. Mas, se eu fosse tu, sei de algo que poderia ser feito.

Aproximei-me dele. Seus poderes sobrenaturais transformavam-no em um verdadeiro oráculo diante de mim; mesmo assim, um arrepio estranho e misterioso me fez estremecer quando eu disse:

– Fala! Ensina-me! O que me aconselhas fazer?

– Vinga-te, homem! Humilha teus inimigos! Subjuga o velho e toma posse da filha!

– Viro-me para todos os lados – gritei –, e não vejo como! Se eu tivesse ouro, eu teria como fazê-lo, mas pobre e sozinho, não tenho nenhum poder.

O anão estava sentado em seu baú, enquanto ouvia minha história. Ele se levantou, tocou uma mola e ela se abriu! Que mina de riquezas, joias, de ouro e prata estava contida ali. Senti nascer dentro de mim o louco desejo de me apossar daquele tesouro.

– Sem dúvida – eu disse –, alguém tão poderoso quanto tu poderia fazer tudo isso.

– Não! – respondeu o monstro, humilde. – Sou menos onipotente do que pareço. Podes invejar algumas de minhas posses, mas eu poderia dá-las todas por uma pequena parte, ou até mesmo por um empréstimo do que é teu.

– Minhas posses estão à tua disposição – repliquei em tom amargo –, minha pobreza, meu exílio, minha desgraça, dou-te todas de graça.

– Muito bom! Eu te agradeço. Acrescenta mais uma coisa ao teu presente e meu tesouro será teu.

– Como não tenho mais nada a oferecer, o que além de nada tu desejarias?

– Teu belo rosto e tuas torneadas pernas.

Estremeci. Esse monstro todo-poderoso iria me matar? Eu não tinha um punhal. Esqueci de rezar – mas empalideci.

– Peço-te um empréstimo, não um presente – disse a aberração. – Empreste-me teu corpo por três dias. Terás o meu para guardar tua alma enquanto isso e, em pagamento, terás meu baú. O que dizes de minha proposta? Apenas três curtos dias.

Dizem-nos ser perigoso manter conversas ilegais, e eu provo o mesmo. Escrito dessa forma, parece incrível que eu devesse dar ouvidos a essa proposta, mas, apesar de sua feiura demoníaca, havia algo fascinante em um ser cuja voz conseguia governar a terra, o ar e o mar. Eu me senti compelido a aceitar, porque, com aquele baú, poderia comandar o mundo. Minha única hesitação vinha do medo de que ele não cumprisse o acordo. Então, pensei, eu logo morreria nessas areias solitárias, e as pernas que ele invejava não seriam mais minhas: valeria a pena. E, além disso, eu sabia que, por todas as regras da arte da magia, havia fórmulas e juramentos que nenhum dos seus praticantes ousavam quebrar. Hesitei para responder e ele continuou exibindo sua riqueza, depois falando do pequeno preço que pedira em troca, até parecer loucura recusar. Assim é – colocar o barco na corrente do rio e deixá-lo correr contra quedas e cachoeiras, abdicar da compostura diante de uma torrente louca de paixão e partimos, sem saber para onde.

Ele fez vários juramentos, e eu o abjurei com muitos nomes sagrados; até que vi essa maravilha de poder, esse mestre dos elementos, tremer como uma folha de outono diante das minhas palavras; e como se o espírito falasse por si mesmo, saindo de dentro dele, finalmente, como uma voz entrecortada, revelou o feitiço que o obrigaria, se ele não cumprisse o prometido, de me entregar seu espólio ilegal. Nossos sangues quentes deveriam se misturar para selar e desfazer o encantamento.

Foi o quanto bastou. Eu me convenci – o encanto estava feito. Amanheceu o dia sobre mim, deitado sobre o cascalho, e eu não reconhecia minha própria sombra ao vê-la projetada no chão. Senti-me transmutado numa forma horrorosa, e amaldiçoei minha pouca fé e credulidade cega. O baú estava ali – ali estava o ouro e as pedras preciosas pelas quais eu havia vendido o corpo que a natureza me deu. A visão congelou minhas emoções: três dias passariam logo.

E passaram. O anão me supriu com bastante comida. No início, eu mal podia andar, de tão estranhas e desconjuntadas que minhas pernas eram; e minha voz parecia a de um demônio. Mas fiquei em silêncio e virei o rosto para o sol, para não ver minha sombra, e contei as horas, e ruminei sobre o que eu faria no futuro. Fazer Torella ajoelhar-se a meus pés, possuir minha Julieta mesmo contra a vontade dele – tudo isso minha riqueza facilmente conquistaria. Durante a noite escura, dormi e sonhei com a realização dos meus desejos. Dois sóis se puseram – veio a manhã do terceiro dia. Eu estava agitado, temeroso. Ó, a expectativa, que coisa terrível que és, tocada mais pelo medo do que pela esperança!

Como nos contorcemos em torno do coração, torturando suas pulsações! Como sentimos pontadas desconhecidas por todo o nosso débil mecanismo, arrepiando-nos como cacos de vidro diante do nada – dando-nos novas forças, que nada podem fazer e nos atormentam com a sensação, como um homem forte deve se sentir sem conseguir quebrar os grilhões, embora eles se dobrem em suas mãos. Lentamente caminhou a orbe brilhante pelo céu a Leste; por muito tempo permaneceu no zênite, e ainda mais lentamente desceu até o Oeste: tocou a borda do horizonte – e se foi! Sua réstia de luz tocava o cume do penhasco – que se tornava escuro e cinzento. Vésper brilhou. Logo ele estará aqui.

Ele não veio! Pelos céus, ele não veio! – e a noite se arrastara longamente e, ao terminar, ao chegar ao fim, "o dia começou a branquear seus negros cabelos", e o sol se elevou novamente sobre o ser mais miserável que amaldiçoou sua luz. Três dias assim se passaram. As joias e o ouro – ó, como eu os abominava!

Ora, ora – não vou manchar estas páginas com imprecações demoníacas. Terríveis eram os pensamentos, o tumulto de ideias enraivecidas que enchiam minha alma.

Por fim, acabei adormecendo; eu não havia dormido desde o terceiro amanhecer; e sonhei que estava aos pés de Julieta, e ela sorria, e depois gritava – por ter visto minha transformação – e novamente sorria, pois seu belo amante estava ajoelhado diante dela. Mas não era eu – era ele, o demônio, ajoelhado com minhas pernas, falando com minha voz, conquistando-a com minha aparência amorosa. Eu lutava para avisá-la, mas minha língua se recusava a falar; eu lutava para afastá-la, mas eu estava colado no chão – acordei em agonia. Ali estavam os solitários e brancos precipícios – o mar salpicado de lama, a praia deserta, e o céu azul acima de tudo. O que significava isso? Meu sonho refletia a verdade? Ele estava seduzindo e conquistando minha prometida? Eu iria naquele mesmo instante voltar a Gênova – mas eu fui banido. Eu ri – o riso do anão saiu da minha boca – eu, banido! Ah, não! Eles não exilaram aquele corpo que eu tinha; eu podia, com aquelas pernas estranhas, sem medo de incorrer na ameaça de pena de morte, entrar em minha cidade natal.

Comecei a caminhar na direção de Gênova. Eu me habituei a minhas pernas tortas; mal conseguiam andar em linha reta; foi com imensa dificuldade que segui em frente. Também quis evitar todas as aldeias ao longo do litoral, para não expor minha feiura. Não tinha certeza, se me vissem, se os rapazes não me apedrejariam até a morte quando eu passasse, por me julgarem um monstro; recebi imprecações dos poucos aldeões e pescadores que encontrei no caminho. Mas já era noite cerrada quando me aproximei de Gênova. O tempo estava tão agradável e ameno, que me ocorreu que o Marquês e a filha provavelmente teriam saído da cidade e ido para a casa de campo. Em Villa Torella, eu tentei raptar Julieta; gastei muitas horas fazendo o reconhecimento de campo, e conhecia cada centímetro do terreno em volta. Ficava numa belíssima localidade, toda arborizada, à beira de um rio. Ao me aproximar, ficou claro que minha hipótese estava correta; além disso, estavam celebrando e comemorando. A casa estava toda acesa; a brisa me trazia os alegres sons da música que tocava lá dentro. Meu coração se entristeceu. Tão generosa era a gentileza do coração de Torella que tive certeza de que ele não teria feito essas manifestações públicas de regozijo logo após meu infeliz banimento, mas por uma razão que eu não tinha coragem de pensar.

Os camponeses estavam todos em torno da casa; precisei me esconder, mas, ao mesmo tempo, queria falar com alguém, ou ouvir as conversas dos outros, ou de algum modo saber sobre o que acontecia. Com o tempo, indo pelos caminhos em torno da mansão, encontrei um canto escuro para esconder minha aparência assustadora, embora outros também passassem por aquele caminho obscuro. Logo descobri tudo o que eu precisava saber – tudo o que a princípio fez meu coração estancar de horror, e depois arder de indignação. No dia seguinte, Julieta seria entregue ao penitente, arrependido e amado Guido – no dia seguinte, minha noiva faria seus juramentos a um demônio dos infernos! E fora eu que provocara isso! – meu amaldiçoado orgulho – minha violência demoníaca e torpe autoidolatria causaram esse fato. Pois, se eu tivesse agido como o miserável que roubou meu corpo – se, com uma expressão, ao mesmo tempo, submissa e digna, tivesse me apresentado a Torella dizendo: "Eu errei, me perdoa; sou indigno do anjo que tens como filha, mas permita-me pedir sua mão a partir do momento em que minha conduta alterada provar que abandonei meus vícios, e me esforçar para me tornar de alguma forma digno dela. Servirei contra os infiéis; e quando meu zelo pela religião e meu verdadeiro arrependimento pelo passado parecerem a ti terem eliminado meus crimes, permite-me novamente ser chamado seu filho". Assim ele falou; e o penitente foi recebido como o filho pródigo das Escrituras: um bezerro gordo foi morto para ele; e ele, seguindo o mesmo caminho, demonstrou tanto arrependimento por suas loucuras, tão humilde concessão de todos os seus direitos, e tão ardente determinação de recuperá-los por meio de uma vida de contrição e virtude, que rapidamente conquistou o gentil senhor; e o perdão total e a mão de sua adorável filha foram-lhe rapidamente concedidos.

Ah, se um anjo do Paraíso tivesse me sussurrado no ouvido para agir assim! Mas, agora, qual seria o destino da inocente Julieta? Deus permitiria a união espúria – ou algum prodígio iria destruí-la, ligando o nome desonrado de Carega com o pior dos crimes? Amanhã de manhã, eles iriam se casar: só havia um modo de impedir que isso acontecesse – encontrar meu inimigo, e cobrar a conclusão do nosso acordo. Senti que isso somente poderia ser feito por meio de um embate mortal. Eu não tinha espada – se necessário, meus braços distorcidos poderiam empunhar a arma de um soldado –, mas eu tinha um punhal, e nele coloquei minha esperança. Não havia tempo para pensar ou refletir calmamente sobre a questão: eu poderia morrer tentando, mas além do ciúme ardente e do desespero no meu coração, a honra e a mera humanidade, exigiam que eu deveria sucumbir em vez de desistir de destruir as maquinações daquele demônio.

Os convidados partiram – as luzes começaram a se apagar; era evidente que os moradores da casa se recolhiam para o repouso. Eu me ocultei entre as árvores, o jardim ficou deserto, os portões foram fechados, me aproximei e postei-me sob a janela. Ah! Eu a conhecia bem! – uma luz suave brilhava dentro do quarto, as cortinas estavam semicerradas. Aquele era o templo da inocência e da beleza. Sua magnificência foi quebrada, por assim dizer, pelos ligeiros desarranjos causados pelo uso, e todos os objetos espalhados em volta mostravam o gosto daquela que o santificava com sua presença. Eu a vi entrar a passos rápidos e se aproximar da janela, ela abriu ainda mais a cortina e olhou para o céu escuro. A brisa noturna brincava com os cachos de seus cabelos, e os erguia da transparência marmórea de sua testa. Ela apertou as mãos e elevou os olhos para o céu. Eu ouvi sua voz. "Guido!", ela murmurou baixinho. "Meu Guido!", e então, como se vencida pela plenitude de seu próprio coração, ela caiu de joelhos. Seus olhos erguidos, sua postura graciosa, a gratidão radiante que iluminava seu rosto – ó, essas são palavras mansas! Meu coração, sempre imaginas, embora não possas retratar, a beleza celestial daquela filha da luz e do amor.

Ouvi passos – passos firmes e céleres que vinham pelo caminho escuro. Logo vi um cavaleiro, ricamente vestido, jovem e, acreditei, gracioso chegando. Eu me escondi no mesmo lugar. O rapaz se aproximou; parou sob a janela. Julieta se levantou e, olhando novamente para fora, ela o viu e disse – mas eu não sei, não neste momento distante no tempo, eu não sei reproduzir suas palavras de imensa ternura; eram ditas para mim, mas foram respondidas por ele.

– Eu não irei – ele gritou. – Aqui onde estás, onde tua memória desliza como um espírito celeste, passarei as longas horas, até nos encontrarmos, jamais, minha Julieta, dia ou noite, partirei novamente. Mas, tu, meu amor, deves descansar; a manhã fria e as brisas constantes empalidecerão tua face e encherão de langor teus olhos amorosos. Ah, querida! Se eu pudesse beijá-los, conseguiria, enfim, dormir.

Então, ele se aproximou ainda mais, e pensei que fosse entrar no quarto. Hesitei, para não a aterrorizar; agora eu não era mais mestre de mim mesmo. Corri à frente, lancei-me em cima dele, rasguei suas roupas e gritei:

– Seu desprezível, desgraçado miserável!

Não preciso repetir epítetos, todos tendendo, ao que parece, a criticar uma pessoa por quem sinta certa parcialidade no momento. Julieta gritou. Eu não ouvi, nem vi – senti apenas meu inimigo, cuja garganta eu agarrei e o cabo da minha adaga; ele lutou, mas não conseguiu escapar. Por fim, rouco, emitiu as seguintes palavras:

– Faze isso! Destrói este corpo! Tu continuarás vivo: que tua vida seja longa e alegre!

Meu punhal parou no ar ao ouvir isso e, ele, ao perceber que eu o soltara, desvencilhou-se e sacou a espada, enquanto o alarido na casa e as tochas passavam de uma sala a outra, mostrando que logo seríamos apartados. Em meio ao meu frenesi, eu calculava: posso cair e, conquanto ele não sobreviva, não me importava com o golpe mortal que eu infligisse em mim mesmo. Enquanto, porém, ele pensasse que eu havia parado, e enquanto eu via que o vilão resolvera tirar vantagem da minha hesitação no golpe repentino que desferiu contra mim, joguei-me contra sua espada e, ao mesmo tempo, afundei meu punhal, com um gesto certeiro e desesperado, no lado do seu corpo. Caímos juntos, rolando um sobre o outro, e o sangue que escorria das feridas misturou-se à grama. Não vi mais nada – desmaiei.

Volto novamente à vida: sentindo-me fraco, quase moribundo, me vi estirado em cima da cama – com Julieta ajoelhada ao meu lado. Estranho! Meu primeiro pedido, quase inaudível, foi me darem um espelho. Eu me sentia tão deprimido e apavorado, que minha pobre amada hesitou, como ela mesmo me disse depois, mas, também, pudera! Reconheci-me no jovem bem-apessoado ao ver o reflexo do meu próprio rosto. Confesso ser uma fraqueza, porém reconheço, tenho um carinho considerável pelo meu rosto e membros toda vez que me olho no espelho, e tenho mais espelhos em minha casa, e consulto-os com mais frequência do que qualquer beldade de Gênova. Antes que me condenem, permitam-me dizer que ninguém sabe melhor do que eu o valor do próprio corpo; ninguém, provavelmente, exceto eu mesmo, jamais o roubou de si.

De forma incoerente, no início, falei sobre o anão e seus crimes, e reprovei Julieta por ter cedido tão facilmente ao amor dele. Ela achou que eu delirava, e com razão; e ainda assim, demorei algum tempo até poder me acalmar, admitindo que o Guido cujo arrependimento a reconquistou para mim era eu mesmo; e enquanto eu amaldiçoava amargamente o monstruoso anão, e abençoava o golpe certeiro que o privou de vida, subitamente confirmei, quando a ouvi dizer: "Amém!", sabendo que aquele que ela desprezou era eu. Um pouco de ponderação me ensinou a silenciar – um pouco de prática permitiu-me falar sobre aquela noite assustadora sem cometer erros por falar em excesso.

A ferida que me infligi não era nenhuma zombaria, demorou muito até que eu me recuperasse, e quando o benevolente e generoso Torella sentou-se ao meu lado, falando com uma sabedoria que conduziria qualquer amigo ao arrependimento, e minha própria querida Julieta perto de mim, atendendo a todos os meus desejos, e me animando com seus sorrisos, minha cura física e transformação mental seguiram juntas. Na verdade, nunca recuperei totalmente as forças – estou mais pálido desde então, meu corpo um pouco curvado. Julieta, por vezes, se atreve a aludir, de modo amargo, ao mal que causou essa mudança, mas eu a beijo na mesma hora, e digo-lhe que tudo opera para o bem. Sou um marido mais afeiçoado e mais fiel, e isso é verdade – mas, por causa daquela ferida, nunca a chamei de minha.

Não tornei a visitar a praia, nem procurei o tesouro do demônio; no entanto, enquanto medito sobre o passado, muitas vezes penso, e meu confessor não estava errado em acreditar, que talvez se tratasse de um espírito bom em vez de mau, enviado pelo meu anjo da guarda para me mostrar a loucura e a miséria do orgulho. Tão bem ao menos aprendi essa lição, ensinada grosso modo como fui, que hoje sou conhecido por todos os amigos e concidadãos como Guido, o Cortês.

CAPÍTULO II

A DAMA DAS TREVAS

Sra. S. C. Hall

1850

Anna Maria Fielding nasceu em Dublin, em 1800, e veio para a Inglaterra com a mãe aos quinze anos. Ali conheceu a poeta Frances Arabella Rowden, que se interessou pela sua educação. Muitas alunas de Rowden se tornaram escritoras famosas em sua época, incluindo Caroline Ponsonby, que iria, como Lady Caroline Lamb, escandalizar a sociedade com seu caso rumoroso com Lord Byron, bem como ao publicar poemas que imitavam o estilo do poeta inglês e criando, como personagens, um casal que se assemelhava a eles em seu romance gótico *Glenarvon*.

  A vida de Anna, por outro lado, não teve escândalos. Casou-se com o jornalista irlandês Samuel Carter Hall, em 1824, e a mãe de Anna viveu com eles até morrer. Mais tarde, Anna se tornou bastante ativa no trabalho de caridade, ajudando a fundar o Hospital de Tuberculose em Brompton (hoje o Royal Brompton Hospital), o Fundo Nightingale (usado para abrir a primeira escola de enfermagem do mundo), e fazendo caridades para ajudar governantas e aias aposentadas ou sem sustento. Também foi bastante ativa no campo dos direitos femininos e, aos sessenta e oito anos, passou a receber uma pensão da Lista Civil do governo britânico em reconhecimento por suas contribuições à sociedade. Os primeiros escritos de Anna consistiam em "esboços do caráter irlandês", um estilo bastante popular nas revistas da época. Também escreveu peças de teatro e romances, em geral, com temas ou ambientes irlandeses. No entanto, sua obra nunca se tornou popular na Irlanda, por ela não ter defendido nenhum dos lados, nem o católico, nem o protestante, porque encontrou tanto qualidades quanto defeitos em ambos.

"A dama das trevas"[15] distingue-se de grande parte de sua obra, não por seu conteúdo sobrenatural – seu romance *Véspera do verão: Um conto de fadas de amor*,[16] foi escrito a partir de lendas de fadas irlandesas –, mas porque se passa no continente europeu. Como se verá em outros contos desta coleção, a Europa continental – a Suíça e a Itália em especial – era um cenário popular na época, servindo de inspiração para os leitores, cujos meios não lhes permitiam viajar, a paixão pelos romances ao longo do *Grand Tour*.[17] Aqui, um conde mal-humorado é transformado após o encontro com uma fantasma da família.

---

[15] "The Dark Lady", no original. (N. da T.)
[16] *Midsummer Eve, a Fairy Tale of Love*, no original. (N. da T.)
[17] *Grand Tour*: nome de uma tradicional viagem pelo continente europeu, feita principalmente por jovens de classe média alta inglesa. Trata-se da origem do turismo contemporâneo, como ele é hoje no Ocidente. (N. da T.)

As pessoas acham engraçado rir de "histórias de espíritos" em plena luz do dia, quando os raios de sol dançam sobre a grama, e as profundas clareiras das florestas estão marcadas apenas pelas suaves sombras de árvores frondosas; quando o castelo em ruínas, que parecia tão misterioso e sério no crepúsculo, parece adequado para fazer um caramanchão; quando a cachoeira brilha com as águas cristalinas, e o zumbido das abelhas e o canto dos pássaros embalam os pensamentos de esperança de vida e felicidade; as pessoas podem rir dos fantasmas então se quiserem, mas, quanto a mim, nunca pude sequer sorrir ao ouvir as histórias desses visitantes sombrios. Tenho muita fé em coisas sobrenaturais, e não posso descrer apenas com base no fato de não possuir as provas fornecidas pelos sentidos, porque eles, na verdade, sustentam com provas palpáveis tão poucas das muitas maravilhas que nos cercam, que prefiro rejeitá-las como testemunhas, do que aceitar a questão inteiramente como a sugerem.

Minha bisavó nasceu no cantão de Berna e, em idade avançada, aos noventa anos, mantinha sua memória "longeva", como se ainda tivesse quinze anos: ela parecia ter saído do bordado de um tapete antigo, mas estava bastante familiarizada com o presente. Sua forma de falar inglês, quando se emocionava, era muito curiosa – misturava francês, definitivamente não o parisiense, com toques aqui e ali de alemão, literalmente amalgamados com o inglês, de forma que suas observações eram, por vezes, espantosas pela sua força. "As montanhas", ela dizia, "no meu país, subiam até o céu, de modo a poder olhá-lo, e ouvir Deus falar dentro da tempestade." Ela nunca compreendeu a verdadeira beleza da Inglaterra, mas amaldiçoava as planícies da nossa ilha – chamando nossas montanhas de "sem qualidade", nada além disso, considerando nossa agricultura "pobre", dizendo que a terra se lavrava sozinha, sem nos deixar nada para fazer. Ela cantava as canções folclóricas mais divertidas, e contava histórias de manhã à noite, especialmente lendas de fantasmas, mas não contaria novamente uma história desse tipo a um incrédulo: essas coisas, ela dizia, "não são risíveis". Uma, em especial, eu me lembro, sempre atraía muita atenção de seus jovens ouvintes, por misturar realidade e romantismo, mas nunca era contada como ela o fazia; era uma senhora idosa tão pitoresca – havia tanto a ser admirado na curiosa escultura de sua bengala de ébano, na beleza de seus babados pontudos, o tamanho e o peso de seus brincos horríveis, o estilo de seu grosso vestido de seda, a singularidade das fivelas dos seus sapatos, seu rosto escuro e vincado, uma expressão em cada dobra, sua testa alta e pensativa e, logo abaixo, os olhos azuis brilhantes – que brilhavam, mesmo sob os cílios embranquecidos com os anos. Todas essas peculiaridades davam um forte efeito às suas palavras.

"No meu tempo", ela nos contava, "passei muitas horas felizes com Amelie de Rohean, no castelo de seu tio. Ele era um homem excelente, grande, sério, sombrio e barulhento, um homem forte, destemido. Tinha um grande coração e uma cabeça grande.

"O castelo estava situado no meio do mais estupendo cenário alpino e, no entanto, não era um lugar solitário. Havia moradias em volta; algumas bem próximas, mas separadas por uma ravina, através das quais, em todas as estações, um rio corria célere. Desconhecem como são as torrentes desse país; suas correntezas são pequenas: as nossas são gigantes. À que me refiro dividia o vale; havia rochas aqui e ali, que as águas contornavam, ou cobriam, dependendo da estação. Em duas delas, essas rochas eram de grande valor, servindo como cais para apoiar as pontes, o único meio de comunicação com os nossos vizinhos do outro lado.

"*Monsieur*, como sempre chamávamos o conde, era, como lhes disse, um homem sombrio, sério e violento. Todos os homens são cheios de vontades, minhas queridas mocinhas", ela dizia, "mas *Monsieur* era o mais voluntarioso de todos: todos os homens são egoístas, mas ele era o mais egoísta: todos os homens são tiranos." Aqui a velha senhora era invariavelmente interrompida pelos parentes, que diziam: "Deus do céu, vovó!", ou "Não diga isso, vovó querida!", e ela se continha e se abanava; depois continuava: "Sim, meus queridos, cada criatura age conforme sua natureza, todos os homens são tiranos; e confesso que acredito que um suíço, cuja herança nasceu com aquelas montanhas, tem o direito de ser tirânico; eu não tinha intenção de culpá-lo por isso: eu não tinha, porque cresci habituada a isso. Amelie e eu sempre ficávamos de pé quando ele entrava na sala, e nunca nos sentávamos, até que nos ordenassem. Ele nunca dirigiu uma palavra amorosa, ou um olhar gentil a nenhuma de nós duas. Nunca falávamos, exceto quando nos dirigiam a palavra".

"Mas e quando ficavas a sós com Amelie, vovó?"

"Ah, então, conversávamos, eu acho; embora fosse com moderação, pois a influência de *Monsieur* nos congelava, mesmo quando ele não estava presente; e ela sempre dizia:

– É tão difícil gostar dele, porque isso ele não quer!

"Não há no mundo ninguém mais bela que Amelie. Posso vê-la diante do espelho ricamente entalhado de seu camarim, revestido de lambris de carvalho; seu cabelo luxuriante que descia de sua testa redonda; a discreta touca de linho cobrindo a nuca; sua seda de brocado (que herdou da avó), cobria o peito com um modesto plissado; sua gorja de veludo preto e as pulseiras, mostrando com perfeição a transparência perolada de sua pele. Ela era a mais adorável de todas as criaturas, e tão boa quanto adorável; parece que foi ontem que estávamos juntas – só ontem! E, no entanto, vivi para vê-la envelhecer; assim eles a chamavam, mas ela nunca pareceu velha para mim! Minha querida Amelie!"

Noventa anos não conseguiram secar a fonte das lágrimas da pobre vovó, nem esfriaram seu coração; e nunca falou sobre Amelie sem se emocionar.

"*Monsieur* tinha muito orgulho da sobrinha, por terem o mesmo sangue: ela acrescentava seus gestos, ajudava em seus prazeres, tornara-se necessária; era o raio de sol da casa."

"Não o único raio de sol, vovó!", um de nós dizia. "Também eras um raio de sol."

"Eu não existia diante de Amelie – eu não passava de sua sombra! As mais corajosas e as melhores do país teriam se sentido felizes de serem para ela o que eu era – a amiga que ela escolhera –, e algumas teriam colocado a vida em risco por um dos seus doces sorrisos, brincando à volta de seu tio, mas que nunca tocaram seu coração. *Monsieur* não admitia que ninguém se sentisse feliz, senão ao modo dele. Ele nunca se casou; e dizia que Amelie jamais se casaria. Ela tinha, segundo ele, tanta alegria quanto ele: um castelo com uma ponte levadiça; uma floresta para poder caçar; cães e cavalos; servos e criadas, joias, ouro e lindos vestidos; um violão e um cravo; um papagaio – e uma amiga! E aquele tio! Ele acreditava que não havia outro tio como ele em toda a Europa! Por muito tempo Amelie riu dessa série de vantagens – ou seja, ria quando o tio saía da sala; nunca riu na frente dele. Com o tempo, deixou de rir, mas, em vez disso, suspirava e chorava. *Monsieur* tinha uma grande responsabilidade quanto a isso. Amelie não era impedida de ver os nobres quando vinham lhe fazer visitas formais, e ela conheceu muitos deles durante as caçadas a falcões e outros animais, mas nunca teve permissão para convidar ninguém para vir ao castelo, nem para aceitar um convite. *Monsieur* imaginava que, se ele fechasse seus lábios, fecharia seu coração; e vangloriava-se da vantagem do seu bom treino, que a mente de Amelie se fortaleceu contra todas as fraquezas, pois ela não demonstrava o menor medo de vagar pelas ruínas da capela do castelo, aonde ele mesmo não ousava ir depois de anoitecer. Esse lugar era dedicado a um espírito da família – o fantasma que, por muitos anos, tinha-o à sua inteira disposição. Reservava-se aos seus aposentos, raramente saindo deles, exceto para interferir quando algo muito errado acontecesse no castelo. *La Femme Noir*[18] foi vista deslizando pelo parapeito desprotegido da ponte e imóvel num pináculo, antes da morte do falecido senhor; e muitas lendas foram contadas sobre ela, que nesta época de incredulidade não seriam críveis."

– Vovó, sabias por que tua amiga se aventurava de forma tão destemida pelos recantos do fantasma? – perguntou minha prima.

"Ainda não cheguei a essa parte", ela respondeu, "e és uma menininha muito atrevida por perguntar o que não quero contar. Amelie decerto não tinha medo do espírito; *La Femme Noir* não devia sentir raiva dela, pois minha amiga passeava pelas ruínas sem se importar se era dia ou noite, com luar ou em completa escuridão. Os camponeses diziam que a moça devia ter andado sobre ossos cruzados, ou bebido água do crânio de um corvo, ou passado nove vezes em torno do espelho do espectro na véspera do verão. Ela deve ter feito tudo isso, se não mais: havia pouca dúvida de que a *Femme Noir* a iniciara em certos mistérios, pois, às vezes, ouviam sussurros, e viam duas sombras atravessando a antiga capela destelhada, quando *Mamselle* cruzou a passarela sozinha. *Monsieur* jactava-se do destemor de sua gentil sobrinha; e, mais de uma vez, quando teve convidados em festas no castelo, ele a enviava, à meia-noite, para lhe trazer um galho de uma árvore que só crescia ao lado do altar da velha capela; e ela atendia às suas ordens sempre de boa vontade, embora não tão rapidamente quanto ele desejasse.

"Mas certamente a coragem de Amelie não lhe trouxe tranquilidade. Ela ficou pálida; seu travesseiro amanhecia banhado em lágrimas; deixou de tocar música; não tinha mais prazer em caçar; e seus cabritos, ao deixarem de receber a habitual atenção, debandaram para as montanhas. Ela passou a me evitar – a mim, sua amiga,

---

[18] *A Dama das Trevas*, em francês no original. (N. da T.)

que morreria por ela; ela me abandonou; não respondia a meus pedidos, e não dava ouvidos ao que eu dizia. Certa manhã, quando seus olhos estavam fixos num livro que fingia ler, e eu me sentei com meu bordado um pouco longe, vendo suas lágrimas descendo pelo seu rosto, até eu me cegar com as minhas, ouvi os passos pesados de *Monsieur* vindo pelo longo corredor; algumas botas rangem, mas as botas de *Monsieur* rosnavam!

– Salve-me, ó, salve-me! – ela exclamou enlouquecida.

"Antes que eu pudesse responder, o tio abriu a porta de forma violenta, e ficou diante de nós como a encarnação de um raio. Ele segurava uma carta aberta na mão – seus olhos faiscavam, suas narinas estavam dilatadas –, ele tremia tanto de raiva que os armários e as antigas porcelanas sacudiram.

– Conheces Charles Le Maître? – ele perguntou.

"Amelie disse que sim.

– Como conheceste o filho do meu inimigo mais mortal?

"Ela não respondeu. Ele repetiu a pergunta. Amelie respondeu que o conhecia e, por fim, confessou tê-lo encontrado nas ruínas do castelo! Ela se atirou aos pés do tio – agarrou-se aos seus joelhos: o amor a ensinara a ser eloquente. Ela lhe disse quanto Charles lamentava a antiga rixa; quanto ele era gentil, verdadeiro e bom. Prostrada no chão, confessou, de forma modesta, porém firme, que amava o rapaz; que preferia sacrificar toda a riqueza do mundo a esquecê-lo.

"*Monsieur* parecia sufocar; abriu a gravata bordada, jogou-a no chão – e ela continuava agarrada a ele. Por fim, ele a repeliu com força; ele se arrependia de tê-la alimentado, e alimentado o ódio à memória de sua mãe! Porém, apesar da natureza de Amelie ser terna e afeita, o velho espírito da antiga raça cresceu dentro dela; a frágil moça se levantou, e ela se postou empertigada diante daquele homem tempestuoso.

– Acreditaste – ela disse –, porque me ajoelhei diante de ti, que sou fraca? Porque te suportei, que eu não tenha meus próprios pensamentos?

Alimentaste este corpo, mas não meu coração; não me deste nem amor, nem carinho, nem compreensão; me exibiste a teus amigos como exibes teu cavalo. Se tivesses, por caridade, semeado as sementes do amor em meu peito; se tivesses sido um pai para mim em carinho, eu teria sido tua filha. Não lembro de nenhuma vez não ter tremido ao ouvir teus passos, mas não farei mais isso. Eu teria te amado, confiado, me afeiçoado a ti, mas eu temia que soubesses que eu tinha um coração, para que não o insultasses, nem o ferisses. Ó, senhor, aqueles que esperam amor e não o recebem, e semeiam confiança onde não há nenhuma, explodem durante a juventude, e constroem para si uma velhice desonrosa.

"A cena terminou quando *Monsieur* caiu no chão com um ataque, e Amelie foi levada desacordada para o quarto.

"Naquela noite, o castelo foi cercado por tempestades; vinham de todas as direções da bússola – raios, trovões, chuva e granizo! O senhor deitou-se em sua cama imponente, perturbado; ele mal podia acreditar que Amelie havia dito as palavras que ele ouviu; frio e egoísta como era, ele também tinha uma visão clara, e foi a verdade contida nas palavras que ela disse que o surpreendeu. Porém, seu coração ainda era duro; ordenou que Amelie permanecesse trancada em seu quarto, e que seu amado fosse trazido e aprisionado quando viesse encontrá-la à noite. *Monsieur*, como eu disse, estava deitado em sua cama imponente, os raios, intermitentes, iluminavam a escuridão do quarto. Sentei-me no chão do lado de fora, mas não conseguia ouvi-la chorar, embora soubesse que ela estava sendo consumida pela tristeza. Enquanto eu esperava sentada, com a cabeça apoiada no batente da porta, um vulto passou através da porta de carvalho maciço do seu quarto, sem arrancar as ferragens. Eu o vi do mesmo modo como os vejo agora, sob a influência de tantas emoções; a porta não se abriu, mas o vulto a atravessou – uma forma sombreada, escura e vaporosa, porém de contornos distintos. Eu sabia que era *La Femme*

Noir, e eu tremi, pois ela nunca aparecia à toa; sempre havia uma razão. Não temi por Amelie, porque *La Femme Noir* nunca lutou contra intelectuais ou virtuosos. Ela passou devagar, mais devagar do que estas minhas palavras, pelo corredor, crescendo à medida que avançava, até entrar no quarto de *Monsieur* pela porta em frente onde eu estava. Ela parou ao pé da cama, e os raios, já não tão fortes, com seus amplos clarões, continuavam a iluminar o cômodo. Ela ficou totalmente imóvel por algum tempo, e o senhor lhe perguntou, em voz alta, de onde ela viera e o que ela queria. Por fim, quando a tempestade cessou, ela lhe disse que todo o poder que ele possuía não conseguiria impedir a união entre Amelie e Charles. Eu a ouvi falar; parecia o sussurro do vento entre os ramos de abeto – frio e penetrante, gelando os ouvidos e o coração. Desviei os olhos enquanto ela falava, e quando olhei de novo, ela havia desaparecido! A tempestade tornou-se mais violenta, e a raiva do senhor acompanhava a ira dos elementos. Os criados tremiam de pavor; temiam algo que desconheciam: os cães aumentavam seu temor uivando sem parar, e depois latindo ainda mais alto; o senhor andava de um lado para outro do quarto, chamando em vão pelos criados, batendo o pé e imprecando como um louco. No fim, entre clarões de relâmpagos, ele chegou no alto da grande escadaria, e o badalar do sino de alerta misturou-se aos trovões e ao rugido das torrentes que desciam as montanhas: isso chamou os criados à sua presença, embora não entendessem o que ele dizia – ele insistia que Charles deveria ser trazido diante dele. Todos nós tremenos, pois ele estava louco e lívido de raiva. O guarda, a quem a custódia do rapaz foi entregue, não tinha coragem de entrar no salão onde ecoavam sua voz alta e as passadas pesadas, porque, quando ele foi buscar o prisioneiro, descobriu que a trava e a barra tinham sido tiradas, e o portão de ferro estava escancarado: ele sumira. *Monsieur* sentiu alívio ao ser obrigado a entrar em ação: ordenou sua imediata perseguição, e montou um grupo de busca, apesar da tempestade, apesar da fúria dos elementos. Mesmo com os portões sacudindo, e o castelo tremendo como uma folha de faia, ele seguiu em frente, com o caminho iluminado pelos relâmpagos: mesmo sendo corajoso e ousado, foi quase impossível fazer seu cavalo avançar; ele cravava fundo as esporas nos flancos do nobre animal, até o sangue escorrer tingindo a chuva de vermelho. Por fim, correu que nem um louco pelo caminho até a ponte por onde o rapaz deveria passar; e ao chegar ali, o senhor divisou a capa ondulante do perseguido a alguns metros à frente. De novo, o cavalo se rebelou contra a vontade do senhor, os relâmpagos brilhando em seus olhos, e as torrentes como uma massa de fogo ardente; não se ouvia mais nada, além do rugido das águas; seus comandados se agarravam à medida que avançavam até a guarda da ponte. O rapaz, inconsciente da *perseguição*, seguia rapidamente; e mais uma vez atiçado, o cavalo avançou. No mesmo instante, o vulto da *Femme Noir* surgiu com o estrondo que percorreu a ravina; a torrente seguiu na mesma direção que ela, e mais da metade da ponte cedeu e foi varrida para sempre. Quando o senhor deteve o cavalo que ele insistia que avançasse, viu o rapaz ajoelhado de braços abertos na outra margem – ajoelhou-se em agradecimento por se livrar do duplo perigo. Todos ficaram tocados com o gesto do rapaz, e se regozijaram por sua sorte, embora não tivessem a intenção de dizer isso, ou mostrar que pensassem assim. Nunca vi uma pessoa mudar tanto quanto o senhor ao entrar pelos portões do castelo; estava pálido – seus olhos calmos, a pluma ereta do seu chapéu pendia partida sobre o ombro –, andava de forma desigual e, com a voz débil de uma menina, disse:

– Tragam-me uma taça de vinho.

"Eu era a criada que lhe servia o vinho e, pela primeira vez na vida, ele me agradeceu de forma gentil e, de modo caloroso, tocou meu ombro em agradecimento; esse gesto quase me atirou do outro lado da sala. O que aconteceu em seu quarto, eu não sei. Alguns dizem que a *Femme Noir* o visitou novamente: não posso afirmar, porque não a vi; conto o que vi, não o que ouvi dizer. A tempestade passou com um estrondo de trovão, que fez os outros sons parecerem como pedregulhos numa onda na praia. Na manhã seguinte, *Monsieur* mandou chamar o padre. O bom homem parecia aterrorizado ao entrar no salão, mas *Monsieur* encheu-lhe as mãos com moedas de ouro que tirou de uma bolsinha de couro, para restaurar rapidamente a igreja; e segurando sua mão quando ele saiu, olhou firme para ele. Ao fazer isso, sua fronte empapou-se de suor; suas feições sérias e sisudas tornaram-se estranhamente comovidas, enquanto olhava a face calma e pálida do ministro de paz.

– Tu – ele disse –, pedes a Deus para abençoar o camponês mais pobre que passa por ti na montanha; não tens uma bênção para o senhor de Rohean?

– Meu filho – respondeu o bom homem –, dou-te a bênção que posso te dar: que Deus te abençoe, e que teu coração se abra para dar e receber.

– Eu sei que posso dar – disse o homem orgulhoso –, mas o que posso receber?

– Amor – ele respondeu. – Toda a tua riqueza não te trouxe felicidade porque não sabes amar, nem ser amado!

"O demônio voltou ao seu rosto, mas não ficou somente ali.

– Tu me ensinarás sobre isso – ele disse.

"E então o bom homem se foi.

"Amelie continuou prisioneira, mas houve uma mudança em *Monsieur*. A princípio, ele se trancou em seu quarto, e ninguém podia se apresentar na frente dele; ele comia sozinho com o alimento levado pelo único criado que se aventurava se aproximar de sua porta. Ouviam-no andar de um lado para outro do quarto, dia e noite. Antes de dormir, ouvíamos seus passos pesados; de manhã, lá estavam novamente: e os criados da casa, ao acordar de vez em quando no meio da noite, diziam que os passos não paravam.

"*Monsieur* sabia ler. Ah, podem achar graça, mas naquela época, e naquelas montanhas, os 'senhores' não se preocupavam em ter conhecimentos, mas o senhor de Rohean sabia ler em grego e latim, e mandou que O Livro que ele nunca mais abriu desde a infância fosse trazido até ele. Foi tirado de sua caixa de veludo, e carregado até ele, e víamos sua sombra, pelo lado de fora, como a sombra de um gigante, curvando-se sobre O Livro; e ele o leu por alguns dias; e esperávamos ardentemente que ele o abrandasse e mudasse sua natureza – e embora eu não possa falar muito sobre brandura, de fato, houve uma grande mudança; ele deixou de andar com uma expressão mal-humorada pelos corredores, de bater as portas e imprecar contra os criados. Parecia possuído por um demônio feliz, cantarolando uma velha canção:

> *Aux bastions de Genève, nos cannons*
> *Sont branques;*
> *S'il y a quelque attaque nous les feront ronfler,*
> *Viva! les cannoniers!*[19]

e então ele parava, e batia palmas como címbalos e ria. Uma vez, quando eu estava passando, ele me puxou pelo braço e me girou no ar numa valsa, gargalhando ao me colocar de volta no chão, deixando-me terminar a tela do meu bordado. Ele formou uma banda de trompetes e trombetas, e insistiu que os pastores de bodes e cabras tocassem revéis nas montanhas, e as crianças do vilarejo tocavam tambores: sua única ideia de alegria e felicidade era fazer barulho. Pôs todo o cantão para trabalhar a fim de consertar a ponte, pagando aos operários salários dobrados; e ele, que nunca havia entrado numa igreja antes, ia

---

[19] *Nos bastiões de Genebra, nossos canhões / são de prata; / Se nos atacarem, nós os faremos roncar, / Viva os canhoneiros!*, em francês no original. (N. da T.)

quase todos os dias ver como os operários estavam trabalhando. Ele falava e ria muito sozinho; e em sua alegria de coração, promovia brigas entre os mastins e fazia excursões – e não sabíamos aonde ele ia. Por fim, Amelie foi chamada à sua presença, e ele a sacudiu, e gritou, depois a beijou; e, esperando que ela se comportasse, disse-lhe que arranjara um marido para ela. Amelie chorava e rezava; e o senhor brincava e cantava. Afinal, ela desmaiou; e aproveitando o desmaio, ele a levou até a capela; e ali, ao lado do altar, estava o noivo – que não era outro, senão Charles Le Maître.

"Eles viveram muitos anos felizes juntos, e quando *Monsieur* se tornou um homem melhor em todos os sentidos, embora continuasse a ser muito estranho, a *Femme Noir* apareceu novamente para ele – uma única vez. Ela veio com um ar plácido, numa noite de verão, com os braços erguidos para o céu.

"No dia seguinte, o sino abafado anunciou ao vale que o orgulhoso e tempestuoso senhor de Rohean havia falecido."

CAPÍTULO III

A MANSÃO MORTON

Elizabeth Gaskell

1853

Como Mary Shelley, Elizabeth Cleghorn Stevenson não conheceu a mãe, que morreu logo depois de ela completar um ano de idade. Diferentemente de Mary, no entanto, sua educação foi bastante convencional. Como uma heroína de Jane Austen, foi enviada para a casa de uma tia, e cresceu sem qualquer recurso próprio e nenhuma garantia de um lar permanente. Recebeu a educação típica de uma jovem de sua época, com foco em artes, livros clássicos e etiqueta. Em seu tempo livre, vagava pelas florestas e nos campos em volta da casa da tia, colhendo flores silvestres e olhando os pássaros. Aos vinte e um anos, casou-se com um ministro da Igreja Unitária local, chamado William Gaskell: tiveram um filho natimorto e o segundo morreu na primeira infância, mas três meninas sobreviveram.

A carreira literária de Elizabeth parece ter começado em 1835, ao escrever um diário para documentar o crescimento de sua filha Marianne; passou a escrever sobre a parentalidade e suas outras filhas. No ano seguinte, ela e William escreveram juntos uma série de poemas chamados "Esboços sobre a pobreza", publicados na *Blackwood Magazine*, em janeiro de 1837. Seu primeiro trabalho solo, "Clopton Hall", foi publicado em 1840 numa coleção intitulada *Visitas a lugares notáveis*,[20] e atribuído apenas a "Uma Dama".[21] Nos oito anos seguintes, publicou vários contos com o pseudônimo masculino de "Cotton Mather Mills", um nome sem dúvida inspirado em sua fé da Igreja Unitária.

"A Mansão Morton"[22] é um dos seus contos menos publicados em antologias. Menos gótica do que a obra de Mary Shelley, mesmo assim incorpora uma quantidade de tropos bastante populares nas ficções góticas e sensacionalistas de sua época: a mansão em ruínas, o casamento inadequado e a maldição ou a profecia cumprida ao final. Muitos desses elementos também são encontrados, de forma mais conhecida, em *O cão dos Baskerville*,[23] que Arthur Conan Doyle iniciou como uma história de terror antes de decidir introduzir Sherlock Holmes, ressuscitado por exigência de seus leitores, após sua aparente morte, oito anos antes, no conto "O problema final".[24]

---

[20] *Visits to Remarkable Places*, no original. (N. da T.)
[21] "A Lady", no original. (N. da T.)
[22] "Morton Hall", no original. (N. da T.)
[23] *The Hound of the Baskervilles*, no original. Lançado em 1902 e originalmente publicado em capítulos na *Strand Magazine*, entre agosto de 1901 e abril de 1902. (N. da T.)
[24] "The Final Problem", no original. Publicado pela primeira vez na *Strand Magazine*, em dezembro de 1893, e em *As memórias de Sherlock Holmes*, coletânea de onze contos, em 1894. (N. da T.)

"A Mansão Morton" foi publicado pela *Household Words*, uma revista semanal editada por Charles Dickens entre 1850 e 1859.

I

Nossa antiga mansão será demolida para a construção de ruas naquele local. Eu disse à minha irmã:

— Etelinda! Se eles realmente demolirem a Mansão Morton, será pior do que a Abolição das Leis dos Cereais.[25]

E, depois de refletir um pouco, ela respondeu que, se dissesse o que estava pensando, acharia que os papistas tinham algo a ver com isso; que nunca haviam perdoado um membro da família Morton que estava com lorde Monteagle quando este descobriu a Conspiração da Pólvora,[26] pois nós sabíamos, que, em algum lugar em Roma, havia um livro guardado, há muitas gerações, relatando fatos secretos de cada família inglesa importante, registrando os nomes daqueles por quem os papistas mantinham aversão ou gratidão.

Ficamos em silêncio por algum tempo, mas tenho certeza de que estávamos pensando a mesma coisa; nosso antepassado, um Sidebotham, fora seguidor de Morton naquela época; sempre se disse na família que ele estava com seu senhor quando este acompanhou lorde

---

[25] Leis britânicas, criadas em 1815 e abolidas em 1846, que estabeleciam taxas sobre os cereais importados, para proteger o comércio interno de grãos, em razão da Grande Fome da Irlanda, em 1845. (N. da T.)

[26] Conhecida também como Traição da Pólvora, foi uma tentativa de assassinato do rei Jaime I, por um grupo de católicos ingleses, liderados por Robert Catesby, que pretendia explodir a Câmara dos Lordes durante a cerimônia de abertura do Parlamento, em 5 de novembro de 1605. (N. da T.)

Monteagle e encontrou Guy Fawkes[27] com sua lanterna no porão do Parlamento; e a pergunta passou por nossa mente: os Sidebotham receberam uma marca preta naquele misterioso livro guardado a sete chaves pelo papa e os cardeais de Roma? Era terrível, porém, de alguma forma, também era prazeroso pensar assim. Muitos dos infortúnios que nos atingiram ao longo da vida, e que chamávamos de "misteriosas desconsiderações", mas que alguns de nossos vizinhos atribuíam ao nosso desejo de prudência e previsão, foram contabilizados ao mesmo tempo, como se fôssemos o objeto do ódio mortal de uma poderosa ordem como a dos jesuítas, a quem temíamos desde que lemos *A mulher jesuíta*.[28] Não sei se essa última ideia sugeriu o que minha irmã comentou em seguida; nós conhecíamos um primo de segundo grau da mulher jesuíta, então, podia-se dizer que tinham ligações literárias e, a partir daí, um pensamento assustador pode ter surgido na mente da minha irmã, porque ela exclamou:

– Biddy! – (meu nome é Bridget, mas apenas minha irmã me chama assim) –, suponha que me escrevas sobre a Mansão Morton; sabemos muita coisa que aconteceu na família Morton na nossa época, e seria uma vergonha se tudo isso fosse totalmente esquecido, enquanto pudermos falar e escrever.

Fiquei satisfeita com a ideia, devo confessar, mas me senti envergonhada por ter que concordar imediatamente, embora, ao objetar por modéstia, eu tenha me lembrado de tudo que ouvi sobre a antiga mansão no passado, e como fosse, talvez, tudo o que eu pudesse fazer agora pela família Morton, de quem nossos antepassados foram locadores por mais de trezentos anos. Então, por fim, concordei e, por

---

[27] Guy Fawkes era o militar responsável pela explosão dos 36 barris no porão do Palácio de Westminster. (N. da T.)
[28] Livro de Jemima Thompson Luke, publicado em 1851, *The Female Jesuit, or The Spy in the Family* (*A mulher jesuíta ou a espiã da família*). (N. da T.)

medo de errar, mostrei ao sr. Swinton, nosso jovem pároco auxiliar, que me explicou para que eu pudesse compreender.

A Mansão Morton fica a cerca de oito quilômetros do centro de Drumble. Está localizada nos arredores de uma aldeia, que, quando a mansão foi construída, talvez fosse tão grande quanto Drumble naquele tempo; e eu me lembro que havia um longo trecho de estrada erma, com cercas vivas altas dos dois lados, entre as aldeias de Morton e Drumble. Hoje, é uma rua, e Morton parece um subúrbio da cidade grande. Nossa fazenda ficava onde a rua Liverpool passa hoje; e as pessoas costumavam vir caçar onde a igreja batista está construída. Nossa fazenda deve ser mais antiga do que a mansão, pois tínhamos a data de 1460 numa de nossas vigas de sustentação. Meu pai se orgulhava de ter essa vantagem, pois, na mansão, a data mais antiga era 1554; e me lembro de ele discutir com a sra. Dawson, a governanta, batendo-se nesse fato certa noite quando ela veio tomar chá com minha mãe, e Etelinda e eu éramos bem pequenas. Mas, minha mãe, ao ver que a sra. Dawson não admitiria que nenhuma casa na paróquia fosse mais antiga que a mansão, e que estava começando a ficar irritada, quase insinuando que os Sidebotham falsificaram a data para depreciar os Morton, querendo ser considerada a família mais antiga da região, pediu à sra. Dawson que nos contasse a história do velho sir John Morton, antes de irmos dormir. Eu, espertamente, lembrei a meu pai de que Jack, nosso empregado, não era tão cuidadoso quanto deveria ser para guardar as vacas no horário certo à noite, durante o outono. Então, ele saiu atrás de Jack, e nós nos aproximamos da lareira para ouvir a sra. Dawson contar a história de sir John.

Sir John Morton viveu na época da Restauração.[29] Os Morton ficaram do lado do rei; então, quando Oliver Cromwell subiu ao poder,

---

[29] Retorno à monarquia após o período do Commonwealth, com a ascensão ao trono de Charles II, em maio de 1660. (N. da T.)

ele cedeu as suas terras a um dos seguidores puritanos – um homem que fora um mascate escocês até o início da guerra; e sir John foi viver com seu real senhor em Bruges.

O novo rico chamava-se Carr e ocupou a mansão Morton, tenho orgulho de dizer que nós – quero dizer, nossos ancestrais – lhes demos bastante trabalho. Ele tinha muita dificuldade para receber os aluguéis dos inquilinos que se negavam a pagar a um Cabeça Redonda.[30] Se ele os acionasse judicialmente, os oficiais de justiça eram tão mal remunerados, que evitavam fazer qualquer diligência até Morton – vindo sozinhos pela estrada da qual lhe falei antes. Ouviam-se estranhos ruídos na mansão, que ganhou fama de assombrada, mas, como os barulhos nunca foram ouvidos antes ou depois de Richard Carr ter vivido ali, deixo que decidam por si mesmos se os maus espíritos sabiam quem eles deveriam assombrar – rebeldes cismáticos e ninguém mais. Eles não ousavam perturbar os Morton, que eram os verdadeiros, leais e fiéis seguidores do rei Charles I, em palavras e atos. Por fim, o Velho Oliver morreu, e o povo disse, que, naquela noite selvagem e tempestuosa, ouviram gritar bem alto, onde ecoam os gansos selvagens, chamando seu leal seguidor, Richard Carr, para se juntar a ele, fugindo dos demônios que o perseguiam, antes de arrastá-lo ao inferno. De qualquer forma, Richard Carr morreu após uma semana – chamado pelos mortos ou não, acompanhando seu mestre e o senhor do seu mestre.

Então, sua filha Alice entrou na posse da propriedade. Sua mãe era parente do General Monck,[31] que começou a ter poder nessa

---

[30] Tradução literal de Roundhead, designação utilizada em relação aos puritanos, seguidores de Cromwell, por usarem o cabelo cortado em forma de cuia. (N. da T.)

[31] General George Monck (1608-1670), soldado inglês que serviu no exército de Oliver Cromwell na Escócia e mais tarde auxiliou na Restauração da monarquia inglesa. Com a morte de Cromwell em 1658, Monck ofereceu seu exército para servir ao rei Charles II. Em 1º de janeiro de 1660, começou a marcha para o sul, chegando

época. Então, quando Charles II ascendeu ao trono, e muitos dos puritanos aproveitadores precisaram renunciar às terras que haviam tomado ilegalmente para devolvê-las a seus donos, Alice Carr continuou reinando na Mansão Morton. Ela era mais alta do que as outras mulheres e muito bonita, segundo me disseram. Mas, apesar de toda a beleza, ela era bastante rigorosa. Seus inquilinos sabiam que ela era severa quando o pai ainda estava vivo, mas agora que era a senhora e detinha o poder, tornou-se pior ainda. Ela odiava os Stuart mais do que seu pai os odiou; jantava sopa de cabeça de vitela no dia 30 de janeiro de todos os anos e, quando ia chegando o dia 29 de maio, e cada filho da aldeia colhia as folhas de carvalho[32] para enfeitar o chapéu, ela trancava as janelas da mansão e passava o dia de luto, escondida na penumbra. Ninguém gostava de contrariá-la, por ela ser jovem e bonita. Disseram que o rei pediu a seu primo, o duque de Albemarle, para convidá-la para ir à corte, tão gentilmente como se ela fosse a rainha de Sabá e o rei Charles fosse Salomão pedindo-lhe para visitá-lo em Jerusalém. Mas ela não foi; não ela! Ela vivia de modo bastante recluso, e agora o rei teria que se conformar; nenhum criado exceto sua governanta poderia ficar com ela dentro da mansão; e os inquilinos não teriam que lhe pagar mais nada, pois seu pai havia pagado pelas terras ao Parlamento em dinheiro vivo.

Durante esse tempo, sir John estava em algum lugar nas plantações na Virgínia; e somente saíam navios de lá duas vezes por ano, mas seu real senhor mandou-o de volta para casa; e ele regressou no segundo verão após a Restauração. Ninguém sabe se a senhora Alice tomou conhecimento de sua chegada à Inglaterra ou não; todo o povo

---

a Londres em 2 de fevereiro, onde tomou o controle da cidade e sugeriu que o Parlamento pedisse a Charles II que retornasse da França. (N. da T.)

[32] Após a Batalha de Worcester (pronuncia-se "Wooster"), em 1651, o futuro rei Charles II se escondeu em um carvalho para não ser encontrado pelos Cabeças Redondas; o carvalho, a partir de então, se tornou o símbolo dos monarquistas. (N. da T.)

da aldeia e todos os inquilinos sabiam e, um dia, trajaram suas melhores roupas, carregando grandes ramos de carvalho para dar as boas-vindas a ele quando adentrou a aldeia numa manhã de julho, ladeado por belos cavaleiros, que riam e conversavam, divertindo-se e falando alegremente com o povo da aldeia. Vieram pelo outro lado da estrada de Drumble. De fato, Drumble mal era uma aldeia nessa época, como lhes disse antes. Entre o último chalé da aldeia e os portões da velha mansão, havia um trecho sombreado da estrada, onde os galhos quase se tocavam no alto de cada lado, criando uma penumbra verdejante. Se reparar, quando se conversa alegremente ao ar livre, ao sol, todos param de falar por um instante quando passam por uma sombra fresca sob as árvores, e ficam em silêncio por algum tempo, ou falam num tom mais grave, mais baixo e mais devagar. Assim afirmam os mais velhos o que fizeram esses alegres cavaleiros, pois muitos deles os seguiram para ver Alice Carr ser despida de seu orgulho. Eles contavam como os cavaleiros tiveram que abaixar os chapéus emplumados para passar sob os galhos. Creio que sir John esperava que a senhora tivesse chamado os amigos e se preparado para algum tipo de batalha, para defender a entrada da mansão, mas ela não tinha amigos. Não havia nenhum outro parente senão o duque de Albemarle, e este estava zangado por ela ter se recusado a ir à corte, e a salvar assim sua propriedade, de acordo com seus conselhos.

Bem, sir John cavalgou em silêncio; o som dos cascos dos cavalos e dos tamancos dos aldeões era tudo o que se ouvia. O pesado portão foi aberto de par em par, e eles prosseguiram até a escadaria da entrada da mansão, onde a senhora estava esperando de pé, com sua roupa puritana simples e reservada, o rosto corado, os grandes olhos faiscando, sem ninguém atrás dela, com ela, ou perto dela, nem ninguém à vista, senão a velha governanta, trêmula, agarrada à própria saia, em estado de terror. Sir John se surpreendeu; ele não poderia atacar uma mulher com espadas e lanças de guerra; seus preparativos para fazer uma entrada forçada lhe pareceram ridículos, e ele também sabia, diante de seus alegres e brincalhões companheiros; então, ele mudou de ideia e disse-lhes para esperar ali, enquanto seguiu sozinho até a escadaria, para falar com a jovem senhora; então, eles o viram, de chapéu na mão, conversando com a senhora, e ela, de pé, imponente e impassível, como uma rainha à frente de seu exército. O que os dois disseram, ninguém ouviu, mas ele cavalgou de volta, muito sério, com o semblante diferente, embora seus olhos acinzentados parecessem mais argutos do que antes, entrevendo uma saída, mesmo que fosse um pouco adiante. Ele não suportaria ser caçoado na frente de seus homens, então, quando comunicou haver mudado de ideia e que não queria perturbar um dama tão bela em sua casa, ele e os cavaleiros retornaram à taberna na aldeia, e passaram o dia todo festejando, cortando os incômodos galhos da cavalgada matutina para fazer uma fogueira no centro da aldeia, onde queimaram um boneco, que alguns chamaram de Velho Noll,[33] e outros de Richard Carr: tanto fazia, eles disseram, pois, se não o batizassem com um nome, a maioria pensaria não passar de uma tora de madeira. Mas a governanta da senhora disse aos aldeões que, depois que Alice Carr saiu da ensolarada escadaria da mansão, e voltou para o interior sombrio e frio de sua casa, que a colocou numa poltrona, ela chorou como nunca a viu chorar antes, sem imaginar que a orgulhosa dama pudesse chorar. Durante todo aquele dia de verão, ela chorou, e se cessava por um momento por excesso de fadiga, suspirava como se o seu coração estivesse partido; eles ouviam pelas janelas no segundo andar – abertas por causa do calor – os sinos da aldeia repicando alegremente pela floresta, e os coros entoando as canções dos animados cavaleiros, todos aclamando os Stuart. Tudo o que a jovem senhora disse, uma

---

[33] Um apelido para designar Oliver Cromwell, derivado de "Oliver", do mesmo modo como "Ned" deriva de "Edward". (N. do A.)

ou duas vezes, foi: "Ó, Deus! Como eu não tenho amigos!" – a velha governanta sabia que era verdade, e não poderia desdizê-la; e pensou, como disse bem depois, que aquele choro tão sentido indicava a iminência de uma grande tristeza.

Suponho que a tristeza fosse o que a orgulhosa senhora mais temesse, mas esta veio como a celebração de um casamento. Como, a aldeia nunca soube. Os alegres cavalheiros partiram de Morton a cavalo no dia seguinte tão descansados e despreocupados como se sua missão tivesse sido cumprida e sir John houvesse, de fato, retomado a casa; e, aos poucos, sua governanta vinha de modo tímido fazer compras no mercado da aldeia, e a senhora Alice podia ser vista caminhando pela floresta, tão imponente e orgulhosa como sempre, apenas um pouco mais pálida e mais triste. Na verdade, conforme me contaram, a senhora Alice e sir John se afeiçoaram um ao outro naquela conversa na escadaria da mansão; ela, do modo profundo e selvagem como se deixava impressionar, gravado a fogo. Sir John era um homem galante e bem-apessoado, e tinha uma forma graciosa e curiosamente gentil de se comportar. O modo como ele gostava dela era muito diverso – um modo viril, segundo me disseram. Ela era uma bela mulher a ser domada e feita para ceder ao chamado dele; e talvez ele tenha lido em seus ternos olhos que ela poderia ser conquistada e, então, todos os problemas legais sobre a posse da propriedade terminaram de um modo simples e prazeroso. Ele se hospedou com os amigos na vizinhança; encontrava-a nos seus lugares favoritos, com o chapéu emplumado na mão, suplicante diante dela, e ela parecia mais afável e adorável do que nunca e, por fim, os inquilinos foram informados de que o casamento seria celebrado em breve.

Após a celebração, sir John ficou por algum tempo com a senhora na mansão, e depois retornou à corte. Dizem que sua recusa obstinada em acompanhar o marido a Londres foi a causa da primeira discussão do casal, mas pessoas com personalidade tão forte como eles iriam discutir desde o dia do casamento. Ela disse que a corte não era o lugar para uma mulher honesta, mas certamente sir John sabia o que fazer, e ela poderia ter confiado nele e ficado sob seus cuidados. No entanto, ele a deixou sozinha e, no início, ela chorou amargamente, depois retomou o antigo orgulho, e mostrou-se mais arrogante e sombria do que nunca. Aos poucos, encontrou alguns subterfúgios e, como sir John nunca lhe restringia o dinheiro, reuniu os remanescentes do antigo partido puritano em torno dela, e tentou se acalmar fazendo longas orações, resmungando por causa da ausência do marido, mas de nada adiantou. Mesmo sentindo-se maltratada, ela ainda o amava desesperadamente. Certa vez, dizem, vestiu as roupas da criada, e seguiu, disfarçada, até Londres para saber o que o prendia por lá; e ela viu, ou ouviu algo que a afetou por completo, pois voltou com o coração partido. Disse que a única pessoa que ela amou com toda a força selvagem do seu coração provou ser falso com ela; e se fosse verdade, pudera! Na melhor das hipóteses, ela não passava de um ser sombrio, e era uma grande honra para a filha de seu pai ter se casado com um Morton. Ela não poderia ter esperado muito.

Depois da prostração, veio a religião. Todos os antigos pastores puritanos do país eram bem-vindos à Mansão Morton. Certamente, isso era o suficiente para desgostar sir John. Os Morton não se importavam em ser muito religiosos, mas a religião que tinham era suficiente para eles. Então, quando sir John chegou esperando receber uma calorosa recepção ou uma terna demonstração de amor, sua senhora o repeliu, e começou a rezar diante dele, recitando-lhe o último texto puritano que tinha ouvido; e ele xingou a ela e a todos os pastores; e fez um juramento de morte de que nenhum deles seria bem-vindo em nenhuma de suas casas. Ela o olhou com desprezo, e disse que queria saber em que condado da Inglaterra estava essa casa a que ele se referia, pois na que seu pai comprou e que ela herdara, todos os pastores do Evangelho seriam bem-vindos, não importava que leis o rei decretasse, nem que juramentos seus seguidores fizessem. Ao ouvir isso, ele não respondeu nada – o pior sinal para ela –, mas ele forçou um sorriso e, depois de uma hora, partiu a cavalo para reencontrar a bruxa francesa que o seduzira.

Porém, antes de sair de Morton, ele enviou espiões. Queria esmagar a mulher com as próprias mãos e puni-la por tê-lo desafiado. Ela conseguiu que ele a odiasse por seus modos puritanos. Contou os dias até o mensageiro chegar, calçando botas de couro bem altas, para dizer que a senhora convidara os pastores puritanos da vizinhança para um encontro de oração, oferecendo-lhes um almoço e pouso à noite em sua casa. Sir John sorriu ao dar ao mensageiro cinco moedas de ouro por seus serviços, e partiu direto, cavalgando por longos dias, até chegar a Morton a tempo, pois este seria o dia do encontro de oração. Nessa época, os almoços no campo eram servidos à uma hora. Os nobres de Londres podiam almoçar mais tarde e se sentar à mesa às três ou depois dessa hora, mas os Morton seguiam as antigas tradições e, quando os sinos da igreja deram doze horas no momento em que sir John chegou a cavalo na aldeia, ele sabia que poderia soltar o freio; e vendo a fumaça de um fogo recém-aceso, logo depois da floresta, onde ele sabia estar a chaminé da cozinha da mansão, sir John parou no ferreiro e pediu que este examinasse, mesmo sem precisar, as ferraduras de seu cavalo, mas não ouviu o que ele lhe disse por estar mais ocupado falando com um antigo criado da mansão que passou grande parte da manhã na ferraria, como o povo imaginou depois, para encontrar sir John. Quando acabaram de conversar, sir John montou de novo o cavalo, pigarreou e disse bem alto:

– Sinto saber que sua senhora esteja tão doente.

Ao ouvir isso, o ferreiro se deteve, pois toda a aldeia sabia da festa que aconteceria na mansão; os frangos foram comprados e os cordeiros abatidos, pois os pastores, nessa época, se iam jejuar, jejuavam; se iam lutar, lutavam; se iam rezar, rezavam, às vezes, por três horas sem parar; e se iam festejar, festejavam, e sabiam comer bem, podem crer.

– Minha senhora está doente? – perguntou o ferreiro, duvidando da palavra do antigo criado.

E este poderia ter respondido de um modo duro (ele esteve em Worcester e lutou ao lado do rei), mas sir John o interrompeu bruscamente.

– Minha senhora está muito doente, meu bom mestre Fox. Está mal das ideias – ele continuou, apontando a cabeça. – Eu vim para levá-la para Londres, onde o próprio médico do rei vai examiná-la.

E seguiu a cavalo, em direção à mansão.

A senhora estava bem, como sempre esteve, e mais feliz do que nunca em sua vida, porque, em poucos minutos, ela estaria entre aqueles que ela mais estimava; aqueles que conheceram e valorizavam seu pai – seu falecido pai, por quem seu entristecido coração doía, como o único amigo e amor que teve na terra. Muitos dos pastores vinham de longe – estava tudo em ordem nos quartos e à mesa na grande sala de jantar? Ela começou a se apressar. Desceu e subiu a grande escadaria de carvalho para ver se o quarto na torre estava em ordem para o velho mestre Hilton, o mais antigo dos pastores. Enquanto isso, as cozinheiras carregavam peças de carne temperada, quartos de cordeiro, tortas de frango e todas essas comidas, quando, de repente, sem saber como, foram agarradas por braços fortes, que arrancaram seus aventais para amordaçá-las, e levadas ao galinheiro nos fundos, onde, sofrendo as piores ameaças, foram enviadas, depois de muitos xingamentos (sir John não podia controlar seus homens, muitos serviram como soldados nas guerras contra a França), de volta à aldeia. Elas correram como coelhos assustados. Minha senhora estava espalhando flores de lavanda recém-colhidas no quarto do velho pastor e arrumando os potes na penteadeira quando ouviu passos na escada. Não era o andar contido de um puritano; era um soldado que se aproximava, a passos fortes, rapidamente. Ela conhecia aquele andar; seu coração parou, não de medo, mas por ainda amar sir John; e avançou para ir ao encontro dele, porém, estancou e tremeu, pois imaginou, de modo falso e lisonjeiro, que ele viera movido por um novo impulso de amor, e seus passos apressados deviam-se à apaixonada ternura de um marido. Mas, quando sir John chegou à porta, Alice parecia calma e indiferente como sempre.

– Minha senhora – ele disse –, reuniste teus amigos para uma festa. Posso saber quem são os convidados que virão à minha casa? Alguns camaradas bem sem graça, pelo que pude ver, pelo estoque de carne e bebida lá embaixo, bêbados tomadores de vinho, eu suponho.

Mas, pela expressão de seus olhos, Alice percebeu que ele sabia de tudo; então respondeu friamente:

– Mestre Ephraim Dixon, mestre Zerubbabel Hopkins, mestre Perkins e outros ministros de Deus, que passarão a tarde em minha casa.

Sir John se aproximou dela e a agrediu com fúria. Ela não ergueu os braços para se proteger e, com o rosto vermelho de dor, puxando o lenço do pescoço para o lado, viu a marca carmim no colo branco.

– Isso serve para eu aprender – ela respondeu. – Casei-me com um dos inimigos do meu pai, que o caçariam até a morte. Dei a um inimigo do meu pai casa e propriedade quando chegou como um pedinte à minha porta; segui meu perverso e caprichoso coração, em vez de ouvir as palavras do meu pai em seu leito de morte. Bate-me de novo e vinga-te dele mais uma vez!

Mas ele não quis, pois ela lhe deu uma ordem. Soltou-lhe a faixa da cintura e atou seus braços com força; ela não resistiu, nem respondeu. Então, ele a empurrou para que se sentasse na beirada da cama, e disse:

– Senta-te aqui e ouve como receberei os velhos mentirosos que ousaste convidar para vir à minha casa, minha e dos meus ancestrais, muito antes do teu pai, um mascate hipócrita, que vendia seus produtos por aí e trapaceava pessoas honestas.

E, abrindo a janela do quarto acima da escadaria da entrada da mansão, onde ela esperara por ele com toda a sua beleza havia quase três anos, saudou o grupo de pastores que se aproximava com um linguajar tão chulo (minha senhora o provocara além dos limites), que eles deram meia-volta, horrorizados e voltaram rapidamente para suas casas.

Enquanto isso, os homens de sir John, embaixo, haviam obedecido às ordens de seu senhor. Percorreram a casa, fechando todas as janelas, trancando todas as portas, e deixando tudo o mais como estava – as carnes frias sobre a mesa, as carnes quentes no braseiro, os jarros de prata no aparador, tudo pronto para uma festa; e então o chefe do grupo de sir John, a quem me referi antes, aproximou-se e disse ao seu senhor que tudo estava preparado.

– O cavalo e a sela estão prontos? Então, tu e eu seremos os acompanhantes de nossa senhora – ele disse em tom de pilhéria, mas, na verdade, por uma razão, pois as indefesas mulheres haviam sido vestidas com roupas de montaria arrevesadas.

Sir John a conduziu até o andar térreo. Ele e o criado a amarraram à sela; e sir John montou primeiro. O homem trancou a porta da casa com um barulho que ecoou pela mansão vazia de um modo sinistro.

– Atire bem longe a chave – disse sir John. – Minha senhora irá procurá-la, se quiser, quando eu soltar seus braços. Até lá, sei de quem será a Mansão Morton.

– Sir John! Será a Mansão do Diabo, e tu serás o mordomo.

Porém seria melhor que a ela não tivesse dito isso, pois sir John apenas riu e disse-lhe para continuar sonhando. Ao passar pela aldeia, com seus criados a cavalo atrás dele, os inquilinos saíram e ficaram à porta, e sentiram pena dele, pois a esposa enlouquecera, e o elogiavam por se preocupar com ela, e que sorte a dela ser tratada pelo médico do rei. Mas, de algum modo, a mansão guardou a má fama; o assado e as carnes cozidas, os patos, os frangos se consumiram antes que alguém tivesse coragem de entrar ali, ou, de fato, tivesse direito de entrar ali, pois sir John nunca mais voltou a Morton e, quanto à minha senhora, alguns diziam que ela havia morrido, e outros que havia enlouquecido, que continuava presa em Londres, e ainda que sir John a colocara num convento em outro país.

— E o que aconteceu a ela? — perguntamos, aproximando-nos da sra. Dawson.

— Ora, como vou saber?

— Mas, o que acha que aconteceu? — perguntamos, curiosas.

— Eu não sei. Ouvi dizer que, depois que sir John morreu na Batalha de Boyne, ela se libertou, e vagou de volta até Morton, para a casa de sua antiga governanta, mas, de fato, a essa altura, ela havia enlouquecido de vez, e não tenho dúvida de que sir John sabia disso. Ela costumava ter visões e muitos sonhos: alguns a viam como profetisa, e outros apenas como louca. O que ela dizia sobre os Morton era terrível. Ela os amaldiçoou ao desterro, que a casa seria arrasada, enquanto mascates e camelôs, pessoas como ela e seu pai, viveriam onde a nobre família dos Morton viveu. Numa noite de inverno, ela saiu andando e, na manhã seguinte, a encontraram, a pobre louca, enregelada no jardim da igreja em Drumble; e o sr. Morton que sucedeu sir John pagou por um enterro decente no lugar onde ela foi encontrada, ao lado do túmulo do pai.

Ficamos em silêncio por alguns minutos.

— E quando a velha mansão foi reaberta, sra. Dawson? Diga-nos, por favor.

— Ah, quando o sr. Morton, o avô do nosso senhor Morton, entrou na posse da mansão. Ele era um primo distante de sir John, um homem muito mais tranquilo. Ele mandou abrir todos os quartos para ventilar e desinfetar o ambiente; e os restos da comida estragada foram juntados e queimados no quintal, mas de algum modo aquela antiga sala de jantar sempre teve um cheiro de cemitério, e ninguém gostava de fazer festas ali – lembrando os velhos pastores, cujos fantasmas ainda podiam sentir o cheiro da comida de longe e vinham sem ser convidados para a festa, à qual não foram impedidos de entrar. Fiquei satisfeita quando o pai do senhor Morton construiu outra sala de jantar; e nenhum criado da casa entrava, por qualquer motivo, na antiga sala de jantar depois que escurecia, posso lhe assegurar.

– Fico pensando se o modo como o último senhor Morton teve que vender a propriedade para o povo de Drumble tinha qualquer coisa a ver com a maldição da antiga senhora Morton – disse minha mãe, em tom divertido.

– Não, de jeito nenhum – respondeu a sra. Dawson, secamente. – Minha senhora era louca, e o que ela disse não deve ser levado em consideração. Gostaria de ver os tecelões de algodão de Drumble fazerem uma oferta para comprar a terra do senhor. Além do mais, hoje há um gravame sobre a herança. Não podem comprar as terras nem se quisessem. Um bando de mascates, de fato!

Lembro-me de que Etelinda e eu nos entreolhamos ao ouvir a palavra "mascates", a mesma usada por sir John ao provocar a esposa por sua origem humilde e a profissão de seu pai. Nós pensamos: "Veremos".

E, com certeza, nós vimos.

Logo depois daquela noite, nossa boa e velha amiga, a sra. Dawson, faleceu. Eu me lembro bem, porque Etelinda e eu ficamos de luto pela primeira vez na vida. Perdemos um querido irmãozinho apenas um ano antes, e nossos pais acharam que éramos muito novas, e não precisariam gastar para comprar roupas pretas para nós.

Ficamos de luto pelo nosso irmãozinho que carregávamos no coração; e até hoje penso como seria ter tido um irmão. Mas, quando a sra. Dawson morreu, tornou-se uma espécie de obrigação que devíamos à família do senhor Morton vestir o luto, e Etelinda e eu ficamos muito orgulhosas e satisfeitas com as novas roupas pretas. Lembro-me de que sonhei que a sra. Dawson havia revivido, e que eu chorava pensando que tirariam meu vestido novo de mim. Mas isso não tem nada a ver com a Mansão Morton.

Quando, pela primeira vez, percebi a grandeza da vida do senhor Morton, a família era composta dele, da esposa (uma dama frágil e delicada) e de um único filho, o "pequeno senhor", como a sra. Dawson o chamava, "o jovem senhor", e como nós, na aldeia, nos referíamos a ele. Era John Marmaduke, ou simplesmente John. E, depois do que a sra. Dawson contou sobre o velho sir John, preferiria que ele não tivesse esse nome maldito. Ele costumava andar a cavalo pela aldeia com um casaco vermelho brilhante, os longos cabelos loiros cacheados sobre o colarinho de renda e o chapéu preto emplumado de aba larga, escondendo os belos olhos azuis. Etelinda e eu pensávamos na época, e eu sempre pensarei, que não havia ninguém como ele. Também tinha um espírito bom e elevado e, certa vez, domou um potro duas vezes maior do que ele.

Ao vê-lo e à srta. Phillis atravessar a aldeia em belos cavalos árabes, rindo em direção ao oeste, com os longos cachos dourados ao vento, podíamos pensar que fossem irmãos, em vez de tia e sobrinho, pois a srta. Phillis era a irmã bem mais nova do senhor Morton; de fato, na época à que me refiro, não creio que ela tivesse mais do que dezessete anos, e o jovem sobrinho, cerca de dez. Lembro-me de a sra. Dawson chamar minha mãe e a mim à mansão para que víssemos a srta. Phillis pronta para sair com o irmão para um baile na casa de um grande senhor, oferecido ao príncipe William de Gloucester, sobrinho do bom e velho rei George III.

Quando a sra. Elizabeth, governanta da sra. Morton, nos viu tomando chá na sala da sra. Dawson, perguntou se Etelinda e eu não gostaríamos de ir até o camarim da srta. Phillis para vê-la se vestir;

então, ela nos disse que, se prometêssemos não mexer em nada, ela nos deixaria entrar. Faríamos qualquer coisa, até ficar de cabeça para baixo, a fim de ter esse privilégio. Então, entramos e ficamos juntas, de mãos dadas, num canto fora do caminho, roxas de vergonha, até a srta. Phillis nos deixar mais à vontade, fazendo todo tipo de graça, só para nos fazer rir e, por fim, acabamos rindo, apesar de todo o nosso esforço para ficarmos sérias, para a sra. Elizabeth não reclamar de nós à minha mãe. Lembro-me do perfume do pó *maréchale*[34] polvilhado sobre o cabelo da srta. Phillis, e como ela balançou a cabeça, como um potro selvagem, para soltar os cachos que a sra. Elizabeth desembaraçara em cima da almofada. Então, a sra. Elizabeth tentou passar um pouco do ruge da sra. Morton, e a srta. Phillis o removeu com uma toalha molhada, dizendo que preferia a própria palidez do que ostentar uma cor de artistas; e quando a sra. Elizabeth quis apenas tocar suas bochechas outra vez, ela se escondeu atrás de uma grande poltrona, olhando para a frente, com uma expressão doce e alegre, ora de um lado, ora de outro, até ouvirmos a voz do senhor Morton à porta, pedindo, se ela já estivesse vestida, para vir se mostrar à senhora, sua cunhada, porque, como eu disse antes, a sra. Morton era inválida e incapaz de ir a quaisquer dessas grandes festas. Ficamos todas em silêncio por um momento, e mesmo a sra. Elizabeth não pensou mais no ruge, mas em como fazer a srta. Phillis colocar o lindo vestido azul rapidamente. Ela tinha laços cor de cereja no cabelo e os lacinhos do seu corpete eram da mesma cor. Seu vestido abria na frente, mostrando uma saia de seda branca acolchoada. Ficamos boquiabertas diante dela quando finalmente ficou pronta – parecia mais grandiosa do que qualquer pessoa que tivéssemos visto; e foi um

---

[34] Talco com cheiro de cravo e canela, criado para a esposa do maréchal D'Aumont, no fim do século XVII. A família D'Aumont serviu aos reis de França do século XII ao XIX. (N. da T.)

alívio quando a sra. Elizabeth nos disse para descermos para o salão da sra. Dawson, onde minha mãe ficou o tempo todo.

Enquanto contávamos quão alegre e cômica a srta. Phillis fora conosco, entrou um lacaio.

– Sra. Dawson – ele disse –, o senhor me ordenou que lhe pedisse para ir com a sra. Sidebotham até o Salão Oeste para verem a srta. Morton antes de ela sair.

Nós também fomos, agarradas à minha mãe. A srta. Phillis pareceu tímida quando entramos, junto à porta. Acho que mostramos nunca termos visto nada tão bonito quanto ela antes, pois ficou ruborizada diante do nosso olhar fixo de admiração e, para aliviar a tensão, começou a fazer todo tipo de brincadeira – girando e segurando a rica saia de seda, abrindo o leque (um presente da sra. Morton para completar o traje) e espiando de um lado e de outro, como tinha feito lá em cima, e depois agarrando o sobrinho e insistindo com ele para que dançasse um minueto com ela, até chegar a carruagem. A proposta o deixou muito zangado, pois era um insulto à sua masculinidade (aos nove anos de idade) supor que ele soubesse dançar. "Está bem para as moças se fazerem de tolas", disse ele, "mas isso não fica bem para os homens." Etelinda e eu nunca tínhamos ouvido alguém falar tão bem assim. Mas a carruagem chegou antes que pudéssemos nos fartar com aquela visão, e o senhor saiu do quarto da esposa para mandar que o pequeno senhor fosse para a cama e enfim conduziu a irmã até a carruagem.

Lembro-me de que houve muita conversa sobre duques e casamentos desiguais naquela noite. Acredito que a srta. Phillis tenha dançado com o príncipe William, e ouvi dizerem várias vezes que ela roubara a cena no baile, e ninguém se igualou a ela em beleza, graça e alegria. Uns dois dias depois, eu a vi galopando pela aldeia, com a mesma aparência de antes de dançar com o duque. Todos pensávamos que ela um dia se casaria com alguém importante, e que procurava o lorde que fosse levá-la embora. Mas a senhora morreu, e não havia ninguém senão a srta. Phillis para consolar o irmão, pois o filho tinha ido para uma grande escola no Sul; e a srta. Phillis tornou-se séria, e cavalgava seu pônei acompanhando o senhor Morton, quando ele seguia em sua velha potranca a passos lentos e despreocupados.

Não acompanhávamos mais o que acontecia na mansão agora que a sra. Dawson havia morrido, então não posso dizer como isso aconteceu, mas, aos poucos, começaram a dizer que as contas que deveriam ser pagas semanalmente, agora seriam pagas trimestralmente,[35] e depois, em vez de serem saldadas a cada trimestre, seriam postergadas até o Natal, e muitos diziam que mal havia trabalho para ganhar algum dinheiro. Um boato correu a aldeia dizendo que o jovem senhor se divertira muito no colégio, e gastara mais do que seu pai poderia pagar. Mas quando voltou a Morton, estava tão belo quanto antes, e eu, para começar, jamais pensei mal dele, embora acreditasse que outros possam tê-lo enganado, sem que ele suspeitasse. Sua tia continuava sua fã como sempre, e ele, dela. Eu os vi muitas vezes passeando juntos, por vezes tristes, por vezes alegres. Aos poucos, meu pai ouvia falar sobre vendas de lotes de terreno não incluídos no gravame; e, por fim, as coisas pioraram tanto, que até as safras eram vendidas antes da colheita, pois os trabalhadores aceitavam qualquer preço, desde que fosse à vista. O senhor Morton acabou por sucumbir afinal, e nunca mais saiu de casa; e o jovem senhor seguiu para Londres, e a pobre srta. Phillis tentava atender aos lavradores e salvar o que podia. Nessa época, ela devia estar com mais de trinta anos; Etelinda e eu tínhamos dezenove e vinte e um anos quando minha mãe morreu, e isso aconteceu poucos anos antes. Bem, por fim, o senhor

---

[35] As tradicionais datas trimestrais inglesas são 25 de março, 24 de junho, 29 de setembro e 25 de dezembro. Na Escócia, as tradicionais datas trimestrais, ou dias úteis, são 28 de fevereiro, 28 de maio, 28 de agosto e 28 de novembro. As datas trimestrais modernas são 1º de janeiro, 1º de abril, 1º de julho e 1º de outubro. (N. da T.)

Morton morreu; disseram que foi por decepção pelas extravagâncias do filho; e embora os advogados tenham tentado ocultar, surgiram rumores de que a fortuna da srta. Phillis também se esvaíra. De qualquer modo, os credores atacaram a propriedade como lobos. Os bens estavam gravados, e não podiam ser vendidos, porém colocaram tudo nas mãos de um advogado, que deveria conseguir o que pudesse, sem pena do jovem senhor, que não tinha mais um teto sobre a cabeça.

A srta. Phillis foi viver sozinha numa casinha na aldeia, no extremo da propriedade, onde o advogado permitiu que ela ficasse, pois não conseguiu que ninguém se interessasse por aquela cabana, de tão velha e carcomida que era. Nunca soubemos do que ela vivia, pobre senhora, mas dizia estar bem de saúde, que era tudo o que ousávamos perguntar. Ela veio visitar meu pai um pouco antes de ele falecer, e ele, tocado pela coragem daqueles que estão à beira da morte, perguntou-lhe o que eu desejava saber havia muitos anos: onde estava o jovem senhor? Nunca mais ele foi visto em Morton após o enterro do pai. A srta. Phillis disse que ele viajara para o exterior, mas não sabia onde ele estava; apenas acreditava que, mais cedo ou mais tarde, ele voltaria à antiga casa, onde ela se esforçava para manter um lar quando ele se cansasse de vagar a esmo, tentando ganhar sua fortuna.

– Ainda está tentando ganhar sua fortuna? – perguntou meu pai, com os olhos chispando.

A srta. Phillis balançou a cabeça com tristeza, e compreendemos tudo. Ele estava em alguma mesa de jogo na França, ou até na própria Inglaterra. Ela estava certa. Um ano depois da morte de meu pai, ele retornou parecendo envelhecido e esgotado. Veio até nossa casa pouco depois de termos trancado a porta numa noite de inverno. Etelinda e eu ainda morávamos na fazenda, tentando mantê-la e fazê-la render, mas era um trabalho árduo. Ouvimos passos que se aproximaram pela estreita entrada de cascalho e então pararam bem em frente à porta, na varanda, então ouvimos a respiração ofegante de um homem.

– Devo abrir a porta? – perguntei.

– Não, espere – respondeu Etelinda, pois vivíamos sozinhas e não havia casas perto da nossa.

Prendemos a respiração. Ouvimos uma batida na porta.

– Quem é? – exclamei.

– Onde mora a srta. Morton... a srta. Phillis?

Não tínhamos certeza se devíamos responder, porque ela, como nós, também morava sozinha.

– Quem é? – perguntei novamente.

– Seu senhor – ele respondeu, num tom orgulhoso e zangado. – Sou John Morton. Onde mora a srta. Phillis?

Abrimos a porta no mesmo instante, pedimos para ele entrar e nos perdoar a nossa grosseria. Teríamos lhe oferecido o melhor de que dispúnhamos, como era esperado de nós, mas ele só ouviu as direções que lhe demos até a casa da tia e não deu atenção às nossas desculpas.

II

Até aquele momento achamos impertinente conversar sobre nossa silenciosa e pessoal admiração em relação a como a srta. Phillis se sustentava, mas eu sei que intimamente cada uma de nós pensava sobre isso, com um tipo de respeitosa piedade por sua condição decadente. A srta. Phillis – que lembrávamos como um anjo de beleza e uma pequena princesa pela imperiosa influência que ela exercia, e a doce autoridade que fazia com que todos se sentissem orgulhosos de serem seus escravos –, agora era uma mulher comum e decrépita, usando trajes humildes, envelhecida, e nem parecia – (naquela época não ousei dizer de forma tão insolente, nem para mim mesma) – se alimentar direito.

Lembro-me de a sra. Jones, a esposa do açougueiro (ela era de Drumble), dizer, certo dia, com seu modo atrevido, que não se espantava de ver a srta. Morton tão pálida e exangue, pois ela só comia carne aos domingos, e vivia de sopa de restos de legumes e de pão com manteiga o restante da semana. Etelinda fechou a cara – uma visão da qual tenho medo até hoje – e disse:

– Sra. Jones, achas que a srta. Morton consegue comer tua carne esquálida? Não sabes quão delicada ela é, como são aqueles que nascem e são criados como ela. O que tivemos que trazer para ela, no último sábado, do novo e grande açougue de Drumble, Biddy? (Levávamos nossos ovos ao mercado em Drumble aos sábados, pois os tecelões de algodão nos pagavam mais do que em Morton: como eram tolos!)

Achei muita covardia de Etelinda me jogar a história, mas ela queria salvar sua alma mais do que eu, creio, pois respondi, ousada como uma leoa:

– Dois pães doces, um xelim cada um; e um quarto de cordeiro, a 18 centavos a libra.

Então a sra. Jones se irritou e disse:

– A carne deles era boa o suficiente para a sra. Donkin, viúva do dono do grande moinho, e poderá servir qualquer dia a um Morton morto de fome.

Quando ficamos sozinhas, eu disse a Etelinda:

– Receio que teremos que pagar por nossas mentiras no Dia do Juízo Final.

E Etelinda respondeu bruscamente (no mais, ela é uma boa irmã):

– Falas por ti mesma, Biddy. Eu não disse nenhuma palavra. Só fiz perguntas. Como eu poderia evitar, se tu mentiste? Fiquei pensando como falaste mal o que não era verdade.

Porém, no íntimo, eu sabia que ela ficara contente por eu ter contado a mentira.

Depois que o pobre senhor veio residir com a tia, a srta. Phillis, nós nos aventuramos a conversar sobre o assunto. Sabíamos que estavam apertados. Pareciam estar. Por vezes, ele tossia muito, embora, em razão de sua dignidade e orgulho, nunca tossisse na frente de outros. Eu o vi de pé antes do amanhecer, varrendo o lixo da estrada, a fim de juntar esterco suficiente para o pequeno quintal nos fundos da cabana, que a sra. Phillis havia abandonado, mas que o sobrinho costumava cavar e semear, porque, como ele disse um dia, com seu modo pomposo e arrastado, ele "sempre gostava de fazer experiências agrícolas". Etelinda e eu acreditamos que as duas ou três fileiras de repolhos que ele cultivara era tudo o que tinham para passar o inverno, além do pouco de comida e do chá que compravam no mercado da aldeia.

Numa sexta-feira à noite, eu disse a Etelinda:

– É uma vergonha levar estes ovos para vender em Drumble e nunca oferecer nenhum ao senhor, em cujas terras nós nascemos.

Ela respondeu:

– Já pensei nisso tantas vezes, mas como devemos fazer? Eu, por exemplo, não ouso oferecê-los ao senhor e, quanto à srta. Phillis, pareceria impertinência.

Eu disse:

– Tentarei mesmo assim.

Então, naquela noite, levei alguns ovos – ovos amarelos de faisão, que não existiam num raio de trinta quilômetros – e coloquei-os delicadamente, depois de escurecer, num dos pequenos bancos de pedra na entrada da cabana da srta. Phillis. Mas, infelizmente, quando fomos ao mercado em Drumble, no dia seguinte bem cedinho, vi meus ovos quebrados, formando uma poça amarela horrível na estrada, bem em frente à cabana. Eu poderia depois ter deixado uma galinha ou um frango, mas havia percebido agora de que não adiantaria. A srta. Phillis vinha nos visitar de vez em quando. Ela se comportava de um modo um pouco mais altivo e distante do que na época em que ela era jovem, e sentimos que deveríamos nos manter em nosso lugar. Creio que afrontamos o jovem senhor, porque ele nunca se aproximou de nossa casa.

Então, houve um inverno rigoroso, e tivemos que nos abastecer; e Etelinda e eu fizemos bastante coisa para ter o suficiente. Se não fosse a boa administração de minha irmã, estaríamos endividadas, eu sei, mas ela propôs que deixássemos de jantar, e apenas tomássemos o café da manhã e um chá à tarde, com o que concordei prontamente.

Um dia, preparei bolos para o chá – bolos de batata, como os chamávamos. Tinham um cheiro saboroso e quente e, para provocar Etelinda, que não estava muito bem, cozinhei uma fina tira de bacon. Assim que nos sentamos para comer, a srta. Phillis bateu à nossa porta. Ela entrou. Só Deus sabe como parecia pálida e exaurida. O calor da nossa cozinha a fez estremecer e, por alguns instantes, ela não conseguiu falar. Mas ficou olhando para a comida em cima da mesa, temendo que, se fechasse os olhos, ela desaparecesse. Tinha o olhar ansioso de um animal, pobre alma!

– Se quiser... – disse Etelinda, querendo convidá-la para se sentar conosco, mas sem coragem de dizê-lo.

Eu não falei nada, mas passei-lhe um bolo quentinho, amanteigado, que ela pegou e, ao aproximá-lo dos lábios, como se fosse comer, caiu para trás, no encosto da cadeira, chorando.

Nunca tínhamos visto um Morton chorar antes, e foi uma visão terrível. Ficamos em silêncio, horrorizadas. Ela se recompôs, mas não comeu o bolo; ao contrário, cobriu-o com as mãos, como se tivesse medo de perdê-lo.

– Se me permitem – ela disse, de um modo elegante, para nos compensar por tê-la visto chorando –, vou levar para meu sobrinho.

E levantou-se para ir embora, porém mal podia se manter de pé por causa da fraqueza, e teve que se sentar novamente; sorriu para nós, e disse-nos que se sentia um pouco tonta, mas que logo iria passar, mas, ao sorrir, os lábios descoloridos deixaram a gengiva à mostra, fazendo o rosto parecer uma caveira.

– Srta. Morton – eu disse –, dai-nos a honra de tomar chá conosco apenas desta feita. O senhor, seu pai, certa vez, almoçou com nosso pai e temos orgulho desse dia até hoje.

Eu lhe servi uma xícara de chá, que ela bebeu em seguida, mas afastou-se da comida, como se sua simples visão a fizesse se sentir enjoada de novo. Mas, quando ela se levantou para sair, encarou a comida com um olhar triste e comprido de lobo, como se não conseguisse se afastar e, por fim, gritou baixinho, dizendo:

– Ó, Bridget, estamos passando fome! Estamos morrendo de inanição! Eu consigo suportar, mas ele sofre, ó, como ele sofre! Deixa-me levar comida para ele, somente desta vez.

Mal podíamos falar; estávamos com o coração na garganta, e as lágrimas desciam pelo nosso rosto. Enchemos uma cesta e a levamos até a porta de casa, sem ousar dizer nenhuma palavra, pois sabíamos quanto havia lhe custado nos pedir aquilo. Ao deixá-la na cabana, fizemos uma grande reverência, como de costume, mas ela se aproximou e nos beijou. Várias noites depois disso, ela passava pela nossa casa ao anoitecer, mas nunca mais entrou, nem nos viu à luz de velas ou da lareira, muito menos nos encontrou durante o dia. Levávamos nossa comida para ela regularmente, e a entregávamos em silêncio, fazendo as maiores reverências possíveis, pois nos sentíamos muito honradas. Fizemos muitos planos, agora que ela nos permitira conhecer seu infortúnio. Esperávamos que ela consentisse que continuássemos a servi-la de algum modo, como nos cabia como parte da família Sidebotham. Mas, uma noite, ela não veio. Ficamos do lado de fora, no vento frio, esperando entrever sua figura magra e fatigada no escuro, em vão. No fim da tarde seguinte, o jovem senhor abriu a porta e ficou parado no meio da nossa sala. O teto era rebaixado e ficava mais baixo por causa das vigas que sustentavam o andar de cima; ele se abaixou para olhar para nós, e tentou dizer alguma coisa, mas não falou nada. Nunca vi uma tristeza tão perturbadora, nunca! Por fim, tocou meu ombro e me levou para fora de casa.

– Venha comigo! – ele disse, ao sair ao ar livre, como se isso lhe desse forças para falar de modo audível.

Não precisei que ele insistisse. Entramos na cabana da srta. Phillis, uma liberdade que eu nunca tivera antes. A pouca mobília que se via ali era claramente o que havia restado do antigo esplendor da Mansão Morton. Não havia fogo, apenas cinzas de lenha queimada na lareira. Num antigo canapé, que um dia fora branco e dourado, já rasgado e disforme, estava a srta. Phillis, muito pálida e imóvel, de olhos fechados.

– Dizei-me – ele falou, num suspiro. – Ela está morta? Acho que está dormindo, mas me parece tão rija, como se estivesse...

Ele não podia pronunciar essa terrível palavra de novo. Abaixei-me, e não senti calor; seu corpo parecia envolto numa aura fria.

– Ela está morta! – respondi, por fim. – Ó, srta. Phillis! srta. Phillis!

E, como uma tola, comecei a chorar. Mas ele se sentou sem derramar uma lágrima, e fitou a lareira vazia com os olhos vazios. Não ousei continuar chorando ao vê-lo tão triste e petrificado. Eu não sabia o que fazer. Não podia deixá-lo, mas, mesmo assim, não tinha desculpas para continuar ali. Aproximei-me da srta. Phillis, e gentilmente afastei os cachos grisalhos de seu rosto.

– Ai! – ele exclamou. – Ela precisa ser velada. Quem mais adequado para fazer isso do que tu e tua irmã, filhas do bom e velho Robert Sidebotham?

– Ó, meu senhor – respondi –, este não é um bom lugar para o senhor. Deixa-me buscar minha irmã para passarmos a noite aqui em vigília, e honra-nos vindo dormir em nossa pequena casa.

Eu não esperava que ele aceitasse, mas, após alguns minutos de silêncio, ele aceitou minha proposta. Corri em casa e contei a Etelinda, e ambas, chorando, abastecemos a lareira, enchemos a mesa de comida e montamos uma cama num dos cantos da sala. Quando me levantei para sair, vi Etelinda abrindo o grande baú onde estavam guardados nossos tesouros e dali ela tirou uma fina anágua holandesa que minha mãe usara sob o vestido de casamento e, entendendo o que ela queria fazer, subi para buscar uma peça de renda antiga, um pouco rasgada, mas ainda com um belo ponto de Bruxelas, que minha madrinha, a sra. Dawson, me dera havia muito tempo. Colocamos tudo isso embaixo dos nossos capotes, trancamos a porta, e saímos para fazer tudo o que pudéssemos pela pobre srta. Phillis.

Encontramos o senhor sentado na mesma posição em que ele ficou; eu não sabia se ele havia compreendido quando eu lhe disse como destravar a porta, e entreguei-lhe a chave, embora tenha explicado o mais claramente possível, apesar de minha voz embargada. Por fim, ele se levantou e saiu; e Etelinda e eu deitamos o corpo da srta. Phillis para seu descanso final, e a envolvemos com a fina anágua holandesa; depois teci um gorro apertado com minha renda para prender seu rosto cansado. Quando terminamos, olhamos de longe para ela estendida no chão.

– Uma Morton morrer de fome! – disse Etelinda em tom solene.

– Não deveríamos nem ousar pensar que uma coisa dessas pode acontecer na vida. Lembra-se daquela tarde, quando tu e eu éramos pequenas, e ela, uma mocinha feliz, brincando de esconde-esconde por trás do leque?

Não choramos mais; ficamos sem nos mexer e sentindo-nos devastadas. Depois de algum tempo, eu disse:

– Não sei se, afinal, o jovem senhor foi até nossa casa. Ele estava com um aspecto estranho. Acho que deveríamos ir até lá ver.

Eu abri a porta; a noite estava escura como um breu, e o ar, parado.

– Vou até lá – eu disse.

E parti, sem encontrar ninguém pelo caminho, pois já passava muito das onze. Cheguei em casa; a janela era longa e baixa, e as persianas estavam velhas e carcomidas. Eu podia olhar entre elas, e ver o que estava acontecendo lá dentro. Ele estava ali, junto à lareira, sem chorar, mas parecia estar olhando para o seu passado nas brasas de carvão. A comida que preparamos estava intocada. Vez ou outra, durante minha longa vigília (eu demorei mais de uma hora), ele olhou para a comida, fazia menção de comê-la, mas depois desistia, porém, por fim, pegou-a e rasgou-a com os dentes; ria e rejubilava-se como um animal faminto. Eu não pude deixar de chorar nesse momento. Ele engolia grandes nacos de comida e, ao se sentir saciado, voltavam-lhe as forças para continuar a sofrer. Lançou-se sobre a cama com um desespero do qual eu nunca ouvira falar e muito menos tinha visto. Eu não suportava testemunhar aquilo. Para a falecida srta. Phillis, plácida e imóvel, as provações haviam terminado. Decidi voltar e velar seu corpo na companhia de Etelinda.

Quando amanheceu um dia pálido e cinzento, que nos fez estremecer depois de nossa vigília, o senhor retornou. Sentimos um medo mortal dele, sem saber por quê. Ele parecia tranquilo – antes sua expressão parecia pesada –, mas agora não mais. Ficou impassível olhando para a tia por um ou dois minutos. Então, subiu até o quarto em cima da sala onde estávamos, trouxe um pequeno embrulho e pediu-nos que continuássemos a vigília por mais algum tempo. Revezamos para ir em casa e retornar depois de comer alguma coisa. O frio estava glacial. Não havia ninguém na rua para poder entrar, e aqueles que estavam na rua não se importavam em parar para vir conversar. À tarde, o céu escureceu, e aproximou-se uma grande tempestade de neve. Não queríamos ficar ali sozinhas; e a cabana onde a srta. Phillis vivia não tinha fogo, nem toras de madeira. Então ficamos sentadas, tiritando de frio, até amanhecer. O senhor não retornou naquela noite, nem no dia seguinte.

– O que devemos fazer? – perguntou Etelinda, totalmente exausta. – Vou morrer, se eu passar outra noite aqui. Devemos contar aos vizinhos e pedir ajudar para fazer a vigília.

– Devemos – respondi, num tom baixo e grave.

Saí e dei a notícia na casa mais próxima, tomando o cuidado para não falar da fome e do frio que a srta. Phillis suportou em silêncio. Já foi ruim o suficiente vê-los entrar e comentar sobre os restos de mobília, pois ninguém sabia o que eles estavam passando, nem mesmo Etelinda e eu, e ficamos chocadas ao ver que não havia móveis. Ouvi um ou outro maledicente comentar que não fora à toa que mantivemos a morte da srta. Phillis em segredo por duas noites, pois, a julgar pela renda de seu gorro, deveriam existir outras mais bonitas para se escolher.

Etelinda teria contestado isso, mas eu lhe pedi para deixar para lá; pouparia a memória dos orgulhosos Morton da vergonha da pobreza; e quanto a nós, poderíamos suportar o insulto. Mas, em geral, as pessoas compareceram de modo gentil; não havia dinheiro para enterrá-la de forma digna, com grandiosidade, como convinha a alguém com seu berço; e muitos dos que foram convidados para o enterro poderiam ter cuidado um pouco mais dela em vida. Entre outras pessoas, estava o senhor Hargreaves, de Bothwick Hall, que vivia além do charco. Era um primo distante dos Morton; por isso, ao chegar, foi convidado a falar no culto, em razão da estranha ausência do senhor Morton, o que eu deveria ter adivinhado, se não o julgasse como louco, ao observá-lo através da persiana naquela noite. O senhor Hargreaves começou a fazer perguntas quando lhe concederam a honra, pedindo-lhe que fosse o primeiro à frente a carregar o caixão.

– Onde está o sobrinho? – ele perguntou.

— Ninguém mais o viu desde as oito horas da manhã da última quinta-feira.

— Mas eu o vi na quinta-feira ao meio-dia — respondeu o senhor Hargreaves, fazendo um sinal de juramento. — Ele atravessou o charco para me dar a notícia da morte da tia e me pediu um pouco de dinheiro para enterrá-la em troca dos botões de ouro de sua camisa. Disse-me que era meu primo e que eu deveria lamentar sua extrema necessidade; que os botões foram o primeiro presente que sua mãe lhe dera; e que eu deveria guardá-los, pois um dia ele ficaria rico e retornaria para comprá-los de volta. Que não sabia que a tia estava tão doente, senão teria vendido os botões antes, embora os considerasse mais preciosos do que ele poderia avaliar. Dei-lhe o dinheiro, mas entendi, em meu coração, que não deveria ficar com os botões. Pediu-me para não contar nada disso, mas, quando um homem desaparece, é meu dever fornecer todas as pistas disponíveis.

E, então, a pobreza deles foi anunciada aos quatro cantos! Mas o povo se esqueceu disso ao procurar pelo senhor pelo charco. Buscaram por dois dias, em vão; no terceiro, vieram mais de cem homens, que reviraram todo o terreno, sem deixar de procurar em nenhum lugar. Eles o encontraram enrijecido, com o dinheiro do senhor Hargreaves e os botões de ouro de sua mãe, a salvo, no bolso do colete.

E nós o enterramos ao lado de sua pobre tia Phillis.

Depois que o senhor John Marmaduke Morton foi encontrado morto de modo tão triste, no meio do pântano, os credores pareceram ter perdido todo o direito sobre a propriedade, que, de fato, durante os sete anos em que a detiveram, sugaram até o osso. Mas, por um longo período, ninguém soube a quem cabia a propriedade da Mansão Morton e suas terras. A velha mansão estava começando a ruir; as chaminés encheram-se de ninhos de estorninhos; as marquises do terraço de entrada ficaram cobertas de grama; os vidros das janelas se quebraram, sem ninguém saber como, nem por quê, pois as crianças da aldeia começaram a dizer que a casa era assombrada. Etelinda e eu, às vezes, íamos até lá, nas manhãs de verão, e tirávamos algumas rosas esmagadas entre as trepadeiras que se espalhavam por toda parte, e tentávamos arrancar um pouco das ervas daninhas que cresciam em meio ao antigo jardim de flores, mas não éramos mais jovens, e logo nossas costas doíam de tanto ter que abaixar. Ainda assim, sentíamo-nos felizes de limpar nem que fosse um pouco aquele lugar. Porém, não íamos à tarde, e saíamos do jardim bem antes dos primeiros sinais do crepúsculo.

Decidimos não perguntar às pessoas comuns – muitos eram tecelões nas fábricas de Drumble, e não mais trabalhadores decentes – quem seria agora o senhor, ou onde ele morava. Mas, um dia, um famoso advogado de Londres veio até a Morton Arms e causou um grande rebuliço. Veio em nome de certo general Morton, que agora era o senhor, embora estivesse muito longe, na Índia. Escreveram para ele e comprovaram que era o herdeiro, embora fosse um primo muito distante, anterior a sir John, eu imagino. E agora ele escrevera dizendo que iria usar o dinheiro que tinha na Inglaterra para reformar inteiramente a mansão, e suas três irmãs solteironas, que viviam em alguma cidade no norte, viriam morar na Mansão Morton até que ele voltasse. Então, o advogado contratou um construtor de Drumble e deu-lhe as instruções. Achávamos que teria sido melhor se ele tivesse contratado John Cobb, construtor e marceneiro de Morton, que fez o caixão do senhor e do pai do senhor antes dele. Em vez disso, veio uma tropa de operários de Drumble, que entrou derrubando tudo dentro da mansão, e reformaram todos aqueles cômodos suntuosos. Etelinda e eu não voltamos àquele lugar até eles terem ido embora, de mala e cuia. E, então, que mudança! As antigas janelas de batentes, com seus pesados painéis de chumbo, semicobertos com trepadeiras e roseiras foram retiradas e, no lugar delas, foram colocadas grandes janelas com caixilhos. Havia novas grades internas, todas modernas, novas e esfumadas, em vez das barras de latão que seguravam as fortes toras de madeira na época do antigo senhor. O pequeno tapete turco quadrado debaixo da mesa de jantar, que servira à srta. Phillis, não era bom o suficiente para esses novos Morton; a sala de jantar estava toda atapetada. Olhamos a antiga sala de jantar – aquela onde o jantar para os pastores puritanos foi servido; o pavilhão, como era chamado nos últimos anos. Mas ainda rescendia um odor úmido e terroso, e fora usado como depósito de madeira. Fechamos a porta mais rapidamente do que a abrimos. Fomos embora decepcionadas. A mansão não era mais como a nossa respeitável Mansão Morton.

– Afinal, essas três damas são da família Morton – disse-me Etelinda. – Não podemos nos esquecer disso: devemos ir cumprimentá-las assim que forem à igreja.

Como dissemos, nós fomos. Mas as vimos e ouvimos falar delas muito pouco antes de ir prestar nossos respeitos na mansão. A criada passou pela aldeia; a criada, como era chamada, mas era uma "criada para todo serviço" até agora, conforme ela nos disse, quando perguntamos. No entanto, não nos orgulhamos, pois ela era filha de um bom e honesto fazendeiro próximo de Northumberland. E como falava mal o inglês da Rainha![36] O povo de Lancashire é conhecido por falar com um sotaque forte, mas eu conseguia entender dentro da nossa linguagem, porém, quando a sra. Turner me disse seu nome, tanto Etelinda quanto eu poderíamos jurar que ela pronunciou "Donagh", e achamos que ela fosse irlandesa. Suas senhoras já tinham ultrapassado a flor da juventude; a srta. Sofrônia – a srta. Morton, propriamente dita – completara sessenta anos; a srta. Annabella era três anos mais nova; e a srta. Dorothy (ou Baby, como a chamavam entre elas) era dois anos

---

[36] Como o conto é de 1853, ela se refere a Vitória (Alexandrina Victoria), nascida em 24 de maio de 1819, que se tornou rainha do Reino Unido da Grã-Bretanha e Irlanda em 20 de junho de 1837, vindo a falecer em 22 de janeiro de 1901. Se fosse um rei, seria "o inglês do Rei". (N. da T.)

ainda mais jovem. A sra. Turner tornou-se nossa confidente, em parte porque, não duvido, ouviu falar de nossa antiga ligação com a família e, por outro lado, porque falava muito e gostava quando alguém prestava atenção. Então, soubemos, na primeira semana, como cada uma das senhoras quis ficar com o quarto da ala leste – virado para o nordeste – onde ninguém dormia na época do antigo senhor, mas ficava dois degraus acima, e a srta. Sofrônia disse que nunca deixaria uma irmã mais nova ficar com um quarto acima do dela. Ela era a mais velha e tinha o direito de ficar em cima.

Então, trancou-se no quarto por dois dias, enquanto desempacotava suas roupas, e depois saiu, com um ar de galinha que acabou de colocar um ovo, e desafiou quem quisesse tirar dela essa primazia.

Mas, as irmãs, em geral, a respeitavam bastante, e esse era um fato. Nunca usavam mais do que duas plumas pretas no chapéu, enquanto a mais velha sempre usava três. A sra. Turner nos disse que, certa vez, quando pensaram que a srta. Annabella iria receber um pedido de casamento, a srta. Sofrônia não se opôs que ela usasse três plumas naquele inverno, mas, quando tudo terminou em fumaça, a srta. Annabella teve que arrancá-la, como convinha a uma irmã mais nova. Pobre srta. Annabella! Ela foi muito bonita (de acordo com a sra. Turner), e esperavam que grandes coisas acontecessem com ela. Tanto o irmão general quanto a mãe a mimaram, em vez de censurá-la sem necessidade, e acabaram por estragar sua beleza, que a velha sra. Morton esperava que fizesse a fortuna da família. As irmãs ficaram zangadas por ela não ter se casado com um cavalheiro muito rico no entanto, como costumava dizer à sra. Turner, o que ela poderia fazer? Estava disposta, porém nenhum rico cavalheiro veio pedir sua mão. Concordamos que, de fato, ela não tinha culpa, mas as irmãs acreditavam que sim, e agora que sua beleza se fora, ficavam imaginando o que poderiam ter feito se tivessem os dotes físicos da irmã. Ouviram falar de certas srtas. Burrell, que se casaram cada uma com um lorde, e essas srtas. Burrell nem eram tão bonitas assim.

Então, a srta. Sofrônia costumava analisar essa questão usando a regra três, explicando-a desta maneira: se a srta. Burrell, que tinha um par de olhos passáveis, um nariz arrebitado e uma bocarra, se casou com um barão, com quem nossa linda Annabella deveria ter se casado? E o pior é que a srta. Annabella – que nunca teve qualquer ambição – queria se casar com um pobre pároco na juventude, mas foi dissuadida pela mãe e as irmãs, que a lembravam do seu dever para com a família. A srta. Dorothy fazia o que podia – a srta. Morton sempre a elogiava por isso. Sem a metade da beleza da srta. Annabella, dançara com um dignitário em Harrogate por três vezes seguidas, e mesmo hoje continuava tentando, o que era mais do que se poderia dizer da srta. Annabella, que era bastante desanimada.

Creio que a sra. Turner tenha nos contado tudo isso antes mesmo de termos encontrado as senhoras. Informamos, por meio da sra. Turner, que queríamos prestar-lhes nossos respeitos, então aventuramo-nos a chegar na porta da frente e simplesmente bater. Já tínhamos discutido sobre isso, e concordamos que, se fôssemos até lá usando nossas roupas comuns do dia a dia para lhes dar alguns ovos de presente, ou chamar a sra. Turner (como ela nos pedira), a porta dos fundos seria a entrada adequada para nós. Mas indo, no entanto, de forma humilde, prestar nossos respeitos, e oferecer nossas cerimoniosas boas-vindas às srtas. Morton, seríamos consideradas como visitas, e poderíamos, então, bater à porta da frente. Fomos conduzidas pela larga escadaria, pelo longo corredor, ao segundo andar, até o quarto da srta. Sofrônia. Assim que entramos, ela guardou rapidamente alguns papéis. Ouvimos depois dizer que estava escrevendo um livro, chamado *A mulher de Chesterfield*, ou *Cartas de uma nobre senhora à sua sobrinha*. E a jovem sobrinha estava sentada numa cadeira alta, com uma prancheta amarrada nas costas e os sapatos enfiados nos pés da cadeira, então, não lhe restava mais nada senão ouvir as cartas da tia, lidas em voz alta para ela, à medida que iam sendo escritas, para moldar seu comportamento. Eu não tinha certeza se a srta. Sofrônia gostou de nossa interrupção, mas sei que a pequena srta. Cordélia Mannisty, sim.

– A jovem senhorita não tem bons modos? – perguntou Etelinda, durante uma pausa em nossa conversa.

Notei que minha irmã mantinha os olhos na criança, embora, com algum esforço, conseguisse olhar, às vezes, em outra direção.

– Não! Claro que sim, senhora – respondeu a srta. Morton. – Mas ela nasceu na Índia e nunca teve uma educação adequada. Além disso, eu e minhas duas irmãs cuidamos dela, cada uma por uma semana; e seus sistemas de educação, eu diria "de não educação", diferem tão inteiramente das minhas ideias, que, quando a srta. Mannisty vem para mim, considero-me afortunada se eu conseguir desfazer [pigarro] o que foi feito nas duas semanas da minha ausência. Cordélia, minha querida, repita para estas boas senhoras a aula de geografia que teve hoje de manhã.

A pobre srta. Mannisty começou a nos falar sobre um rio em Yorkshire do qual nunca ouvimos falar, embora devêssemos saber e, depois, outro tanto sobre as cidades banhadas pelo rio, e pelo que eram famosas, e tudo o que consigo lembrar – de fato, eu entendi quando ouvi – foi que Pomfret tornou-se célebre pelos bolos de Pomfret, que eu já conhecia. Mas Etelinda ficou sem ar antes que ela tivesse terminado, e, sentindo-se atônita, disse:

– Minha querida, que maravilha!

A srta. Morton pareceu um pouco insatisfeita e replicou:

– De jeito nenhum. Boas meninas aprendem o que quiserem, até verbos em francês. Sim, Cordélia, elas aprendem. E ser boa é melhor do que ser bonita. Não valorizamos a beleza por aqui. Podes descer, meu bem, e ir até o jardim, e coloque teu chapéu, senão ficarás cheia de sardas.

Levantamo-nos para sair ao mesmo tempo que a menina, e a seguimos depois que ela deixou o quarto. Etelinda meteu a mão no bolso.

— Toma esta moeda de seis pence,[37] querida. Podes aceitá-la de uma senhora como eu, para quem falaste mais sobre geografia do que imaginei existir além da Bíblia.

Etelinda achava que os longos capítulos da Bíblia designados por nomes próprios eram geografia, e embora eu soubesse que não eram, havia esquecido como se chamavam, então deixei para lá, porque uma palavra difícil era igual a qualquer outra. A menina não tinha certeza se deveria aceitar, mas suponho que parecêssemos senhoras muito gentis, porque, por fim, seus olhos sorriram – não os lábios; ela viveu muito tempo com pessoas sérias e taciturnas para isso – e, olhando-nos com ar melancólico, disse:

— Obrigada. Mas não vereis tia Annabella?

Respondemos que gostaríamos de cumprimentar as outras duas tias, se pudéssemos ter essa liberdade, e talvez ela nos levaria até as tias. Mas, diante da porta, ela se deteve, e disse com ar triste:

— Não posso entrar, não é minha semana de estar com tia Annabella –, e continuou andando lentamente em direção à porta que dava no jardim.

---

[37] O *sixpence*, por vezes conhecido como *tanner* ou *sixpenny bit*, é uma moeda equivalente a um quadragésimo de 1 libra esterlina, ou seja, 6 centavos. Foi cunhada pela primeira vez no reinado de Eduardo VI (1547-1553) e circulou até 1980. Curiosamente, a expressão "um seis pence em seu sapato" deriva da antiga trova inglesa: "*Something Olde, Something New, Something Borrowed, Something Blue, A sixpence in your shoe*" ("Algo velho, algo novo, algo emprestado, algo azul, um seis pence no seu sapato"), que indica os amuletos de boa sorte que a noiva deve carregar. Habitualmente, o pai põe o *sixpence* de prata desejando prosperidade, amor e felicidade à filha no dia do casamento. (N. da T.)

– Esta criança está sendo intimidada por alguém – eu disse a Etelinda.

– Mas ela sabe bastante geografia.

A fala de Etelinda foi interrompida quando abriram a porta em resposta à nossa batida. A então bela srta. Annabella Morton surgiu à nossa frente, e mandou-nos entrar. Estava vestida de branco, com um chapéu de veludo convexo, com duas ou três plumas pretas caídas. Eu não gostaria de dizer que ela corou, mas suas bochechas tinham uma cor muito bonita; dizer isso não fará mal nem bem. A princípio, me pareceu bem diferente de qualquer pessoa que eu tivesse visto, e me perguntei o que a menina gostava nela, pois era bem claro que gostava. Mas, quando a srta. Annabella falou, fiquei encantada. Sua voz era bem doce e lamuriosa, e combinava com o tipo de coisas que ela dizia; tudo sobre os encantos da natureza, e lágrimas e tristeza, e esse tipo de conversa, que me fazia lembrar de poesia – muito bonita de se ouvir, embora não conseguisse compreender tão bem quanto uma prosa simples e direta. Mesmo assim, ainda não sei por que gostei da srta. Annabella. Acho que senti pena, embora não saiba se eu teria me sentido assim se ela não tivesse colocado isso na minha cabeça. O quarto parecia bastante confortável; havia uma espineta[38] num canto para entretê-la e um sofá grande para ela se deitar. Aos poucos, fizemos com que ela falasse sobre a sobrinha, e ela também tinha seu método educativo. Disse que esperava desenvolver a sensibilidade e cultivar os gostos. Quando estava com ela, sua querida sobrinha lia obras de ficção, e adquiria tudo o que a srta. Annabella poderia transmitir sobre belas-artes. Nenhuma de nós sabia a que ela se referia na época, mas, depois, perguntando à menina, e usando nossos olhos e ouvidos, descobrimos que ela lia em voz alta para a tia, enquanto esta

---

[38] Instrumento musical de cordas, pinçadas por penas de pato, dotado de teclado e semelhante ao cravo. Foi criado em 1503 por Giovanni Spinetti, em Veneza, foi muito difundido na Europa até o século XVIII. (N. da T.)

ficava deitada no sofá. São Sebastião, ou o Jovem Protetor, era o que estavam estudando a fundo naquele momento; e, como tinha cinco volumes e a heroína falava mal o inglês – que precisava ser lido duas vezes para se tornar inteligível –, tomava muito tempo. Ela também aprendera a tocar a espineta; não muito, pois nunca ouvi além de duas músicas, uma delas era "Deus salve o Rei", e uma outra qualquer. Mas imagino que a pobre criança fosse ensinada por uma tia e amedrontada pelos modos críticos e as fantasias da outra. Ela talvez gostasse muito de sua tia gentil e pensativa (a srta. Annabella me disse ser pensativa, então estou certa em chamá-la assim), com sua voz suave, seus romances intermináveis, e os doces perfumes que rescendiam por aquele quarto convidativo ao sono.

Ninguém nos sugeriu que fôssemos ao quarto da srta. Dorothy quando deixamos a srta. Annabella, então não vimos a srta. Morton mais nova nesse primeiro dia. Cada uma guardou diversos pequenos mistérios a serem explicados depois pelo nosso dicionário, a sra. Turner.

– Quem é a pequena srta. Mannisty? – perguntamos ao mesmo tempo, quando vimos nossa amiga da mansão.

E, então, descobrimos que houve uma quarta – uma srta. Morton mais nova, que não era bela, nem inteligente, nem nada; então, a srta. Sofrônia, a irmã mais velha, permitiu que ela se casasse com um tal sr. Mannisty, e sempre se referia a ela como "minha pobre irmã Jane". Ela e o marido foram para a Índia, e ambos morreram por lá; e o general impôs a condição de que as irmãs deveriam cuidar da menina, pois nenhuma delas gostava de crianças, com exceção da srta. Annabella.

– A srta. Annabella gosta de crianças – eu disse. – Eis por que as crianças gostam dela.

– Não digo que ela goste de crianças, porque não temos outra na casa, exceto a srta. Cordélia, mas a srta. Annabella gosta muito dela.

– Pobrezinha da menina! – disse Etelinda. – Ela nunca tem chance de brincar com outras meninas?

Tenho certeza de que, a partir de então, Etelinda a considerou doente por causa disso, e que seu conhecimento de geografia era um dos sintomas dessa desordem, porque sempre dizia:

– Gostaria que ela não soubesse tanta geografia! Tenho certeza de que isso não está certo.

Se a geografia estava certa ou não, eu não sei, mas a menina ansiava por encontrar outras crianças. Poucos dias após nossa visita – e, no entanto, tempo suficiente para passar uma semana com a srta. Annabella –, vi a srta. Cordélia no canto da igreja, brincando, com uma humildade estranha, com algumas meninas simples da aldeia, que eram tão espertas nos jogos quanto ela era inapta e lenta. Hesitei um pouco, mas, por fim, resolvi falar com ela.

– Como estás, querida? – perguntei. – Por que estás aqui, tão longe de casa?

Ela corou, e depois virou para mim com seus olhos grandes e sérios.

– Tia Annabella mandou-me meditar na floresta... e... e... estava muito chato... e ouvi essas meninas brincando e rindo... e eu tinha meus seis pence comigo, e... não foi errado, foi, senhora? Eu me aproximei, e disse a uma delas que lhe daria a moeda se ela pedisse às outras meninas para me deixarem brincar com elas.

– Mas, querida, elas são, algumas delas, crianças muito simples, e não são companhias adequadas para uma Morton.

– Mas eu sou uma Mannisty, senhora! – ela exclamou com tanta certeza, que se eu não conhecesse o mau caráter de algumas daquelas meninas, não resistiria à sua ânsia de ter companhias da sua idade.

De qualquer forma, eu estava brava com elas por terem tomado a moeda, mas quando me apontou a menina, e viu que eu iria pedi-la de volta, agarrou-se a mim e disse:

– Ó, não, senhora, a senhora não deve fazer isso. Dei a moeda a ela porque eu quis.

Então, eu me afastei, pois havia verdade no que a menina dizia. Mas até hoje nunca contei a Etelinda o que aconteceu com a moeda de seis pence que deu a ela. Levei a srta. Cordélia até em casa para trocar de roupa e estar alinhada a fim de levá-la de volta à mansão. E, no caminho, para compensar sua decepção, comecei a contar sobre minha querida srta. Phillis e sua bela e brilhante juventude. Não tinha pronunciado seu nome a ninguém desde que ela morrera, a não ser para Etelinda – e isso apenas aos domingos e em momentos de quietude. E eu não poderia falar dela a uma pessoa adulta, mas, de alguma forma, para a srta. Cordélia falei de modo bastante natural.

Não me referi aos seus últimos dias, é claro, mas ao seu pônei e aos cãezinhos pretos iguais ao do rei Charles, e todas as criaturas que se regozijavam em sua presença quando eu a conheci. E nada satisfazia a menina, então, eu tinha que ir ao jardim da mansão e mostrar-lhe onde ficava o jardim da srta. Phillis. Estávamos entretidas em nossa conversa, enquanto ela se abaixava para tirar as ervas daninhas do terreno, quando ouvi uma voz aguda gritar:

– Cordélia! Cordélia! Sujaste o vestido ao ajoelhar na grama molhada! Não é minha semana, mas contarei para sua tia Annabella.

E fechou a janela com um puxão. Era a srta. Dorothy. E eu me senti quase tão culpada quanto a pobre srta. Cordélia, pois a sra. Turner nos disse que a srta. Dorothy se ofendera por não termos ido visitá-la em seu quarto no dia em que fomos cumprimentar as irmãs, e achei que ver a srta. Cordélia comigo seria um erro tão grande quanto ajoelhar-se na grama molhada. Então, decidi pegar o touro pelos chifres.

– Você pode me levar até sua tia Dorothy, querida? – perguntei.

A menina não queria entrar no quarto da tia Dorothy, como fez diante da porta da srta. Annabella. Ao contrário, apontou-a a uma distância segura e depois foi embora, andando lentamente como a ensinaram a andar naquela casa, onde correr, subir os degraus de dois em dois, ou saltar três degraus de uma vez era considerado indigno e vulgar. O quarto da srta. Dorothy era o menos suntuoso. De alguma forma, parecia ser a face nordeste, embora fosse face sul; e quanto à própria srta. Dorothy, parecia mais uma "prima Betty" do que qualquer outra pessoa, se sabe a que me refiro, pois talvez seja uma expressão antiquada demais para ser entendida por qualquer um que tenha estudado línguas estrangeiras, mas, quando eu era menina, havia mulheres pobres e loucas que vagavam pelo país, pelo menos uma ou duas por distrito. Elas nunca fizeram mal algum a ninguém que eu saiba; podem ter nascido tolas, as pobres criaturas! Ou, talvez, tenham tido uma decepção no amor, quem sabe? Mas vagavam pelo país, e eram bem conhecidas nas fazendas, onde conseguiam comida e abrigo pelo tempo que suas mentes inquietas permitissem que ficassem naquele lugar; e a mulher do fazendeiro arrumava, por exemplo, uma fita, uma pluma ou uma grande peça de seda antiga, para agradar a vaidade inofensiva dessas pobres loucas. Às vezes, ficavam deprimidas. Chamá-las de "prima Betty" tornou-se um tipo de denominação para qualquer mulher com roupas vistosas e exuberantes, e dizíamos que lembravam a "prima Betty". Então, agora sabem o que quero dizer quanto à aparência da srta. Dorothy.

Seu vestido era branco, como o da srta. Annabella, mas, em vez do chapéu de veludo preto da irmã, ela usava, mesmo dentro de casa, um pequeno gorro preto de seda. Parece que seria menos uma prima Betty por usar esse gorro, mas espere até eu dizer como ele era forrado – com tiras de seda vermelha, largas perto do rosto, estreitas próximo à aba, pois todos gostam de ver raios de sol nascente como são pintados nos cartazes em uma repartição pública. E seu rosto era como o sol, redondo como uma maçã; e, sem dúvida, pintado com ruge: de fato, ela me disse, certa vez, que uma dama não estaria vestida se não usasse ruge. A sra. Turner nos contou que gostava de ler frases e pensamentos; não que fosse uma mulher inteligente de um modo geral, devo dizer; e esse revestimento radiante era fruto de seu estudo. Prendia os cabelos, para que a testa ficasse totalmente coberta pelo gorro, e não nego que eu preferiria estar em casa do que encará-la na porta. Fingiu não saber quem eu era, e me fez falar tudo sobre mim; e então descobri que ela já sabia tudo a meu respeito, e esperava que eu tivesse me recuperado da fadiga do outro dia.

– Que fadiga? – perguntei, sem me mexer.

Ó, ela entendeu que eu teria ficado muito cansada depois de visitar as irmãs, de outro modo, é claro, eu teria ido até seu quarto. Ela continuou fazendo tantas insinuações, que eu preferiria que ela me desse um tapa na cara para encerrar o assunto, porém eu queria que ela fizesse as pazes com a srta. Cordélia por ter-se ajoelhado e sujado o vestido. Disse a ela o que pude para esclarecer, mas não sei se adiantou. A sra. Turner me disse quanto ela era desconfiada e ciumenta de tudo e de todos, especialmente da srta. Annabella, que fora colocada acima dela na juventude graças à sua beleza, mas, desde que esse atributo minguara, a srta. Morton e a srta. Dorothy não paravam de espezinhá-la, e a srta. Dorothy mais do que a irmã. Se não fosse pelo amor da pequena srta. Cordélia, a srta. Annabella sentia vontade de morrer; muitas vezes, desejava que tivesse contraído varíola quando era bebê. A srta. Morton tratava-a de modo arrogante e frio, como se ela não tivesse cumprido o dever para com sua família e fosse colocada de castigo num canto por mau comportamento. A srta. Dorothy sempre falava com ela (sem prestar atenção), principalmente sobre o fato de ela ser sua irmã mais velha. Ela era apenas dois anos mais velha, e continuava sendo tão bonita e agradável, que eu me esqueceria desse fato, se não fosse pela srta. Dorothy.

E as regras que foram criadas para a srta. Cordélia! Ela tinha que comer de pé, para começo de conversa! Outra era que ela tinha que beber duas xícaras de água gelada antes de comer pudim; e isso apenas a fazia detestar água gelada. Então, havia um monte de palavras que ela não podia usar; cada tia tinha sua lista de palavras indelicadas ou impróprias, por um motivo ou outro. A srta. Dorothy nunca a permitia dizer "vermelho"; ela deveria dizer rosa, carmim ou escarlate. A srta. Cordélia algumas vezes vinha à nossa casa, e dizia que sentia uma "dor no peito" com tanta frequência, que Etelinda e eu começamos a nos preocupar, e perguntamos à sra. Turner se a mãe da menina havia morrido de tuberculose, e dei a ela vários potes de geleia de groselha, o que só piorava a dor no peito, dá para acreditar? A srta. Morton a proibiu de dizer que sentia dor de barriga, por não ser adequado falar assim; eu conhecia uma denominação ainda pior quando eu era jovem, e Etelinda também; e nos perguntamos por que alguns tipos de dor eram gentis de se dizer e outros não. Eu disse que as famílias antigas, como os Morton, em geral, pensavam ser um sinal de sangue bom queixar-se de males num ponto mais alto possível do corpo – febres cerebrais e dores de cabeça soavam melhor, e talvez pertencessem mais à aristocracia. Pensei que eu estava certa ao dizer isso quando Etelinda me assegurou que ouviu muitas vezes dizerem que lorde Toffey tinha gota e mancava, e isso me deixou perplexa. Se há uma coisa que mais detesto é alguém afirmar algo contrário ao que estou tentando dizer – como vou raciocinar, se for perturbada pelos argumentos de outra pessoa?

Mas, embora eu conte todas as peculiaridades das srtas. Morton, elas eram boas senhoras, em geral: até a srta. Dorothy tinha momentos de bondade e realmente amava a sobrinha, embora sempre a espreitasse para pegá-la fazendo algo errado. Tenho que respeitar a srta. Morton, porque nunca gostei dela. Elas nos convidavam para o chá, e usávamos nossos melhores vestidos, e depois de colocar a chave de casa no bolso, caminhávamos devagar pela aldeia, esperando que aqueles que nos conheciam desde a juventude nos vissem agora, sendo convidadas para tomar chá com a família na mansão – não na ala dos empregados, mas com a própria família. Mas, desde que os tecelões começaram a trabalhar em Morton, todos pareciam estar ocupados demais para reparar em nós, por isso nos contentávamos em comentar que nunca imaginamos, quando jovens, que viveríamos até esse dia. Depois do chá, a srta. Morton nos pedia para falar sobre a verdadeira e antiga família que elas desconheciam e, com certeza, falávamos sobre toda a sua pompa, grandeza e modos imponentes, mas Etelinda e eu nunca mencionamos o que era para nós a memória de um sonho triste e terrível. Então, nos ouviam contar sobre o senhor em seu coche puxado por quatro cavalos como xerife do condado, e a senhora deitada em sua saleta da manhã, com o roupão de veludo de Gênova, cheio de olhos de pavão (era uma peça de veludo que o senhor Morton lhe trouxera da Itália, quando fez o *Grand Tour*) e a srta. Phillis indo a um baile na casa de um nobre e dançando com um duque. As três damas nunca se cansavam de ouvir as histórias do esplendor que houve ali, enquanto elas e a mãe passavam fome devido à pobreza, no norte, em Northumberland, e a srta. Cordélia sentava-se num banquinho na altura dos joelhos da tia Annabella, e segurava a mão da tia e ouvia, boquiaberta, tudo o que dizíamos.

Um dia, a menina chegou chorando em nossa casa. Era a velha história de sempre: tia Dorothy fora muito cruel com tia Annabella! A garotinha disse que iria fugir para a Índia a fim de contar ao tio, o general, e parecia sentir uma mistura tão grande de raiva, tristeza e desespero, que de repente me ocorreu um pensamento. Achei que eu deveria lhe ensinar algo sobre a profunda tristeza que a aguardava em algum momento de sua vida, e como deveria ser suportada, contando-lhe sobre o amor e a resiliência da srta. Phillis por seu tolo e belo sobrinho. Então, contei-lhe sobre ele, desde pequeno, até contar tudo. Seus grandes olhos marejaram, e as lágrimas escorriam e desciam silenciosas por suas bochechas, enquanto eu falava. Nem precisei lhe pedir que não contasse nada disso a ninguém. Ela disse:

– Eu não poderia... Não! Nem mesmo à tia Annabella.

E, até hoje, nunca mencionou o assunto, nem mesmo para mim, mas tentou ser mais paciente e mais útil, de forma silente, na estranha casa onde morava.

Aos poucos, a srta. Morton foi ficando pálida, encanecida e esgotada, além de rija. A sra. Turner sussurrou-nos que ela, por sua aparência enrijecida e imóvel, estava prestes a morrer; que fora secretamente ver um famoso médico em Drumble; e que este lhe dissera que ela deveria se preparar. Nem as irmãs sabiam disso, mas esse fato incomodou a sra. Turner e ela decidiu nos contar. Muito depois disso, continuava tendo sua semana de disciplina com a srta. Cordélia, e andava com seu modo duro, como um soldado, pela aldeia, repreendendo as pessoas por terem famílias muito extensas, queimarem muito carvão e consumirem muita manteiga. Certa manhã, mandou a sra. Turner chamar as irmãs e, antes que ela voltasse, procurou um antigo medalhão que tinha as mechas de cabelo das quatro srtas. Morton quando crianças e, prendendo uma fita marrom pela abertura do medalhão, colocou-o no pescoço de Cordélia e a beijou, dizendo-lhe que ela era uma boa menina, e que já estava curada da lordose, que devia temer a Deus e respeitar o rei, e que agora poderia tirar férias. Enquanto a criança olhava maravilhada para a ternura incomum com que a tia lhe dissera isso, um espasmo tomou conta do rosto da srta. Morton, e Cordélia saiu correndo para chamar a sra. Turner.

Mas quando esta e as irmãs entraram, a srta. Morton já havia se recuperado. Pediu para ficar sozinha com as irmãs no quarto, para se despedir delas; então ninguém sabe o que ela lhes disse, nem como lhes disse (para quem pensar nela ainda com saúde) que eram evidentes os sinais da morte que se aproximava, e que o médico diagnosticara.

Uma coisa a respeito da qual ambas concordaram – e era bastante que a srta. Dorothy concordasse com qualquer coisa – era que ela deixava sua sala de estar, no andar mais alto, para a srta. Annabella, por ser a próxima irmã em idade. Então, elas deixaram o quarto chorando e entraram juntas no quarto da srta. Annabella, e ficaram sentadas, de mãos dadas (pela primeira vez desde a infância, eu creio), esperando ouvirem a sineta que seria colocada ao lado da srta. Morton, caso entrasse em agonia e chamasse a sra. Turner. Mas a sineta não tocou. Logo anoiteceu. A srta. Cordélia voltou do jardim, deixando as longas sombras escuras e verdes, e os estranhos uivos dos ventos noturnos passarem pelas árvores, e postou-se junto à lareira da cozinha. Por fim, a sra. Turner bateu à porta da srta. Morton e, quando não ouviu resposta, entrou e encontrou-a morta e já fria em sua cadeira.

Suponho que em algum momento tenhamos contado a elas sobre o enterro do antigo senhor, quero dizer, do pai da srta. Phillis. Houve uma procissão de arrendatários de quase um quilômetro para acompanhá-lo até o túmulo. A srta. Dorothy me chamou para perguntar que arrendatários do irmão poderiam acompanhar o féretro da srta. Morton, mas, com o povo trabalhando nas fábricas e as terras que deixaram de pertencer à família, conseguiríamos juntar, no máximo, vinte pessoas, entre homens e mulheres; e outros ainda seriam mercenários o suficiente para cobrar pelo seu tempo.

A pobre srta. Annabella não queria ficar com a sala no andar superior, mas não ousava ficar para trás, pois a srta. Dorothy, por despeito por não ter sido legada a ela, repetia que a srta. Annabella tinha a obrigação de ocupá-la; que fora o desejo de morte da srta. Sofrônia, e que ela não se surpreenderia se a srta. Sofrônia não viesse assombrar a srta. Annabella, caso ela não saísse de seu quarto quentinho, confortável e cheiroso, para ficar no quarto sombrio na ala nordeste. Dissemos à sra. Turner que temíamos que a srta. Dorothy acabasse por dominar a srta. Annabella, e ela apenas meneou a cabeça, o que, para uma mulher tão falante, significava muito. Mas, quando a srta. Cordélia começou a se abater, o general voltou à casa sem que ninguém soubesse que ele estava chegando. Assim que retornou, passou a tomar as decisões. Enviou a srta. Cordélia para a escola, mas não antes que ela nos dissesse que amava o tio, apesar de seu comportamento rascante e tempestuoso. Levou as irmãs para Cheltenham, e foi surpreendente como elas rejuvenesceram antes de voltar. Ele sempre ia de um lado para outro: e foi muito educado conosco durante a negociação, deixando-nos com a chave da mansão toda vez que saíam de casa. A srta. Dorothy tinha medo dele, o que era uma bênção, pois isso a mantinha calada e, para falar a verdade, fiquei muito triste quando ela morreu; e, quanto à srta. Annabella, ela se desvelou para cuidar da irmã, até também ficar doente, e a srta. Cordélia precisou deixar a escola para vir fazer companhia à tia. A srta. Cordélia não era bonita; tinha um ar muito triste e grave para ser bela, mas era empreendedora e um dia herdaria a fortuna do tio, então eu esperava que em breve ela fosse arrebatada. Mas o general disse que o marido deveria usar o sobrenome Morton, e o que fez minha jovem senhora, senão começar a gostar de um dos grandes proprietários de usinas de Drumble, como se não houvesse todos os senhores e comuns a escolher além dele? A sra. Turner morreu, e não havia ninguém para nos avisar sobre isso, mas vi a srta. Cordélia emagrecer e ficar mais pálida cada vez que voltavam à Mansão Morton, e eu queria lhe dizer que se animasse para escolher um marido, acima de um tecelão de algodão. Um dia, menos de seis meses antes da morte do general, ela veio nos visitar e nos disse, corando como uma rosa, que o tio lhe dera o consentimento e, assim, embora "ele" tivesse se recusado a usar o sobrenome Morton, e aceitasse se casar com ela sem nenhum centavo, e sem o consentimento do tio, tudo se acertara afinal, e eles se casariam imediatamente e a casa seria um tipo de lar para tia Annabella, que se cansara das constantes viagens do general.

– Queridas e velhas amigas! – disse nossa jovem senhora. – Ireis gostar dele. Tenho certeza que sim. Ele é tão bonito, corajoso e bom. Sabem, ele disse que um parente de seus antepassados viveu na Mansão Morton na época do Commonwealth.[39]

– Seus antepassados? – exclamou Etelinda. – Ele tem antepassados? Esse é um ponto positivo para ele, de qualquer modo. Não sabia que os tecelões de algodão tinham ancestrais.

– Como ele se chama? – perguntei.

– Sr. Marmaduke Carr – ela respondeu, arrastando cada R com o antigo sotaque de Northumberland, suavizado num belo tom de orgulho e de esforço para dar distinção a cada letra do nome do amado.

– Carr – eu exclamei. – Carr e Morton! Que assim seja! Isso foi profetizado há anos!

Mas ela estava por demais absorta nos pensamentos de sua própria felicidade interior para se dar conta das bobagens que eu estava falando.

Ele era um cavalheiro bom e verdadeiro. Nunca viveram na Mansão Morton. No momento que eu escrevia isto, Etelinda entrou trazendo duas notícias. Nunca mais diga que eu sou supersticiosa! Não há ninguém vivo em Morton que conheça a história de sir John Morton e Alice Carr, porém, a primeira parte da mansão que o construtor de Drumble demoliu foi o antigo salão de pedra, onde o grande jantar servido para os pastores se decompôs – tudo reduzido a nada! E a rua que vão construir e passará pelos quartos de onde Alice Carr foi

---

[39] O Commonwealth refere-se ao período republicano, de 1649 a 1660, após a decapitação de Charles I, em 30 de janeiro de 1649, sob o comando de Oliver Cromwell, que se tornou Lorde Protetor da Comunidade da Inglaterra, Escócia e Irlanda, em 1653, sucedido por seu filho, Richard Cromwell, que governou durante menos de um ano. O Parlamento do Protetorado foi dissolvido e a monarquia restaurada em 29 de maio de 1660, com Charles II. Esse período também é conhecido como "Interregnum". (N. da T.)

arrastada, em desespero e agonia, por ódio e asco ao marido se chamará rua Carr.

E a srta. Cordélia teve um bebê, uma menina, e escreveu duas linhas a lápis no final do bilhete do marido, dizendo que pretendia chamá-la Phillis.

Phillis Carr! Fico feliz que ele tenha rejeitado o sobrenome Morton. Prefiro guardar o nome Phillis Morton em minha memória, em absoluto silêncio.

CAPÍTULO IV

UMA HISTÓRIA DE FANTASMA

Ada Trevanion

1858

Pouco se conhece sobre Ada Trevanion. As fontes genealógicas encontradas *on-line* dizem que ela nasceu em 1829, em Bifrons House, em Kent, e morreu em 1882. Um obituário – no *Parsons Daily News*, de Parsons, Kansas –, diz que ela era "filha de Henry Trevanion e da meia-irmã de Byron, Georgiana Augusta Leigh", o que está de acordo com a informação dos sites de genealogia. Em 1829, Bifrons House foi a residência da ex-mulher de Byron e sua filha Augusta (Ada), mais conhecida hoje como Ada Lovelace, a mãe da programação informática.[40] A *London Gazette*, de 8 de

---

[40] Augusta Ada King, condessa de Lovelace (10 de dezembro de 1815 – 27 de novembro de 1852), foi matemática e escritora inglesa, única filha de lorde e lady Byron. Escreveu o primeiro algoritmo para ser processado pela máquina analítica de Charles

maio de 1866, cita a morte de Georgiana e a passagem de seu espólio para Ada: curiosamente para os leitores americanos, o escritório de advocacia que tratou da herança chamava-se Booty & Butts, localizado em Gray's Inn, em Londres.

Se a mulher propriamente dita é um mistério, ao menos parte de sua obra chegou até nós. Ela publicou uma coletânea considerável de poesia, intitulada *Poemas*, em 1858 – o *Saturday Review*, de 27 de novembro daquele ano, chamou-a de "um bom espécime de poesia realmente medíocre". Independentemente da opinião desse resenhista, a poesia de Ada continuou a ser publicada em grandes tiragens, em revistas como *The Illustrated Magazine, The Ladies' Companion, Monthly Magazine, The New Monthly Bell Assemblée, The Ladies' Cabinet of Fashion, Music & Romance* e *The Keepsake*.[41]

Sua ficção é ainda mais difícil de ser encontrada. "Não julgueis para não serdes julgados"[42] apareceu em *The Ladies' Companion*, em 1855, e "Uma discussão amorosa",[43] no *The Home Circle*, em 1849 – ambos parecem contos convencionais, dirigidos a revistas de mulheres.

"Uma história de fantasma"[44] também é bem feminino em sua natureza, que trata sobre o relacionamento entre uma professora e uma aluna num internato inglês. Algumas comentaristas

---

Babbage, que permitiria computar os valores de funções matemáticas, além publicar uma série de anotações sobre a máquina, republicadas em 1953. Por esse trabalho, é considerada a primeira programadora de computadores da história. Morreu aos 36 anos, com a mesma idade que o pai, de câncer uterino, e foi sepultada ao lado dele, atendendo a seu pedido. (N. da T.)

[41] Os poemas são publicados até hoje e estão disponíveis em <https://www.amazon.co.uk/Poems-Ada-Trevanion/dp/1248528913>. (N. da T.)

[42] "Judge not, that ye be not Judged", no original. (N. da T.)

[43] "A Lover's Quarrel", no original. (N. da T.)

[44] "A Ghost Story", no original. (N. da T.)

feministas viram sinais de uma relação homoerótica, mas esta é uma avaliação delas, o texto propriamente dito sugere uma amizade respeitosa em vez de paixão, e uma confiança que leva o fantasma a colocar a responsabilidade do futuro de sua família nas mãos da protagonista.

Relatarei a vocês (disse minha amiga Ruth Irvine) toda a história, do começo ao fim: há alguns anos, meu pai me mandou para Woodford House – uma escola de moças, em Taunton, Somersetshire, onde uma sra. Wheeler era a diretora. O número de alunas caíra antes de eu ir, de cinquenta para trinta, embora o estabelecimento fosse, em vários aspectos de qualidade, superior, e as mestras fossem muito boas.

O grupo era formado pela sra. Wheeler e uma pensionista, com duas professoras, madame Dubois e srta. Winter, e nós, as trinta meninas. A srta. Winter, professora de inglês, dormia num quartinho junto ao nosso, levava-nos para passear, e nunca saía de perto de nós. Tinha cerca de vinte e sete anos, cabelos castanhos espessos e macios, e seus olhos apresentavam um aspecto que não consigo definir. Eram castanho-esverdeados e, à menor emoção, pareciam se encher de luz, mesmo imóveis, como o luar sobre um lago. Às seis e meia da manhã, vinha nos chamar e, por volta das sete horas, já estávamos no térreo. Fazíamos exercícios de escalas, repassávamos as lições da noite anterior até as oito e meia, quando a sra. Wheeler e a madame Dubois apareciam; então, rezávamos as orações e, depois disso, tomávamos nosso desjejum, com café preto e pão com manteiga cortado em quadrados, que continuavam saborosos até o meio da semana. Depois do café, a sra. Wheeler sentava-se à cabeceira da mesa e começava os trabalhos.

A sra. Wheeler era alta e rotunda, com voz estridente e modo muito autoritário. Prestava uma atenção contínua à nossa conduta, e tinha a séria missão de nos manter acordadas enquanto falava.

Madame Dubois era uma senhora idosa, baixa e encarquilhada, de temperamento irascível. Ostentava um turbante, colocava algodão nos ouvidos e murmurava as palavras que dizia. À uma hora, a sra. Wheeler fechava a mesa e saía da sala, enquanto íamos para o andar de cima nos trocar para fazer a caminhada. O jantar já estava pronto quando voltávamos às três horas. Era uma comida simples que logo acabava e, depois disso, a srta. Winter assumia o lugar da sra. Wheeler na mesa longa, e presidia nossos estudos até a hora do chá, às sete horas. Eu considerava esse intervalo a parte agradável do dia, porque a srta. Winter era inteligente e se esforçava quando via inteligência ou vontade de aprender. Eu passava menos tempo com ela, no entanto, do que a maioria das meninas, porque, sendo uma das mais velhas, a sra. Wheeler esperava que eu praticasse o piano ao menos três horas por dia. O estúdio era grande, sem tapetes, com vista para um jardim amplo e florido. Parte dos melhores dias da primavera e do verão eram passados nesse jardim. Eu gostava de ficar ali mais do que das caminhadas, porque não éramos obrigadas a ficar juntas. Costumava levar um livro e, quando não fazia muito frio, ficava junto a uma fonte, à sombra de um laburno[45] que pendia sobre ela. Fico pensando se a fonte e o laburno ainda estão lá.

Woodford House era famosa por suas ocupantes misteriosas. Havia a sra. Sparkes, uma pensionista, que sempre tomava o desjejum

---

[45] Pequena árvore europeia com cachos de flores amarelas pendurados, sucedidas por ramos delgados com sementes venenosas. A madeira rígida por vezes é usada como substituto do ébano. Nativa da região central e do sul da Europa, os laburnos foram difundidos como plantas ornamentais. (N. da T.)

no quarto, e diziam que teria vindo pelo mar de um lugar muito distante, onde ela e o falecido capitão Sparkes (o marido) possuíam muito ouro. Sabia-se que, se ela tivesse recebido seus direitos, valeria 10 mil libras por ano. Temo que ela não os recebesse, pois desconfio que sua renda não passasse de 100 libras. Era muito bem-humorada, e todas nós gostávamos dela, mas associá-la vagamente com o mar, tempestades e recifes de coral, fazia com que surgissem as lendas mais selvagens sobre ela. Havia, então, uma menina pálida, de cabelos louros e cacheados, que, nós descobrimos, ou pensamos ter descoberto, ser filha de um visconde que não gostava dela. Era uma personagem muito curiosa, uma jovem italiana, que tinha, entre seus pertences, uma adaga de verdade, que muitas acreditavam que carregasse sempre com ela. Mas creio que todas eram ofuscadas, em geral, pela srta. Winter, que nunca falava sobre seus relacionamentos, ia até o posto dos correios buscar suas cartas, para não serem trazidas até a escola; e, além disso, tinha um pequeno guarda-roupa de carvalho no quarto, cuja chave ela pendurava no pescoço. Que vida levava com algumas das meninas! E como era solitária também! Pois não acompanhava a sra. Wheeler, nem a nós, e era impossível ser amiga de madame Dubois.

Pobre srta. Winter! Nunca a perturbei com perguntas impertinentes – e talvez ela se sentisse agradecida pela minha paciência, pois minhas companheiras diziam, unanimemente, que ela "favorecia Ruth Irvine". Eu não era popular entre elas, porque estudava meio período nos feriados, e uma hora antes de dormir, quando tínhamos o tempo livre para nós. Elas tentaram me dissuadir de fazer isso, mas não conseguiram, então, me odiavam de um modo como só colegas conseguem odiar, e se vingavam dizendo que "meu pai era pobre, e eu estava, por esse motivo, ansiosa para aproveitar o máximo do meu tempo em Woodford House". Essa provocação pretendia me infligir uma severa mortificação, pois havia um profundo respeito pela riqueza que impregnava a escola, que, claro, vinha da diretora.

Desconfio que eu tenha estudado demais nesse período, pois passei a sofrer dores de cabeça excruciantes, que me impediam de dormir à noite, e eu tinha, além disso, todo tipo de hábitos estranhos e tiques nervosos. Ah, os sérios esforços da sra. Wheeler para me tornar graciosa; seu desespero com meus cotovelos; sua desesperança com meus ombros, e o olhar de indignação com meu modo de entrar na sala!

Passei as férias de verão desse ano em Woodford Home, porque meu pai estava no exterior, e eu não tinha um parente gentil que se condoesse com o fato de eu não ter um lugar para ficar, e fiquei muito abatida por isso. A minha depressão aumentou a febrícula nervosa que eu tinha, de tal forma que fui obrigada a ficar de cama por alguns dias. A srta. Winter cuidou de mim por sua própria conta, e foi como uma irmã para mim. Agora que as outras meninas não estavam ali, ela se tornou bastante comunicativa. Descobri que era órfã, e tinha um "irmão e três irmãs, todos mais novos do que ela, que sempre a procuravam toda vez que precisavam". Eu gostava de ouvi-la falar sobre eles: imaginava-os como exemplos de talento e gentileza. O irmão era funcionário de uma casa mercantil em Londres; as irmãs estavam sendo educadas numa escola para filhas de militares. A ligação que a unia a esse irmão e às irmãs parecia, para mim, ser mais forte do que a morte ou a vida.

As férias das professoras começavam bem depois das nossas, mas, nas férias de verão, tinham permissão para fazer excursões a pé e, quando a srta. Winter retornava desses passeios, vinha direto para o meu quarto, carregada de musgos e flores silvestres. Eu senti como um grande consolo, diante da negligência e do desprezo das outras, o fato de ela ter-se apegado a mim. Quando chegou o dia da sua partida, deu-me um livro chamado *O conto do velho marinheiro*,[46] de Samuel Coleridge, que eu deveria sempre guardá-lo, e nunca me esquecer dela, se nunca mais a visse. Não creio que tenha dito isso por pressentir a proximidade de qualquer doença, pois ela me parecia bastante feliz em seu próprio modo silencioso, mas nunca se permitia ter muita esperança em relação ao futuro. Recebi uma carta dela, para dizer que havia chegado em segurança ao endereço do irmão na cidade, e estava indo para Dover, onde estavam as irmãs, e me pediu para eu não me preocupar com ela. Tentei me manter contente, mas o tempo se arrastava sem ela. Toda manhã, no desjejum, ouvia, pela vigésima vez, a srta. Nash, que apreciava a vantagem de passar as férias com uma pessoa como a sra. Wheeler, dizer que ela nem tinha vontade de sair de Woodford House. Ela nunca reclamava que o piano no salão dos fundos tinha várias notas quebradas, ou que *A história antiga*,[47] de Rollin,[48] não era o tipo mais adequado de literatura. Não era uma atitude caridosa, mas eu não podia evitar – eu odiava a srta. Nash. O fim do dia era mais agradável: em geral, eu era convidada para o chá e o jantar pela sra. Sparkes, e me regalava no salão da frente com bolos, pães de gergelim e vinho de groselha. Eu deveria ter aproveitado mais esses entretenimentos, mas eu havia escrito um poema dividido em quatro cantos, em que o falecido capitão Sparkes era um pirata e fora alvejado de forma atroz, e esse segredo pesava como chumbo em minha mente, impedindo-me de me sentir à vontade com a sra. Sparkes. Foi depois de uma noite passada com essa senhora e, na ausência da sra. Wheeler, que fora para Londres tratar da vinda de uma nova aluna, que... que aconteceu pela primeira vez.

---

[46] Ver nota da p. 29. (N. da T.)
[47] *The Ancient History* [*A história antiga dos egípcios, cartagineses, assírios, babilônios, medos e persas, macedônios e gregos*], de Charles Rollin, publicado em Paris, em 12 volumes, de 1730 a 1738.
[48] Charles Rollin (1661-1741), historiador e educador francês.

Era uma noite silenciosa e abafada. A lua brilhava no alto. Eu estava deitada na minha cama branca e estreita, com os cabelos desalinhados sobre o travesseiro, sem conseguir dormir de jeito nenhum, mas totalmente desperta, e com os sentidos tão aguçados, que conseguia ouvir o barulho da fonte e o tique-taque do relógio na sala lá embaixo. Eu tinha deixado a porta do quarto aberta por causa do calor. De repente, à meia-noite, quando a casa estava em profundo silêncio, senti um vento frio entrar pelo quarto e, quase em seguida, ouvi o som de passos subindo a escada. O sono parecia mais distante do que nunca, ou eu poderia estar sonhando, pois reconheci os passos da srta. Winter e, no entanto, eu sabia que ela só deveria voltar dentro de quinze dias. O que poderia ser? Enquanto eu prestava atenção e pensava no que seria, os passos se aproximaram e, de repente, pararam. Olhei em volta e vi, no pé da cama, o vulto da minha amiga! Ela estava com o vestido escuro simples que normalmente usava, e pude ver no dedo médio da mão esquerda o brilho de um anel, que também me era familiar. Seu rosto estava muito pálido, e tinha, pensei, uma expressão estranha e melancólica. Notei também que a franja sobre a testa parecia escura e úmida, como se estivesse imersa em água. Sentei-me na cama, estendi os braços e exclamei:

– Estás aqui! Quando chegaste? O que te fez voltar tão cedo?

Mas ela não respondeu, e desapareceu no minuto seguinte. Fiquei estática, aterrorizada com o que vi. Senti um medo indefinível de que algo estivesse errado com minha amiga. Levantei-me e passei pelo seu quarto, que estava vazio, subi e desci, procurando por ela, chamando baixinho seu nome, mas todos os quartos em que entrei estavam vazios e silenciosos. Então, voltei para cama, confusa e decepcionada.

Antes do amanhecer, me senti sonolenta e, um pouco antes da hora de levantar, adormeci. Ao acordar, o sol estava entrando pela janela. Ouvi as empregadas trabalhando lá embaixo, e percebi que já deveria ser muito tarde. Comecei a me vestir às pressas, quando alguém abriu a porta lentamente. Era a sra. Sparkes.

— Eu não quis te perturbar — ela disse —, porque te ouvi caminhando pela casa ontem à noite. Pensei, como estamos de férias, que poderias dormir até mais tarde, se quisesses.

— Agradeço muito — respondi, mal contendo minha impaciência.

— Onde está a srta. Winter, sra. Sparkes?

Ela me olhou surpresa com a pergunta, mas respondeu, sem hesitação:

— Com seus amigos, sem dúvida! Ela não deve estar de volta senão na outra semana, sabes bem disso.

— Estás brincando — eu disse, num tom um pouco ofendido. — Eu sei que ela voltou. Eu a vi ontem à noite.

— Viste a srta. Winter ontem à noite?

— Sim — respondi —, ela veio até meu quarto.

— Impossível!

A sra. Sparkes começou a rir e continuou:

— A menos que ela tenha o poder de estar em dois lugares ao mesmo tempo. Estavas sonhando, Ruth.

— Eu não podia estar sonhado — repliquei —, pois eu estava bem acordada. Tenho certeza de que vi a srta. Winter. Ela ficou parada ao pé da cama, e olhou para mim, mas não me disse quando chegou, nem por que voltou tão cedo.

A sra. Sparkes continuou rindo. Eu não falei mais sobre o assunto, pois percebi que havia algum mistério, e ela estava tentando me enganar.

O dia passou. Eu não queria dormir, embora me sentisse muito cansada ao anoitecer. Continuei pensando na srta. Winter, e imaginando se ela iria aparecer novamente. Algumas horas depois de ter me deitado, fiquei terrivelmente nervosa — o menor barulho fazia meu coração saltar. Então, ocorreu-me um pensamento de que eu deveria me levantar e descer as escadas. Eu me vesti e saí do quarto devagarzinho. A casa estava tão silenciosa, e tudo parecia tão escuro, que senti medo, e comecei a tremer mais do que antes. Havia um corredor que percorria a extensão da sala de aula e uma porta de vidro no final, que se abria para o jardim. Fiquei parada nessa porta por vários minutos, olhando, como num sonho, a luz prateada da lua sobre as árvores escuras e as flores adormecidas. Enquanto olhava, comecei a me sentir bem e tranquila. Virei-me para voltar para o quarto, quando ouvi, como pensei, alguém tentando abrir a porta atrás de mim. O barulho logo cessou, embora eu acreditasse que a porta estivesse aberta, porque um vento varreu o corredor, fazendo-me estremecer. Parei e olhei rapidamente para trás. A porta estava cerrada, e a tranca fechada, mas, sob o luar, onde eu parei, estava a figura longilínea da srta. Winter! Ela estava branca, imóvel e muda, como na noite anterior; parecia que algo terrível a fez emudecer. Eu queria falar com ela, mas havia algo em sua expressão que me assombrava; e, além disso, a febre de ansiedade que eu sentia começou a secar meus lábios, impedindo-me de falar. Porém, andei rapidamente em direção a ela, e me inclinei para beijá-la. Para minha surpresa e terror, seu vulto sumiu. Emiti um grito, que deve ter alarmado a sra. Sparkes, pois ela desceu correndo de camisola, pálida e assustada. Contei-lhe o que tinha acontecido, exatamente como descrevi agora. Ela me ouviu com uma expressão de ansiedade. Então falou gentilmente:

– Ruth, não estás bem agora à noite, estás com febre e ansiosa. Volta para a cama, e amanhã de manhã terás se esquecido de tudo.

Voltei para a cama, mas, na manhã seguinte, eu não tinha me esquecido do que vira na noite anterior, ao contrário, eu tinha mais certeza do que nunca. A sra. Sparkes acreditava que eu tinha visto a srta. Winter em sonhos na primeira noite e que, na segunda, estando bem desperta, não conseguira me livrar da ideia da noite anterior. No entanto, depois de pedir insistentemente, prometeu-me que passaria a noite seguinte no quarto de dormir das meninas. Durante o dia, foi muito gentil e atenciosa comigo. Ela não teria sido mais gentil, se eu não parecesse realmente perturbada. Escondeu de mim todos os livros mais emocionantes, e me perguntava, de hora em hora, se minha cabeça doía. À noite, após o jantar, mostrou-me algumas gravuras que haviam pertencido ao seu marido. Eu gostava muito de gravuras. Ficamos vendo as imagens até tarde, e então fomos deitar. Cansada como estava, eu não conseguia dormir. A sra. Sparkes disse que também ficaria acordada, mas logo se calou, e eu sabia, pela sua respiração, que havia adormecido profundamente. Ela não dormiu por muito tempo. À meia-noite, o quarto, que estava bastante quente, de repente, foi atravessado por uma corrente de ar frio, e novamente ouvi os passos conhecidos da srta. Winter subindo as escadas. Segurei o braço da sra. Sparkes, e balancei-o de leve. Ela estava dormindo pesado e começou a acordar devagar, mas sentou-se na cama e ouviu os passos se aproximando. Nunca me esquecerei de sua expressão nesse momento. Ela parecia transtornada de terror, mesmo tentando ocultá-lo, e sem saber o que devia fazer; finalmente segurou minha mão, e apertou-a tanto, que doeu. Os passos chegaram perto e pararam, como aconteceu antes. A sra. Sparkes olhou para o pé da cama ao mesmo tempo que eu. O vulto da minha amiga estava lá. Nem sei se vão acreditar em mim. Juro pela minha honra o que aconteceu em seguida.

Havia um candeeiro aceso no quarto, pois a sra. Sparkes nunca dormia no escuro. A luz iluminava o rosto pálido e impassível da srta. Winter mais claramente do que eu o vi nas noites anteriores. As feições pareciam de um cadáver. Ela me encarava de modo fixo, com os olhos brilhando, graves e extremamente familiares. Posso vê-los agora – eu os verei até o dia em que eu morrer! Ó, como pareciam tristes e ansiosos! Por um minuto, ou quase isso, ela nos contemplou em silêncio, então disse, num tom baixo e urgente, atravessando-me com o olhar:

— Ruth, o guarda-roupa de carvalho, no quarto que eu ocupava, contém papéis importantes, papéis que serão procurados. Lembre-se disso!

— Prometo que sim! — respondi.

Minha voz estava firme, embora eu suasse frio. A expressão inquieta e nostálgica em seus olhos mudou, quando eu respondi, para uma expressão pacífica e feliz. Então, ela sorriu e sua imagem desapareceu. Assim que o vulto da srta. Winter sumiu, a sra. Sparkes, que estava muda apenas por estar paralisada de terror, começou a gritar bem alto. E ainda fez mais: pulou da cama e correu até a porta de entrada no térreo. Quando as criadas apareceram para acudi-la, disse-lhes que havia alguém na casa; e todas as mulheres — uma cozinheira e duas arrumadeiras — armaram-se com atiçadores e pás, e examinaram todos os quartos, do sótão ao porão. Não encontraram ninguém, nem nas chaminés, nem debaixo das camas, nem em nenhuma despensa ou armário. E quando as criadas voltaram para a cama, ouvi-as dizendo como era cansativo e desgastante aguentar mulheres que tinham excesso de imaginação. A sra. Sparkes queria ir embora no dia seguinte, mas, ao pensar no ridículo a que se exporia se a história vazasse, ela se armou de coragem e ficou onde estava.

Na manhã seguinte, a sra. Wheeler retornou. Ela e a sra. Sparkes conversaram bastante tempo no escritório. Eu não podia deixar de imaginar o que elas falaram, e fiquei tão ansiosa que não consegui fazer mais nada. Por fim, a porta se abriu, e a sra. Sparkes saiu. Eu a ouvi dizer claramente:

— Esta é a coisa mais chocante que eu já ouvi. Ela era uma jovem muito esforçada, e sentirás muita falta dela.

Ao ouvir a porta se abrir, corri escada abaixo, e estava a poucos passos do escritório, quando a sra. Sparkes saiu.

A sra. Wheeler estava sentada à mesa, com o jornal aberto à sua frente. Estava com uma expressão circunspecta e chocada.

Depois de perguntar sobre minha saúde, ela disse:

– É com pesar que informo que a srta. Winter não voltará. Uma professora muito capaz, e acredito que eras muito ligada a ela.

Ela ia continuar a falar, mas eu a interrompi e exclamei:

– A srta. Winter morreu! – e desmaiei.

Já era meio-dia quando despertei, e vi a sra. Sparkes curvada sobre mim, enquanto eu estava na cama, tentando me acordar. Pedi-lhe que me contasse tudo, e ela assim o fez. Minha querida amiga de fato morrera. A história de seu falecimento, como todas as histórias tristes que me contaram da vida real, era muito, muito curta. Ela saiu da casa onde as irmãs estavam hospedadas, tarde da noite, e esta fora a última vez em que foi vista. Encontraram-na morta junto às pedras, no fundo de um penhasco. Era tudo o que sabiam dizer. Não havia ninguém com ela quando a encontraram, e nenhuma prova para saber como ela havia chegado ali.

Não consigo me lembrar do que aconteceu por alguns dias depois disso, porque adoeci seriamente e fiquei de cama e, durante as longas noites, eu ficava deitada acordada, pensando em minha pobre amiga, e imaginando se ela surgiria novamente para mim. Mas ela não apareceu mais.

O tempo passou e chegou o último dia de férias. Eu estava sozinha sentada no escritório, a sra. Wheeler e a sra. Sparkes tinham saído, quando a criada entrou acompanhando um cavalheiro desconhecido, que, quando eu lhe disse que a sra. Wheeler não estava, imediatamente perguntou pela srta. Irvine. Ao ouvir que era eu a pessoa que ele estava procurando, pediu-me cinco minutos para conversar comigo. Levei-o até a sala dos fundos, e esperei, um tanto surpresa e nervosa, para ouvir o que ele tinha a dizer. Era um rapaz de vinte e um ou vinte e dois anos, e tinha um modo muito circunspecto, e embora eu tivesse certeza de que ele fosse um estranho, havia algo em seu rosto que me parecia familiar.

Ele começou dizendo:

– Eras bastante apegada a uma professora que trabalhou aqui, a srta. Winter. Em nome dela, e por ela, agradeço o amor e a gentileza que demonstraste.

– Conhecias a srta. Winter? – perguntei o mais calmamente possível.

– Sou o irmão dela – ele respondeu.

Ficamos em silêncio, porque comecei a chorar, por ter mencionado o nome da minha querida e falecida amiga; e acredito que ele também estivesse chorando por dentro. Por fim, ele se recompôs emocionalmente, e se esforçou para voltar a aparentar tranquilidade.

– Estou há uma semana procurando alguns papéis que minha pobre irmã deve ter deixado aqui, e ainda não consegui encontrá-los – ele disse. – Se puderes me dar qualquer pista de onde possam estar, farias uma grande gentileza às minhas irmãs e a mim.

Sua voz estava tranquila, mas havia uma expressão em seus olhos que demonstrava uma grande ansiedade. Eu me apressei em dizer:

– Acredito que encontrarás os papéis que procuras num pequeno guarda-roupa de carvalho que pertencia à querida srta. Winter. Por favor, vou lhe mostrar onde está.

Seu rosto se iluminou ao se levantar para me acompanhar! Seus lábios se entreabriram num mudo agradecimento.

Subimos as escadas até o quarto que fora de sua irmã, onde apontei para o móvel a que ela se referiu naquela noite terrível. E, depois de forçar a fechadura, a tranca cedeu à sua mão e, ali, escondidos sob um fundo falso, numa das gavetas, estavam os papéis que ele procurava, com todas as outras coisas que a srta. Winter mais prezava – as cartas trocadas por seu pai e sua mãe antes de eles se casarem; o anel de casamento da mãe; um retrato do irmão; os primeiros cadernos das irmãs quando aprenderam a escrever; e pequenas lembranças que eu lhe dera em diversas ocasiões. Quando o rapaz já havia pegado todas as cartas e papéis do compartimento secreto, virou-se para mim e disse:

– Quanto imaginas que estes papéis valem para mim, srta. Irvine?

– De fato, eu não sei – respondi –, mas agradeço a Deus que tenhas vindo até aqui para buscá-los, pois estou feliz que os tenha encontrado.

– Eu te agradeço – ele disse –, eu te agradeço de todo o meu coração.

Descemos e fomos novamente até o salão, e então ele me contou, como um parente, muito rico, porém, sovina, havia tomado emprestado uma grande quantia de seu falecido pai, e que agora ele se recusava a devolver e, ainda por cima, perverso, negava haver contraído qualquer empréstimo; que cobraram a dívida judicialmente e que se os papéis que acabara de encontrar não fossem apresentados, ele e as irmãs ficariam totalmente sem dinheiro, mas, deste modo, poderiam recuperar a soma à que tinham direito, com juros de cinco anos.

Depois, implorou-me que eu aceitasse um medalhão com um cacho de cabelo da minha querida srta. Winter, onde estava gravado seu nome de batismo e a data de seu falecimento; e pediu-me que eu lembrasse, se alguma vez eu me visse sozinha, sem amigos ou desesperada (e ele pedia a Deus que isso nunca me acontecesse), que ele se considerava como um irmão para mim.

Fiquei muito emocionada, e escondi o rosto na mesa. Quando levantei a cabeça de novo, ele havia partido.

Uma nova surpresa me aguardava. No dia seguinte, encontrei a sra. Wheeler subindo as escadas. Disse que estava indo me chamar para conversar com ela no salão; e falou comigo de modo tão gracioso, que obedeci a ela sem nenhum temor. Meu querido pai estava ali. Ficou tão chocado com minha aparência doentia, que decidiu me levar para o litoral imediatamente. Pedi a ele que me levasse para Dover. Já sabem por quê. Procurei o túmulo da minha amiga e enfeitei-o o máximo que pude com ramos e flores. Não havia uma lápide na época, mas hoje existe uma.

A história que contei pode parecer incomum, mas é, mesmo assim, totalmente verdadeira. Grande parte das pessoas que estiveram em Taunton por mais ou menos tempo, sem dúvida, ouviu a história contada pela sra. Sparkes ou uma de suas amigas.

CAPÍTULO V

A HISTÓRIA DE UM MAQUINISTA

Amelia B. Edwards

1866

Amelia Ann Blandford Edwards nasceu em Londres, em 1831. Filha de um banqueiro e ex-militar do Exército britânico, foi educada em casa, pela mãe, e demonstrou aptidão para a escrita desde cedo: publicou o primeiro poema aos sete anos, e o primeiro conto aos doze. Aos vinte, tornou-se uma romancista popular, conhecida pelo tempo e esforço que gastava para descrever os cenários e as locações de suas histórias. Certa vez, estimou que cada um de seus romances consumia dois anos, entre pesquisa e escrita.

O inverno de 1873-1874 foi um ano determinante em sua vida: na companhia de vários amigos, visitou o Egito, registrando suas viagens no *best-seller* de 1877, *Mil milhas Nilo acima*.[49] Dedicou grande parte de seu tempo depois disso promovendo a descoberta e a preservação de monumentos antigos, cofundando o Fundo de Exploração do Egito, e colaborando com a *Encyclopedia Britannica* e o *Standard Dictionary*. Em 1889-1890, iniciou uma turnê de palestras nos Estados Unidos, publicando-as em 1891, como *Faraós, felás e exploradores*.[50] Sua paixão pelo Egito era tão grande que abandonou a ficção.

Amelia Edwards nunca se casou. Faleceu em 1892, três meses depois de sua companheira, Ellen Drew Braysher. As duas foram enterradas lado a lado – junto com a filha de Ellen Braysher, Sarah, que morreu em 1864 – e, em 2016, a Historic England (Comissão de Prédios e Monumentos Históricos da Inglaterra) incluiu seu túmulo na lista de monumentos históricos, comemorado como marco LGBT na história da Inglaterra.

Amelia Edwards escreveu uma série de contos de fantasma, muitos dos quais, como "A carruagem fantasma" e "O Expresso 415",[51] aparecem regularmente em antologias. Como o último, "A história de um maquinista"[52] é um conto ferroviário: dois rapazes ingleses vão para a Itália em busca de trabalho e emoção, e se veem num imbróglio de amor, assassinato e – anos depois – redenção sobrenatural.

---

[49] *A Thousand Miles Up the Nile*, no original. (N. da T.)
[50] *Pharaohs, Fellahs, and Explorers*, no original. (N. da T.)
[51] "The Phantom Coach" e "The Four-Fifteen Express", no original. (N. da T.)
[52] "An Engineer's Story", no original. (N. da T.)

O nome dele, senhor, era Matthew Price; eu me chamo Benjamin Hardy. Nascemos com poucos dias de diferença entre nós, e fomos criados no mesmo vilarejo; estudamos na mesma escola. Não me lembro de nenhuma época em que não fôssemos amigos muito próximos. Mesmo quando éramos meninos, nunca discutimos. Não tínhamos nenhum pensamento, nem nenhum bem que não nos fosse comum. Ficaríamos juntos, lado a lado, destemidos, diante da morte. Era uma tal amizade, como se lê nos livros: firme e forte, como os grandes Tors, em meio aos charcos em nossa cidade natal, tão verdadeiro quanto o sol que brilha no céu.

Nosso vilarejo era Chadleigh. Localizado acima das pastagens que se estendiam a nossos pés como um imenso lago verde, dissolvendo-se na bruma junto ao horizonte mais além, a pequena aldeia de pedra se aninhava num vale protegido entre a planície e o planalto. Acima, subindo as cordilheiras e descendo a encosta, espalhavam-se os charcos em meio às montanhas, em grande parte, nuas e desoladas, aqui e ali um terreno cultivado, ou uma plantação de subsistência e, no alto, uma cadeia de escarpas cinzentas, imensas, abruptas, isoladas e mais antigas do que o Dilúvio. Essas escarpas eram os Tors – Tor do Druida, Tor do Rei, Tor do Castelo etc.; lugares sagrados, como ouvi dizer, de tempos remotos, onde aconteciam coroações, queimas, sacrifícios humanos e todo tipo de ritual pagão sangrento. Também se encontravam ali ossos, pontas de flecha e ornamentos de ouro e vidro. Eu sentia uma vaga admiração pelos Tors quando menino, e não me aproximaria deles depois do anoitecer nem que me pagassem.

Eu disse que nascemos na mesma aldeia. Ele era filho de um pequeno fazendeiro, chamado William Price, e primogênito de sete irmãos; eu era o filho único de Ephraim Hardy, ferreiro de Chadleigh – bastante conhecido na região, cuja memória existe até hoje. Da mesma forma que se supõe que um fazendeiro seja mais importante do que um ferreiro, o pai de Mat podia ser considerado mais rico do que o meu, mas William Price, com sua pequena renda e sete filhos, era, de fato, tão pobre quanto um operário; enquanto o ferreiro, próspero, agitado, popular e mão aberta, era alguém com alguma importância local. Tudo isso, no entanto, não tinha nada a ver com Mat e eu. Nunca importou a nenhum de nós que o paletó dele tivesse os cotovelos puídos, ou que nossos fundos mútuos viessem apenas do meu bolso. Bastava para nós sentar no mesmo banco escolar, copiar os deveres da mesma cartilha, brigar pelas causas um do outro, conhecer nossos defeitos, pescar, fazer loucuras, brincar, roubar pomares e ninhos de passarinhos juntos, e passar todas as horas, permitidas ou roubadas, na companhia um do outro. Foi um tempo feliz, mas que não iria durar para sempre. Meu pai, sendo próspero, resolveu investir em mim. Eu deveria saber mais, e fazer melhor do que ele. A forja não era o suficiente, o pequeno mundo de Chadleigh não era grande o bastante para mim. Assim, aconteceu de eu juntar meus pertences, enquanto Mat assobiava no arado, e, finalmente, quando meu futuro se definiu, nós nos separamos, como nos pareceu, para sempre. Porque, para um filho de ferreiro como eu, de forno e forja, de um modo ou de outro, me agradava mais, e decidi me tornar maquinista. Então meu pai acabou por me enviar para trabalhar como aprendiz de um mestre metalúrgico em Birmingham; e, tendo me despedido de Mat e de Chadleigh e dos antigos Tors cinzentos, em cujas sombras eu havia passado todos os dias da minha vida, virei o rosto em direção ao norte e fui para o "País Negro".[53]

---

[53] O País Negro é uma região de West Midlands, Inglaterra, a oeste de Birmingham e, em geral, se refere a uma área de mais de um milhão de pessoas, cobrindo grande parte dos quatro distritos metropolitanos de Dudley, Sandwell (exceto Rowley Regis, que pertence a uma extensa área de Birmingham), Walsall e Wolverhampton. Durante a Revolução Industrial, tornou-se uma das regiões mais industrializadas do Reino Unido, com minas de carvão, coque, fundições de ferro, fábricas de vidro, alvenarias e siderúrgicas, provocando intensa poluição pelos resíduos lançados no meio ambiente. (N. da T.)

Não vou me deter nessa parte da minha história. Como terminei meu aprendizado; como, depois de trabalhar por tempo integral e me tornar um operário habilitado, tirei Mat do arado e o trouxe para o País Negro, dividindo, com ele, alojamento, salário e experiência – tudo, enfim, que eu tinha a oferecer; como ele, naturalmente rápido para aprender e extravasando energia, galgou, degrau a degrau, e se tornou o "primeiro empregado" de seu próprio departamento; como, durante todos esses anos de mudanças, provações e esforços, a antiga amizade da adolescência jamais titubeou nem fraquejou, mas continuou crescendo com nosso amadurecimento, fortalecendo-se com a nossa força – são fatos que não preciso mencionar agora.

Nessa época – devo lembrar que falo dos dias em que Mat e eu estávamos mais ou menos com trinta anos –, aconteceu de nossa empresa ter sido contratada para fornecer seis locomotivas de primeira classe para uma nova linha, em fase de construção, entre Turim e Gênova. Foi a primeira encomenda italiana que recebemos. Negociamos com a França, Holanda, Bélgica e Alemanha, mas nunca com a Itália. A conexão, portanto, era nova e valiosa – ainda mais valiosa, pois nossos vizinhos transalpinos tinham começado a assentar as estradas de ferro havia pouco tempo, e seria mais seguro se valerem do nosso bom trabalho inglês à medida que progredissem. Assim, a empresa de Birmingham fechou um contrato com eles, estendeu o horário de trabalho, aumentou os salários, contratou novos funcionários, e determinou, se a energia e a pontualidade ajudassem, colocar-se à frente do mercado de trabalho italiano e se estabelecer por lá. Eles mereceram e tiveram sucesso. As seis locomotivas não foram apenas entregues dentro do prazo, mas embarcadas, despachadas e recebidas com uma pontualidade que surpreendeu muito nosso destinatário piemontês. Eu me senti bastante orgulhoso quando fui indicado como supervisor do transporte de trens. Como eu tinha o direito de levar dois assistentes comigo, consegui que Mat fosse escolhido como um deles, e assim desfrutamos das primeiras grandes férias de nossas vidas.

Foi uma mudança maravilhosa para dois operários de Birmingham recém-chegados do País Negro. A cidade encantada, com os Alpes ao fundo; o porto cheio de navios estrangeiros; o magnífico céu azul, e o mar de um azul ainda mais profundo; as casas pintadas junto ao cais; a exótica catedral, com a frente de mármore matizado; a rua das joalherias, como um bazar saído das Mil e uma noites; a rua dos palácios, com seus jardins mouriscos, suas fontes e laranjeiras; as mulheres envoltas em véus, como noivas; os escravos das galés acorrentados dois a dois; as procissões de padres e freis; o tinir incansável dos sinos; o som de uma língua estranha; a leveza e a claridade singular do clima – eram, todas ao mesmo tempo, tal combinação de encantos, que, no primeiro dia, vagamos a esmo, como se estivéssemos sonhando, como crianças num parque de diversões. Antes que a semana terminasse, tentados pela beleza do lugar e o salário, aceitamos trabalhar na Companhia de Estrada de Ferro Turim-Gênova, e deixamos Birmingham para sempre.

Então, iniciou-se uma nova vida – uma vida tão ativa e saudável, tão impregnada de ar puro e sol, que por vezes nos perguntamos como havíamos sobrevivido na escuridão no País Negro. Subíamos e descíamos a linha de trem o tempo todo: hoje em Gênova, amanhã em Turim, fazendo testes de viagens com as locomotivas, e colocando nossa experiência a serviço de nossos novos empregadores.

Enquanto isso, estabelecemos uma base em Gênova, e alugamos dois quartos em cima de uma lojinha, numa transversal íngreme que desembocava no cais. Uma ruazinha tão trafegada – tão inclinada e cheia de curvas, que nenhum veículo conseguia passar, e tão estreita que o céu parecia uma fita azul acima de nossa cabeça! Todas as casas dessa rua, no entanto, eram lojas, onde as mercadorias ficavam expostas nas calçadas, empilhadas na porta, ou penduradas como tapetes em cima dos balcões; e durante todo o dia, do nascer ao pôr do sol, um fluxo incessante de indivíduos subia e descia, entre o porto e o bairro alto da cidade.

Nossa senhoria era viúva de um artesão de prata, e vivia da venda de ornamentos de filigranas, bijuterias, pentes, leques e brinquedos de marfim. Tinha uma filha única, Gianetta, que trabalhava na loja e era a mulher mais bela que eu já vi. Olhando para trás após todos esses anos, e trazendo aquela imagem à minha frente (como sempre faço) com toda a vivacidade possível, não sou capaz, mesmo hoje, de detectar qualquer falha em sua beleza. Eu nem tentarei descrevê-la. Duvido que exista um poeta vivo que encontre as palavras para isso, mas, certa vez, vi uma pintura que se parecia com ela (nem tão adorável, mas, mesmo assim, muito parecida com ela), e que eu saiba esse quadro continua no lugar onde eu o vi pela última vez – na parede do Louvre. É a representação de uma mulher de olhos castanhos e cabelos dourados, olhando, sobre o ombro, um espelho redondo, nas mãos de um homem de barba ao fundo. Nesse homem, como então entendi, o artista pintou a si mesmo; nela, o retrato da mulher que ele amava. Nunca vi outra pintura tão bela e, ainda assim, esta não chegava à altura de Gianetta Coneglia.

Com certeza, a loja da viúva vivia abarrotada de fregueses. Toda a Gênova conhecia o belo rosto atrás do balcão daquela lojinha. E Gianetta, fútil como era, tinha mais enamorados do que poderia se lembrar, quem dirá, de seus nomes. Cavalheiro ou plebeu, rico ou pobre, do marinheiro de gorro vermelho comprando brincos ou amuletos ao nobre arrematando a metade das filigranas na vitrine, ela tratava todos da mesma forma – encorajava-os, ria-se deles, manipulava-os como queria. Tinha o coração de uma estátua de mármore, como Mat e eu descobrimos aos poucos, do modo mais amargo.

Até hoje não sei como aconteceu, ou o que me chamou a atenção, pela primeira vez, de como tudo andava entre nós, mas, muito antes do fim do outono, surgiu uma frieza entre mim e meu amigo. Não havia nada que pudesse ser dito. Não havia nada que nenhum de nós pudesse ter explicado ou justificado para poupar a própria vida. Morávamos no mesmo dormitório, comíamos juntos, trabalhávamos juntos, exatamente como antes; até fazíamos juntos nossas longas caminhadas, à noite, após o dia de trabalho; e exceto, talvez, estarmos mais silenciosos do que antes, ninguém poderia detectar nenhuma sombra de mudança. No entanto, havia, silente e sutil, algo abrindo uma grande distância entre nós, a cada dia.

Não foi culpa dele. Mat era muito sincero e bom demais para fazer a situação chegar ao ponto que chegou entre nós. Nem acredito – impetuosa como é minha natureza – que fosse minha culpa também. Ela foi a culpada – do começo ao fim – do pecado, da vergonha e do sofrimento.

Se ela tivesse demonstrado a preferência abertamente entre nós, não teria nos acontecido nenhum mal. Eu teria me contido – e Deus sabe como! –, e aguentaria qualquer sofrimento para ver Mat feliz. Sei que ele teria feito o mesmo, e mais ainda, se pudesse, por mim. Mas Gianetta não dava nem um vintém por nenhum de nós. Nunca pretendeu escolher entre nós. Sua vaidade se gratificava em nos separar; ela se divertia em brincar conosco. Está acima das minhas forças dizer como, por mil imperceptíveis sombras de *coquetterie* – ao esticar um olhar, trocar uma palavra, entreabrir rápidos sorrisos – ela planejou virar nossa cabeça e torturar nosso coração, e fazer nos apaixonarmos por ela. Ela ludibriou os dois. Deu-nos esperança; enlouqueceu-nos de ciúmes; esmagou-nos em nosso desespero. Da minha parte, ao perceber a ruína que estava para atravessar nosso caminho, e como a mais verdadeira amizade que uniu duas vidas estava se desfazendo, eu me perguntei se alguma mulher no mundo valeria o que Mat e eu significávamos um para o outro. Mas eu não estava enxergando com clareza. Estava mais propenso a fechar os olhos diante da verdade do que a encará-la, e continuei, voluntariamente, vivendo num sonho.

Assim o outono passou e chegou o inverno – o estranho, traiçoeiro inverno genovês, verde com oliveiras e ílexes, com o sol brilhando e terríveis tempestades. Rivais no amor e amigos aparentes, Mat e eu continuamos vivendo no mesmo alojamento em Vicolo Balba. Gianetta continuava com seus ardis mortais e sua beleza fatal. Por fim, chegou um dia em que não suportava mais sofrer, mantido naquele suspense. Jurei que o sol não iria se pôr naquele dia antes que eu soubesse a minha sentença. Ela deveria escolher um de nós. Ela iria me escolher ou me deixar. Eu me sentia um farrapo. Estava desesperado, determinado a aceitar o pior ou o melhor. Se fosse o pior, eu sairia imediatamente de Gênova, deixando-a para trás, com todas as metas e propósitos anteriores, e recomeçaria a vida. Eu disse isso a ela, num tom apaixonado e sério, postado de pé diante dela, na pequena sala no fundo da loja, numa fria manhã de dezembro.

– Se gostas mais de Mat – eu falei –, dize-me, numa só palavra, e nunca mais te perturbarei. Ele vale mais o teu amor. Sou ciumento e exigente; ele é tão confiante e altruísta como uma mulher. Dize, Gianetta; devo dizer-te adeus para sempre, ou devo escrever para minha mãe, em casa, na Inglaterra, pedindo-lhe que reze a Deus para abençoar a mulher que jurou ser minha esposa?

– Defendes bem a causa de teu amigo – ela replicou com arrogância. – Matteo deveria se sentir grato. Isso é mais do que ele jamais fez por ti.

– Dá-me uma resposta, pelo amor de Deus – exclamei –, e deixa-me ir!

– És livre para ir ou ficar, *Signor Inglese* – ela respondeu. – Não sou tua carcereira.

– Pedes que eu te deixe?

– Beata Madre! Eu não!

— Casas comigo, se eu ficar?

Ela gargalhou, uma risada divertida, sarcástica, musical, como o chacoalhar de pequenos sinos de prata!

— Tu me pedes coisas demais — ela disse.

— Apenas o que me fizeste esperar por esses cinco ou seis meses que passaram!

— É o mesmo que Matteo diz. Como tu e ele me cansam!

— Ó, Gianetta — eu disse num tom apaixonado —, sê séria por um momento! Sou um sujeito rude, é verdade, nem bom demais, nem inteligente demais para ti, mas te amo com todo o meu coração e um imperador não te amaria mais do que eu.

— Fico satisfeita com isso — ela replicou. — Não quero que me ames menos.

— Então, não queres que eu sofra! Tu me prometes?

— Eu não prometo nada — ela respondeu, dando outra gargalhada —, exceto que não me casarei com Matteo!

Exceto que ela não se casaria com Matteo! Apenas isso. Nenhuma palavra de esperança para mim. Nada, senão a condenação do meu amigo. Eu deveria me consolar, e sentir um triunfo egoísta, e algum tipo de segurança, se pudesse. E, também, para minha vergonha, eu pude. Agarrei-me a esse falso encorajamento e, que tolo fui em deixá-la novamente sem me responder! A partir desse dia, não me controlei mais e me deixei conduzir às cegas para minha destruição.

Por fim, as coisas ficaram tão ruins entre mim e Mat, que parecia que se aproximava um cataclismo. Evitávamos de nos encontrar, mal trocávamos meia dúzia de frases por dia, e nos afastamos dos nossos velhos hábitos de família. Nessa época — estremeço só de me lembrar —, houve momentos em que pensei que o odiava.

Assim, com o problema crescendo e se aprofundando entre nós, a cada dia, passaram-se outras quatro ou cinco semanas, e principiou o mês de fevereiro e, com fevereiro, veio o Carnaval. Diziam, em

Gênova, que o carnaval era um tédio, e devia ser, porque, exceto por uma ou duas bandeiras penduradas nas principais ruas, ou uma forma mais elaborada com que as mulheres se vestiam, não havia demonstrações especiais dessa festividade. Foi, eu creio, no segundo dia, quando, depois de ter passado a manhã toda na linha de trem, retornei a Gênova ao anoitecer e, para minha surpresa, encontrei Mat Price na plataforma. Ele se aproximou e colocou a mão em meu braço.

– Estás voltando tarde – ele disse. – Estou à tua espera há quarenta e cinco minutos. Jantamos juntos hoje à noite?

Impulsivo como eu sou, essa prova de nova boa vontade imediatamente fez meus melhores sentimentos ressurgirem.

– De todo o meu coração, Mat – respondi. – Vamos ao Gozzoli's?

– Não, não – ele disse, apressado. – Um lugar mais tranquilo, um lugar onde possamos conversar. Tenho algo a lhe dizer.

Notei que estava pálido e agitado, e fiquei apreensivo. Decidimos ir ao Pescatore, uma pequena *trattoria* que ficava mais longe, perto do Molo Vecchio. Ali, num salão rústico, mais frequentado por marinheiros e cheirando a tabaco, pedimos um jantar simples. Mat mal tocou na comida, mas tendo pedido uma garrafa de vinho siciliano, bebia ansioso.

– Bem, Mat – eu disse quando colocaram o último prato na mesa –, qual é a boa notícia?

– Má.

– Pressenti pela sua expressão.

– Má para ti; má para mim. Gianetta.

– O que tem Gianetta?

Ele esfregou o dorso da mão nervosamente sobre os lábios.

– Gianetta é falsa, pior do que falsa – ele disse, em tom áspero. – Ela valoriza o coração de um homem honesto como uma flor que coloca nos cabelos. Usa-a por um dia e depois joga-a fora. Ela nos enganou da maneira mais cruel.

— De que modo? Pelos céus, fala!

— Do pior modo que uma mulher pode enganar aqueles que a amam. Ela se vendeu ao marquês Loredano.

O sangue me subiu à cabeça e meu rosto ficou em chamas. Eu mal conseguia ver e não ousava dizer nenhuma palavra.

— Eu a vi indo para a catedral – ele continuou, apressado. – Isso aconteceu há três horas. Pensei que estivesse indo se confessar, então eu a segui à distância. Quando entrou, no entanto, foi para trás do púlpito, onde esse homem esperava por ela. Tu te lembras dele, um velho que rondava a loja há um ou dois meses. Bem, vendo como os dois estavam entretidos na conversa, e como estavam de pé, e próximos um do outro debaixo do púlpito e de costas para a nave da igreja, senti um surto de raiva e avancei pelo corredor, com a intenção de dizer ou de fazer qualquer coisa: eu não sabia o quê, mas, em todo caso, iria puxá-la pelo braço e levá-la para casa. Quando cheguei perto, no entanto, havia apenas uma espessa coluna entre mim e eles, então parei. Eles não podiam me ver, nem eu a eles, mas eu podia ouvi-los claramente, e então eu ouvi.

— Bem, ouviste o quê?

— Os termos de uma barganha vergonhosa, a beleza de um lado, o ouro do outro, e tantos mil francos por ano, uma mansão perto de Nápoles. Argh! Passo mal só de repetir.

E, tremendo, ele encheu outra vez o copo e tragou todo o vinho.

— Depois disso – ele disse em seguida –, desisti de trazê-la de volta. Tudo aquilo foi dito com tanto sangue-frio, de forma tão deliberada, tão vergonhosa, que senti que apenas deveria apagá-la da minha memória, e deixá-la seguir o seu destino. Saí da catedral, e fiquei vagando à beira-mar por um bom tempo, tentando organizar os pensamentos. Então, lembrei-me de ti, Ben, e ao perceber que essa rameira se interpôs entre nós e acabou com a nossa vida, isso me deixou doido. Então, eu fui até a estação e esperei por ti. Senti que deverias saber de tudo, e... e eu pensei que, talvez, pudéssemos voltar para a Inglaterra juntos.

– O marquês Loredano!

Foi tudo o que consegui dizer, e tudo o que pensei. Como Mat havia descrito a si mesmo, eu me senti "aparvalhado".

– Há outra coisa que devo te dizer – ele acrescentou, relutante –, apenas para provar quanto uma mulher pode ser falsa. Nós... nós iríamos nos casar mês que vem.

– Nós? Quem? Que quer dizer?

– Quero dizer que iríamos nos casar, Gianetta e eu.

Um súbito golpe de ira, desprezo e incredulidade me tomou nesse instante, e apagou meu bom senso.

– Tu! – gritei. – Gianetta iria se casar contigo! Não acredito!

– Eu preferia não ter acreditado nela – ele respondeu, sem entender minha veemência. – Mas ela me prometeu, e pensei que, ao me prometer, estivesse dizendo a verdade.

– Ela me disse, há semanas, que nunca se casaria contigo!

Ele enrubesceu, o cenho se fechou, mas, ao responder, estava tão calmo quanto antes.

– De fato! – ele disse. – Esse é mais um motivo. Ela me disse que recusou seu pedido e, por isso, mantivemos nosso noivado em segredo.

– Dize-me a verdade, Mat Price – eu pedi, coberto de suspeitas. – Confessa que cada palavra que disseste é falsa! Confessa que Gianetta não te dará ouvidos, e que temes que eu consiga desposá-la. Como talvez eu consiga... como talvez eu consiga, depois de tudo!

– Estás louco? – ele exclamou. – O que quer dizer?

– Que acredito que este é apenas um truque para eu retornar à Inglaterra, que eu não acredito em nenhuma sílaba da tua história. És um mentiroso e eu te odeio!

Ele se levantou, colocou a mão no encosto da cadeira e olhou-me sério.

– Se não fosses Benjamin Hardy – ele disse repentinamente –, eu acabaria com a tua vida.

Mal ele disse isso, eu saltei sobre ele. Não consigo me lembrar do que aconteceu em seguida. Um xingamento – um soco – uma luta – um momento de fúria cega – um grito – uma confusão de línguas estranhas – um círculo de rostos desconhecidos. Então vi Mat caído nos braços de alguém, eu tremendo e aturdido – soltei a faca da mão, sangue no chão, sangue em minhas mãos, sangue na camisa dele. E, então, ouvi aquelas palavras terríveis:

– Ah, Ben, tu me mataste!

Ele não morreu – ao menos, não ali naquele momento. Ele foi levado ao hospital mais próximo, e ficou lá por algumas semanas, entre a vida e a morte. Seu caso, disseram, era difícil e muito perigoso. A faca o atingiu logo abaixo da clavícula e perfurara os pulmões. Ele não podia falar, nem se virar – nem respirar livremente. Ele não conseguia sequer levantar a cabeça para poder beber. Fiquei sentado ao lado dele, dia e noite, por todo esse período infeliz. Pedi demissão da estrada de ferro, deixei o alojamento no Vicolo Balba, tentei esquecer que existisse uma mulher como Gianetta Coneglia. Vivi apenas para Mat; e ele tentou sobreviver, creio, mais por mim do que por ele mesmo. Assim, nas horas silentes e amargas da dor e da penitência, quando apenas minha mão se aproximava de seus lábios, ou arrumava seu travesseiro, a velha amizade voltou com mais confiança e lealdade. Ele me perdoou completamente, e eu teria dado minha vida por ele.

Por fim, chegou uma clara manhã de primavera, quando, terminada a convalescença, ele claudicou pelos portões do hospital, apoiado no meu braço, frágil como um bebê. Ele não estava curado, nem, como eu soube depois, para meu horror e angústia, seria possível que ele se curasse. Mat poderia viver, sob cuidados, por alguns anos, mas seus pulmões estavam feridos além da possibilidade de cura, e nunca seria um homem forte e saudável novamente. Essas foram as palavras de despedida do médico-chefe, ditas apenas para mim, que me aconselhou a levá-lo, sem demora, para uma região mais ao sul.

Levei-o para uma pequena vila costeira, chamada Rocca, a quarenta e oito quilômetros de Gênova – um lugar solitário e protegido ao longo da Riviera, onde o mar era ainda mais azul do que o céu, e as montanhas eram verdes com estranhas plantas tropicais, cactos, aloés e palmeiras do Egito. Ali ficamos hospedados na casa de um pequeno comerciante e Mat, para usar suas palavras, "começou a se esforçar para se recuperar em pouco tempo". Mas não havia como ele conseguir isso. Todos os dias, ele ia até a praia e ficava sentado por horas aspirando a maresia, vendo as velas irem e virem ao largo. Pouco depois, não conseguia mais passar do jardim da casa onde morávamos. Com o tempo, passava os dias no sofá ao lado da janela aberta, esperando pacientemente pelo fim. Ai, pelo fim! Chegou a esse ponto. Ele se esvaía rapidamente, minguando com o fim do verão, e sabendo que a morte estava à espera. Preocupava-se agora apenas em reduzir a agonia do meu remorso e me preparar para o que estava por vir.

– Eu não viveria mais tempo, se pudesse – ele disse, deitado no sofá numa noite de verão, olhando as estrelas. – Se pudesse escolher neste momento, pediria para morrer. Gostaria que Gianetta soubesse que eu a perdoei.

– Ela saberá – respondi, de repente estremecendo dos pés à cabeça.

Ele apertou minha mão.

– E escreverás a papai?

– Escreverei.

Esquivei-me para trás, para que não visse minhas lágrimas correndo pelo rosto, mas apoiou-se sobre o cotovelo e olhou para o lado.

– Não te preocupes, Ben – ele sussurrou.

Deitou a cabeça cansada sobre o travesseiro – e expirou.

E foi assim que acabou. Assim terminou tudo o que a vida significava para mim. Eu o enterrei ali, ouvindo o marulho de um mar estranho, num litoral estranho. Fiquei junto à sepultura, até o padre e os demais irem embora. Vi a cova ser enchida de terra até o topo, e o coveiro pisá-la com os pés. Então e, somente então, senti que o perdera para sempre – o amigo que amei, que odiei e matei. Então e, somente então, soube que todo o resto, a alegria e a esperança haviam acabado para mim. A partir desse momento, meu coração se endureceu dentro de mim, e minha vida se encheu de ódio. Dia e noite, terra ou mar, trabalho ou lazer, comer ou dormir eram igualmente odiosos para mim. Era a maldição de Caim, e o fato de meu irmão ter-me perdoado não fazia com que me sentisse mais leve. Para mim, não havia mais paz na terra e a boa vontade entre os homens morrera para sempre em meu coração. O remorso amansa algumas naturezas, mas envenenou a minha. Eu odiava toda a humanidade, porém, acima de toda a humanidade, eu odiava a mulher que se metera entre nós e arruinara nossa vida.

Ele me pediu que eu a procurasse e lhe transmitisse seu perdão. Eu preferiria descer ao porto de Gênova, vestir a capa de sarja e carregar as correntes e a bola de chumbo de um escravo em sua faina num navio público, mas fiz o que pude para obedecer ao pedido. Voltei, sozinho e a pé. Voltei, com a intenção de dizer a ela:

– Gianetta Coneglia, ele te perdoou, mas Deus nunca a perdoará.

Mas ela partira. A lojinha fora passada a um novo dono, e os vizinhos apenas sabiam dizer que mãe e filha haviam deixado aquele lugar de repente, e que Gianetta devia estar sob a "proteção" do marquês Loredano. Saí perguntando por toda parte – ouvi que tinham ido para Nápoles – e, estando inquieto e alquebrado, aceitei trabalhar num navio francês para poder segui-la – mas, ao encontrar a suntuosa mansão que agora pertencia a ela, soube que partira havia dez dias para Paris, onde o marquês era o embaixador das Duas Sicílias – e, trabalhando num navio de volta para Marselha, e viajando por rios e trilhos, cheguei a Paris – assim, dia após dia, vaguei por ruas e parques, observei os portões da embaixada, segui sua carruagem e, por fim, após semanas de espera, descobri seu endereço – e, depois de entregar uma carta pedindo para vê-la, seus criados me enxotaram da porta, e jogaram minha carta na cara – enfim, olhando para as janelas, eu, em vez de perdoá-la, solenemente eu a amaldiçoei com as maldições mais amargas que minha língua conseguia proferir – e, feito isso, sacudi a poeira de Paris dos meus pés, e me tornei um errante sobre a face da terra, e todos estes são fatos que não tenho mais como contar agora.

Nos seis ou oito anos que se seguiram, vivi de forma inconstante e instável. Taciturno e inquieto, empreguei-me aqui e ali, conforme as oportunidades, aceitando muitas coisas, e pouco me importando quanto eu ganhava, contanto que o trabalho fosse difícil e as mudanças constantes. Primeiro me voluntariei como maquinista-chefe num navio francês que fazia a rota de Marselha a Constantinopla. Ali, passei para um barco austríaco do Lloyd, e trabalhei por algum tempo entre Alexandria, Jafa e cidades da região. Depois disso, entrei na equipe de operários do sr. Layard, no Cairo, subi o Nilo e me integrei às equipes de escavação das tumbas em Ninrude. Então, trabalhei como maquinista da nova linha de trem através do deserto entre Alexandria e o Suez e, aos poucos, fui trabalhando para chegar a Bombaim, e me empreguei como reparador de máquinas numa das grandes estradas de ferro na Índia. Fiquei muito tempo por lá, ou seja, quase dois anos, o que era muito para mim, e eu poderia ter demorado mais, se não tivesse sido declarada a guerra contra a Rússia. Isso me tentou. Pois eu amava o perigo e as dificuldades da mesma forma como os outros homens amam a segurança e o conforto; e quanto à minha vida, eu preferia já ter partido do que permanecer vivo. Então, voltei direto para a Inglaterra; fui a Portsmouth, onde minhas qualificações me abririam imediatamente o tipo de vaga que eu desejava. Fui à Crimeia,[54] na sala de máquinas de um navio de guerra de Sua Majestade.[55] Servi com a frota, evidente, enquanto a guerra durou e, quando acabou, saí andando a esmo de novo, feliz com a minha liberdade. Dessa vez, fui para o Canadá, e depois trabalhei numa nova ferrovia próximo à fronteira americana. Entrei nos Estados Unidos, viajei do norte ao sul, atravessei as Montanhas Rochosas, vivi um mês ou dois na região do ouro, e depois, ao sentir uma súbita, dolorosa e indescritível vontade de visitar novamente aquele túmulo solitário na longínqua costa italiana, fui outra vez em direção à Europa.

Pobre túmulo! Encontrei-o coberto de ervas daninhas, a cruz quebrada, a inscrição quase apagada. Como se ninguém o tivesse amado, ou se lembrado dele. Retornei à casa onde nos hospedamos. As mesmas pessoas ainda viviam ali e me receberam muito bem. Fiquei com eles por algumas semanas. Arranquei as ervas daninhas, plantei flores, limpei o túmulo com as mãos, e coloquei uma nova cruz sobre o mármore branco imaculado. Este foi o primeiro período de descanso desde que o enterrara ali, e quando finalmente pus a mochila no ombro e parti outra vez para lutar contra o mundo, prometi a mim mesmo que, se Deus quisesse, eu voltaria a Rocca, no fim da vida, e seria enterrado ao lado dele.

A partir de então, estando, talvez, com menos propensão do que antes para ir a lugares muito distantes, e querendo ficar mais perto daquele túmulo, não fui além de Mântua, onde passei a trabalhar como condutor da linha de trem, que foi concluída pouco depois entre

---

[54] A Guerra da Crimeia, entre 1853 e 1856, na Península da Crimeia, no Mar Negro, envolveu, de um lado, o Império Russo e, do outro, uma coligação do Reino Unido, a França e o Reino da Sardenha – formando a Aliança Anglo-Franco-Sarda – com o Império Otomano (atual Turquia) contra a expansão da Rússia. (N. da T.)

[55] A rainha Vitória, que reinou de 1837 a 1901. (N. da T.)

essa cidade e Veneza. De algum modo, embora tivesse experiência como reparador de máquinas, preferi nessa época receber meu ganha-pão como condutor. Gosto da emoção de conduzir, da sensação de poder, do sopro do vento, do rugido do fogo, do correr da paisagem. Acima de tudo, gostava de dirigir o expresso da noite. Quanto piores fossem as condições do tempo, melhor para o meu temperamento sombrio, pois eu estava mais endurecido do que nunca. Os anos não conseguiram me amansar. Só confirmaram o negror e o amargor do meu coração.

Continuei bastante fiel à linha de Mântua, e trabalhei ali continuamente por mais de sete meses, quando apareceu a linha onde estou agora, sobre a qual vou falar.

Estávamos em março. O tempo ficou enfarruscado por alguns dias e tempestuoso durante as noites, e, em algum lugar ao longo da linha de trem, perto de Ponte di Brenta, as águas se elevaram e engoliram sessenta e quatro metros do acostamento. A partir do acidente, todos os trens eram obrigados a fazer uma parada em determinado ponto, entre Pádua e Ponte di Brenta, e os passageiros, com suas bagagens, precisavam ser transportados por outro tipo de veículo, por uma estrada campestre circular, até a estação mais próxima do outro lado, onde outro trem e locomotiva os aguardavam. Isso, evidentemente, causava grande confusão e aborrecimento, atrapalhava todos os horários, e sujeitava os passageiros a diversos inconvenientes. Enquanto isso, um exército de operários navais foi levado até o local, e trabalharam dia e noite para consertar o estrago. Nessa época, eu estava dirigindo dois trens por dia, um entre Mântua e Veneza, de manhã bem cedo, e outro de volta, de Veneza a Mântua, à tarde – um dia de trabalho cheio suportável, cobrindo cerca de trezentos quilômetros de distância, e preenchendo de dez a onze horas de expediente. Por isso, não fiquei muito satisfeito, quando, no terceiro ou quarto dia após o acidente, fui informado de que, além do meu horário regular de trabalho naquela noite, eu deveria conduzir um trem especial até Veneza. Esse trem especial, que consistia de uma locomotiva, um único carro e um furgão, sairia da plataforma de Mântua, às 23 horas; em Pádua, os passageiros deveriam descer e embarcar em carruagens, que estariam à espera, para levá-los a Ponte di Brenta; ali, outra locomotiva, carro e furgão estariam prontos, e eu seria o encarregado de acompanhá-los ao longo de todo o percurso.

– *Corpo di Bacco* – disse o funcionário que me entregou as minhas ordens –, não precisas ficar tão taciturno, homem. Decerto serás recompensado. Sabes quem está viajando contigo?

– Não sei.

– Claro que não sabes! É o duque Loredano, embaixador de Nápoles.

– Loredano! – gaguejei. – Que Loredano? Havia um marquês...

– Certo. Ele era o marquês Loredano, há até poucos anos, mas passou a ser duque de uns tempos para cá.

– Ele deve estar bem velho hoje.

– Sim, ele é velho, mas, e daí? Continua tão forte, brilhante e imponente como sempre. Já o viste?

– Sim – respondi, virando a cara. – Eu o vi... há muitos anos.

– Já ouviste falar de seu casamento?

Balancei a cabeça.

O funcionário riu, esfregou as mãos e deu de ombros.

– Um fato extraordinário – ele disse. – Foi um tremendo *esclandre*[56] na época. Casou-se com a amante, uma moça bastante comum e vulgar, genovesa, muito bonita, mas que não foi recebida pela sociedade, claro. Ninguém a visita.

– Ele se casou com ela! – exclamei. – Impossível!

– Verdade, eu te asseguro.

---

[56] Escândalo, em francês no original. (N. do A.)

Coloquei as mãos na cabeça. Senti como se tivesse caído ou levado um soco.

– Ela... ela vai viajar hoje à noite? – gaguejei.

– Ah, sim, ela vai a toda parte com ele. Nunca o deixa fora vista. Tu a verás, *la bela duchessa*!

Ao dizer isso, meu informante riu, esfregou as mãos de novo, e retornou ao escritório.

O dia passou, nem sei como, exceto que minha alma estava imersa num tumulto de ódio e amargura. Retornei do meu expediente vespertino por volta das 19h25, e às 22h30, estava novamente na estação. Examinei a locomotiva, dei ao foguista as instruções sobre a fornalha, verifiquei o suprimento de óleo, aprontei tudo e, quando ia sincronizar meu relógio com o mostrador na bilheteria, tocaram no meu braço e uma voz sussurrou próximo ao meu ouvido:

– És o maquinista que dirigirá este trem especial?

Nunca vira meu interlocutor antes. Era um homem baixo, de pele escura, vestido até o pescoço, com óculos de lentes azuis, uma longa barba preta, o chapéu enterrado na cabeça.

– És um homem pobre, eu suponho – ele disse, num rápido murmúrio – e, como outros pobres, não se importaria em ficar rico. Gostaria de ganhar 2 mil florins?

– De que modo?

– Quieto! Terás que parar em Pádua, não é? E embarcar de novo em Ponte di Brenta?

Eu assenti.

– Supõe que não faças nada disso. Supõe que, em vez de desligar a fornalha, saltes da locomotiva e deixes o trem seguir em frente?

– Impossível. Há sessenta e quatro metros de acostamento que foram lavados, e...

– Basta! Eu sei disso. Salva-te e deixa o trem seguir sozinho. Tudo não passará de um acidente.

Eu tremi com um calafrio, meu coração acelerou e senti falta de ar.

– Por que estás me tentando? – perguntei num engasgo.

– Pelo bem da Itália – ele sussurrou –, pela liberdade. Sei que não és italiano, mas, mesmo assim, podes ser um amigo. Esse Loredano é um dos maiores inimigos do país. Vamos, eis os 2 mil florins.

Afastei a mão dele com força.

– Não, não! – eu disse. – Sem corrupção. Se for fazer isso, não será nem pela Itália, nem pelo dinheiro, mas por vingança!

– Por vingança! – ele repetiu.

Nesse momento, tocou o sinal para voltarmos à plataforma. Saltei para meu lugar na locomotiva sem dizer mais nada. Quando olhei de novo para onde ele estava, o estranho sumira.

Eu os vi entrar e tomar seus assentos – o duque e a duquesa, o secretário e o padre, o pajem e a criada. Vi o mestre da estação fazer uma reverência quando eles embarcaram no carro de passageiros, e ficar, de chapéu na mão, junto à porta. Não pude ver seus rostos; a plataforma estava muito escura, e o brilho da fornalha muito forte, mas reconheci a figura imponente e a postura de sua cabeça. Mesmo sem saber quem ela era, eu a teria reconhecido apenas por essas características. Então, o guarda apitou e o mestre da estação fez uma última reverência. Acionei a locomotiva e partimos.

Meu sangue fervia. Eu não tremia, nem hesitava mais. Senti-me com nervos de aço e instintos assassinos. Ela estava sob meu poder, e eu me vingaria dela. Ela iria morrer – ela, por quem eu havia manchado minha alma com o sangue do meu amigo! Ela morreria, na plenitude de riqueza e beleza, e nenhum poder na terra poderia salvá-la!

As estações passavam voando. Aumentei a pressão do vapor; pedi ao foguista para colocar mais carvão e revolver as brasas na fornalha. Eu teria voado mais rápido que o vento, se eu pudesse. Cada vez mais rápido – sebes e árvores, pontes e estações passavam correndo –, mal se viam os vilarejos – os cabos telegráficos se retorciam, formando uma única imagem, com a incrível velocidade do trem! Cada vez mais rápido, até o foguista a meu lado ficar branco de medo e se recusar a colocar mais carvão na fornalha. Cada vez mais rápido, até o vento cortar nosso rosto e prender nossa respiração.

Eu desprezei me salvar. Tinha a intenção de morrer com os outros. Louco como estava – e acredito do fundo da alma que eu estava completamente louco naquele momento –, senti uma pontada de pena em relação ao velho e seu séquito. Também teria poupado o pobre coitado ao meu lado, se eu pudesse, mas a velocidade tornava a fuga impossível.

A cidade de Vicenza passou – apenas um borrão de luzes. Pojana passou voando. Em Pádua, a catorze quilômetros à frente, nossos passageiros deveriam descer. Vi o rosto do foguista se virar para mim em protesto; vi seus lábios se moverem, embora eu não ouvisse nenhuma palavra; vi sua expressão mudar, de repente, de protesto para um terror mortal, e depois – pelos céus! –, então, pela primeira vez, vi que ele e eu não estávamos mais sozinhos na locomotiva.

Havia um terceiro homem – um terceiro homem de pé, à direita, como o foguista estava de pé, à esquerda –, um homem alto, robusto, de cabelos cacheados e curtos, com um boné escocês. Depois do primeiro choque de surpresa, ao dar um passo para trás, ele se aproximou, assumiu meu lugar na locomotiva e desligou o vapor. Entreabri os lábios para falar com ele; ele virou a cabeça devagar e me olhou diretamente.

Matthew Price!

Soltei um longo grito selvagem, joguei os braços para cima, e caí como se um machado tivesse me atingido.

Estou preparado para ouvir objeções à minha história. Espero, por uma questão lógica, ouvir que isso não foi senão uma ilusão de óptica, ou que estava sofrendo pressão cerebral, ou que inventei tudo isso depois de um ataque de insanidade temporária. Já ouvi todos esses argumentos antes e, se puderem me perdoar por dizer isso, não desejo ouvi-los mais. Há muitos anos, esclareci o que aconteceu em relação a esse assunto. Tudo o que posso dizer – tudo o que sei – é que Matthew Price voltou dos mortos para salvar minha alma e a vida daqueles que eu, em meu irascível ataque de culpa, teria levado à destruição. Acredito nisso como eu acredito na misericórdia divina e no perdão aos pecadores arrependidos.

CAPÍTULO VI

PERDIDO NUMA PIRÂMIDE OU A MALDIÇÃO DA MÚMIA[57]

Louisa May Alcott

1869

A autora de *Mulherzinhas* era mais versátil do que a maioria dos leitores contemporâneos imaginam. Seu romance de 1877, *Mefistófeles moderno*,[58] publicado anonimamente no início, é uma história chocante sobre luxúria e traição, sexo e drogas, escrito no "estilo lúgubre", que Alcott descreveu como sua "ambição natural". *Trabalho: A história da experiência* (1873)[59] é uma exploração semiautobiográfica da mudança nos papéis das mulheres antes e depois da Guerra Civil americana. *Esboços de um hospital*[60] narra

---

[57] "Lost in a Pyramid, or The Mummy's Curse", no original. (N. da T.)
[58] *A Modern Mephistopheles*, no original. (N. da T.)
[59] *Work: A Story of Experience*, no original. (N. da T.)
[60] *Hospital Sketches*, no original. (N. da T.)

suas experiências como enfermeira voluntária no Exército da União, enquanto *Wild Oats: Um capítulo de um romance ainda não escrito* (1873)[61] é uma sátira sobre a participação de sua família numa comunidade agrária utópica, na década de 1840. Mesmo assim, ainda nos surpreende ver seu nome num conto de horror.

Entre a invasão do Egito por Napoleão, de 1798 a 1801, e a descoberta da tumba de Tutancâmon, em 1922, a egiptomania tomou a Europa e a América do Norte, influenciando a arte, a arquitetura e a moda, lançando novidades a cada sensacional descoberta. As múmias apareceram em todos os museus famosos, e nenhuma coleção particular estava completa sem ter uma delas. A sensação do momento era ir a "festas de desenrolamento" para assistir a uma múmia ser desenfaixada.

A maldição dos faraós tomou conta da imaginação popular, pelo menos desde 1699, quando Louis Penicher escreveu sobre um viajante polonês, cuja viagem de retorno de Alexandria, com duas múmias na bagagem, foi atacada pelo mau tempo e visões espectrais, que somente cessaram quando as múmias foram atiradas ao mar. Muitos escritores, de Mark Twain e Tennessee Williams a H. P. Lovecraft, usaram as tumbas do Antigo Egito e suas múmias em histórias de intriga e horror; a contribuição de Alcott para o subgênero sobre múmias foi injustamente desconsiderado por todos, exceto os aficionados mais fiéis a histórias de horror.

---

[61] *Transcendental Wild Oats: A Chapter from an Unwritten Romance,* no original. (N. da T.)

I

— o que é isto, Paul? – perguntou Evelyn, abrindo uma caixinha de ouro manchada, examinando o conteúdo com curiosidade.

— Sementes de uma desconhecida planta do Egito – respondeu Forsyth, com uma súbita expressão nublada em seu rosto escuro, ao ver os três grãos escarlates na palma da mão alva levantada na sua direção.

— Onde as conseguiu? – perguntou a moça.

— Essa é uma história estranha, que só vai assombrá-la se eu lhe contar – disse Forsyth, com uma expressão distraída que mais atiçou a curiosidade da jovem.

— Por favor, conte-me, gosto de histórias estranhas, e elas nunca me assombram. Ah, conte-me; suas histórias são sempre tão interessantes – ela exclamou, com um olhar tão persuasivo e irresistível, que seria impossível recusar seu pedido.

— Vai se arrepender disso, e eu também, provavelmente. Eu a previno, de antemão, que há perigos para o possuidor dessas misteriosas sementes – disse Forsyth, sorrindo, apesar de cerrar as grossas sobrancelhas, e virar-se para a jovem diante dele com um olhar complacente e agourento.

— Conte-me. Eu não tenho medo dessas bolinhas – ela respondeu, com um meneio altivo.

— Eu ouço e obedeço. Deixe-me narrar os fatos, e depois começarei – respondeu Forsyth, andando de um lado para outro, com um ar distante, como quem folheia as páginas do passado.

Evelyn observou-o por um momento, e depois retomou seu trabalho, ou brincadeira, pois a tarefa parecia adequada para aquela vívida criatura, meio mulher, meio criança.

– Enquanto estive no Egito – começou Forsyth, devagar –, fui, certo dia, com meu guia e o professor Niles, explorar a pirâmide de Quéops. Niles tinha mania de antiguidades de todo tipo, e esquecia-se do tempo, do perigo e do cansaço no calor da busca. Subia e descia pelos estreitos corredores, sufocado com o pó e o ar saturado; lendo inscrições nas paredes, tropeçando em sarcófagos desmontados, ou ficando cara a cara com um espécime enrugado, acocorado como um duende, nas pequenas prateleiras, onde costumavam ser guardados os mortos por vários séculos. Eu estava desesperado de cansaço depois de horas de exploração e implorei ao professor para retornarmos. Mas ele estava empenhado em ver certos lugares e não iria desistir. Tínhamos apenas um guia, então, fui obrigado a ficar, porém Jumal, meu acompanhante, ao ver como eu estava cansado, propôs que eu descansasse num dos corredores mais largos, enquanto ele iria buscar outro guia para Niles. Concordamos e, assegurando-nos de que estaríamos perfeitamente seguros se não saíssemos daquele lugar, Jumal nos deixou, prometendo voltar rapidamente. O professor se sentou para anotar as descobertas e, esticando-me sobre a areia macia, eu adormeci.

Fui despertado por uma sensação indescritível que instintivamente nos avisa sobre a iminência de um perigo e, ao me levantar de repente, vi que estava sozinho. Uma tocha queimava lentamente onde Jumal a espetara, mas Niles e o outro guia haviam sumido. Um horrível sentimento de solidão me oprimiu por um momento, porém eu me refiz, e olhei em volta. Vi um pequeno papel espetado no meu chapéu ao meu lado e, nele, com a caligrafia do professor, havia uma mensagem: "Voltei um pouco para refrescar minha memória sobre certos pontos. Não me siga até Jumal voltar. Sei voltar até onde está, pois deixei uma pista. Durma bem e sonhe gloriosamente com os faraós. NN".

Ri, num primeiro momento, por causa do velho entusiasta, depois me senti ansioso e inseguro e, por fim, decidi segui-lo, ao ver uma grossa corda amarrada numa pedra no chão e então descobri a que pista ele se referira. Deixei um bilhete para Jumal, peguei a tocha e voltei pelo mesmo caminho que tinha vindo, seguindo aquela corda pelos corredores angulosos. Chamei o professor várias vezes, mas não ouvi resposta, então me apressei, esperando a cada virada encontrar o velho examinando uma relíquia de alguma antiguidade cheia de mofo. De repente, a corda terminou e, abaixando a tocha, vi que as pegadas continuavam.

"Cabeça-dura, com certeza, ele vai se perder", eu pensei, ficando bastante alarmado agora.

Quando parei, ouvi alguém me chamar de longe, e respondi, aguardei, gritei novamente, e um eco bem fraco respondeu.

Niles estava andando em frente, perdido com os ecos nos corredores mais baixos. Não havia tempo a desperdiçar e, esquecendo-me de mim mesmo, finquei a tocha fundo na areia para poder me guiar de volta à pista, então desci correndo pelo estreito caminho à minha frente, saltando como um louco. Eu não queria perder a chama de vista, mas, na minha ansiedade de encontrar Niles, desviei-me do corredor principal e, guiado pela voz dele, eu corri. Logo pude ver a tocha, e o modo como ele tremia ao segurá-la me mostrou a agonia que o acometera.

– Vamos sair imediatamente deste lugar horrível – ele disse, enxugando a testa empapada de suor.

– Vamos, não estamos distantes da pista. Posso alcançá-la logo, e aí estaremos a salvo.

Mas, ao dizer isso, eu senti um calafrio ao ver o labirinto de corredores à nossa frente.

Ao tentar me conduzir por esses pontos de referência que vi ao passar com pressa, segui os rastros pela areia, até imaginar que devíamos estar perto da minha tocha. Porém, não aparecia nenhum brilho e, ao me ajoelhar para examinar as pegadas de perto, descobri, para meu desespero, que eu seguira as pegadas erradas, pois as marcas mais fundas dos calcanhares eram de pés descalços; e o guia não estivera ali e Jumal usava sandálias.

Pondo-me de pé, encarei Niles com uma expressão desesperada:

– Estamos perdidos! – e apontei para a chama que se extinguia rapidamente.

Imaginei que o velho fosse ficar arrasado com isso, mas, para minha surpresa, ele permaneceu calmo e firme, refletiu por um momento e prosseguiu, dizendo, de modo tranquilo:

– Outros homens estiveram aqui antes de nós; vamos seguir seus passos, porque, se eu não estiver muito errado, eles foram pelos corredores mais largos, onde podemos encontrar o caminho de volta.

Seguimos em frente, com bravura, até um tropeção fazer o professor quebrar a perna, quase apagando a tocha. Foi uma situação inesperada, e quase desisti de tudo ao me sentar ao lado dele, exausto, arrependido e doído, pois eu não iria deixá-lo sozinho.

– Paul – disse ele, de repente –, se não for em frente, há outro esforço que deveríamos fazer. Lembro-me de que me falaram sobre um grupo que se perdeu como nós e se salvou ao fazer uma fogueira. A fumaça vai mais longe do que a luz e o som, e o guia logo entendeu que havia acontecido algo errado; ele seguiu a fumaça e salvou o grupo. Vamos fazer uma fogueira e confiar em Jumal.

– Uma fogueira sem madeira? – perguntei, mas ele apontou para uma prateleira atrás de mim, que eu não enxergara na escuridão, e sobre ela havia um pequeno sarcófago.

Entendi o que ele quis dizer, pois esses sarcófagos secos, espalhados às centenas, são usados como lenha. Levantei-me para pegá-lo e, ao puxá-lo, pensando que estivesse vazio, ele caiu e se abriu, e rolou uma múmia de dentro. Habituado a essas visões, assustei-me um pouco, pois o perigo atiçou meus nervos. Coloquei de lado a pequena crisálida marrom, esmigalhei o sarcófago, acendi a pilha de madeira com a tocha, e logo uma fumaça avançou pelos três corredores que saíam do vão onde estávamos.

Enquanto eu me ocupava com a fogueira, Niles, esquecendo-se da dor e do perigo, puxou a múmia e examinou-a com o interesse de alguém cuja paixão era irresistível, mesmo diante da morte.

— Ajude-me a desenrolá-la. Sempre quis ser o primeiro a ver e pegar os curiosos tesouros guardados entre as dobras dessas misteriosas gazes. É uma mulher, e podemos descobrir algo raro e precioso aqui – ele disse, começando a desenrolar as primeiras faixas, de onde exalou um estranho perfume.

Relutante, eu obedeci, pois para mim havia algo sagrado nos ossos dessa mulher desconhecida. Mas, para passar o tempo e divertir o pobre velho, estendi a mão, imaginando, enquanto o ajudava, se essa coisa feia e sombria fora um dia uma adorável egípcia de olhos meigos.

Das dobras das gazes, caíram especiarias, que quase nos intoxicaram com seu odor forte, moedas antigas e uma ou duas joias interessantes que Niles examinou ansioso.

Todas as bandagens, exceto uma, foram finalmente cortadas, e apareceu uma pequena cabeça, que ainda possuía grossas tranças de um cabelo que um dia foi luxuriante. As mãos enrugadas, dobradas sobre o peito, prendiam essa caixa de ouro.

— Ah! – exclamou Evelyn, largando-a de suas mãos rosadas com um arrepio.

— Não, não rejeite o tesouro da pequena múmia. Nunca me perdoei por tê-lo roubado, nem por tê-la queimado – disse Forsyth, pintando rapidamente, como se a lembrança dessa experiência energizasse sua mão.

— Por tê-la queimado? Ah, Paul, o que quer dizer? – perguntou a moça, empertigando-se com uma expressão ansiosa.

— Vou lhe contar. Enquanto nos ocupávamos com *Madame la Momie*, nosso fogo se apagou, pois o sarcófago ressecado queimou rapidamente. Um som fraco e distante fez nosso coração saltar e Niles gritou: "Junte a madeira. Jumal está vindo atrás de nós. Não deixe a fumaça acabar agora ou estaremos perdidos!".

"Não há mais madeira. O sarcófago era muito pequeno, e já acabou", respondi, rasgando uma parte da roupa que iria queimar rapidamente, e colocando-a sobre as brasas.

Niles fez o mesmo, mas os tecidos finos foram logo consumidos, e não soltaram fumaça.

"Queime isto!", ordenou o professor, apontando para a múmia.

Hesitei por um momento. De novo, ouvi o eco fraco de uma corneta. A vida era preciosa para mim. Alguns ossos secos poderiam nos salvar, e obedeci sem dizer nada.

Formou-se uma labareda e uma fumaça espessa a partir da múmia envolta em chamas, avolumando-se pelos corredores mais baixos, e ameaçando nos sufocar com aquela névoa perfumada. Fiquei tonto, a luz dançava na frente dos olhos. Estranhos fantasmas pareciam encher o espaço e, quando eu ia perguntar a Niles por que ele estava tão ofegante e pálido, perdi a consciência.

Evelyn suspirou, e tirou os brinquedos perfumados do colo, como se seu cheiro a oprimisse. O rosto moreno de Forsyth brilhava com a emoção de sua história, e seus olhos negros faiscaram quando ele acrescentou, com uma rápida risada:

– Isso é tudo. Jumal nos encontrou e nos tirou de lá, e nós passamos a repudiar as pirâmides pelo resto da vida.

– Mas e a caixa: como conseguiu guardá-la? – perguntou Evelyn, olhando com desconfiança para o objeto, enquanto ele brilhava sob uma nesga de sol.

– Ah, eu a trouxe de lembrança, e Niles guardou os outros badulaques.

– Mas você disse que havia perigo para o possuidor dessas sementes escarlates – insistiu a jovem cuja curiosidade foi atiçada pela história, achando que ele ainda não havia contado tudo.

– Entre seus espólios, Niles encontrou um pedaço de pergaminho, que ele decifrou, e a inscrição dizia que a múmia que queimamos de modo tão deselegante fora uma famosa feiticeira que amaldiçoou quem perturbasse seu repouso. É claro que não creio que essa maldição tenha algo a ver com isso, mas é fato que a vida de Niles nunca mais prosperou depois desse dia. Ele diz que nunca se recuperou da queda e do medo que passou, e ouso dizer que isso é verdade, mas, às vezes, eu me pergunto se devo concordar com essa maldição, pois tenho um lado supersticioso, e essa pobre múmia ainda assombra meus sonhos.

Depois dessas palavras, fez-se um longo silêncio. Paul pintava de forma mecânica, e Evelyn ficou deitada olhando para ele com ar pensativo. Mas as fantasias sombrias estavam distantes de sua natureza como as sombras se afastam ao meio-dia, e ela começou a rir alto, pegou a caixinha novamente e disse:

– Por que não planta as sementes para ver que flor exótica surgirá?

– Duvido que brote qualquer coisa depois de ficar entre as mãos de uma múmia por tantos séculos – respondeu Forsyth em tom grave.

– Deixe-me plantá-las para ver o que dá. Você sabe que o trigo que foi tirado do sarcófago de uma múmia cresceu e brotou; por que estas bonitas sementes não brotariam? Adoraria vê-las crescer. Eu posso, Paul?

– Não, prefiro não fazer a experiência. Tenho uma estranha sensação sobre tudo isso, e não quero me intrometer, nem deixar ninguém que eu ame se meter com essas sementes. Elas podem ser venenosas, ou possuir um poder maligno, porque é claro que a feiticeira as valorizava, uma vez que as segurava até na tumba.

– Você é tolamente supersticioso, e estou rindo de você. Seja generoso; me dê uma semente, só para vermos se ela brotará. Veja, eu vou pagar por ela.

Evelyn, que estava agora de pé ao lado dele, deu-lhe um beijo na testa fazendo seu pedido com a cara mais compungida.

Mas Forsyth não cedeu. Ele sorriu e retribuiu o beijo de modo caloroso e, em seguida, atirou as sementes no fogo e deu-lhe a caixinha dourada vazia, dizendo docemente:

— Minha querida, encherei a caixa com diamantes ou bombons, se quiser, mas não deixarei que brinque com os encantamentos daquela bruxa. Você já tem muitas coisas, então esqueça as "sementes bonitas", e veja o belo quadro que pintei para você.

Evelyn franziu o cenho e sorriu, e os dois saíram ao sol da primavera, divertindo-se com suas próprias felizes esperanças, sem se deixar perturbar por maus agouros.

II

— Tenho uma pequena surpresa para você, meu amor — disse Forsyth ao cumprimentar a prima, três meses depois, na manhã do casamento.

— E eu tenho uma para você — ela respondeu, sorrindo de leve.

— Como está pálida e como emagreceu! Toda essa correria por causa do casamento está sendo demais para você, Evelyn — ele disse, ansioso, ao ver a estranha palidez em seu rosto e apertar aquela pequena mão cansada na sua.

— Estou tão cansada — ela disse, e deitou a cabeça pesada no peito do amado. — Nem sono, nem comida, nem ar me dão forças e, por vezes, uma névoa estranha parece cobrir minha mente. Mamãe diz que é o calor, mas estremeço até debaixo do sol, enquanto, à noite, eu ardo em febre. Paul, querido, estou feliz que vai me levar embora para termos uma vida feliz e tranquila juntos, mas temo que seja muito breve.

— Minha adorável esposa! Você está cansada e nervosa com todas essas preocupações, mas poucas semanas de descanso no campo nos trarão nossa bela Eve de volta. Não está curiosa em saber qual é minha surpresa? – ele perguntou, para mudar seus pensamentos.

O olhar vago da moça deu lugar a uma expressão interessada, mas, enquanto ela o ouvia, parecia se esforçar para manter sua mente nas palavras do noivo.

– Lembra-se do dia em que ficamos arrumando o velho armário?

– Sim – ela disse, abrindo um breve sorriso.

– E quanto queria plantar aquelas estranhas sementes vermelhas que roubei da múmia?

– Eu me lembro – ela respondeu, e seus olhos faiscaram de repente.

– Bem, eu as atirei no fogo, como pensei, e lhe dei a caixa. Mas quando voltei para cobrir a pintura, e encontrei uma das sementes no tapete, tive a ideia repentina de atender ao seu desejo e a enviei a Niles, e pedi a ele que plantasse e me desse notícia do seu crescimento. Hoje recebi notícias dele pela primeira vez, e ele disse que a semente brotou maravilhosamente, criou botões, e que tem a intenção de levar a primeira flor, se florescer a tempo, a uma reunião de famosos cientistas, e depois me enviará a planta com o nome verdadeiro. Pela descrição, deve ser muito curiosa, e estou impaciente para vê-la.

– Você não precisa esperar. Posso lhe mostrar a flor já aberta – e Evelyn o chamou com um sorriso maroto que havia tempos não tinha.

Muito admirado, Forsyth a seguiu até o quartinho e, ali, sob o sol, estava a planta desconhecida. Luxuriantes, as folhas de um verde vívido brotavam dos caules roxos e esguios e, elevando-se no meio, uma flor branca e fantasmagórica, com a forma de uma cabeça de serpente, com estames vermelhos como línguas bipartidas e, sobre as pétalas, reluziam gotículas que lembravam o orvalho.

– Que flor estranha e misteriosa! Ela tem algum odor? – perguntou Forsyth, inclinando-se para examiná-la e, esquecendo-se, em seu interesse, de como ela viera parar ali.

— Nenhum, e isso me desapontou, pois adoro perfumes – respondeu a moça, acariciando as folhas verdes que tremiam ao seu toque, enquanto os caules roxos ficavam mais escuros.

— Agora conte-me sobre ela – disse Forsyth olhando para a planta em pé, em silêncio, por vários minutos.

— Estive ali antes de você, e peguei uma das sementes, pois caíram duas no tapete. Eu a plantei sob um copo, no solo mais rico que encontrei, reguei-a regularmente, e fiquei surpresa com a rapidez com que cresceu depois de furar a terra. Não contei a ninguém, pois queria lhe fazer uma surpresa, mas ela demorou tanto a florescer, que precisei esperar. É um bom sinal de que tenha florescido hoje e, como é quase toda branca, tenho a intenção de usá-la, pois comecei a amá-la depois de ter cuidado dela por todo esse tempo.

— Eu não a usaria, porque, apesar de sua cor inocente, é uma planta com aspecto diabólico, com a língua bipartida da víbora e seu orvalho antinatural. Espere Niles nos dizer o que é, e continue a cuidar dela, se for inofensiva. Talvez minha feiticeira gostasse dela por sua beleza simbólica; os egípcios antigos eram cheios de imaginação. Você foi muito astuta em me enganar assim. Mas, eu a perdoo, porque, em poucas horas, tomarei sua mão para sempre. Como está fria! Venha até o jardim, aqueça-se um pouco e ganhe cor para hoje à noite, meu amor.

Mas, quando chegou a noite, ninguém poderia repreendê-la pela palidez, porque estava tão acesa quanto uma flor de romã, os olhos faiscavam, os lábios estavam rubros, e toda a vivacidade parecia ter voltado. Uma noiva mais exultante não enrubescia sob o véu e, quando o noivo a viu, ficou perplexo pela beleza divina que transformara a criatura pálida e lânguida da manhã naquela mulher radiante.

Eles se casaram e, se o amor, as bênçãos e todos os dons que desciam sobre eles em abundância pudessem fazê-los felizes, então esse jovem casal seria realmente abençoado. Mas, mesmo no êxtase do momento quando ele a desposou, Forsyth sentiu a mãozinha gélida que ele segurava, a febre na cor rosada da bochecha macia que ele beijou, e o estranho fogo que queimava nos ternos olhos melancólicos que o miravam.

Alegre e bela como um espírito, a noiva sorridente tomou parte de todas as comemorações daquela longa noite e, quando finalmente a vida, a luz e a cor começaram a desvanecer, os olhos amorosos que a observavam pensaram que fosse apenas o cansaço natural da hora. Quando partiu o último convidado, Forsyth foi alcançado por um criado, que lhe entregou uma carta em que estava escrito: "Urgente". Ele a abriu, e leu estas linhas de um dos amigos do professor:

"CARO SENHOR – o pobre Niles morreu de repente, há dois dias, enquanto estava no Clube de Ciências, e suas últimas palavras foram: *Diga a Paul Forsyth para tomar cuidado com a Maldição da Múmia, pois esta flor fatal me matou'*. As circunstâncias de sua morte foram tão peculiares, que eu irei acrescentá-las como uma sequência a esta mensagem. Por vários meses, como nos disse, ele vinha observando uma planta desconhecida e, naquela noite, trouxe-nos a flor para que a examinássemos. Outros assuntos de interesse nos absorveram até bem tarde, e a planta foi esquecida. O professor prendeu-a na botoeira de seu paletó – uma estranha flor branca com formato de cabeça de serpente, com pontos pálidos e brilhantes, que lentamente se alteravam para um tom rubro, como se as folhas estivessem salpicadas de sangue. Observou-se que, em vez da palidez e da fraqueza que sentia recentemente, o professor estava inusitadamente animado, num estado de euforia incomum. Perto do final da reunião, em meio a uma discussão acalorada, ele subitamente caiu, com um ataque de apoplexia. Foi carregado para casa inconsciente e, após um intervalo de lucidez, quando me passou a mensagem que registrei acima, morreu em grande agonia, imprecando contra múmias, pirâmides, serpentes e uma maldição fatal que caíra sobre ele.

"Depois de morrer, manchas vermelhas lívidas, como as da flor, surgiram em sua pele, e ele enrugou como uma folha murcha. A meu pedido, a planta misteriosa foi examinada, e foi dito, pela maior autoridade, ser um dos venenos mais letais conhecidos entre as feiticeiras egípcias. A planta absorve lentamente a vitalidade de quem a cultivar e a flor, se for usada por duas ou três horas, causa loucura ou morte".

Forsyth deixou cair o papel da mão; não o leu mais, e correu de volta para o quarto onde havia deixado a esposa. Exausta de cansaço, ela se jogara num sofá, e estava ali imóvel, o rosto semiescondido pelas finas dobras do véu.

– Evelyn, minha querida! Acorde e me responda. Você usou aquela flor estranha hoje? – sussurrou Forsyth, puxando o véu do seu rosto.

Ela não precisou responder, pois ali, reluzindo como um espectro em seu peito, estava a flor maligna, com as pétalas brancas, agora marcadas com pontos escarlates, vívidos como gotas de sangue recém-salpicadas.

Mas o noivo infeliz mal percebeu isso, pois o rosto inexpressivo que contemplou deixou-o perplexo. Pálida e deformada, como se tivesse contraído uma grave doença, a face jovem, tão adorável há uma hora, estava agora diante dele envelhecida e arruinada pela influência sinistra da planta que lhe sugou a vida. Os olhos estavam estáticos, os lábios mudos, as mãos imóveis – apenas a respiração débil, o pulso fraco e os olhos arregalados indicavam que ela estava viva.

Que pena para a jovem esposa! A temível superstição que ela havia desprezado provou-se verdadeira: a maldição, suspensa por tantos séculos, finalmente se cumpriu, e sua própria mão destruiu sua felicidade para sempre. A morte em vida foi seu destino e, por anos, Forsyth viveu isolado, para cuidar, com desvelada devoção, do pálido fantasma, que nunca, por palavras ou olhar, pôde lhe agradecer o amor que sobreviveu a esse destino.

CAPÍTULO VII

A HISTÓRIA DE FANTASMA DE TOM TOOTHACRE

Harriet Beecher Stowe

1869

Harriet Beecher Stowe nasceu em Litchfield, Connecticut, em 1811, um dos treze filhos do pastor calvinista Lyman Beecher. Muitos de seus irmãos tornaram-se pastores conhecidos; a irmã mais velha, Catharine, tornou-se uma educadora pioneira e a primeira professora de mulheres, e a meia-irmã mais nova, Isabella Beecher Hooker, foi uma das primeiras defensoras do movimento sufragista americano. Harriet se inscreveu no Seminário Feminino de Hartford, dirigido pela irmã Catharine, onde recebeu um tipo de educação que normalmente era apenas reservado aos meninos.

Com o pai, Harriet mudou-se, aos vinte e um anos, para Cincinnati, em 1832, onde rapidamente se envolveu na efervescente cena literária da cidade. Ali conheceu e se casou com Calvin

Ellis Stowe, viúvo e estudioso da Bíblia, no seminário onde o pai lecionava. Os dois se tornaram apoiadores ativos da Ferrovia Subterrânea,[62] protegendo escravos fugitivos até o Canadá: essas experiências a inspiraram a escrever seu romance mais famoso: *A cabana do Pai Tomás*.[63]

Escrevia a respeito de vários assuntos: crônicas sobre a vida na Nova Inglaterra; bruxaria e espiritualismo; biografias de mulheres bíblicas e de lady Byron, relatando o casamento tempestuoso e escandaloso com o poeta inglês; esse livro foi denunciado como indecente e custou-lhe um pouco de sua popularidade. Longe de procurar o sensacionalismo, porém, Stowe afirmou que o escreveu "em defesa de uma querida e estimada amiga, cuja memória diante do mundo civilizado fora manchada com os crimes mais repulsivos, dos quais tenho *certeza* de que ela é inocente".

As histórias de fantasma de Stowe são mais leves: a maioria não trata de fatos sobrenaturais, mas lidam com essas narrativas considerando-as um produto da credulidade e dos enganos humanos. "O fantasma do velho moinho"[64] é a mais famosa, mas, sob vários aspectos, "A história de fantasma de Tom Toothacre"[65] é melhor. Publicado na coletânea de *As velhas histórias de Sam Lawson contadas em torno da lareira* (1873),[66] o conto foi escrito

---

[62] A Ferrovia Subterrânea foi uma rede de rotas secretas e refúgios nos Estados Unidos utilizada do início até meados do século XIX. Ela foi montada por abolicionistas e simpatizantes da causa, para ajudar na fuga dos escravos para os estados livres, ou até o Canadá. Não era propriamente uma "ferrovia", mas um movimento secreto organizado de trabalhadores negros e brancos, de homens livres e escravos, que ajudava os fugitivos a escapar. Havia também outras rotas que levavam até o México, onde a escravidão fora abolida, e à Flórida, que pertenceu à Espanha até 1821, ou para o exterior. (N. da T.)

[63] *Uncle Tom's Cabin*, no original. (N. da T.)

[64] "The Ghost in the Old Mill", no original. (N. da T.)

[65] "Tom Toothacre's Ghost Story", no original. (N. da T.)

[66] *Sam Lawson's Oldtown Fireside Stories*, no original. (N. da T.)

com um forte dialeto da Nova Inglaterra, um desafio para o leitor de inglês moderno, mas é bem escrito e agradável, por isso vale a pena ser lido.

O que há com aquela velha casa em Sherbourne? – perguntou tia Nabby a Sam Lawson quando este se sentou depois de arrumar as brasas na grande lareira numa noite de outubro.

Tia Lois fora para Boston fazer uma visita e, por não estar presente com seu ceticismo, nos sentimos mais à vontade para provocar nosso narrador para que ele contasse uma de suas lendas.

Tia Nabby estava sentada tricotando uma meia de lã azul *dégradé*. Vovó tricotava ao mesmo tempo do outro lado da lareira. Vovô lia atentamente *The Boston Courier*. O vento lá fora uivava lamurioso, fazendo ranger as portas da despensa, deixando passar um sopro de ar pela boca da chaminé. Era uma noite chuvosa e agradável, e as moitas de lilases molhados batiam na janela, enquanto o vento gemia e sussurrava entre eles.

Nós, os meninos, nos preparamos para passar uma noite confortável. Fizemos Sam se sentar no canto da lareira, e pusemos uma caneca de sidra em sua mão. Colocamos uma fieira de maçãs para assar na lareira, que chiavam enquanto cozinhavam em fogo lento. O grande tronco de carvalho ardia, e grandes tições de brasa caíam entre as cinzas, e a tora de nogueira se transformou em pedaços de brasas sólidas e brilhantes que deslizavam entre as cinzas brancas. Todo o espaço diante da grande lareira estava cheio de calor e luz sonolenta, calculados para despertar fantasias e visões. Agora, só faltava alguém provocar Sam, e tia Nabby tocou no irresistível assunto sobre casas mal-assombradas.

– Veja bem, srta. Badger – disse Sam –, estive lá e andei pela casa várias vezes, e falei com vó Hokum e tia Polly, e elas chegaram à conclusão de que terão que se mudar. Sabe, elas ouvem barulhos, que fazem com que fiquem acordadas à noite. E tia Polly fica histérica. E Hannah Jane disse que, se elas ficarem na casa, ela não poderá mais viver ali. E o que aquelas mulheres sozinhas farão sem Hannah Jane? Bem, Hannah Jane disse que, nos últimos dois meses, viu uma mulher andando de um lado para outro no salão da frente, entre meia-noite e uma da manhã, e que é a imagem perfeita da velha senhora Tillotson, mãe de Parson Hokum, que todo mundo sabia que era uma mulher estridente, que armava a maior confusão enquanto viveu. Ninguém sabe o que a velha quer. Alguns acreditam que seja um sinal de que chegou a hora da vó Hokum. Mas, pelos céus, ela me disse, "por que, Sam, não sei o que fiz pra senhora Tillotson vir pra cima de mim". De qualquer forma, todas elas ficaram tão nervosas, que Jed Hokum veio de Needham, e todas vão morar com ele. Jed disse que não é para ninguém falar sobre isso, pois suja o nome da propriedade.

Bem, falei com Jed a respeito disso, e eu disse a Jed: "Agora, se quer meu conselho, dê um jeito naquela velha casa, e dê duas mãos de tinta nela, e isso vai limpá-la, senão nada mais dará jeito. Fantasmas são como percevejos – não aguentam cheiro de tinta fresca", eu disse. "Isso fará uma limpeza. Vi isso acontecer num navio assombrado."

– O quê? Sam, navios ficam assombrados?

– Claro que sim! Com assombrações do pior tipo. Eu poderia lhes contar uma história de arrepiar os cabelos; só fico com medo de assustar os meninos na hora de dormir.

– Ah, 'cê não assusta o Horácio – disse minha avó. – Ele gosta de sair e se sentar no meio do cemitério até as nove da noite, apesar de tudo que eu conto pra ele.

– Conte, Sam! – imploramos. – O que aconteceu no navio?

Sam levantou a caneca de sidra, girou-a entre os dedos, olhou para ela com carinho, tomou um longo gole e colocou-a à sua frente diante da lareira, então começou:

– 'Ocês se lembram quando lhes contei que fui por mar pro Oriente, quando eu era pequeno, junto com Tom Toothacre. Bem, Tom desfiou uma história numa noite que foi a mais difícil que já o ouvi contar. E, também, veio direto do Tom. Não foi de ouvir dizer: foi o que ele viu com os próprios olhos. Agora, Tom não era de inventar nem um pouco, e ele não tinha medo do diabo em pessoa; e viu como as coisas realmente aconteceram. Isso aconteceu quando Tom era o imediato no *Albatroz*, e estavam indo para os Grand Banks para pegar uns peixes. O *Albatroz* era o navio mais bonito que já se viu, e o capitão Sim Witherspoon era um capitão de cabotagem – era um homem muito bacana. Eu ouvi Tom contar essa história numa noite para os rapazes no *Brilhante*, todos sentados em torno do fogão da cabine, numa noite de neblina, antes de ancorar na Baía dos Franceses,[67] e todos riam à solta.

Tom disse que estavam fazendo uma corrida até os Grand Banks. Havia uma tempestade ao sul, que os soprou com toda a força; e essa era a melhor estação, trazendo para o sul uma névoa marota sobre eles e que ficou mais espessa que pudim. Vejam bem, esse é um insulto para os sulistas: eles são os maiores criadores de nevoeiro que existem. E, então, logo, a metade do navio ficaria debaixo de névoa.

Bem, todos desceram pra jantar, exceto Dan Sawyer que estava no timão, quando se ouviu um estrondo como se o céu e a terra tivessem se partido e, depois, um baque sob o navio, e disseram que a panela de feijão rolou e espalhou o caldo pra todo lado, e todos se embolaram – homens, carne de porco e feijão, numa confusão só.

---

[67] Ontário, uma das treze províncias do Canadá, cuja capital é Toronto. (N. da T.)

— Diabos! – disse Tom Toothacre. – Abalroamos alguém. Olhem lá em cima!

Então, ele empurrou o elmo com força, colocou-o no vento e gritou:

– Senhor, meu Deus! Batemos direto no meio de um navio!

– Batemos no quê? – todos gritaram, e foram se arrastando até o convés.

– Ora, numa pequena escuna – disse Dan. – Eu não a vi até estarmos em cima dela. Ela afundou de vez. Vejam! Tem um pedaço do casco flutuando: não está vendo?

Bem, eles não viram porque a neblina estava tão densa que mal se conseguia ver um palmo à frente do nariz. Porém, eles desceram um barco para olhar em volta, mas, meu Deus! Era como procurar uma gota-d'água no meio do Oceano Atlântico. Fosse quem fosse, já tinha passado desta para melhor, pobres criaturas!

Tom disse que eles ficaram confusos, mas o que podiam fazer? senhor do céu! O que qualquer um de nós pode fazer? Há lugares onde as pessoas caçoam, vamos, porque por aqui já acabou. As coisas não acontecem como se espera, e não podem ser mudadas. Os marinheiros não são tão rudes quanto parecem: são pessoas que têm sentimentos, querem que tudo dê certo pra eles. E não havia ninguém que não se empenharia a noite toda por uma chance de salvar alguns deles, coitados. Mas não havia mais nada a fazer.

Bem, então, continuaram navegando e, aos poucos, o vento de nordeste começou a soprar, e depois a soprar do leste, e a ventar, e a chover mais do que numa tempestade normal. Chegaram à conclusão de que deveriam entrar numa pequena baía e ancorar.

Então, colocaram um marinheiro para vigiar a âncora e foram todos descansar.

Bem, agora começa a parte curiosa da história de Tom; e é ainda mais curiosa, porque Tom era o tipo de pessoa que não teria acreditado na história se alguém tivesse lhe contado. Tom era um tipo filósofo. Ele gostava de avaliar tudo, e não tinha pressa para acreditar em nada, então essa história é ainda mais extraordinária por ter sido Tom quem viu, em vez de qualquer outra pessoa.

Tom disse que estava com uma baita dor de dente que não o deixava dormir. E ele ficou no beliche, virando de um lado pro outro, até muito depois da meia-noite.

De onde ele estava, Tom podia ver todos os beliches, exceto o de Bob Coffin, e Bob estava de vigia. Então, ele estava lá, tentando dormir, ouvindo os homens roncando como sapos num pântano, e vendo a lanterna balançar pra frente e pra trás, jogando as sombras pra cima e pra baixo, enquanto a embarcação girava e balançava – pois as ondas estavam jogando.

E, naquele momento, ouviu Bob Coffin em cima, correndo pra cá e pra lá no convés – pois Bob tinha pés bem pesados –, e tudo meio que se misturou com a dor de dente de Tom, então ele não conseguia dormir. Por fim, Tom mordeu o lado de dentro da bochecha, e virou-se para tentar aliviar a dor e dormir. Bem, ele disse que fez algum feitiço e conseguiu pegar no sono. Acordou sentindo um calafrio de tiritar os dentes, e a dor parecia uma facada, e ele saltou, pensando que o fogo havia se apagado.

Então, ele viu um homem agachado em frente ao fogão, de costas para ele, esticando as mãos para aquecê-las. Estava usando um suéter e uma jaqueta, com um lenço vermelho em volta do pescoço, e suas roupas pingavam como se ele tivesse acabado de sair de debaixo da chuva.

– Que diabos! – disse Tom, e ele se levantou, esfregando os olhos. – Bill Bridges – ele disse –, por que está acordado a esta hora?

Bill tinha o sono leve e se levantava e ficava andando à noite; e Tom pensou que fosse o Bill. Mas, no mesmo instante, olhou pro lado e ali, com certeza, estava Bill dormindo a sono solto no beliche, com a boca bem aberta, roncando, como uma trombeta de Jericó. Tom olhou em volta, e contou cada homem em seu beliche, e então disse:

– Quem diabos é este? Bob Coffin está no convés e todos os outros estão aqui.

Bem, Tom não era homem de se deixar levar facilmente. Refletiu um pouco e a primeira coisa que ele pensou, com certeza, foi o que deveria fazer. Parou por um minuto, piscando para ver se estava enxergando direito, quando, de repente, desceu outro homem pela escada.

"Então, este deve ser Bob Coffin, com certeza", disse Tom para si mesmo. Mas não, o outro homem se virou e Tom viu que este tinha uma cara de morto. Os olhos estavam esbugalhados. Ele atravessou a cabine e se sentou junto ao fogão, tiritando de frio, e esticou as mãos para aquecê-las.

Tom disse que a cabine esfriou como se estivessem ao lado de um *iceberg*, e sentiu calafrios na espinha, mas saltou do beliche e deu um passo à frente.

– Falem! – exclamou. – Quem são vocês? E o que querem?

Eles não responderam, nem levantaram a cabeça, mas continuaram tremendo, agachados junto ao fogão.

– Bem – disse Tom –, verei quem vocês são, de qualquer modo.

E aproximou-se do último homem que tinha entrado, e esticou o braço para puxá-lo pelo colarinho, mas a mão o atravessou como se ele fosse feito de luar e, no mesmo instante, ele desapareceu e, ao olhar em volta, o outro tinha desaparecido também. Tom ficou ali, de pé, olhando para todos os lados, mas não havia mais nada exceto o velho fogão, e a lanterna balançando, e todos os outros roncando em seus beliches. Tom gritou para Bob Coffin:

– Ó de cima! – ele exclamou.

Mas Bob não respondeu. Tom subiu e encontrou Bob ajoelhado, batendo os dentes, tentando rezar, e tudo o que ele conseguia dizer era:

– Deus do céu! – e repetia isso sem parar.

Vejam, rapazes, Bob era uma criatura terrível, malvada, maledicente, e não rezava desde os dois anos de idade, pois nem se lembrava mais de como se fazia isso. Tom pegou-o pelos ombros e o sacudiu:

– Segure a língua – ele disse. – O que está ruminando aí? O que aconteceu?

– Senhor, meu Deus! – disse Bob. – Eles vieram em cima de nós. Havia dois: ambos passaram direto por mim!

Então, Tom se conteve, mas queria uma boa explicação. Se fosse o diabo, reto e direto – ele queria ter certeza. Tom queria resolver o assunto de um modo ou de outro, então aproximou-se de Bob, e o fez contar o que ele vira.

Bob disse que estava de pé, apoiado no molinete, assobiando uma canção, quando olhou para baixo e viu uma estranha luz na neblina; e foi observar por cima dos remos, quando surgiu a cabeça de um homem usando uma espécie de suéter, e depois duas mãos e, então, um corpo inteiro saiu da água, que escalou até alcançar a estaca com as mãos; então, ele se balançou no gurupés[68] para saltar no navio, e passou por Bob e, em seguida, desceu pra cabine. E mal este havia descido, ele se virou e tinha outro subindo pelo gurupés, que também passou por ele e desceu: então havia dois deles, exatamente como Tom viu na cabine.

Tom pensou um pouco, e finalmente disse:

– Bob, vamos guardar isso em segredo entre nós, e ver se eles voltam. Se não voltarem, tudo bem; se voltarem, aí veremos o que fazer.

---

[68] Mastro que se projeta, quase na horizontal, para a frente da proa do navio, bastante comum em grandes veleiros, mas também existe em pequenas embarcações. (N. da T.)

Mas Tom contou ao capitão Witherspoon, e o capitão concordou em ficar de olho na noite seguinte. Porém não contaram nada pro resto da tripulação.

Na noite seguinte, puseram Bill Bridges como vigia. A neblina se dissipou, e estava soprando um bom vento. Todos os homens se recolheram, e logo estavam dormindo profundamente, exceto o capitão Witherspoon, Tom e Bob Coffin. Bem, como esperado, entre meia-noite e uma hora da manhã, aconteceu a mesma coisa, mas agora eram quatro homens em vez de dois. Eles subiam pelo gurupés, e não olhavam nem pra direita, nem pra esquerda, e iam direto para a cabine embaixo, e se abaixavam e ficavam tremendo na frente do fogão como os outros. Então, Bill Bridges desceu como um gato selvagem, assustando todo mundo, e gritando:

– Deus, tenha piedade de nós! Vamos todos pro inferno!

E então os homens sumiram.

– E agora, capitão, o que vamos fazer? – perguntou Tom. – Se esses camaradas querem passar, não podemos fazer nada com os rapazes, isso é claro.

Bem, aconteceu que, na noite seguinte, havia seis deles, e a história passou adiante e os marujos ficaram sabendo. Não havia nada a fazer com eles. Vejam, o negócio é o seguinte. Os mortos são tão respeitáveis quanto antes de morrer. Foram tão bons quanto qualquer outro a bordo, mas isso faz parte da natureza humana. No momento que alguém morre, bem, não se sabe mais nada sobre ele, e é um bocado assustador tê-lo por perto, portanto, não era de se admirar que os rapazes não se sentissem à vontade com eles por perto, se esses caras deveriam seguir seu caminho. Pensaram também, que, se continuassem desse jeito, todos iriam parar no fundo do mar. Pois, veja bem, uma vez que essa história começou, cada um via uma coisa nova a cada noite. Um deles viu o moedor de isca moendo sozinho, e outro viu alguns marinheiros no alto ajeitando as velas. O fato era que teriam que desistir e correr de volta para Castine.[69]

Então, os donos apressaram tudo o que puderam, colocaram o navio no seco, e começaram a restaurá-lo, passando uma nova mão de tinta, e o batizaram de "The Betsey Ann". Ele viajou até os Grand Banks e trouxe a maior pesca de todos os tempos, passando a fazer ótimas viagens a partir de então. E isso apenas prova o que eu disse: que não há nada melhor para afastar fantasmas do que tinta fresca.

---

[69] Castine, Maine, uma das cidades mais antigas da Nova Inglaterra, anterior à Colônia de Plymouth, fundada no inverno de 1613. Na década de 1820, tornou-se um importante entreposto para as frotas de pesca americanas a caminho dos Grand Banks. Prosperou com a indústria madeireira, dominada pelo leste do Maine antes da Guerra Civil americana (1861-1865), mas declinou depois. Sua frota chegou a navegar por todo o mundo, levando carvão, lenha e cal aos portos costeiros, concorrendo com as ferrovias e os navios a vapor. (N. da T.)

CAPÍTULO VIII

O FANTASMA DE KENTUCKY

Elizabeth Stuart Phelps

1869

Elizabeth Stuart Phelps Ward desafiou muitas coisas nos anos logo depois da Guerra Civil americana. Feminista pioneira, defendia a mudança nos trajes femininos, questionava os pontos de vista tradicionais sobre o papel da mulher no casamento e dentro da família, e até discutiu as visões cristãs tradicionais sobre o pós-vida em seu romance de 1868, *Portões abertos*.[70] Casou-se com um homem dezessete anos mais novo do que ela, incentivava as mulheres a queimarem seus corpetes, e escreveu sobre as mulheres que deveriam se tornar pastoras, médicas e artistas. Foi a primeira mulher

---

[70] *Gales Ajar*, no original. (N. da T.)

a fazer uma série de palestras na Universidade de Boston. No fim da vida, também se tornou uma forte opositora da vivissecção.

Seus 57 títulos de ficção, poesia e ensaios refletiam suas crenças, desafiando o conceito padrão de o lugar da mulher ser em casa. O poeta John Greenleaf Whittier e o principal abolicionista Thomas Wentworth Higginson admiravam seu trabalho. Seus textos foram publicados na *Harper's Monthly*, *The Atlantic Monthly* e em outras revistas, além de livros. Foi batizada como Mary Gray Phelps, em homenagem a uma grande amiga da família, porém adotou o nome materno de Elizabeth Stuart Phelps, após a morte da mãe. Um tanto confusa para os estudiosos de literatura atual, sua mãe escreveu a famosa coleção *Kitty Brown* – considerada a primeira série de livros escritos especialmente para meninas – sob o pseudônimo de H. Trusta.

"O fantasma de Kentucky"[71] foi publicado pela primeira vez em *The Atlantic Monthly*, na edição de novembro de 1868, e reapareceu na coleção *Homens, mulheres e fantasmas*,[72] de 1869. O conto é inesperado de duas formas: primeiro, contém poucos ou nenhum dos assuntos relativos a questões sociais que sustentam a maioria dos demais trabalhos de Elizabeth Stuart Phelps e, segundo, é um conto marítimo, um subgênero literário que foi – e continua sendo – dominado por homens mais do que o restante. Contando uma história de amor maternal, Phelps traz a atmosfera e a linguagem do mar com tanta força quanto qualquer autor do sexo masculino – e, em troca, nos brinda com uma bela história de fantasma.

---

[71] "Kentucky's Ghost", no original. (N. da T.)
[72] *Men, Women, and Ghosts*, no original. (N. da T.)

Verdade? Em cada sílaba.

Esta sua história foi muito boa, Tom Brown, muito boa para um homem de terra, mas aposto que consigo superá-lo e, de forma justa, também, como eu digo – o que é mais, se não me engano, do que poderia jurar. Para não dizer que nunca ousei fazer nada quando eu era jovem como os outros, mas o que podemos dizer de viver sob o mesmo teto por tanto tempo e receber a visita de um pároco da época da juventude, e ter que aplicar castigos por causa das inverdades que diziam cuidando da criação de seis meninos; daí um homem aprende a segurar um pouco as palavras, Tom, sem dúvida. É o que acontece com o que se fala sobre o mar se tornar estranho ao ouvir nada senão os marinheiros de água doce que não fazem distinção entre o mastro da mezena[73] e o campanário da igreja.

Aconteceu há cerca de vinte anos, completados no último mês de outubro, se bem me lembro, quando nos preparávamos para viajar para Madagascar. Fiz essa pequena viagem para Madagascar com o mar coberto de óleo queimado, e o céu parecia bronze quente, o castelo de proa[74] tão próximo do inferno quanto numa calmaria; eu a fiz quando nos esgueiramos pelo porto sem nenhum tripulante e as bombas giravam dia e noite; e a fiz com um capitão bêbado, com as rações reduzidas – comida que um cão de terra sequer cheiraria e apenas dois goles d'água por dia –, mas, de um jeito ou de outro, todas as vezes que fomos até a Costa Leste, não me lembro de nenhuma outra tão bem quanto desta.

Saímos do Long Wharf[75] no navio *Madonna* – me contaram que significa "Minha Senhora", um belo nome; dava uma sensação boa

---

[73] Mastro da mezena: mastro de ré nas embarcações com mais de três mastros e que possui uma vela latina quadrangular. (N. da T.)

[74] Castelo de proa: convés parcial, mais alto do que o convés principal, localizado na proa. (N. da T.)

[75] Long Wharf (construído entre 1710 e 1721) é um píer histórico em Boston, Massachusetts, que se estendia da State Street a quase oitocentos metros do porto de

quando eu dizia esse nome, o que é surpreendente quando se pensa no navio velho que ele era, nunca navegando acima de dez nós, mesmo assim, com sorte. Pode ter sido porque Molly veio algumas vezes, nos dias em que ficamos atracados no cais, trazendo o menino com ela, sentada no convés, em seu pequeno avental branco, tricotando. Era uma mulher muito bonita, minha esposa na época, e eu me orgulhava dela – é natural, com todos os rapazes olhando para ela.

– Molly – eu dizia, às vezes –, "Molly Madonna"!

– Que bobagem! – ela respondia, batendo as agulhas de tricô, mesmo satisfeita, eu garanto, e corava bastante para uma mulher casada havia quatro anos.

Vendo como ela sempre me tratava bem, era verdadeira e carinhosa, embora não tivesse modos finos, nem leitura, e eu nunca lhe tivesse dado um vestido de seda em toda a sua vida, ela vivia bastante feliz e eu também.

Por vezes, costumava dizer o que eu pensava sobre aquele nome quando os rapazes não faziam muito barulho, mas eles sempre riam de mim. Eu era muito rude e ruim naqueles dias, rude e ruim como os demais, suponho, mas, mesmo assim, costumava ter ideias um pouco diferentes dos outros. "A poesia do Jake", eles diziam.

Estávamos carregando a fim de zarpar para a Costa Leste, como eu disse, não é? Não há hoje mais tanto comércio genuíno quanto nos velhos tempos, exceto no ramo do uísque, eu acho, até os malgaxes aprovarem a lei de proibição com larga maioria em ambas as casas do Parlamento. Tínhamos uma reserva de uísque, eu lembro, naquela viagem, com um bom carregamento de facas, flanelas vermelhas, serrotes, pregos e algodão. A previsão era voltar para casa dentro do prazo de um ano. Tínhamos bastante provisões, e Dodd – o cozinheiro –, fazia

---

Boston. Hoje o cais, bastante reduzido (em razão do aterro no fim da cidade), funciona como uma doca para barcos de passageiros e de turismo. (N. da T.)

um café tão bom quanto o possível para um navio mercante. Quanto aos nossos oficiais, quando digo que quanto menos falarmos sobre eles, melhor, não quer dizer que eu quisesse ser desrespeitoso tanto quanto cortês. Os oficiais da marinha mercante, especialmente no serviço africano, são homens brutos além do necessário (ao menos, essa é minha experiência, e quando alguns grandes donos de navios discutem isso comigo, como sou livre para dizer o que fizeram antes, eu digo: "Esta é minha experiência, senhor", que é tudo o que posso dizer) – homens brutos, como se tivessem sido feitos para suas funções, vindos um pouco do Baú de Davy Jone's,[76] embora digam que o açoitamento não exista mais hoje, o que já é uma diferença.

Às vezes, numa tarde de sol, quando a água barrenta se mostrava um pouco mais turva do que o normal, por causa das nuvens prateadas e do ar dourado, quando os barris oleosos batiam no cais, e subia um cheiro forte de peixe, e os homens gritavam e os marinheiros praguejavam, e nosso bebê corria no convés para brincar com todo mundo (era um rapazinho esperto de meias vermelhas e calças curtas, e os rapazes gostavam muito dele), "Jake", dizia a mãe, suspirando baixinho, para que o capitão não ouvisse, "pense se ele fosse passar um ano viajando ao lado dessas companhias!"

Então, ela punha de lado as agulhas de tricô, chamava o rapazinho com um grito estridente e pegava-o no colo.

Vá até a despensa, Tom, e pergunte a ela sobre isso. Jesus amado! Ela se lembra daqueles dias no cais melhor do que eu. Ela poderia lhe dizer até a cor da minha camisa, o comprimento do meu cabelo, o que eu comia, como eu estava e o que eu disse. Normalmente, eu não praguejava tanto quando ela estava por perto.

---

[76] Davy Jones: pirata que viveu no século XVIII. O Baú de Davy Jones é uma expressão que define o fundo do mar – o lugar de descanso dos afogados. O Baú de Davy Jones é o purgatório, o céu e o inferno ao mesmo tempo. Ali as pessoas enfrentariam seus medos mais profundos. (N. da T.)

Bem, passamos o último mês de bom humor. O *Madonna* estava seguro e em condições de navegar tanto quanto qualquer embarcação de oitocentas toneladas atracada no porto; éramos dezesseis ao todo, ou em torno disso, no castelo de proa – um grupo alegre, na maioria, velhos companheiros e bem-adaptados, e a brisa soprava forte do oeste, com céu claro.

À noite, na véspera, nós saímos. Molly e eu fomos dar uma volta pelo cais depois do jantar. Eu fui carregando o bebê. Um menino, sentado numas caixas, me puxou pela manga quando passamos, e me perguntou, apontando para o *Madonna*, se eu podia dizer o nome do navio.

– Descubra por si mesmo – respondi, incomodado pela interrupção.

– Não se zangue com ele – disse Molly.

O bebê jogou um beijo para o menino, e Molly sorriu para ele na penumbra. Acho que eu não me lembraria da aparência dele hoje, exceto de que gostei de ver Molly sorrindo para ele na penumbra.

Minha esposa e eu nos despedimos na manhã seguinte, num pequeno local protegido, entre as madeiras no cais. Ela era uma mulher que não gostava de chorar na frente dos outros.

Subiu numa pilha de madeira e se sentou, um pouco enrubescida e trêmula, para nos ver partir. Lembro de vê-la ali com o bebê, até descermos pelo canal. Lembro-me da baía quando ficou mais limpa, e pensando que eu iria deixar de praguejar; me lembro de xingar Bob Smart, como se eu fosse um pirata, por uma hora.

A brisa se manteve mais constante do que esperávamos, e ganhamos uma boa vantagem na saída, então dispensamos o piloto ao anoitecer. O sr. Whitmarsh – o imediato – estava na popa com o capitão. Os rapazes estavam cantarolando; o cheiro do café estava subindo, quente e caseiro, da cozinha. Eu estava no alto do mastro principal, não sei por que, quando, de repente, ouvi um grito e, ao descer para o convés, vi um grupo em volta da escotilha.

– Por que todo esse barulho? – perguntou o sr. Whitmarsh, subindo com a cara amarrada.

– Um clandestino, senhor! Um menino clandestino! – exclamou Bob, acompanhando o tom de voz do capitão.

Bob sempre testava o moinho de vento quando armava uma tempestade. Puxou o pobre menino do porão e empurrou-o até os pés do imediato.

Digo "pobre menino", e nunca saberá por que, se tivesse visto tantos clandestinos na vida quanto eu.

Preferiria ver um filho como escravo na Carolina do que como clandestino. Os oficiais não gostavam de ser passados para trás, e os rapazes, que seguiam as ordens dos seus superiores, sentiram despeito pelo menino que conseguira embarcar sem ser visto, o que fazia com que fosse mal recebido.

O menino era pequeno, mirrado para a idade, e devia ter uns quinze anos, pelo que pude avaliar. Era pálido, com um cabelo fino caído na testa.

Ele estava faminto e com saudades de casa, além de muito assustado. Olhou para nós, e então se encolheu um pouco, e ficou imóvel do jeito como Bob o jogou no chão.

– Bem... – disse Whitmarsh, bem devagar –, se não pagar pela viagem até desembarcarmos, meu caro amigo, eu, como imediato do *Madonna*, vou acabar com você!

Ao dizer isso, chutou o pequeno clandestino da ponte até o gurupés, ou quase isso, e desceu para jantar. Os homens riram um pouco, depois assobiaram, e terminaram de cantar, alegres e satisfeitos, com o cheiro do café subindo da cozinha. Ninguém falou com o menino – o que é isso? De jeito nenhum!

Aposto que ele não teria comido nada naquela noite, se não fosse por mim; e eu devo dizer que eu não teria me importado com ele, se não tivesse me ocorrido, de repente, enquanto ele esfregava os olhos com força, com o rosto virado para o oeste (com o sol vermelho se pondo), que eu o vira antes, então me lembrei de quando andei pelo cais e o vi sentado numa caixa, e Molly disse baixinho que eu estava zangado com ele.

Ao perceber que minha mulher havia sorrido para ele e meu filho lhe jogara um beijo, era contra minha natureza, sabe, não cuidar um pouco desse diabrete naquela noite.

– Mas você não tinha nada que estar aqui, sabia? – eu disse. – Ninguém quer você aqui.

– Eu queria estar em terra firme! – ele disse. – Eu queria estar em terra firme!

Com isso, começou a coçar tanto os olhos, que eu parei. Ele parecia ser bom; se engasgou, piscou, comeu tudo, e cuidei dele do jeito que deu.

Não sei se foi por ter cuidado um pouco dele naquela noite, mas o menino ficou me seguindo o tempo todo depois disso; me seguia com os olhos e me ajudava sem eu pedir.

Uma noite, antes do fim da primeira semana, encarapitou-se do meu lado no guincho. Eu estava experimentando um cachimbo novo (muito bom, diga-se de passagem), então não dei muita atenção a ele por algum tempo.

– Você foi muito esperto, Kent – eu disse. – Como conseguiu entrar sem ser visto? – pois não era comum o *Madonna* sair do porto com um menino clandestino.

– O vigia estava bêbado. Engatinhei por trás dos tonéis de uísque. Estava quente, não é? E escuro. Eu me deitei e senti fome – ele respondeu.

– Tem amigos em casa? – perguntei.

Ele assentiu fazendo um movimento rápido de cabeça, levantou-se e se afastou assobiando.

No primeiro domingo, o garoto não sabia o que fazer a não ser torrar ao sol. O domingo, no mar, é dia de limpeza, como se sabe. Os rapazes se lavaram e sentaram-se em grupos, remendando as calças. Bob pegou o baralho. Eu e alguns imediatos nos acomodamos debaixo do castelo de proa (eu era o vigia), desfiando as cordas mais duras que tínhamos para lançar. Kent ficou olhando os rapazes jogarem cartas por algum tempo, ficou nos ouvindo, depois saiu andando, com um ar ansioso.

– Olhem ali, rápido! – disse Bob.

E lá estava Kent, sentado numa pilha de cordas, debaixo da popa do escaler. Ele estava com um livro. Bob se arrastou por trás e, sem que ele esperasse, tirou-o das mãos dele, quase se engasgou de tanto rir, e me atirou o livro. Era uma Bíblia antiga. Havia algo escrito na folha de guarda:

Kentucky Hodge,
de sua Mãe amorosa,
que reza por você todos os dias. Amém.

O menino ficou, primeiro, vermelho, em seguida, ele empalideceu, depois levantou-se de repente, sem dizer nada, e apenas se sentou de novo e deixou-nos rindo. Não me lembro do que ele fez em seguida. Ele me contou, um dia, como recebeu esse nome, mas me esqueço dos detalhes. Algo a ver com um velho – um tio, eu creio – que morreu no Kentucky, e lhe deram o nome em homenagem a ele. Pareceu se aborrecer com isso no início, porque os rapazes não paravam de repetir, mas habituou-se depois de duas semanas e, vendo que não faziam isso por mal, não se importou mais.

Outra coisa que eu notei é que o livro desapareceu. No domingo seguinte, ele parecia mais à vontade entre nós.

Eles não levam em consideração a Bíblia do mesmo modo que você, Tom, como acontece, em geral, com os marujos, embora eu saiba que nunca vi um homem do mar não dar o crédito que ele merece.

Mas eu lhe digo, Tom Brown, eu fiquei com pena do menino. É castigo suficiente para um garoto como ele ter deixado terra firme e a família que o tratava bem, provavelmente, para amargar num navio mercante, aprendendo a afrouxar um contraestai,[77] ou amarrar os rizes[78] com os dedos enregelados numa tempestade de neve.

Mas isso não era o pior, de jeito nenhum. Se havia um homem cruel e sangue-frio, com olhar malvado e punho pesado como uma marreta, era Job Whitmarsh, em seus melhores dias. E, acredito, de todas as viagens que fiz com ele como imediato do *Madonna*, Kentucky o conheceu no pior momento. Bradley – o segundo imediato – também não era gentil, com certeza, mas nunca enfrentou o sr. Whitmarsh. Ele encrencou com o menino desde o começo, e foi assim até o fim.

Eu o vi espancar o menino até o sangue escorrer e formar pequenas poças no convés; e depois mandá-lo, todo molhado e ensanguentado, soltar a adriça;[79] e quando, dolorido e fraco, ele começava a ficar zonzo, e se segurava na escada de corda, quase cego, mandava baixá-lo e açoitá-lo, até o capitão interferir – o que acontecia, às vezes, num belo dia quando ele estava de bom humor. Ele imprecava contra o menino, que trabalhava calado ao lado dele. Eram estranhas as pa-

---

[77] Contraestai: cabo que serve para sustentar a mastreação do navio no sentido do mastro para a popa. (N. da T.)

[78] Rizes: do verbo rizar, colher os rizes, apanhar ou encurtar a vela com os rizes. Amarrar (parte do pano) com os rizes, em torno da verga, para diminuir a superfície. (N. da T.)

[79] Adriça ou driça: cabo que serve para içar vergas, velas e faz parte do chamado massame fixo. No iatismo toma muitas vezes o nome da vela a que pertence, pelo que se fala de adriça da vela grande, de genoa, ou de *spinnaker*. (N. da T.)

lavras que ele inventava. Bob Smart não conseguia entender melhor do que eu: às vezes, tentávamos, mas acabávamos desistindo. Se os palavrões pudessem ser vendidos, Whitmarsh teria registrado a patente e ficado rico depois inventá-los. Depois chutava o menino escada abaixo do castelo de proa, e o fazia trabalhar, doente ou não, mais do que um cavalo de tração; corria atrás dele pelo convés, chicoteando-o com uma corda; mandava-o de castigo para o alto do mastro, onde ele ficava por horas a fio; e deixava-o passando fome. Eu não costumava ser complacente, mas isso me deixava doente, Tom, mais de uma vez, ao vê-lo sofrendo, mesmo quando ele reagia de modo intrépido.

Eu me lembro agora – não sei se pensei nisso por vinte anos – de algo que McCallum disse certa noite. Ele era escocês – um homem de cabeça grisalha; sempre contava os melhores causos no castelo de proa.

– Guardem minhas palavras, companheiros – ele disse. – Quando Job Whitmarsh for direto para o inferno, como Judas, esse menino virá cobrá-lo. Morto ou vivo, ele virá cobrá-lo.

Um dia, lembro-me especialmente de que o menino estava febril, e foi colocado na rede. Whitmarsh arrastou-o até o convés, e mandou-o ficar de pé. Eu estava perto, arrumando a vela da ré. Kentucky cambaleou um pouco para a frente e se sentou. Havia um chicote de corda ali, com três nós. O imediato o açoitou uma vez.

– Estou muito fraco, senhor – ele disse.

Ele o açoitou de novo. Açoitou-o mais duas vezes. O menino tombou para o lado, e ficou no mesmo lugar onde caiu.

Não sei o que me deu, mas, de repente, me vi saindo do Long Wharf, com as nuvens prateadas, em meio ao ar dourado, e Molly de avental branco com as agulhas brilhantes, e o bebê brincando de meias vermelhas no convés.

"Pense se fosse ele!", ela disse, ou parecia dizer, "Pense se fosse ele!"

E, quando dei por mim, xinguei o imediato de um modo como Whitmarsh nunca xingou ninguém. E, por causa disso, fui colocado a ferros em seguida.

– Desculpe por isso, hein? – ele disse, um dia antes de me soltarem.

– Não, senhor – eu disse.

Kentucky nunca se esqueceu disso. Eu o ajudei algumas vezes no começo – ensinei-lhe como girar e puxar a braçadeira, a soltar ou a prender uma vela – mas deixava-o falando sozinho, e ia cuidar do meu serviço. Aquela semana passada a ferros eu realmente acredito que o menino jamais se esqueceu.

Certa vez – num sábado à noite de uma semana que o imediato passara bastante bravo –, Kentucky virou-se para ele, muito pálido e devagar (eu estava em cima na mezena e pude ouvi-lo claramente).

– Sr. Whitmarsh – ele disse. – Sr. Whitmarsh.

Ele respirou fundo.

– Sr. Whitmarsh – ele disse pela terceira vez. – O senhor detém o poder e sabe disso, assim como os senhores que o puseram aqui. Eu sou apenas um menino clandestino, e as coisas ficaram confusas, *mas o senhor ainda se arrependerá de cada vez que me bateu*!

Seu olhar flamejava quando lhe disse isso.

O fato foi que aquele primeiro mês no *Madonna* não fez bem ao garoto. Ele agia de um modo rude e sombrio, como um cão acorrentado. No começo, sua conversa era limpa como a do meu bebê, e ele corava como qualquer menina com as histórias de Bob Smart, mas ele se habituou com Bob e, com o tempo, logo passou a fazer pequenas imprecações.

Creio que eu não teria reparado tanto nisso, se não tivesse achado que vira Molly, o sol, as agulhas de tricô, o bebê no convés e de ter ouvido: "Pense se fosse ele". Às vezes, num domingo à noite, eu costumava sentir pena. Não que eu fosse melhor do que os outros, exceto pelo fato de que os homens casados são mais equilibrados. Veja qualquer tripulação mar afora, e os rapazes que têm lares e filhos pequenos são mais acertados.

Às vezes, também, imaginava ouvir alguém falando, ou cantando um belo hino de igreja. Um ano é muito tempo para vinte e cinco homens se equilibrarem entre eles e o diabo. Não sou muito crédulo, mas não sou tolo, e sei que, se tivéssemos um oficial a bordo que fosse temente a Deus, e que seguisse os mandamentos, seríamos homens melhores. Acontece com a religião o mesmo que com a pimenta caiena – se ela está lá, dá para sentir.

Se tivesse uma dezena de navios no mar, pensaria nisso? Ora, Tom! Em Roma, como os romanos. Teria seus livros contábeis, seus filhos, suas igrejas e aulas de catecismo, escravos libertos, eleições e, por que não dizer, nunca pararia para pensar se os homens que estão em seus navios pelo mundo possuem alma ou não – e ser um bom homem também. O mundo é assim. Fique calmo, Tom, fique calmo.

Bem, as coisas correram bem entre nós, até nos aproximarmos do Cabo[80]. O Cabo não é um bom lugar para se viajar no inverno. Não sei dizer se não fiquei apavorado quando o contornei pela primeira vez, mas ali não é um lugar bom.

Não me lembro muito de Kent nessa época, até uma sexta-feira, dia 1º de dezembro. Era um dia calmo, um pouco enevoado, que mais parecia uma areia branca atravessada por um facho de sol sobre a mesa da cozinha. O garoto passara quieto o dia todo, seguindo-me com os olhos.

– Está doente? – perguntei.

– Não – ele respondeu.

– Whitmarsh está bêbado? – tornei a perguntar.

– Não – ele respondeu.

---

[80] Cabo da Boa Esperança, ao sul do continente africano. (N. da T.)

Um pouco depois de escurecer, eu estava deitado em cima de um monte de cordas enroladas, tirando uma pestana. Os rapazes estavam cantando bem alto a "Baía de Biscaia", e eu acordei assustado com o coro. Kent se aproximou, enquanto eles cantavam:

> *"Como ela era bela*
> *Naquele dia deitada*
> *Na Baía de Biscaia, ô!"*

Ele não estava cantando. Sentou-se do meu lado, e primeiro pensei que eu não deveria me preocupar com ele, e depois achei que devia.

Então, pisquei um olho para ele. Ele engatinhou para mais perto de mim. Estávamos sentados num lugar escuro, sob a sombra esverdeada da vela mestra. O vento soprava de leve, e a luz no leme tremeluzia, vermelha.

– Jake – ele disse, de repente. – Onde está sua mãe?

– No céu! – respondi, pego de surpresa, por achar a pergunta um pouco impertinente em relação à minha mãe.

– Ó! – ele respondeu. – Tem alguma mulher em casa à sua espera? – ele perguntou, em seguida.

Eu respondi:

– Claro que sim.

Depois disso, ele ficou sentado, imóvel, por algum tempo, com os cotovelos sobre os joelhos. Então, ele olhou de lado para mim e disse:

– Tenho uma mãe em casa. Eu fugi dela.

Era a primeira vez que ele falava sobre a família desde que embarcara.

– Ela estava dormindo no quarto na ala sul – ele disse. – Eu saí pela janela. Havia uma camisa branca que ela fez para eu ir ao culto e coisas assim. Nunca a usei em outras ocasiões. Eu não tinha coragem. Com punhos e colarinho, sabe como é. Ela teve o maior trabalho para fazê-la. Ficava o dia todo atrás de mim, enquanto estava costurando a camisa. Quando eu entrava em casa, ela me encarava com os olhos brilhantes e sorria. Papai já morreu. Não sobrou mais ninguém senão eu. Ela passava o dia todo atrás de mim.

Então, ele se levantou, e foi se juntar aos rapazes e tentou cantarolar um pouco, mas voltou calado e se sentou. Víamos a luz no rosto dos rapazes, no cordame e no capitão, sentado um pouco mais atrás.

– Jake – ele disse, baixinho –, veja bem. Eu estive pensando. Sabe que há um cara aqui, apenas um, talvez, que rezou todas as noites desde o dia que embarcou?

– *Não!* – respondi, curto e grosso, mas eu sabia quem era.

Eu me lembro, como se fosse hoje de manhã, de como essa pergunta me soou, e da resposta. Não consigo dizer como foi que eu entendi. O vento estava soprando mais forte, e tínhamos soltado um pouco as velas. Bob Smart dobrou a vela de estai[81] e ficou ensopado; eu e o menino, sentados em silêncio, fomos respingados. Lembro-me de ficar observando a curvatura das grandes ondas marrons com crista branca e de achar como elas pareciam um animal gigante espumando pela boca e pensava, ao mesmo tempo, em Deus mantendo o mar em equilíbrio, e sem dizer uma palavra para pedir proteção desde que içamos âncora, e o capitão ali gritando a Deus naquele minuto para que o *Madonna* afundasse, se ninguém obedecesse às ordens para alinhar a vela principal e a mezena.

– De sua mãe amorosa, que reza por você todos os dias. Amém – sussurrou Kentucky, em seguida, bem baixinho. – A Bíblia

---

[81] Vela de estai: em uma embarcação, está situada à proa, em frente ao mastro vertical mais avante. Essa vela é chamada estai em razão dos cabos que se estendem longitudinalmente à embarcação para fixar os mastros. (N. da T.)

está rasgada. O sr. Whitmarsh a furou com sua velha pistola. Mas eu me lembro.

Então, ele disse:

– Está quase na hora de dormir em casa. Ela se senta numa cadeirinha de balanço verde. Há uma lareira e um cão. E fica ali sentada sozinha.

E continuou:

– Ela tem que buscar a própria lenha agora. Tem um laço cinza no gorro. Quando vai ao culto, usa um toucado cinza. Ela fecha as cortinas e tranca a porta. Mas acha que um dia eu voltarei para casa arrependido, tenho certeza de que ela pensa que eu voltarei para casa arrependido.

Nesse momento, veio a ordem:

– Vá ficar de guarda! Recolher já!

Então, fui para a vigia, o menino foi se deitar, a noite desceu escura, e fiquei com as mãos e a cabeça cheias. No dia seguinte, havia um nevoeiro muito fino e imóvel – do tamanho daquela nuvem, que dá para ver pela janela lateral, Tom – um pouco acima de nós.

O mar, eu pensei, parecia um grande manto roxo, com um mastro ou dois espetados no horizonte. "A poesia do Jake", disseram os meninos.

Ao meio-dia, o pequeno nevoeiro engrossara, parecia uma parede. No pôr do sol, o capitão colocou a bebida de lado, e ficou no convés. À noite, o mar ficou picado, com um vento horrível.

– Firme aí no leme! – gritou Whitmarsh, já ficando vermelho, porque realizamos uma manobra mal-ajambrada, fazendo um desvio muito grande, e o velho casco pesou para o lado. – Mantenham firme o leme, já falei! Fique de olho agora, McCallum, na sua primeira vela! Enrolem as velas de joanete![82] Baixem as velas de joanete! Vamos,

---

[82] Velas de joanete: localizadas no topo do mastro. (N. da T.)

homens! Onde está Kent, aquele marinheiro de água doce? Vamos, para cima, rápido, agora!

Kentucky saltou ao ouvir a ordem e parou em seguida. Qualquer um que sabe a diferença entre uma vela de joanete e uma âncora não culparia o menino. Juro que não é fácil para um homem do mar, robusto e adulto, baixar uma joanete numa tormenta daquelas, ainda mais para um menino de quinze anos, em sua primeira viagem.

Mas o imediato começou a imprecar (fazendo qualquer um desmaiar com o que ouvia), e Kent subiu – o mastro principal balançando como um pêndulo de lá para cá, os pontos de rizagem se rasgando, as polias rangendo, e as velas batendo de um jeito que não dá para imaginar, a não ser que se estivesse diante do próprio mastro. Lembrou-me de pássaros agourentos, que atacam um homem com as asas, jogando-o no chão, Tom, antes que se consiga dizer "Jack Robinson".

Kent subiu bravamente até o vau.[83] Ali ele deslizou, lutou, e se segurou no escuro, fazendo barulho por algum tempo, e depois desceu pelo contraestai.

– Eu não tenho medo, senhor – ele disse –, mas não consigo fazer isso.

Em resposta, Whitmarsh pegou o chicote de corda. Então, Kentucky subiu de novo, deslizou, lutou, agarrou-se e depois desceu outra vez.

Quando o viram descer, os homens começaram a resmungar baixinho.

– Quer matar o menino? – perguntei.

Levei uma bordoada que me jogou no chão e, quando voltei a mim, o menino havia subido de novo, e o imediato o caçava com a

---

[83] Vau ou cruzeta: nome das vigas horizontais para bombordo e estibordo dos mastros dos veleiros onde se apoiam os brandais com a finalidade de fixar o mastro e diminuir a pressão exercida sobre ele. (N. da T.).

corda. Whitmarsh só parou quando ele saiu do seu alcance. O menino subiu no mastro. Olhou para trás uma vez. Ele não abriu a boca, apenas olhou para trás. Se eu o vi uma vez, em pensamento, eu o vi vinte vezes – na sombra das grandes velas cinzentas, eu o vi olhar para trás.

Depois disso, só se ouviu um grito e um barulho de queda na água, e o *Madonna* corria com a tempestade a doze nós. Mesmo que toda a tripulação caísse ao mar, o navio não poderia parar para recolhê-los naquela noite.

– Bem – disse o capitão –, agora você conseguiu.

Whitmarsh deu as costas.

Aos poucos, quando o vento amainou, e a correria acabou, tive tempo de fixar as ideias, durante a vigia da manhã, como se visse a velha senhora com o toucado cinza sentada junto à lareira. E o cão. E a cadeira de balanço verde. E o menino entrando pela porta da frente, para surpreendê-la, numa tarde de sol.

Então, lembrei-me de olhar para baixo, e de pensar se o menino também estaria pensando nisso, e o que acontecera com ele havia duas horas, e onde ele estaria, e o que ele achava de seu novo lugar, e outras coisas estranhas e curiosas desse tipo.

E, enquanto eu estava ali pensando, as estrelas da manhã apareceram entre as nuvens naquele domingo, e a luz solene da manhã se espalhou pelo mar.

Fizemos um percurso tranquilo; depois disso, aportamos, e ficamos por uns dois meses negociando um estoque de óleo de palmeira, marfim e couro. Os dias eram quentes, arroxeados e firmes. Não passamos por nenhum vendaval, se bem me lembro, até contornarmos o Cabo novamente, de volta para casa.

Estávamos passando pelo Cabo de novo, na viagem de volta, quando aconteceu, pode acreditar em mim ou não, como quiser, Tom, embora por que um homem que acredita em Daniel na cova dos leões, ou no outro que viveu por três dias confortavelmente dentro de uma baleia[84] deva se espantar com o que eu tenho a contar, eu não sei.

Perto do lugar onde perdemos o menino, entramos na pior tormenta da viagem. Ela começou de repente. Whitmarsh estava um pouco alto. Ele não podia ficar bêbado e ser pego de surpresa por uma tempestade.

Bem, como era de se esperar, alguém teria que subir para enrolar a joanete principal de novo, e ele escolheu McCallum. Este ainda não havia mexido na vela de joanete com vento.

Então, ele subiu rapidamente para chegar até a joanete principal. Ali, de súbito, ele parou. Quando vimos, ele desceu como um raio.

Estava pálido de espanto.

— O que aconteceu com *você?* – rugiu Whitmarsh.

— *Tem alguém lá em cima, senhor* – respondeu McCallum.

— Você ficou maluco! – gritou Whitmarsh.

McCallum respondeu bem calmo e claro:

— Há alguém lá em cima, senhor. Eu o vi claramente. Ele me viu. Eu o chamei em cima. Ele me chamou embaixo. Ele disse: *"Não suba aqui!"*, e enforque-me se eu me mover por você ou qualquer outro esta noite!

Nunca vi a expressão de um homem mudar tanto quanto a do imediato. Se ele não queria matar o escocês ali mesmo, eu não ganharia a aposta. Eu não sei o que ele faria com o cara, se tivéssemos tempo para perder.

Ele viu que não havia mais o que fazer, então, deu a ordem a Bob Smart.

Bob subiu imediatamente, com um meio sorriso e olhar maroto. No meio do caminho, ele parou, e desceu às pressas.

---

[84] Referência a Jonas, profeta de Israel que viveu no século VII a.C., mencionado duas vezes no 14º capítulo do livro de Tobias; no Novo Testamento, em Mateus 12:38-41, em Lucas 11:29-32, e ainda no 10º capítulo do Alcorão. (N. da T.)

– Coisa nenhuma, que não tem ninguém! – ele disse. – Ele está lá, sentado bem no alto. Não tem como não dizer que o menino Kentucky não esteja sentado bem lá no alto. *"Não suba aqui!"*, ele gritou. *"Não suba aqui!"*

– Bob está bêbado e McCallum é um tolo! – disse Jim Welch.

Então, Welch resolveu subir, e levou Jaloffe com ele. Os dois eram os mais espertos do navio – Welch e Jaloffe. Ambos subiram e desceram exatamente como os outros, pelo contraestai.

– Ele me pediu para descer! – disse Welch. – Insistiu que eu não subisse! Que eu não subisse!

Depois disso, não havia nenhum homem que ousasse subir no mastro, nem por amor, nem dinheiro.

Bem, Whitmarsh bateu o pé, xingou, e nos empurrou, furioso, mas nós nos sentamos e nos entreolhamos sem nos mexer.

Passava por nós um frio cortante, enquanto nos entreolhávamos.

– Vou envergonhar todos vocês, seu bando de marinheiros de água doce! – gritou o imediato, bufando de raiva.

E bêbado como estava, para fazer valer sua palavra, subiu as escadas de corda no mesmo instante. Nós subimos atrás dele – ele era nosso oficial, e nos sentíamos envergonhados – eu, logo à frente, e os rapazes atrás de mim.

Cheguei até a arreigada,[85] e parei ali, porque eu pude ver por mim mesmo – um menino pálido, com uma nesga de cabelo fino na testa; eu o reconheceria em qualquer lugar deste mundo, ou em outro. Eu o via claramente como vejo você, Tom Brown, sentado no alto, bem firme, com a joanete batendo como se ela fosse derrubá-lo.

Reconheço que tive muitas experiências antes e depois, ao longo de quinze anos no mar, como qualquer homem que já amarrou os

---

[85] Arreigada: qualquer uma das várias hastes metálicas presas em suas extremidades inferiores a uma arraigada e, em suas extremidades superiores, conectando o mastro inferior ao cordame do topo. (N. da T.)

rizes durante um ciclone no Atlântico Norte, mas nunca tive uma visão como aquela, nem antes, nem depois.

Não posso dizer que eu não quisesse voltar para o convés, mas digo que parei onde eu estava e olhei firme.

Whitmarsh, xingando e dizendo que a vela da joanete deveria ser enrolada, continuou a subir.

Foi depois disso que eu ouvi a voz. Veio direto do menino no quadrado superior.

Mas, desta vez, ele disse:

– *Suba! Suba!*

E depois um pouco mais alto:

– *Suba! Suba! Suba!*

Então, ele subiu e, em seguida, ouvi um grito – e depois um barulho de queda na água – e vi a joanete balançando no quadrado vazio, e o imediato sumira, junto com o menino.

Job Whitmarsh nunca mais foi visto, abaixo ou acima, naquela noite, ou em qualquer outra depois dela.

Eu estava contando a história ao nosso pastor neste verão – um camarada imparcial, o pastor, apesar de ter uma queda por morangos, o que considero bastante saudável – e ele ficou pensando no assunto por algum tempo.

– "Se fosse o menino" – ele disse – "e não vejo por que não seria, fico pensando qual seria sua condição espiritual. Uma alma no inferno" – o pastor acredita no inferno, eu entendo, porque ele não pode pensar diferente, mas tem aquele modo solene e terno de pregar – "uma alma perdida" – disse o pastor (não sei se eu repito as palavras certas) –, "uma alma que partiu e chegou ali por sua livre e espontânea vontade, e sua escolha seria não puxar outra alma com ele, se ele pudesse. Por outro lado, se a hora do imediato tivesse chegado, não é? – sua vida teria terminado, porque esta é a vontade do senhor, e o inferno existe para qualquer morte, e a culpa será somente dele; e o menino pode estar do lado certo, e aparecer do mesmo jeito. E isso é tudo, Brown" – ele disse. – "O homem vive sua vida, e se ele não for para o céu, ele *não irá*, e o bom Deus não pode ajudá-lo. Os portões do céu estão abertos de par em par, e nunca se fecharão para qualquer pobre que queira entrar, e nunca, nunca se fecharão."

O que eu pensei que seria razoável da parte do pastor, e muito bem dito.

Molly está ali agora fritando panquecas, e as panquecas não esperam por ninguém, não sabe? – nem o tempo, nem a maré, senão eu teria falado até a meia-noite, muito provável, para contar o tempo que levou para voltarmos para casa dessa viagem, e como a enseada estava verde quando nos aproximamos, e de Molly e o bebê virem me encontrar num barquinho (pois ancoramos um pouco mais abaixo no canal), e como ela subiu rindo e chorando ao mesmo tempo, agarrada ao meu pescoço, e como o menino havia crescido, e como quando ele correu pelo convés (o meninote ganhara seu primeiro par de botas nessa tarde), lembrei-me da outra vez, das palavras de Molly, e do menino que deixamos para trás.

Quando estávamos subindo, perguntei à minha mulher:

– Quem é aquela senhora sentada ali, nas ripas de madeira, com um toucado cinza e uma fita cinza no gorro?

Pois ali estava uma senhora, e eu a vi sentada ao sol, com o reflexo das tábuas amarelas, e fiquei um pouco estupefato e ofuscado.

– Não sei – respondeu Molly, aproximando-se de mim. – Ela vem todos os dias. Dizem que está esperando o retorno do filho que fugiu.

Então, eu sabia, como vim a saber depois, quem ela era. E me lembrei do cão. E da cadeira de balanço verde. E do livro que Whitmarsh furou com a pistola. E do menino entrando pela porta da frente.

Andamos os três pelo cais – Molly, o bebê e eu – e nos sentamos ao lado da senhora nas tábuas amarelas. Não me lembro exatamente do que eu disse, mas me lembro dela sentada em silêncio, ao sol, até eu contar tudo o que tinha para lhe dizer.

– Não chore! – disse Molly, quando terminei, o que foi uma surpresa, pois era ela quem chorava.

A senhora, no entanto, não chorou. Ficou sentada com os olhos esbugalhados, sob o toucado cinza, movendo os lábios. Depois de algum tempo, descobri o que ela dizia:

– O filho único... de sua mãe... e ela...

Aos poucos, ela se levantou, e tomou seu caminho, e Molly e eu voltamos para casa juntos, com nosso filhinho entre nós.

CAPÍTULO IX

NA ABADIA DE CHRIGHTON

Mary Elizabeth Braddon

1871

Mary Elizabeth Braddon nasceu em Londres, em 1835. Seus pais se separaram quando ela completou cinco anos, e sua mãe providenciou que a jovem Mary recebesse uma educação particular. Ela passou a representar de vez em quando, e acabou por se sustentar e à mãe por três anos, interpretando pequenos papéis em teatros londrinos.

Em 1860, conheceu o editor John Maxwell, casado e pai de cinco filhos, mas a esposa vivia internada num asilo na Irlanda, terra natal da família. Em 1861, Mary passou a viver com ele, como madrasta dos filhos, até 1874, quando a mulher de Maxwell morreu e eles puderam se casar. O casal teve mais seis filhos.

O primeiro romance de Mary, *Três vezes morto*,[86] foi publicado no mesmo ano em que conheceu Maxwell. Ela escreveu mais de oitenta romances, alguns com temas sobrenaturais, mas a maioria – incluindo sua obra mais conhecida, *O segredo de Lady Audley* (1862)[87] – no popular estilo de ficção sensacionalista. Uma mistura de melodrama, romance gótico e realismo social, os romances sensacionalistas focavam as ansiedades sociais da era vitoriana – por vezes, com enredos lúridos que giravam em torno de bigamia, bastardia, falsificação de documentos e casamentos secretos.

Seu conto de terror mais conhecido é uma história de vampiro, que já foi bastante publicada em antologias: "A boa Lady Ducayne".[88] Uma história de fantasma que se passa na época do Natal e que traz uma maldição familiar, "Na Abadia de Chrighton",[89] foi publicada, pela primeira vez, em 1876, numa coletânea intitulada *A confissão de minha irmã e outros contos*.[90] Como *O segredo de Lady Audley*, foi atribuído ao nome assexuado "M. E. Braddon", embora o "srta." tenha sido acrescentado ao seu nome em edições posteriores de alguns dos seus livros.

---

[86] *Three Times Dead*, no original (N. da T.)
[87] *Lady Audley's Secret*, no original (N. da T.)
[88] "Good Lady Ducayne", no original (N. da T.)
[89] "At Chrighton Abbey", no original (N. da T.)
[90] *My Sister's Confession and Other Stories*, no original (N. da T.)

Os Chrighton eram pessoas muito importantes naquela região do país onde passei a infância e a juventude. Falar do senhor Chrighton era falar de poder naquela remota área ocidental da Inglaterra. A Abadia de Chrighton pertencia à família desde o reinado de Estevão, e tinha uma curiosa ala e um pátio quadrangular que permaneceram da antiga construção em excelente estado de conservação. Os cômodos dessa ala eram baixos, um pouco escuros e sombrios, é verdade, mas, embora raras vezes fossem ocupados, eram perfeitamente habitáveis e usados em grandes ocasiões quando a abadia estava repleta de convidados.

A parte central da abadia foi reconstruída durante o reinado de Elizabeth, e tinha proporções nobres e palacianas. A ala sul e uma sala de música extensa com oito janelas altas e estreitas eram do tempo da rainha Anne. Como um todo, a abadia era uma mansão esplêndida, uma das maiores glórias do nosso condado.

Todo o terreno da paróquia de Chrighton e bem além de seus limites, pertencia ao grande senhor. A igreja da paróquia ficava dentro dos muros do parque, e recebia seu dízimo do senhor – não um benefício muito grande, mas bastante útil para ser dado de vez em quando ao neto mais novo do filho caçula, ou, às vezes, ao tutor, ou ao dependente de uma casa abastada.

Eu era uma Chrighton e meu pai, um primo distante do senhor, era o pastor da paróquia de Chrighton. Sua morte me deixou totalmente desprovida de renda, e eu não tinha forças para desbravar um mundo desconhecido e ganhar meu sustento numa posição de dependência – algo terrível para um Chrighton ser obrigado a fazer.

Em respeito às tradições e preconceitos da minha raça, decidi procurar emprego fora do país, onde a degradação de um Chrighton não causaria vergonha à antiga casa à qual eu pertencia.

Felizmente para mim, fui finamente educada, e havia cultivado os conhecimentos costumeiros e modernos no retiro do vicariato. Tive muita sorte em obter uma posição em Viena, numa família alemã de alta linhagem; e ali permaneci por sete anos, reservando, a cada ano, uma quantia considerável do meu salário como autônoma. Quando meus alunos cresceram, minha gentil senhora conseguiu para mim um cargo ainda mais vantajoso em São Petersburgo, onde vivi por mais cinco anos e, ao fim desse prazo, cedi a uma vontade que cresceu dentro de mim – um desejo ardoroso de rever minha antiga terra natal.

Eu não tinha parentes muito próximos na Inglaterra. Minha mãe morrera alguns anos antes de meu pai; meu único irmão vivia longe, no Serviço Civil na Índia; e eu não tinha irmãs. Mas eu era uma Chrighton, e amava a terra onde havia nascido. Eu tinha certeza, além disso, de ser bem-recebida por amigos que amavam e respeitavam meus pais, e fui ainda encorajada a fazer essa viagem de férias graças às cartas extremamente cordiais que recebia, de vez em quando, da esposa do senhor Chrighton, uma mulher muito nobre e gentil, que aprovava inteiramente o curso independente que eu havia seguido, e sempre se mostrou minha amiga.

Em todas as cartas, nos últimos tempos, a senhora Chrighton me implorava que, quando eu tivesse vontade de voltar à minha terra natal, eu deveria lhe fazer uma longa visita na abadia.

"Gostaria que viesse no Natal", ela escreveu no outono daquele ano. "Ficaremos muito felizes, e estou esperando os convidados mais gentis que virão à abadia. Edward vai se casar no início da primavera – o que agradará muito a seu pai, pois o casamento será bom e adequado. Sua noiva será uma de nossas convidadas. É uma moça muito bonita. Talvez eu deva dizer bonita em vez de bela. Julia Tremaine, uma dos Tremaine da antiga corte, próximo de Hayswell – uma família muito antiga, da qual você deve se lembrar. Ela tem vários irmãos e irmãs, e receberá pouco, talvez nada, de seu pai, mas tem uma fortuna razoável deixada por uma tia, e é considerada praticamente uma herdeira do condado – não, é claro, que esse fato tenha de qualquer forma influenciado Edward. Ele se apaixonou por ela num baile com seu modo impulsivo de sempre, e pediu-a em casamento em menos de uma quinzena. É, espero e acredito, um encontro de almas, de ambos os lados."

Depois disso, seguia-se uma repetição cordial do convite feito a mim. Eu deveria seguir direto para a abadia quando chegasse à Inglaterra, e poderia ficar hospedada lá pelo tempo que eu quisesse.

Essa carta me ajudou a decidir. O desejo de rever as ternas paisagens da minha feliz infância se transformara quase num sofrimento. Eu estava livre para tirar férias, sem prejudicar meus prospectos. Então, no começo de dezembro, independentemente do tempo terrível, segui para minha terra natal, e fiz a longa viagem de São Petersburgo a Londres em companhia do major Manson, um mensageiro da rainha, amigo do meu falecido empregador, barão Fruydorff, cuja cortesia foi-me passada por esse cavalheiro.

Eu estava com trinta e três anos de idade. O auge da juventude já havia passado; beleza, eu nunca tive; e estava contente de pensar em mim mesma como uma solteirona convicta, uma silenciosa espectadora do grande teatro da vida, sem ser perturbada pelo desejo febril de assumir um papel ativo na peça. Eu tinha a disposição para quem esse tipo de existência passiva era fácil. Não havia fogo de sobra em minhas veias. As tarefas simples, os prazeres raros e comuns preenchiam minha vida. Aqueles entes tão queridos que deram um brilho e charme especial à minha existência já haviam partido. Nada poderia trazê-los de volta e, sem eles, a felicidade parecia impossível para mim. Tudo tinha uma cor neutra e sombria; a vida, em seu melhor lado, era calma e sem cor, como um dia cinza e sem sol no princípio do outono, sereno, mas sem alegria.

A velha abadia estava no auge quando cheguei lá, às nove horas, numa clara noite estrelada. Uma leve geada embranquecia o largo gramado da entrada, que se estendia do longo terraço de pedra em frente à casa até um semicírculo de antigos e grandes carvalhos e faias. Da sala de música no extremo da ala sul, às pesadas janelas góticas dos antigos cômodos na ala norte, estava tudo iluminado. A cena me lembrava um estranho palácio de uma lenda alemã, e quase esperei que as luzes se apagassem de repente, e a extensa fachada de pedra fosse tomada por uma escuridão repentina.

O velho mordomo, de quem eu me lembrava da minha mais terna infância, e que parecia não ter envelhecido um dia sequer nos meus doze anos de exílio, saiu da sala de jantar quando um lacaio abriu a porta da frente para mim, e me recebeu cordialmente, insistindo em me ajudar a carregar a mala, um inusitado gesto de atenção, cuja força foi sentida pelos seus subordinados.

– É um verdadeiro prazer vê-la outra vez, srta. Sarah – disse o fiel mordomo, enquanto me ajudava a tirar o casaco de viagem e pegava a frasqueira da minha mão. – Parece apenas um pouco mais velha do que na época em que vivia no vicariato, há doze anos, mas está com aspecto excelente e, Deus a abençoe, senhorita, todos gostarão de vê-la! A senhora Chrighton me falou diretamente sobre sua vinda. Acho que a senhorita gostaria de tirar o toucado antes de ir para a sala de visitas, eu suponho. A casa está cheia de gente. James, chame a sra. Marjorum, sim?

O lacaio desapareceu no fundo da casa e reapareceu, em seguida, com a sra. Marjorum, uma mulher robusta, que, como Truefold, o mordomo, já fazia parte da equipe de criados da abadia na época do pai do atual senhor.

Recebi dela o mesmo tratamento cordial de boas-vindas e fui conduzida por ela, pelas escadas e corredores, até começar a imaginar para onde eu estava indo.

Chegamos finalmente a um quarto muito confortável – um cômodo quadrado atapetado, de teto baixo, sustentado por uma grossa viga de carvalho. O quarto parecia bem alegre, com a lareira acesa, debaixo de uma larga chaminé, mas com um ambiente um tanto antigo, que os mais supersticiosos associariam a possíveis fantasmas.

Felizmente, eu era bastante objetiva, totalmente cética sobre assuntos fantasmagóricos, e a aparência antiquada do ambiente me agradou.

– Estamos na ala do rei Estevão, não estamos, sra. Marjorum? – perguntei. – Este quarto me parece bastante estranho. Acho que nunca estive aqui antes.

– Certamente que não, senhorita. Sim, esta é a antiga ala. Sua janela dá para o velho estábulo, onde ficava o canil, no tempo do avô do senhor Chrighton, quando a abadia era ainda mais refinada do que hoje, segundo me disseram. Temos tantos convidados neste inverno, como vê, senhorita, que somos obrigados a usar todos os quartos. Porém, não se sentirá sozinha. O capitão e a sra. Cranwick estão no quarto ao lado, e as duas srtas. Newport estão no quarto azul em frente ao seu.

– Minha cara sra. Marjorum, gosto muito das minhas acomodações, e da ideia de dormir num quarto que existia na época do rei Estevão, quando este lugar era realmente uma abadia. Ouso acreditar que um velho monge tenha gastado essas tábuas com seus joelhos devotos.

Ela me olhou com ar surpreso, como se não tivesse nenhuma simpatia pelos tempos do mosteiro, e pediu licença para me deixar a sós, por estar por demais ocupada naquele momento.

Havia um café a ser servido, e ela duvidava que a copeira daria conta do recado, se ela, a sra. Marjorum, não estivesse por perto a fim de acompanhar para que tudo fosse feito adequadamente.

– É só tocar a campainha, senhorita, e Susan virá atendê-la. Ela está habituada a atender às duas jovens, na maioria das vezes, e é bastante jeitosa. A senhora Chrighton determinou especificamente que ela deveria ficar à sua disposição.

— A sra. Chrighton é muito gentil, mas lhe asseguro, sra. Marjorum, não preciso da ajuda de uma criada uma vez ao mês. Estou habituada a fazer tudo sozinha. Vá, corra, sra. Marjorum, e a verei depois do café. Descerei para a sala de visitas daqui a dez minutos. A propósito, tem muita gente ali?

— Muita. Estão a srta. Tremaine, a mãe e a irmã caçula; é claro que soube tudo sobre o casamento; uma moça tão bonita, porém orgulhosa demais para o meu gosto; mas os Tremaine sempre foram uma família orgulhosa, e ela é a herdeira. O sr. Edward gosta muito dela; ele acredita que o piso não seja bom o bastante para ela pisar, eu acho; e de algum modo eu não consigo deixar de desejar que ele tivesse escolhido outra pessoa, alguém que pensasse mais nele, e não fosse tão fria com todas as atenções que ele lhe dá. Mas é claro que eu não tenho nada que dizer isso, e não diria a nenhuma outra pessoa senão a você, srta. Sarah.

Informou-me ainda que eu encontraria o jantar pronto na sala do desjejum, e depois saiu, deixando-me a sós para eu fazer minha toalete.

Preparei-me tão rapidamente quanto possível, admirando o perfeito conforto do meu quarto, enquanto eu me vestia. Cada peça moderna foi acrescentada à sombria e pesada mobília antiga, produzindo uma combinação muito agradável. Frascos de perfume de cristal vermelho-rubi da Boêmia, bandejas para escovas de cabelo e porta-anéis de porcelana enfeitavam a penteadeira de carvalho maciço; uma poltrona baixa com capa de *chintz*[91] luxuosa da era vitoriana ficava em frente à lareira; uma linda escrivaninha de carvalho silvestre polido ficava convenientemente do lado e, ao fundo, as paredes atapetadas envolviam o ambiente, ostentando séculos mais do que eu.

---

[91] Chita. (N. da T.)

Eu não perdia meu tempo imaginando o passado, embora o quarto provocasse esse tipo de pensamento. Penteei-me do meu modo simples usual, e coloquei um vestido de seda cinza-escuro, enfeitado com renda preta fina antiga que me fora dada pela baronesa – uma semitoalete discreta que ia bem para qualquer ocasião. Pus uma cruz de ouro maciço, uma joia que pertencera à minha querida mãe, presa por uma fita vermelha em volta do pescoço, e meu traje estava completo. Uma olhada no espelho me convenceu de que não havia nada deselegante na minha aparência, e então apressei-me pelo corredor e desci rapidamente pelas escadas até o salão, onde Truefold me recebeu e me conduziu para a sala de desjejum, na qual um excelente jantar estava à minha espera.

Não me demorei muito nesse repasto, embora não tivesse comido nada durante o dia todo, pois estava ansiosa para chegar à sala de visitas. Assim que terminei, a porta se abriu, e a sra. Chrighton entrou, soberba num vestido de veludo verde-escuro ricamente adornado com uma renda de ponta antiga. Ela fora muito bela na juventude e, mesmo sendo uma senhora, continuava extremamente bonita.

Tinha, acima de tudo, uma expressão charmosa, que, para mim, era mais raro e mais prazeroso do que a beleza de suas formas e de seu rosto.

Ela me abraçou e me beijou carinhosamente.

– Somente agora me disseram que você havia chegado, minha querida Sarah – ela disse – e soube que já está na casa há meia hora. Nem imagino o que pensou de mim!

– O que eu poderia pensar de você, senão que é imensamente bondosa, minha querida Fanny? Eu não esperava que deixasse os convidados para me receber, e fico constrangida de que tenha feito isso por mim. Não preciso de cerimônia para me convencer de sua bondade.

— Mas, minha querida, não é questão de cerimônia. Estava aguardando ansiosamente sua chegada, e queria vê-la antes de qualquer outra pessoa. Dê-me outro beijo, querida. Bem-vinda a Chrighton. Lembre-se, Sarah, de que esta casa sempre será seu lar, toda vez que precisar.

— Minha querida prima! E não se envergonha de mim, que comi pão em terra estrangeira?

— Envergonhar-me de você? Não, meu amor. Admiro seu empenho e espírito. E agora venha para a sala de visitas. As meninas ficarão encantadas em vê-la.

— E eu, em vê-las. Elas eram muito pequenas quando eu fui embora, atravessando os campos de feno com seus saiotes brancos e, agora, suponho, devem estar muito bonitas.

— Elas são muito bonitas, mas não tão bonitas quanto o irmão. Edward é realmente um rapaz magnífico. Creio que meu orgulho de mãe não se culpa por exagerar quando digo isso.

— E a srta. Tremaine? — perguntei. — Estou muito curiosa para vê-la.

A expressão no rosto de minha prima se fechou quando mencionei esse nome.

— A srta. Tremaine, sim, você não poderá deixar de admirá-la — ela respondeu um tanto evasiva.

Entrelaçou seu braço ao meu e conduziu-me até a sala de visitas: um salão amplo, com uma lareira de cada lado, totalmente iluminado nesta noite, com cerca de vinte pessoas espalhadas em pequenos grupos, e todas conversando e rindo alegremente. A sra. Chrighton me levou direto até uma das lareiras, onde duas moças estavam sentadas num sofá baixo, e um rapaz com mais de um metro e oitenta de altura estava perto delas, com o braço apoiado na larga cornija de mármore da lareira. Um relance me disse que esse jovem de olhos escuros e cabelo castanho curto cacheado era Edward Chrighton. A semelhança com sua mãe era suficiente para me dizer quem ele era, mas me lembrei do rosto juvenil e dos olhos faiscantes que procuravam os meus quando o herdeiro da abadia era calouro em Eton.[92]

Uma dama sentada mais perto de Edward Chrighton chamou-me a atenção, pois tive certeza de ser a srta. Tremaine. Magra e alta, movia a cabeça com uma imponência que me impressionou mais do que qualquer outra coisa à primeira vista. Sim, ela era bonita, inegavelmente bonita, e minha prima tinha razão quando disse que eu não poderia deixar de admirá-la, mas, para mim, o rosto belo, estonteante e de ângulos perfeitos, o nariz aquilino bem acentuado, o lábio superior curto expressando total orgulho, os olhos azuis frios, as sobrancelhas delineadas e uma auréola de cabelos muito loiros eram o exato oposto de uma feição simpática. Sem dúvida a srta. Tremaine tinha necessidade de ser admirada por todos, mas eu não conseguia entender como qualquer homem pudesse se apaixonar por uma mulher dessas.

Ela trajava um vestido de musselina branca e seu único enfeite era um soberbo medalhão de diamante, com o formato de coração, em volta de seu longo pescoço branco e atado com uma larga fita preta. Sua vasta cabeleira estava trançada formando uma tiara orgulhosamente apoiada no alto de sua pequena cabeça como uma coroa imperial.

A sra. Chrighton me apresentou a essa jovem dama.

– Tenho outra prima para lhe apresentar, Julia – ela disse, sorrindo. – Srta. Sarah Chrighton, que acaba de chegar de São Petersburgo.

---

[92] Eton College ou apenas Eton é um internato inglês para rapazes entre 13 e 18 anos, fundado em 1440 pelo rei Henry VI, hoje com mais de 1.300 alunos. Está localizado em Eton, Berkshire, perto de Windsor, apenas 1,5 quilômetro ao norte do castelo de Windsor. Tem uma longa lista de ex-alunos famosos, entre eles, dezenove ex-primeiro-ministros, os dois atuais príncipes do Reino Unido, o herdeiro do trono britânico, William, e seu irmão Harry, além do ator Eddie Redmayne, que recebeu o Oscar de melhor ator em 2015 por sua atuação como Stephen Hawking em *A teoria de tudo*. (N. da T.)

– De São Petersburgo? Que viagem tediosa! Como está, srta. Chrighton? Realmente é muito corajoso de sua parte vir de tão longe. Viajou sozinha?

– Não. Tive companhia até Londres, de uma pessoa muito gentil. Vim até a abadia sozinha.

A jovem me estendeu a mão com um ar um tanto lânguido, pensei. Vi seus olhos azuis me perscrutarem com curiosidade de alto a baixo, e creio ter compreendido sua avaliação condenatória: "Uma mulher feia, malvestida e pobre", por sua expressão facial.

Não tive muito tempo para pensar nela naquele momento, pois Edward Chrighton pegou de repente minhas mãos, e me deu as boas-vindas de forma tão calorosa, que quase fez as lágrimas "verterem do meu coração".

Duas mocinhas bonitas, em vestidos de crepe azul, vieram correndo das extremidades do salão, e me cumprimentaram alegremente como "prima Sarah", e os três me cercaram formando um pequeno semicírculo, e me atacaram com uma chuva de perguntas: se eu me lembrava, ou se havia me esquecido disto ou daquilo, da batalha no campo de feno, do chá na escola de caridade no pomar do vicariato, de nossos piqueniques em Hawsley Combe, de nossas excursões botânicas e entomológicas na praça de Chorwell, e de todos os simples prazeres de sua infância quando eu era jovem. Enquanto isso, a srta. Tremaine ficou nos observando com desdém, que ela não se preocupou em disfarçar.

– Eu não sabia que era capaz de uma simplicidade tão rústica, sr. Chrighton – ela disse, afinal. – Continuem com suas lembranças. Essas experiências juvenis são muito interessantes.

– Não espero que se interesse por elas, Julia – respondeu Edward, num tom que pareceu amargo demais para um noivo. – Sei a aversão que tem em relação a prazeres rústicos banais. Aliás, me pergunto, você teve infância? Creio que nunca correu atrás de uma borboleta na vida.

De qualquer modo, ela interrompeu nossa conversa sobre o passado. Vi que Edward ficou constrangido, e todas as suas memórias felizes da infância se dissiparam ante aquele olhar de desdém. Uma jovem de vestido cor-de-rosa, sentada ao lado de Julia Tremaine, levantou-se do sofá, e Edward se sentou no lugar dela, e devotou o restante da noite à noiva. Eu observava seu rosto brilhante e expressivo de vez em quando, enquanto ele conversava com ela, e não conseguia imaginar que encanto ele descobriu em alguém que, para mim, não o merecia.

Era meia-noite quando retornei ao meu quarto na ala norte, radiante com o modo cordial como eu fora recebida. Acordei cedo na manhã seguinte – por estar habituada havia muito a acordar cedo – e, puxando as cortinas adamascadas da janela, olhei para a paisagem embaixo.

Vi o pátio do estábulo, um espaçoso quadrângulo, cercado pelas portas fechadas das cocheiras e canis: construções baixas de pedra cinzenta maciça, com heras espalhadas e um pouco de musgo nas paredes que me pareceram muito interessantes. Esses estábulos deixaram de ser usados há muito tempo, imaginei. Os estábulos atuais ficavam em bonitas construções de tijolo vermelho do outro lado da casa, nos fundos da sala de música, formando um conjunto surpreendente atrás da abadia.

Ouvi com frequência que o avô do atual senhor mantinha uma matilha, vendida logo após sua morte, e sabia que meu primo, o atual sr. Chrighton, foi forçado várias vezes a seguir o bom exemplo de seu antepassado, pois hoje não havia cães no raio de trinta quilômetros da abadia, embora fosse um excelente terreno para a caça de raposas.

George Chrighton, no entanto – o senhor da abadia –, não era um caçador. Ele tinha, de fato, um secreto horror por esse esporte, pois mais de um membro da família morrera durante uma caçada. A família não aparentava muita sorte, apesar da riqueza e das prosperidades. Nem sempre o primogênito herdava a fortuna. A morte, de uma forma ou outra – em muitas ocasiões, de maneira violenta –, interveio entre o herdeiro e sua herança. E quando eu pensava nos episódios obscuros da história da família, costumava imaginar se minha prima Fanny tivera pressentimentos mórbidos em relação a seu único e bem-amado filho. Havia um fantasma em Chrighton – aquele visitante espectral sem o qual o esplendor de uma antiga casa de renome não parece completa? Sim, eu ouvi vagas insinuações sobre uma presença espectral, que fora vista em raras ocasiões, dentro dos limites da abadia, mas nunca soube com certeza que forma teria.

A quem perguntei, me afirmaram imediatamente nunca terem visto nada. Conheciam antigas histórias – lendas bobas, para as quais não valia a pena dar ouvidos. Certa vez, quando toquei no assunto com meu primo George, ele me disse, bravo, para nunca mais falar com ele sobre isso.

O mês de dezembro foi alegre. A velha casa estava cheia de pessoas realmente bem agradáveis, e os breves dias de inverno foram vividos cheios de alegria e divertimentos. Para mim, a antiga vida das famílias inglesas no campo era um prazer permanente – estar entre os parentes era uma bênção. Eu achava que seria impossível me sentir tão feliz.

Passei grande parte do tempo com meu primo Edward, e creio que ele fez a srta. Tremaine entender que, para agradá-lo, ela deveria me tratar bem. Ela, de fato, se esforçou para ser gentil comigo, e descobri que, apesar daquele temperamento cheio de desdém e orgulho, que ela raramente se dava ao trabalho de ocultar, ela desejava corresponder às expectativas do noivo.

O noivado não foi um período totalmente idílico. Eles tinham constantes discussões, cujos detalhes as irmãs de Edward, Sophy e Agnes, se deliciavam em me contar. Era o embate de dois espíritos orgulhosos pela primazia, mas o orgulho do meu primo Edward era de um tipo mais nobre – um desprezo elevado em relação a todas as mesquinharias –, um orgulho que não degenerava sua natureza generosa. Para mim, ele era admirável, e nunca me cansava de ouvir sua mãe elogiá-lo. Creio que minha prima Fanny sabia disso, e confiava plenamente em mim, como se eu fosse uma irmã.

– Ouso dizer que percebe que não sou tão fã de Julia Tremaine quanto eu gostaria – ela me disse um dia –, mas estou muito satisfeita que meu filho vai se casar. A família do meu marido não é de muita sorte, como sabe, Sarah. Os primogênitos foram rebeldes e desafortunados por várias gerações e, quando Edward era menino, eu costumava me amargurar, temendo pelo seu futuro. Graças a Deus, ele tem sido tudo o que eu mais desejo. Nunca me causou ansiedade por qualquer ato que praticasse. No entanto, não estou menos feliz por esse casamento. Os herdeiros de Chrighton que tiveram um fim prematuro, todos morreram solteiros. Existiu um Hugh Chrighton, durante o reinado de George II, que morreu num duelo; John, que machucou a coluna numa caçada trinta anos depois; Theodore, morreu acidentalmente com um tiro disparado por um colega em Eton; Jasper, cujo iate naufragou no Mediterrâneo há quarenta anos. Uma lista horrível, não é mesmo, Sarah? Quero crer que meu filho, de algum modo, estará mais a salvo quando se casar. É como se escapasse da maldição que recaiu sobre tantos herdeiros nesta família. Ele terá mais razão para cuidar de sua vida quando for um homem casado.

Concordei com a sra. Chrighton, mas não poderia deixar de desejar que Edward tivesse escolhido outra mulher em vez da fria e bela Julia. Eu não conseguia imaginar um futuro feliz para ele com uma esposa como aquela.

O Natal chegou – um velho e bom Natal inglês – com gelo e neve do lado de fora, calor e alegria do lado de dentro, patinando no grande lago no parque, passeando de trenó pelas estradas cobertas de neve, de dia, e brincadeiras, peças de teatro e concertos amadores à noite. Eu me surpreendia ao ver a srta. Tremaine se recusar a participar de quaisquer desses divertimentos noturnos. Ela preferia se sentar com os mais velhos, como uma espectadora, e assumia o ar e a postura de uma princesa diante de todas as diversões planejadas só para nós. Ela dava a impressão de cumprir sua missão ao se sentar calada e parecer bonita. Não havia nenhum desejo de se destacar em sua mente. Seu intenso orgulho não cedia espaço para a vaidade. Embora eu soubesse que ela podia ter se apresentado como musicista, se escolhesse fazer isso, pois eu a ouvi tocar piano e cantar na saleta da sra. Chrighton, apenas na presença de Edward, das irmãs e na minha e, como pianista e cantora, ela superava todos os convidados.

Minhas duas primas e eu passamos alegremente muitas tardes e manhãs, indo, de cabana em cabana, numa carruagem puxada a pônei, abarrotada com os presentes da sra. Chrighton aos pobres de sua paróquia. Não era uma distribuição oficial e pública de cobertores e de carvão, mas todas as suas necessidades eram amplamente atendidas de forma amistosa e discreta. Agnes e Sophy, ajudadas por uma auxiliar infatigável, filha do pároco, e uma ou duas outras jovens senhoras, trabalharam, nos últimos três meses, costurando saiotes quentes e bonitos, e calçolas para as filhas dos aldeões, para que, na manhã de Natal, cada criança da paróquia tivesse uma roupa nova completa. A sra. Chrighton tinha uma admirável capacidade para saber exatamente o que era mais necessário para cada família, e nossa carruagem puxada a pônei levava uma diversidade de produtos, cada pacote montado pela mão firme e generosa da castelã da abadia.

Edward, por vezes, costumava nos conduzir nessas expedições, e descobri que ele era extremamente popular entre os pobres da paróquia de Chrighton. Tinha um modo tão agradável de conversar com eles, uma forma que os deixava imediatamente à vontade. Nunca se esquecia dos nomes ou dos parentescos, ou das necessidades ou das doenças; tinha o pacote do tipo de tabaco exato que cada aldeão mais gostava sempre pronto no bolso do casaco, e contava piadas, que podiam não ser muito engraçadas, mas fazia o pequeno cômodo de teto rebaixado se encher de sonoras gargalhadas.

A srta. Tremaine declinava friamente participar dessas agradáveis tarefas.

– Não gosto de pobres – ela disse. – Sei que soa terrível, mas prefiro confessar minha iniquidade desde o princípio. Não consigo me relacionar com eles, nem eles comigo. Creio que eu não seja uma pessoa complacente. E não consigo suportar seus cômodos sufocantes. O leve odor dos quartos fechados de suas casas me dá febre. E, por outro lado, o que adianta visitá-los? Apenas os induz a serem hipócritas. Certamente, é melhor listar o que é justo que recebam, cobertas, carvão, alimentos, dinheiro, vinho etc., e receberem tudo isso por um criado de confiança. Nesse caso, não há necessidade de constrangimento de um lado, nem de resistência do outro.

– Mas, veja, Julia, há gente para quem esse tipo de coisa não é resistência – respondeu Edward, vermelho de indignação. – Gente que gosta de compartilhar pelo prazer de dar, que gosta de ver as faces marcadas de pobreza se iluminarem com uma súbita alegria, que gosta de fazer com que esses filhos da terra sintam que há uma ligação amigável entre eles e seus senhores, algum ponto de união entre a cabana e a casa grande. Veja minha mãe, por exemplo: todas essas tarefas que julga cansativas, para ela, são um imenso prazer. Haverá uma mudança, Julia, quando você for a senhora da abadia.

– Ainda não sou – ela respondeu – e há bastante tempo para mudar de ideia, se acha que eu não seja adequada para essa posição. Não tenho a intenção de ser como sua mãe. É melhor que eu não finja qualidades femininas que não possuo.

Depois disso, Edward fazia questão de conduzir nossa carruagem puxada a pônei quase todos os dias, deixando a srta. Tremaine sozinha, e eu creio que essa conversa foi o começo de um afastamento entre eles, que foi mais grave do que qualquer de suas discussões anteriores.

A srta. Tremaine não gostava de andar de trenó, patinar, ou jogar bilhar. Ela não seguia nenhuma das modas que se tornaram comuns nos últimos tempos. Costumava se sentar junto a uma das janelas em arco na sala de visitas por toda a manhã, preenchendo uma tela de bordado com lã e continhas, assistida por sua irmã mais nova, Laura, que a servia como uma escrava – uma moça mentalmente sem cor, incapaz de ter opinião própria e, de forma pessoal, uma pálida réplica da irmã.

Se houvesse menos gente na casa, a briga entre Edward Chrighton e sua noiva teria sido notada, mas com a casa tão cheia, todos pensando em se divertir, duvido que tenham percebido. Diante das pessoas, em todas as ocasiões, meu primo se mostrou atencioso em relação à srta. Tremaine. Somente eu e as irmãs sabíamos como estavam as coisas.

Fiquei surpresa, depois de a jovem ter repudiado todos os sentimentos de benevolência, quando ela me chamou de lado, certa manhã, e colocar uma bolsinha – com vinte soberanos de ouro[93] – em minha mão.

---

[93] Soberano ou libra de ouro (em inglês, *Sovereign*): moeda do Reino Unido, equivale a 1 libra esterlina. Produzida pela primeira vez em 1489, no reinado de Henry VII, como a maior moeda em ouro, valendo então vinte xelins, antiga unidade monetária inglesa, que correspondia à vigésima parte da libra esterlina. Foi cunhada até 1603, tendo reaparecido em 1817, durante a grande reforma monetária britânica. Durante um século, entre 1817-1917, as libras foram exclusivamente cunhadas no Reino Unido. De 1974 a 1984, foram cunhadas com um retrato novo da rainha Elizabeth II de perfil, usando uma tiara. De 1985 a 1997, a circulação de libras cunhadas em períodos anteriores foi suspensa, mas, em razão da pressão internacional, foi retomada em 1998. Nesse mesmo ano, as libras foram cunhadas com um novo retrato, mais maduro, da rainha Elizabeth II. Graças a seu valor crescente ao longo dos anos, a libra sobreviveu até hoje, sendo assim possível criar uma coleção de moedas em ouro de 22 quilates que remonta do reinado de George III até o século XXI. (N. da T.)

— Gostaria muito que distribuísse isto entre os aldeões durante a visita às cabanas hoje, srta. Chrighton — ela disse. — Claro que eu gostaria de dar alguma coisa a eles; só não gosto de conversar com eles, e você me parece a pessoa ideal para distribuir essas doações. Não mencione minha pequena contribuição a ninguém, por favor.

— Claro que posso contar a Edward — eu disse, pois eu queria que soubesse que sua noiva não tinha o coração de pedra que parecia ter.

— Ele mais do qualquer pessoa — ela respondeu imediatamente. — Sabe quanto nossas ideias divergem nesse ponto. Vai achar que dei o dinheiro só para agradá-lo. Nem uma palavra, eu lhe peço, srta. Chrighton.

Assenti e distribuí os soberanos do modo mais discreto que pude.

Então, o Natal chegou e passou. No dia seguinte do grande natalício — um dia muito calmo para os convidados e a família na abadia, mas uma festiva ocasião para os criados, que à noite fariam seu baile anual[94] — um baile com a presença de toda a classe mais humilde dos arrendatários. O gelo derreteu de repente, e o dia ficou chuvoso — depressivo para qualquer pessoa, cujo espírito seja afetado por mudanças climáticas, como eu. Senti-me deprimida pela primeira vez desde que chegara à abadia.

Ninguém parecia ter sido afetado da mesma forma que eu. As velhas senhoras se sentaram num grande semicírculo em torno das lareiras na sala de visitas; um grupo de alegres moças e de rapazes bem-apessoados conversavam aos pares. Da sala de jogos, vinha o barulho constante de bolas de bilhar e gargalhadas. Sentei-me num dos bancos numa janela em arco, meio escondida pelas cortinas, lendo

---

[94] *Boxing Day*: uma antiga tradição inglesa, comemorada em 26 de dezembro, registrada pela primeira vez em 1663, como o dia de folga dos empregados da aristocracia, que recebeu esse nome, porque os criados recebiam uma caixa (*box*) com presentes e comida, para levar para suas famílias, depois de terem trabalhado até o dia de Natal, que, na Inglaterra, se celebra em 25 de dezembro. (N. da T.)

um romance – que peguei numa caixa de livros que todo mês era trazida da cidade.

Se o clima do lado de dentro estava alegre e iluminado, do lado de fora, a imagem era bastante sombria. A floresta encantada de árvores cheias de neve, de vales brancos e de montículos de neve desapareceu, e a chuva caía lúgubre e lentamente sobre a grama encharcada e um fundo triste de troncos despidos. O alegre som dos sininhos dos trenós não mais alegrava a todos. Tudo estava tomado por silêncio e melancolia.

Edward Chrighton não estava na sala de bilhar; andava de um lado para outro na sala de visitas, taciturno e inquieto.

– Graças a Deus, o gelo derreteu, afinal! – ele exclamou, diante da janela onde eu estava sentada, pensando em voz alta, sem perceber que eu estava perto dele.

Sem me importar com seu humor naquele momento, arrisquei-me a abordá-lo.

– Que mau gosto preferir um tempo como esse ao gelo e à neve! – respondi. – Ontem o parque estava encantador, um perfeito cenário mágico. E veja como está hoje!

– Ah, sim, claro, do ponto de vista artístico, a neve é mais bonita. Hoje, o lugar parece um charco, mas pretendo caçar, e um chão congelado torna a caçada impossível. O tempo está começando a ficar mais suave, espero.

– Mas você não vai caçar, vai, Edward?

– Claro que vou, minha querida prima, apesar da expressão assustada em seu adorável rosto.

– Imaginei que não houvesse cães na vizinhança.

– Não há, mas há uma boa matilha, como outra qualquer no país, de cães Daleborough, a quarenta quilômetros daqui.

– E vai percorrer quarenta quilômetros para ir caçar?

— Eu viajaria quarenta, cinquenta, cem quilômetros pela mesma diversão. Mas não irei apenas por um dia, desta vez. Irei à casa de sir Francis Wycherly, e ficarei por três ou quatro dias; o jovem Frank Wycherly e eu éramos amigos do peito em Christchurch.[95] Eu deveria chegar lá hoje, mas não ousei atravessar o país pelas estradas nessa chuva. No entanto, mesmo que as comportas dos céus despejem um novo dilúvio, devo partir amanhã.

— Que rapaz mais cabeça-dura! — exclamei. — E o que a srta. Tremaine dirá sobre essa escapada? — perguntei em tom mais baixo.

— A srta. Tremaine pode dizer o que quiser. Ela tinha o poder de me fazer esquecer os prazeres da caça, se quisesse, mesmo que estivéssemos no centro dos condados, em meio aos latidos de cães farejadores.

— Ah, começo a compreender. Essa caça não está marcada há muito tempo.

— Não. Comecei a me sentir entediado há alguns dias, e escrevi para Frank a fim de perguntar se eu poderia passar dois ou três dias em Wycherly. Recebi a resposta mais cordial da parte dele, então ficarei por lá até o fim desta semana.

— Não se esqueceu do baile no dia 1º?

— Ah, não. Se eu fizesse isso, envergonharia minha mãe, e seria uma desfeita para nossos convidados. Estarei de volta no dia 1º, aconteça o que acontecer.

Aconteça o que acontecer, dito tão despretensiosamente! E pensar que um dia eu amarguei ao me lembrar dessas palavras.

— Acho que envergonhará sua mãe apenas pelo fato de ir — eu disse. — Sabe o horror que tanto sua mãe quanto seu pai têm de caçadas.

— É uma aversão aos modos de um cavalheiro do campo da parte do meu pai. Mas ele já é uma traça de livros, raramente fica feliz fora da biblioteca. Sim, admito que ambos desgostem de caçadas de modo

---

[95] Christchurch: cidade do condado de Dorset, na costa sul da Inglaterra. (N. da T.)

geral, mas sabem que sou excelente cavaleiro, e precisaria de um terreno muito maior do que aquele que terei em Wycherly para me vencer. Não precisa ficar nervosa, minha querida Sarah. Não darei nenhuma razão de preocupação a papai e mamãe.

– Levará seus próprios cavalos, eu suponho?

– Não precisa nem dizer. Quem tem sua própria tropa não monta cavalo alheio. Levarei Pepperbox e Druida.

– Pepperbox tem um temperamento forte, ouvi suas irmãs dizerem.

– Minhas irmãs querem que um cavalo seja um carneiro gigante. Tanto esplêndidos cavalos quanto belas mulheres possuem o mesmo defeito: um temperamento terrível. Veja a srta. Tremaine, por exemplo.

– Defenderei a srta. Tremaine. Acho que está errado em relação a esse afastamento, Edward.

– Você acha? Bem, certo ou errado, minha prima, até que a bela Julia fale comigo com o olhar doce e palavras gentis, não seremos mais o que éramos.

– Você voltará da caçada com um humor mais tranquilo – respondi –, ou seja, se insistir em ir. Mas espero e creio que mudará de ideia.

– Essa mudança não está dentro do campo das possibilidades, Sarah. Sou determinado como o Destino.

Ele saiu, cantarolando uma alegre melodia de caça, enquanto se afastava. Encontrei-me a sós com a sra. Chrighton naquela tarde, e ela me falou sobre a intenção de Edward de visitar Wycherly.

– Evidentemente que Edward está determinado a ir – ela disse em tom de pesar – e o pai e eu sempre fizemos questão de evitar comportamentos que se aproximassem de uma tirania doméstica. Nosso querido menino é um filho tão bom, que seria muito difícil nos interpor entre ele e seus prazeres. Você sabe o horror mórbido que meu marido tem dos perigos de caçadas, e talvez eu mesma também tenha. Apesar disso, nunca interferimos que Edward usufruísse do esporte pelo qual nutre uma verdadeira paixão, mas, graças a Deus, até hoje escapou sem nenhum arranhão. Já passei muitos dias aflita, eu lhe asseguro, minha querida, quando meu filho vai caçar quatro dias por semana em Leicestershire.

– Creio que ele seja um bom cavaleiro.

– Cavalga soberbamente. Tem fama entre os desportistas da vizinhança. Aposto que, quando for senhor da abadia, terá uma matilha de cães e reviverá os velhos tempos de seu bisavô, Meredith Chrighton.

– Acredito que, naquela época, os cães eram criados no pátio embaixo da janela do meu quarto, não é, Fanny?

– Sim – respondeu a sra. Chrighton com tristeza, e me perguntei por que de repente ela ficou tão compungida.

Naquela tarde, fui para meu quarto mais cedo do que de costume, e tinha livre uma hora inteira antes de me vestir para o jantar, às sete horas. Eu pretendia dedicar essa hora de lazer para responder cartas, mas, ao chegar no quarto, me senti muito cansada e, em vez de abrir a escrivaninha, sentei-me na poltrona baixa diante da lareira, e caí num tipo de devaneio.

Não sei por quanto tempo fiquei sentada; meio meditando, meio adormecida, estava misturando pensamentos entrecruzados com vislumbres de sonhos, quando fui despertada por um som estranho.

Era uma trompa de caça – algumas notas baixas e chorosas de uma trompa de caça, notas que soavam estranhamente distantes, mais espectrais do que qualquer som que já tivesse ouvido. Lembrei-me da ópera *Der Freischütz*,[96] mas a melodia mais estranha já composta por

---

[96] *Der Freischütz* (*O Franco-Atirador*): ópera em três atos, de Carl Maria von Weber. Estreou em 18 de junho de 1821, no Schauspielhaus de Berlim, mas fora apresentada pela primeira vez em Copenhagen, Dinamarca, oito meses antes, em 8 de outubro de 1820. É uma das óperas inseridas no romantismo alemão, embora conserve características melódicas do classicismo. Weber pretendia desbancar os italianos como os

Weber não era tão apavorante quanto o som dessas poucas e simples notas captadas pelo meu ouvido.

Fiquei perplexa ouvindo aquela música terrível. Já estava escuro, a lareira quase apagada e o quarto, na penumbra. Enquanto eu ouvia, uma luz brilhou de repente na parede à minha frente. A luz era tão etérea quanto o som – uma luz inexistente na terra ou no céu.

Corri até a janela, pois essa terrível luz brilhava através da janela e iluminava a parede do outro lado. Os portões do pátio estavam abertos e homens envergando jaquetas vermelhas estavam entrando a cavalo, com a matilha à frente deles, obedecendo ao chicote do caçador. A cena era parcamente visível pela luz que declinava naquela tarde de inverno e pela luz da lanterna de um dos homens. Fora a luz dessa lanterna que se projetou sobre o tapete na parede. Vi as portas dos estábulos serem abertas uma a uma, os cavaleiros e cavalariços apearem dos cavalos; os cães serem conduzidos ao canil; os ajudantes correndo de um lado para outro; e, em volta daquela estranha lanterna que brilhava aqui e ali, descia o crepúsculo. Mas eu não ouvia o bater dos cascos dos cavalos, nem as vozes desses homens – nem o latido ou o ganido dos cães. Depois que o som da trompa a distância cessou, o silêncio permaneceu inalterado.

Fiquei imóvel junto à janela, e observei enquanto a tropa de homens e animais se dispersava no pátio embaixo sem fazer barulho. Não havia nada de sobrenatural no modo como eles desapareceram. As pessoas não sumiram no ar. Vi os cavalos serem levados um a um para as baias; os cavaleiros de jaquetas vermelhas foram passando um a um pelos portões, e os cavalariços se foram, cada um numa direção. A cena, exceto pelo silêncio, fora totalmente normal e, se eu fosse uma

---

principais expoentes do gênero, criando um trabalho inteiramente alemão. É um *Singspiel*, ou seja, uma ópera que alterna cantos e diálogos. (N. da T.)

estranha na casa, poderia pensar que aquelas figuras eram reais – e que os estábulos estavam realmente ocupados.

Mas eu sabia que o pátio do estábulo e as casas no entorno não eram usados havia mais de meio século. Eu poderia crer que, em menos de uma hora, o quadrângulo abandonado por tanto tempo fora preenchido e as baias vazias alugadas? Algum grupo de caçadores na vizinhança procurou abrigo aqui, para fugir da inclemência da chuva? Isso não seria de todo impossível, pensei. Eu era uma incrédula contumaz sobre assuntos fantasmagóricos – pronta a acreditar em qualquer outra coisa do que supor que eu tivesse visto sombras. Porém, havia o silêncio, o som terrível daquela trompa – o estranho e etéreo brilho daquela lanterna!

Por menos supersticiosa que eu fosse, minha testa estava molhada de suor e minhas pernas tremiam como vara verde.

Por alguns minutos, fiquei parada junto à janela como estátua, olhando, assombrada, para o quadrângulo vazio. Voltei a mim de repente, e desci correndo sem fazer barulho pelas escadas de trás, que davam na área de serviço, determinada a resolver esse mistério de algum modo. O caminho para o quarto da sra. Marjorum havia tempos me era familiar, e fui até lá para perguntar à governanta o significado do que eu acabara de ver. Sabia que não deveria mencionar aquela cena a nenhuma pessoa da família até que eu me aconselhasse com alguém que conhecia os segredos da Abadia Chrighton.

Ouvi risos e vozes alegres ao passar pela cozinha e a sala dos criados. Os lacaios e as copeiras estavam todos entretidos no prazeroso trabalho de decorar os quartos para a festa à noite. Estavam dando os últimos retoques nas guirlandas de louro e azevinho, de hera e pinho, quando passei pelas portas abertas e, em ambas as salas, vi mesas postas para o chá repletas de guloseimas. O quarto da governanta ficava num canto afastado no fim de um longo corredor – um antigo cômodo gracioso, com lambris de madeira de carvalho escuro e armários espaçosos, que, na minha infância, eram como arcas com inesgotáveis tesouros na forma de confeitos e geleias. Era um quarto sombreado, com uma grande lareira antiga, fresco no verão, quando a lareira era enfeitada com jarros de rosas e lavandas, e quente no inverno, quando as toras de madeira queimavam lentamente o dia inteiro.

Abri a porta devagar e entrei. A sra. Marjorum estava dormindo numa poltrona de espaldar alto junto à lareira acesa, com um imponente vestido de seda cinza azulado, e um gorro que era um perfeito jardim de rosas. Ela abriu os olhos quando me aproximei dela e, por alguns instantes, me olhou com ar intrigado.

– Ora, é você, srta. Sarah? – ela exclamou. – E pálida como um fantasma, como posso ver, mesmo na frente da lareira! Deixe-me acender uma vela, e lhe darei um pouco de *sal volatile*.[97] Sente-se na minha poltrona, senhorita. Ora, vejo que está tremendo inteira!

Ela me colocou sentada na poltrona antes que eu pudesse resistir, e acendeu duas velas na mesinha, enquanto eu tentava articular as palavras. Meus lábios estavam secos e, no início, senti como se eu tivesse perdido a voz.

– Não preciso dos sais Marjorum – eu disse, finalmente. – Não estou doente; eu me assustei, foi isso; e vim lhe pedir uma explicação para a causa do meu susto.

– Que causa, srta. Sarah?

– Deve ter ouvido alguma coisa sobre isso, com certeza. Ouviu agora há pouco o som de uma trompa, de uma trompa de caça?

– Uma trompa! Por Deus, não, srta. Sarah. O que a fez imaginar isso?

Notei que as faces coradas da sra. Marjorum subitamente perderam a cor e ela ficou tão pálida quanto eu.

---

[97] Sal volátil, em francês no original. Solução perfumada de carbonato de amônia dissolvido em álcool, usado como sais de cheiro. (N. da T.)

— Eu não imaginei — respondi. — Eu ouvi o som, e vi as pessoas. Um grupo de caçadores acabou de chegar ao pátio norte. Cães e cavalos, cavaleiros e cavalariços.

— Como eles eram, srta. Sarah? — perguntou a governanta num tom estranho.

— Mal posso descrevê-los. Vi que tinham jaquetas vermelhas, mas não pude ver muito além disso. Sim, vi de relance um dos cavalheiros iluminado pela lanterna. Um homem alto, grisalho, com bigodes, de ombros caídos. Notei que ele tinha uma jaqueta curta de colarinho alto, uma jaqueta como se usava há cem anos.

— O antigo senhor! — sussurrou a sra. Marjorum.

Ela se virou para mim e disse num tom resoluto:

— Você sonhou tudo isso, srta. Sarah, foi o que aconteceu. Caiu da poltrona diante da lareira, e sonhou, foi isso.

— Não, sra. Marjorum, não foi um sonho. A trompa me acordou, e fiquei de pé junto à janela, e vi os cães e os caçadores entrando.

— Srta. Sarah, sabia que os portões do quadrângulo norte estão fechados e trancados há quarenta anos, e ninguém tem acesso senão por dentro da casa?

— Os portões podiam ter sido abertos esta noite para receber os forasteiros — respondi.

— Não, se as únicas chaves que abrem os portões estão penduradas ali no meu armário, senhorita — disse a governanta, apontando para um dos cantos do quarto.

— Mas eu lhe afirmo, sra. Marjorum, essas pessoas entraram no quadrângulo; os cavalos e cães estão no estábulo e no canil neste momento. Vou perguntar ao sr. Chrighton, ou à prima Fanny, ou a Edward sobre isso, já que não quer me falar a verdade.

Eu disse isso de propósito e deu certo. A sra. Marjorum me pegou firme pelo pulso.

— Não, senhorita, não faça isso. Pelo amor de Deus, não faça isso. Não diga uma palavra à senhora ou ao senhor.

— Mas por que não?

— Porque viu o que sempre traz infortúnio e tristeza a esta casa, srta. Sarah. A senhorita viu os mortos.

— O que quer dizer? — perguntei, ofegante e surpresa comigo mesma.

— Acredito que já ouviu dizer, que, às vezes, alguém vê coisas na abadia, com vários anos de intervalo, graças a Deus, pois isso não aparece para quem não procura.

— Sim — respondi apressadamente —, mas nunca me disseram o que assombra esta casa.

— Não, senhorita. Aqueles que sabem guardam o segredo. Mas a senhorita viu tudo esta noite. Não faz mais sentido tentar lhe esconder isso. Viu o antigo senhor, Meredith Chrighton, cujo primogênito morreu numa queda durante uma caçada, e foi trazido para casa morto numa noite em dezembro, uma hora depois de seu pai e o grupo ter chegado na abadia, sãos e salvos. O velho senhor sentiu falta do filho no campo de caça, mas imaginou que não fosse nada, acreditando que o senhor John havia se cansado de passar o dia caçando e voltara para casa. Ele foi encontrado por um lavrador, pobre coitado, numa vala, com a espinha quebrada e o cavalo ao seu lado. A partir desse dia, o antigo senhor ficou abatido e nunca mais saiu com os cães para caçar, embora fosse fã de caçadas. Os cães e os cavalos foram vendidos e o quadrângulo norte ficou vazio desde esse dia.

— Quando isso foi visto pela última vez?

— Há muito tempo, senhorita. Eu ainda era menina quando aconteceu pela última vez. Estávamos no inverno, nessa mesma noite, na noite em que o filho do senhor Meredith morreu, e a casa estava cheia, exatamente como agora. Havia um jovem e audaz cavalheiro de Oxford hospedado em seu quarto naquela época, e ele viu os caçadores entrarem no quadrângulo; ele abriu a janela e gritou para lhes dar as boas-vindas o mais alto possível. Ele chegara na véspera, e nada sabia sobre a vizinhança, então, no jantar, começou a perguntar por aqueles cavaleiros, esperando que no dia seguinte ele pudesse sair com os cães da abadia. Isso foi no tempo do pai do nosso atual senhor, e a mulher dele, sentada à cabeceira da mesa, ficou branca como uma folha de papel quando o ouviu falar. Ela tinha motivos, pobre alma. Antes do fim da semana, seu marido morreu. Ele teve um ataque de apoplexia, e não conseguia mais falar, nem reconhecer ninguém depois disso.

– Uma terrível coincidência – eu disse –, mas pode ter sido somente uma coincidência.

– Ouvi outras histórias, senhorita, ouvi de pessoas que não mentiriam, todas provando a mesma coisa: que a aparição do antigo senhor e de seu grupo de caça é um sinal de morte nesta casa.

– Não acredito nessas coisas – exclamei. – Não acredito nisso. O sr. Edward conhece essas histórias?

– Não, senhorita. Seus pais tomaram o maior cuidado para que ele não soubesse de nada.

– Acho que ele é muito racional para ser afetado por esse fato – respondi.

– E você não dirá nada sobre o que viu ao meu senhor e à minha senhora, não é, srta. Sarah? – implorou a antiga e fiel governanta. – Saber disso certamente vai deixá-los nervosos e infelizes. E, se o mal deverá se abater sobre esta casa, está além das forças humanas evitar que isso aconteça.

– Deus proíba tal mal de acontecer! – respondi. – Não acredito em visões ou presságios. Afinal, prefiro imaginar que eu estivesse sonhando de olhos abertos, de pé, junto à janela, do que de ter visto espíritos de mortos.

A sra. Marjorum suspirou, mas não disse nada. Percebi que ela acreditava piamente nos fantasmas dos caçadores.

Voltei para meu quarto a fim de me vestir para o jantar. No entanto, por mais que tentasse racionalizar o que vi, o efeito sobre minha mente e meus nervos não era menos poderoso. Eu não conseguia pensar em mais nada, e um medo mórbido quanto à aproximação de um infortúnio pesava sobre mim como um fardo.

Havia um grupo muito animado na sala de visitas quando desci e, durante o jantar, todos conversavam e riam sem parar, mas pude observar que a expressão da minha prima Fanny estava mais sombria do que de costume e, sem dúvida, estava pensando sobre a intenção do filho de ir a Wycherly.

Ao pensar nisso, fui tomada por um súbito terror. E, se os espíritos que vi naquela noite estavam pressagiando um perigo para ele – para Edward, o herdeiro e único filho da abadia? Meu coração gelou ao pensar nisso, porém, no minuto seguinte, desprezei minha fraqueza.

"É natural que uma antiga criada acredite nessas coisas", eu disse para mim mesma, "mas, para uma mulher educada e cosmopolita como eu, é uma sandice."

Mas, mesmo assim, a partir daquele momento, comecei a engendrar um plano para impedir a viagem de Edward. Quanto a mim, eu sabia que somente teria poder para atrasar sua partida no máximo em uma hora, mas concluí que Julia Tremaine poderia convencê-lo a fazer esse sacrifício, se baixasse seu orgulho para atingir esse objetivo. Tomei a decisão de apelar a ela naquela noite.

Estavam todos felizes. Os criados e os convidados dançavam no salão, enquanto ficamos na galeria em cima, em pequenos grupos próximo às escadas, vendo-os enquanto se divertiam. Creio que esses encontros davam excelentes oportunidades para flertes, e que os mais jovens puderam aproveitá-las bastante – com uma exceção: Edward Chrighton e a noiva passaram a noite distantes um do outro.

Enquanto todos no salão de baixo se divertiam, consegui atrair a srta. Tremaine até um vitral na escadaria, onde havia um banco de madeira.

Sentei-me ao seu lado, e lhe descrevi, pedindo que mantivesse segredo, a cena que testemunhei naquela tarde e minha conversa com a sra. Marjorum.

– Mas, por Deus, srta. Chrighton! – exclamou a moça, arqueando as sobrancelhas delineadas com indisfarçável desprezo. – Não é possível que queira me dizer que acredita nessa bobagem, em fantasmas e presságios, e na loucura de uma velha como essa!

– Eu lhe asseguro, srta. Tremaine, é extremamente difícil para mim acreditar no sobrenatural – respondi enfaticamente –, mas o que vi esta noite foi algo além do humano. Pensar nisso me deixa muito infeliz, mas não posso deixar de associá-lo, de algum modo, com a ida do meu primo Edward a Wycherly. Se eu tivesse o poder de impedi-lo, eu o impediria de qualquer maneira, mas não tenho. Você é a única que tem influência sobre ele para isso. Pelo amor de Deus, use-a! Faça tudo para impedir que ele vá caçar com esses cães amanhã.

– Quer que eu me humilhe pedindo que ele abra mão do seu prazer, depois do modo como ele se comportou em relação a mim na última semana?

– Confesso que ele fez muitas coisas para ofendê-la. Mas você o ama, srta. Tremaine, embora seja orgulhosa demais para demonstrar seu amor: eu tenho certeza de que o ama. Por Deus, fale com ele. Não o deixe pôr a vida dele em risco, quando algumas palavras de sua boca poderão impedir esse perigo.

– Não acredito que ele vá desistir de ir apenas para me agradar – ela respondeu – e não darei chance para que ele me humilhe com uma recusa. Além disso, todo esse medo de sua parte é uma completa tolice. Como se ninguém tivesse caçado antes. Meus irmãos vão caçar quatro vezes por semana no inverno, e nunca se feriram.

Eu não desisti facilmente. Insisti com essa obstinada e orgulhosa moça por um longo tempo, enquanto fiz com que ela me ouvisse, mas tudo foi em vão. Ela continuava repetindo – ninguém iria convencê-la a se humilhar para pedir um favor a Edward Chrighton. Ele preferira ficar longe dela, e ela iria mostrar que poderia viver sem ele. Quando ela deixasse a Abadia Chrighton, iriam se separar como estranhos.

Então a noite passou e, no dia seguinte, no café da manhã, soube que Edward partira para Wycherly logo após o amanhecer. Sua ausência abriu, para mim pelo menos, um triste vazio em nosso círculo. Para alguém mais também, suponho, pois o rosto belo e orgulhoso da srta. Tremaine ficou bem pálido, embora tenha disfarçado para parecer mais alegre do que o normal, e estranhamente se esforçado para ser gentil com todos.

Os dias passavam lentamente para mim após a partida do meu primo. Sentia um peso na mente, uma vaga ansiedade, de que em vão lutei para me desvencilhar. A casa, cheia de pessoas agradáveis, parecia ter se tornado monótona e triste, agora que Edward viajara. Onde ele costumava se sentar sempre parecia vazio para mim, embora outra pessoa ocupasse o lugar, e não houvesse nenhum assento vazio nos dois lados da longa mesa de jantar. Despreocupados, os rapazes ainda enchiam a sala de bilhar com risadas, as moças flertavam alegremente como sempre, sem se deixar perturbar pela ausência do herdeiro da casa. Mas, para mim, tudo mudara. Um pensamento mórbido tomou conta de mim. Eu me flagrava o tempo todo ruminando as palavras da governanta, de que os espíritos que eu vira anunciavam morte e tristeza para a casa de Chrighton.

Minhas primas, Sophy e Agnes, não se preocupavam com o bem-estar do irmão mais do que os seus convidados. Todos estavam ansiosos pelo baile de Ano-Novo, que seria um acontecimento. Todas as pessoas importantes num raio de cem quilômetros estariam presentes, todos os cantos da abadia estariam cheios com visitas que teriam vindo de muito longe, enquanto outros eram convidados entre os melhores arrendatários das redondezas.

A organização dessa festa não era fácil, e as manhãs da sra. Chrighton se enchiam com as discussões com a governanta, os recados da cozinheira, as conversas com o jardineiro-chefe sobre a decoração com as flores e outros detalhes, e todos exigiam a exclusiva atenção da castelã. Com essas tarefas, e com os pedidos de inúmeros convidados, minha prima Fanny estava tão ocupada, que teve pouco tempo livre para ficar apreensiva e ansiosa em relação a seu filho, seguindo o que secretamente lhe passava pelo coração de mãe. Quanto ao senhor da abadia, este passava grande parte do dia na biblioteca, onde, com a desculpa do cargo jurídico, lia textos em grego, e ninguém sabia o que ele sentia. Somente uma vez eu o ouvi falar com o filho, num tom que indicava expectativa pelo seu pronto retorno.

As mocinhas receberam chapéus novos de uma chapeleira francesa de Wigmore Street e, à medida que o grande dia se aproximava, grandes caixas de chapéus continuavam a chegar, e as mulheres se reuniam para trocar ideias e mostrar os vestidos e os acessórios o dia todo em seus quartos e *closets* a portas fechadas. Assim, com a mente sempre perturbada pelo mesmo obscuro e indefinido mau agouro, eu era a toda hora chamada para dar minha opinião sobre tules cor-de-rosa, lírios-do-vale ou flores de maçã.

Por fim, amanheceu o dia de ano-novo, após uma noite muito longa, como pareceu para mim. Um dia claro e cristalino, com um sol quase de primavera iluminava as árvores despidas. À medida que se reuniam para o desjejum na grande sala de jantar, todos se cumprimentavam de modo efusivo e expressavam seus melhores desejos nesse primeiro dia de ano-novo, depois de terem visto o ano velho se ir com alegria na véspera, mas Edward ainda não havia retornado, e eu sentia demais sua falta.

Um sentimento de compaixão me fez me aproximar de Julia Tremaine nessa manhã em especial. Eu a observara de perto nos últimos dias, e reparara como ela havia empalidecido. Hoje os olhos pesados mostravam que ela não havia dormido. Sim, eu tinha certeza de que ela estava se sentindo infeliz – que sua natureza insistente e orgulhosa sofria amargamente.

– Ele deve chegar hoje em casa – eu sussurrei para ela, ao vê-la sentada de modo imponente e silencioso diante do café da manhã, sem tocá-lo.

– Quem? – ela respondeu, virando-se para mim com um olhar frio e distante.

– Meu primo Edward. Sabe que ele prometeu que estaria de volta a tempo para o baile.

– Desconheço as pretensões do sr. Chrighton – ela respondeu, no tom mais arrogante possível –, mas é natural que ele deva estar aqui hoje à noite. Ele não ousaria insultar a metade do condado com sua ausência, embora ele não dê nenhum valor aos convidados do pai dele.

– Mas sabe que há uma pessoa aqui que ele valoriza mais do que qualquer outra no mundo, srta. Tremaine – respondi, ansiosa para acalmar essa jovem orgulhosa.

– Desconheço isso totalmente. Mas por que está falando tão solenemente sobre o retorno dele? É claro que ele virá. Não há nenhum motivo para que ele não venha.

Ela falava rápido, o que era inusitado para ela, e me encarava de um modo inquisitivo que, de alguma forma, me tocava, tão diferente do seu modo de agir – revelando-me sua ansiedade.

– Não, não há razão para preocupação – eu disse –, mas lembra-se do que lhe contei na outra noite? Isso tomou minha mente, e será um alívio incomensurável para mim quando meu primo estiver a salvo em casa.

– Lamento que se deixe levar por essa sua fraqueza, srta. Chrighton.

Isso foi tudo o que ela disse, mas quando a vi na sala de visitas depois do desjejum, ela estava posicionada numa janela em direção à longa e sinuosa alameda que terminava em frente à abadia. Desse lugar, ela podia ver qualquer um que se aproximasse da casa. Ficou sentada ali o dia inteiro; todos os outros estavam ocupados com os arranjos para a noite, ou de algum modo preocupados com sua aparência, mas Julia Tremaine ficou junto da janela, alegando dor de cabeça, como um pretexto para continuar sentada ali, com um livro nas mãos, recusando-se a ir se deitar no quarto, enquanto sua mãe insistia que ela fosse.

– Não vai estar disposta para fazer nada hoje à noite, Julia – disse a sra. Tremaine, quase zangada. – Há dias parece doente, e hoje está branca como um fantasma.

Eu sabia que ela estava à espera de Edward, e senti pena dela com todo o meu coração, à medida que o dia passava e ele não chegava.

Jantamos mais cedo do que de costume, jogamos uma partida ou duas de bilhar depois de comer, inspecionamos os quartos iluminados apenas com velas de cera, e perfumados com bálsamos exóticos; e então seguiu-se um longo interregno dedicado às artes e aos mistérios da toalete, enquanto as criadas iam de um lado a outro carregando anáguas de babados de musselina trazidas da lavanderia, e um leve cheiro de cabelo queimado percorria os corredores. Às dez, a orquestra começou a afinar os violinos, e as mocinhas bonitas e os rapazes elegantes desceram lentamente a ampla escadaria de carvalho, enquanto o ruído das rodas das carruagens apressadas aumentava do lado de fora, e os importantes nomes dos convidados do condado eram anunciados em voz alta na entrada.

Não preciso me alongar muito sobre os detalhes da festa naquela noite. Parecia-se com outros bailes – um sucesso espetacular, uma noite de esplendor e encantamento para aqueles cujo coração estava leve e feliz, e que podiam se entregar aos prazeres daquele momento; uma imagem embaçada de rostos claros e vestidos de cores vivas, mas uma procissão caleidoscópica tediosa de formas e cores para aqueles cuja mente estava sobrecarregada com o fardo de uma preocupação oculta.

Para mim, a música não tinha melodia, e aquela cena deslumbrante não tinha charme algum. As horas passaram, a ceia terminou, e todos desfrutavam das últimas danças, que sempre parecem ser as mais deliciosas e, no entanto, Edward Chrighton ainda não estava entre nós.

Muitos perguntaram dele, e a sra. Chrighton desculpou-se pela sua ausência da melhor forma que pôde. Pobrezinha, eu bem sabia que o fato de ele não ter voltado seria a fonte de uma aguda ansiedade para ela, embora cumprimentasse todos os convidados com o mesmo sorriso gracioso, e conseguisse conversar alegremente sobre qualquer assunto. Em certo momento, quando se sentou sozinha por alguns minutos, observando enquanto os convidados dançavam, vi seu sorriso desaparecer do rosto, e um olhar de angústia se apossou de seu semblante. Quis aproximar-me dela nesse instante, e nunca esquecerei o olhar que ela me lançou ao me ver.

– Meu filho, Sarah! – ela disse num sussurro. – Alguma coisa aconteceu a meu filho!

Esforcei-me em acalmá-la, mas meu coração pesava cada vez mais, e meus esforços eram praticamente nulos.

Julia Tremaine dançou um pouco no início da noite, a fim de manter as aparências, eu creio, para ninguém supor que ela estava aflita com a ausência do noivo, mas, depois da segunda ou terceira dança, alegou cansaço, e se sentou com as senhoras. Estava linda, apesar de sua extrema palidez, num vestido de tule branco, como uma perfeita nuvem soprada pelo vento, com uma coroa de folhas de hera e diamantes ornando seus cabelos dourados.

No fim da noite, os convidados estavam dançando a última valsa quando olhei para a porta no fim da sala. Surpreendi-me ao ver um homem ali parado, de chapéu na mão, mas sem traje de gala; estava pálido e com uma expressão ansiosa, observando atentamente o salão. Meu primeiro pensamento não me agradou, mas, no minuto seguinte, o homem sumiu e não o vi mais.

Fiquei com minha prima Fanny até os salões se esvaziarem. Sophy e Aggy foram para o quarto, com os vestidos volumosos desfeitos pela dança vigorosa daquela noite. Ficamos apenas o sr. e a sra. Chrighton e eu nas amplas salas conjugadas, onde as flores estavam murchas e as velas de cera se apagavam uma a uma nas arandelas de prata nas paredes.

— Acho que a noite foi muito boa — disse Fanny, olhando ansiosa para o marido, que se espreguiçava e bocejava com alívio.

— Sim, tudo correu bastante bem. Mas Edward quebrou as regras de boas maneiras ao não estar presente. Eu digo, os jovens de hoje não pensam em nada, senão em seus próprios prazeres. Creio que algo muito importante deve ter acontecido em Wycherly hoje, e ele não conseguiu sair de lá.

— Ele não costuma quebrar suas promessas — respondeu a sra. Chrighton. — Não está alarmado, Frederick? Não acha que aconteceu alguma coisa, um acidente?

— O que poderia acontecer? Ned é um dos melhores cavaleiros do condado. Não creio que tenha perigo de algo ter acontecido a ele.

— Ele pode ter ficado doente.

— Não ele. Ele é um jovem Hércules. E se fosse possível ele ter ficado doente, o que não é, já teríamos recebido alguma notícia de Wycherly.

Mal ele disse essas palavras, Truefold, o velho mordomo, postou-se ao lado dele com uma expressão ansiosa e solene.

— Há uma... uma pessoa que deseja vê-lo, senhor — ele disse baixinho —, a sós.

Embora ele tivesse falado baixinho, Fanny e eu o ouvimos.

— Alguém de Wycherly? — ela exclamou. — Traga-o até aqui.

— Mas, senhora, ele insistiu que queria falar com o senhor, a sós. Devo levá-lo até a biblioteca, senhor? As velas ainda estão acesas ali.

— Então é alguém de Wycherly — respondeu minha prima, pegando meu pulso com sua mão gelada. — Eu não lhe disse, Sarah? Aconteceu alguma coisa com meu filho. Traga-o até aqui, Truefold, faço questão.

A ordem soou estranha para uma esposa que sempre aquiesceu em relação ao marido, uma senhora que sempre foi gentil com os criados.

— Faça isso, Truefold — disse o sr. Chrighton. — Não importa a má notícia que ele traz, nós a ouviremos juntos.

Ele pôs o braço em volta da cintura da esposa. Ambos estavam pálidos como o mármore, e ficaram imóveis, esperando o golpe que iria abatê-los.

O estranho que eu vira na porta, entrou. Era o pároco auxiliar da igreja de Wycherly e capelão de sir Francis Wycherly, um circunspecto senhor de meia-idade. Ele nos contou o que tinha a nos dizer com toda a gentileza, com todas as formas costumeiras de consolo que o cristianismo e a tristeza podem ter. Palavras vãs, preocupação inútil. O golpe veio e o consolo terreno não conseguiria reduzi-lo ao peso de uma pluma.

Houve uma corrida rústica[98] em Wycherly — uma atividade amadora entre os cavaleiros — naquele belo dia de ano-novo, e Edward Chrighton foi convencido a montar seu cavalo de caça favorito,

---

[98] Corrida de cavalos numa pista de obstáculos, com valas de água e sebes para serem saltadas. (N. da T.)

Pepperbox. Havia tempo suficiente para ele retornar a Chrighton depois da corrida. Ele aceitou, e o cavalo seguia na frente, quando, antes da última cerca, uma dupla barreira, com vala de água em seguida, Pepperbox refugou o salto, e o arremessou para a frente, e ele caiu sobre a sebe num campo ao lado da pista, onde havia um pesado cilindro de pedra. Edward Chrighton caiu sobre o cilindro e bateu a cabeça com força. Ele relatara tudo. Enquanto o pároco narrava a catástrofe fatal, olhei em volta de repente, e vi Julia Tremaine, de pé, um pouco atrás dele. Ela ouviu o que ele disse. Não ameaçou chorar, não parecia que iria desmaiar, mas continuou imóvel, esperando o fim do relato.

Não sei como essa noite terminou: abateu-se um terrível silêncio sobre nós. Uma carruagem foi preparada, e o sr. e a sra. Chrighton seguiram para Wycherly a fim de buscar o filho morto. Ele morreu enquanto era carregado até a casa do sr. Francis. Fui com Julia Tremaine até seu quarto, e fiquei sentada com ela, enquanto a manhã surgia devagar naquele dia de inverno – um amargo amanhecer.

Não tenho muito mais a contar. A vida continua, mesmo com os corações partidos. A Abadia Chrighton foi tomada por uma total desolação. O senhor da casa vivia trancado na biblioteca, apartado do mundo, quase como um eremita em sua caverna. Soube que Julia Tremaine nunca mais sorriu depois desse dia. Continua solteira, e vive na casa de campo de seu pai, orgulhosa e reservada entre os seus, mas um anjo de misericórdia e compaixão entre os pobres da vizinhança. Sim, essa moça altiva, que uma vez se declarou incapaz de suportar as pobres cabanas, agora é uma irmã de caridade em tudo, menos nas vestimentas. Assim uma grande tristeza mudou o destino de uma mulher.

Vi minha prima Fanny muitas vezes depois dessa maldita noite de ano-novo, pois continuei a ser recebida do mesmo modo na abadia. Eu a vejo tranquila e alegre, cumprindo suas tarefas, sorrindo para os netos, a respeitável senhora de uma grande casa, mas sei que o motivo principal de sua vida havia acabado; que, para ela, a glória terrena já havia passado, e que, diante de todos os prazeres e alegrias deste mundo, ela olha com a calma solene daqueles para quem todas as coisas estão sob a sombra de uma grande tristeza.

CAPÍTULO X

O DESTINO DE MADAME CABANEL

Eliza Lynn Linton

1873

Filha de vigário e neta de bispo evangélico, a mãe de Eliza Lynn morreu quando a filha contava apenas cinco meses de idade. Depois de uma infância em que estudou como autodidata, deixou a cidade natal de Keswick, na região de Lake District, na Inglaterra, aos vinte e três anos, para se tornar escritora em Londres. No mesmo ano, com a ajuda do então famoso poeta Walter Savage Landor, publicou o primeiro romance, *Azeth, o egípcio*.[99]

Com outros dois romances publicados ao longo de seis anos, *Azeth* fez um relativo sucesso, mas Eliza começou a trabalhar como jornalista no *Morning Chronicle* e no *Household Words*.

---

[99] *Azeth, the Egyptian*, no original. (N. da T.)

Foi a primeira mulher a receber salário como jornalista na Grã-Bretanha.

Em 1858, Eliza casou-se com William James Linton, xilogravurista, pintor, escritor e reformista político. Embora ele tivesse nascido em Londres, tinha uma residência em Lake District, perto de Coniston Water: Eliza mudou-se para a casa dele, onde vivia com sete filhos do casamento anterior, mas, em 1867, o casal se separou amigavelmente, e Eliza retornou a Londres.

Além de mais de vinte romances, Eliza publicou livros de não ficção, e muitos deles – talvez, surpreendentemente – de crítica feminista. Também escreveu livros regionais, uma autobiografia chamada *Minha vida literária* (1899)[100] e um levantamento histórico, *Histórias sobre bruxas* (1861).[101]

A ficção de Eliza era, em geral, dramática, mas nem sempre a respeito do sobrenatural. "O destino de madame Cabanel"[102] inclui o vampirismo entre seus temas, mas Linton não diz ao leitor se há algo sobrenatural na história ou não: em vez disso, os monstros são humanos, movidos por ignorância, xenofobia e superstição, para destruir uma vizinha, que – num mundo racional, ao menos – é totalmente inocente.

Os fãs de Sherlock Holmes poderão ver algumas semelhanças entre este conto e "A aventura do vampiro de Sussex",[103] publicado em 1924. Enquanto o conto de Doyle se refere ao triunfo da ciência e do racionalismo sobre a superstição – dada a ironia do interesse do escritor em relação ao espiritualismo e a crença na

---

[100] *My Literary Life*, no original. (N. da T.)
[101] *Witch Stories*, no original. (N. da T.)
[102] "The Fate of Madame Cabanel", no original. (N. da T.)
[103] "The Adventure of the Sussex Vampire", no original. (N. da T.)

fraude das Fadas de Cottingley[104] – "O destino de madame Cabanel" chega à conclusão oposta, com sua infeliz personagem condenada após uma simples acusação.

O progresso não havia invadido e a ciência ainda não iluminara a pequena aldeia de Pieuvrot, na Bretanha. Era um povo simples, ignorante e supersticioso que vivia ali, e os luxos da civilização eram tão esparsos quanto seu conhecimento. Labutavam a semana inteira no solo ingrato que lhes dava em troca uma esquálida subsistência; acreditavam em tudo o que *monsieur le curé*[105] lhes dizia, e em muitas coisas que ele não falava; e consideravam o desconhecido, não como magnífico, mas diabólico.

A única ligação entre eles e o mundo exterior quanto à mente e o progresso era *monsieur* Jules Cabanel, o dono, *par excellence*,[106] do lugar; *maire, juge de paix*,[107] todas as funções públicas numa só pessoa. E, às vezes, ele ia a Paris, de onde voltava com muitas novidades, que suscitavam inveja, admiração ou medo, dependendo do grau de inteligência de cada um.

---

[104] "As Fadas de Cottingley" ficaram conhecidas a partir das cinco fotos feitas pelas primas Elsie Wright (1901-1988) e Frances Griffiths (1907-1986), de 16 e 10 anos de idade, que viviam em Cottingley, próximo a Bradford, na Inglaterra. As duas primeiras, de 1917, chamaram a atenção de sir Arthur Conan Doyle, que usou-as para ilustrar um artigo sobre fadas na edição de Natal de 1920, da *The Strand Magazine*, acreditando serem uma prova de um fenômeno sobrenatural. Na década de 1980, ambas admitiram que as fotos haviam sido forjadas, e que mantiveram a história para não prejudicar quem acreditou nelas. (N. da T.)
[105] Senhor cura ou padre, em francês no original. (N. da T.)
[106] "Por excelência", em francês no original. (N. da T.)
[107] Prefeito ou juiz de paz, em francês no original. (N. da T.)

Monsieur Jules Cabanel não era o homem mais atraente de seu estrato social, mas era tido, no fundo, como boa pessoa. Um homem atarracado, corpulento, de sobrancelhas baixas, cabelo preto-azulado, cortado à escovinha, e barba da mesma cor, propenso à obesidade, e amante da boa vida, que devia ter algumas virtudes ocultas, para compensar a ausência de encantos pessoais. No entanto, ele não era mau; era apenas comum e pouco agradável.

Até os cinquenta, ainda era o solteirão cobiçado da região, porém, até agora, resistira a todas as investidas amorosas, e manteve intacta sua liberdade e solteirice. Talvez sua bela empregada, Adèle, tivesse algo a ver com seu persistente celibato. Diziam que ela teria a primazia sobre as outras na taberna *La Veuve Prieur*,[108] mas ninguém se atrevia a dar-lhe essa sugestão. Era uma mulher orgulhosa e reservada, e tinha noções tão estranhas quanto à sua dignidade, que ninguém se incomodava em discutir com ela. Portanto, não importam as maledicências que corriam secretamente pela aldeia, nem ela, nem seu senhor tinham conhecimento disso.

Nessa época, Jules Cabanel, que passara mais tempo do que de costume em Paris, retornou, de repente, com uma esposa. Adèle teve apenas um dia de antecedência para se preparar para essa estranha chegada, e a tarefa parecia pesada. Mas conseguiu superá-la com sua antiga determinação silenciosa; arrumou os quartos como sabia que seu senhor queria que fossem arrumados, e até complementou os belos enfeites da casa pondo um buquê de flores na mesa da sala de visitas.

"Estranhas flores para uma noiva", disse para si mesma a pequena Jeannette, a pastora de gansos, que, às vezes, vinha até a residência para ajudar, ao ver os heliotrópios – conhecidos, na França,

---

[108] "A Viúva Prieur", em francês no original. (N. da T.)

como *la fleur des veuves*[109] – papoulas escarlates, um ramo de beladona, outro de acônito – que mal serviam, como até a ignorante Jeannette dissera, como flores de boas-vindas depois de um casamento. No entanto, elas ficaram onde Adèle as colocou, e se *monsieur* Cabanel quis dizer alguma coisa com a forte expressão de desgosto com que ordenou que fossem retiradas de sua vista, madame pareceu não perceber nada, enquanto sorria com aquele olhar vago e um tanto depreciativo de alguém que assiste a uma cena, cujo verdadeiro sentido não compreendeu muito bem.

Madame Cabanel era estrangeira e inglesa; jovem, bonita e loura como um anjo. "*La beauté du diable*",[110] disseram os moradores de Pieuvrot, em tom de zombaria e revolta, pois as palavras vinham carregadas de um significado maior do que o costumeiro. De pele curtida, mal nutridos, baixos e esquálidos como eram, não conseguiam compreender as formas roliças, a estatura alta e a aparência viçosa daquela inglesa. Contrário à experiência, era mais provável que ela fosse má do que boa. A sensação negativa que causou à primeira vista se aprofundou quando constataram, que, embora ela fosse pontualmente à missa, desconhecia o missal, e se sentava meio de lado. *La beauté du diable*, na fé!

– *Puff!* – disse Martin Briolic, o velho coveiro do pequeno cemitério. – Com aqueles lábios vermelhos, bochechas rosadas e ombros carnudos, parece uma vampira, como se sugasse sangue.

Ele disse isso certa noite na taberna *La Veuve Prieur*, e com uma convicção que tinha seu peso. Porque Martin Briolic tinha a reputação de ser o homem mais sábio da região, até mais do que *monsieur le curé*, que era um sábio ao seu modo, que não era o mesmo do que Martin – nem *monsieur* Cabanel, que também era sábio ao seu modo,

---

[109] A flor das viúvas, em francês no original. (N. da T.)
[110] "A beleza do diabo", em francês no original. (N. da T.)

que não era o mesmo do que Martin, nem o *curé*. Ele sabia tudo sobre o tempo e as estrelas, as ervas silvestres que cresciam na planície, e os animais selvagens e tímidos que se alimentavam delas; e tinha o poder de adivinhação, e conseguia encontrar as fontes de água ocultas debaixo da terra com uma forquilha. Sabia também onde podiam ser encontrados tesouros na véspera de Natal, se fossem rápidos e corajosos o suficiente para passar pela fenda na rocha no momento certo, e sair antes que se fechasse; e vira com os próprios olhos as Damas Brancas dançando sob a luz do luar, e os diabinhos, os *lutins*,[111] brincando perto do poço, na beira da floresta. E suspeitava de quem, entre aqueles homens de coração duro de La Crèche-en-bois – a aldeia rival – fosse um *loup-garou*,[112] se houvesse um na face da terra, e ninguém duvidava disso! Tinha outros poderes ainda mais místicos, assim as palavras más de Martin Briolic valiam alguma coisa, enquanto, com a injustiça ilógica de uma natureza doentia, as palavras boas não valiam nada.

Fanny Campbell, ou, como agora ela era conhecida, madame Cabanel, não teria chamado uma atenção especial na Inglaterra, ou em qualquer outro lugar, senão numa aldeia semiviva, ignorante e por consequência maledicente como Pieuvrot. Ela não possuía nenhum passado romântico secreto, e a vida que teve fora bastante comum, ainda que triste à sua maneira. Era órfã e se tornou governanta, muito jovem e muito pobre, cujos patrões brigaram com ela e a abandonaram em Paris, sozinha e quase sem dinheiro, então ela se casou com *monsieur* Jules Cabanel, de fato, a melhor coisa que poderia ter feito por si mesma. Sem amar mais ninguém, não foi difícil ser conquistada pelo primeiro homem que demonstrou bondade numa hora de angústia e miséria; e ela aceitou seu pretendente de meia-idade, que tinha mais idade para ser seu pai do que marido, com a consciência limpa

---

[111] Elfos, fadas, gnomos, goblins, duendes, em francês no original. Pronuncia-se "lutan". (N. da T.)

[112] Lobisomem, em francês no original. (N. da T.)

e a determinação de cumprir seu dever com alegria e fidelidade – tudo sem se fazer de mártir, ou de vítima sacrificada pela crueldade das circunstâncias. No entanto, desconhecia a bela governanta Adèle e seu pequeno sobrinho – para quem seu senhor era tão gentil, que lhe permitia viver na Mansão Cabanel, e fez com que ele fosse bem ensinado pelo cura. Talvez, se soubesse, teria pensado duas vezes antes de se meter debaixo do mesmo teto com uma mulher que lhe ofereceu papoulas, heliotrópios e flores venenosas como buquê de noiva.

Se alguém tivesse que dizer a principal característica de madame Cabanel, seria seu bom temperamento. Via-se isso nos contornos arredondados, suaves e indolentes do seu rosto e do seu corpo; nos olhos azul-claros e no sorriso plácido e constante, que irritava o temperamento francês mais petulante e, principalmente, enojava Adèle. Parecia impossível irritar madame, ou até fazê-la compreender quando ela era insultada, dizia a governanta com profundo desdém e, para fazer justiça à mulher, não poupou esforços para esclarecer isso a ela. Mas madame aceitou a altiva discrição e a postura desafiadora de Adèle com uma doçura indescritível, de fato, ela ficou satisfeita por tantos problemas terem sido tirados de suas mãos, e por Adèle ter assumido tão gentilmente as tarefas.

As consequências dessa vida plácida e preguiçosa, quando suas qualidades ficaram de certa forma adormecidas e, ela, aproveitando o oposto dos seus últimos anos de privação e ansiedade, causou, como se esperava, um aumento de sua beleza física, que fez o frescor e sua boa forma se tornarem ainda mais evidentes. Seus lábios ficaram mais vermelhos, as bochechas mais rosadas, os ombros mais carnudos do que nunca, mas enquanto ela resplandecia, a saúde da pequena aldeia definhava, e nem o aldeão mais antigo tinha memória de um tempo com tantas doenças e mortes. O senhor também sofreu um pouco; o pequeno Adolphe, adoeceu inesperadamente.

Essa falta de saúde generalizada em aldeias próximas a terrenos pantanosos não é incomum na França, ou na Inglaterra, nem a constante e lamentável mortalidade das crianças francesas, mas Adèle tratava do assunto como fato excepcional e, quebrando seus hábitos lacônicos, disse a todos o que queria dizer, enfaticamente, sobre a estranha doença que se abateu sobre Pieuvrot e a Mansão Cabanel, e como ela acreditava que fosse algo além de incomum; e quanto a seu pequeno sobrinho, ela não podia dizer, nem encontrar um remédio para a estranha doença que o afligia. Ocorriam fatos curiosos, ela dizia, e Pieuvrot não se recuperara desde as últimas mudanças. Jeannette passou a notar quando ela encarava a inglesa, lançando um olhar tão mortal para seu belo rosto, desviando os olhos da pele fresca e das formas opulentas da estrangeira para o rosto pálido, esquálido e desbotado daquela pequena criança. Era um olhar, depois ela disse, que fazia sua carne enregelar e arrepiar-se como se estivesse cheia de vermes.

Certa noite, Adèle, sem suportar mais tudo isso, foi até Martin Briolic, para ver como tudo havia começado – e qual seria o remédio

– Espere, madame Adèle – respondeu Martin, embaralhando as cartas de tarô engorduradas e colocando trincas sobre a mesa –, há mais coisas do que o olho pode perceber. Vemos apenas um pobre menino, que subitamente adoeceu; é o que parece, não é? Sem haver nenhum mal praticado por ninguém? Deus faz com que todos adoeçam e eu lucre com isso. Mas o pequeno Adolphe não foi tocado pelo bom Deus. Vejo a vontade de uma mulher má nisso, hein?

Nesse momento, ele embaralhou as cartas e espalhou-as de um modo displicente, com as mãos enrugadas e trêmulas, e a boca murmurando palavras que Adèle não conseguia entender.

– São José e todos os santos nos protejam! – ele exclamou. – A estrangeira, a inglesa, esta a quem chamam de madame Cabanel, sem direito de ser! Ah, que tristeza!

– Fale, padre Martin! O que quer dizer? – exclamou Adèle, agarrando-se ao seu braço.

Os olhos negros esbugalhados, as narinas dilatadas, os lábios finos sinuosos comprimiam-se num esgar mostrando os dentes quadrados.

– Diga-me em palavras diretas o que quer dizer!

– *Broucolaque!*[113] – sussurrou Martin.

– Era o que eu acreditava! – exclamou Adèle. – Eu sabia! Ah, meu Adolphe! Triste dia em que o senhor trouxe para casa aquele diabo em pele de mulher!

– Aqueles lábios vermelhos não são à toa, madame Adèle – disse Martin, movendo a cabeça. – Observe-os, eles brilham como sangue! Eu disse isso desde o início, e as cartas disseram o mesmo. Eu tirei "sangue" e "mulher bela e má" na noite em que o senhor a trouxe para casa, e eu disse para mim mesmo: "Ha, ha, Martin! Estás na pista certa, rapaz, na pista certa, Martin!" e, madame Adèle, eu nunca mudei de ideia. *Broucolaque!* É isso o que as cartas dizem, madame Adèle. Vampira! Olhe e veja, olhe e veja, e verá que as cartas dizem a verdade.

– E quando comprovarmos isso, Martin? – perguntou Adèle num sussurro rouco.

O velho embaralhou as cartas novamente.

– Quando comprovarmos, madame Adèle? – ele perguntou devagar. – Conhece o velho poço junto à floresta? O velho poço de onde os *lutins* entram e saem, e onde as Damas Brancas torcem o pescoço daqueles que tentam pegá-las sob o luar? Talvez as Damas Brancas façam o mesmo com a mulher inglesa de *monsieur* Cabanel, quem sabe?

– Talvez... – concordou Adèle, em tom grave.

---

[113] Vampiro condenado a vagar como morto-vivo, com sede de sangue, cometendo atrocidades, em francês no original. (N. da T.)

– Coragem, mulher! – disse Martin. – Elas farão.

O único lugar realmente bonito em Pieuvrot era o cemitério. Em contraste, havia uma floresta sombria, grandiosa em seu modo misterioso; e havia uma larga planície onde se podia passear durante um longo dia de verão sem chegar até o fim, mas dificilmente esses seriam lugares aonde uma moça gostaria de ir sozinha e, de resto, havia os pequenos campos cultivados semeados pelos camponeses, onde faziam suas pobres e miseráveis colheitas. Então, madame Cabanel, que, pela indolência a que se entregou, tinha como hábito caminhar e tomar ar fresco, assombrada com aquele pequeno cemitério. Ela não possuía qualquer sentimento por ele. Não conhecia, nem se importava com nenhum dos mortos que jaziam ali nos estreitos caixões, mas gostava de olhar os belos canteiros de flores, as guirlandas de *immortelles*[114] e coisas parecidas; também a distância de sua própria casa era bastante para ela, com uma boa vista da planície até o cinturão escuro de floresta e das montanhas além.

Os aldeões de Pieuvrot não compreendiam isso. Era inexplicável para eles que alguém, que não fosse louco, visitasse o cemitério – não no Dia de Finados, nem para adornar o túmulo de um ente querido – apenas para ficar sentado ali e vagar entre as tumbas, olhando para a planície e as montanhas quando se cansava.

– É como se... – foi tudo o que disse Lesouëf, ao parar para trocar uma palavra com ela.

Ele disse isso na taberna *La Veuve Prieur* onde a aldeia se reunia todas as noites para conversar sobre os pequenos afazeres do dia, e onde o tema principal, desde que esta chegara à aldeia havia três meses, era madame Cabanel, seus estranhos modos, sua torpe ignorância sobre o missal e seus misteriosos malfeitos, intercalados com

---

[114] Designação em francês para os enfeites de flores de plástico, porcelana ou bronze, em forma de guirlandas ou de cruzes, colocadas sobre as lápides ou nas paredes de mausoléus para representar flores frescas. (N. da T.)

perguntas maldosas, que passava de um a outro, de como madame Adèle aceitava isso? – e o que seria do *le petit* Adolphe quando nascesse o legítimo herdeiro? – alguns acrescentavam que *monsieur* era um homem corajoso por abrigar duas gatas selvagens debaixo do mesmo teto; e o que aconteceria no final? Com certeza, algum mal.

– Andar entre as sepulturas como o quê, Jean Lesouëf? – perguntou Martin Briolic.

Ele se levantou e acrescentou, em voz baixa e clara, pronunciando bem cada palavra:

– Vou lhe dizer como o quê, Lesouëf: como uma vampira! madame Cabanel tem os lábios e as bochechas vermelhas; e o pequeno sobrinho de madame Adèle definha a olhos vistos. Madame Cabanel tem os lábios e as bochechas coradas, e fica sentada por horas entre os túmulos. Conseguem decifrar o enigma, meus amigos? Para mim, está claro como a luz do sol.

– Ah, padre Martin, encontraste a palavra: como uma vampira! – disse Lesouëf, tremendo os ombros.

– Como uma vampira! – todos repetiram, emitindo um gemido.

– E eu fui o primeiro a dizer que era uma vampira – disse Martin Briolic. – Lembrem-se de que eu fui o primeiro a dizer isso.

– Verdade, tu disseste! – eles responderam. – E disseste a verdade.

Então, o sentimento de hostilidade que acompanhou a jovem inglesa desde que chegara a Pieuvrot encontrou um foco. A semente que Martin e Adèle lançaram de modo tão sedutor finalmente deitou raízes, e os aldeões de Pieuvrot estavam prontos para acusar de ateu e imoral qualquer um que duvidasse dessa conclusão, ou dissesse que a bela madame Cabanel fosse uma jovem que não tinha o que fazer, de tez naturalmente clara, gozando de plena saúde – que não fosse uma vampira sugando o sangue de uma criança, e que vagava entre os túmulos, buscando uma presa entre os recém-enterrados.

O pequeno Adolphe ficava cada vez mais pálido e magro; o sol inclemente do verão castigava os famintos aldeões dos casebres imundos, cercados por pântanos pestilentos, e a então resistente saúde de *monsieur* Jules Cabanel começou a esmorecer como a dos outros. O médico, que vivia em Crècheen-bois, balançou a cabeça ao ver o estado de coisas, e disse que era grave. Quando Adèle o pressionou a dizer qual era o problema da criança e do senhor, ele tergiversou, ou disse palavras que ela não entendia, nem conseguia pronunciar. A verdade é que o médico era um homem crédulo, e suspeitava tudo; um homem imaginativo que criava hipóteses, e se punha a provar que estivessem certas. Inventou a hipótese de que Fanny teria envenenado o marido e a criança escondido, e embora ele não dissesse isso a Adèle, também não lhe dizia nada em definitivo para provar o contrário.

Quanto a *monsieur* Cabanel, ele não era um homem imaginativo e também não suspeitava de nada; um homem que levava a vida de modo simples, sem se estressar muito para não ofender os outros; um homem egoísta, porém não cruel; um homem cujo prazer era sua lei suprema, e que não podia imaginar, muito menos tolerar a oposição, ou o desejo por amor e o respeito por si mesmo. Ainda assim, amava a esposa como nunca havia amado nenhuma outra mulher. Moldado de forma grosseira, de índole comum, ele a amava com a força e a paixão oriundas da natureza poética e, mesmo que fosse pouco em quantidade, era sincero em qualidade. Mas essa qualidade foi bastante testada quando ora Adèle, ora o médico sugeriam, de forma sigilosa, um, sobre influências diabólicas; o outro, a respeito de procedimentos secretos com os quais deveria tomar cuidado, especialmente com o que ele comesse e bebesse, como eram preparados os alimentos e por quem; Adèle acrescentando pistas sobre a perfídia das mulheres inglesas, e a parte do diabo quanto a cabelos louros e peles brilhantes. Mesmo amando a jovem esposa como ele amava, essa contínua insinuação acabou por produzir efeito. Apenas por sua firmeza e lealdade provocou um efeito tão pequeno.

Uma tarde, entretanto, Adèle, em agonia, ajoelhou-se a seus pés – a senhora havia saído para seu passeio costumeiro – chorando:

– Por que me trocaste por uma mulher como essa? Eu, que te amava, que te era fiel e, ela, que anda entre túmulos, que suga teu sangue e de nosso filho, ela que tem uma beleza diabólica e que não te ama?

Algo, de repente, pareceu tocá-lo com uma descarga elétrica.

– Que tolo miserável que fui! – ele respondeu, chorando com a cabeça encostada no ombro de Adèle.

O coração dela saltou de alegria. Seu reinado seria renovado? Sua rival seria destronada?

A partir dessa noite, o comportamento de *monsieur* Cabanel mudou em relação à jovem esposa, mas esta era dócil e inocente demais para perceber qualquer coisa, ou se percebeu, ela o amava tão pouco – era apenas uma questão de amizade não perturbada –, que não se preocupou, e aceitou a frieza e a rudeza que surgiram em seus modos, como sempre aceitava tudo de boa vontade. Seria mais sensato se tivesse chorado, feito um escândalo e aberto o jogo com *monsieur* Cabanel. Eles teriam se entendido melhor, pois os franceses adoram discussões acaloradas seguidas de reconciliação.

Naturalmente bondosa, madame Cabanel passeava muito pela aldeia, oferecendo ajuda de todo tipo aos doentes. Mas nenhum deles, nem os mais pobres – de fato, nem os mais pobres –, a recebiam educadamente, ou aceitavam sua ajuda. Se ela tentasse tocar alguma criança moribunda, a mãe, tremendo, pegava-a às pressas nos braços; se falasse com os adultos adoentados, os olhos mirrados a encarariam com horror e sua voz fraca murmuraria palavras num dialeto incompreensível para ela. Mas sempre surgia a mesma palavra: "*Broucolaque!*".

"Como essas pessoas detestam os ingleses!", ela pensava ao se afastar, talvez apenas um pouco deprimida, mas muito fleumática para se deixar incomodar ou perturbar mais profundamente por isso.

O mesmo acontecia em casa. Se quisesse fazer um carinho na criança, Adèle recusava seu gesto com veemência. Uma vez, tirou o menino bruscamente de seus braços, dizendo:

– *Broucolaque* infame! Debaixo da minha vista?

E, certa vez, quando Fanny se preocupou com o marido, e quis lhe preparar uma xícara de caldo de carne *à l'Anglaise*,[115] o médico a encarou como se estivesse vendo através dela; e Adèle entornou a panela, dizendo, num tom insolente, com os olhos cheios de lágrimas:

– Assim não é rápido o suficiente, madame? Mais devagar, a não ser que me mate primeiro!

Fanny não respondeu nada, pensando apenas que o médico fosse muito rude para encará-la daquele modo, e que Adèle devia estar muito zangada, e como era mal-humorada – tão diferente de uma governanta inglesa!

Porém, *monsieur* Cabanel, quando soube disso, chamou Fanny, e disse-lhe num tom mais carinhoso do que como estava falando com ela ultimamente:

– Tu não me machucarias, querida esposa? Seria por amor e bondade, não por mal, o que tu me farias?

– Por mal? Que mal posso eu fazer? – respondeu Fanny, arregalando os olhos azuis. – Que mal eu faria ao meu melhor e único amigo?

– E sou teu amigo? Teu amante? Teu marido? Tu me amas, querida? – perguntou *monsieur* Cabanel.

– Querido Jules, tão querido por mim. Quem está aqui perto de ti? – ela perguntou.

Fanny o beijou e ele respondeu, com fervor:

---

[115] "À moda inglesa", em francês no original. (N. da T.)

– Deus te abençoe!

No dia seguinte, *monsieur* Cabanel precisou viajar para tratar de negócios urgentes. Iria se ausentar por dois dias, ele disse, mas tentaria encurtar a viagem; e a jovem esposa foi deixada sozinha entre os inimigos, sem ao menos ter a presença do marido para protegê-la.

Adèle saiu. Era uma noite quente e escura de verão, e o pequeno Adolphe passou o dia mais febril e inquieto do que de costume. À noite, ele piorou e, embora Jeannette, a pastora de gansos, tivesse recebido ordens estritas para não deixar que madame o tocasse, ela se assustou com o estado do menino, e quando madame entrou na saleta para acudi-lo, Jeannette se desincumbiu com alívio de um encargo pesado demais para ela, e permitiu que Fanny o tomasse nos braços.

Sentada ali, com a criança no colo, sussurrando para ele, acalmando-o com uma doce canção de ninar, após um espasmo de dor, pareceu-lhe que a dor tinha passado e que ele havia adormecido. Mas, naquele acesso, ele mordeu o lábio e a língua, e o sangue escorreu pela boca. Ele era um menino bonito, e a doença mortal o tornou naquele momento ainda mais adorável. Fanny se inclinou sobre ele, e beijou o rosto pálido e imóvel – e sua boca tocou o sangue dos lábios do menino.

Madame ainda estava curvada sobre o menino – com o coração de mulher tocado pela misteriosa força e a antevisão de uma futura maternidade – quando Adèle entrou correndo na sala, seguida pelo velho Martin e outros aldeões.

– Veja-a! – ela gritou, agarrando Fanny pelo braço, e erguendo seu rosto pelo queixo. – Foi pega em flagrante! Amigos, vejam meu filho, morto, morto em seus braços, e com seu sangue nos lábios! Querem mais provas? Vampira como é, podeis negar a prova de vossos próprios sentidos?

— Não! Não! – rugiu a multidão num grito rouco. – Ela é uma vampira, uma criatura amaldiçoada por Deus e inimiga de todos. Vamos atirá-la no poço. Deve morrer como fez que os outros morressem!

— Morra, como fez meu filho morrer! – exclamou Adèle.

E todos que tinham perdido um parente ou filho na epidemia repetiram suas palavras:

— Morra, como fez os nossos morrerem!

— Que significa tudo isso? – perguntou madame Cabanel, levantando-se e enfrentando a multidão com a verdadeira coragem de uma inglesa. – Que mal causei a qualquer um de vós para voltardes contra mim, na ausência do meu marido, com olhares furiosos e palavras insolentes?

— Que mal fizeste? – exclamou o velho Martin, aproximando-se dela. – Feiticeira como és, enfeitiçaste nosso bom senhor, e vampira como és, te alimentas do nosso sangue! Não temos prova disso neste exato momento? Vê tua boca, *broucolaque* maldita! E aqui está tua vítima, que te acusa com a própria morte!

Fanny riu com desdém:

— Não aceito responder a esta loucura – ela disse, erguendo a cabeça. – Vocês são adultos ou crianças?

— Somos adultos, madame – disse Legros, o moleiro –, e como adultos, devemos proteger os mais fracos. Todos já tiveram suas dúvidas, e quem com mais motivos do que eu, que tive três pequeninos levados para o céu antes do tempo? E agora temos certeza.

— Porque cuidei de uma criança moribunda, e fiz o que pude para acalmá-la! – disse madame Cabanel, tomada pela tristeza.

— Chega de palavras! – exclamou Adèle, puxando-a pelo braço que agarrou ao chegar e ainda não havia soltado. – Vamos atirá-la no poço, meus amigos, se não quiserem que morram todos os seus filhos como morreu o meu, como os filhos do bom Legros morreram!

Um frenesi percorreu a multidão, que exclamou como numa maldição:

– Para o poço! Que os demônios levem o que é seu!

Rápida como o pensamento, Adèle amarrou aqueles braços brancos e fortes, cuja forma e beleza a enlouqueceram com dolorosos ciúmes e, antes que a pobre moça pudesse gritar outra vez, Legros tapou-lhe a boca com a mão forte. Embora destruir um monstro, em sua mente, e na mente de todos ali, não fosse assassinar um ser humano, mesmo assim não queriam ouvir gritos que soassem humanos aos seus ouvidos como os de madame Cabanel. Silencioso e sombrio, aquele terrível cortejo seguiu para a floresta, levando sua carga viva, amordaçada e desamparada, como se já estivesse morta. Exceto por Adèle e o velho Martin, a animosidade não era tão pessoal quanto a autodefesa instintiva em relação ao medo que os instigava. Eles eram os carrascos, não os inimigos; e os executores de uma lei mais justa do que a decretada pelo código penal. Mas, um a um, foram se afastando, até serem reduzidos a seis; entre eles, Legros e Lesouëf, que perderam a única irmã.

O poço não ficava a mais do que um quilômetro e meio da Mansão Cabanel. Era um local sombrio e afastado, onde nem o homem mais corajoso daquele grupo ousaria ir sozinho depois de anoitecer, nem mesmo acompanhado pelo cura, mas uma multidão insufla coragem, disse o velho Martin Briolic, e meia dúzia de homens fortes, liderados por uma mulher como Adèle, não tinham medo nem de *lutins*, nem das Damas Brancas.

Tão rápido quanto podiam caminhar em razão do peso do fardo que carregavam e, em absoluto silêncio, o cortejo avançou sobre o charco; um ou dois empunhavam tochas toscas, pois a noite estava escura e o caminho tinha seus perigos. Aos poucos, aproximavam-se do destino fatal, e a vítima ia ficando cada vez mais pesada. Havia algum tempo, ela deixara de lutar, e agora jazia como um corpo morto nas mãos de seus carregadores. Mas ninguém falou nada sobre isso, ou a respeito de qualquer outra coisa. Não trocaram nenhuma palavra, e mais de um, mesmo aqueles que restavam, começaram a duvidar se tinham agido corretamente, e se não teria sido melhor terem entregado o caso à justiça. Somente Adèle e Martin continuavam firmes na tarefa que haviam assumido, e Legros também estava certo, mas sentia-se fraco e triste pelo que fora obrigado a fazer. Quanto a Adèle, o ciúme de mulher, a angústia de mãe e o medo da superstição se amalgamaram dentro dela, de forma que ela não faria nada para aliviar o sofrimento de sua vítima, ou para vê-la, afinal, como uma mulher igual a ela, e não como uma vampira.

Começou a escurecer, eles se aproximaram do lugar da execução e, por fim, chegaram à beira do poço, onde a monstra medonha, a vampira – a pobre e inocente Fanny Cabanel – seria lançada. Quando a colocaram no chão, as tochas iluminaram seu rosto.

– *Grand Dieu!*[116] – exclamou Legros, tirando o boné. – Ela está morta!

– Um vampiro não morre – disse Adèle –, é apenas uma morte aparente. Pergunte ao padre Martin.

– Uma vampira não morre, a menos que os espíritos malignos a levem, ou se for enterrada com uma estaca espetada em seu corpo – disse Martin Briolic de modo soturno.

– Não gosto dessa aparência – disse Legros, e outros repetiram o mesmo.

Tiraram a mordaça da pobre moça, e ao vê-la deitada à luz oscilante, os olhos azuis entreabertos e o rosto lívido com a brancura da morte, eles foram tomados por um sentimento de remorso, como num calafrio.

Súbito, ouviram o som de patas de cavalos cortando a planície. Eram apenas dois, quatro, seis, sendo quatro homens desarmados,

---

[116] "Meu bom Deus!", em francês no original. (N. da T.)

com Martin e Adèle para completar a conta. Entre a vingança humana e o poder e a malícia dos demônios da floresta, sua coragem se desfez e eles perderam sua ousadia. Legros correu e se embrenhou na escuridão da mata; Lesouëf seguiu logo atrás dele; os outros dois fugiram pela planície, enquanto os homens a cavalo se aproximavam cada vez mais. Apenas Adèle empunhou a tocha acima da cabeça, para que a vissem claramente, num *frisson* de paixão e vingança, exibindo o corpo de sua vítima. Ela não quis se esconder; fizera seu trabalho e se gabava dele. Os cavaleiros, então, avançaram sobre eles – primeiro, Jules Cabanel, seguido do médico e quatro *gardes champêtres*.[117]

– Desgraçados! Assassinos! – foi tudo o que ele disse, ao apear do cavalo e aproximar os lábios do rosto pálido da esposa.

– Senhor – disse Adèle –, ela merecia morrer. É uma vampira e matou nosso filho.

– Tola! – exclamou Jules Cabanel, afastando sua mão. – Ó, minha amada esposa! Tu que não fizeste mal a nenhum homem ou animal, foste assassinada por pessoas piores do que animais!

– Ela estava te matando! – disse Adèle. – Pergunte ao *monsieur le docteur*.[118] O que o deixou doente, *monsieur*?

– Não me impute essa infâmia – respondeu o médico, desviando os olhos da morta. – Não importa o que deixou *monsieur* doente; ela não deveria estar aqui. Tu foste juíza e carrasca, Adèle, e terás que responder perante a lei.

– Concordas com ele, senhor? – perguntou Adèle.

– Concordo – respondeu *monsieur* Cabanel. – Terás que responder diante da lei pela vida inocente que tão cruelmente assassinaste, tu e todos os tolos e assassinos que se juntaram a ti.

– E não vingaremos nosso filho?

---

[117] Guardas do campo, em francês no original. (N. da T.)
[118] "O sr. doutor", em francês no original. (N. da T.)

– Te vingarias de Deus, mulher? – perguntou *monsieur* Cabanel, num tom severo.

– E os anos de amor que vivemos, senhor?

– São lembranças de ódio, Adèle – respondeu *monsieur* Cabanel, virando-se de novo para o pálido rosto da esposa morta.

– Então, meu lugar está vazio – disse Adèle, num choro amargo. – Ah, meu pequeno Adolphe, que bom que foste antes de mim!

– Espere, madame Adèle! – exclamou Martin.

Mas antes que pudessem lhe estender a mão, com um salto e um grito, ela se atirou no poço onde queria lançar madame Cabanel, e ouviram seu corpo bater na água, com um ruído surdo, como se caísse de uma grande altura.

– Não podem provar nada contra mim, Jean – disse o velho Martin ao guarda que o prendeu. – Não tapei a boca, nem a carreguei nos ombros. Sou o coveiro de Pieuvrot, e todos ficarão mal, pobres criaturas, ao morrerem sem mim! Terei a honra de cavar o túmulo de *madame*, não duvidem; e, Jean – ele sussurrou –, podem dizer o que quiserem, aqueles ricos aristocratas que não sabem nada. Ela é uma vampira, e ainda terá uma *slatte*[119] atravessada em seu corpo! Quem sabe mais do que eu? Se não a amarrarmos assim, sairá do túmulo e virá sugar nosso sangue; é assim que esses vampiros agem.

– Silêncio! – disse o comandante da guarda. – Vamos prender os assassinos e impedir que suas línguas tartamudeiem.

– Prisão para os mártires e benfeitores do povo! – replicou o velho Martin. – Assim o mundo recompensa os melhores!

E, nessa fé, ele viveu e morreu, como um *forçat*[120] em Toulon, mantendo até o final que havia prestado um bom serviço ao mundo, livrando-o de um monstro que, de outra feita, não teria deixado

---

[119] Uma estaca, em francês no original. (N. da T.)

[120] Prisioneiro condenado a trabalhos forçados, em francês no original. (N. da T.)

ninguém vivo em Pieuvrot para perpetuar seu nome. Mas Legros e Lesouëf, seu companheiro, duvidaram seriamente da justiça feita naquela noite escura de verão na floresta, embora afirmassem que não deviam ter sido punidos, por todos os seus bons motivos, e tenham conseguido desacreditar o velho Martin Briolic e sua sabedoria, desejavam que a lei tivesse seguido seu curso sem a ajuda deles – reservando suas forças para moer a farinha e remendar *les sabots*[121] da aldeia e levar uma boa vida, conforme os ensinamentos de *monsieur le curé* e os conselhos de suas esposas.

---

[121] Os tamancos, em francês no original. (N. da T.)

CAPÍTULO XI

PREVENIDO E ARMADO

Sra. J. H. Liddell

1874

Charlotte Eliza Lawson Cowan nasceu em Carrickfergus, Irlanda, filha caçula de James Cowan, alto xerife do condado de Antrim. Mudou-se com a mãe para Londres cinco anos após a morte do pai; a mãe morreu no ano seguinte e, um ano depois, Charlotte se casou com Joseph Hadley Riddell, engenheiro civil, que se mudara de sua Staffordshire natal para Londres.

Seu primeiro romance surgiu em 1858, com o pseudônimo neutro de F. G. Trafford. Nos quarenta anos seguintes, publicou quarenta romances, inúmeros contos e uma série de coletâneas, usando seu nome de casada, sra. J. H. Riddell, a partir de 1864. Na década de 1860, foi sócia e editora de *The St. James's Magazine*, um proeminente jornal literário londrino, e editou outra revista chamada *Home*.

Como a maioria dos escritores de seu tempo, tanto homens quanto mulheres, Charlotte não se restringiu a um único gênero literário. Muitos de seus romances, no entanto, envolvem assombrações e, em 1882, publicou uma coletânea de contos sobrenaturais chamada *Estranhas histórias*.[122] Alguns de seus contos, como "A velha casa da rua Vauxhall",[123] "O último sr. Ennismore",[124] e "O aviso de Hertford O'Donnell"[125] aparecem com frequência em coletâneas de ficção de horror.

"Prevenido e armado"[126] vem de uma publicação anterior, da coletânea em três volumes, *A mulher de Frank Sinclair e outros contos*,[127] lançada em 1874. Talvez por causa da natureza ampla dessa coletânea, "Prevenido e armado" consta em menos antologias do que muitas das ficções sobrenaturais da sra. Riddell. É uma pena, porque é uma história sobre uma disputa de herança, uma tentativa de assassinato e um sonho premonitório.

É um conto dentro de outro conto, começando com a descrição do narrador: era um formato popular na época, mas que a maioria dos editores modernos não aprecia. Cada parágrafo da narrativa começa com uma aspa aberta, que o leitor poderá achar desnecessária no início – mas a escrita da sra. Riddell logo envolve o leitor e a distração inicial logo desaparece.

---

[122] *Weird Stories*, no original. (N. da T.)
[123] "The Old House in Vauxhall Walk", no original. (N. da T.)
[124] "The Last of Squire Ennismore", no original. (N. da T.)
[125] "Hertford O'Donnell's Warning", no original. (N. da T.)
[126] "Forewarned, forearmed", no original. (N. da T.)
[127] *Frank Sinclair's Wife and Other Stories*, no original. (N. da T.)

A história que vou contar não é um capítulo da minha vida. Os incidentes aqui narrados aconteceram muitos anos antes de eu nascer; os personagens da história já morreram há quarenta anos sem deixar filhos nem herdeiros para preservar sua memória.

Duvido que algum homem esteja vivo (uma mulher, sim, uma vez que as mulheres vivem mais que os homens) para identificar os nomes das pessoas que vou mencionar aqui, mas os fatos ocorreram mesmo assim.

Eu as ouvi serem contadas muitas vezes; muitas noites eu me sentei no tapete na frente da lareira, fascinada, ouvindo como o sr. Dwarris sonhou, e muitas delas passei pelas portas sanfonadas entre a sala de visitas e a saleta, e fui para cama passando pelos corredores, pensando e tremendo diante do rosto que reaparecia – da viagem feita de carruagem e numa *post-chaise*[128] – e todos os detalhes que eu me proponho a descrever no momento oportuno. Além disso, lembro-me de que costumava pôr um travesseiro nas minhas costas à noite, com medo de que um inimigo entrasse no meu quarto e me atacasse abaixo da quinta costela; e passei por muitas angústias enquanto o Rei das Tempestades estava viajando no exterior, pensando ter ouvido passos furtivos pelo longo corredor e o barulho de outra pessoa respirando no quarto ao lado.

Mas, apesar disso, o sonho do sr. Dwarris foi um dos terríveis prazeres da minha infância, e quando os convidados se juntavam em torno da lareira da sala, e a conversa se voltava para aparições sobrenaturais, como costumava acontecer antigamente nas solitárias casas de campo, era sempre com um arrepio de satisfação que eu ouvia o início desta história, a única verdadeira e inexplicável história que possuíamos.

---

[128] Carruagem rápida para o envio dos correios, que existiu entre o fim do século XVIII e o início do século XIX. Em geral, uma cabine fechada sobre quatro rodas, onde se sentavam de duas a quatro pessoas, puxada por dois ou quatro cavalos. (N. da T.)

Talvez o fato de ela ser nossa fazia com que fosse especial para mim – as outras histórias pertenciam a outras pessoas; seus amigos ou parentes que viram fantasmas e receberam avisos, mas o sonho do sr. Dwarris era uma propriedade nossa.

Era tão nossa quanto a velha oliveira no gramado da entrada. Embora o sr. Dwarris já tivesse morrido aos setenta anos, ele partiu de um mundo que o tratou muito bem, e do qual ele aproveitou bastante, indo para o outro mundo que ele só conhecia de ouvir falar que, de fato, ele apenas acreditou a partir da moda cética considerada como correta em torno do início deste século e, mesmo assim, tornou-se amigo de nossa família simples e tranquila.

Em nossa sociedade primitiva, ele era considerado um homem de estilo, uma pessoa cujas opiniões podem ser reproduzidas com segurança, cujas decisões não deveriam ser contrariadas. Ele era muito gentil, na época quando a postagem era muito cara (esses dias bem que poderiam voltar) para se escrever longas cartas aos amigos que viviam afastados da corte e ansiavam conhecer as fofocas políticas e sociais – longas cartas recheadas com trechos de notícias e escândalos, que davam assuntos para conversas por vários dias e semanas, e quebravam, de modo agradável, a monotonia daquela vida no campo.

Ele era recebido, pelos meus pais e pelos convidados escolhidos para o jantar, quando ele honrava nossa pobre casa com sua presença, como um homem do mundo, culto e viajado.

Ele havia lido tudo numa época em que as pessoas não liam tanto assim, como o caso em questão. Ele não tinha apenas feito o *Grand Tour*, mas havia passado vários anos no exterior, e os nomes de princesas, duquesas e condes fluíam de sua língua como o nome do vigário e do médico de família saíam dos lábios dos comuns mortais menos afortunados.

A melhor porcelana era tirada dos armários, e as crianças eram mantidas fora da sala, enquanto ele estivesse em casa.

Os acessórios de sua toalete eram um terrível segredo para nossos criados, e o hábito de deixar os frascos debaixo do travesseiro, ou da salva de sabonete era um mistério ainda mais inescrutável.

Ele não fumava e, embora naquela época beber muito não causasse nenhum estigma – acontecia praticamente o oposto –, ele era equilibrado, até certo ponto. Mesmo não sendo totalmente insensível aos charmes da beleza feminina, considerava o sexo de forma mais crítica do que um mero admirador, e costumava considerar qualquer mulher extraordinariamente bela como um desperdício para nossa sociedade.

Ele costumava falar muito sobre o "West End"[129] e, para resumir a questão, falava com muitas autoridade sobre o assunto.

Analisando suas pretensões a partir de um ponto de vista que não poderia ser alcançado sem um nível razoável de conhecimento, fossem prazerosas ou não, com homens da mesma classe e posição social, estou inclinada a acreditar que o sr. Dwarris era, até certo ponto, uma farsa; ele não era um homem tão bom quanto nossos vizinhos imaginavam, e vivia em sua casa com um estilo muito menos luxuoso do que aquele que meus pais consideravam necessário quando ele nos honrava com sua visita.

Além disso, acredito que o tempo que ele passava conosco, em vez de se provar enfadonho e desagradável para sua mente superior, eram períodos do mais completo deleite. Vendo suas cartas – que continuam devidamente marcadas e atadas –, consigo entrever o homem espontâneo que rompia convenções. Posso perceber a feliz mudança que significava para ele deixar a vida entre pessoas mais ricas, mais bem-nascidas, mais inteligentes, mais bem-vestidas do que ele,

---

[129] West End: região situada a oeste, em Londres, ao norte do rio Tâmisa, onde estão as principais atrações turísticas, lojas, empresas, prédios governamentais e locais de entretenimento, incluindo os cinemas e teatros. O termo foi usado pela primeira vez no início do século XIX para denominar as regiões a oeste de Charing Cross Road, que correspondem aos bairros de Westminster e Camden. (N. da T.)

para estar com amigos que o admiravam e acreditavam na própria simplicidade. Era uma honra para nós receber um homem como ele.

Creio que ele não tivesse um gênio, que ele tivesse pouco talento, que amava o mundo e os lugares importantes, que ele não tinha paixão por nada, fosse na natureza ou na arte, mas que adquiriu um conhecimento superficial sobre grande parte dos assuntos, e que fingia paixão pela pintura, música, escultura, literatura, pois considerava a paixão por coisas caras como a marca de uma mente refinada, e porque os homens e as mulheres com quem ele se associara também se contentavam em pensar assim.

Mas quando ele se lembrava com palavras prazerosas do passeio que ele e meu pai fizeram através da floresta de Connemara, quando ele falava com ternura e carinho de seu velho amigo Woodville (o nome de meu avô materno era Woodville), quando ele enviava algumas palavras gentis para cada um dos nossos criados, que sempre se sentiram felizes em vê-lo e servi-lo, sinto que o brilho e a pretensão de aprender eram apenas superficiais, que aquele homem realmente tinha um coração que, sob auspícios mais felizes, o teria tornado um membro mais útil e mais amado da sociedade, em vez de um indivíduo de quem nós apenas sentíssemos orgulho, que era, como eu disse, um de nossos bens mais diletos.

Ele nunca se casou. Não tinha parentes próximos, pelo que sabíamos, e morava sozinho numa imensa casa, numa grande cidade inglesa, que, por razões óbvias, chamarei de Callersfield.

Na juventude, ele se envolveu com negócios, mas quando a morte de um parente distante o livrou da necessidade de prover o seu próprio sustento, ele cortou todas as ligações com o comércio, e foi para o exterior a fim de estudar qualquer coisa, algo semelhante a "Shakespeare and the Musical Glasses"[130] na Inglaterra.

---

[130] "Shakespeare e a harmônica de vidro", de Myron B. Benton. Publicado em *Appletons' journal: a magazine of general literature*, v. 6, n. 34, abr. 1879, pp. 336-344.

Até o fim da vida – muito tempo após viagens se tornarem um assunto muito mais fácil e seguro do que no fim do século passado –, ele manteve seu gosto pelas andanças pelo continente, e tanto os armários de minha mãe como as estufas de meu pai reuniam um amplo testemunho sobre a duração dessas viagens e a força de sua amizade. Sementes de plantas raras e bulbos de quase todos os países da Europa chegavam à nossa remota casa, enquanto curiosidades de todo tipo eram enviadas com os melhores desejos de "um velho amigo", para aumentar aquela miscelânea inútil de esquisitices que eram, a um só tempo, a maravilha e a admiração da minha imaginação juvenil.

Mas, um dia, todos esses bons presentes acabaram. Não havia mais caixas de rapé feitas de lava e vasos de Pompeia; não havia mais corais, leques, camafeus ou caixas embutidas; não havia mais lindos lírios ou raras flores exóticas, pois, uma manhã, chegou a notícia de que seu doador iniciara sua última viagem, e fora para a terra de onde nenhum presente pode ser enviado, fosse por carruagem, trem ou entrega especial, para consolar a tristeza de seus parentes de luto. Ele morreu e, pouco tempo depois, chegaram à nossa casa dois dos objetos mais peculiares (como me parecem agora), enviados sem qualquer explicação, para aqueles que realmente desfrutavam de uma maior intimidade com o falecido.

Um deles era o busto de gesso do sr. Dwarris; o outro, uma litografia do mesmo cavalheiro.

O preço dos dois objetos na época poderia equivaler a cinco xelins, mas, como seus herdeiros delicadamente definiram, sabiam que meus pais valorizavam essas lembranças do querido amigo muito mais do que seu valor real.

Disponível em: <https://quod.lib.umich.edu/m/moajrnl/acw8433.2-06.034/343/343?node=acw8433.2-06.034:6&view=text>. (N. da T.)

Quando a antiga casa foi desmontada, e os objetos se dispersaram, não faço ideia onde esse busto foi parar, mas a litografia ainda está comigo e, ao vê-la, sinto que minha mãe tinha razão quando dizia que o sr. Dwarris não era um homem de se deixar arrebatar pela imaginação, nem de mentir deliberadamente.

Talvez, no outro mundo, ele tenha ouvido uma explicação sobre seu sonho, mas, deste lado da sepultura, toda vez, ele se declarava incapaz de entendê-la.

— Não sou um homem — ele costumava declarar —, inclinado a acreditar no sobrenatural.

E, de fato, ele não era, fosse por natureza ou por religião.

Para ter certeza, ele se dispunha secretamente a creditar aquela grande superstição que muitas pessoas hoje professam abertamente — de um universo sem um Criador, de um futuro sem um Redentor —, mas, ainda assim, essa forma de credulidade resulta mais de um desenvolvimento imperfeito da razão do que de um estado desordenado da imaginação.

Na acepção mais comum da palavra, ele não era supersticioso. Ele tinha obstinação e sangue-frio — um homem, essencialmente, em quem se podia confiar de modo implícito quando dizia que isso ou aquilo ocorrera na vida dele.

— Eu nunca consegui explicar o que aconteceu — ele declarou —, e, se tivesse acontecido com outra pessoa, eu pensaria que ela teria cometido algum engano. Por isso, sempre me envergonhei ao contar meu sonho, mas não me importo de contá-lo a vocês esta noite.

E, então, ele começou a relatar a história, que, dali para a frente, acabou por se tornar uma propriedade nossa — o presente mais permanente que ele nos deu.

Ele nos contou essa história enquanto o vento uivava lá fora, a neve caía e a lenha crepitava e espocava na lareira como pano de fundo.

Eu não o ouvi contar suas aventuras – mas ouvi a história ser recontada muitas vezes a novos ouvintes, quase com as mesmas palavras que ele usou.

"A primeira vez que viajei para o exterior", ele começou, "eu conheci sir Harry Hareleigh. Não importa como começou nossa amizade, mas logo ela se estreitou, e somente terminou quando ele faleceu. Nossos pais também eram amigos desde a juventude, mas os reveses do mundo havia muito tinham separado nossa família dos Hareleigh, e foi apenas por um acaso que retomei minha ligação com eles. Sir Harry era o caçula, mas como todos os irmãos morreram antes do pai, ele recebeu seu título bem cedo, embora não tenha recebido tantos bens naquele momento.

"Uma grande herança não gravada, que pertencia a Ralph Hareleigh, que jamais se casou, acabaria vindo, como se imaginava, para suas mãos, mas sir Harry considerava isso pouco provável, pois havia um primo que desejava herdar as vastas propriedades e gastava boa parte de seu tempo em Dulling Court, onde vivia o sr. Ralph Hareleigh.

"'Ninguém', sir Harry declarou, 'poderá dizer que eu tenha ficado sentado esperando que o homem morresse' e, então, ele passava o tempo todo no exterior – visitando estúdios e galerias, e misturando-se a artistas, patronos e amantes da arte.

"Pareceu-me, na época, que ele estivesse desperdiçando sua vida, e que um homem com seu *status* e capacidade deveria passar mais tempo em seu próprio país, convivendo com mais pessoas do seu nível social, mas toda vez que eu tentava lhe dizer isso, ele apenas respondia: 'A Inglaterra tem sido uma madrasta para mim e, por minha livre e espontânea vontade, não passarei um dia a mais em meu país natal'.

"Ele tinha uma mansão perto de Florença, onde ficava quando não estava andando por aí, e passei ali várias semanas muito felizes em sua companhia – antes de retornar, como era necessário e urgente para mim, para Callersfield.

"Nós nos separamos por alguns anos – durante esse tempo, nos correspondemos regularmente, quando, certa noite, tive um sonho que continua tão vívido para mim hoje quanto há vinte e cinco anos.

"Eu sabia estar em boa saúde na época – minha mente não estava perturbada – e especialmente eu não passava o tempo todo pensando em sir Harry Hareleigh. Soube dele cerca de um mês antes, e ele me escreveu dizendo que tinha a intenção de passar o inverno em Viena, onde seria um grande prazer para ele se eu pudesse ir encontrá-lo lá. Respondi que não poderia ir até Viena, mas não seria de todo impossível nos encontrarmos depois da primavera, se ele viesse passar dois meses comigo na Espanha, um país que eu pretendia visitar.

"Então, eu não esperava vê-lo, em hipótese alguma, nos seis meses seguintes – e certamente não imaginei que ele pudesse vir à Inglaterra, mas, mesmo assim, quando dormi nessa noite, foi o que me aconteceu. Sonhei, que, no fim de um dia no outono, eu estava sentado, lendo junto à janela, na minha biblioteca – lembrem-se de que minha casa fica numa esquina, e há uma pequena colina para o lado da cidade, devem se lembrar, também, de que as janelas da minha biblioteca se abrem para essa colina, enquanto a porta da sala está na King Charles Street. Bem, eu estava sentado, lendo, como eu disse, enquanto a luz natural ia diminuindo e as letras do livro iam se embaralhando, quando, de repente, a chegada de um coche de aluguel que subiu rapidamente pela Martyr Hill chamou minha atenção.

"O cocheiro chicoteava os cavalos sem dó, e eles subiram a ladeira numa velocidade incrível. Levantei-me e vi o coche virar a esquina da King Charles Street, quando, evidentemente, ele saiu de vista. Permaneci, entretanto, de pé, junto à janela, olhando no lusco-fusco, mas fiquei curioso ao ouvir duas batidas fortes que ecoaram pela casa.

No instante seguinte, a porta da biblioteca se abriu e sir Harry Hareleigh entrou.

"'Quero que me faça um favor, Dwarris', foram as primeiras palavras que ele me disse. 'Poderia – gostaria – de me acompanhar numa viagem? Seu mordomo terá tempo apenas para colocar algumas roupas numa mala para você e, então, embarcaremos no coche que sai de "The Maypole", às sete. Acabei de chegar da Itália, e explicarei tudo no caminho. Pode me dar um pedaço de pão e uma taça de vinho?'

"Toquei a campainha e pedi que fossem trazidas comida e bebida. Enquanto mastigava o pão, sir Harry me disse que Ralph Hareleigh tinha morrido e deixado para ele todos os acres de terra e todo o dinheiro que possuía. 'Ele ouviu dizer, me parece', acrescentou sir Harry, 'que meu primo George obteve uma grande soma em dinheiro para se tornar seu herdeiro, então, ele o cortou, e deixou tudo para mim, apenas com uma condição, ou seja, de que eu me case no prazo de seis meses a partir da data do seu falecimento'.

"'Quando expira o prazo de seis meses?', perguntei.

"'É aí que está a questão!', ele respondeu. 'Por alguma razão, eu nunca recebi a primeira carta do meu advogado, e se por acaso ele não tivesse tido a ideia de enviar uma segunda carta em mãos por um dos seus funcionários, eu teria perdido a herança. Resta-me apenas um mês para fazer todos os arranjos'.

"'E para onde está indo agora?', perguntei.

"'Para Dulling Court', ele respondeu, 'e não temos nenhum momento a perder, se quisermos seguir junto com o correio'.

"Nessa época, os cavalheiros viajavam com pistolas prontas para usar e, com certeza, eu não me esqueci da minha. Minha valise foi levada para o coche de aluguel. Sir Harry e eu entramos no veículo e, antes que eu pudesse pensar sobre a repentina aparição do meu amigo, já estávamos em 'Maypole', e nos acomodamos nos assentos de passageiros indo para Warweald, de onde saía nossa rota cruzando o país até Dulling.

"Depois que nos sentamos confortavelmente, pusemos nossos quepes de viagem, e abotoamos os casacões até o pescoço, olhei em volta para ver se havia outros passageiros.

"Ao fazer isso, vi um homem, um pouco afastado da multidão que se espalha em volta da carruagem na hora do embarque, e algo nele me chamou a atenção, embora eu não soubesse por quê.

"Ele tinha uma aparência maligna, vestia-se de modo correto, porém com roupas extremamente simples, e estava de pé, apoiado contra a parede do 'Maypole' e, por acaso, debaixo de uma lâmpada a óleo.

"Por isso, pude ver tão bem o rosto dele, os cabelos pretos e os bigodes ruivos, os olhos castanhos inquietos e a pele bronzeada.

"O contraste entre a cor da pele e os bigodes me chamaram a atenção, bem como uma certa discrepância entre o modo de se vestir e sua aparência.

"Ele não estava se comportando exatamente como um homem de sua classe, e reparei que roía as unhas nervosamente, um luxo que jamais observei entre os operários.

"Além disso, ele não prestava atenção no que estava acontecendo em volta, mas olhava com insistência em direção à janela da carruagem, até ver que eu estava olhando para ele, então, deu meia--volta e desceu a rua.

"De algum modo, senti um alívio depois que ele se foi, mas, após a partida, esqueci-me dele completamente, até que, duas ou três paradas adiante, quando desci do coche para tomar um cálice de *brandy*, vi o mesmo homem, a pouca distância, observando nossa carruagem como antes.

"Meu primeiro impulso foi me aproximar e falar com ele, mas logo pensei que eu não deveria me expor a uma situação ridícula ao fazer isso. Sem dúvida, o homem devia ser apenas um passageiro como nós, e se ele queria se apoiar na parede da taberna enquanto os cavalos eram trocados, eu não tinha nada a ver com isso.

"Na parada seguinte, no entanto, quando o procurei, ele não estava à vista, e não pensei mais no assunto, até que, ao chegar a Warweald, pus a cabeça para fora, olhei para estalagem e, graças à lanterna do coche, vi o mesmo cavalheiro descer do teto e embrenhar-se no escuro. Entramos no salão da estalagem enquanto os cavalos do correio eram trocados, e então contei a sir Harry o que vi.

"'Muito provavelmente, ele integra a força policial de Bow Street',[131] ele disse, 'e está perseguindo algum criminoso. Não me espantaria se o velho que roncava de forma tão persistente nos últimos trinta quilômetros não fosse o bandido que seu amigo quer prender no momento em que tiver o mandado de prisão'.

"A explicação parecia tão razoável, que me surpreendi de não pensar nisso antes e, então, acredito que eu tenha caído num sono mais profundo, pois eu apenas me lembro vagamente de ter sonhado depois de termos viajado por quilômetros numa *post-chaise*, avançado por estradas pelo campo, passado por extensas plantações e, finalmente, parado em frente a uma antiga taberna na beira da estrada.

"Fazia uma noite esplêndida ao chegarmos ali, mas ventava muito e as nuvens pesadas, por vezes, ocultavam a lua. Descemos do coche e eu me lembro de como esse lugar ficou gravado na minha lembrança.

"Era uma taberna antiga, com uma porta grande, duas torres altas e pequenas janelas de treliças. Havia árvores altas em frente à casa e numa delas estava pendurado um letreiro, onde se lia "Coração Sangrento", balançando lentamente na brisa. Os galhos estavam quase nus, e o vento soprava as folhas em redemoinhos. Ninguém apareceu

---

[131] Primeira força policial profissional de Londres. Originalmente, contava com seis homens e foi fundada, em 1749, pelo juiz Henry Fielding, também um escritor conhecido. (N. da T.)

enquanto o coche se aproximava da entrada. O cocheiro, porém, estalou o chicote com tanta força contra a porta, que logo alguém colocou a cabeça para fora numa das janelas e perguntou, com voz rouca, 'que diabos nós queríamos'.

"Quando ele ia responder, instintivamente, olhei para trás e vi, correndo na sombra, o tal amigo de pele bronzeada e bigode ruivo.

"Nesse momento, eu acordei – acordava sempre nesse momento, pois tive o mesmo sonho várias vezes, a ponto ter medo de me deitar à noite para dormir.

"Eu acordava suando, aterrorizado, como nunca me senti ao despertar. Não conseguia afastar a lembrança do rosto daquele homem da minha mente – eu sempre me lembrava dele ao acordar; ao dormir, eu relembrava meus sonhos, e, por fim, fiquei tão nervoso, que decidi procurar ajuda médica, ou mudar de paisagem – quando, certa noite, no fim do outono, eu estava sentado lendo em minha biblioteca e vi o mesmo coche do meu sonho subindo a Martyr Hill e, no instante seguinte, sir Harry estava apertando minha mão.

"Embora eu me lembrasse o tempo todo do sonho, algo me fez não mencioná-lo. Sempre rimos de presságios e de coisas desse tipo que remetem a histórias de senhoras idosas e, então, deixei-o falar como havia falado comigo em sonho, ele comeu e bebeu, e fomos juntos para o "Maypole", onde tomamos nossos assentos no coche.

"Com certeza, eu olhei bem para a rua e nas duas direções a fim de ver se encontrava algum sinal do meu amigo de bigodes, mas não o identifiquei em lugar nenhum. Aliviado por esse fato, recostei-me no meu canto e, por querer conversar com meu velho companheiro de novo, esqueci-me totalmente do sonho, até a chegada de outro passageiro que me fez mudar um pouco de posição e, ao olhar outra vez, ali, sob a lâmpada – com os olhos castanhos inquietos, a pele bronzeada e o bigode ruivo –, estava o homem que eu nunca vira em carne e osso, roendo as unhas sem parar.

"'Olhe lá fora um minuto, Hareleigh', eu disse, me afastando da janela, 'há um homem, de pé, junto à lâmpada, que eu quero que veja'.

"'Não vejo homem algum', respondeu sir Harry, e quando olhei outra vez, ele não estava mais lá.

"Como no meu sonho, vi o desconhecido nas diversas paradas ao longo da viagem, e em diferentes momentos com meus olhos despertos.

"No hotel em Warweald, conversei seriamente com meu amigo sobre o misterioso passageiro, quando, para minha surpresa, ele repetiu as mesmas palavras que me disse no sonho.

"'Veja, Hareleigh', eu disse, 'isto deixou de ser uma piada. Você sabe que não sou supersticioso, nem impressionável e, no entanto, digo-lhe que recebi um presságio sobre esse homem, e tenho certeza de que ele está mal-intencionado', e então contei meu sonho a sir Harry, e descrevi a estalagem onde chegávamos, onde eu invariavelmente acordava.

"'Não existe uma estalagem como essa em nenhum lugar da estrada até Dulling', ele respondeu, após um breve silêncio e, então, virou-se de novo para a lareira e fechou a cara, parecendo visivelmente incomodado.

"'Desculpe-me se eu o ofendi', eu disse, afinal.

"'Meu caro amigo', ele respondeu num tom apreensivo, 'você não me ofendeu; eu que fiquei alarmado. Quando saí do continente, eu esperava que tivesse deixado meu inimigo para trás, mas, pelo que me diz, temo que eu esteja sendo caçado. Escapei por pouco duas vezes de ser assassinado nos últimos três meses; sei que meus movimentos têm sido vigiados, e que há espiões no meu encalço. Mesmo no navio, retornando para a Inglaterra, quase fui jogado ao mar. Naquele momento, pensei que fosse apenas um acidente, mas, se o seu sonho for verdadeiro como este é, trata-se de um plano premeditado'.

"'Então devemos passar a noite aqui', insisti.

"'Impossível', ele respondeu. 'Preciso chegar a Dulling antes de amanhã de manhã, senão a única mulher com quem eu já quis me casar, ou com quem me casarei, sairá da minha vida uma segunda vez'.

"'E ela...?', perguntei.

"'... é a viúva de lorde Warweald, e viajará para a Índia amanhã com o irmão, o juiz John Moffat'.

"'Então', respondi, 'não terá dificuldade de atender às condições do testamento do sr. Ralph Hareleigh'.

"'Não se ela aceitar se casar comigo', ele respondeu.

"Neste momento, a carruagem estava pronta para partir, e retomamos nossos assentos.

"Através das estradas, por caminhos ermos, seguimos praticamente em silêncio.

"Desse modo, a declaração de sir Harry, e a lembrança do meu sonho deixaram-me nervoso e ansioso. Quem seria esse inimigo desconhecido? Teria meu amigo se aproveitado de alguma bela italiana, e este era seu parente mais próximo caçando-o até a morte?

"Certamente, o homem debaixo da lâmpada em Callersfield não era estrangeiro; apesar da cor, era inglês, pelo tipo físico, os hábitos e a aparência.

"Haveria um segredo escuro na vida de sir Harry?, perguntei a mim mesmo. Sua relutância em visitar a Inglaterra, sua reserva sobre o início de sua vida quase me faziam acreditar nisso; e eu estava tentando descobrir esse segredo, quando, de repente, o cocheiro parou e, depois de examinar os cascos dos cavalos, nos informou que um deles havia perdido a ferradura, e seria impossível seguir viagem por mais quinze quilômetros, até a parada seguinte.

"'No entanto, há uma estalagem', acrescentou o cocheiro, 'a cerca de uma milha, pela estrada para Rindon e, se puderem pernoitar ali, comprometo-me a deixá-los em Dulling Court, às nove da manhã'.

"Ao ouvir isso, olhei para meu amigo à luz do luar, e sir Harry encarou-me com um ar sério.

"'Então, é para ser assim', ele respondeu ironicamente, e jogou-se no assento da carruagem.

"Enquanto os cavalos seguiam devagar, olhei pela janela e, por um instante, eu podia jurar ter visto a sombra de um homem atravessar correndo a estrada.

"Ao abrir a porta e descer do coche, no entanto, não vi nada além de árvores escuras e mato denso por todo lado.

"A noite estava firme ao chegarmos ao nosso destino, exatamente como em meu sonho – debaixo do luar, mas com nuvens pesadas e escuras passando no céu.

"Ali estava a estalagem, ali estava a tabuleta balançando, as folhas caídas girando à nossa volta enquanto esperávamos, e o cocheiro bateu à porta para que abrissem para nós.

"Tudo estava acontecendo como eu tinha sonhado, exceto que eu não vi, como no sonho, antes de acordar, um vulto se esgueirando pelas sombras da casa.

"Eu vi o vulto depois, mas não naquele momento.

"Comemos, mas não bebemos – fingimos que sim, mas, de fato, jogamos a bebida sobre o carvão da lareira, que fora reabastecida às pressas, embora acredite que esse cuidado fosse desnecessário.

"Escolhemos os quartos: sir Harry ficou com um que dava para a Região Selvagem, conforme nos disse o estalajadeiro, e eu com outro, cuja janela dava para o jardim.

"Não havia fechadura ou tranca nas portas, mas resolvemos empurrar os móveis para fazer uma barricada.

"Eu queria ficar no mesmo quarto com meu amigo, mas ele não me deu ouvidos.

"'Apenas atrasaremos o fim', ele disse de modo teimoso, respondendo às minhas ponderações, 'e eu tenho trinta gramas de chumbo para qualquer um que tente se meter comigo.'

Então demos boa-noite e nos separamos.

"Eu não tinha a menor intenção de me deitar, então, me sentei e li versos do meu poeta favorito, até que, vencido pelo cansaço, adormeci na poltrona.

"Acordei de supetão. A vela havia se apagado, e o luar passava pelas brancas cortinas do quarto.

"Imaginei, ou, de fato, alguém estaria tentando abrir a porta do meu quarto? Prendi a respiração, e vi que não era a minha imaginação, pois o trinco estalou na fechadura, e ouvi passos furtivos seguindo pelo corredor e, em seguida, descendo as escadas.

"Naquele instante, eu tomei uma decisão. Abri a vidraça, saltei para o beiral, fechei a janela atrás de mim e desci para o jardim.

"Mantive-me junto à parede, andei devagar até o fim da casa, e me escondi atrás do caramanchão.

"Um minuto depois, o homem que eu esperava veio do outro lado, e olhou por alguns segundos a janela do quarto de sir Harry. Havia uma pereira encostada à parede desse lado da casa, e ele a subiu com mais agilidade do que eu esperava por sua aparência.

"Eu estava com minha pistola e tive vontade de atirar enquanto ele lutava com a tranca para abrir a janela sem barulho, mas eu me contive. Queria saber o que ele iria fazer; queria saber qual era seu jogo, então, quando ele entrou no quarto, eu também subi pela árvore e, olhando um pouco acima do beiral, afastei a cortina e espiei lá dentro.

"Como eu, Hareleigh não havia tirado a roupa, e estava estendido na cama, com a mão direita sob a cabeça, e a esquerda sobre o peito.

"Ele dormia profundamente. Suas pistolas estavam na poltrona ao lado, e vi que seguira meu conselho de colocar a velha escrivaninha barrando a porta.

"Com o luar, agora eu via o indivíduo que por tanto tempo perturbara meus sonhos. Mexendo silenciosamente nas pistolas, ele se virou de perfil em relação à janela, e vi o que eu suspeitava – que o homem que viajou conosco desde Callersfield era o mesmo que estava agora ao lado de sir Harry para matá-lo.

"Esse foi o momento em que o sonho pareceu realidade e a realidade pareceu sonho.

"Num instante, ele se inclinou sobre meu amigo, e o vi levantar a mão para atacá-lo, mas, na mesma hora, eu mirei e, antes que desferisse o golpe, atirei em seu ombro direito.

"Ele gritou, praguejou, e correu para a janela, onde nos defrontamos, ele tentando sair, e eu tentando entrar.

"Lutei com ele, mas sem ter apoio para segurar o peso do seu corpo, eu não suportei, e despencamos da janela. O impacto da queda me desacordou, eu creio, pois não me lembro de nada que aconteceu depois, até voltar a mim num sofá da estalagem, com Hareleigh sentado ao meu lado.

"'Não fale, pelo amor de Deus, não fale!', ele exclamou. 'Vamos partir em cinco minutos, se aguentar o sacolejo. Convenci o senhorio a nos ceder outro cavalo, e chegaremos a Dulling em duas horas. Então poderá me contar tudo o que aconteceu.'

"Mas não cheguei a contar a ele nada sobre isso. Antes da parada seguinte, eu estava me sentindo muito mal para seguir viagem e, por semanas, fiquei entre a vida e a morte na estalagem Green Man and Still, em Aldney.

"Quando tive forças para me sentar, Harry e lady Hareleigh vieram de Dulling para me ver, mas isso foi meses antes que eu pudesse falar sobre o que aconteceu naquela noite, e eu nunca mais tive o mesmo sonho, que me marcou pelo resto da vida.

"Até morrer, entretanto, sir Harry sempre me considerou como seu guardião, e a esposa me recebia em Dulling Court da forma mais calorosa, considerando-me um amigo querido.

"Quando sir Harry faleceu, ele legou a mim e à lady Hareleigh a guarda conjunta dos filhos. Num testamento cuidadosamente lavrado, que eu nunca li, se os seus filhos morressem sem sucessores, ele deixaria Dulling Court para várias instituições de caridade.

"'Uma disposição bastante singular de seus bens', comentei com o advogado.

"'Sem dúvida, meu caro senhor, ele tinha suas razões', replicou o jurista.

"'Que são...?', perguntei.

"'Este é um assunto estritamente particular e confidencial.'

"A parte mais peculiar da minha narrativa eu ainda não contei", disse o sr. Dwarris, depois de fazer uma pausa.

"Muitos anos depois da morte de sir Harry, fui à casa de um amigo na véspera de uma eleição, que esperavam ser bastante concorrida.

"'A riqueza do sr. Blair, de fato, lhe dá uma grande vantagem', suspirou minha anfitriã, 'e nenhum de nós gosta dele, de jeito nenhum, eu daria qualquer coisa para vê-lo ser vencido.'

"Habituado a esses sentimentos lógicos tão femininos, dei pouca importância ao comentário da senhora e, com um interesse relativo sobre essa questão, na manhã seguinte, acompanhei meu amigo até sua casa de campo, onde iria acontecer a votação.

"Saímos tarde e, antes de chegar, o sr. Blair começara a fazer um discurso para a multidão.

"Ele falava alto e gesticulava violentamente com a mão esquerda quando bati os olhos nele. Dizia aos eleitores livres e independentes que todos sabiam quem ele era, o que ele era, e por que apoiava tal e tal partido político.

"A cada intervalo, era interrompido por aplausos e assobios, mas, no fim de uma de suas mais brilhantes perorações, eu, que me aproximei abrindo caminho através da multidão, gritei o mais alto que pude: 'Que tal explicar por que tentou matar um homem no *Coração Sangrento?*'.

"Por um instante, fez-se um silêncio mortal e, em seguida, a multidão repetiu minha pergunta: 'Que tal explicar por que tentou matar um homem no Coração Sangrento?'.

"Eu o vi olhando em volta como se tivesse ouvido um fantasma, então, caiu para trás, e seus amigos tiveram que descê-lo do palanque.

"Minha anfitriã teve seu desejo atendido, pois o oponente venceu e, poucas semanas depois, eu li nos jornais: 'Falecimento – em Hollingford Hall, aos quarenta e seis anos, de George Hareleigh Blair, Esq., sobrinho do falecido Ralph Hareleigh, Esq., de Dulling Court'.

"'Presumo que ele tenha se casado com uma srta. Blair', eu disse à minha anfitriã.

"'Sim, graças ao dinheiro dela', ela respondeu. 'Umas 200 mil libras'.[132]

"Então o mistério do Coração Sangrento ficou finalmente esclarecido, mas, deste lado do túmulo, não espero entender como consegui sonhar com um homem que nunca vi, com lugares onde nunca estive, com fatos dos quais eu não tinha conhecimento e com conversas que ainda viriam a acontecer."

---

[132] Hoje, duzentas mil libras corresponderia a pouco mais de 1 milhão de reais, o que na época era muito mais, em termos de poder aquisitivo. (N. da T.)

CAPÍTULO XII

O RETRATO

Margaret Oliphant

1885

Margaret Oliphant Wilson nasceu em Musselburgh, perto de Edimburgo. Seu primeiro romance, *A vida da sra. Margaret Maitland*,[133] foi publicado em 1849, quando a autora tinha vinte e um anos e, o segundo, *Caleb Field*,[134] dois anos mais tarde, em 1851. Nesse mesmo ano, conheceu o editor William Blackwood, em Edimburgo, e foi convidada a colaborar em sua prestigiada *Blackwood's Magazine*, escrevendo mais de uma centena de artigos apenas para essa revista.

Em 1852, casou-se com Frank Oliphant, seu primo do lado materno (tornando-se Margaret Oliphant Wilson Oliphant), e

---

[133] *Passages in the Life of Mrs. Margaret Maitland*, no original. (N. da T.)
[134] *Caleb Field*, no original. (N. da T.)

mudou-se para Londres. Sua vida foi marcada pela tragédia: três dos seis filhos morreram na primeira infância e, em 1859, Frank faleceu de tuberculose, em Roma, para onde haviam se mudado por causa da saúde frágil do marido. Sem recursos, Margaret retornou à Inglaterra com os três filhos e lutou para sustentá-los como escritora. Em 1864, a filha Maggie morreu em Roma, e foi enterrada no mesmo jazigo que o pai. O irmão de Margaret voltou do Canadá depois de sofrer um revés financeiro, aumentando o fardo de Margaret, que passou a sustentá-lo, além dos filhos.

Os dois remanescentes, Cyril e Francis, ingressaram em Eton, e Margaret se mudou para Windsor para ficar mais perto deles. Por mais de trinta anos, continuou a escrever, mas, quando Cyril faleceu, em 1890, e Francis, em 1894, ela perdeu todo o interesse pela vida, iniciando um declínio que a levou à morte em 1897.

A sra. Oliphant, como assinava a maioria das obras, era uma escritora prolífica. Sua bibliografia inclui romances, contos, diários de viagens e de crítica literária, bem como inúmeros artigos sobre uma diversidade de assuntos. Seus contos de terror incluem "A porta aberta" e "A janela da biblioteca",[135] ambos preferidos em antologias, e muitos outros menos conhecidos. Um deles é "O retrato".[136] Em parte, uma história de fantasma e, em parte, um conto moral, aborda um tema vitoriano comum – a desconfortável relação entre lucro e consciência, quando um jovem se torna, sem querer, o joguete de uma disputa entre o pai empresário e a mãe que morrera muito tempo antes.

---

[135] "The Open Door" e "The Library Window", no original. (N. da T.)
[136] "The Portrait", no original. (N. da T.)

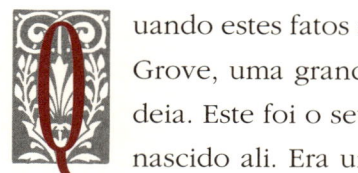

Quando estes fatos aconteceram, eu vivia com meu pai em The Grove, uma grande e antiga casa perto de uma pequena aldeia. Este foi o seu lar por alguns anos, e creio que eu tenha nascido ali. Era um tipo de casa, que, apesar da construção em tijolos vermelhos e brancos, estilo hoje conhecido como Rainha Anne, os construtores atuais não sabem mais como fazê-lo. Era uma casa irregular, com corredores e escadarias largas e andares amplos; os quartos eram grandes, mas de pé-direito não muito alto; as decorações deixavam muito a desejar, sem economia de espaço: uma casa que pertencia a uma época em que a terra era barata e, por isso, não havia por que economizar. Embora ficasse perto da aldeia, o emaranhado de árvores que a cercava criava uma verdadeira floresta. Nos gramados, na primavera, as prímulas cresciam tão intensamente quanto na floresta. Tínhamos pastos para as vacas e um excelente jardim murado. O local está sendo demolido neste momento para abrir espaço para mais ruas e a construção de casinhas – de casas benfeitas, mas não sem estilo para nobres tediosos de que talvez o bairro precise. A casa não era graciosa e, nós, seus últimos moradores, também não, e os móveis estavam desbotados, até um pouco gastos – nada de que possamos nos orgulhar. Não quero, no entanto, sugerir que fôssemos nobres sem estilo, pois esse não era o caso. Meu pai, de fato, era rico, e não precisava economizar para dar brilho à sua vida e à casa, se quisesse, mas ele não queria, e eu não ficava ali tempo suficiente para exercer qualquer tipo de influência. Foi a única casa que conheci, mas exceto na minha mais tenra infância e nas férias escolares, eu a conheci muito pouco. Minha mãe morreu ao me dar à luz, ou talvez um pouco depois, e eu cresci na gravidade e no silêncio de uma casa sem mulheres. Na minha infância, acredito, uma irmã de meu pai viveu conosco, e cuidou da casa e de mim, mas ela também faleceu há muito, muito tempo; meu luto por ela foi uma das minhas primeiras lembranças. E, depois dela, não houve mais ninguém. Havia uma governanta e algumas criadas – a última eu somente via desaparecer no fim do corredor, ou escapulindo de um quarto quando um dos "cavalheiros" apareciam. A sra. Weir, de fato, eu via diariamente, mas um sorriso, um par de braços roliços acariciados quando os cruzava sobre o abdômen, e um grande avental branco era tudo que eu conhecia dela. Esta era a única presença feminina na casa. A sala de estar era um lugar onde reinava a absoluta ordem e ninguém podia entrar. Três longas janelas se abriam para o gramado e se comunicavam pela parte de cima, arredondada. Por vezes, quando criança, eu olhava de fora, pela janela, observando o bordado do tecido das cadeiras, as telas, os espelhos que jamais refletiam o rosto humano. Meu pai não gostava daquela sala, que provavelmente não era excepcional, embora nunca tenha me ocorrido naquela época perguntar por quê.

Posso dizer, embora provavelmente decepcione aqueles que têm uma ideia sentimental sobre crianças, que não me ocorreu, então, também perguntar sobre minha mãe. Não havia lugar na minha vida, que eu saiba, para uma pessoa como ela; nada sugeria em minha mente o fato de que ela deveria ter existido, ou de que houvesse necessidade dela na casa. Aceitei, como acho que a maioria das crianças faz, os fatos da vida como me foram apresentados, sem perguntar como nem por quê. Para falar a verdade, eu tinha consciência de que minha casa era um lugar tedioso, mas não em comparação com os livros que eu lia, nem com as histórias contadas pelos colegas de escola, me pareceu que fosse algo extraordinário. E provavelmente eu era um tanto entediado também, por natureza, pois eu não me importava. Gostava de ler e, para isso, havia oportunidades ilimitadas. Eu era um tanto ambicioso em relação ao trabalho, e isso também era feito sem perturbação. Quando fui para a universidade, passava praticamente o tempo todo com os rapazes, mas, nessa época e depois, muita coisa, é claro, mudou em minha vida e, embora eu reconhecesse as mulheres como uma parte da natureza, de fato, de modo algum eu desgostava delas, nem as evitava, embora a ideia de ligá-las, de alguma forma, ao meu lar, nunca me passou pela cabeça. Isso continuou a ser assim como sempre foi, quando, esporadicamente, eu me voltava para aquele lugar frio, grave e sem cor, em meio ao meu vaivém pelo mundo: sempre muito silencioso, bem-ordenado, sério – a comida muito boa, o conforto perfeito –, o velho Morfeu, o mordomo, um pouco mais velho (mas não muito mais velho, talvez, em geral, menos velho, uma vez que, na minha infância, eu o considerava como um Matusalém),[137] e a sra. Weir, menos ativa, com os braços debaixo das mangas, dobrando-os e acariciando-os mesmo assim. Eu me lembro de olhar do gramado, através das janelas, para o interior da sala de estar totalmente arrumada, como uma lembrança divertida da minha admiração e fascinação infantil, acreditando que a sala deveria ficar assim para sempre, a fim de não quebrar o mistério, um encanto despretensioso e ridículo.

Mas eu só voltava para casa em raras ocasiões. Durante as férias longas, bem como nos feriados escolares, meu pai sempre me levava para o exterior, e passeamos por boa parte do continente europeu fazendo viagens sempre agradáveis. Ele era velho em relação à minha idade, sendo um homem de sessenta anos, enquanto eu tinha vinte, mas isso não perturbava o prazer do nosso relacionamento. Não sei se alguma vez tivemos uma relação muito próxima. Da minha parte, eu tinha muito pouco a dizer, pois não me metia em encrencas, nem me apaixonava, as duas condições que exigem compaixão e confidências. E, quanto a meu pai, eu nunca sabia, pelo lado dele, o que ele teria para me dizer. Eu sabia exatamente como ele vivia – o que ele fazia a cada hora, em que temperatura sairia para cavalgar ou andar a pé, com que frequência e com que convidados ficaria conversando

---

[137] Matusalém: o mais velho personagem da Bíblia, no Velho Testamento, que viveu até os 969 anos. (N. da T.)

durante um jantar ocasional, um prazer sério – talvez, de fato, menos um prazer do que uma obrigação. Eu sabia de tudo isso tão bem quanto ele, e os seus pontos de vista em relação a questões públicas e a opiniões políticas, que naturalmente difeririam das minhas. Que espaço haveria, então, para confidências? Eu não tinha conhecimento de nenhuma. Ambos éramos de natureza reservada, sem aptidão para tratar de sentimentos religiosos, por exemplo. Há pessoas que consideram que a reserva em relação a tais assuntos seja sinal de uma forma cerimoniosa de observá-las. Eu não tenho certeza disso, mas, em todo caso, era a prática mais afeita à minha mente.

Assim, estive grande parte do tempo ausente, vivendo minha vida por aí. Eu não tive muito sucesso nisso. Conquistei o destino natural de um homem inglês, e fui para as colônias; depois para a Índia, num cargo semidiplomático, mas voltei para casa depois de sete ou oito anos, alquebrado, em más condições de saúde, e sem uma postura espiritual muito elevada, cansado e decepcionado com minha primeira tentativa de levar a vida. Não tive, como dizem, "uma oportunidade" para conseguir abrir meu caminho. Meu pai era rico, e nunca me deu a menor razão para acreditar que ele não tivesse a intenção de que eu fosse o seu herdeiro. A mesada que recebia dele não era limitada e, embora ele não se opusesse aos meus planos, não me incentivava a desenvolvê-los. Quando voltei para casa, recebeu-me afetuosamente e expressou satisfação com meu retorno.

– Claro – ele disse –, não estou feliz que esteja decepcionado, Philip, ou mal de saúde, mas, de qualquer modo, o mau vento, como sabe, não faz bem a ninguém, mas estou muito satisfeito de que esteja em casa. Eu já estou ficando muito velho.

– Não percebo qualquer diferença, senhor – respondi –, tudo aqui me parece exatamente igual a quando parti.

Ele sorriu e meneou a cabeça.

– É verdade – ele respondeu –, depois que atingimos certa idade, parece que andamos por um bom tempo numa planície, e não sentimos muita diferença de ano a ano, mas é um plano inclinado e, quanto mais avançamos, mais repentina será a queda, no final. Mas, de todo modo, será um grande consolo para mim tê-lo aqui.

– Se eu soubesse disso – eu disse – e de que gostaria que eu estivesse em casa, teria regressado antes, porque somos só eu e você no mundo.

– Sim – ele concordou –, somos só eu e você no mundo, mas, mesmo assim, eu não deveria chamá-lo, Phil, interrompendo sua carreira.

– Então foi bom que ela tivesse se interrompido por si só – respondi, num tom amargo, pois a decepção é difícil de suportar.

Ele me tocou no ombro e repetiu:

– O mau vento não faz bem a ninguém – olhando-me com um prazer visível, que também me gratificou, pois, afinal, ele era um homem idoso, e o único no mundo a quem eu devia qualquer obrigação.

Eu não deixava de sonhar com afeições mais calorosas, mas estas não deram em nada – não tragicamente, mas do modo comum. Talvez eu tenha recebido um amor que eu não quisesse, mas não aquele que eu mais quis – que não era algo de que qualquer um se lamentaria, mas ao longo do curso normal dos acontecimentos. Essas decepções acontecem todos os dias; de fato, são mais comuns do que se pensa e, por vezes, depois se descobre ter sido melhor assim.

No entanto, ali estava eu, aos trinta anos – sem precisar de nada, numa posição a suscitar mais inveja do que pena da maioria dos meus contemporâneos – por ter uma vida confortável e garantida, tanto dinheiro quanto eu quisesse, e a perspectiva de uma excelente fortuna no futuro. Por outro lado, minha saúde andava precária, e não tinha ocupação. A vizinhança do vilarejo constituía um atraso em vez de vantagem. Senti-me tentado, em vez de fazer uma longa caminhada pelo campo como meu médico me recomendou, a empreender uma mais curta, através da High Street, cruzar o rio, e retornar, o que não seria propriamente uma caminhada, mas um lazer. O campo era silencioso e cheio de pensamentos – pensamentos nem sempre muito aprazíveis –, enquanto sempre se pudesse se divertir ao ver a graça da pequena população urbana, ouvir notícias, todos esses assuntos mesquinhos que tantas vezes tornam a vida uma versão bastante empobrecida para o homem ocioso. Eu não gostava, mas me via propenso a isso, sem ter energia suficiente para fazer outra escolha. O reitor e o promotor público local me convidaram para o jantar. Eu poderia ter entrado na sociedade, como ela é, se tivesse disposição para isso – tudo à minha volta começou a me cercar como se eu tivesse cinquenta anos, e estivesse plenamente satisfeito com minha vida.

Talvez fosse a vontade de conseguir uma ocupação que me fez observar, com surpresa, depois de algum tempo, como meu pai vivia ocupado. Ele se disse satisfeito com meu retorno, mas agora que eu estava de volta, eu o via muito pouco. Ele passava a maior parte do tempo na biblioteca, como sempre. Mas, nas poucas vezes que fui vê-lo ali, percebi que o aspecto da biblioteca estava bastante mudado. Adquirira o ambiente de uma sala comercial, quase de escritório. Havia grandes livros contábeis em cima da mesa, que não consegui associar a nada que ele tivesse a fazer, e sua correspondência era volumosa. Tive a impressão de ele ter fechado um desses livros rapidamente quando entrei, e o afastou, como se não quisesse que eu o visse. Isso me surpreendeu naquele momento, sem me chamar a atenção, mas depois me dei conta do que isso podia significar. Ele estava mais absorto do que de costume. Os homens que vinham visitá-lo não tinham uma apresentação muito boa. A minha surpresa cresceu sem entender exatamente o porquê e, após uma conversa casual com Morfeu, meu vago desconforto começou a tomar uma forma mais definida. A conversa começou sem qualquer intenção especial de minha parte. Morfeu me informou que o senhor estava muito ocupado em determinado momento quando quis vê-lo. E fiquei um pouco aborrecido ao ser barrado:

– Parece que meu pai está sempre ocupado – eu disse, irritado.

Morfeu começou, então, a balançar a cabeça em movimento afirmativo.

– Por demais ocupado, senhor, se quer saber a minha opinião – ele respondeu.

Isso me surpreendeu, e perguntei em seguida:

– O que quer dizer? – sem pensar que perguntar sobre informações pessoais a um criado referentes aos hábitos de meu pai era tão ruim quanto investigar os assuntos de uma pessoa desconhecida, mas não encarei dessa forma.

– Sr. Philip – disse Morfeu –, acontece algo mais frequentemente do que deveria acontecer. O senhor se tornou muito mais ávido em relação a dinheiro depois que envelheceu.

– Isso é algo novo em relação a ele – respondi.

– Não, senhor, desculpe-me, isso não é novo. Ele se livrou disso, e não foi fácil, mas voltou, se me perdoa dizer. E não sei se vai se livrar disso novamente nesta idade.

Fiquei mais propenso a sentir raiva do que me deixar perturbar por causa disso.

– Você deve estar enganado – eu disse. – Se eu não o conhecesse há tanto tempo, Morfeu, não permitiria que falasse assim de meu pai.

O velho me olhou com um ar um tanto espantado e com um pouco de desdém.

– Eu sirvo ao meu senhor há muito mais tempo do que ele é seu pai – ele respondeu, dando-me as costas.

Essa presunção soou tão cômica que não consegui continuar zangado diante daquela reação. Depois dessa conversa, saí e fiz meu passeio costumeiro, que não foi satisfatório. Sua inocuidade pareceu-me mais evidente do que nos outros dias. Encontrei meia dúzia de pessoas que eu conhecia, e cada uma me segredou uma novidade. Subi e desci toda a High Street. Fiz uma ou duas comprinhas. E, então, fui para casa – com ódio de mim mesmo, embora eu não encontrasse nenhuma saída para mim. Uma longa caminhada pelo campo seria mais virtuosa? – teria sido ao menos mais saudável, mas era tudo o que se podia dizer. Minha mente não se deteve no que Morfeu me disse. Não fazia sentido, nem tinha qualquer significado para mim e, depois da excelente piada sobre ele ter mais interesse pelo seu senhor do que eu pelo meu pai, coloquei o assunto parcialmente de lado. Tentei pensar em algum modo de contar isso a meu pai, sem deixá-lo perceber que Morfeu via isso como um defeito, e que eu tivesse dado ouvidos a ele, para não perder uma piada tão boa. No entanto, quando cheguei em casa, aconteceu algo que me fez esquecer o assunto totalmente. É curioso quando um problema novo ou a ansiedade surgem de modo inesperado, sempre uma segunda questão se segue à primeira, e lhe dá uma força que ela, por si só, não teria.

Aproximei-me da entrada da casa me perguntando se meu pai teria saído e, se, ao voltar, eu o encontraria desocupado – pois teria várias coisas a lhe dizer – quando notei uma mulher em andrajos próximo aos portões fechados. Ela carregava um bebê adormecido nos braços. Era uma noite de primavera, as estrelas já estavam visíveis desde o entardecer, dando um contorno suave e ameno a tudo, e o vulto da mulher parecia uma sombra, movendo-se de um lado para o outro do portão. Ela parou ao ver que eu me aproximava, hesitou um momento e, em seguida, pareceu-me resoluta. Eu a observei, distraído, sabendo que viria falar comigo, porém, sem saber o que ela iria me dizer. Aproximou-se hesitante, porém firme e, ao chegar mais perto, fez uma pequena reverência, e disse baixinho:

– É o sr. Philip?

– O que quer falar comigo? – perguntei.

Então, sem prévio aviso, desandou a falar, fazendo um longo discurso – uma torrente de palavras, que ela guardara na ponta da língua.

– Ó, senhor, quero lhe falar! Não creio que seja tão duro, por ser jovem, e não creio que ele seja tão duro, se for como o filho, pois sempre ouvi dizer que tinha somente um, que nos defenderá. Ó, cavalheiro, é fácil para pessoas como o senhor, que, se não se sente bem numa sala, pode ir para outra, mas, se só se tem um quarto, e toda a mobília foi tirada dele, deixando apenas as quatro paredes nuas, sem nem mesmo o berço do bebê, ou a poltrona para o marido se sentar quando chega em casa do trabalho, ou uma panela para se fazer o jantar...

– Minha boa senhora – eu disse –, quem lhe tirou tudo isso? Certamente ninguém poderia ser tão cruel.

– Cruel, você diz! – ela exclamou com ar triunfante. – Ó, sabia que concordaria, ou qualquer bom cavalheiro que não consinta em perturbar os pobres. Vá lá dentro, e diga isso a ele, pelo amor de Deus! Diga-lhe para pensar no que fez, levando essas pobres criaturas ao desespero. O verão está chegando, graças a Deus, mas ainda faz muito frio à noite para não se ter um cobertor, e depois de trabalhar duro o dia todo, e não ter nada além de quatro paredes nuas como casa, e toda a pequena mobília que economizamos tanto para ter, comprada, peça a peça, tudo levado embora, não estamos melhor do que quando começamos, ou até pior, porque então éramos jovens. Ó, senhor! – lamentou a mulher falando bem alto.

E, então, ela acrescentou, suplicando, recuperando-se um pouco:

– Ó, fale por nós, ele não se recusará a ouvir o próprio filho.

– Com quem devo falar? Quem fez isso a vocês? – perguntei.

A mulher hesitou novamente, olhando atentamente meu rosto, então repetiu a pergunta, gaguejando um pouco:

– É o sr. Philip? – como se quisesse ter certeza.

– Sim. Sou Philip Canning – respondi –, mas o que tenho a ver com isso? Ou a quem devo me dirigir?

Ela começou a chorar e a se lamentar, e depois parou.

– Ó, por favor, senhor! É o sr. Canning que é o dono de todas as casas na propriedade, a praça e as ruas, tudo pertence a ele. E ele levou nossas camas, e o berço do bebê, embora a Bíblia diga que não se deve tirar a cama dos pobres.

– Meu pai! – exclamei, sem acreditar em mim mesmo. – Então foi algum agente, alguém no lugar dele. Tenho certeza de que ele nada sabe sobre isso. É claro que falarei com ele, imediatamente.

– Ó, Deus o abençoe, senhor! – disse a mulher.

Mas, então, ela acrescentou, num tom mais baixo:

– Não foi um agente. Foi alguém que não se importa. Foi ele que vive nesta casa grande – ela disse num sussurro, para que eu não a ouvisse.

As palavras de Morfeu ecoaram em minha mente quando ela falou. O que era isso? Tinha a ver com estar o tempo todo ocupado, os grandes livros contábeis e os estranhos visitantes? Peguei o nome da mulher, e dei-lhe um pouco de dinheiro para comprar algo que a confortasse naquela noite, e entrei visivelmente perturbado e preocupado. Era impossível acreditar que meu pai tivesse feito isso sozinho, mas ele não era um homem que gostasse de interferências, e eu não sabia como introduzir o assunto, como dizê-lo. Eu só poderia esperar, que, no momento em que abordasse o assunto, encontraria as palavras certas, o que, por vezes, acontece em momentos de necessidade, não se sabe como, mesmo quando o tema não seja tão importante quanto este em que prometi ajudá-la. Como sempre, não vi meu pai até a hora do jantar. Eu disse que nossos jantares eram muito bons, luxuosos, mas de modo simples, tudo excelente, bem cozido, bem servido, a perfeição em forma de conforto, sem exageros – que é uma combinação muito especial para o coração inglês. Eu não disse nada, até Morfeu, com sua solene atenção a tudo o que está acontecendo em volta, ter se retirado – e, então, tomando um impulso de coragem, comecei a falar.

– Hoje fui parado do lado de fora do portão por uma curiosa pedinte, uma mulher pobre, que parece ser uma de suas inquilinas, senhor. Mas seu agente deve ter agido de forma muito dura com ela.

– Meu agente? Quem é? – perguntou meu pai, sem se alterar.

– Não sei o nome do agente, e questiono a competência dele. Parece que levaram todos os móveis, a cama, o berço do filho dessa mulher.

– Sem dúvida ela devia estar com o aluguel atrasado.

– É provável, senhor. Ela me pareceu muito pobre – eu disse.

– Releve isso – disse meu pai, com ar superior e divertido, nem um pouco chocado com minha declaração. – Mas, quando um homem ou uma mulher alugam uma casa, suponho que saibam que precisam pagar o aluguel.

– Com certeza, senhor – repliquei –, quando têm com o que pagar.

– Não admito essa réplica – ele disse.

Mas não ficou bravo, como eu temia que ele ficasse.

– Creio – continuei – que seu agente seja muito severo. E isso me leva a dizer algo em que estou pensando há algum tempo (essas eram as palavras, sem dúvida, que eu esperava que fossem colocadas em minha boca; elas me ocorreram na hora, mas eu as disse como a mais completa convicção da verdade) e é o seguinte: estou desocupado, com tempo sobrando. Nomeie-me seu procurador. Eu me incumbirei do trabalho e o pouparei desses erros. Será como uma ocupação para mim.

– Erros! O que lhe garante que foram erros? – ele exclamou.

Depois de um momento, ele continuou:

— Está me fazendo uma estranha proposta, Phil. Sabe o que está me oferecendo? Ser coletor de aluguéis, ir de porta em porta, semana a semana, verificar pequenos consertos, drenos etc., receber o pagamento, o que, afinal, é o principal, e não se deixar levar pelos contos do vigário desses pobres.

— Não deixar que seja enganado por homens que não têm piedade — respondi.

Ele me encarou de um modo estranho, que eu não compreendi muito bem, e me disse, abruptamente, algo que, pelo que eu me lembro, nunca me dissera antes:

— Você se tornou igual à sua mãe, Phil.

— Minha mãe!

A referência era tão inusitada — não, tão sem precedentes — que fiquei abismado. Pareceu-me como a apresentação repentina de um novo elemento num ambiente estagnado, bem como um novo assunto em nossa conversa. Meu pai me olhou do outro lado da mesa, como se tivesse ficado atônito com minha surpresa.

— Isso é tão extraordinário assim? — ele perguntou.

— Não, claro que não é extraordinário que eu me pareça com minha mãe. Apenas... é que sei muito pouco sobre ela... praticamente nada!

— Isso é verdade.

Ele se levantou e postou-se à frente da lareira, onde o fogo estava baixo, pois a noite não estava muito fria — não estava fazendo frio ultimamente, mas me pareceu que a sala escura esfriara. Talvez parecesse mais mortiça a partir da ideia de que um dia fora mais iluminada e mais cálida.

— Falando sobre erros — ele disse —, talvez este tenha sido um deles: ter apartado você completamente do lado da casa que pertencia a ela. Mas não me importei com a ligação. Você entenderá por que estou falando sobre isso agora, quando lhe digo...

Nesse momento, ele se interrompeu, entretanto, ficou em silêncio por mais de um minuto, e então tocou a campainha. Morfeu entrou, como sempre fazia, de modo imediato, de forma que passamos mais algum tempo calados, enquanto minha surpresa aumentava. Quando o velho surgiu na porta, meu pai perguntou:

– Acendeu as luzes na sala de estar como lhe pedi?

– Sim, senhor, e abri a caixa, senhor, e é... é uma semelhança espantosa.

O velho disse isso bem rápido, como se temesse que o senhor o impedisse de falar. Meu pai fez um gesto, mandando-o calar-se.

– Basta. Não lhe pedi informação alguma. Pode ir agora.

A porta se fechou, e houve uma nova pausa. Meu assunto se esvaiu como fumaça, embora eu estivesse realmente preocupado. Tentei retomá-lo, mas não consegui. Algo parecia prender minha respiração: e mesmo nesta respeitável e pachorrenta casa em que vivíamos, onde tudo rescendia a bom caráter e integridade, com certeza, não haveria um segredo vergonhoso a ser revelado. Um pouco antes de meu pai falar, sem nenhum motivo aparente, mas provavelmente porque sua mente estava ocupada com pensamentos menos habituais.

– Você mal conhece a sala de estar, Phil – ele disse, finalmente.

– Muito pouco. Nunca a vi ser usada. Ela me assombra de certa forma, para dizer a verdade.

– Não deveria. Não há motivos para isso. Mas um homem solitário, como tenho sido em grande parte da minha vida, não há chance de usar uma sala de estar. Sempre, por questão de preferência, sentei-me entre meus livros; no entanto, deveria ter considerado a impressão que isso causaria sobre você.

– Ah, não foi relevante – eu disse –, meu assombro era infantil. Não voltei a pensar sobre isso desde que cheguei em casa.

– Nunca foi um lugar esplêndido – ele disse.

Ele pegou a lâmpada da mesa de um modo automático, sem se importar com meu gesto de querer levá-la para ele, e seguiu à frente. Ele estava com quase setenta anos, e tinha a aparência da própria idade, mas continuava vigoroso, sem sinais de decadência física. O círculo de luz da lâmpada iluminava os cabelos brancos, os olhos azuis argutos, e a pele clara; a testa tinha cor de marfim antigo, as maçãs do rosto exibiam tons rosáceos: um homem de idade, no entanto, em pleno vigor. Ele era mais alto e quase tão forte quanto eu. De pé, segurando a lâmpada, parecia uma torre alta e volumosa. Pensei nisso enquanto olhava para ele, que eu o conhecia intimamente, mais intimamente do que qualquer outra pessoa no mundo – eu tinha familiaridade com todos os detalhes de sua vida exterior, mas, será que, na verdade, eu não o conhecia?

A sala de estar já estava iluminada com uma fileira de velas que tremeluziam sobre a cornija da lareira e pelas paredes, como o fulgor estrelado que as velas produzem no escuro. Como eu não tinha a menor ideia do que iria ver, porque Morfeu disse "semelhança espantosa" muito rápido e muito baixo para que eu compreendesse no meu estupor. Notei, primeiro, essa iluminação inusitada, que eu não conseguia associar a nenhum motivo. Em seguida, vi um grande retrato de corpo inteiro, ainda na caixa em que fora embalado para ser transportado, de pé, encostado numa mesa no centro da sala. Meu pai caminhou direto até ele, fez-me sinal para eu colocar uma mesinha à esquerda do retrato, e pousou a lâmpada sobre ela. Então, me mostrou o retrato e ficou ao lado para que eu pudesse vê-lo.

Era um retrato de uma jovem – eu poderia dizer, de uma menina, que mal havia completado vinte anos – num vestido branco, em estilo antigo, bem simples, embora eu não estivesse habituado a distinguir indumentárias femininas para determinar a época. Poderia ter cem anos, ou vinte, eu não fazia a menor ideia. Seu rosto tinha uma expressão juvenil, uma candura e uma simplicidade maior do que de qualquer rosto que eu tivesse visto – algo assim, ao menos, eu pensei, surpreso. O olhar era um pouco melancólico e demonstrava certa ansiedade – que definitivamente não era contentamento; havia uma leve, quase imperceptível curvatura nas pálpebras. A pele era deslumbrante e bela, o cabelo claro, mas os olhos eram escuros, o que dava uma individualidade ao rosto. Ela também seria adorável se os seus olhos fossem azuis – até mais bela –, mas a cor escura dava um toque de caráter, uma leve discordância, o que aprimorava a harmonia. Não era belíssima. A moça devia ser muito nova, muito frágil, muito pouco desenvolvida para exibir uma beleza maior, mas nunca vi um rosto que inspirasse tanto amor e confiança como aquele. Qualquer um sorriria diante dela com uma afeição espontânea.

– Que rosto doce! – eu disse. – Que jovem adorável! Quem é ela? Esta é uma das parentes a quem se referiu do outro lado da família?

Meu pai não respondeu. Ficou de pé, de lado, olhando para o quadro como se o conhecesse tão bem que nem precisaria olhá-lo – como se a pintura já estivesse em seus olhos.

– Sim – ele disse, depois de um intervalo, suspirando fundo –, ela era uma jovem adorável, como você disse.

– Era? Então, ela morreu. Que pena! – respondi. – Que pena, tão jovem e tão doce!

Ficamos ali olhando para ela, tão imóvel e bela – dois homens, o mais jovem já adulto e consciente de suas muitas experiências, o outro, mais velho – diante dessa personificação da tenra juventude. Por fim, ele disse, com um leve tremor na voz:

– Não consegue perceber quem ela é, Phil?

Virei-me para ele, atônito, mas ele desviou o olhar. Um estremecimento perpassou seu rosto.

— Esta é sua mãe — ele disse, e saiu da sala de repente, deixando-me sozinho.

Minha mãe!

Fiquei por um momento parado com um sentimento de consternação diante daquela inocente criatura vestida de branco, para mim, um pouco mais do que uma menina; então, de súbito, desatei a rir, quase sem querer; um riso um tanto ridículo, bem como terrível. Quando parei de rir, meus olhos se encheram de lágrimas, e fiquei espantado, sem conseguir respirar. As feições suaves pareciam derreter, os lábios se moviam, a ansiedade em seus olhos tornara-os inquisitivos. Ah, não, nada disso; era por causa dos meus olhos úmidos. Minha mãe! Ó, criatura bela e gentil, quase uma mulher — como poderia a voz de um homem chamá-la assim! Mal eu sabia o que significava — já a vi ser zombada, escarnecida, reverenciada, mas nunca aprendi a colocá-la, nem mesmo entre os poderes ideais da vida. Porém, se quisesse dizer qualquer coisa, o que significava era algo valioso de se pensar. O que ela me perguntava, indagando-me com aquele olhar? O que teria dito se "aqueles lábios pudessem falar?". Se a tivesse conhecido como Cowper[138] a conheceu — como uma lembrança da infância —, poderia haver alguma ligação, débil, porém compreensível, entre nós, mas, agora, tudo o que eu sentia era uma incongruência curiosa. Pobre filho, disse para mim mesmo; uma criatura tão doce: pobre alma tão pequena e tão terna! Como se ela fosse uma irmã caçula, uma filha — mas, minha mãe! Eu não sei dizer quanto tempo fiquei ali parado olhando para ela, estudando o rosto cândido e meigo, cheio de tudo o que fosse bom e belo; e triste, com um profundo pesar, por ter

---

[138] William Cowper (1731-1800): poeta inglês e compositor de hinos. Um dos mais populares de sua época, mudou a forma de escrever poesia sobre a natureza no século XVIII, descrevendo o cotidiano e as cenas da vida no campo na Inglaterra, um dos precursores da poesia romântica. Sua mãe faleceu ao dar à luz seu irmão John, pouco antes de Cowper completar seis anos de idade. (N. da T.)

morrido e nunca realizado seus sonhos. Pobre menina! Pobres aqueles que a amaram! Esses eram meus pensamentos: com uma vertigem inusitada ao perceber o relacionamento misterioso, cuja compreensão estava além da minha capacidade.

Nesse momento, meu pai retornou: possivelmente, porque eu perdera a noção da hora, ou talvez porque ele também estava inquieto com a estranha perturbação de sua quietude habitual. Ele entrou e enlaçou meu braço, encostando-se a mim, com uma afeição que era mais profunda do que as palavras. Comprimi seu braço com o meu: um abraço entre dois graves homens ingleses é maior do que qualquer abraço.

– Não consigo compreender – eu disse.

– Não. Eu não me surpreendo, mas, se é estranho para você, Phil, imagine quanto ainda é mais estranho para mim! Esta é a companheira da minha vida. Nunca tive outra, ou pensei em outra. Esta... menina! Se nos encontrássemos outra vez, como sempre esperei que nos encontrássemos novamente, o que eu diria a ela... eu, um velho? Sim, sei o que quer dizer. Não sou um velho pela idade, mas já tenho setenta anos, e já vivi quase toda a minha vida. Como poderei encontrar esta moça? Costumávamos nos dizer que seria para sempre, que sempre seríamos um só, que estaríamos juntos na vida e na morte. Mas o que... o que poderei dizer a ela, Phil, quando a encontrar novamente, este... este anjo? Não, não é o fato de ela ser um anjo que me perturba, mas ela ser tão jovem! Ela é como minha... minha neta – ele exclamou, misturando o choro ao riso –, e ela é minha esposa... e eu sou um velho... um velho! Tanta coisa já aconteceu que ela não compreenderia.

Fiquei tão perplexo com essa estranha lamúria, que eu não sabia o que dizer. Não era um problema meu, e respondi de forma convencional.

– Eles não são como nós, senhor – eu disse –, eles nos observam com olhos mais abertos, diferentes dos nossos.

– Ah, você não compreende o que estou dizendo – ele disse rapidamente e, nesse intervalo, ele já havia contido a emoção. – No início, depois que ela morreu, eu me consolava pensando que a encontraria de novo, que nunca ficaríamos, de fato, separados. Mas, meu Deus, como eu mudei desde então! Sou outro homem, sou um ser diferente. Eu já não era muito jovem então, vinte anos mais velho do que ela, mas sua juventude me rejuvenescia. Eu não era um parceiro mal-ajambrado, ela não pedia que eu fosse diferente: e sabia tanto quanto eu, ou mais, em relação a alguns assuntos, estando mais próxima da fonte, como eu conhecia sobre outros assuntos que eram mundanos. Mas já percorri um longo caminho, desde então, Phil, um longo caminho, e ali está ela exatamente onde a deixei.

Eu comprimi o seu braço novamente.

– Pai – eu disse, um vocativo que eu pouco usava –, não devemos supor que num estado de vida mais elevado a mente fique estacionária.

Eu não me sentia qualificado para discutir esses assuntos, mas precisava dizer alguma coisa.

– Pior, pior! – ele respondeu. – Então ela também será como eu, um ser diferente, e nos reencontraremos, como o quê? Como estranhos, como pessoas que se perderam de vista, com um longo passado entre nós... nós que partimos, meu Deus, com... com...

Sua voz embargou, e ele se calou por um instante; então, enquanto eu, surpreso e chocado pelo que ele dissera, procurava encontrar em minha mente algo que eu pudesse responder, ele, de repente, retirou o braço do meu e disse num tom habitual:

– Onde devemos pendurar o quadro, Phil? Deve ser aqui nesta sala. De que lado receberia a melhor luz?

Essa súbita alteração surpreendeu-me mais ainda, e me deixou mais chocado, mas era evidente que eu deveria acompanhar suas mudanças de humor, ou, pelo menos, a repentina repressão de sentimentos que ele criou. Abordamos essa questão muito mais simples com grande seriedade, considerando o lado que recebia a melhor iluminação.

– Sabe que eu não tenho como aconselhá-lo – eu disse –, pois não estou familiarizado com esta sala. Eu prefiro adiar, se não se importa, até a hora que clarear.

– Eu creio – ele disse –, que este seja o melhor lugar.

Ele escolheu a parede oposta à lareira, defronte às janelas – não a que recebia a melhor luz, disso eu entendia, para um quadro a óleo. Quando eu disse isso, no entanto, ele me respondeu num tom um pouco impaciente.

– Não importa que não receba a melhor luz. Ninguém o verá, somente eu e você. Eu tenho minhas razões.

Havia uma mesinha encostada à parede nesse lugar, que ele tocou enquanto falava. Em cima da mesa, havia uma cestinha de vime toda trançada. Sua mão deve ter tremido, porque a mesa balançou e a cestinha caiu, e tudo o que estava dentro rolou no tapete – pequenos trabalhos de tricô, sedas coloridas, uma pequena peça semitricotada. Ele riu quando viu tudo cair a seus pés, e tentou se abaixar para recolher, então cambaleou até uma cadeira, e ele cobriu, por um momento, o rosto com as mãos.

Não havia necessidade de perguntar o que aquilo era. Eu jamais vira nenhum trabalho manual feminino na casa desde que me lembrava. Recolhi tudo, com respeito, e coloquei de volta na cesta. Pude ver, ignorante como eu era no assunto, que o tricô era uma roupinha de bebê. O que mais poderia fazer, senão encostá-lo nos lábios? Fora deixado pelo meio – para mim.

– Sim, eu creio que este seja o melhor lugar – disse meu pai no momento seguinte, no tom de costume.

Pusemos o quadro ali naquela noite juntos. A pintura era grande, com uma moldura pesada, mas meu pai não permitiu que ninguém me ajudasse. E, então, com uma superstição à qual eu nunca dei razão, depois de remover a embalagem, fechamos e trancamos a porta, deixando as velas acesas na sala de estar, com sua estranha luz iluminando-a no primeiro dia de volta à sua antiga casa.

Naquela noite, nada mais foi dito. Meu pai se recolheu cedo, o que não era seu costume. Ele nunca me habituou, no entanto, a ficar com ele até tarde na biblioteca. Eu tinha um pequeno estúdio, ou sala de fumo para mim, onde estavam todos os meus tesouros especiais, as recordações de viagem e meus livros favoritos – e onde eu sempre me sentava depois das orações, um ritual mantido com regularidade na casa. Eu me recolhi, como de costume, ao meu quarto e, como sempre, li, mas, nesta noite, interrompi-me várias vezes para pensar. Quando já era bem tarde, passei pela porta envidraçada até o gramado, e caminhei em volta da casa com a intenção de olhar através das janelas da sala de estar, como fazia quando era menino. Mas me esqueci de que essas janelas eram fechadas à noite, e apenas a luz tênue passando pelas frestas podia comprovar a instalação do novo quadro ali dentro.

Pela manhã, meu pai estava como sempre. Contou-me, sem emoção, como havia obtido a pintura. Ela pertencera à família de minha mãe, e fora passada, por fim, às mãos de um primo que vivia no exterior.

– Um homem de quem eu não gostava, e que não gostava de mim – disse meu pai –, pois ele acreditava haver, ou houve, alguma rivalidade entre nós. Um engano, mas ele nunca percebeu isso. Recusou todos os meus pedidos para fazer uma cópia do quadro. Você deve supor, Phil, que eu desejasse muito tê-lo. Se tivesse conseguido, você, ao menos, teria visto como sua mãe era, e não precisaria levar esse choque agora. Mas ele não aquiesceu. Acho que lhe dava, eu creio, certo prazer em ser o dono da única pintura. Mas agora ele está morto e arrependido, ou, por qualquer outro motivo, deixou o quadro para mim.

– Isso me parece ter sido uma gentileza – eu disse.

– Sim, ou qualquer outra coisa. Deve ter pensado, que, ao fazer isso, estaria estabelecendo um direito sobre mim – afirmou meu pai, mas ele não estava disposto a dizer mais nada.

Em nome de quem ele queria estabelecer um direito, eu não sabia, nem quem era o homem que nos impôs tal obrigação em seu leito de morte. Ele estabelecera um direito, ao menos, sobre mim, no entanto, como ele havia morrido, eu não sabia em nome de quem seria. E meu pai não me disse mais nada. Ele parecia não gostar do assunto. Quando tentei retomá-lo, tinha retornado às cartas e aos jornais. Evidentemente, decidira que não diria mais nada a respeito.

Depois, fui até a sala de estar para olhar o retrato de novo. Pareceu-me que a ansiedade em seus olhos não estava mais tão evidente quanto pensei na noite anterior. A luz talvez fosse mais favorável. O retrato estava logo acima do lugar onde, sem dúvida, ela costumava se sentar, onde ficava a cestinha de tricô – não muito acima. Era um retrato de corpo inteiro, e nós o penduramos baixo, como se estivesse dentro da sala, um pouco acima do meu nível, enquanto eu olhava para ela. Mais uma vez, sorri diante do estranho pensamento de que essa moça, tão jovem, quase infantil, fosse minha mãe, e outra vez meus olhos se umedeceram ao olhá-la. De fato, ao devolvê-la a nós, ele fizera uma boa ação. Eu disse a mim mesmo, que, se alguma vez eu pudesse fazer algo por ele, ou para ele, certamente eu faria, por minha... por esta adorável e jovem criatura.

E, com isso em mente, e todos os pensamentos que acompanhavam o assunto, sou obrigado a confessar que aquilo que eu tanto queria conversar na véspera, fugiu totalmente da minha cabeça.

É raro, entretanto, que tais assuntos saiam da mente de alguém. Quando saí à tarde para fazer meu passeio costumeiro, ou melhor, quando retornei do passeio, vi, outra vez, diante de mim, a mulher com o bebê, cuja história me consternara na outra noite. Ela esperava junto ao portão como antes, e me perguntou:

– Ó, cavalheiro, não tem alguma notícia para mim?

– Minha boa senhora... eu... tenho estado muito ocupado. Não tive tempo de fazer nada.

– Ah! – exclamou a mulher, com ar de decepção. – Meu marido me disse para eu não me fiar muito e que os modos dos ricos são difíceis de prever.

– Não posso lhe explicar – respondi, da maneira mais gentil possível –, o que fez com que eu me esquecesse do seu assunto. Foi um fato que só deverá beneficiá-la, no final. Vá para casa agora, fale com o homem que pegou os seus objetos e diga-lhe para vir falar comigo. Eu lhe prometo que tudo será resolvido.

A mulher olhou para mim atônita e replicou, aparentemente, de modo involuntário:

– O quê? Sem perguntar nada?

Depois disso, começou a se derramar em lágrimas e bendições, das quais me apressei em escapar, mas não sem deixar de ouvir aquele curioso comentário sobre meu arrojo: "Sem perguntas?". Talvez pudesse ser tolice, mas, afinal, era um assunto de menor importância. Fazer a pobre criatura sossegar a custo de quê – uma caixa ou duas de charutos, quem sabe, ou alguma outra bobagem. Ou, se fosse dela a culpa, ou de seu marido – o quê, então? Se eu tivesse sido punido pelos meus erros, onde eu estaria agora? E se a vantagem fosse apenas temporária – o quê, então? Ser aliviado e confortado, mesmo por um dia ou dois, não seria algo a se contar na vida? Assim, mitiguei o ataque de crítica que minha protegida mesmo fizera quanto à transação, não sem certo senso de humor. Seu efeito, entretanto, era para reduzir a ansiedade de precisar ver meu pai, repetir a proposta que lhe fiz, e chamar a atenção para a crueldade perpetrada em seu nome. Esse caso retirei da categoria de erros a serem corrigidos ao assumir, arbitrariamente, a posição da Divina Providência em minha própria pessoa, porque, é claro, determinei-me a pagar o aluguel da pobre criatura, bem como a recuperar seus bens, e o que acontecer com ela no futuro, eu assumira o passado em minhas mãos. O homem que veio falar comigo agiu como agente de meu pai na questão.

– Não sei, senhor, como o sr. Canning verá isso – ele disse. – Ele não quer ninguém irregular, nenhum inadimplente em sua propriedade. Ele sempre me pede para cuidar disso, e deixar os aluguéis correrem sem pagamento só faz piorar as coisas no final. A regra é: "Não mais do que um mês, Stevens", é isso o que o sr. Canning me diz, senhor. Ele diz: "Mais do que isso, eles não conseguem pagar. Não vale a pena tentar". E é uma boa regra; é uma regra muito boa. Ele não dá ouvidos a nenhuma das histórias deles, senhor. Nossa, nunca conseguiríamos 1 centavo de aluguel dessas casinhas se ouvíssemos as histórias que eles contam. Mas, se pagar o aluguel da sra. Jordan, não é da minha responsabilidade como foi pago, conquanto que seja pago, e devolverei os móveis a ela. Mas levarei tudo embora da próxima vez – ele acrescentou, com ar tranquilo. – Toda vez é a mesma história com esses pobres-diabos, são pobres demais, esta é a verdade – disse o homem.

Morfeu voltou à minha sala depois que o visitante se foi.

– Sr. Philip – ele disse –, o senhor vai me perdoar, mas se pagar os aluguéis de todos esses pobres que estiverem sem dinheiro, precisará processá-los, pois isso não tem fim.

– Serei o procurador do meu pai, Morfeu, e gerenciarei tudo para ele, e logo colocaremos um fim nisso – eu disse, mais animado do que eu realmente me sentia.

– Gerenciar pelo... senhor? – ele perguntou, com uma expressão de consternação. – Você, sr. Philip?

– Parece que tem por mim um grande desprezo, Morfeu.

Ele não negou o que eu afirmei. Ele continuou, ansioso:

– O mestre, sr. Philip, não se deixa conduzir por ninguém. O mestre não é uma pessoa manipulável. Não discuta com o mestre, sr. Philip, pelo amor de Deus.

O velho estava pálido.

– Discutir! – exclamei. – Nunca discuti com meu pai e não tenho a intenção de começar agora.

Morfeu disfarçou a própria emoção, reacendendo o fogo que se apagava na lareira. Aquela noite de primavera estava bastante amena, e ele acendeu um fogaréu que aqueceria a sala num dia de inverno em dezembro. Esta é uma das muitas formas com que um antigo criado consegue aliviar a mente. Ficou resmungando o tempo todo, enquanto jogava o carvão e as toras de madeira:

– Ele não vai gostar disso, todos nós sabemos que ele não vai gostar disso. O mestre não vai tolerar essa interferência, sr. Philip.

Esta última frase ele disparou ao fechar a porta.

Logo descobri que havia verdade no que ele dissera. Meu pai não ficou bravo; achou até meio divertido.

– Não acho que esse seu plano vá dar certo, Phil. Ouvi dizer que tem pagado os aluguéis e devolvido a mobília. Esse é um jogo caro, e totalmente sem lucro. Evidente, enquanto for um cavalheiro benevolente fazendo o que gosta, não faz a menor diferença para mim. Fico satisfeito em receber meu dinheiro, mesmo do seu bolso, enquanto isso divertir você. Mas, no papel de meu coletor, como sabe, da maneira como quer se propor a ser...

– Claro que eu agiria de acordo com as suas ordens – respondi –, mas, pelo menos, teria a certeza de que eu não cometeria nenhum... nenhum...

Eu parei procurando a palavra.

– Ato de opressão – ele completou com um sorriso –, ato de crueldade, exigência, há uma meia dúzia de palavras...

– Senhor! – exclamei.

– Pare, Phil, e vamos nos entender. Creio que eu sempre tenha sido um homem justo. Cumpro meu dever pelo meu lado, e espero o mesmo dos outros. A sua benevolência que é cruel. Calculei com precisão quanto crédito é seguro conceder, mas não permitirei que nenhum homem, ou mulher, ultrapasse o que ele ou ela possam pagar. Já determinei a minha regra. Agora você compreende. Meus agentes, como você os chama, não criam nada, eles apenas executam o que eu decido.

– Mas, então, nenhuma circunstância é levada em consideração, não existe azar, ou males, ou perdas inesperadas.

– Não há males – ele disse –, não há azar, eles colhem o que plantam. Não, eu não me misturo com eles para ser ludibriado por suas histórias, e não gasto minhas emoções simpatizando desnecessariamente com eles. Verá que será muito melhor para você que eu não faça isso. Lido com eles com uma regra geral, que foi, eu lhe asseguro, muito bem pensada.

– E sempre deve ser assim? – perguntei. – Não há um modo de melhorar, ou de equilibrar as coisas?

– Parece-me que não – ele respondeu –, não desenvolvemos as transações nessa direção, pelo que entendo.

E então ele encerrou o assunto e passou a falar de outras questões.

Fui para meu quarto bastante desencorajado naquela noite. Em outros tempos – ou somos levados a supor – e nas classes primitivas mais baixas que subsistem próximo ao tipo primitivo, qualquer ação era e é, mais fácil do que entre as complicações da nossa alta civilização. Um homem mau é um ente distinto, contra quem sabemos mais ou menos quais atitudes tomar. Um tirano, um opressor, um mau senhorio, um homem que cobra um aluguel extorsivo (para entrar em detalhes) de seus locatários miseráveis, e os expõe a todas essas abominações das quais já ouvimos bastante – bem! Ele se torna um oponente e tanto. Ele é assim, e nada pode ser dito a favor dele – vamos acabar com ele! E pôr um fim à sua maldade. Mas, quando, ao contrário, temos diante de nós um homem bom, um homem justo, que ponderou profundamente sobre uma questão difícil; que se arrepende, mas não pode, por ser humano, evitar as misérias que alguns indivíduos infelizes passam, justamente pela sabedoria de sua regra – o que se pode fazer? Qual a saída? A benevolência individual casual pode confundi-lo, aqui e ali, mas como se pode substituir o seu esquema bem engendrado? A caridade que produz pobres? Ou, o que mais? Eu não havia pensado muito bem sobre essa questão, mas me sentia num beco, do qual meu vago sentimento humano de piedade e desdém não conseguia encontrar uma saída. Deveria haver um erro em algum lugar – mas onde? Deveria haver alguma mudança para produzir uma melhoria – mas como?

Eu estava sentado com um livro à minha frente em cima da mesa, com a cabeça apoiada nas mãos. Meus olhos estavam fixos na página impressa, mas sem ler – minha mente estava povoada por esses pensamentos, meu coração tomado pelo desalento, abatido, uma sensação de que eu não poderia fazer nada, embora devesse e precisasse fazer alguma coisa, se ao menos eu soubesse o quê. O fogo que Morfeu acendera na lareira antes do jantar estava se apagando, o abajur criava uma sombra misteriosa sobre os quatro cantos da mesa. A casa estava imersa em silêncio, ninguém se movia: meu pai, na biblioteca, onde, em razão do hábito de viver muitos anos sozinho, gostava de ser deixado em paz, e eu aqui em meu recesso, preparando-me para criar os mesmos hábitos. De repente, pensei na terceira pessoa do grupo, uma recém-chegada, também sozinha na sala que fora dela e, subitamente, tive um forte desejo de pegar minha lâmpada e ir até a sala de estar para visitá-la, para ver se o seu rosto suave e angelical poderia me trazer alguma inspiração. Reprimi, no entanto, esse impulso fútil – o que um retrato poderia me dizer? – e, em vez disso, imaginei o que poderia ter acontecido, se ela tivesse sobrevivido, se ela estivesse ali, bem no centro do que teria sido o seu santuário, seu verdadeiro lar. Nesse caso, o que teria acontecido? Por Deus! A pergunta não era mais simples de responder do que a outra: ela poderia ficar sozinha ali, também; o trabalho do marido, os pensamentos do filho, deixando-a afastada como agora, quando sua imagem guardava seu antigo lugar, envolta em silêncio e escuridão. Eu sabia disso, bem demais. O amor por si só nem sempre traz compreensão e compaixão. Ela poderia significar mais para nós ali, em sua doce imagem de terna beleza do que se tivesse vivido, amadurecido e morrido, como os demais.

Não tenho certeza se minha mente ainda estava presa a esse pensamento sombrio, ou se já o havia deixado para trás, quando aconteceu algo estranho que agora terei de relatar: posso chamar de ocorrência? Meus olhos estavam no livro, quando creio ter ouvido o som de uma porta se abrir e fechar, mas tão longe e baixo que, se fosse real, teria acontecido numa das extremidades da casa. Eu não me mexi, apenas ergui os olhos do livro, como instintivamente se faz para ouvir melhor; quando... Mas não consigo dizer, nem descrever exatamente o que era. Meu coração, de súbito, saltou no peito. Sei que essa linguagem é figurativa, e que o coração não pode saltar, mas é uma expressão tão justificada pela sensação, que ninguém terá dificuldade de compreender o que eu quero dizer. Meu coração saltou, e começou a bater rapidamente em minha garganta, em meus ouvidos, como se meu corpo tivesse recebido um choque. O som retumbava em minha cabeça como o barulho retorcido de uma estranha engrenagem, mil roldanas e molas girando, ecoando, trabalhando em meu cérebro. Senti o sangue pulsar em minhas veias, minha boca ressecou, meus olhos queimavam, uma sensação insuportável se apoderou de mim. Levantei-me de imediato e, depois, sentei-me novamente. Olhei rápido em volta, além do tênue círculo de luz do abajur, mas não havia nada ali que pudesse ter causado essa repentina e extraordinária sensação – nem percebi qualquer significado nele, qualquer sugestão, qualquer impressão moral. Pensei que estivesse doente; peguei meu relógio e tomei meu pulso: estava acelerado, cerca de 125 batimentos por minuto. Eu não conhecia nenhuma doença que pudesse surgir assim sem prévio aviso, de um momento para outro, e eu tentei me acalmar, dizendo não ser nada, uma alteração dos nervos, uma perturbação física. Deitei-me no sofá para ver se descansar me faria melhorar, e fiquei quieto – tanto quanto os batimentos e as pulsações desse acelerado mecanismo interno, como um animal selvagem saltando e lutando, me permitisse. Entendo a confusão da metáfora – a realidade era exatamente essa. Parecia uma máquina desajustada, enlouquecida, precipitando-se, como as rodas terríveis que, de vez em quando, passam por cima de alguém e o destroçam, mas, ao mesmo tempo, assemelha-se a um louco lutando para se libertar.

Sem suportar mais, levantei-me e comecei a andar pela sala; ainda com algum controle sobre mim mesmo, embora sem conter a comoção que ia por dentro de mim, peguei um livro de aventuras da estante que sempre me interessou e tentei lê-lo para quebrar o encanto. Depois de alguns minutos, no entanto, pus o livro de lado; eu estava, aos poucos, perdendo todo o controle sobre mim mesmo. O que eu deveria fazer – gritar, lutar com o desconhecido –, ou talvez estivesse enlouquecendo de vez, tornando-me lunático – eu não sabia o que dizer. Continuei olhando em volta, esperando algo acontecer: por várias vezes pareceu-me ter visto pelo canto dos olhos algo se mover, como se alguém estivesse se escondendo de mim, mas quando me virava para olhar, eu apenas via a parede, o tapete e as poltronas perfiladas. Por fim, peguei a lâmpada e saí da sala. Para olhar a pintura que sempre voltava à minha mente de forma tênue, os olhos mais ansiosos do que antes, observando-me de seu silêncio? Mas, não, passei pela entrada da sala de estar, movendo-me contra a minha vontade e, antes de me dar conta para onde estava indo, entrei na biblioteca de meu pai com a lâmpada na mão.

Ele ainda estava sentado à escrivaninha. Ergueu os olhos, assustado, ao me ver entrar apressado com a lâmpada na mão.

– Phil! – ele exclamou, surpreso.

Lembro-me de ter fechado a porta atrás de mim, aproximei-me dele, e coloquei a lâmpada sobre a mesa. Minha aparição repentina o alarmou.

– Qual o problema? – ele perguntou. – Philip, o que está acontecendo com você?

Sentei-me, ofegante, na poltrona mais perto dele, e olhei-o fixamente. A comoção enlouquecida cessara, o sangue retornara à pulsação normal, o coração voltara a bater mais devagar. Essas palavras mal expressam o que eu senti. Voltei a mim, olhando-o fixo, confuso com a extraordinária sensação que experimentara e seu fim repentino.

– O problema? – exclamei. – Não sei qual é o problema.

Meu pai tirou os óculos. Seu rosto estava radiante, como se emanasse uma luz que só vemos quando estamos com febre – seus olhos brilhavam, o cabelo branco parecia prateado, mas ele me encarou sério.

– Você não é um menino que precise ser repreendido, mas já deveria saber – ele disse.

Então, eu expliquei, da melhor forma possível, o que aconteceu. O que aconteceu? Nada aconteceu. Ele não me entendia – nem eu, agora que tudo havia passado, entendia a mim mesmo, mas ele vira o suficiente para alertá-lo que o distúrbio que eu tive era sério, e não fora provocado por nenhuma loucura da minha parte. Assumiu uma atitude conciliadora, assim que percebeu o problema, e conversou comigo, esforçando-se para voltar minha atenção para assuntos mais amenos. Quando entrei, ele segurava uma carta com as bordas pretas. Percebi, sem prestar atenção, ou associá-la a ninguém que eu conhecesse. Ele recebia muita correspondência, e embora fôssemos muito amigos, nunca tivemos esse tipo de intimidade, que permite que se pergunte de quem havia recebido determinada carta em especial. Não nutríamos essa confiança, embora fôssemos pai e filho. Depois de algum tempo, retornei ao meu quarto, e terminei a noite como de costume, sem uma nova comoção, que, agora que havia passado, me parecia um sonho extraordinário. O que isso queria dizer? Queria dizer alguma coisa? Considerei como um fenômeno puramente físico, de efeito temporário, que se curou sozinho. Fora algo físico; a comoção não afetara minha mente. Eu me senti independente do efeito durante o tempo todo, um espectador de minha própria agitação – uma prova cabal de que, fosse o que fosse, afetara apenas a minha parte física.

No dia seguinte, retomei o problema que eu ainda estava por resolver. Encontrei minha requerente na rua de trás, e ela estava feliz por ter recuperado seus bens, que para mim não valeria nem lamentar, nem comemorar. Nem sua casa estaria tão arrumada quanto a vítima deveria tê-la ao reaver seus humildes pertences. Ela não era uma vítima, isso era claro. Ela me fez várias reverências, e se desmanchou em bênçãos. Seu "marido" entrou, enquanto eu estava ali, e disse, com voz rouca, que Deus me recompensaria, e que o cavalheiro mais velho os deixara em paz. Não gostei da aparência do homem. Se eu o visse numa alameda escura atrás da casa numa noite de inverno, não seria alguém agradável de se encontrar. Isso não era tudo: quando eu saí na ruela, que pensei que fosse toda a propriedade de meu pai, vários grupos se formaram por todo o caminho, e ao menos meia dúzia de requerentes se aproximou.

– Tenho mais direitos do que Mary Jordan – disse uma delas. – Vivo na propriedade do sr. Canning, aqui e ali, há vinte anos.

– E quanto a mim? – disse outra. – Tenho seis filhos e, ela, dois, senhor, sem um pai para prover por eles.

Acreditei na regra de meu pai antes de deixar a rua, e comprovei sua sabedoria em se manter longe do contato pessoal com os inquilinos. No entanto, quando olhei para trás e vi a rua fervilhando com seus casebres e mulheres à porta falando sem parar, ansiosas por obter meus favores, meu coração pesou quando pensei que, de sua miséria, viera parte de nossa fortuna – não importa quão pequena fosse essa parte: que, eu, jovem e forte, deveria continuar ocioso, vivendo de maneira luxuosa, parcialmente graças ao dinheiro tirado de suas necessidades, obtido, muitas vezes, com o sacrifício de tudo o que eles prezavam! Claro que conheço todos os lugares-comuns tão bem quanto qualquer pessoa – que se construímos uma casa com as próprias mãos ou com nosso dinheiro, e a alugamos, o valor do aluguel nos é devido e precisa ser pago. Mas, mesmo assim...

– O senhor não acha – eu disse no jantar naquela noite, o assunto tendo sido reintroduzido pelo meu pai – que temos um dever para com essas pessoas, quando tiramos tanto delas?

– Certamente – ele respondeu. – Preocupo-me com os seus drenos tanto quanto com os meus.

– Isso sempre deve ser algo importante, eu suponho.

– Algo importante! É muita coisa, é mais do que conseguiriam em qualquer outro lugar. Mantenho, tanto quanto possível, os drenos limpos. Dou-lhes, ao menos, os meios para mantê-los limpos, e assim previnem doenças e prolongam sua vida, o que é mais, eu lhe garanto, do que teriam direito a receber.

Eu não estava preparado para rebater com os meus argumentos como deveria. Tudo isso está na "Bíblia" de Adam Smith,[139] com que meu pai fora criado, mas que os inquilinos estariam menos propensos a seguir hoje. Eu queria algo mais, ou talvez, algo menos, mas meus pontos de vista não eram tão claros, nem meu sistema era tão lógico e tão bem estruturado quanto aquele em que meu pai tinha a sua consciência e do qual tirava sua porcentagem sem titubear.

---

[139] Adam Smith (1723-1790): economista e filósofo escocês. Publicou *A riqueza das nações*, em 1776, o mesmo ano da Independência dos Estados Unidos. Considerado o pai da economia e do capitalismo, pregava uma economia liberal. (N. da T.)

Entretanto, havia nele sinais de alguma perturbação. Encontrei-o, certa manhã, saindo da sala onde está o retrato, como se tivesse ido vê-lo às escondidas. Ele balançava a cabeça e dizia para si mesmo: "Não, não", porém ele não me viu, e eu dei um passo para o lado ao vê-lo tão absorto. Quanto a mim, poucas vezes eu entrava naquela sala. Fui pelo lado de fora, como tantas vezes eu fiz quando criança, e olhei através das janelas para a sala de estar silenciosa, e agora sagrada, que sempre me impressionara com certa reverência. Ao vê-la, sua figura esbelta, em seu vestido branco, parecia estar entrando na sala, descendo de alguma altura visionária, com um ar que a princípio me parecera de ansiedade, que eu, por vezes, agora imaginava ser uma melancólica curiosidade, como se estivesse à procura de uma vida que teria sido dela. Onde estava a existência que lhe pertencera, o doce lar, o filho que ela deixou? Ela não reconheceria mais o homem que agora a via através do véu de sua reverência mística, mais do que eu poderia reconhecê-la. Para ela, eu nunca poderia ser seu filho, como ela não poderia ser uma mãe para mim.

O tempo passou tranquilo nos dias que se seguiram. Não havia nada que nos fizesse prestar uma atenção especial à passagem dos dias, com uma vida sem muitos acontecimentos e sem mudanças de hábito. Minha mente estava muito preocupada com os inquilinos de meu pai. Ele era dono de muitas propriedades no vilarejo próximo a nós – ruelas de casebres, os que mais rendiam (me disseram) de todos. Eu queria muito chegar a uma conclusão de uma vez por todas: de um lado, não me deixar levar pelos sentimentos; de outro, não permitir que meus sentimentos mais exaltados caíssem na mesmice da rotina, como acontecera com meu pai. Eu estava sentado, uma noite, na minha saleta, ocupado com essa questão – entretido com os cálculos relacionados às despesas e aos lucros, com um desejo ardente de convencer meu pai de que seus lucros eram maiores do que os permitidos por lei, ou que exigiriam mais obrigações do que ele havia previsto.

Já era noite, mas não muito tarde, não mais do que dez horas; os criados ainda estavam trabalhando. Tudo estava calmo – não a solenidade do silêncio da meia-noite, sempre envolta em mistério, mas o ar terno e calado da noite, com os ruídos abafados habituais de uma casa, mostrando que é habitada. Eu estava muito concentrado em meus cálculos, absorto, sem espaço em minha mente para nenhum outro pensamento. A experiência singular que tanto me perturbara havia passado rapidamente, sem recaídas. Eu deixara de pensar nisso: de fato, nunca mais pensei no assunto, exceto no momento, quando atribuí, sem muita dificuldade, depois que havia passado, a uma causa física. Desta vez, eu estava ocupado demais para pensar, ou imaginar qualquer outra coisa: e quando, de repente, num instante, sem aviso, o primeiro sintoma voltou, eu quis resistir, decidido a não ser enganado por nenhuma influência jocosa que pudesse afetar os meus nervos ou gânglios. O primeiro sintoma, como antes, foi sentir meu coração saltar, como se tivesse ouvido um tiro de canhão. Meu corpo inteiro respondeu com um salto. A caneta caiu da minha mão, e os números se apagaram da minha mente, como se eu tivesse subitamente emburrecido e, no entanto, eu tinha consciência, ao menos, para manter o autocontrole. Eu me sentia montando um cavalo assustado, enlouquecido por algo que ele teria visto, uma barreira na estrada que ele não pudesse saltar, mas, resistindo à ordem, virava-se, com uma força cada vez maior. O cavaleiro, depois de algum tempo, é afetado por esse inexplicável terror, e suponho que eu deva ter feito isso, mas, por alguns instantes, eu me mantive tranquilo. Eu não iria saltar como sentia vontade de fazer, de acordo com meu impulso, mas me sentei imóvel, agarrando-me aos livros, à mesa, prendendo-me a qualquer coisa, para resistir à torrente de sensações e emoções que me percorriam, arrebatando-me por completo. Tentei continuar os cálculos. Tentei me controlar, lembrando-me dos lugares miseráveis que tinha visto, da pobreza, da falta de recursos. Tentei forjar minha indignação, mas apesar de todos esses esforços, sentia-me cada vez mais contagiado, minha mente cedendo à força do meu corpo, pasmo, emocionado, enlouquecido por algo, sem saber o que era. Não era medo. Sentia-me como um navio avançando contra o vento e mergulhando nas ondas, porém sem medo. Sou obrigado a usar essas metáforas, senão eu não conseguiria explicar o meu estado, tomado contra a vontade, e arrancado da minha razão, à qual eu me agarrava de forma desesperada – enquanto ainda tivesse forças.

Quando finalmente eu me levantei da cadeira, perdi a batalha do meu autocontrole. Fiquei de pé, ou melhor, fui levantado do meu assento, agarrando-me ao que estava em volta como último recurso para me segurar. Mas isso não era mais possível; eu fora vencido. Pus-me de pé por um instante, olhando em volta de forma débil, sentindo meus lábios murmurarem, em vez de gritar, e que escolhi como um mal menor. Eu disse:

– O que devo fazer?

E depois de algum tempo:

– O que você quer que eu faça? – embora eu não tenha visto ninguém, nem ouvido nenhuma voz e, na verdade, não tivesse poder suficiente em meu cérebro confuso para saber o que eu queria dizer com isso.

Continuei de pé ainda por alguns momentos, olhando em volta a esmo, procurando ajuda, repetindo a pergunta, que, depois de algum tempo, se tornou automática.

– O que você quer que eu faça? – sem saber a quem eu estava dirigindo a pergunta, nem por que fazia.

Naquele momento – como resposta, ou cedendo à natureza, eu não sei – percebi uma diferença: não uma agitação menor, mas uma suavidade, como se o meu poder de resistência tivesse cedido, e uma força mais gentil, uma influência mais benigna tivesse tomado conta de mim. Eu cedi a alguma coisa. Meu coração cedeu ao tumulto; eu parecia ter desistido, e me movia como se fosse conduzido por alguém que pegara o meu braço, sem fazer força, mas com um consentimento integral de toda a minha razão para fazer alguma coisa que eu não sabia o que era, por amor a alguém que eu desconhecia. Por amor – assim me parecia –, não por força, como acontecera antes. Mas meus passos tomaram o mesmo rumo: segui pelos corredores mal iluminados numa exaltação indescritível e abri a porta da biblioteca de meu pai. Ele estava ali, sentado à escrivaninha, como de costume, a luz do abajur iluminando o seu cabelo branco: ele levantou a cabeça surpreso ao ouvir quando a porta se abriu.

– Phil – ele disse e, apreensivo, ficou me observando enquanto eu me aproximava.

Fui direto até ele, e coloquei a mão sobre seu ombro.

– Phil, qual o problema? O que quer comigo? O que foi? – ele perguntou.

– Pai, eu não sei o que lhe dizer. Eu não sou eu mesmo. Deve haver alguma coisa, embora eu não saiba o que é. Esta é a segunda vez que fui trazido até aqui.

– Você está...? – ele se interrompeu.

A indagação começou num tom zangado.

Ele parou e me olhou assustado, como se fosse verdade.

– Louco? Não creio. Eu não estou louco. Pai, pense... Sabe de alguma razão para que eu seja trazido até aqui? Deve haver algum motivo.

Continuei de pé, apoiando a mão no encosto da cadeira. A mesa estava coberta de papéis; entre eles, havia várias cartas de bordas pretas como eu vira antes. Notei isso agora, em meu enlevo, sem fazer nenhuma associação de ideias, pois disso eu não seria capaz, mas as bordas pretas chamaram minha atenção. E eu sabia que ele, também, olhou-as rapidamente, e tirou-as da frente, com um gesto.

— Philip — ele disse, empurrando a cadeira para trás —, você deve estar doente, meu pobre rapaz. Evidentemente, não temos cuidado de você de maneira correta: deve estar mais doente do que eu supus. Vamos, vou levá-lo para cama.

— Estou perfeitamente bem — respondi. — Papai, não vamos nos enganar. Não sou um homem que possa enlouquecer, nem ver fantasmas. Não sei o que me possui, mas deve haver alguma razão para isso. Está fazendo ou planejando algo em que eu tenho o direito de interferir.

Ele virou a cadeira na minha direção e os olhos azuis cintilaram. Ele era um homem que não gostava de interferências.

— Ainda estou para descobrir o que daria ao meu filho o direito de interferir. Estou em plena posse das minhas faculdades mentais.

— Pai — exclamei —, não vai me atender? Ninguém pode dizer que eu tenha sido desrespeitoso, ou que não tenha cumprido meus deveres. Sou um homem que tem o direito de dizer o que pensa, e tenho feito isso, mas isto é outra coisa. Não estou aqui por minha vontade. Algo mais forte do que eu me trouxe até aqui. Há algo em sua mente que perturba os demais... Eu não sei o que estou dizendo. Isto não é o que eu quis dizer, mas sabe o significado disto melhor do que eu. Alguém, que só pode falar com você através de mim, está falando com você por meu intermédio, e eu sei que compreende isto.

Ele me olhou espantado e empalideceu, boquiaberto. Eu, pelo meu lado, senti que a mensagem havia sido passada. Meu coração parou tão de repente que me fez perder os sentidos. Meus olhos se turvaram, tudo girou à minha volta. Estava de pé apenas porque continuei me segurando à cadeira e, na fraqueza que se seguiu, primeiro, caí de joelhos, depois na cadeira mais próxima e, cobrindo o rosto com as mãos, fiz força para não chorar, com a saída repentina daquela estranha força, que relaxou a tensão.

Ficamos ambos em silêncio por algum tempo; depois ele disse, mas com a voz um tanto embargada:

— Eu não entendo você, Phil. Você deve estar imaginando coisas a meu respeito que minha inteligência não compreende. Diga o que quer dizer. O que acha que está errado? Tudo isso vem daquela mulher, a sra. Jordan?

Ele soltou uma gargalhada depois de dizer isso e sacudiu meus ombros com força.

— Diga! O que... o que você quer dizer?

— Parece, senhor, que eu já disse tudo.

Minha voz tremia mais do que a dele, mas não do mesmo modo.

— Eu lhe disse que não vim por minha vontade, muito pelo contrário. Resisti o máximo que pude: agora tudo já foi dito. Cabe ao senhor julgar se vale a pena dar atenção a isso ou não.

Ele se levantou rápido da cadeira.

— Você me considera tão louco quanto a si mesmo — ele disse, e sentou-se em seguida. — Venha, Phil: se quiser, para não criarmos uma briga, a primeira briga, entre nós, você fará o que quer. Concordo que resolva a questão dos inquilinos mais pobres. Assim não ficará aborrecido com isso, mesmo que eu não concorde com todos os seus pontos de vista.

— Obrigado — respondi —, mas, pai, não se trata disso.

— Então, é uma loucura — ele disse, zangado. — Suponho que queira dizer... mas essa é uma questão que prefiro julgar por mim mesmo.

— Sabe o que eu quero dizer — respondi, o mais calmo que podia —, embora eu mesmo não saiba; isso prova que existe uma boa razão. Pode fazer uma coisa por mim antes de deixá-lo? Venha comigo até a sala de estar.

— Com que propósito? — ele perguntou, com a voz novamente trêmula.

– Não sei muito bem, mas para olhá-la, eu e você juntos, sempre nos fará bem, senhor. Quanto a uma briga, não haverá briga quando estivermos lá.

Ele se levantou, tremendo como um velho, que ele era, mas que não parecia, exceto em momentos de emoção como este, e disse-me para pegar a lâmpada, depois parou no meio do caminho.

– Isto é um sentimentalismo teatral – ele disse. – Não, Phil, eu não irei. Não a colocarei no meio de qualquer... Pouse a lâmpada e, se quer meu conselho, vá dormir.

– Ao menos, pai – eu disse –, não o perturbarei mais esta noite. Desde que compreenda, não é preciso dizer mais nada.

Ele me deu um "boa-noite" curto, e retornou para os seus papéis – as cartas com as bordas pretas, fosse na minha imaginação ou na realidade, sempre em primeiro lugar. Voltei para minha saleta a fim de pegar a lâmpada, e depois, sozinho, fui até o santuário silencioso onde estava pendurado o quadro. Ao menos, eu iria vê-la hoje à noite. Eu não sei se perguntei a mim mesmo, com essas palavras, se foi ela que – ou se foi alguém – eu não sabia, mas meu coração foi impulsionado por uma suavidade – nascida, talvez, da grande fraqueza que eu sentia depois daquela visitação – em relação a ela, para olhá-la, a fim de ver, quem sabe, se havia alguma compaixão, qualquer sinal de aprovação em seu rosto. Pousei a lâmpada na mesa onde a sua cestinha de tricô ainda estava: a lâmpada lançou um facho de luz sobre ela – ela parecia estar cada vez mais dentro da sala, descendo na minha direção, voltando à vida. Ah, não! Sua vida já havia se dissipado: a minha estava entre ela e os dias que ela conhecia. Ela me encarava com olhos imutáveis. A ansiedade que eu divisei a princípio agora parecia uma pergunta tácita e melancólica, porém essa diferença não estava no seu olhar, mas no meu.

Não preciso me prolongar sobre o que aconteceu depois. O médico que costumava nos atender veio no dia seguinte "ao acaso", e tivemos uma longa conversa. No outro, um cavalheiro bastante impressionante, porém muito inteligente do vilarejo veio almoçar conosco – um amigo de meu pai, dr. Alguma Coisa, mas a apresentação foi muito apressada, e eu não guardei o nome dele. Ele também conversou longamente comigo depois – enquanto meu pai foi chamado para tratar de negócios com alguém. Dr. Alguma Coisa puxou conversa sobre a moradia dos pobres. Ele tinha ouvido dizer que eu me interessava por essa questão, que havia se tornado uma prioridade para mim naquele momento. Ele se interessava por isso também, e queria saber minha opinião. Expliquei exaustivamente que meu ponto de vista não interessava quanto a essa questão de modo geral, que eu não a considerava como um todo, em relação ao modo individual do gerenciamento das propriedades de meu pai. Ele era um ouvinte inteligente e paciente, que concordou comigo em alguns pontos, e discordou de outros; porém, sua visita foi muito agradável. Eu não tinha ideia, senão depois, de seu objetivo em especial, exceto por certo olhar intrigado e um leve aceno de cabeça quando meu pai retornou, os quais poderiam ter me esclarecido do que se tratava. O relatório dos médicos sobre o meu caso deve, no entanto, ter sido bastante satisfatório, pois não ouvi mais falar deles. Quinze dias depois, ocorreu um novo e o último desses estranhos episódios.

Desta vez, aconteceu por volta do meio-dia – numa manhã de primavera úmida e sombria. As folhas semiabertas pareciam bater contra a janela, como se quisessem entrar; as prímulas, que se exibiam douradas na grama junto às raízes das árvores, no gramado bem aparado, estavam caídas e encharcadas entre as folhas que as protegiam. O próprio crescimento parecia triste – o ar de primavera ressentia-se do inverno, em vez da naturalidade de alguns meses antes. Eu estava escrevendo cartas, e me sentia bem alegre, retornando aos antigos amigos, talvez com um pouco de saudade da minha liberdade e independência, mas, ao mesmo tempo, sem ser ingrato de que neste momento minha tranquilidade fosse maior.

Este era meu estado – agradável – quando, de repente, os sintomas, agora bem conhecidos, da visitação que me possuía tomaram-me novamente – o salto no coração, a excitação física repentina e sem motivo, que eu não conseguia ignorar ou reprimir. Fiquei aterrorizado ao perceber que iria começar tudo de novo: por que isso acontecia? Para que servia? Meu pai entendeu o que isso queria dizer, embora eu não compreendesse, mas era muito pouco agradável para se transformar num instrumento incontornável contra a minha vontade, numa ação que eu desconhecia o motivo; e fazer a parte de um oráculo sem querer, com um sofrimento e um desgaste dos quais eu demorava vários dias para me recuperar. Eu resisti, não como antes, mas, mesmo assim, desesperado, tentando da melhor forma conter a alteração crescente. Corri para meu quarto e engoli uma dose de sedativo que me fora dado para dormir depois que retornei pela primeira vez da Índia. Vi Morfeu no corredor, e chamei-o para vir ter comigo, a fim de despistar, se possível, os sintomas desse modo. Morfeu, porém, se demorou e, antes que ele chegasse, eu já não conseguia mais falar. Eu o ouvia, sua voz soava-me vaga em meio ao tumulto em meus ouvidos, mas eu não entendia o que ele me dizia. Continuei de olhos abertos, tentando recuperar minha atenção de um modo que terminou por assustá-lo. Ele gritou, por fim, que sabia que eu estava doente, que precisava trazer alguma coisa para mim, cujas palavras entravam enviesadas em meu cérebro enlouquecido. Ficou gravado em minha mente que ele chamaria alguém – um dos médicos de meu pai, talvez – para me impedir de atuar, impedir minha interferência – e isso, se eu esperasse um momento a mais, seria muito tarde. Uma ideia me ocorreu ao mesmo tempo, de me refugiar junto ao retrato – ficando a seus pés, atirando-me ali, talvez, até o ataque passar. Mas meus passos não me levaram até lá. Lembro-me de ter feito força para tentar abrir a porta da sala de estar, e passar por ela, como se soprado pelo vento. Não era para lá que eu tinha que ir. Eu sabia muito bem aonde eu precisava ir – mais uma vez em minha confusa e muda missão até meu pai, que me entendia, mesmo sem que eu compreendesse.

Porém, como era dia claro, eu não pude deixar de notar um ou dois detalhes pelo caminho. Vi que havia alguém esperando na entrada – uma mulher, uma moça, uma jovem com um véu preto espesso sobre o rosto: e me perguntei quem ela seria e o que queria. Essa pergunta, que nada tinha a ver com meu estado atual, de alguma forma entrou em minha mente, e ficou girando em meu tumulto mental, como uma tora de madeira atirada na corrente de um rio caudaloso, emergindo e afundando, à mercê das águas. Isso não me deteve a caminho da biblioteca de meu pai, mas ficou marcado em minha mente. Abri a porta de supetão, e fechei-a atrás de mim, sem perceber quem estava ali com ele, ou se ele estava ocupado. Como era de dia, não havia uma lâmpada para anunciar minha entrada. Ele se virou ao ouvir o barulho da porta se abrir e, apreensivo, levantou-se rápido, interrompendo quem estava de pé falando com ele com veemência, e veio ao meu encontro.

– Não posso ser perturbado neste momento – ele disse depressa. – Eu estou ocupado.

Em seguida, percebendo minha expressão, que a essa altura ele já conhecia, ele empalideceu.

– Phil – ele disse, num tom baixo e imperativo –, seu desgraçado, vá embora, vá embora! Não deixe que uma estranha veja você.

– Não posso ir embora – respondi. – É impossível. Você sabe por que eu vim. Eu não poderia, mesmo se eu quisesse. É mais forte do que eu.

– Vá, por favor – ele disse –, vá imediatamente. Chega dessa loucura. Eu não o quero aqui. Vá, vá!

Eu não respondi. Eu não sabia que seria capaz disso. Nunca brigamos antes, mas não tinha forças para fazer nem uma coisa, nem outra. O tumulto dentro de mim estava acelerado. Eu, de fato, ouvi o que ele disse, e poderia responder, mas suas palavras também eram como a palha atirada na correnteza. Consegui ver então, com meus olhos febris, a pessoa que estava ali. Era uma mulher, de luto, semelhante à que estava na sala, mas esta era de meia-idade, com aspecto de criada. Ela estava chorando e, na interrupção provocada ao encontrar meu pai, enxugou os olhos com um lenço, e enrolou-o nas mãos, contendo uma forte emoção. Ela se virou e olhou para mim, enquanto meu pai falava comigo, como se visse um brilho de esperança, e depois retomou a postura anterior.

Meu pai voltou à mesa. Ele também estava muito agitado, embora fizesse tudo para ocultar a emoção. Minha chegada inoportuna era uma inesperada vergonha para ele. Meu pai se sentou, e me olhou com uma raiva como eu nunca vira antes, mas não me disse mais nada.

– Você deve entender – ele atalhou, dirigindo-se à mulher –, que eu já lhe dei a palavra final sobre esse assunto. Não quero debatê-lo outra vez na presença do meu filho, que não está bem para participar de qualquer conversa. Lamento que tenha se dado tanto trabalho em vão, mas eu a preveni antes, portanto é sua culpa. Não reconheço nenhum direito, e nada que possa dizer mudará minha decisão. Peço-lhe que se retire. Tudo isso é muito doloroso e totalmente desnecessário. Eu não reconheço direito algum.

– Ah, senhor! – ela exclamou, retomando o choro, com pequenos soluços interrompendo a fala. – Talvez eu tenha me equivocado ao me referir a um direito. Não tenho educação suficiente para discutir com um cavalheiro. Talvez não haja direito. Mas se não for por direito, sr. Canning, seu coração não sente pena? Ela não sabe o que eu estou lhe contando, pobrezinha. Ela não saberia pedir por ela mesma, como estou aqui falando em nome dela. Ah, senhor, ela é tão nova! Está tão sozinha no mundo, sem nenhum amigo para ampará-la ou uma casa para recebê-la! O senhor é o mais próximo de todos que lhe restaram no mundo. Ela não tem parentes, nenhum é tão próximo quanto o senhor! – ela exclamou.

E pensando rapidamente, virou-se para mim:

– Este rapaz é seu filho! Agora eu compreendo, ela não é sua parente, mas dele, por meio da mãe! Isso é muito próximo! Ah, o senhor é jovem, seu coração deveria ser mais brando. Essa moça não tem ninguém no mundo para cuidar dela. Sangue do seu sangue: prima de sua mãe... de sua mãe...

Com uma voz de trovão, meu pai mandou-a se calar.

– Philip, deixe-nos imediatamente! Este assunto não é para ser discutido com você.

E, de repente, compreendi do que se tratava. Esforcei-me para ficar calado. Meu peito estava ardendo em febre com um impulso que havia crescido dentro de mim mais do que eu conseguia conter. E, agora, pela primeira vez, eu sabia o porquê. Aproximei-me dele, com pressa e puxei-o pela mão, embora ele tenha resistido. Minha mão estava quente, e a dele, gelada: seu toque me queimou como gelo.

– É isto, não é? – exclamei. – Eu não sabia disso. Eu não sei o que estão lhe pedindo. Mas, pai, entenda! Você sabe, e eu sei agora, que alguém me enviou... alguém... que tem o direito de interferir.

Ele me empurrou com toda a força.

– Está louco! – ele exclamou. – Que direito tem de pensar...? Ah, você está louco... louco! Eu logo vi isso.

A mulher, a suplicante, que se calara, olhava para esse breve conflito com o terror e o interesse com que as mulheres observam dois homens numa discussão. Ela se adiantou e se deteve ao ouvir o que ele disse, mas não tirou os olhos de mim, seguindo os meus movimentos. Quando me virei para sair, ela gritou decepcionada, em protesto, e mesmo meu pai se levantou e espantou-se com a minha saída, atônito ao imaginar que ele houvesse me vencido tão rápido e facilmente. Parei por um instante, e olhei para os dois, vendo-os vagamente através dos meus olhos febris.

– Não estou indo embora – eu disse –, estou indo buscar a outra mensageira... a quem você não poderá negar.

Meu pai ficou de pé e gritou em tom de ameaça:

– Não permitirei que toque em nada dela. Nada que pertença a ela poderá ser profanado!

Eu não lhe dei mais ouvidos: eu sabia o que deveria fazer. Não sei como me ocorreu isso, mas a certeza daquela influência que todos desconheciam me acalmou em meio à febre. Fui até a sala, onde eu tinha visto a moça sentada. Aproximei-me dela e toquei-a no ombro. Ela se levantou de imediato, um pouco alarmada, porém de modo dócil e obediente, como se esperasse ser chamada. Pedi que ela tirasse o véu e o toucado, reconhecendo aquele rosto antes mesmo de vê-lo: tomei a pequena mão fresca e macia que tremia dentro da minha. Era tão macia e fresca, sem ser fria, que me refrescou com seu toque trêmulo. O tempo todo eu me movi e falei como se estivesse sonhando, suavemente, sem barulho, sem as complicações de estar desperto, sem constrangimentos, sem pensamentos, sem perder nenhum momento. Meu pai ainda estava de pé, um pouco inclinado para a frente desde o momento em que eu saíra, ameaçador, no entanto, tomado pelo terror, sem saber o que eu fora fazer, quando voltei com minha acompanhante. Isso foi a única coisa que ele não previu. Ele estava totalmente indefeso, despreparado. Quando ele a viu, lançou os braços para cima e urrou de modo tão selvagem, como o último grito da natureza:

– Agnes! – ele urrou, e desmoronou na cadeira.

Não tive tempo de pensar como ele estava, ou se podia ouvir o que eu disse. Eu precisava lhe passar a mensagem:

– Pai – eu disse, controlando a respiração enquanto recuperava o fôlego –, o céu se abriu para isso, e alguém que nunca vi, alguém que não conheço, me possuiu. Se fôssemos menos terrenos, poderíamos vê-la, ela mesma, e não apenas a sua imagem. Eu mesmo não sabia o que ela queria. Tenho agido como um tolo sem entender. Esta é a terceira vez que venho até você com uma mensagem dela, sem saber o que dizer. Mas agora eu descobri. Esta é a mensagem. Agora, finalmente, eu sei.

Houve um silêncio terrível – um silêncio em que ninguém se moveu, nem respirou. Então, meu pai falou com a voz embargada. Ele não entendeu, embora eu acredite que ele tenha me ouvido. Ele ergueu as mãos frágeis.

– Phil, acho que estou morrendo... Ela... ela veio me buscar? – ele perguntou.

Tivemos que carregá-lo para a cama. O que ele sentiu antes, eu não sei dizer. Ele ficou firme e se recusou a ser levado, e então caiu – como uma antiga torre, como uma velha árvore. A necessidade de pensar nele salvou-me das consequências físicas que me deixaram prostrado da vez anterior. Eu não tinha tempo agora para tomar consciência do que iria acontecer comigo.

Seu engano foi totalmente natural. Ela estava de preto, em vez do vestido branco do retrato. Ela não tinha noção do conflito, de nada, apenas que fora chamada, de que seu destino dependia dos minutos que se seguiram. Em sua expressão, havia um questionamento patético, um fio de ansiedade nas pálpebras, um apelo inocente em sua expressão. E o rosto era o mesmo: os mesmos lábios, sensíveis, trêmulos; a mesma testa cândida e inocente; o aspecto de uma linhagem em comum, que era mais sutil do que uma mera semelhança. Como eu sabia disso, eu não sei dizer, nem ninguém sabe. Foi a outra – a mais velha – ah, não! Não a mais velha, a sempre jovem, a Agnes que nunca envelhecerá, aquela que dizem ser a mãe de um homem que nunca a viu – foi ela que conduziu sua parente, sua representante, para dentro de nosso coração.

Meu pai se recuperou após alguns dias: disseram que ele ficara gripado na véspera – e naturalmente, aos setenta anos, um pequeno resfriado é suficiente para tirar o equilíbrio mesmo de um homem forte. Ele ficou bem, mas depois quis deixar em minhas mãos a administração das propriedades problemáticas que envolvem o bem-estar das pessoas, e eu podia me mover de forma mais livre e ver diretamente como estavam coisas. Ele preferia ficar em casa, e sentia mais prazer em sua existência no fim da vida. Agnes é agora minha esposa, como ele, obviamente, previra. Não fora apenas a propensão de não receber a filha daquele pai, ou de assumir uma nova responsabilidade que o moveu, para lhe fazermos justiça. Mas esses motivos falaram mais alto. Eu nunca soube, e agora nunca saberei a mágoa que meu pai tinha da família da minha mãe, e especialmente do pai de minha esposa, mas que ele foi determinado e extremamente preconceituoso, não há dúvida alguma. Descobri mais tarde que a primeira vez em que fui misteriosamente encarregado de lhe passar uma mensagem que eu não entendi, e que ele não compreendeu, foi na véspera do dia em que recebeu uma carta do falecido, pedindo-lhe – a ele, um homem que ele prejudicara – em nome de uma filha que ficaria só no mundo. Na segunda vez, mais cartas haviam chegado, da criada, a única guardiã da órfã, e do capelão da igreja do lugarejo onde o pai da jovem havia morrido, presumindo que a casa de meu pai fosse um refúgio natural. A terceira carta, eu já descrevi, e o resultado.

Por muito tempo, minha mente permaneceu alerta temendo que aquela força pudesse voltar a me possuir. Por que eu temia ser influenciado para ser o mensageiro de uma criatura abençoada, cujos desejos só poderiam ser divinos? Quem pode dizer? O corpo não é feito para esses encontros: eram mais fortes do que eu podia suportar. Mas nunca mais isso aconteceu.

Agnes teve o seu pacífico trono doméstico estabelecido sob aquele quadro. Meu pai quis assim, e passava as noites ali no calor e na luz da sala, em vez da antiga biblioteca, iluminada apenas pelo diminuto círculo de luz do abajur em meio à escuridão, até o fim da vida. Os menos familiarizados supõem que o retrato na parede seja de minha esposa, e me sinto feliz que eles pensem assim. Aquela que era minha mãe, que retornou para mim, e possuiu minha alma apenas por três estranhos momentos, mas com quem eu não tenho uma relação propriamente dita, senão através de sua imagem, retornou para o invisível. Ela passou a viver outra vez na secreta companhia das sombras, que somente se tornam reais numa atmosfera feita para mudar e harmonizar diferenças, e fazer todas as maravilhas possíveis à luz de um dia perfeito.

CAPÍTULO XIII

O TÚMULO DA MORTE

Lady Dilke

1886

Emilia Francis Strong – conhecida como "Francis" pela família e os amigos – foi educada na South Kensington Art School e casou-se com Mark Pattison, reitor do Lincoln College, de Oxford, em 1861. Depois que ele faleceu em 1884, ela se casou com o político liberal sir Charles Dilke. Por isso passou a assinar como Francis Pattison, sra. Mark Pattison ou E. F. S. Pattison em suas primeiras publicações, e depois como Lady Dilke ou Emilia Dilke.

Grande parte de seu trabalho era sério: escreveu sobre o movimento sindical, história da arte, política britânica e europeia, e questões femininas. Foi colaboradora do respeitado jornal londrino *Saturday Review* e, por alguns anos, foi crítica de arte – e, depois, editora de arte – da *The Academy*, uma revista de literatura, ciências e arte com sede em Londres. Também se envolveu com a Liga de Proteção e Providência das Mulheres (mais tarde, a Liga do Sindicato das Mulheres) desde os primórdios em 1874, sendo presidente por muitos anos até sua morte.

Lady Dilke publicou duas coletâneas de histórias sobrenaturais em vida: *O túmulo da morte e outras histórias* e *O túmulo do amor e outras histórias*,[140] e a terceira foi parcialmente publicada depois de sua morte. Suas histórias são marcadas por um lirismo que contrasta com o restante de sua escrita: em vez de evocar sentimentos de horror no leitor, são fábulas oníricas, mais como contos de fadas obscuros do que "histórias de fantasmas", populares em sua época. "O túmulo da morte",[141] da coletânea que leva o mesmo nome, não é uma exceção: pode ser curto, mas é rico e perturbador, cheio de imagens poderosas, que sua rica linguagem consegue trazer à vida.

"Ah, a vida tem muitos segredos!" Estas foram as primeiras palavras que uma recém-nascida ouviu quando puseram sua mãe na cama.

Enquanto crescia, ela pensava no significado dessas palavras e, antes de tudo, queria conhecer os segredos da vida. Assim, ansiosa e curiosa, cresceu longe das outras crianças, e sonhava que os segredos da vida fossem revelados a ela.

---

[140] *The Shrine of Death and Other Stories* e *The Shrine of Love and Other Stories*, no original. (N. da T.)
[141] "The Shrine of Death", no original. (N. da T.)

Agora, com quase quinze anos, uma famosa bruxa passou pela aldeia onde ela vivia. Ouviu falar muito dela, e todos diziam que tinha um grande conhecimento sobre todas as coisas e, assim como o passado se abria diante dela, não havia nada no futuro que ficasse oculto para ela. Então, a menina pensou: "Esta mulher... se eu conseguir falar com ela, e se quiser, poderá me revelar todos os segredos da vida".

Não muito depois, andando tarde da noite com outras crianças menores pelas muralhas do lado leste da aldeia, ela chegou a uma extremidade coberta pelas sombras e, da escuridão, saltou um enorme cão preto, que latia bem alto. As crianças se apavoraram e saíram correndo, gritando:

– É o cão da bruxa!

E, uma delas, a menor de todas, entrou em pânico, por isso a mais velha pegou-a do chão e, enquanto a consolava, pois ela se assustara ao cair, e o cão continuava a latir, a própria bruxa surgiu das sombras, e disse:

– Saiam todos daqui, seus fedelhos, e não me perturbem mais com esses barulhos.

A pequenina correu de medo, porém a mais velha continuou imóvel e, puxando o manto da bruxa, perguntou:

– Antes de ir, diga-me, quais são os segredos da vida?

A bruxa respondeu:

– Case-se com a Morte, bela criança, e saberá.

A princípio, o dito da bruxa caiu como uma pedra no coração da menina, mas essas foram suas palavras, e as palavras que ouviu quando nasceu encheram seus pensamentos, e quando as outras meninas brincavam, ou falavam sobre festas e comemorações, de amores felizes, e todas as alegrias da vida, essas conversas soavam para ela como um mero sopro de histórias inúteis, e as fofocas de quem poderia se casar com ela caíam no vazio, pois a menina tinha apenas um desejo: seduzir a Morte e aprender os segredos da vida. Com frequência, ela percorria as muralhas, na calada da noite, esperando encontrar a bruxa mais uma vez em meio às sombras, e aprender com ela como realizar seu desejo, mas não a encontrou mais.

Certa vez, voltando, no escuro, numa dessas buscas infrutíferas, ela passou sob o muro de uma antiga igreja, e viu, pelas janelas, o brilho de uma luz trêmula junto ao vitral, então aproximou-se da porta e, ao ver que estava apenas encostada, abriu-a e entrou, e passando entre as grossas colunas da nave, dirigiu-se ao lugar de onde vinha a luz. Assim, viu-se diante de um grande mausoléu, que, de um lado, tinha portões de bronze e, além dos portões, uma longa escadaria de mármore conduzia até uma câmara ou capela no subsolo e, acima dos portões, havia uma lâmpada de prata acesa, queimando óleo, e as correntes que a prendiam se moviam lentamente com a brisa que entrava pela porta aberta da igreja, movendo a chama da lamparina, e as sombras em volta oscilavam de tal modo que tudo parecia se mover, como se os fantasmas dançassem no vazio. A menina, ao ver a escuridão, lembrou-se do lugar próximo às muralhas onde encontrou a bruxa, e imaginou que fosse vê-la e ouvir seu cão latindo na sombra.

Ao se aproximar, viu muitas esculturas, e os nichos ao longo das paredes estavam repletos de estátuas de sábios de todos os tempos, mas nos cantos havia quatro mulheres, com a cabeça baixa e as mãos presas por correntes. Então, vendo-as sentadas, sem coroa, porém majestosas, a alma da menina se encheu de tristeza. Ela começou a chorar, apertou as mãos e olhou para cima. Ao fazer isso, a lamparina balançou para a frente e lançou um facho de luz sobre uma imagem sentada em cima de um monumento. Ao ver a imagem, a menina parou de chorar e, ao dar dois passos para trás para vê-la melhor, caiu de joelhos, então seu rosto se iluminou, pois, sobre o túmulo estava sentada a imagem da Morte, com manto e coroa. Uma grande alegria e assombro encheram sua alma, e ela pensou: "Se eu tiver a honra de passar pelos portões, todos os segredos da vida serão meus".

Colocando as mãos nas grades, tentou abri-las, mas elas estavam trancadas, então, pouco depois, ela foi embora, triste.

A partir daquela noite, todos os dias, quando caía o crepúsculo, a menina retornava à igreja, e ali ficava ajoelhada por várias horas, diante do túmulo da Morte, sem abandonar seu propósito. Sua mente estava fixa em seu desejo, tanto que se tornou insensível a tudo o mais, e toda a aldeia caçoava dela, e a família a considerou louca. Então, por fim, eles a levaram até um padre, e este, depois de conversar um pouco com ela, disse:

– Deixem-na fazer o que ela quer. Deixem-na passar uma noite dentro do túmulo; pela manhã, pode ser que tenha mudado de ideia.

Então, o sol se pôs, e eles a vestiram de branco, como uma noiva, e com grande gala, com rapazes carregando tochas e moças levando flores, ela foi levada, ao anoitecer, através da aldeia até a igreja, e os portões do túmulo foram abertos e, quando ela entrou, os rapazes extinguiram as tochas e as moças atiraram as rosas nos degraus onde ela estava. Quando os portões se fecharam, ela ficou parada nos primeiros degraus, e esperou até o último passo ecoar dentro da igreja, e ela sabia que estava sozinha diante da presença havia tanto desejada. Assim, cheia de ansiedade, reverência e temor, ela tirou o véu e, ao fazer isso, viu uma rosa vermelha presa e, ao tentar tirá-la, aproximou a flor do rosto, e o perfume era muito forte, e ela viu, como numa visão, as roseiras no jardim da casa de sua mãe, e o rosto de alguém que a cortejava sob o sol, mas, enquanto ela ficava ali irresoluta, o latido de um cão, numa rua bem distante, chegou aos seus ouvidos, e ela se lembrou das palavras da bruxa: "Case-se com a Morte, bela criança, se quiser saber os segredos da vida". Atirando longe a rosa, começou a descer os degraus.

Enquanto descia, ouviu passos, como se alguém andasse atrás dela, mas, ao se virar para olhar, descobriu que era apenas o eco das flores que caíam a cada degrau, puxadas pela cauda do vestido; então, ela deu de ombros, pois agora ela estava dentro do túmulo, e olhando para a direita e para a esquerda, viu longas fileiras de tumbas, cada uma entalhada em mármore e encimada por uma escultura de grande beleza.

Tudo isso, no entanto, ela viu na penumbra; a visão mais clara era de sua longa sombra escura, projetada à frente pela luz da lamparina acima e, ao olhar além da borda da sombra, percebeu a terrível forma sentada junto a uma mesa de mármore, onde havia um livro aberto. Olhando para essa forma terrível, ela tremeu, pois sabia que estava na presença da Morte. Então, ao ver o livro, seu coração saltou; caminhou corajosamente à frente, sentou-se diante do livro e, ao fazer isso, pareceu-lhe ouvir um tremor dentro das tumbas.

Ao se aproximar, a Morte levantou um dedo, e apontou para o que estava escrito na página aberta, mas, ao pôr as mãos no livro, o sangue estancou em seu coração, pois o livro estava gelado, e de novo lhe pareceu que algo havia se movido dentro das tumbas. Passou apenas um instante, então ela recuperou a coragem, e fixou os olhos nas linhas à sua frente e começou a ler, mas as letras eram, no início, desconhecidas para ela e, mesmo ao reconhecê-las, não conseguia formar palavras, ou entender uma frase sequer; então, por fim, ela levantou a cabeça, confusa, para pedir ajuda. Mas, ele, o ser terrível, diante de quem ela estava sentada, novamente levantou o dedo e, ao apontar para a página, um peso de chumbo a forçou a baixar os olhos sobre o livro; e agora as letras haviam mudado de modo estranho e, quando ela pensou que tivesse entendido uma palavra ou frase, elas sumiam de repente, porque, se o texto parecera claro por um momento, as sombras furtivas, que mudavam conforme os movimentos da lâmpada de prata, faziam com que sumisse rapidamente de vista.

Ao perceber isso, sua mente se distraiu, e ela ouviu sua respiração como soluços na escuridão, e o medo a sufocou; toda vez que ela pedia ajuda, via a mesma ameaça mortal, o mesmo dedo erguido e agourento. Então, olhando para os lados, um novo horror se assomou, pois as tumbas estavam abertas e, ao pensar em fugir, seus ocupantes disformes olhavam-na pelas bordas, como se fossem detê-la.

Assim, ela ficou imóvel até bem depois da meia-noite, e seu coração estava apertado quando novamente ouviu o latido distante de um cão, mas, esse som, em vez de renovar sua coragem, pareceu uma amarga zombaria, pois ela pensou: "De que me adiantarão os segredos da vida, se preciso me deitar com a Morte?". E ela se enfureceu, e amaldiçoou o conselho da bruxa e, em seu desespero, como um animal preso numa armadilha, pulou da cadeira, e dirigiu-se à escadaria por onde havia descido. Antes que pudesse alcançá-la, os terríveis moradores das tumbas estavam todos diante dela e, ela, vendo que o caminho para a vida estaria para sempre barrado, caiu aos pés deles, e entregou seu espírito em grande agonia. Então, cada um dos vultos voltou ao seu lugar, e o livro que estava aberto diante da Morte se fechou com um estrondo de trovão, e a luz que queimava antes no túmulo se apagou, e tudo escureceu.

De manhã, quando o grupo que a trouxera retornou à igreja, espantaram-se ao ver a lamparina apagada e, pegando um círio, alguns desceram temerosos até a câmara. Estava tudo no mesmo lugar, exceto pela menina caída de rosto no chão, entre as rosas murchas, e quando a ergueram, viram que estava morta, mas os olhos ainda estavam abertos, com uma expressão de terror. Então, outra tumba foi entalhada em mármore, e a colocaram ali com os demais. Quando contam a história de seu estranho casamento, dizem:

– Ela apenas recebeu a recompensa pela sua loucura. Que Deus abençoe a sua alma!

CAPÍTULO XIV

O FANTASMA DE BECKSIDE[142]

Alice Rea

1886

Quase nada se sabe sobre Alice Rea, exceto que publicou um romance em três volumes chamado *O povo do vale*,[143] em 1885, e uma coletânea, cujo título foi tirado deste conto, em 1886. Toda a sua obra se passa em Lake District, uma região aprazível, porém remota, no noroeste da Inglaterra, onde as superstições entraram pelo século XX.

Para o leitor moderno, as tentativas de Alice Rea de reproduzir o sotaque grosseiro e o dialeto dessa região rural podem apresentar algumas dificuldades: com um pouco de insistência, no entanto, as palavras começam a se tornar compreensíveis. As corruptelas, em inglês, mudam os sons das palavras, por exemplo,

---

[142] "The Beckside Boggle", no original. (N. da T.)
[143] *The Dale Folk*, no original. (N. da T.)

entre "mun" e "must", "noo" e "now", "hoose" e "house", como no dialeto escocês, e entre "coom" e "come", como os habitantes no norte da Inglaterra pronunciam o "u" foneticamente.[144]

Beckside é um nome comum, "beck" significa "córrego" no norte do país, semelhante ao escocês "burn". "Boggle" é outra palavra do dialeto, equivalente a "bugaboo" e aplicada ao folclore local para designar vários diabinhos ou duendes – ou, como neste caso, um fantasma.

Estando próximo à fronteira escocesa, o Lake District compartilhou as lutas durante as guerras e rebeliões que duraram até a derrota final dos rebeldes jacobitas[145] em 1745. Os desertores assombravam os vencidos nessa época, frequentemente sobrevivendo por meio de assaltos e violências. A protagonista da história tinha uma boa razão para temer a sua estranha visita.

Poucos dos visitantes do Lago conhecem o pequeno vale onde se passa esta história ou tradição oral. É um vale estreito e tranquilo, localizado no sopé de Scawfell,[146] no lado oeste. Os turistas que vêm a pé, cruzando pela trilha na montanha

---

[144] Infelizmente, não foi possível preservar o dialeto inglês/escocês do texto, muitas vezes incompreensível, com correspondências na tradução. (N. da T.)

[145] Os levantes jacobitas foram uma série de insurreições, rebeliões e batalhas na Inglaterra, Escócia e Irlanda entre 1688 e 1746. A origem do nome está em Jacobus, forma latina do nome inglês James, que surgiu durante a Restauração, na recondução de James II ao trono inglês. (N. da T.)

[146] Scafell (também se escreve Sca Fell e, anteriormente, Scawfell), montanha em Lake District, ao sul de Fells. Tem 964 metros de altitude, sendo a segunda montanha mais alta da Inglaterra, depois do seu vizinho Scafell Pike, do qual está separada pelo Monte Mickledore. (N. da T.)

entre Eskdale e Wastdale, passam por ele sem perceber. O lago negro de um lado, e as grandes rochas caídas em volta, com as traiçoeiras turfeiras[147] debaixo dos pés, chamam a atenção. Mas, para aqueles que conhecem, o pequeno vale tem um interesse todo seu.

Um murmúrio perpassa pelo vale, diferente do silêncio absoluto das montanhas selvagens acima. Há um ar de tristeza nessa solitude e, à medida que emergimos da estreita garganta, que forma a entrada, e seguimos a trilha das ovelhas pela margem do rio, onde aparecem árvores, campos e sinais de civilização, o mistério se esclarece. Não é um canto inexplorado da natureza, mas um pequeno vale que um dia foi habitado, e que agora está esquecido e abandonado. Aqui e ali, tropeçamos em montículos de pedras – tudo o que resta do que, certa vez, foi um emaranhado de casebres rústicos, habitados, talvez, nos dias em que a grande turfeira, que circunda o lago da montanha, fazia parte da vasta floresta de Eskdale e Wastdale.

Um pouco mais abaixo no vale, alguns metros de muros duplos permanecem para nos lembrar da antiga estrada para Kendal usada pelos cavalos de carga.

Entre esses muros baixos, quando nossos avós eram jovens, os galantes cavaleiros do folclore infantil e seus pacientes seguidores trotavam com suas pesadas cargas, ansiosos para descansar os membros cansados na hospitaleira taberna de Nanny Horns. Dessa outrora movimentada casa de entretenimento, tanto para homens quanto animais, apenas permanecem uma torre e um jardim de ervas daninhas.

Antes de chegar às ruínas de Nanny Horns, no entanto, encontramos alguns sinais de habitação. Aqui, pelo lado do rio, há uma pequena casa de fazenda, com celeiro, chiqueiro e estábulo. Há uma

---

[147] Turfeira ou paul (do latim *palus*, ūdis, "brejo mangue, charco"), região palustre. (N. da T.)

rústica ponte de pedra sobre o riacho, e grandes árvores acenam solenemente no alto. Mas basta olhar para a casa e a sensação de desolação se torna ainda mais forte. A porta fechada, os caixilhos das janelas e o chão coberto de grama mostram o abandono.

Mas aqui o coração fala mais alto. O antigo povo do vale ainda conta sobre o tempo em que essa casa vivia ocupada; nós mesmos ainda lembramos quando a fumaça subia das largas chaminés fazendo círculos; e agora isso também pertence ao passado.

Vamos ouvir a porta ranger enquanto a abrimos e dar uma olhada. Diante de nós, há uma passagem estreita, que termina numa escada de pedra; à esquerda, vemos uma pequena sala com teto de madeira, que era a antiga sala, ou o quarto de dormir.

Está vazia e cheia de reboco caído. À direita, fica a cozinha. O sol passa através das duas janelas sem vidros. Uma ampla lareira aberta ocupa grande parte do fundo da sala do outro lado da porta. Diante da janela, estão as portas da despensa e dos laticínios. Num canto, onde há uma lanterna na parede, existe um antigo armário de carvalho – uma das portas presas apenas por uma dobradiça e, nela, ainda podemos ver uma antiga fechadura de bronze.

O móvel mais marcante, entretanto, se podemos chamar assim, é uma longa laje de rocha calcária, ou arandela, como o povo do vale daqui chama, colada na parede, que deve ter servido como um confortável sofá junto ao fogo que ardia na lareira agora vazia, quando a esposa tecia num canto e o marido desfiava a lã na poltrona, ao lado dela.

Agora vamos nos sentar na arandela, enquanto eu conto a história desse último abandono, pois toda a tradição está ligada a essa laje de pedra.

Não precisamos ter medo de sermos interrompidos, pois poucos vizinhos se importariam em vir tomar nosso lugar ou, na realidade, estariam por perto à hora do pôr do sol que agora brilha no oeste, com medo de encontrar qualquer coisa que os aterrorize e lhes mostre o vulto da Mulher sem Cabeça de Beckside. Assim, o segredo foi revelado – esta é uma casa assombrada.

Há muitos anos, Beckside era ocupado por um casal, e eles se chamavam Joe e Ann Southward. Na juventude, eram agricultores e, por serem bons e sérios trabalhadores, economizaram, cada um, um bom dinheiro; então, ao se aposentarem ao mesmo tempo, imaginaram que a melhor coisa a fazer seria juntar seus dois pequenos ninhos. Eles se casaram e se estabeleceram nesta pequena fazenda. Naquela época, nenhum dos dois era muito jovem e, por vários anos, não tiveram filhos, mas, finalmente, o Céu os abençoou com um rebento, e sua vida monótona foi totalmente transformada. Creio que não havia, em nenhum dos vales circundantes, uma família tão feliz quanto a deles. Tinham poucos desejos que sua fazenda não poderia suprir, boa saúde, mas possuíam apenas uma ambição, que era economizar o máximo possível para dar ao filho um início de vida melhor que o deles. Então, gastavam o mínimo possível, trabalharam e acumularam, até terem uma boa quantia guardada num bule velho no armário junto à porta. No armário, Joe pôs uma tranca bem forte – coisa muito rara numa casa de fazenda naquela época – pois ele tinha muito medo de vir a sofrer perdas ou danos em seu pequeno negócio.

No outono, Joe Southward teve que passar um dia inteiro fora, e não esperava voltar senão na manhã seguinte, pois iria viajar para Whitehaven a trabalho. Nunca havia acontecido uma coisa dessas antes, embora estivessem casados havia oito anos.

– Então volte o mais rápido possível, Joe – disse a esposa, enquanto ele montava o cavalo –, e preste atenção nas tabernas no caminho de volta.

Embora Joe não tivesse o hábito de beber até cair, de vez em quando tinha o costume de voltar para casa, depois da feira de Eskdale ou de uma venda ocasional, um pouco mais animado que de costume, e Ann temia que, no excesso incomum de estar em Whitehaven – um lugar que ele havia visitado apenas uma vez, e do qual contava grandes histórias – e na empolgação de passar um dia inteiro, ou talvez uma noite, longe de casa, ele poderia ser levado de uma extravagância à outra.

– Ó, sim, mulher, chegarei o mais cedo possível, mas não espere por mim depois das nove da noite. Se eu não chegar a tempo, pousarei à noite em Santon, ou em outro lugar, talvez em Crag.

– Muito bem – respondeu a esposa –, não vou me demorar me despedindo de você. Adeus. Pegou dinheiro para a viagem? Queria dar um ponto nos bolsos das suas calças para que não peguem seu dinheiro. Ouvi falar de um homem que foi para Whitehaven certa vez, e perdeu tudo o que tinha no bolso, e nunca mais o encontrou.

– Ah, sim, eles são um povo muito esquisito, mas não quero que meus bolsos sejam cerzidos. Como acha que vou pegar o dinheiro, hein, mulher? Dê um beijo no seu pai, Joe, meu menino. Não se preocupe que cuidarei da venda. Vamos, Charlie.

Partiu a galope em seu pesado alazão, passou pela pequena ponte de pedra e desceu pelo vale.

Ann, pegando o filho, um bebê parrudo de quinze meses, nos braços, seguiu o marido até a ponte, e ficou parada olhando, até ele sumir de vista e, então, dando meia-volta, voltou à cozinha. Não havia tempo a perder naquele dia, pois haviam matado um carneiro para o estoque de carne do inverno, e Joe o cortara na véspera, deixando-o pronto para ser salgado; com isso e o seu trabalho habitual, além de várias outras coisas que em geral Joel fazia, a tarde estava quase no fim antes que ela tivesse tempo para pensar em sua solidão. Mas quando ela terminou de limpar a cozinha e preparou o fogo para ferver a água na chaleira, sentiu um grande desejo de algo que ela não sabia exatamente o que era.

Enquanto ela estava fazendo bastante barulho, não notara o silêncio inusitado em volta, mas, agora, ao se sentar para descansar por um instante na poltrona, não havia qualquer som, somente o tique-taque do relógio de parede. O filho Joe estava dormindo. Ela desejava intensamente que algo quebrasse o silêncio, além dela mesma.

Quando o silêncio começou a se tornar insuportável, um pequeno galo cantou no quintal, e Ann suspirou fundo de alívio quando o ouviu.

– Minha nossa – ela pensou –, não sei o que deu em mim, mas estou me sentindo um pouco sozinha. O povo diria que estou sentindo falta de Joe, mas ele e eu não somos esse tipo de gente. Quando já se viveu com alguém por sete ou oito anos, e raramente se vê outra pessoa, dá para me sentir um pouco esquisita quando fico sozinha. Lembro-me de quando era eu uma criada em Crag, eu tinha um gato preto que me seguia para todo lado que eu ia, mas, um dia, ele ficou preso numa armadilha. Senti falta dele depois que o perdi. Agora – ela continuou, se levantando –, vou me lavar e prender o cabelo, então, quando tomar minha sopa de pão com leite e terminar de ordenhar as vacas, vou derreter toda a gordura da ovelha, pegar um bocado de juncos para descascar e depois mergulhar na gordura. Preciso fazer um monte de velas.

Quando as vacas já estavam ordenhadas e Ann havia tomado sua tigela de pão com leite (chá, evidentemente, não era conhecido por esses lados naqueles dias), e o "pequeno Joe" fora colocado confortavelmente para dormir em seu berço de madeira, o sol já estava se pondo, então Ann cruzou o quintal até a pequena ponte para ver se havia algum sinal de seu marido voltando para casa.

O vale estava bem bonito, tocado pelos raios do pôr do sol, que descia por trás da montanha.

Na entrada do vale, Scawfell formava um belo promontório, iluminado de cima a baixo pelo sol, enquanto a urze púrpura e a samambaia dourada das colinas em volta davam um colorido à paisagem, tornando-a agradável de se ver.

Ann, no entanto, não queria saber nem de ouro, nem de púrpura, nem de luz, nem de sombra, mas, voltando as costas para o rei do vale, o velho Pai Scawfell, contemplou ansiosa (embora não estivesse tomada por esse sentimento) a estrada que serpenteava ao lado do córrego em direção ao descampado. Lá estava ela, com os dedos ocupados tricotando uma meia de lã azul para o marido, com os olhos grudados na estrada, até o sol desaparecer completamente, e deixar o vale mergulhado numa penumbra enevoada, e a luz, gradualmente recuando por trás da montanha, roubar as samambaias e a urze de sua glória ao lhes dar boa-noite.

No momento em que ela começou a se afastar lentamente da ponte, virou para as montanhas e teve certeza de ter visto alguém vindo naquela direção, porém não exatamente para Beckside, porque, fosse quem fosse, vinha pela antiga estrada de cavalos de carga de Keswick, que atravessava o vale entre Beckside e Bakerstead, a pequena fazenda seguinte, então desocupada.

No ponto em que a estrada antiga passa entre as duas casas, ficava o Nanny Horns, que era, mesmo na época de que estou falando, uma ruína, mas o jardim fornecia groselhas e ruibarbo[148] para Ann por toda a primavera e no verão.

Ao passar por essas ruínas, a pessoa desapareceu. Ann ficou observando por algum tempo. Logo a figura emergiu das ruínas e avançou rapidamente em sua direção. Ela podia agora distinguir que se tratava de uma mulher, com um andar muito cansado. Assim que Ann percebeu que ela estava vindo direto para sua casa, voltou e

---

[148] Ruibarbo (*Rheum rhabarbarum*): planta comestível utilizada como hortaliça e para fins fitoterápicos. O nome é uma combinação do grego *rha* e *barbarum*; *rha* refere-se tanto à planta quanto ao rio Volga, de onde supostamente se origina. Tem um caule grosso, folhas grandes (de 30 a 40 cm de comprimento), dispostas em grupos basais, cordadas e bilobulares. (N. da T.)

fechou a porta, pois não gostava de visitas estranhas àquela hora da noite quando estava sozinha.

Ela mal se virou da porta e atravessou a cozinha em direção à lareira, quando percebeu uma sombra passando pela janela e, ao se virar de repente, viu de relance um rosto espiando pela vidraça. Afastou-se imediatamente e, em seguida, alguém bateu forte à porta. Foi até a janela e pôde ver a mulher batendo com um longo bastão. Ann abriu e perguntou-lhe o que ela queria, num tom bastante ríspido.

– Por favor – disse a mulher –, poderia me dar pouso esta noite? Eu venho de muito longe e estou morta de cansaço. Eu não consigo andar nem mais um quilômetro, meus pés estão feridos de caminhar sobre as pedras.

E mostrou as botas, rasgadas e abertas, e os pés inchados sob o couro.

– Bem, senhora, entre – disse Ann, afinal, embora não de modo muito simpático. – Imagino que não tenha outro lugar para ficar esta noite. De onde está vindo? Não é das redondezas, como posso ver.

– Não – ela respondeu, sentando-se no banco junto à mesa sob a janela. – Não, eu sou escocesa e venho de Penrith. Estou indo para Ulverstone para ver meu filho. Ele tem um bom emprego por lá. Conheço algumas pessoas em Borrowdale, então vim por aqui, mas eu não sabia que encontraria uma estrada tão ruim.

– A estrada que pegou é péssima, e parece bem cansada, mas sente-se junto à lareira para poder se aquecer – disse Ann, sentindo-se mais hospitaleira quando ouviu a desconhecida falar que tinha amigos em Borrowdale, pois sua família também era de lá. – Não quer tirar o xale para se sentar perto do fogo? – perguntou, pois a mulher tinha um pequeno xale de lã preso na cabeça, que ela mantinha sobre o rosto.

– Não, não, me perdoe – ela respondeu –, estou com uma dor de dente terrível, e este xale me aquece, e faz eu me sentir um pouco melhor.

— Dor de dente é uma coisa horrível — comentou Ann. — Eu nunca tive, mas lembro-me de que meu senhor teve, certa vez, e passou muito mal por causa disso.

— Seu senhor não está em casa, está? — perguntou a mulher, olhando em volta.

Ann achou que ela olhara mais tempo do que o necessário para o armário e a portinhola com a tranca nova.

— Ah, sim — ela respondeu —, ele está fora hoje, mas estou esperando ele chegar a qualquer momento.

Ann logo se ocupou de aquecer a gordura das ovelhas que haviam matado, para derretê-la e fazer as velas e lanternas para o inverno.

Primeiro, pegou uma grande panela de três pés e colocou-a no suporte da chaminé; depois uma cesta de turfa e um bom maço de varetas, que pôs junto à lareira, para manter o fogo bem alto sob a panela, para não precisar ir lá fora novamente no escuro. Em seguida, perguntou à mulher se ela queria uma tigela de mingau, pois iria tomar a dela, enquanto a gordura derretia, mas, para sua surpresa, a mulher recusou, alegando que seus dentes doíam tanto, que qualquer alimento quente aumentaria a dor.

No entanto, pegou uma fatia de bolo de aveia e ela comeu tudo como pôde, sob o xale.

Estava bem escuro lá fora — já passavam das oito da noite, quase nove —, mas a cozinha estava iluminada e movimentada junto à lareira.

— Posso lhe oferecer uma cama — disse Ann para a hóspede, enquanto colocava o mingau de aveia no prato —, mas deve dizer se prefere dormir no celeiro ou no palheiro.

— Bem, já que é tão gentil — ela respondeu —, se importaria se eu dormisse aqui nesta arandela? Eu me sentirei bem e aquecida junto à lareira, e estou tão cansada que não vou sentir se está duro ou macio.

— Está bem — disse Ann —, pode dormir aqui, se preferir, mas é provável que não consiga dormir direito. Quero derreter toda essa gordura, tudo o que está nesta panela, e neste prato também e, para dizer a verdade, não creio que Joe gostará de ver uma estranha dormindo aqui quando ele chegar em casa.

– Ah – ela continuou –, eu me levantarei e irei para o celeiro se ele chegar em casa, mas já está tarde para ele chegar agora, não?

E lançou um olhar de soslaio para Ann, de pé junto à mesa, mexendo o mingau para esfriá-lo.

– Você deve se sentir sozinha quando seu marido está fora. Ele viaja com frequência?

– Não – respondeu Ann –, estamos casados há sete anos, quase oito, e ele nunca passou uma noite fora.

– Bem, ele deve ser um homem correto. Vocês são um excelente casal. Eu não me espantaria se não tivesse um pouco de dinheiro guardado em algum lugar para seu filhinho – apontando para o berço onde o pequeno Joe dormia a sono solto. – É o bebê mais lindo que já vi, e muito bonzinho, senão ele acordaria com tanta conversa.

– Ele é, sim – replicou Ann, com o coração materno aquecido com o elogio para o seu filho. – Queremos que tenha um começo de vida melhor que o nosso.

– Parece que fizeram isso muito bem – disse a mulher –, pelo que posso ver. – Eu não me importaria de trocar de lugar com você – acrescentou, dando uma risada desagradável e olhando novamente em volta da sala. – Você tem uma mobília muito boa, e talvez tenha algo de valor naquele armário para trancá-lo daquele jeito. Não é comum ver um armário com uma tranca como essa numa cozinha de fazenda.

– Não? – perguntou Ann, secamente, achando que a mulher estava falando com muita intimidade. – Trancamos nossos armários porque gostamos de guardar o que é nosso. Nunca se sabe quando alguém pode aparecer deste lado da montanha.

Ela olhou para a visita de modo incisivo.

– Bem – replicou a mulher –, se não fizer objeção, vou me deitar e tentar dormir um pouco. Partirei amanhã cedo.

– Está bem – disse Ann –, vou pegar um pouco de palha para você deitar sua cabeça.

E saiu para ir até o celeiro.

Assim que Ann saiu da cozinha, a mulher agarrou a tigela meio cheia e bebeu um bocado do mingau, depois colocou-a no mesmo lugar sobre a mesa.

– Aqui está – disse Ann, ao voltar com o feixe de palha, então o colocou na arandela. – Assim ficará um pouco mais macio do que deitar direto na pedra.

Ela foi até o quarto, onde ela e o marido dormiam, e trouxe de lá um velho xale, que entregou à mulher, para ela poder se cobrir, e disse:

– Acomode-se o melhor possível, ainda tenho que olhar a gordura e descascar outros juncos.

Quando Ann olhou de novo para a tigela de mingau, viu que o nível havia diminuído bastante desde que saíra, e olhou para a mulher a fim de perguntar se ela comera um pouco.

"Não", pensou, "por que ela comeria meu mingau, se recusou a sua tigela? Parece estranho, porém, não foi ela", acrescentou, esvaziando o prato. "Agora vou lavar essas coisas, e começar a descascar meus juncos, mas primeiro preciso arrumar a mesa antes de Joe chegar, embora já esteja ficando tarde. Queria que ele estivesse aqui. Não estou gostando do jeito dessa mulher, ela tem um modo doentio de olhar de lado, e de observar tudo em volta, tem um aspecto horrível, porém não é mais alta do que eu. Parece dormir profundamente, deve estar cansada."

Assim parecia, pois logo depois que ela se deitou, virou o rosto em direção à porta da despensa, atrás da arandela, puxou o xale para cobrir o rosto dolorido, e agora estava respirando regularmente como um bebê tamanho gigante. Porém, enquanto Ann se movia sem fazer barulho pela sala, guardando as coisas, sentiu um desconforto, como se o olhar astuto da mulher a estivesse seguindo por todo lado. Umas duas vezes ela parou e olhou fixamente para a hóspede, mas a mulher continuava imóvel e, quando falou com ela, não ouviu nenhuma resposta, porém a respiração parecia um pouco mais pesada. De outra vez, quando se aproximou da prateleira de baixo do armário, teve certeza de que a mulher não estava dormindo, e virou-se de repente, pois pensou ter ouvido um barulho do travesseiro de palha. Mas, não, exceto por um movimento no meio do sono, como se cobrisse os dentes doloridos para protegê-los de um golpe de ar, a desconhecida estava tão imóvel quanto antes.

"Meu Deus, devo estar ficando doida. Não sei quanto tempo falta para essa gordura derreter. Quando derreter um pouco, vou encher a panela com o que está no prato."

Quando o relógio no canto da sala indicou nove horas, Ann lembrou-se de o marido ter dito que não voltaria depois dessa hora, mas achou que não deveria se deitar.

"Pode ser que ele chegue." Então, pegou alguns juncos e sentou-se numa cadeira baixa para descascá-los, ao lado do berço do bebê, do outro lado da arandela.

A casa estava praticamente tão silenciosa quanto de manhã, apenas as batidas do relógio e o ronco da desconhecida (pois a respiração pesada tornou-se um ronco regular) faziam um tipo de dueto monótono, como se tentassem, em vão, um acompanhar o outro, pois um se adiantava ao outro e vice-versa, depois se emparelhavam e, então, quando um começava, reiniciava a briga pela precedência.

Dava sono ficar sentada descascando juncos e ouvindo aquele barulho intermitente, e a pobre Ann começou a se sentir sonolenta. Ela tivera um dia de trabalho muito puxado, e já passava em muito da hora de dormir, pois o ponteiro do relógio desceu até as nove e meia e agora estava chegando às dez. As pálpebras de Ann estavam se fechando, e o junco começou a escorregar entre seus dedos sonolentos, sua cabeça baixou sobre o peito, e os três dormiam a sono solto, só com o relógio marcando as horas.

De repente, Ann despertou; acordou com o barulho de algo que caíra, como o som de metal batendo no chão. O fogo da lareira estava baixo, mas continuava bem quente.

"Que foi isso?", ela se perguntou, levantando-se da cadeira e sacudindo o corpo. "Preciso me deitar um pouco na cama. Não vou trocar de roupa. Não sei que horas são, nem quanto tempo eu dormi."

Pegou um punhado de gravetos, atirou-os no fogo para clarear o suficiente e poder ver as horas, em seguida a cozinha se iluminou. Os ponteiros do relógio marcavam poucos minutos após a meia-noite.

"Meu Deus!", pensou Ann, "eu dormi à beça." Virou-se para a lareira por sentir frio e tropeçou em algo que brilhou no chão perto dela. Era um canivete aberto, um desses com uma lâmina longa e afiada usados por marinheiros. Devia ter caído da mão ou do vestido da mulher deitada na arandela.

Instintivamente, Ann olhou para a mulher. Ela estava deitada de costas e a luz da lareira iluminou seu rosto, pois o xale havia escorregado e, ali, para o horror de Ann, viu que não era uma mulher, mas um homem bem forte. Seu queixo e sua boca estavam adornados com uma barba preta curta de uma semana sem barbear.

Por um momento, ficou paralisada de medo. Ele estava ferrado no sono depois de sua longa caminhada. Até agora, ela estava na vantagem, mas não era do tipo de mulher de deixar passar batido. Seu primeiro impulso seria pegar o filho e correr, mas para onde? A próxima casa habitada ficava a um quilômetro e meio de distância e, ao menor barulho, como abrir a velha porta de madeira da casa, acordaria aquele homem. O que ela deveria fazer? Não poderia não fazer nada e deixar que todo o dinheiro duramente economizado fosse roubado, sem mencionar que, possivelmente, ela seria assassinada com o filho. Não! Mil vezes não! Ela lutaria contra isso! Mas como? Olhou para o filho que dormia no berço, depois para o homem.

Ele estava deitado, de boca aberta, roncando bem alto, com uma das mãos fortes segurando o xale que ela havia lhe emprestado para se cobrir, enquanto a saia do vestido roçava o chão.

O que ela precisava fazer deveria ser feito imediatamente.

Olhou para o canivete a seus pés; era grande e afiado, mas ela poderia errar o alvo, e apenas feri-lo. Olhou desesperada para a sala até vislumbrar a panela de gordura fervendo. No mesmo instante, tomou a decisão. Com uma força que arrancou do desespero, ergueu a panela da haste e, sem fazer barulho, colocou-a ao lado da arandela. Então, em silêncio, como Jael andou em volta do comandante do exército cananeu adormecido,[149] a valente mulher do vale esticou a mão sobre a mesa e pegou uma grande concha de estanho com cabo de madeira, onde cabia quase um litro. Com os lábios apertados e os dentes cerrados, aproximou-se do estranho adormecido e, enchendo a concha de gordura até a boca, derramou na garganta e sobre o rosto do homem – uma, duas, três conchas cheias.

Ele lutou em vão. Quando, ao sentir o primeiro choque, tentou se levantar, ela o agarrou pelo pescoço, e abaixou-o com a força de um gigante, apesar da gordura fervente, que continuou a derramar com a outra mão, até praticamente esvaziar a panela. Não se ouviu mais nenhum grito, exceto o primeiro, de agonia, mas a luta e as contorções foram terríveis de ver. A mulher continuou a segurá-lo. Conseguiu contê-lo, deitado de costas abaixo dela – e ela era uma mulher forte. Seu rosto não estremeceu, não relaxou nenhum nervo,

---

[149] Referência a Jael e Sísera, do Livro de Juízes (Jz 4:21), no Velho Testamento. "Jael, mulher de Héber, tomou uma estaca e um martelo, aproximou-se mansamente dele, e cravou-a na têmpora, pregando-a na terra; ele estava cansado e dormindo profundamente, e assim morreu." (N. da T.)

até ter terminado o serviço; o revide e os chutes foram reduzindo, as contorções amainaram e ele, finalmente, ficou imóvel. Nem quando terminou e a luta cessou, sua força a abandonou. Ela tirou a mão, os dedos imóveis largaram a concha, e ela ficou parada, vitoriosa, de fato, mas não triunfante, paralisada de horror pelo que ousara fazer, pregada no chão, imóvel como a mulher de Ló[150] ou aquele corpo sobre a arandela.

O relógio podia bater sozinho agora; não havia outro som para quebrar o silêncio depois daquele urro que nem despertou o bebê no berço. Quanto tempo ela ficou ao lado da arandela, Ann nunca soube dizer, mas logo o relógio bateu uma hora e, como se o encanto que a mantinha estática se quebrasse, Ann afundou na cadeira ao lado da lareira; deram duas, três e quatro horas, mas ela continuava sentada; bateram cinco da manhã e um amanhecer cinzento surgiu pelas janelas; a lareira havia muito se apagara. E ela permanecia sentada.

Às cinco e meia, Joe Southward abriu a porta de casa e entrou na cozinha.

– Bem, mulher, finalmente estou em casa – ele disse.

Mas quando a esposa virou o rosto contorcido e cinzento, ele também foi dominado pelo silêncio, embora não soubesse por quê. Mas o filho, ao ouvir a voz do pai, começou a gritar e chorar. A mãe avançou até o berço, pegou-o com o braço que não estava machucado, e saiu correndo com ele para fora da casa, apertando-o contra o peito, chorando e soluçando ao mesmo tempo.

– Ó, meu querido bebê, fiz isso por você. Não foi por mim; nunca, nunca faça o que sua mãe fez; eu fiz isso por você, meu bebê, meu bebê.

---

[150] "E a mulher de Ló olhou para trás e foi transformada em estátua de sal" (Gênesis 19:26). (N. da T.)

E mãe e filho misturaram seus choros e lágrimas.

Enquanto isso, Joe olhou o estado da cozinha e seguiu a mulher fora de casa.

Aos poucos, debaixo das árvores, Joe ouviu a história de horror, porque Ann não queria entrar em casa, por isso pôs envolveu o filho com o avental, protegendo-o do ar frio da manhã.

Por fim, o marido pegou o bebê dos seus braços e levou-o para o quarto.

— Agora, Ann — ele disse —, devemos escondê-lo. Não há outra coisa a fazer, porém não podemos contar a ninguém sobre isso, por causa do nosso bebê.

Então, assim que o dia raiou, carregaram o corpo pela escadaria de pedra acima, colocaram-no no depósito de lã, um tipo de laje entre o alto da parede e o teto, num dos quartos de dormir, e o cobriram com os novelos de lã armazenados, pois esperavam vários vizinhos virem naquele dia para ajudar no trabalho da fazenda.

Quando os vizinhos se foram, e começou a escurecer, Joe levou a pá e a enxada até as ruínas da antiga taberna, e cavou ali uma cova bem funda no solo pedregoso. Num canto da ruína, encontrou um pacote, amarrado com um lenço, que tinha as roupas do homem, um grande valor em dinheiro, e um ou dois objetos que foram roubados de outras fazendas. Depois de muito debaterem, decidiram enterrar tudo com ele, pois não queriam ter nada a ver com aquilo, por temer descobrirem como ele havia morrido.

Quando já estava tudo escuro e silencioso, e o pequeno Joe dormindo, Ann e o marido subiram as escadas e entraram no quartinho. Joe afastou os rolos de lã, e arrastaram o corpo da laje e colocaram-no no chão. Era uma visão horrenda. A gordura havia endurecido e formara uma máscara branca e dura, mas ainda era possível entrever o rosto por baixo dela. Ao vê-lo, a expressão de Ann adquiriu o mesmo tom cinzento da noite anterior, enquanto Joe começava a trabalhar com a determinação sombria de quem havia recebido o serviço mais sujo que o Destino poderia ter lhe reservado. Mas o que tinha que ser feito deveria ser feito e, de acordo com o seu pensamento, quanto mais cedo isso terminasse, melhor. Depois de deitá-lo no chão, dobraram as saias do vestido sobre as pernas e, pegando um grande saco de milho, cobriram tudo, e costuraram as pontas.

Joe desceu alguns degraus, carregando-o nas costas como um saco de farinha. Era muito pesado, e ele tropeçou e precisou parar várias vezes antes de chegar à porta da cozinha, onde o encostou contra a parede para tomar fôlego, enquanto Ann colocava numa velha lanterna de chifre a vela que usara para iluminar a escada. Quando ela terminou, Joe pôs o fardo de novo nas costas e foi cambaleando pelo caminho. Eles atravessaram o quintal da fazenda bem devagar, Ann ia um pouco à frente com a lanterna. Fazia uma noite escura e úmida – não havia nenhuma estrela no céu; os galhos das velhas árvores na frente da casa, que mal se viam quando a luz batia nos troncos largos, gemiam e estalavam ao vento. Tudo o que lhes era familiar em volta, enquanto estavam andando até as ruínas, parecia participar de seu horror; até o alegre riacho na base da montanha mudara o murmúrio diário das pedras no fundo do rio para um canto melancólico. Eles não trocaram nenhuma palavra nas frequentes paradas que fizeram para tomar fôlego até chegar à cova que Joe cavara. Uma vez ali, logo baixaram o fardo e o lançaram na cova. Então, pegando a pá, Joe encheu a cova o mais rápido possível, apenas parando de vez em quando para pisar a terra a fim de deixá-la mais firme.

Por fim, jogou a última pá de terra, pisou-a pela última vez, e empilhou algumas pedras ao acaso, para ocultar qualquer sinal de escavação recente.

Então, Joe quebrou o silêncio:

– Aí está – ele disse, enxugando a testa suada com a manga do paletó –, está feito. Agora ele não poderá fazer mal a mais ninguém. Vamos, mulher, vamos para casa, fizemos tudo o que podíamos.

E, entrelaçando seu braço ao da mulher, como fizera uma única vez no dia do seu casamento, saíram das ruínas, atravessaram o quintal sob as árvores e, depois de entrar em casa, se aproximaram da lareira. Nesse momento, Ann finalmente sucumbiu; ela soltou a mão do braço do marido e, tremendo, afundou-se na pequena cadeira de balanço.

– Ó – ela disse –, eu não suporto, não suporto ficar nesta casa; será como se ele ainda estivesse deitado ali. Nunca mais vá embora, Joe.

E, de fato, a inexpressiva mulher do vale agarrou-se ao marido como uma criança.

– Deixe disso, mulher – ele disse, acalmando-a, colocando a mão sobre seu ombro –, não tinha o que fazer, não poderia ter feito outra coisa. Se não tivesse tomado uma atitude, ele teria matado você e o pequeno Joe com a faca. Fizemos o que tínhamos que fazer. Vamos manter o segredo e agir como se ele nunca tivesse entrado nesta casa.

O tempo passou, Joe e Ann viveram muitos anos na casa, pois temiam que, se eles fossem embora, um novo inquilino acabaria cavando nas ruínas. Muitas vezes, quando as curtas tardes de outono e inverno terminavam, Ann deixava o assento quente junto à lareira e atravessava o quintal para falar com Joe no celeiro, pois não aguentava ficar sozinha em casa e, mais tarde, à noite, quando ela se sentava para tricotar, enquanto o marido cochilava na poltrona, se levantasse os olhos do tricô, imaginava ver o corpo longo e disforme sobre a arandela, com a gordura escorrendo pelo chão.

Depois que eles morreram, de algum modo o boato sobre a história começou a circular de uma fazenda à outra. Como surgiu, ninguém sabe dizer, mas o que sei é que, depois de ficar por um ou dois anos vazia, quando a casa foi novamente alugada, o fazendeiro e a esposa, uma noite por ano, costumavam ver um vulto indefinido, com a cabeça envolta num pano, entrar na cozinha e se deitar na arandela e, depois de alguns minutos, ouvia-se um grito de desespero na sala e o vulto desaparecia. Na noite seguinte, o mesmo vulto saía do depósito de lã, deslizava silenciosamente pela escada, e desaparecia nas ruínas do Nanny Horns.

CAPÍTULO XV

A PORTA OCULTA

Vernon Lee

1887

Vernon Lee era o pseudônimo de Violet Paget. Filha de expatriados britânicos, Lee nasceu na França e passou grande parte da vida, como costumam dizer os ingleses, "no continente", principalmente na Itália.

Feminista e pacifista radical, Lee era conhecida por usar trajes masculinos e teve relacionamentos duradouros com três mulheres: a poeta Mary Robinson, a escritora e teórica de arte Clementina "Kit" Caroline Anstruther-Thomson, e a escritora Amy Levy. Também teve longos relacionamentos com o artista italiano Telemaco Signorini e o intelectual e acadêmico Mario Praz.

Ainda que ela seja hoje mais conhecida por sua ficção excêntrica, também escreveu sobre a arte e a história da Itália, e é considerada uma autoridade quando o assunto é o Renascimento Italiano. Muitos de seus contos de mistério se passam na Itália, entre as comunidades de expatriados poliglotas que viviam em Florença, Veneza e outras cidades italianas.

Embora incomuns num ambiente inglês, "A porta oculta"[151] compartilha muitos dos temas e motivos favoritos de Lee. A autora nutria especial fascinação pelos efeitos da culpa sobre a imaginação exacerbada e a capacidade de até uma mente racional mergulhar em medos e superstições. Publicado pela primeira vez no *Unwin's Annual* de 1887 e reimpresso no mesmo ano na antologia americana *Época de bruxas: Contos de final de ano*,[152] este é um dos contos menos conhecidos de Lee, mas se equipara às suas histórias mais publicadas em coletâneas, como "Amour Dure" e "A lenda de madame Krasinska".[153]

Para Decimus Little, não havia qualquer dúvida. Sua única pergunta era se alguém mais estaria pronto para fazer aquela descoberta. Sentado num nicho da janela na grande sala de estar, a luz amarela das velas iluminava os braços e os ombros brancos, a frente da camisa alva, as sedas e os tecidos pretos lustrosos de dentro; do lado de fora, a extensão de charcos e montanhas se desdobravam em tons de cinza e verde, contrastando com o azul pálido do crepúsculo; ali sentado, sozinho, junto à janela, ele pensava como seria, se qualquer dessas pessoas ali reunidas para

---

[151] "The Hidden Door", no original. (N. da T.)
[152] *The Witching Time: Tales for the Year's End*, no original. (N. da T.)
[153] "The Legend of Madame Krasinska", no original. (N. da T.)

celebrar a maioridade do herdeiro da Mansão Hotspur pudesse adivinhar o que ele descobrira. Seus olhos seguiam mecanicamente a figura alta do anfitrião, toda vez que os ombros largos e a barba grisalha se perdiam entre as pessoas; procuravam os cachos de cabelos dourados do filho e herdeiro, toda vez que sua cabeça se erguia e se abaixava para cumprimentar as senhoras num canto. O que aconteceria se qualquer um dos dois soubesse? Se o velho senhor Hugh Hotspur soubesse que havia outra pessoa no mundo além dele que sabia onde ficava aquela porta secreta; se o jovem Hotspur soubesse que havia por perto outro homem que poderia, qualquer dia, entrar naquela câmara secreta, onde, ao final desses dias felizes, o jovem deveria ser solenemente admitido, para perder, para sempre, durante aquela hora fatal, entre indizíveis mistérios, toda a brandura de seu coração?

O sr. Little não estava nem um pouco surpreso por ter feito essa extraordinária descoberta. Embora ele não fosse absolutamente preconceituoso, habituou-se a se considerar como uma pessoa ligada a questões extraordinárias, como se, de algum modo, estivesse destinado a um fim extraordinário. Ele era um desses homens que, sem nunca ter feito, nem dito, ou, talvez, nem pensado em nada realmente marcante, era, apesar disso, um homem notável. Toda vez que entrava numa sala, percebia que todos o olhavam, e sabia que eles estariam se perguntando: "Quem é este jovem?". E, ainda assim, o sr. Decimus Little não se achava bonito, nem ninguém mais o julgava bem-apessoado, que ele soubesse. Do ponto de vista prático, tudo o que se poderia dizer era que ele apresentava estatura mediana, era mais encorpado do que magro, com feições regulares pequenas, cabelos entre o louro e o grisalho, um pouco encurvado, uma vista um tanto fraca, e uma preferência por trajes de corte largo e cores neutras. Mas, então, o olho prático não percebia um traço indefinível que constituía o caráter notável da aparência do sr. Little. O que acontecia com ele acontecia com sua história; havia mais significado interno do que se poderia descrever com facilidade. Parente distante, pelo lado materno, da ilustre casa de Hotspur, o sr. Little possuía uma renda modesta e a educação de um cavalheiro. Nunca frequentara a escola, e havia abandonado a faculdade sem receber um diploma. Começou a estudar Direito e desistiu. Tentou escrever para revistas, porém sem sucesso. Teve, certa vez, inclinação para o ascetismo da Alta Igreja e a moralização de Whitechapel;[154] também se aproximou do socialismo, e passou seis meses aprendendo a fazer uma cômoda numa oficina cooperativa em Birmingham. Começou a escrever uma biografia sobre Ninon de Lenclos,[155] a estudar canto e a colecionar medalhas raras; e agora estava bastante interessado no budismo esotérico e na Sociedade de Pesquisa Psíquica, embora não se sentisse preparado para aceitar a nova teosofia, nem a endossar as conclusões quanto à telepatia. E, por fim, muito recentemente, o sr. Decimus Little também se apaixonou e ficou noivo de uma prima, uma jovem que estudava no Girton College, mas não tinha muita certeza se o noivado era um compromisso sério de ambos os lados, ou se o casamento, de fato, traria felicidade para os dois. Porque o sr. Decimus Little estava gradualmente amadurecendo a teoria de que ele seria uma pessoa de natureza dupla, reflexiva e idealista, por um lado, e capaz, por outro, de impulsos extraordinários de ausência de legalidade; e é notório que tais pessoas

---

[154] Whitechapel: bairro no East End, em Londres, uma região mais pobre da cidade, onde surgiram vários movimentos cristãos, como o Exército da Salvação, em 1878. Por ser uma área próxima às docas de Londres, na região leste da cidade, o local atraía imigrantes e trabalhadores. É o mesmo bairro onde, mais tarde, foram cometidos onze assassinatos de prostitutas, alguns deles por Jack, o Estripador, entre 1888 e 1891, porém depois que este conto foi escrito. (N. da T.)

[155] Anne "Ninon" de l'Enclos, ou Ninon de Lenclos, ou Lanclos (1620-1705): cortesã, escritora e patrona das artes. Manteve um salão literário a partir de 1667, em Paris, com reuniões sempre "das cinco às nove", que se tornaram célebres. Era o símbolo da mulher culta, rainha dos salões parisienses, representante da evolução dos costumes do século XVII, na França, e precursora da mulher livre e independente. (N. da T.)

e, de fato, provavelmente todas as personalidades muito complexas e incomuns não sejam muito afeitas a casamentos. Isso estava de acordo com o que o sr. Little sempre lamentava como o excessivo ceticismo de seu temperamento, que ele não deveria ter descoberto sobre a câmara secreta da Mansão Hotspur, e as estranhas histórias ligadas a ela. Ele discutia o assunto com frequência, que, como notou, era crucial em todas as questões sobrenaturais. Debateu, com sucesso, com um fisiologista de seu clube que a simples ilusão não seria uma explicação suficiente para uma crença tão antiga e difundida, como, de fato, a simples ilusão não explicaria crenças de qualquer natureza. Debateu, também com sucesso, com um padre num trem, contra a ideia de que o ocupante da câmara secreta fosse o Maligno, e acrescentou que a existência de maus espíritos apresentava dificuldades muito sérias ao raciocínio. E o sr. Little, sendo, como ele mesmo dizia, aberto a discussões e provas de todos os lados, elaborara várias explicações para o mistério da câmara secreta, e teria até mesmo tentado sondar os moradores da Mansão Hotspur sobre essa questão. Mas os criados não entenderam seu polido e um tanto obscuro sotaque de Oxford, ou ele não entendeu aquele grosseiro dialeto da Nortúmbria.[156] Já os familiares desconsideraram o assunto de forma um tanto abrupta e desconcertante; e o sr. Little seria o último homem do mundo a se imiscuir rudemente nos segredos alheios, fazendo experiências como pendurar toalhas nas janelas e coisas do tipo; realmente, uma pessoa capaz de tais coisas teria lhe causado horror.

E, por ironia do destino – o sr. Little acreditava em ironia do destino, ele mesmo era bastante irônico –, fora dada a ele, a esse homem cético e discreto, a chance de descobrir aquela câmara oculta na espessura das

---

[156] Nortúmbria ou Northumberland: condado ao norte da Inglaterra que faz fronteira com o condado de Cúmbria a oeste, de Durham ao sul, de Tyne and Wear a sudeste com a Escócia ao norte, onde existiu o reino da Nortúmbria (Northumbria) entre 654 e 954 d.C. (N. da T.)

paredes normandas, cuja localização havia deixado perplexos muitos questionamentos engenhosos, persistentes e impertinentes.

Não deveria haver mais nenhuma dúvida em relação a isso; essa porta, revelada apenas pelo som oco e a tranca enferrujada, onde o sr. Little acidentalmente se apoiou naquele dia, quando a vergonha de ter se intrometido num flerte (e um flerte, também, entre o herdeiro de Hotspur e a herdeira de seus inimigos hereditários de Blenkinsop) o fizeram correr como um louco por corredores desconhecidos e subir as escadas em caracol na torre de cascalho[157] – essa porta, caiada de branco, para parecer feita de pedra, e escondida logo abaixo das mais altas ameias[158] de Hotspur, somente poderia ser a da misteriosa câmara. Passou pela cabeça do sr. Little, ao se apoiar, confuso e esbaforido, contra a parede da escada, então ela cedeu à pressão, com um barulho perceptível, e a certeza aumentou a cada detalhe subsequente do local bem como do exterior do castelo. Até aquele momento, haviam perdido tempo buscando uma janela na Mansão Hotspur que deveria corresponder a uma câmara oculta; o acaso revelou ao sr. Little uma câmara sem janela do lado de fora. Agora parecia tão simples, que era impossível conceber como esse segredo pôde ter sido guardado por tanto tempo. A câmara secreta era, ou poderia ser, apenas uma parte mais antiga do castelo, na torre de vigia, construída para proteger os víveres e os alimentos dos ataques escoceses; e estava, poderia estar, apenas abaixo do teto da torre, recebendo ar e luz

---

[157] Torres de cascalho (*peel/pele towers*): pequenas fortificações construídas ao longo das fronteiras inglesa e escocesa, e no norte da Inglaterra, entre meados dos séculos XIV e XV. Também funcionavam como torres de vigia, nas quais sinais de fogo alertavam para perigos iminentes. A "pele" ou "barmkin" (na Irlanda, *bawn*) era um local onde o gado era recolhido quando havia perigo. A maioria foi demolida. (N. da T.)

[158] Arquitetura defensiva, como em muralhas ou castelos, compreende um parapeito (muro baixo entre a altura do peito e a altura da cabeça), onde há aberturas regulares – denominadas "ameias", com paredes entre elas, chamadas "merlões" – para o lançamento de flechas ou outros projéteis. (N. da T.)

através de um tipo de chaminé ou alçapão a partir das ameias acima. Não havia dúvida sobre isso e, enquanto o sr. Decimus Little continuava sentado no nicho da janela na grande sala de estar em Hotspur, tendo, de um lado, a multidão de convidados iluminada à luz de velas, e do outro, a grande sombra da montanha e da charneca contrastando com o azul do crepúsculo, pensou como era estranho que, entre todas essas pessoas, houvesse somente uma, além do senhor de Hotspur, que sabia onde estava localizada a câmara fatal: apenas uma, além do herdeiro de Hotspur, que poderia – quem sabe? – penetrar seus segredos, e essa única pessoa era ele. No entanto, de algum modo, isso não o surpreendia.

E, afinal, qual seria o segredo daquela câmara? Um monstro, ou uma espécie de monstro, escondido por herdeiros usurpadores? Um antigo antepassado, mantido vivo por meio de artes diabólicas ao longo dos séculos? Um demônio, um espírito, um horror inominável, por ser inconcebível para aqueles que jamais o viram, ou talvez um mal imaterial, uma praga vivendo no mesmo ambiente do castelo? Era notório que aquilo, fosse o que fosse, tornava impossível que um Hotspur se casasse com alguém da família Blenkinsop; que o herdeiro de Hotspur era apresentado a esse mistério ao chegar à maioridade; e que nenhum Hotspur, após a maioridade, tornara a sorrir: esses eram fatos reconhecidos, mas que mistério, ou horror terreno ou infernal, seria motivo suficiente para esses resultados bem conhecidos, ninguém jamais descobriu. Qualquer explicação era fútil e insuficiente.

Esses eram os pensamentos que percorriam a mente do sr. Little durante aquela semana da maioridade na Mansão Hotspur. Dia e noite – ao menos, o máximo que conseguia permanecer acordado à noite – essas questões revolviam em sua cabeça, emergindo, uma após a outra, mas sempre presentes e ativas. Ele fazia caminhadas, jantava, conversava, dançava de modo automático, sabendo que fazia tudo isso, mas vê-se o que uma pessoa está fazendo, ou o que está lendo num livro, sem a sensação de ser ele mesmo, ou de ser real; sim, com a sensação de estar a quilômetros de tudo, vivendo em outro tempo e lugar, para o qual o presente se tornara passado e distante. A câmara secreta – seu mistério; a porta, a cor da parede, a forma da tranca de ferro, a inclinação dos degraus desiguais – era uma realidade em meio a toda essa irrealidade. E, igualmente, um estranho desejo: de estar mais uma vez diante daquela porta, de tocar de novo aquela tranca enferrujada, como se desejasse ouvir uma música ou encontrar o bem-amado, o desejo por uma consciência inefável, aquele sentido arrebatador de vida e emoção amalgamadas, de estar ali, de perceber tudo. Ninguém, pensou o sr. Little, conhece as estranhas alegrias reservadas a estranhas naturezas; como certas pessoas, delicadas e irreais demais para os assuntos diários e os prazeres da vida para conseguir penetrar a atmosfera etérea onde caminham, vibrarão, com alegria agonizante, e viverão plenamente em contato com certos mistérios. Todos os dias, o sr. Little ia até a escada em espiral da torre de cascalho; a princípio, hesitante e tímido, subindo às escondidas, quase envergonhado; então, de forma secreta e em silêncio, mas emocionado, resoluto, como um homem em busca da mulher amada, debruçado sobre a alegria de sua vida. Uma vez por dia, no início, depois duas, três, contando as horas entre as visitas, desejando voltar assim que saía, como um bêbado que deseja se embriagar de novo logo depois de ter bebido. Ele esperaria o momento certo quando o caminho estivesse livre, passando despercebido pelos corredores, subindo as escadas circulares. Então, quase no alto da escada, próximo a um alçapão no teto que levava às ameias da torre, ele parava, e se encostava contra a parede giratória com prateleiras em frente à porta, ou sentava-se nos degraus, os olhos fixos na muralha da torre, onde uma linha quase imperceptível e a pequena tranca enferrujada revelavam a presença da câmara secreta.

O que ele fez é difícil de descrever; de fato, ele não fez nada, ele apenas sentiu. Não havia nada para ser visto no sentido material; e essa parte da escada circular era como a de qualquer outra escada em espiral no mundo; e não havia nada externo que ele quisesse; era algo inebriante dentro dele. Então, o sr. Little imaginou no começo, sempre se convencendo de que, para uma natureza como a dele, uma satisfação de mera curiosidade não significava nada; dizendo para si mesmo que ele não se importava com o que havia dentro da câmara, que ele nem queria saber o que era. Porque, se ao abrir aquela tranca, ele visse e descobrisse tudo, ele não a abriria. E, dizendo isso a si mesmo, para prová-lo, colocou os dedos devagar sobre a tranca. Ao fazer isso, descobriu a profundidade de sua ilusão. Como era diferente essa emoção quando sentiu – de fato, ele sentiu – a tranca começar a deslizar em sua mão, bem diferente do que ele experimentou antes ao contemplá-la! O sangue correu por suas veias, e ele quase desmaiou. Isso era real, isso era possessão. O mistério estava ali, com a tranca, na cavidade de sua mão; a qualquer instante, ele poderia... o sr. Little não tinha a intenção de abri-la. Ele nunca pensou nisso, mas sabia que aquela tranca jamais poderia, nem deveria, ser aberta por ele. Mas, em relação a esse conhecimento, havia a emoção hipnotizante de sentir que a tranca pudesse ser aberta, de que ele a segurara entre os dedos, de que bastaria uma pequena corrente nervosa, uma pequena torção de seus músculos, e o mistério se revelaria.

Aquele era o sétimo e último dia da celebração da maioridade. Todas as propriedades vizinhas a Hotspur tinham sido visitadas, uma a uma; os inquilinos convidados para jantar e dançar em cada jardim; uma quantidade imensa de galinhas fora massacrada nas charnecas; uma quantidade infindável de lanternas venezianas foi acesa, que se incendiaram e caíram nas pessoas; o antigo vinho do porto do senhor

Hugh e o de Johannisberg,[159] e a estranha cerveja de mel, chamada Marrocos, fabricada por séculos em Hotspur, fluíram como água, ou melhor, como chuva, que jorrava livremente, mas não saciou aquele ardor nortista. Haveria um grande baile à noite e uma esplêndida exibição de fogos de artifício. Mas a alma do sr. Little não se ligava a comemorações, nem as almas, como ele suspeitava, do senhor Hugh Hotspur e de seu filho, pois, de acordo com a tradição popular, nesta última noite, após os sete dias de celebração, o herdeiro de Hotspur deveria ser introduzido na câmara secreta.

Durante o almoço, o sr. Little observou a expressão de seu anfitrião e do filho deste. O que se passava na mente de ambos? Seria um terror oculto, ou um desespero audacioso diante do pensamento do que a noite lhes traria? Mas nem o senhor Hugh, nem o jovem Harry deixaram transparecer a menor emoção; suas expressões, para o sr. Little, continuavam imperturbáveis como pedra.

O sr. Little esperou até a família e os convidados estarem todos em segurança na quadra de tênis, então seguiu pelo corredor às pressas, e subiu os degraus da torre de cascalho. A tarde, depois de uma chuva intensa, estava quente e úmida, prenunciando uma tempestade e, enquanto o sr. Little galgava os degraus da torre, ele sentiu o coração descompassar, e o suor se espalhou pelo rosto e pelas mãos; ele precisou parar várias vezes a fim de recuperar o fôlego. Como sempre, sentou-se no degrau mais alto, abraçando os joelhos, e olhou para a parede do outro lado, que ocultava a misteriosa porta.

---

[159] Schloss Johannisberg: castelo e vinícola na vila de Johannisberg, a oeste de Wiesbaden, Hesse, na região vinícola de Rheingau, Alemanha. Produz vinhos há mais de 900 anos. Em 1100, os monges beneditinos concluíram um mosteiro em Bischofsberg ("montanha do bispo"), tendo identificado o local como um dos melhores lugares para cultivar videiras. Trinta anos depois, construíram uma basílica românica em homenagem a João Batista, e a colina ficou conhecida como Johannisberg ("montanha de João"). (N. da T.)

O sr. Little ficou ali bastante tempo, enquanto a escada da torre escurecia, a linha tênue que escondia a porta ficou invisível, e até a tranca desapareceu na penumbra. Esta noite – o pensamento, não, a frase onde ela estava emoldurada, tocava como um sino na mente do sr. Little –, esta noite, eles subiriam as escadas, se postariam diante daquela porta. A mão do senhor Hugh abriria a tranca: viu tudo tão claramente, sentiu o formigamento e o estremecimento que percorreriam seus corpos. O sr. Little se levantou e tocou de leve a tranca; com que facilidade ela se moveria? O senhor Hugh não faria o menor esforço. Ou seria o jovem Harry Hotspur? Não, sem dúvida, seria o senhor Hugh. Ele pararia assim, por um momento, com a mão sobre a tranca, sussurrando algumas palavras de encorajamento, quem sabe uma oração. Não, ele ficaria em silêncio. Seguraria a tranca, mal adivinhando quão recentemente outra mão a tocara, mal sonhando que, havia poucas horas, outro membro da família Hotspur (pois o sr. Little sempre se considerou assim) a tocara para...

O pensamento não chegou a ser concluído na mente do sr. Little. Com um grito, ele rolou os degraus, ofuscado pela luz, e um rugido ensurdeceu seus ouvidos. Ele abrira a porta secreta.

Ele começou lentamente a recuperar os sentidos com uma vaga e poderosa sensação de terror. Ele não sabia o que tinha feito, mas sabia que fizera algo terrível. Escorregou como se tivesse tropeçado – pois suas pernas amoleceram – escada abaixo. Ele correu, mas sentiu como se estivesse se arrastando pelos corredores, saindo de uma das inúmeras portas cobertas de hera do velho castelo de fronteira. À esquerda do portão, a pouca distância, estava a quadra de tênis; um longo raio de sol entre as nuvens escuras iluminou o gramado, metalizando o verde, e fazendo com que o branco, o vermelho, o amarelo e o azul dos trajes dos jogadores se destacassem como cores esmaltadas. Alguns gritaram, entre eles, o jovem Harry Hotspur, mas o sr. Little continuou correndo, ignorando os gritos, passando por colinas gramadas, pulando cercas, subindo montes, até chegar ao topo, onde a relva verde acinzentada começava a se mesclar com o marrom do pântano e as urzes lilases e pretas, recortadas por todo lado por pequenas muralhas escuras em ruínas. Parou e olhou para trás. Mas tornou a correr, ao ver, logo abaixo, entre as cinzas e os choupos do vale estreito que sulcavam as ondulações do pântano, as chaminés da Mansão Hotspur, as ameias, a torre de cascalho preto, tingida de vermelho com o sol poente.

Continuou mais devagar, porém sempre em frente, até que cada vestígio de Hotspur e de cada casa tivesse sumido, e até que as colinas mergulhassem, uma a uma, no crepúsculo. Ele continuou, sem olhar à direita ou à esquerda, exceto quando se assustava com o ruído de um riacho, saindo do charco acima da estrada de pedra, ou com o balido das ovelhas, manchas vagas e brancas sobre a grama cinzenta da encosta. As nuvens se juntaram formando uma massa cinzenta com uma sinistra clareira amarelada ao centro e um trovão ecoou ao longe pelas montanhas. Alguns pingos grossos começaram a cair, mas o sr. Little não se incomodou, no entanto, seguiu rapidamente, entre o balido das ovelhas e o choro dos maçaricos-reais, pela estrada desolada entre as colinas; chuva atrás de chuva, até o cume ser envolvido por uma cortina de chuva.

Mas o sr. Little não deu meia-volta. Estava atordoado, esquecido de tudo, exceto uma coisa: ele abrira a porta oculta da Mansão Hotspur.

Adiante, a estrada fez uma curva, começou a descer e, no vale, brilhou uma luz em meio à escuridão e à névoa. O sr. Little parou e, por pouco, recuou: pensou, por um momento, que seriam as luzes de Hotspur, mas, ao refletir, percebeu que Hotspur estava muito atrás e, de fato, em meio à chuva cega e fria que jorrava, ele se viu entre casebres baixos e escuros. Numa das janelas, havia uma lanterna e, acima da porta, no breu, balançava-se a tabuleta de uma estalagem.

Ele bateu e entrou pela cozinha, encharcado e, com voz e olhar de sonâmbulo, murmurou algo sobre ter sido surpreendido pela tempestade enquanto andava pelo charco à procura de um lugar para pousar à noite. O estalajadeiro e a esposa tinham uma mente muito pastoril para perceber que um cavalheiro, em geral, não anda pelas montanhas sem um chapéu, com meias de seda azul e sapatos de couro; e logo lhe acenderam o fogo, e o sr. Little desabou numa poltrona ao lado da lareira, indiferente à tentação do bacon, cerveja e bolinhos quentes que lhe serviram.

Ele tentou organizar seus pensamentos. Sabia o que acontecera, tinha certeza de que abrira a porta secreta.

Na manhã seguinte, o sr. Little tomou coragem e, depois de muito debater consigo mesmo, retornou à Mansão Hotspur. O dia estava fresco e ventava; uma delicada neblina azul pairava sobre as colinas de onde emergia um brilhante céu anil. No vale, as torres de Hotspur e as chaminés altas se elevavam entre as árvores. Logo, o sr. Little podia ver os canteiros luzidios de gerânios no jardim. Tudo isso, ele discutia consigo mesmo, deve ter sido uma ilusão, o resultado de um estudo suprapsicológico e um ataque de um temperamento nervoso e poético. Ele tentou se lembrar do que lera a respeito de ilusões no livro *Princípios de Fisiologia Mental*, de Carpenter,[160] e sobre aquele suposto roubo, ou furto, que Shelley[161] acreditava ter testemunhado.

---

[160] William Carpenter (1813-1885): médico, cursou a University College London e a University of Edinburgh, graduando-se em 1839. Professor de neurologia, seu trabalho sobre invertebrados marinhos lhe trouxe reconhecimento científico. Em *Princípios de Fisiologia Mental*, publicado em 1874, desenvolveu as ideias que expôs na década de 1850, e apresentou os argumentos a favor e contra os modelos de psicologia então existentes: o automatismo, que supõe que a mente opera sob o controle da fisiologia em todas as atividades humanas e o livre-arbítrio, "um poder independente, que controla e dirige essa atividade". Seus argumentos sobre a aquisição de traços mentais no indivíduo foram influenciados por Darwin. (N. da T.)

[161] Percy Bysshe Shelley (1792-1822): poeta romântico inglês, considerado um dos melhores poetas líricos e filosóficos da língua inglesa. Não teve fama em vida, mas

O sr. Little não se recordava dos detalhes, mas estava satisfeito por ter sido Shelley. Sentia-se tolo e quase feliz ao passar pelo roseiral, entre as redes de morango, e pela entrada lateral de Hotspur. Foi direto até a sala de jantar, onde sabia que a família estava reunida para o café da manhã, alegre, com uma das mãos no bolso.

– Ué, Little, onde diabos passou a noite? – exclamou o senhor Hugh Hotspur.

A pergunta se repetiu de várias maneiras pelo resto do grupo.

– Ué, Little, caiu no cocho de cavalos? – exclamou o jovem Harry, ao ver as roupas que se encharcaram na noite anterior.

O sr. Little não respondeu; sentiu-se pálido e frio, e se agarrou a um encosto de cadeira. Ao fazer essa observação grosseira, o herdeiro de Hotspur caiu na gargalhada.

O sr. Little entendera; encontraram a misteriosa câmara vazia, o monstro fugira; ele, de fato, abrira a porta; o herdeiro de Hotspur ainda podia rir. Explicou de forma automática como foi pego por uma tempestade na colina e obrigado a passar a noite numa estalagem na estrada, mas o tempo todo, enquanto fingia tomar o café da manhã, seu cérebro ardia com um pensamento: "Para onde foi o monstro que soltei?".

Aquela noite, o sr. Little dormiu, ou melhor, como nossos antepassados expressavam mais corretamente, ele se deitou em Hotspur. Porque dormir era uma covardia. Houve uma segunda tempestade e, durante a noite, o vento assobiou entre as árvores, as gotas de chuva caíam pelos beirais e o quarto se iluminava com os relâmpagos violentos. Para o sr. Little, parecia que o espírito maligno, ou o que quer que fosse que estava trancado com segurança na câmara secreta, agora

---

seu reconhecimento cresceu postumamente. Tornou-se um membro-chave de um círculo de poetas e escritores visionários, entre eles, Lord Byron, John Keats, Leigh Hunt, Thomas Love Peacock e Mary Shelley (Shelley, segunda esposa de Percy e autora de *Frankenstein*. (N. da T.)

estava à solta pela casa. Ao refletir, ele não teve dúvida: quando caiu, sem sentidos, pela escada, algo passou pela porta; ele o ouviu e sentiu passar. Algo saiu da câmara; e agora devia estar em outro lugar, solto, livre para fazer o que quisesse, a cada relâmpago. O sr. Little queria que a sólida alvenaria de Hotspur se incendiasse e queimasse como um fósforo; a cada trovão, queria que a alta torre de cascalho ruísse. Entendeu, pela primeira vez, as histórias dos companheiros de Ulisses quando abriu a sacola dos ventos;[162] do pescador árabe que quebrou o selo de Salomão na lâmpada que prendia o gênio; já não lhe pareciam tão ridículas essas histórias. Ele havia feito a mesma coisa. Porque, afinal, não era possível que existisse, nas forças da Natureza, seres desconhecidos no nosso dia a dia? As modernas investigações não apontavam todas nessa direção, e não seria possível, então, que, por misericórdia da Providência, tal força ou ser, fatal para nossa fraca humanidade, pudesse estar fechado entre quatro paredes – uma família, ou melhor, um infeliz familiar, sacrificado pelo bem de todos, e encarando esse terror sozinho, para que o resto de sua espécie não visse esse indescritível mistério? E agora, ele, no auge de seu ceticismo, abrira aquela porta sagrada... Agora ele compreendia por que se sentia destinado a cometer um crime terrível.

  O sr. Little sentou-se na cama e, quando o raio iluminou a mobília antiga do quarto, ele começou a murmurar mecanicamente algumas rezas que aprendera na infância e frases de exorcismo em latim, que conheceu ao escrever o artigo *Incubus* para a *Encyclopaedia Brittanica*. O que ele deveria fazer? Confessar ao senhor Hugh Hotspur, ou ao filho dele? Ficou aterrorizado só com esse pensamento, mas compreendeu que o terror não vinha somente do medo comum de ser

---

[162] Na *Odisseia*, Éolo deu a Ulisses um vento favorável e uma sacola onde os ventos desfavoráveis ficaram confinados. Os companheiros de Ulisses abriram a sacola, os ventos escaparam, levando-os de volta à ilha de Éolo. Embora descrito como humano por Homero, Éolo depois foi considerado um deus menor. (N. da T.)

repreendido por quebrar as regras da hospitalidade e honra – devia-se, ao saber desse terrível segredo, a não ter o direito de arruinar a vida de homens inocentes. Os Hotspur saberiam, porém cedo demais!

Enquanto isso, o sr. Little sentia a imperiosa necessidade de confessar o que ele havia feito, de pedir conselho e ajuda. Queria, primeiro, poder ter ido a Roma quando o monsenhor Tassel tentou convertê-lo, em vez de ter-se deixado dissuadir pelas cromolitografias[163] da capela do monsenhor. O que ele não daria para poder se ajoelhar num confessionário e revelar o terrível segredo através de uma tela de latão perfurado!

De repente, ele pulou da cama, acendeu uma vela e arrastou sua mala para o meio do quarto. Lembrou-se de Esmé St. John, e que Esmé St. John, seu antigo colega de Oxford, trabalhava nos cortiços de Newcastle, a menos de três horas dali. Como poderia, na dureza desleal de seu coração, achar Esmé ridículo por ter tentado dissuadi-lo de seu ascetismo em relação à Alta Igreja? Esta seria uma justa retribuição, a queda do orgulhoso, que agora deveria buscar refúgio e paz nos braços espirituais de Esmé, e trazer para o homem, não, para o santo, de quem ele desdenhou, uma história que ele mesmo teria ridicularizado como a mais infantil superstição. O mero pensamento desse ato de humilhação fez-lhe bem; e os terrores da noite pareceram arrefecer, enquanto o sr. Little se curvava sobre a mala e dobrava as roupas com as mãos limpas e febris. Assim que amanheceu, ele saiu da mansão sem ser visto, caminhou até o vilarejo vizinho, acordou a moça, um tanto abobada, responsável pelos correios, e enviou um telegrama de seis pence ao reverendo Esmé St. John avisando-o que iria encontrá-lo em Newcastle naquela tarde.

---

[163] Impressões litográficas texturizadas para se parecerem com pinturas a óleo, também denominadas oleógrafos. (N. do A.)

O sr. Little estava um pouco surpreso; na verdade, bastante frustrado ao encontrar o velho amigo. Passou as horas no trem formulando sua confissão: uma história terrível de ser contada, mas estava decepcionado por não poder contá-la. De fato, ele estava impedido. Encontrou o reverendo Esmé St. John fazendo sua ronda entre os paroquianos; informaram-lhe isso na capela, e ele visualizou a cena; Esmé, emaciado, com a voz rouca, recém-saído da cabeceira de um leito de morte, deixando o resto do rebanho para seguir o chamado desta pálida criatura, em quem mal reconhecia o velho amigo, e o toque de sua mão lhe diria existirem assuntos mais terríveis do que a própria morte. Mas aconteceu justamente o contrário. Depois de vagar por vários cortiços escuros e sujos sob o céu cinzento e pesado de Newcastle, e por vários becos e escadas cobertas por cascas de ovo e cabeças de arenque, o sr. Little encontrou o velho amigo num quintal sob o telhado vermelho e em ruínas da estalagem O Descanso do Músico (onde as primeiras linhas da partitura de *Auld Lang Syne*[164] estavam escritas acima da porta). Ao seu lado, havia uma mulher ruiva, gorda e maltrapilha, mas extremamente jovial, lavando-se numa banheira e, do outro, um menino esfarrapado, com as mãos nos bolsos, esganiçando-se para cantarolar uma canção engraçada num dialeto da Nortúmbria. O sr. Esmé St. John, encostado ao batente da porta, ria a mais não poder; ele estava gordo, careca, o rosto corado e olhos brilhantes – de fato, não se assemelhava nem um pouco com o jovem esquálido e fanático, de olhar trêmulo, de dez anos antes. Ele estendeu a larga mão para o sr. Little e disse:

---

[164] Poema de Robert Burns (1759-1796), adaptado a uma tradicional canção escocesa, em 1788, bastante conhecida em países de língua inglesa e cantada, em geral, nas comemorações de Ano-Novo. O título, em escocês, significa "Há muito, muito tempo". (N. da T.)

– Ouça esta canção, é sobre um homem que vive num internato. É realmente deliciosa, e o rapazinho a canta muito bem!

O sr. Little ouviu, sem entender nenhuma palavra, pensando quão pouco esse homem, que ria de uma música boba, cantada por um menino de rua, sabia da terrível confissão que estava a ponto de ouvir.

Quando a música acabou, o reverendo Esmé St. John pegou Little pelo braço, e começou a enchê-lo de perguntas fúteis, enquanto o levava pelas ruas íngremes da Velha Newcastle, até chegar à porta de uma cantina grande e bonita.

– Você deve estar faminto – disse o sr. St. John. – Encomendei um jantar aqui para nós, pois minha velha governanta, embora seja uma excelente criatura, não prepara nada além de costeletas de carneiro com batatas cozidas, e devo receber bem um velho amigo.

O sr. Little balançou a cabeça.

– Não estou com fome – ele respondeu, enquanto o amigo abria o guardanapo do outro lado da mesa.

Teve vontade de dizer, em tom sombrio: "Quando um homem deixou escapar um terror misterioso e desconhecido que estava havia séculos trancado na Mansão Hotspur, ele não quer comer carneiro assado e beber cerveja".

Mas o lugar, as mesas, os pratos, os guardanapos, o aroma da comida o impediram, e ele também se viu impedido, por causa do rosto – o rosto jovial e corado – de seu velho amigo. Este não era o Esmé com quem ansiava se confessar. E ficou muito irritado.

A irritação do sr. Little começou a arrefecer enquanto seguia o amigo até seu quarto.

– No telegrama, você me pediu uma cama – disse o reverendo Esmé St. John, assim que saíram da cantina –, e eu mandei colocar uma cama no quarto de hóspedes, apenas para mostrar minha hospitalidade. Mas não ficarei nem um pouco ofendido se preferir ir para um hotel, meu caro amigo. Veja, acho que um sacerdote tentando recuperar a gente desses cortiços deve viver com seu rebanho, e não há ninguém melhor do que eles. Mas não há nenhuma razão para alguém viver nesse velho barraco.

Eles caminharam, ao anoitecer, por ruas íngremes, ladeadas por funilarias e brechós, sob a ponte levadiça, em cujo arco colossal o velho castelo quadrangular se destacava, na penumbra, contrastando contra o céu.

O sr. Little passou por um portão de madeira carcomida e saltando as poças, as vigas caídas e os montes de lixo varrido no pátio. Uma luz se acendeu na janela.

– Chegamos – disse Esmé, e eles seguiram uma velha com cara de bruxa, que ia logo atrás de um gato preto e magro, subindo uma estranha escada de madeira, e entraram numa suíte com salas amplas e teto baixo.

O sr. St. John estava segurando uma lanterna. A sala era totalmente desmantelada, com lambris arrancados, o teto aberto com ripas e gesso aparente. Num canto, havia uma cama, uma cômoda antiga, com uma jarra e bacia, uma mesa com cadeira e, no quarto seguinte, para onde a velha levara a lanterna, havia uma cama parecida, uma estante de livros, uma grande cruz escura pregada na parede e um genuflexório de madeira.

– Este é meu quarto – disse o sacerdote. – Pode ficar nele, se quiser. Mas há uma lareira neste quarto, então é melhor ficar neste.

Ao dizer isso, o sr. St. John riscou um fósforo para acender a lenha, e o quarto esmirrado encheu-se com uma luz alaranjada.

– Tenho que preparar um pouco de araruta para minha velha – disse o sacerdote, pegando uma lata e uma panela. – Posso prepará-la na sua lareira?

O sr. Little observou-o em silêncio e, de repente, disse:

– Esmé, pensei, a princípio, que estivesse mudado em relação aos velhos tempos, mas vejo que ainda é um santo. Ai! Temo que seja eu quem mudou da pior maneira.

Ele suspirou.

– Você engordou muito – respondeu o sr. St. John, bem-humorado, mas sem perceber que essa seria uma introdução para uma confissão.

Então, para a contrariedade do sr. Little, pediu-lhe permissão para levar o mingau para a velha que vivia numa alameda perto dali. O sr. Little permaneceu sentado junto à lareira, enquanto a governanta (já que ela devia merecer esse título) tirava as roupas de dentro da mala. Sim, de fato, este era o homem com quem ele deveria se confessar, e este era o lugar – uma velha casa em ruínas, ocupada agora apenas por algumas pobres famílias de barqueiros e incontáveis gerações de ratos. E o sr. Little jogou um pouco mais de carvão na lareira, preparando-se para a conversa noturna que iriam ter.

O sr. St. John voltou logo.

– Esmé – disse o sr. Little, tocando a manga da camisa do amigo –, quero falar com você.

– Sobre o quê? – perguntou o sr. St. John. – Está muito tarde para começar uma conversa.

– Sobre mim – respondeu o sr. Little, em tom grave.

– Quer algo mais? Quer um pouco de conhaque com água, ou outro travesseiro? Pode ficar com o meu. Ou outra coberta? – perguntou o amigo.

O sr. Little meneou a cabeça.

– Tenho tudo o que preciso em termos de conforto material.

– Nesse caso – respondeu o sacerdote –, eu o deixarei imediatamente. Se, como insinuou, precisa de conforto espiritual, deverá esperar até amanhã, porque estou completamente acabado, e tenho que estar de pé amanhã às quatro e meia. Estou cuidando de um homem da fábrica de produtos químicos por cinco noites. Boa noite!

E, levando a vela, o sr. St. John saiu do quarto, deixando o amigo bastante desconcertado com sua falta de consideração.

No dia seguinte, o sr. Little o acompanhou numa de suas rondas. Depois de visitar uma série de casas esquálidas, onde o sr. Little teria se lembrado de sarampo e varíola, se não estivesse tão preocupado com o mistério da Mansão Hotspur, retornaram à rua das mansões que um dia foram vistosas, com as frentes voltadas para o rio, entre as quais se erguia, ao lado da antiga sede da prefeitura em ruínas, os escombros de uma mansão onde a família estava alojada.

– Esta já foi a parte nobre de Newcastle – disse o sr. St. John. – Uma senhora de noventa anos certa vez me contou que se lembrava do tempo quando esta rua costumava ficar lotada de carruagens, lacaios e tocheiros[165] nas noites de inverno. Quero lhe mostrar a sala da minha missão. Eu me orgulho muito dela.

Entraram por uma passagem escura, ao lado de um bordel decadente, e subiram uma larga escada de pedra, que não era varrida havia anos, como atestavam os talos de repolho e as cabeças de arenque jogadas por ali em vários estágios de decomposição. No primeiro andar, havia uma corda esticada, com roupas e outros andrajos secando ao lado de um tanque de lavar, formando uma tela pitoresca diante de uma série de portas abertas, de onde saíam choros de bebês, barulhos de máquinas de costura e inúmeros odores desagradáveis. O sr. St. John destrancou uma porta e convidou o amigo para entrar numa sala ampla, graciosamente decorada com moldes de estuque pastoris, mas com muitos bancos de igreja, cuja extremidade elevada, que sugeria um estrado de orquestra, estava ocupada por um altar devidamente

---

[165] Tocheiro (em inglês, *link boy*, *link-boy* ou *linkboy*): menino que carregava uma tocha feita de estopa e piche para iluminar o caminho dos pedestres à noite. Eram comuns em Londres antes de a iluminação pública a gás ser instalada no início do século XIX. O pagamento correspondia a um *farthing* (um quarto de um penny). (N. da T.)

arrumado, de acordo com os rituais. O lugar recendia a tabaco velho e palha molhada.

– Estas eram as antigas salas de reunião – explicou o sr. St. John – e esta, que agora é minha pequena capela para a população mais pobre dos cortiços de Newcastle, já foi um salão de festas. O que pensariam as damas empoadas, com seus vestidos armados, sobre esta mudança, hein?

O sr. Little aproveitou a chance.

– Este lugar deve ser assombrado – ele disse. – Ademais, Esmé, o que acha de fantasmas e do sobrenatural? Queria muito de saber.

O sr. St. John trancou a porta atrás deles.

– Jamais mencione a palavra fantasma perto de mim – ele exclamou –, me deixa louco ver toda as enganações que acontecem nos últimos tempos sobre aparições, casas assombradas, câmaras secretas e toda essa bobagem blasfema. É realmente uma retribuição do Céu ver vocês, sábios agnósticos, assumindo um disparate tão desprezível. Lamento saber que tenha se correspondido com essas pessoas, Little.

– Mas... – objetou o sr. Little.

– Sem mas, para mim! – exclamou o reverendo Esmé St. John, enfurecido. – Não posso conceber que qualquer homem educado e de caráter perca tempo com superstições tolas, sendo o dever de todo cristão e de todo cavalheiro arrancar isso das mentes vulgares.

Era evidente que este não era o momento para começar uma confissão sobre a câmara misteriosa em Hotspur.

"Que surpresa ele terá", pensou o sr. Little (e uma vaga sensação de satisfação se misturou ao horror desse pensamento), "quando ouvir que eu, exatamente eu, o cético, o antinomiano[166] Little, entrei

---

[166] Antinomiano: segue o princípio da salvação pela fé e da graça divina afirmando que aqueles que são salvos não precisam seguir a lei moral que está nos Dez Mandamentos. (N. da T.)

em contato com os mistérios mais estranhos e terríveis que já foram estudados por qualquer sociedade de pesquisa psíquica".

Apesar da falta de consideração de seu velho amigo, o sr. Decimus Little continuou hospedado com o reverendo Esmé St. John, na imunda e deteriorada mansão no Tyneside, seguindo-o em suas diversas tarefas caridosas. "Um homem como eu", disse o sr. Little para si mesmo, "um grande pecador (se preferir a formulação pia antiga), um caráter predestinado ao mal (se preferir a mais moderna fraseologia do determinismo), faz bem em viver na sombra de um verdadeiro bom homem: sua santidade é um bastião contra os maus espíritos; ou, em todos os casos, a visão da perfeita serenidade e a pureza da mente devem acalmar um espírito profundamente perturbado". De fato, mais de uma vez ele fez essa observação, em termos ainda mais sutis, para o amigo, mas o sr. St. John, seja por medo do poder dialético do sr. Little, que poderia abalar algumas de suas crenças mais acalentadas, ou por outro motivo, invariavelmente fez ouvidos moucos a todos esses preâmbulos de confissão.

Mas ou a serenidade do filantropo ritualístico não servia para acalmar um cérebro tão superexcitado, ou os maus espíritos libertados pelo sr. Little reduziam os baluartes da santidade de Esmé. A lembrança daquela porta aberta começou a assombrá-lo como um pesadelo: o esforço para tentar adivinhar o que ele libertou ao abrir aquela porta desgastou suas energias. Seria um monstro – um ser pobre, repugnante, semi-humano, escondido, talvez esfaimado neste momento, em algum lugar do castelo: uma coisa destituída de mente, ou fala, ou forma, mas dotado de uma força monstruosa, avançando pela noite e estrangulando aquele que o prendera injustamente, ou os filhos pequenos com uma alegria estúpida? Ou, mais horrível ainda, forçando com sua presença aquele velho honrado e gentil a cometer um crime; tentando-o, com medo que esse ser horrendo se torne conhecido pelo mundo, a derramar o sangue daquilo com uma aparência de um réptil repugnante, mas que poderia ser um primo de terceiro grau ou um tio-avô? O sr. Little escondeu o rosto no travesseiro diante desse pensamento. Mas poderia ser ainda pior – naquela câmara poderia estar trancada alguma peste medieval medonha, os restos de um cadáver decomposto havia muito tempo, cujas partes estavam prontas a se espalhar e disseminar doenças erradicadas por todo o país. Ou seria algo menos tangível, menos concebível – um fantasma, um demônio, uma terrível e maligna entidade sobrenatural?

Toda vez, quando a governanta servia o chá na mesa desconjuntada de seu quarto improvisado, o sr. Little desdobrava, com as mãos trêmulas, o jornal local, esperando ver uma notícia com o cabeçalho "Mansão Hotspur". E havia momentos que mal resistia ao impulso de correr até a estação para comprar uma passagem para o vilarejo mais próximo de Hotspur.

Mas esses medos se extinguiram quase uma semana depois de ter chegado a Newcastle; ai!, apenas para serem sucedidos por medos ainda mais terríveis. Voltando para casa, viu uma carta em cima da mesa; um pressentimento lhe disse do que se tratava. No entanto, estremeceu ao ler o endereço no verso do envelope: "Mansão Hotspur, Nortúmbria". Afundou na poltrona e não conseguiu abrir a carta por alguns minutos. Era do senhor Hugh – o senhor Hugh escrevendo ao convidado, o primo que traíra todas as sagradas leis de hospitalidade, para informá-lo de todos os horrores que o seu ato causara a um lar inocente, respeitável e feliz. O sr. Little grunhiu e segurou a carta fechada. De repente, abriu-a, rasgando o envelope com força, e leu o seguinte:

"Meu caro Little:
Estive muito ocupado ultimamente para lhe dizer que Edwardes encontrou, em seu quarto, dois dias após a

sua repentina partida de Hotspur, um traje inteiro que aparentemente você esqueceu. Consiste em uma camisa, um par de calças xadrez, duas gravatas brancas, um lenço de seda colorido, uma esponja e um assentador de navalha. Diga-nos para onde quer que enviemos tudo isso. Escrevo-lhe para tranquilizá-lo quanto a esse assunto, porque, sem dúvida, deve ter dado falta deles. Lady Hotspur e Harry esperam que esteja se divertindo, e que possamos vê-lo novamente em breve.

Sinceramente, seu
Hugh North Hotspur

P.S.: Devo-lhe dizer – mas em total confidência – uma notícia que seguramente lhe dará prazer em saber. Nosso Hal está noivo desde anteontem da adorável Cynthia Blenkinsop, que você admirou na noite do baile de Yeomanry.[167] O casamento foi marcado para o próximo mês de maio".

O que significava isso? Eles não suspeitavam dele, como ficou claro, e nada terrível acontecera, isso também estava claro. O quê, então? Seria possível que... Mas o sr. Little manteve os olhos no texto. Harry Hotspur estava noivo da adorável Cynthia Blenkinsop: um casamento entre dois inimigos ancestrais, cuja inimizade datava da época de Chevy Chase![168]

---

[167] Yeomanry: designação usada por várias unidades ou subunidades da Reserva Britânica do Exército, descendentes de regimentos voluntários de cavalaria criados, a partir do século XVIII, para defesa de diversas regiões entre nobres e proprietários de terra, mas também de fazendeiros independentes. Hoje, as unidades Yeomanry servem em uma variedade de funções militares. (N. da T.)

[168] Chevy Chase não é o ator americano, mas uma batalha que ocorreu na fronteira entre Inglaterra e Escócia, em 1388, mais precisamente em uma reserva de caça nas colinas de Cheviot, na Nortúmbria. (N. do A.)

E voltou à sua mente a antiga profecia da Nortúmbria (ele não conseguia pronunciá-la no original), segundo a qual, enquanto as montanhas fossem verdes e a charneca roxa, enquanto os cervos assombrassem as florestas (eles não assombram, pensou o sr. Little) e as gaivotas pousassem nas pedras, enquanto a porta secreta da mansão permanecesse fechada, jamais um Hotspur se casaria com uma Blenkinsop.

A porta secreta fora aberta, eles sabiam disso e, com a abertura, a maldição da família foi quebrada. O herdeiro podia rir, apesar de ter chegado à maioridade (ele rira das roupas molhadas do sr. Little, se você se lembra); poderia se casar com a srta. Blenkinsop; a porta fora aberta, e ele a abrira!

O sr. Little saltou da poltrona e correu até a porta do quarto do amigo.

– Esmé – ele gritou –, vamos jantar no kafé (esta era a pronúncia local para a palavra café) hoje à noite; e aqui está um soberano[169] para a pobre mulher que quebrou a perna... Harry Hotspur vai se...

Mas ele se interrompeu e, quando o sacerdote abriu a porta, surpreso com toda aquela animação, perguntando a razão dessa súbita comemoração e excessiva caridade, apenas respondeu:

– Foi apenas uma carta que recebi do senhor Hugh Hotspur. Parece... parece que eu esqueci várias coisas por lá; um par de calças xadrez, entre elas. Muito valiosas, como você sabe, muito valiosas!

Mas a felicidade do sr. Little – não, a autocongratulação – terminou rapidamente. Naquela noite, acordado na cama em razão do luxo indevido por ter bebido café após o jantar, um pensamento veio-lhe à mente. Se a coisa, o mistério, o que quer que fosse, fora libertado da câmara secreta, como sem dúvida restara provado, não apenas por sua

---

[169] Soberano: uma moeda de ouro, usada desde o começo do século XVI, inicialmente com o valor de aproximadamente 22 shillings (sendo 20 shillings igual a 1 libra); mais tarde, uma moeda britânica com o valor de 1 libra esterlina, cunhada hoje apenas para fins comemorativos. Ver nota da p. 224. (N. da T.)

consciência saber que ele abriu a porta, mas pelas notícias na carta do senhor Hugh; e se, ao mesmo tempo, não tivesse se manifestado nos habitantes da mansão, como era claramente o caso a partir do tom alegre com que o senhor de Hotspur havia lhe escrito, então, o que aconteceu com aquela coisa? O sr. Little, que acreditava na indestrutibilidade da força, não concebia que ela deixasse de existir e, se ainda existisse, devia estar em algum lugar.

Nesse momento, um som – um gemido, que fez o sangue gelar – ecoou na escuridão do quarto. O sr. Little acendeu uma vela. O quarto mal-ajambrado e sem móveis, com paredes sem forro e teto rasgado, estava vazio, e não havia nenhum lugar para alguém se esconder ali.

"É o vento soprando pela chaminé!", disse ele para si mesmo, e apagou a vela.

Mas o gemido medonho, dessa vez terminando numa gargalhada entrecortada, se repetiu e, com ele, um pensamento terrível atravessou a mente do sr. Little: e se essa coisa misteriosa se ligasse ao homem que perturbara a longa reclusão – se o Terror da Mansão Hotspur acompanhasse a criatura precipitada que a soltou!

E ouviu, novamente, na escuridão daquele quarto mal-ajambrado, o gemido, o riso entrecortado. Em que forma aquilo iria se revelar? O sr. Little, durante seus estudos, lera *A magia na Idade Média*,[170] de M. Maury; outra obra semelhante, do reverendo Baring Gould; o valioso *Ensaio sobre a superstição na Idade Média*,[171] do Dr. Schindler, conselheiro sanitário real da Prússia e obstetra em Greiffenberg; ele também comprara os livros de Theophrastus Bombastus von Hohenheim, conhecido como "Paracelso",[172] mas achou a leitura tediosa. Então sua

---

[170] *Magie en Moyen Age*, em francês no original. (N. da T.)
[171] *Essay on Superstition in the Middle Ages*, no original. (N. da T.)
[172] Paracelso: pseudônimo de Philippus Aureolus Theophrastus Bombastus von Hohenheim (1493-1541), médico, alquimista, físico, astrólogo e ocultista suíço-alemão.

mente estava bem abastecida com alternativas e, entre elas, poderia escolher qualquer mistério medieval. Suas suspeitas foram levantadas um dia por um homem de aparência estranha e sombria, que entrou no barco a vapor no rio Tyne certa noite em Wallsend, mantendo o chapéu sobre o rosto e o olhar fixo no sr. Little, e seguiu-o por toda parte em Newcastle, até a porta de casa.

– Quem é você? – exclamou o sr. Little, parando de repente para encará-lo.

Ele esperava que o homem se revelasse – ou seja, que tirasse o chapéu e, ao mostrar o rosto cadavérico, respondesse como o misterioso desconhecido na peça de Calderón:[173] "Eu sou você". Mas o homem murmurou algo sobre as dificuldades que estava enfrentando; que desde que o sr. St. John tratara bem a sua mulher, ele também teria que ser bom para o marido; que ele nunca tocara numa gota de álcool até se casar com aquela mulher etc. O sr. Little virou o rosto com uma expressão de desgosto. Em outra ocasião, suas suspeitas foram atiçadas por um grande cão negro, que insistia em segui-lo, e até entrou em seu quarto, mas tinha o endereço do dono na coleira, e foi devolvido na manhã seguinte. Em outro dia, quando o sr. Little estava encostado na janela de treliça, olhando para os telhados vermelhos de Gateshead, para a igreja solitária e obscura sobre a colina verde, cercada por pilhas de cinzas e resíduos químicos acima do Tyne, viu a massa cinzenta de água que passava lentamente logo abaixo, e lhe pareceu, de repente, numa onda pesada, ter reconhecido um rosto com os olhos virados para ele.

A ele também é creditada a criação do nome do elemento zinco (Zn), chamando-o de "zincum". Seu pseudônimo significa "superior a Celso" (médico romano). Aclamado pelas realizações em Química e fundador da Bioquímica e da Toxicologia. (N. da T.)
[173] Pedro Calderón de la Barca (1600-1681): dramaturgo, poeta e escritor da Era de Ouro na Espanha, levando-a ao ápice do teatro barroco espanhol. Escreveu, entre outras peças, *A vida é um sonho* e *O poderoso mago*. (N. da T.)

– Buuu! – disse Esmé St. John, que se tornara um tanto cínico ao viver nos cortiços. – É apenas um miserável que se afogou. Eles o pegarão no próximo entroncamento.

Mas o sr. Little balançou a cabeça: aqueles olhos tinham se virado para ele.

O sr. Little pensou se ele estaria assombrado: estava começando a sentir assim, ou quase isso. Nunca se arriscava a entrar no quarto sozinho, com medo de encontrar qualquer coisa à sua espera; ou de se aproximar da cama, com medo de ao levantar o lençol encontrar um monstro deitado ali. Toda batida na porta o sobressaltava; e era com esforço que ele se obrigava a dizer "Entre!" à velha que lhe trazia o bule de água quente. Mas o dia era sereno em relação à noite. Ficava acordado na cama por horas a fio ouvindo o marulho sombrio do rio Tyne debaixo da janela, a correria dos ratos atrás das paredes, da madeira rangendo ao vento, dos trens incessantes sobre a ponte: ficava acordado, sem fôlego, sentindo uma presença no quarto, mas sem coragem para abrir os olhos; sentia que estava cada vez mais próxima e, ao mesmo tempo, expandia-se, preenchendo o quarto, sufocando-o, mas nunca ousava encará-la, até essa sensação horrível passar como começara, e restasse apenas o terror doentio que a provocara, e as especulações, enquanto ouvia as batidas do relógio de Gateshead, sobre aquele terror. Entretanto, era algo visível, definível, ou apenas uma maldição?

– Esmé – disse o sr. Little, um dia –, você considera... você considera... que um homem que saiba que foi amaldiçoado; bem, suponha alguma insanidade, mas não é isso... nada hereditário, apenas algo pessoal, uma maldição, algo que torne sua vida insuportável e também a de todos à sua volta. Acha que esse homem teria o direito de se casar?

O sr. St. John fixou os olhos longamente no amigo.

– Na minha humilde opinião, um homem assim deveria tomar uma boa dose de ferro, ou de fósforo, ou, melhor ainda, ser chicoteado, para abater sua presunção e, certamente, ele não deveria se casar, a menos que tenha certeza de que a esposa lhe administraria esse tratamento.

— Você se tornou muito grosseiro, Esmé! — exclamou o sr. Little. — Admito que faz muito bem aos outros, mas, às vezes, questiono se um homem fino, que se associa a atacadistas, lavadeiras e barqueiros, está fazendo algum bem a si mesmo.

— Provavelmente, não — respondeu o sacerdote, seco. — Felizmente, alguns homens nem sempre passam o dia pensando se estão fazendo bem a si mesmos ou não.

"Ele está certo, está bem, ele está certo", disse o sr. Little para si mesmo.

Independentemente da grosseria do sr. St. John, ou de sua falta de simpatia e intuição, não havia como negar que ele expressara uma visão ética bastante sólida.

Não, um homem na posição de Decimus Little não poderia se casar. Ele não podia arrastar outra vida para dentro da atmosfera de horror com que, num segundo de desregramento, ele se cercou. Era impossível conceber um lar feliz com o misterioso horror da Mansão Hotspur constantemente nos calcanhares. Não, ele jamais poderia se casar. Mas ele não previra essa resposta antes de fazer a pergunta ao amigo? Sim, ele não sentira, muito antes de colocar os pés na Mansão Hotspur, que alguma sina obscura se colocaria entre ele e sua felicidade; que as alegrias de uma esposa e filhos não eram para uma criatura como ele, irreal e desregrada, marcada por um estranho e horrível destino? Tudo isso não teria sido um mero desânimo tolo, ou, como seu amigo Esmé colocara, uma mórbida prepotência?

Decidiu escrever à prima e romper imediatamente. Mas, como transmitir a essa encantadora e fascinante jovem, decididamente positiva e positivista, uma aluna de Girton, um fato tão contrário a todas as suas crenças e inclinações, de que um terror desconhecido, trancado por séculos na câmara secreta de um castelo na fronteira, havia, subitamente, por sua culpa, caído sobre ele? O sr. Little revirava o assunto em sua mente, e percebeu um prazer melancólico em fazer isso. Decidiu, afinal, dizer à jovem que o casamento se tornara impossível, insinuando que isso não se devia a uma diminuição de afeto, a nenhuma falta de dever de sua parte, mas a uma terrível e misteriosa maldição (não insanidade, nem doença – ele ressaltaria isso) que havia caído sobre ele, e que o proibia de dividir sua vida por causa de um horror indescritível.

O sr. Little ficou sentado por um longo tempo na frente da escrivaninha, com o queixo apoiado sobre a mão, rabiscando meias frases, de vez em quando.

Sim, ele podia antecipar tudo: a surpresa e a decepção da querida mocinha, as lágrimas raivosas (sabia que ela ficaria irada), a sensação de desmaio e mal-estar; a decisão, de repente, de visitar sua amiga íntima, srta. Hopper (aluna de economia política, de cabelos curtos e saia-calça) – ele nunca gostou da srta. Hopper, uma moça muito pouco feminina –, para que esta a ajudasse a pensar. E até a srta. Hopper, que, ele sabia, certa vez afirmou estar surpresa que sua Gwendolen amasse um homem e, ainda por cima, um de parcos cabelos grisalhos – até a srta. Hopper teria que admitir que o infeliz amado de sua amiga era alguém extremamente magnânimo. E, então, Gwendolen escreveria lhe implorando para saber o que acontecera, ou melhor, sim (ele a conhecia bem), viria pessoalmente a Newcastle, se dirigiria até sua casa, e então seria necessário lhe apresentar uma grande explicação. Esmé St. John estaria presente, o que tornaria tudo mais apropriado, e Esmé ficaria tão surpreso, e Gwendolen cairia de joelhos diante dele, e ele ficaria de joelhos diante de Gwendolen e, afinal, eles se despediriam, e Esmé pegaria sua mão, e lhe pediria que beijasse Decimus, e depois iria levá-la embora para a irmandade mais próxima, onde ela passaria a trabalhar como uma enfermeira de hospital pelo resto da vida, e guardaria uma mecha de cabelo de Decimus num escapulário pendurado em volta do pescoço.

O sr. Little cobriu os olhos com as mãos, e começou a chorar. Pela primeira vez desde que abrira aquela porta, sentia-se em paz e satisfeito consigo mesmo.

Assustou-se com a chegada de Martha, a velha governanta do sr. St. John.

– Perdoe-me, senhor – ela disse, tentando conter o forte sotaque nortista –, mas o senhor se importaria se eu limpasse um pouco aqui?

– Pode limpar à vontade – respondeu o sr. Little, com ar triste, dando a entender que ele também se sentia como pó e cinzas.

Num quanto mal mobiliado como o do sr. Little, tirar o pó seria, pode-se deduzir, necessariamente rápido, mas Martha conseguia prolongá-lo de modo único. Estava espanando, pela quarta ou quinta vez, a tampa da mala do sr. Little, quando, de repente, ela se virou e disse:

– Desculpe, senhor.

– Eu não disse nada – respondeu o sr. Little, em tom sombrio.

– Não, senhor, o senhor não disse nada. Mas eu estava dizendo, senhor, se eu puder tomar a liberdade, senhor, acho, mas eu não me intrometi, senhor, lhe asseguro, porque sou contra alguém se intrometer em assuntos alheios, especialmente dos nobres, e foi um mero acaso, como se diz. Como eu estava dizendo, senhor, vendo que o senhor recebeu uma carta do senhor Hugh Hotspur no outro dia, se pudesse escrever uma palavra por mim, agora que eles têm um novo mordomo, pois seria de fato uma caridade, sem falar em toda a injustiça, recuperar um corpo pelos seus direitos, e também de uma viúva, como tenho passado esses quinze anos, e apenas com um primo de terceiro grau no mundo.

– Minha boa senhora – interrompeu o sr. Little –, explique-se. Não consigo entender uma palavra.

— Bem, então, senhor — continuou Martha, retomando o assunto, tentando minimizar o forte sotaque da Nortúmbria —, o senhor deve saber que eu já estive num lugar melhor do que este, um lugar tão bom quanto qualquer outro... pois eu era lavadeira na Mansão Hotspur, e a melhor lavadeira que o senhor já viu, cuidando do linho como ninguém. E, então, assim como Deus quis, por causa da maldade dos homens, perdi meu emprego injustamente, mas apenas por causa daquele quarto na torre de cascalho, o quarto iluminado do alto e que não tem janelas, como talvez o senhor deva saber...

— Silêncio! — gritou o sr. Little, aparentando estar prestes a desmaiar. — Pelo amor de Deus, mulher... explique... aquele quarto... o quarto no último andar da torre de cascalho...

— Sim, senhor, com uma porta escondida na parede, uma porta secreta.

— Você abriu essa porta! Mandaram-na embora porque abriu a porta secreta! Responda-me, pelo amor de Deus, Martha, responda-me! — exclamou o sr. Little, agarrando o braço da mulher idosa.

— Por Deus, senhor! Eu não quis fazer nada de errado! Eu não quis me intrometer em assuntos alheios, como sempre digo, é melhor deixar de lado. Embora sempre estejam se intrometendo em tudo.

— Você abriu aquela porta! Sim ou não?

— Bem, sim, senhor, abri, como ia lhe dizer, senhor — exclamou Martha, aterrorizada com a expressão do sr. Little, e tentando se soltar da mão dele. — Desculpe-me, senhor, mas está rasgando a manga da minha blusa.

O sr. Little a soltou.

— Aquela porta, a última porta da torre de cascalho, à esquerda; a porta oculta na parede; a porta de um... quarto que não tem janelas, um quarto que recebe luz das ameias em cima!

— Sim, senhor — respondeu Martha, começando a tremer —, exatamente como o senhor diz. A última porta da torre de cascalho, à esquerda; uma porta oculta na parede. Foi porque eu a abri, como o senhor diz.

— Então, Martha — disse o sr. Little, solenemente, empertigando-se e fixando os olhos na mulher —, você foi mandada embora da Mansão Hotspur por ter aberto aquela porta, a porta da câmara secreta!

— Bem, senhor, pode ser chamada de câmara secreta, por tudo que sei agora, mas o mordomo queria que eu guardasse segredo do que eu vi ali, com certeza, todas as garrafas de vinho que ele escondera para vender ao Blue Bull, em Blenkinsop, mas, na época em que eu estava lá, ninguém tinha o direito de chamá-lo de quarto secreto, por ser o quarto que usávamos para estender os varais no inverno, quando estava muito úmido para secar as roupas ao ar livre, como deve ser até hoje, por causa do vento que passa pela claraboia no telhado.

— Basta! — gritou o sr. Little. — Mulher, não diga nem mais uma palavra!

Os hóspedes na Mansão Hotspur continuam procurando o quarto secreto, para pendurar toalhas nas janelas, e pressionam os criados em vão. O jovem Harry Hotspur nunca riu tanto quanto na vez em que o sr. Little apareceu na hora do café da manhã com as roupas encharcadas da noite que passou nas montanhas; ao menos, somente ria quando encontrava o sr. Little. Quanto à questão do casamento, e a dificuldade de conciliá-la com a profecia, de que, enquanto as montanhas fossem verdes e o charco roxo, e os cervos assombrassem a floresta e as gaivotas pousassem nas pedras, enquanto a câmara secreta na Mansão Hotspur permanecesse sem ser descoberta, jamais um Hotspur poderia se casar com uma Blenkinsop, seria interessante examinar essa incongruência sob um enfoque psicológico sério. Essas pessoas desprovidas de qualquer gosto pela psicologia séria simplesmente respondem a qualquer objeção desse tipo, que a adorável Cynthia Blenkinsop não era somente uma moça encantadora, mas recebia 60 mil libras por ano; e que uma câmara secreta habitada por um monstro indefinível, embora fosse uma herança muito atraente numa família tradicional, não é capital suficiente nessa época de vida de ostentação e luxo desordenado. Quanto ao sr. Decimus Little, ele está, no momento, na Turquia, em viagem de conhecimento com a prima Gwendolen e a mãe dela, que decidirá se ele se casará com ela ou não, no próximo mês de janeiro, diante do reverendo Esmé St. John.

CAPÍTULO XVI

INEXPLICADO

Mary Louisa Molesworth

1888

Mary Louisa Stewart nasceu em Roterdã. Seu pai era um comerciante inglês que se mudou para Manchester e ficou rico o suficiente para educá-la na Grã-Bretanha e na Suíça. Aos vinte e dois anos, casou-se com major Molesworth, sobrinho de um visconde irlandês. Separaram-se legalmente dezoito anos depois, mas, nessa época, Mary já tinha se estabelecido como uma escritora popular, mais conhecida por seus livros infantis: um crítico chamou-a de "Jane Austen das crianças". Ela manteve o sobrenome do ex-marido, publicando como "Sra. Molesworth", ou "M. L. S. Molesworth". A maioria de suas histórias infantis não resistiu ao tempo; elas apresentam um moralismo muito simplista e adocicado para o paladar moderno.

Assinava os romances adultos com o pseudônimo de "Ennis Graham". Publicou duas coletâneas de ficção de mistério: *Quatro contos de fantasmas* (1888)[174] e *Contos misteriosos* (1896),[175] bem como vários contos assombrosos em suas outras coletâneas.

"Inexplicado"[176] é quase uma novela, mas é um dos seus melhores textos. Foi publicado, pela primeira vez, em 1888, em *Quatro contos de fantasmas*.

Parte I

"Os fatos são renitentes."
SMOLLETT[177]

Silberbach! Por que, em nome de tudo o que é mais excêntrico, você vai até lá? O buraco mais desinteressante, fora de mão, além de não ter nenhum atrativo, em toda a Alemanha? O que colocou Silberbach em sua cabeça?

– Eu realmente não sei – respondi, meio cansada, para dizer a verdade, da discussão. – Não há nenhuma razão em especial por que

---

[174] *Four Ghost Stories*, no original. (N. da T.)

[175] *Uncanny Stories*, no original. (N. da T.)

[176] "Unexplained", no original. (N. da T.)

[177] Tobias George Smollett (1721-1771): poeta e autor escocês, mais conhecido por seus romances picarescos, como *As aventuras de Roderick Random* (1748), influenciou outros romancistas, como Charles Dickens. (N. da T.)

qualquer pessoa deva ir a Silberbach, exceto que Goethe[178] e o duque de Weimar[179] foram até lá para dançar com as camponesas. Certamente, não há nenhum motivo para ir até lá. Ainda assim, por outro lado, não tenho nenhum motivo por que eu *não* deva ir. Apenas quero encontrar um lugar no campo, onde as crianças e eu possamos fazer o que quisermos por duas semanas. Está muito quente para ficarmos na cidade, mesmo numa cidadezinha como esta.

– Sim, isso é verdade – disse minha amiga. – É uma pena que tenha alugado um apartamento na cidade. Deveria ter escolhido uma casinha no campo, e assim não precisaria viajar.

– Queria não precisar tomar conta de casa, e nossa antiga pousada é muito confortável – eu disse. – Além disso, estando aqui, não seria uma pena ir embora sem ter visto nada da ultrafamosa Floresta da Turíngia?[180]

– Sim, certamente, seria. Concordo sobremaneira com você em relação a tudo, exceto Silberbach. *Isso* eu não consigo entender. Você não sabe o que quer, minha cara. Creio que Silberbach é uma turrice de Herr von Walden, um homem muito pouco prático. Pois creio que não vá encontrar nada para comer por lá.

---

[178] Johann Wolfgang von Goethe (1749-1832): escritor e estadista alemão do Sacro Império Romano-Germânico. (N. da T.)

[179] William Ernest, duque de Saxe-Weimar (1662-1728): contratou J. S. Bach (1685-1750) como organista, em 1708, e depois como regente da orquestra. Quando o Kapellmeister Drese faleceu, em 1716, Bach lhe pediu a vaga, porém o duque preferiu contratar o filho de Drese. Enfurecido, Bach quis ser dispensado. Irritado, o duque mandou prendê-lo por quatro semanas, numa fortaleza, antes de dispensá-lo. (N. da T.)

[180] A Floresta da Turíngia (*Thüringer Wald*, em alemão): cordilheira na região sul do estado alemão da Turíngia, que corre de noroeste a sudeste, entre o vale do rio Werra, perto de Eisenach. Forma uma cadeia contínua de antigas montanhas arredondadas com declives acentuados de ambos os lados, e apresenta dificuldades de transporte, exceto por algumas passagens navegáveis. Tem cerca de 70 km de extensão e 20 km de largura. O ponto mais alto é o Großer Beerberg, com 982 m de altitude. (N. da T.)

— Não tenho medo *dessa* parte – respondi filosoficamente. – Com bastante leite, ovos frescos e pão com manteiga, podemos nos virar muito bem. E creio que isso nós conseguiremos encontrar.

— Leite e ovos, sim, creio que sim. Manteiga é duvidoso, longe da trilha dos turistas, e o pão será o pão amargo do campo.

— Não me importo com isso, nem as crianças. Mas, se as condições piorarem, não precisamos permanecer em Silberbach, podemos ir embora a qualquer hora.

— Isso, de fato, é verdade; se podemos chegar, podemos, suponho, ir embora – respondeu *Fräulein* Ottilia sorrindo –, embora eu confesse que seja uma motivação curiosa ir *a* algum lugar porque se pode sair dele! No entanto, não precisamos falar mais sobre isso. Vejo que está decidida a ir a Silberbach, e sei que terei a satisfação de ouvi-la dizer que eu estava certa quanto a tentar dissuadi-la de ir, quando retornar – acrescentou num tom malicioso.

— Talvez, sim. Mas não vamos *apenas* para Silberbach. Vamos visitar vários outros lugares. Herr von Walden já planejou tudo. Os três primeiros dias viajaremos em grande parte a pé. Acredito que vamos nos divertir. Nora e Reggie estão encantados. Claro que não viajarei sozinha a pé com eles; seria muito pouco seguro, não acha?

— Seguro? Ah, sim, é bastante seguro. Os camponeses são muito tranquilos e civilizados, honestos e gentis, embora, em geral, sejam muito pobres! Mas estará bastante *segura* em qualquer parte da Turíngia. Não é como a Alsácia, onde se encontram pessoas estranhas de vez em quando nas florestas. Então, adeus, minha querida, pelas próximas duas ou três semanas, e divirta-se!

— Especialmente em Silberbach?

— *Até* em Silberbach, o que significa, mesmo que eu deva admitir que você estava certa, e eu, errada. Sim, minha cara, sou altruísta o suficiente para esperar que retornará pensando que Silberbach é o paraíso na Terra.

E, acenando adeus, a gentil *Fräulein* Ottilia ficou junto ao portão do jardim, observando, enquanto eu me afastava pela estrada poeirenta.

"Ela é um pouco preconceituosa, eu devo dizer", pensei comigo mesma. "Preconceituosa em relação à escolha de Herr von Walden, pois percebo que todos aqui têm seus lugares preferidos e suas aversões pessoais. Acho que vamos gostar de Silberbach e, se não gostarmos, não precisaremos ficar por lá depois que os Walden tiverem partido. De qualquer forma, ficarei grata em sair desse calor e ir para o campo de verdade."

Eu estava passando o verão numa parte da Alemanha que até então tinha sido uma terra nova para mim. Nós tínhamos – sendo que "nós" significava eu e meus dois filhos, Nora, de doze, e Reggie, de nove anos – passado a maior parte do tempo numa cidadezinha perto da Floresta da Turíngia. Pequena, mas não menos importante, por ser uma "Residenz", com uma fortaleza bem antiga que valia a pena ser visitada, mesmo se a vista do alto de seus bastiões fosse muito menos bonita do que aparentava ser. E se a cidadezinha não tivesse suas próprias atrações, naturais ou artificiais, a extrema cordialidade e a gentileza de seus habitantes mais hospitaleiros teriam me causado uma impressão agradável. Eu lamentava ter que deixar meus amigos, mesmo por apenas duas ou três semanas, mas estava *muito* quente! Nora estava pálida e o nobre apetite de Reggie estava diminuindo. Além disso – como eu disse a Ottilia –, seria um absurdo ter vindo de tão longe e deixar de ver os leões das redondezas.

Então nós sairíamos na manhã seguinte em excursão pela famosa floresta, em companhia de Herr von Walden, a esposa e o filho, e dois rapazes, amigos deste. Viajaríamos de trem, no primeiro trecho, bem pouco interessante, até chegar a um ponto onde poderíamos caminhar através da floresta por uma distância razoável. Então, depois de passar a noite num vilarejo, cuja bela localização fez algum especulador imobiliário construir um bom hotel, propusemos no dia seguinte entrar mais fundo nos recantos da floresta, indo a pé ou de carruagem, alternadamente, de acordo com nossa vontade e recursos de campo quanto às *Einspänners* – carruagens leves com o cavalo de um lado da vara em vez de estar posicionado entre as duas varas, para andar mais rápido e com mais segurança do que se imaginava. E, ao fim de três ou quatro dias, se o tempo permitisse, dessa vida nômade agradável, nossos amigos, os Walden, por precisarem retornar para casa na cidade de onde partimos, deixariam meus filhos e eu para aproveitarmos o ar do campo por mais quinze dias nesse mesmo vilarejo de Silberbach contra o qual Ottilia objetara tão veementemente. Eu não sabia, na época, e ainda não sei – e tenho certeza de que ele mesmo não sabia dizer – por que nosso guia, Herr von Walden, escolheu Silberbach entre as dezenas de outras aldeias que poderiam muito bem – como os fatos comprovaram – ter servido, infinitamente melhor, ao nosso propósito tão simples. Era uma oportunidade como costuma acontecer, mas uma oportunidade, que, como verá, deixou sua marca; e esta, de certa forma, jamais poderá ser totalmente apagada da minha memória.

Esse programa foi levado adiante com sucesso. O tempo estava magnífico. Ninguém adoeceu, nem feriu os pés, nem ficou de repente terrivelmente mal-humorado. Estava fazendo bastante calor, mesmo à sombra da floresta, por onde seguíamos durante o maior tempo possível, para contornar boa parte da irritação. Mas estávamos todos saudáveis e fortes, e tínhamos feito um acordo tácito de realizar tudo da melhor forma, e de nos divertir ao máximo. Nora e Reggie, talvez, no final do segundo dia, começaram a ter dúvidas quanto às delícias de andar indefinidamente durante a excursão; e embora não atribuíssem a esse fato, não ficaram, eu creio, tristes ao saber que a maior parte da viagem do quarto dia seria feita de carruagem. Mas eles se saíram bem. Lutz von Walden e seus dois amigos – um jovem barão, com aparência de um típico "estudante alemão", embora, na realidade, fosse saudável e racional como qualquer John Bull de sua idade e *status* social, e George Norman, um inglês de dezessete ou dezoito anos, que estava "aprendendo" alemão a fim de prestar exame para o exército – sempre se mostravam dispostos a carregar meu pequeno nas costas ao menor sinal de cansaço. E, de fato, mais de uma vez percebi que eles teriam feito o mesmo por Nora, se a dignidade de seus doze anos permitisse uma coisa dessas. Ela mal parecia tão velha na época, mas tinha consciência de ter entrado na puberdade, e o conflito entre essa nova importância e seus gostos, até então quase infantis, era divertido de se observar.

Ela era forte e saudável ao extremo, inteligente, porém não precoce, observadora, mas bastante prosaica, sem uma imaginação excessiva, nada que por meio de qualquer tipo de equívoco ou exagero pudesse ser chamado de "mórbido". Dizia-se, na família, que o termo "nervos" não existia para Nora: ela não sabia o significado de *medo*, físico ou moral. Às vezes, eu desejaria que ela nunca tivesse aprendido ao contrário. Mas devemos levar em consideração o mau com o bom, a sombra como inseparável da luz. A primeira percepção das coisas não sonhadas em sua simples filosofia infantil veio para Nora de um modo que eu não teria escolhido para ela, mas, devo crer, foi como tinha que ser.

– Onde vamos dormir hoje à noite, Herr von Walden? – perguntou Reggie, pendurado nos ombros largos de Lutz, no final daquela terceira tarde, quando estávamos todos, não apenas as crianças, começando a pensar que um descanso em qualquer pousada, e um jantar, o mais modesto que fosse, seriam muito bem-vindos.

– Não provoque, Reggie – disse Nora. – Tenho certeza de que Herr von Walden já lhe disse o nome do lugar umas vinte vezes.

– Sim, mas eu me esqueço – insistiu o menino.

E o bem-humorado Herr von Walden, embora relutante em dizer novamente, retomou nossos planos e destinos planejados.

– Hoje à noite, meu caro menino, dormiremos na bonita cidadezinha, sim, quase posso chamá-la de cidade, de Seeberg. Fica em uma espécie de oásis no meio da floresta, que se interrompe abruptamente e recomeça alguns quilômetros depois de Seeberg. Devemos chegar lá em mais ou menos uma hora – ele continuou, consultando o relógio. – Claro que reservei quartos para nós, como em todos os lugares onde pretendemos parar. E, até agora, não fui um mau mensageiro, fui?

Ele fez uma pausa e olhou em volta de modo complacente.

– Não, de jeito nenhum – todos responderam. – Muito pelo contrário. Até aqui, tudo bem.

O rosto do nosso comandante-chefe iluminou-se de modo gracioso.

– E, amanhã – continuou Reggie com seu curioso sotaque alemão, batendo com força nos ombros de Lutz –, o que faremos amanhã? Devemos tomar uma *Einspänner*, não é? Não porque estejamos cansados, mas porque disse que iríamos mais longe.

– Sim, uma *Einspänner* para as damas, sua amável mãe, a srta. Nora e minha esposa, e você, Reggie, irá sentado ao lado do cocheiro. Eu e estes rapazes – acenando para indicar os três amigos – partiremos de Seeberg bem cedo, e encontraremos vocês em Ulrichsthal, onde ficam as famosas ruínas. E não devem se esquecer – ele acrescentou, virando-se para mim e sua esposa – de parar em Grünstein e passar um quarto de hora na fábrica de porcelana.

– Exatamente o que eu queria – disse Frau von Walden. – Tenho um serviço de chá que comprei lá, e espero encontrar algumas peças para ele. Muitas se quebraram no último inverno com uma criada muito descuidada, e tenho que repor várias delas.

– Creio que eu não conheça a porcelana de Grünstein – eu disse. – É bonita?

– Parece-se muito com a porcelana azul e branca que temos – respondeu Frau von Walden. – Aquela, a porcelana azul e branca comum, é feita em Blauenstein. Mas há uma variedade de cores maior em Grünstein. Acho que se empenham mais, e talvez haja uma qualidade de argila de porcelana mais fina, ou seja lá como chamem, naquela região. Muitas vezes eu me pergunto por que a porcelana da Turíngia não é mais usada na Inglaterra, onde as novidades são apreciadas.

– E nada é mais apreciado do que aquilo que vem de longe – disse George Norman. – Por Deus! Não é uma paisagem bonita? – ele disse de repente, e todos paramos para admirar.

Estávamos no mês de agosto, e as luzes do entardecer já haviam substituído o sol radiante e o céu azul dos dias de verão. Estávamos na floresta, num ponto onde passava a estrada principal que seguíamos até Seeberg. De um lado, o terreno descia abruptamente num abismo e, ali, no desfiladeiro bem abaixo de nós, corria um rio, numa margem onde as árvores num trecho haviam sido retiradas, deixando um campo de pasto com uma grama bem verde. E, logo abaixo, havia um pastor de cabras que – graças possivelmente ao encanto da distância – trajava uma vestimenta típica e andava devagar, tocando uma flauta doce, enquanto seu rebanho, de quinze ou vinte cabras de todas as cores e tamanhos, o seguia com seu modo excêntrico, passando pelas pedras do aclive e pastando calmamente – o barulho dos sininhos chegava até nós vindo de longe com as notas suaves da flauta. Havia algo estranho e fascinante em relação a eles – a música patética tocada pela flauta do pastor, simples, bárbara em si, e o ruído distante e incerto dos sininhos, que nos impressionou, e por alguns instantes ninguém disse nada.

– O que isso me lembra? – perguntou, de súbito, Lutz. – Parece que já vi e ouvi isso antes.

– Sim, sei exatamente o que quer dizer – respondi. – É como num sonho – e ao dizer isso, caminhei um pouco adiante dos outros, com Lutz e o cocheiro.

Pensei que Herr von Walden fosse iniciar um discurso filosófico ou metafísico de acordo com a expressão de seu rosto, as sobrancelhas curvadas e o olhar absorto e, de algum modo, logo depois, estragaria tudo. Lutz pareceu compreender instintivamente, pois ele também, por alguns segundos, ficou calado, quando, de repente, gritamos alegremente:

– Seeberg! – exclamamos todos ao mesmo tempo, pois a primeira visão do nosso destino temporário surgiu à nossa frente, como acontece nesses distritos cheios de florestas.

Viajamos por horas juntos, como se estivéssemos atravessando uma terra encantada, onde tudo parecia igual; árvores, árvores por toda parte, nada além de árvores – poderia se pensar, no fim da tarde, que se tivesse voltado ao ponto de onde se partira de manhã cedo – quando, de repente, a floresta se interrompe, de súbito, onde a mão do homem determinou que deveria, não aos poucos como se tivessem sido feitas pela natureza e pelo tempo.

Então nossa satisfação foi maior por não sabermos que o fim de nossa jornada estivesse tão perto. Começamos a confessar, pela primeira vez, que estávamos "um *pouco* cansados", e, com muito menos hesitação, admitimos que sentíamos "*muita* fome". Ainda não estávamos tão exauridos quando os habitantes de Seeberg apareceram nas portas e janelas para nos inspecionar. Reggie, é claro, se recusou a fazer sua entrada nos ombros de Lutz, e parecia o mais descansado de todos, provocando inúmeros elogios das matronas e mocinhas, à medida que passávamos.

Nossos quartos em Seeberg agradaram a todos. O jantar estava excelente, os cômodos eram limpos e confortáveis como queríamos.

– Até aqui – eu disse aos meus amigos –, não os sinais "rústicos" 'rústicos' para os quais me prepararam. Acho tudo isso luxuoso.

– Sim, aqui é bem confortável – respondeu Herr von Walden. – Em Silberbach, aonde chegaremos amanhã à tarde, tudo vai parecer mais caseiro.

– Mas é disso que eu gosto – respondi firmemente. – Garanto-lhe que não sou nem um pouco *difficile*, como dizem os franceses.

– Ainda assim – disse Frau von Walden –, tem certeza de que sabe o que quer dizer "rústico"? Existe uma visão mais romântica, até experimentarmos de fato. Para mim, confesso, sinto-me deprimida por não ter os 101 pequenos confortos, para não dizer luxos, a que estamos habituados e, mesmo assim, não creio que eu seja uma mulher caprichosa.

– Certamente que não – eu disse, sinceramente.

– Se for necessário – ela continuou –, espero estar preparada para viver num chalé e aproveitar o máximo com um sorriso nos lábios. Mas quando isso não é necessário? Não acha, minha cara amiga, que seria mais sábio passar suas duas ou três semanas *aqui*, e não ir até Silberbach? Poderá retornar para cá amanhã de Ulrichsthal quando voltarmos para casa, por Silberbach, se meu marido realmente quiser ir até lá.

Olhei para ela um tanto surpresa. O que fazia todo mundo desejar que eu não fosse a Silberbach? Todo mundo, quer dizer, exceto Herr von Walden. A contradição começou a me influenciar. Talvez o valoroso Herr também tivesse se deixado influenciar do mesmo modo mais do que ele conseguia perceber.

– Não vejo por que eu deveria fazer isso – respondi. – Espero realmente nos divertirmos em Silberbach. Tem alguma razão por que eu deveria desistir?

– Ah, não, não, nenhuma razão em particular – ela disse. – Tenho apenas a sensação de que seja um pouco fora do caminho e solitário para você. Suponha, por exemplo, que uma das crianças adoeça?

– Ah, minha querida, você está *imaginando* coisas – atalhou o marido. – Por que as crianças ficariam doentes lá, e não em qualquer outro lugar? Se pensássemos em todas essas possibilidades, ninguém sairia de casa.

– E sabe que minha criada está pronta para me seguir assim que eu me estabelecer em qualquer lugar – eu disse. – Não ficarei sozinha mais do que vinte e quatro horas. Claro que seria bobagem trazer Lina conosco; ela se sentiria deslocada durante nossas expedições a pé.

– E tenho uma boa recomendação da pousada em Silberbach, o Katze – disse Herr von Walden, puxando um amarfanhado de papéis do bolso. – Onde está? Não que isso importe, ele terá o jantar e as camas prontos para nós amanhã à noite. E então – ele se virou para mim –, se gostar do lugar, poderá ter o quarto pelo tempo que desejar, caso contrário, poderá voltar para cá ou qualquer lugar aonde queira ir. Nós, minha mulher e eu, e estes rapazes, *precisamos* estar de volta em casa no sábado à tarde, por isso só poderemos ficar uma noite em Silberbach... – pois já era quinta-feira.

Então, estava tudo combinado.

O dia seguinte amanheceu tão brilhante e sem nuvens quanto os dias anteriores. Os cavalheiros haviam partido – temo dizer quão cedo – esperando que nós os alcançássemos em Ulrichsthal. Reggie foi dormir com a firme intenção de acompanhá-los, mas não foi fácil acordá-lo e fazê-lo se levantar a tempo para tomar o café da manhã e se aprontar quando a *Einspänner* chegou à porta, e minha previsão de que ele estaria com muito sono para sair tão cedo estava correta.

Fazia um tempo agradável logo de manhã cedinho – mais agradável do que estaria depois mais à tarde. Notei um acúmulo incomum de névoas azuladas no alto das montanhas ao longe, pois a estrada que percorríamos era aberta nos dois lados ao longo de um bom trecho e a vista era ampla.

– Isso é prenúncio de bastante calor, suponho – eu disse, apontando o que vira para minha acompanhante.

– Suponho que sim. Essa névoa azulada provavelmente aumenta o calor e o mormaço – ela disse. – Mas vê-se isso muito nesta parte do país, por ser, eu creio, peculiar em algumas montanhas alemãs e distritos florestais. Não sei por que isso ocorre, se tem a ver, talvez, com a imensa quantidade de pinheiros nas florestas. Contaram-me, certa vez, eu acho, que indica a presença de muita eletricidade no ar, mas sou muito ignorante para saber se isso é verdade ou não.

– E sou ignorante demais para saber qual seria o efeito, se isso for verdade – eu disse. – É uma região muito saudável, não é?

– Para estrangeiros, certamente é. Os médicos enviam seus pacientes para cá de todas as regiões da Alemanha. Mas os habitantes locais não parecem fortes, nem saudáveis. Vemos muitas pessoas aleijadas e todas têm uma aparência pálida e esquálida. Elas são menos robustas que os moradores da Floresta Negra. Mas isso pode advir da pobreza; os camponeses da Floresta Negra são proverbialmente mais ricos.

Nesse momento, ouvimos um estrondo de trovão bem ao longe.

– Espero que o tempo *continue* firme – eu disse. – Ocorrem tempestades elétricas com frequência por aqui?

– Sim, creio que ocorram muitas tempestades deste lado do mundo – ela respondeu. – Mas, no momento, não creio que sejam sinais de uma tempestade elétrica se aproximando.

E, então, um pouco sonolentas e cansadas de nossas caminhadas incomuns nos últimos três dias, nós três, Frau von Walden, Nora e eu, ficamos inertes por algum tempo, embora o som da voz de Reggie, esforçando-se para que o cocheiro entendesse suas perguntas, mostrou que ele estava bem acordado.

Depois de algum tempo, ele se virou triunfante.

– Mamãe, Frau von Walden – Reggie exclamou –, estamos perto daquele lugar onde fabricam pires e xícaras. Herr von Walden disse que não deveríamos nos esquecer de ir até lá, e vocês teriam se esquecido, não é, se não fosse por mim – ele acrescentou num tom complacente.

– Grünstein! – exclamou Frau von Walden. – Bem, diga ao cocheiro para parar ali. Ele pode descansar os cavalos por cerca de meia hora; e obrigada por nos lembrar, Reggie, porque eu ficaria triste se perdesse a oportunidade de completar meu serviço de porcelana.

A fábrica de porcelana não era tão excepcional assim, ao menos não para aqueles que já visitaram lugares parecidos antes. Mas as atendentes eram extremamente gentis e evidentemente ficaram muito satisfeitas em receber visitantes; e enquanto minha amiga procurava suas peças de porcelana – o que levaria algum tempo para ser concluído –, um subgerente bem-educado, ou funcionário do mesmo tipo, se propôs a levar as crianças para verem os galpões onde a massa era preparada, as salas de moldagem, as de pintura, os fornos, ou seja, todo o processo. Ele aceitaram o convite com prazer, e fiquei vagando pelo salão, onde fica o mostruário, examinando e admirando tudo o que havia para ser visto, vasculhando todos os cantos onde qualquer porcelana bonita me chamasse a atenção. Mas não havia uma grande variedade de padrões e cores, embora fossem ambos bons, tanto os Grünsteiner como seus rivais de Blauenstein, satisfeitos por seguirem os passos de seus progenitores, sem procurar novas inspirações. De repente, no entanto, bem escondida num canto, no fundo de uma prateleira, uma réstia de cores mais vistosas me fizeram avançar naquela direção. Não havia ninguém por perto para me atender, então puxei cuidadosamente meu precioso achado. Era uma xícara com pires, de porcelana da melhor qualidade, embora muito semelhante em forma da louça de Grünstein comum, mas com cores muito mais ricas – muito bonitas, com uma aparência oriental, ao misturar tons diferentes, e, no entanto, muito mais vistosas e incomuns do que as peças orientais modernas que nos últimos anos as facilidades do comércio com o Oriente haviam nos apresentado. Peguei a xícara e fiquei virando-a e admirando-a até que Frau von Walden e a atendente que anotava seus pedidos se aproximaram de onde eu estava.

— Veja aqui — exclamei —, olhe que xícara adorável! Um serviço como este *seria* tentador! Tem mais peças como esta? — perguntei à mulher.

Ela sacudiu a cabeça.

— Essa é a última peça — ela respondeu. — Não temos mais no estoque. Ela é muito cara. Claro que pode ser encomendada, embora possa demorar alguns meses e custe mais caro.

— Gostaria de pedir um serviço dessas peças — eu disse, mas quando ouvi quanto custaria, foi minha vez de sacudir a cabeça. — Não, preciso pensar sobre isso — decidi —, mas nunca vi nada tão bonito. Posso comprar esta xícara?

A mulher hesitou.

— Essa é a última peça — ela respondeu —, mas eu acredito que sim, com certeza temos o padrão entre os rascunhos de pintura. Essa xícara pertenceu, ou melhor, foi uma peça que restou de um serviço de chá feito exclusivamente para a duquesa de T., para seu enxoval de casamento, há alguns anos. E, curiosamente, vendemos a outra xícara, havia duas a mais, para um compatriota seu — a graciosa senhora é inglesa? — há dois ou três anos. Ele gostou tanto e estava certo de que sua mãe faria uma encomenda se ele levasse a xícara para mostrar à mãe em casa. Era um rapaz alto e bonito. Lembro-me tão bem; exatamente nessa mesma época do ano, num dia quente e mormacento como o de hoje. Ele estava viajando a pé, por prazer, sem dúvida, pois parecia um lorde. Então comprou a xícara, e a levou com ele. Mas nunca nos escreveu! Eu tinha certeza de que ele faria o pedido!

— Não deixou nome nem endereço? — perguntei, porque o mundo é muito pequeno, eu poderia conhecê-lo, e a coincidência seria bastante curiosa.

– Ah, não – respondeu a mulher. – Mas sempre fico pensando por que ele mudou de ideia. Parecia tão seguro de que a mãe faria a encomenda. Não foi o preço que o fez hesitar, mas queria que a senhora mãe dele fizesse o pedido ela mesma.

– Bem, *confesso* que o preço *me* faz hesitar – eu disse, sorrindo. – No entanto, se me deixar comprar esta xícara, espero ser uma cliente melhor do que meu desleal compatriota.

– Tenho certeza de que ele *pretendia* fazer o pedido – disse a mulher.

Ela respondeu educadamente, mas não sei se ela gostou de eu tê-lo chamado de "desleal".

– É evidente – eu disse a Frau von Walden – que o jovem inglês bem-apessoado a deixou impressionada. Até acho que ela tenha lhe dado a xícara de graça.

Mas, afinal, eu não tinha razão para sentir ciúmes, pois, em seguida, a mulher retornou, depois de consultar o gerente, para me dizer que eu poderia levar a xícara e o pires por um valor abaixo da tabela, uma vez que eu iria levá-la, vamos dizer, como mostruário.

Então ela a embrulhou para mim, cuidadosamente, com várias folhas de papel, sendo a última folha de um tom azul-celeste. Depois, muito orgulhosa da minha compra, segui Frau von Walden até o outro lado do prédio onde ficavam as oficinas, e onde encontramos as duas crianças entusiasmadíssimas com tudo o que tinham visto.

Eu deveria, aqui, talvez, me desculpar por ter entrado em tantos detalhes aparentemente fúteis. Mas eu creio, como se verá depois que eu contar toda a história, que será difícil descrever os fatos principais adequadamente, e evitar o perigo de causar a impressão errada, sem relatar tudo o que nos cercava. Se eu tentar condensar, destacar os pontos relevantes, entrar em detalhes, direta e inequivocamente, ligados ao assunto principal, posso, sem querer, omitir os aspectos mais importantes da questão. Portanto, como um paciente forçado pelo médico, ou um cliente aconselhado pelo advogado a dizer tudo sob o risco de falar demais, prefiro correr esse risco, pedindo desculpas aos meus leitores por fazer isso, em vez de narrar a história de modo incompleto.

E o que peço é que prestem atenção aqui que *nenhuma palavra sobre o rapaz inglês foi entreouvida por Nora*. Ela estava, de fato, num ponto distante do prédio no momento em que a vendedora conversava conosco sobre ele. E, além disso, tenho absoluta certeza, assim como Frau von Walden, que nem ela, nem eu, naquele momento ou depois, mencionamos o assunto na presença das crianças. Não lhe mostrei a xícara de chá, pois seria uma pena desfazer um embrulho tão bem-feito. Tudo o que ela veio a saber foi dito em seu devido tempo.

Demoramos mais do que pretendíamos na fábrica de porcelana e, por conseguinte, nos atrasamos um pouco para chegar ao nosso ponto de encontro em Ulrichsthal.

Os cavalheiros chegaram uma hora antes; então pediram o almoço, ou melhor, o jantar na pousada, e já haviam explorado todas as ruínas. Mas, depois do jantar, nem Frau von Walden, nem eu fizemos objeção aos cachimbos, e nossos cavalheiros se dispuseram a nos mostrar tudo o que havia para ser visto.

As ruínas pertenciam a um velho mosteiro, um dos mais antigos na Alemanha, eu creio. Estendiam-se por um longo terreno e, se estivessem em melhor estado de conservação, teriam nos impressionado mais ainda; naquele estado, eram, sem dúvida, até para os inexperientes em assuntos arqueológicos, bastante interessantes. A posição do mosteiro havia sido cuidadosamente escolhida, porque, de um lado, abria-se para uma vista deslumbrante do vale por onde havíamos viajado ao sair de Seeberg, enquanto, do outro lado, erguia-se um terreno mais elevado, com muitas florestas, pois as árvores voltavam a aparecer aqui.

– É um lugar adorável! – eu disse entusiasmada, ao nos sentarmos à sombra das ruínas nos claustros, com os raios de sol formando imagens excêntricas passando pelas janelas que um dia foram ricamente esculpidas. – Como gostaria de ver como era... há quanto tempo? Trezentos ou quatrocentos anos?

Lutz pigarreou.

– O que foi que disse, Lutz? – perguntou sua mãe.

– Nada de mais – ele suspirou. – Estava só pensando sobre algo que li no guia, que o mosteiro foi destruído, em parte por raios, eu creio, mas, mesmo assim, por ordem das autoridades, em consequência da maldade e do mau comportamento dos monges que viviam aqui. Então, não tenho certeza se seria um lugar muito bom para se visitar na época à que se refere, cara senhora, se me permite dizer.

– Que pena! – eu disse, com um calafrio. – Nem quero pensar nisso. E eu ainda ia dizer como este lugar deve ser bonito à luz do luar! Mas agora que me desencantou, Lutz, deixei de gostar dele – e me levantei em seguida.

– Por que diz isso, mamãe? – perguntou Reggie, curioso.

Eu não percebera que Reggie e a irmã estavam ouvindo a conversa.

– Eles não estão aqui agora, não esses monges perversos.

– Não, claro que não – concordou Nora. – Mamãe apenas quis dizer que é uma pena que uma casa tão grande e tão bonita como esta precisasse ser destruída, um imenso desperdício quando existem tantas pessoas pobres no mundo vivendo em casebres miseráveis e abafados, ou até mesmo nas ruas! Foi isso que quis dizer, não é, mamãe?

– É sempre uma pena, a maior das penas, quando as pessoas são perversas, não importa quem sejam – respondi.

– Mas nem *todos* os monges são maus – observou Nora. – Lembre-se do grande São Bernardo, com seus cães.

E quando Reggie começou perguntar mais detalhes sobre esse assunto, Nora saiu andando com ele à nossa frente, ambos alegres e despreocupados sob a luz do sol.

– Lutz – disse seu pai –, preste mais atenção no que diz na frente das crianças; elas se chocam, ou se assustam por muito pouco. Embora os seus sejam tão saudáveis mentalmente – ele acrescentou, voltando-se para mim –, é pouco provável que algo desagradável os deixe impressionados.

Lembro-me bem desse pequeno incidente.

Fizemos uma longa caminhada até Silberbach, a mais longa de todas. Até aqui Herr von Walden estava em terreno conhecido, e inteiramente familiarizado com as estradas, as distâncias, e todos os detalhes necessários, mas era a primeira vez que explorava além de Seeberg e, antes que tivéssemos percorrido a metade do caminho, começou a se sentir um tanto alarmado com as informações dos viajantes que encontrávamos, a longos intervalos, "voltando" e não "indo" para St. Ives! Pois quanto mais avançávamos, mais longo o caminho parecia!

"Uma hora e pouco" passaram a ser "duas", ou mesmo "três" horas e, por fim, ao ouvir de um camponês grosseiro que nos assegurou que somente chegaríamos a nosso destino pouco antes do anoitecer, a paciência do nosso guia se esgotou.

– Idiotas! – ele exclamou. – Mas eu não aguento mais. Vou me apressar e ver por mim mesmo, e se, como espero, não estivermos muito longe de Silberbach, será bom para eu encontrar o Katze, e verificar que tudo esteja pronto para nossa chegada.

Frau von Walden esboçou um ar de protesto, mas eu lhe pedi que não fizesse isso, vendo que três rapazes bem-dispostos continuariam conosco para nos proteger, e provavelmente devia ser por demais cansativo para um bom e treinado caminhante como o marido dela ter que adaptar seus passos vigorosos aos nossos. E nos surpreendemos com a velha camponesa, forte e musculosa como uma lavradora inglesa, que contratamos em Seeberg para carregar nossas malas e xales através da floresta, que entreouviu a conversa e, pela primeira vez, quebrou o silêncio para assegurar "às graciosas senhoras" que Silberbach estava perto; em meia hora, se tanto, veríamos as primeiras casas.

– Embora o Katze – ela acrescentou – fique um pouco mais adiante, do outro lado do vilarejo – e continuou resmungando algo sobre "se ela soubesse que estaríamos indo para o Katze", que não conseguimos entender, mas que, depois de "ser traduzida", queria dizer que ela deveria ter nos cobrado um valor maior.

De fato, ao cabo de não mais que quarenta e cinco minutos, chegamos a uma ou duas casas isoladas. Então as árvores se tornaram mais esparsas, e logo desapareceram, exceto em alguns lugares. Começara o lusco-fusco, mas, ao sairmos da floresta, vimos que estávamos numa colina, pois a trilha que percorremos era um aclive quase imperceptível. Abaixo, ao longe, já brilhavam as luzes das casinhas, e o reflexo prateado de um pequeno lago.

– Para ter certeza – disse o jovem Von Trachenfels –, há um lago em Silberbach. Chegamos, afinal! Mas onde fica o Katze?

Ele precisava perguntar. Nunca vi um lugar mais tentador que Silberbach. Em vez de um vilarejo compacto, concentrado, o lugar parecia três ou quatro – não, cinco ou seis – vilarejos mirrados, cada um a poucos minutos de distância um do outro. E o Katze, é claro, ficava no extremo do pequeno vilarejo mais afastado daquele onde estávamos! Escalar é difícil, mas, para mim, parecia preferível diante do que estava à nossa frente – uma descida contínua, pela trilha mais difícil da montanha, de quase três quilômetros, tropeçando no lusco-fusco, cansados, com os pés feridos, embora – mas registrando-se a nosso favor – rindo, ou tentando rir, determinados, a todo custo, a atravessá-la da melhor forma.

– Meus pés estão acabados – disse a pobre Frau von Walden. – Só consigo sentir duas bolas vermelhas ardentes amarradas aos meus tornozelos. Acho que logo vão cair.

Por fim, quão agradecidos nos sentimos ao alcançar o que guardava alguma semelhança com uma rua do vilarejo! Como procurávamos de todos os lados algo que se parecesse com uma pousada! Como nos olhamos, perplexos, quando, finalmente, saída não se sabe de onde, ouvimos a voz familiar de Herr von Walden, pedindo, aos gritos, que parássemos de andar.

– É aqui, é aqui, vejam! Vocês estão passando por ela.

"Aqui", a julgar pela direção de onde vinha a voz, parecia um monte de feno, de proporções exageradas, talvez em razão da pouca luz. Nosso amigo estava no meio do feno? Não estava. Aos poucos, conseguimos distinguir o rosto queimado de sol, brilhando como sempre, no alto de uma janela por trás do monte de feno – que estava numa carreta ou pilha, não sabemos bem o quê e, chegando um pouco mais perto, descobrimos que o feno estava sendo descarregado diante de uma casinha quase totalmente encoberta por ele, sendo carregado para dentro, aparentemente pela porta da frente, pois não havia nenhuma outra, quando vimos, perplexos, Herr von Walden, cujo rosto desaparecera, emergir de modo misterioso.

– Podem entrar pela cozinha, senhoras, ou pela janela, por favor.

Embora os rapazes e Nora tenham entrado ou tenham sido puxados pela janela, Frau von Walden e eu preferimos entrar pela cozinha, e não me lembro de mais nada, até nos reunirmos novamente – as mesmas oito pessoas que começaram a caminhada – num chalé de teto bem baixo, com assoalho arenoso, cheirando a tabaco, que parecia ser a sala de jantar da famosa pousada zur Katze de Silberbach!

Herr von Walden enxugava o suor do rosto, que estava bem vermelho, naturalmente, levando-se em consideração o tempo e a falta de ventilação característica do Katze, porém percebi que havia algo estranho no brilho do seu rosto.

– Então – ele começou a dizer –, "tudo está bem, quando termina bem"! Mas eu preciso explicar – e secou o rosto com mais veemência ainda –, que houve um leve, em resumo, um pequeno erro em relação à acomodação que pretendi reservar. Já cuidei do jantar, e será servido imediatamente. Mas, quanto às camas – e neste ponto ele não conseguiu conter o riso –, nosso valoroso anfitrião tem camas suficientes – descobrimos depois que todos os colchões e travesseiros disponíveis do vilarejo haviam sido reunidos –, mas há apenas um quarto, ou dois, por assim dizer.

O pobre Herr não perdera tempo desde o momento em que chegou. Perplexo com a falta de recursos, sugeriu a coleta das camas, e conseguiu que o anfitrião as espalhasse num celeiro para ele, os três rapazes e Reggie; enquanto sua esposa, Nora e eu ficaríamos com o quarto disponível, que, por sorte, dispunha de duas pequenas camas e uma espécie de canapé, desses que vemos nas antigas fazendas em qualquer lugar do mundo.

Então, estava decidido e, afinal, era apenas por uma noite, o que importava? Por uma noite? Esta era a questão para mim! O jantar não estava ruim, mas o aspecto e, ainda pior, o cheiro da sala onde foi servido, junto, sem dúvida, com nosso excesso de fadiga, fez com que fosse impossível eu conseguir comer qualquer coisa. Meus amigos sentiram pena, e senti vergonha de mim mesma por ser derrotada tão facilmente. Como compreendi o que Frau von Walden quis dizer ao expressar seu sincero desgosto pelo "rústico"! No entanto, não foi apenas o aspecto pouco civilizado do lugar, nem a comida grosseira, nem a falta de conforto o que me fez sentir que aquela única noite em Silberbach seria, de fato, suficiente para mim. Um tipo de depressão, de quase medo, tomou conta de mim quando eu me vi sozinha com as duas crianças naquele estranho lugar fora do mundo, onde me parecia que nós três iríamos pôr um fim naquilo tudo sem precisar pensar muito! Havia também uma aparência geral de miséria e depressão nas pessoas: o anfitrião era um homem de sobrancelhas pretas, muito silencioso; sua esposa e a criada pareciam assustadas e ansiosas, e as únicas vozes que se ouviam eram as dos camponeses semiembriagados, bebendo e brigando no bar.

Para dizer o mínimo, não parecia nada animador. No entanto, meu orgulho foi tocado. Eu não gostava de aceitar a derrota. Depois do jantar, sentei-me sozinha, refletindo seriamente sobre o que eu poderia ou deveria fazer, enquanto os rapazes e as crianças se divertiam com a única peça de luxo que a pousada mais pobre da Turíngia tinha a oferecer, pois, por mais anômalo que fosse, havia um piano, nem um pouco decrépito, na sala de jantar com assoalho cheio de areia!

Herr von Walden estava fumando seu cachimbo do lado de fora, e o feno estava, a esta hora, guardado em outro lugar. Sua esposa, que estava conversando com ele, entrou e sentou-se ao meu lado.

– Minha querida – ela disse –, não se aborreça comigo por tornar ao assunto, mas não posso evitá-lo; eu me sinto responsável. Você não deve, realmente *não deve*, pensar em ficar aqui sozinha com essas duas crianças. Este lugar não é bom para você.

Ó, como agradeci a ela por ter quebrado o gelo! Mal contive minha vontade de abraçá-la quando respondi, diplomaticamente:

– Realmente acha isso?

– Certamente que sim e, portanto, embora não diga isso tão francamente, meu marido também acha. Ele diz que eu sou tola e imaginativa, mas confesso que tenho um pressentimento ruim em relação a este lugar que eu não consigo explicar. Talvez haja uma energia de tempestade no ar, que sempre afeta meus nervos, mas simplesmente sinto que não posso concordar que fique aqui.

– Muito bem, estou quase aceitando voltar para Seeberg amanhã – respondi de forma tímida. – Claro que não podemos julgar um lugar pelo que vimos hoje à noite, mas, sem dúvida, em relação à pousada, Seeberg é muito melhor. Creio que poderemos visitar todos os lugares que queremos até amanhã ao meio-dia, e voltar para Seeberg à tarde.

A gentil Frau von Walden me deu dois beijos estalados nas bochechas.

– Você não *sabe*, minha querida, o alívio que sinto ao ouvi-la dizer isso! E agora penso que a melhor coisa a fazer é irmos dormir. Porque precisamos estar de pé às seis.

– Tão cedo! – exclamei, em tom desalentado.

– Sim, tão cedo; e devo dar-lhe boa-noite agora, porque, afinal, não vou dormir em seu quarto, o que é muito melhor, para não ter que acordá-la antes da hora. Meu marido encontrou um bom quarto na casa vizinha, e ficaremos bem por lá.

Que tipo de lugar ela chamou eufemisticamente de "bom quarto" eu nunca soube. Mas seria inútil perguntar, pois ela estava tão temerosa em nos incomodar que não teria feito qualquer objeção.

Herr von Walden entrou na hora em que estávamos nos despedindo antes de ir dormir.

– Então! – ele disse, com um tom amigável e indulgente. – Então! E o que achou de Silberbach? Minha mulher acha que você não gostará daqui.

– Acho que poderei verificar melhor depois de uma hora ou duas, amanhã de manhã – respondi, calmamente. – E, à tarde, as crianças e eu voltaremos aos nossos confortáveis aposentos em Seeberg.

– Ah, com certeza! Sim, creio que sim – ele disse, um pouco distraído, como se não tivesse nada mais a acrescentar ao lugar. – Então, boa noite e bons sonhos, e...

– Mas – interrompi –, eu queria saber *como* voltaremos para Seeberg. Posso pedir uma *Einspänner* aqui?

– Para ter certeza, terá apenas que falar com o anfitrião pela manhã, e dizer-lhe a que horas deseja o carro – ele respondeu de forma tão confiante, que não senti nenhuma dúvida no ar, e virei-me com um sorriso para lhe dar boa-noite.

Os rapazes estavam bem ao nosso lado. Apertei a mão de Trachenfels e Lutz, que, embora tenha me cumprimentado de volta com a mesma atenção, parecia, eu achei, aborrecido. George Norman acompanhou-me até a porta do quarto. À nossa frente, estava a escada íngreme para o andar de cima.

– Que lugar asqueroso! – disse o rapaz. – Não me importo com um chalé se for limpo e confortável, mas este lugar é lúgubre e esquálido. Não faz ideia de como estou contente de saber que não ficará aqui sozinha. Realmente, este lugar não é bom para você.

– Bem, pode ficar tranquilo, pois ficaremos aqui apenas por algumas horas depois que forem embora.

– Sim, assim é melhor. Eu gostaria de ficar, mas *preciso* voltar para Kronberg amanhã. Lutz poderia ficar e acompanhá-la até Seeberg, mas o pai dele não deixaria. Herr von Walden tem ideias fixas, e *não* vai admitir que este lugar não seja bom.

– Mas tenho certeza de que nada nos fará mal! De qualquer forma, escreverei para lhe assegurar de que não caímos nas mãos de bandidos ou assassinos – eu disse, rindo.

Certamente, nunca me ocorreu, ou aos meus amigos, qual *seria* a natureza da "experiência" que marcaria Silberbach de forma indelével em nossa lembrança.

Devíamos estar realmente muito cansados, porque, ao contrário do habitual, as crianças e eu dormimos até tarde na manhã seguinte, sem nos perturbar com a partida dos nossos amigos no horário marcado para eles mais cedo.

O sol brilhava e Silberbach, como qualquer outro lugar, pareceu bonito. Mas a vista da janela do nosso quarto não era boa. Dava para a rua do vilarejo – uma passagem rústica e malcuidada – e, do outro lado, o terreno subia abruptamente até certa altura, mas sem árvores ou vegetação. Parecia o que tinha restado de uma pedreira abandonada, pois não havia nada senão pedras e rochas quebradas.

– Devemos sair depois do café da manhã para dar uma volta antes de partir – eu disse. – Mas estou ansiosa para voltar à alegre e luminosa Seeberg!

– Sim, é claro – disse Nora. – Acho que este é o lugar mais feio em que já estive na vida.

E gostou menos ainda quando Reggie, que pedimos para descer e fazer o reconhecimento de campo, voltou dizendo que deveríamos tomar nosso café da manhã no quarto.

– Tem um monte de homens esquisitos lá embaixo, fumando e bebendo cerveja. Não *dá* para comer ali – disse o menino.

Mas, afinal, seria nossa última refeição naquele lugar, então não reclamamos. O café não tinha um gosto tão desagradável misturado com bastante leite; o pão estava azedo e a manteiga duvidosa, como Ottilia dissera, então molhamos o pão no café, como os camponeses fazem na França.

– Mamãe – disse Nora em tom grave –, sinto pena dos pobres. Acho que muitos nunca comem nada melhor do que isto.

– Nada melhor do que isto? – exclamei. – Ora, minha querida filha, milhares, não apenas na Alemanha, mas na França e na Inglaterra, nunca comeram tão bem.

A menina arregalou os olhos. Há lições salutares a serem dadas mesmo durante pequenas experiências "rústicas".

De repente, Nora viu um pequeno embrulho de papel azul. Estava numa das prateleiras do fogão que, na maioria dos cômodos alemães, ficava um pouco além da parede e, durante a ociosidade do verão, servia para guardar pequenos objetos. Esse fogão era alto, escuro, de ferro fundido, ao lado da porta, entre a entrada e a parede, e era o móvel mais admirável do quarto.

— Mamãe — ela exclamou —, olhe o pacote que você trouxe da fábrica de porcelana. O que é? Eu queria vê-lo.

Fiz um muxoxo de aborrecimento.

— Frau von Walden se esqueceu de levar isso — eu disse, pois minha amiga, retornando direto para Kronberg, se oferecera para levá-lo até sua casa para mim na mala, por temer que se quebrasse comigo. — Não importa — acrescentei —, vou colocá-lo entre nossas roupas. É uma xícara e um pires muito bonitos, mas eu o mostrarei a você em Kronberg, para não desfazer o pacote. Agora vou descer para pedir a *Einspänner*, e podemos sair para caminhar por umas duas horas.

As crianças vieram comigo. Tive algum trabalho para achar o anfitrião, mas finalmente o encontrei, claro, com um cachimbo na boca, conferindo as instalações. Ele me ouviu com atenção, mas, quando esperei que ele me respondesse para me dizer que a *Einspänner* viria ao meio-dia, ficou me olhando sem dizer nada. Tornei a perguntar.

— Ao meio-dia? — ele respondeu, calmamente. — Sim, a senhora sem dúvida poderia marcar às doze, ou a qualquer outra hora, se houvesse um cavalo, ou uma *Einspänner* em Silberbach.

Olhei para ele assombrada.

— Se houvesse um cavalo, ou uma carruagem em Silberbach! Como as pessoas saem daqui, então? — perguntei.

— Elas não saem, ou melhor, se elas vêm, vão como chegaram, na carruagem em que vieram; de outro modo, elas não vêm, nem vão. A senhora veio a pé: pode ir embora a pé, senão, pode ficar.

Havia algo de sinistro em suas palavras. Um sentimento horrível, ridículo se apossou de mim, como se estivéssemos presos numa teia, e destinados a ficar em Silberbach pelo resto de nossas vidas. Mas eu olhei para o homem. Ele estava ali impassível e indiferente. Naquele momento, eu não acreditei, como não acredito agora, que houvesse alguém mais mal-humorado e sem educação do que ele. Ele nem se importava em nos hospedar, ele não tinha vontade de que ficássemos, ou de que fôssemos embora. Se tivéssemos ficado no Katze até hoje, acredito que nunca teria nos perguntado por quê!

– Não posso voltar a pé até Seeberg – eu disse, indignada. – Estamos muito cansados, nem seria seguro andar pela floresta sozinha com duas crianças.

O anfitrião bateu as cinzas do cachimbo.

– Deve haver um carro de boi indo para lá na semana que vem – ele observou.

– Semana que vem! – repeti.

Então, eu tive uma ideia.

– Há um posto dos correios aqui? – perguntei.

Claro que havia um posto dos correios; onde na Alemanha não haveria um posto dos correios e telégrafos?

"Os funcionários dos telégrafos devem estar sobrecarregados aqui", pensei. Mas, sem incomodar mais meu anfitrião, fiquei satisfeita em obter a localização do posto dos correios e, com um raio de esperança, virei-me para procurar as crianças. Estavam se divertindo com o piano na sala agora vazia, mas, quando os chamei, Reggie veio correndo com o rosto afogueado.

– Queria ser adulto, mamãe. Veja só! Um camponês, um desses homens que estão bebendo cerveja, aproximou-se e colocou o braço em volta do ombro de Nora enquanto ela estava tocando. "*Du spielst schön*",[181] ele disse, e tenho *certeza* de que ele iria beijá-la, se eu não mostrasse meu punho para ele.

– Sim, de fato, mamãe – disse Nora, mas menos indignada que o irmão. – Com certeza, acho que, quanto mais cedo formos embora daqui, melhor.

---

[181] "Você toca bem", em alemão no original. (N. da T.)

Tive que contar a eles minha frustração, mas apresentei minha nova ideia.

– Se há um posto dos correios – eu disse –, a carruagem dos correios faz uma parada aqui, e pode levar pessoas.

Mas, ao chegar ao pequeno posto dos correios – que, para alcançar, tivemos que subir uma ladeira bem íngreme, passando por cima de pedras em frente à pousada –, uma nova decepção nos aguardava. O chefe do posto dos correios era um senhor bem idoso, mas um tipo bem diferente em comparação com o nosso anfitrião. Ficou triste em nos decepcionar, mas a carruagem do correio só parava para pegar *cartas* – todos os *passageiros* deveriam começar a jornada em – esqueci o nome –, a quilômetros de distância, do outro lado de Silberbach. Nós queríamos ir embora? Ele não se surpreendia. *Por que viemos?* Ninguém vem até aqui. São americanos! Estão hospedados no Katze! Ó, céus! "Um lugar rústico." "Também acho."

E essa última informação o surpreendeu bastante. Evidentemente, sentiu como se precisasse salvar estas pobres crianças da floresta.

– Venham quando o correio passar por aqui vindo de Seeberg, hoje, às sete da noite, e verei o que consigo com o cocheiro. Se ele não *tiver* nenhum passageiro amanhã, *poderá* fazer uma parada extra e levar vocês. Ninguém precisa saber.

– Ó, obrigada, obrigada! – exclamei. – Claro que pagarei o preço que ele pedir.

– Não precisa. Ele é um *homem decente* e não a enganará.

– Estaremos aqui às sete, então. Eu iria a pé, se pudesse, em vez de ficar aqui indefinidamente.

– Não *hoje*, de qualquer forma. Hoje teremos uma tempestade – ele disse, olhando para o céu. – "*Adieu. Auf Wiedersehen!*"[182]

---

[182] "Adeus! Até breve!", em francês e alemão no original. (N. da T.)

– Gostaria de não precisar passar outra noite aqui – eu disse. – Mesmo assim, amanhã de manhã chega logo.

Passamos o dia da melhor forma que pudemos. Literalmente, não havia nada para se ver, nenhum lugar para ir, exceto de volta à floresta de onde tínhamos vindo. Nem ousávamos ir mais longe, porque o dia estava ficando cada vez mais sombrio; sobreveio o estranho silêncio que precede a tempestade, somando-se aos nossos sentimentos de inquietude e depressão. E, por volta das duas da tarde, tendo saído novamente depois do "jantar", fomos obrigados a voltar assim que começaram a cair os pingos grossos. Abraçados em nosso quartinho sem graça, assistimos à tempestade cair. Não tenho medo de relâmpagos e trovões, nem sou afetada por eles. Mas, que tempestade foi aquela! Trovões, relâmpagos, ventos uivantes, e uma chuva como nunca vi antes, tudo ao mesmo tempo. Depois de uma hora, uma carroça, sozinha na rua íngreme no vilarejo, ficou coberta de água por cima das rodas – um pouco mais e teria flutuado como um barco. Mas, às cinco horas, tudo se acalmou; os poucos camponeses de aparência simplória saíram de suas casas, e olharam em volta para calcular os prejuízos. Talvez não tenha sido muito – pareciam não reclamar, e lá pelas seis horas todos os sinais de perturbação haviam desaparecido – a torrente passou como por encanto. Apenas uma estranha neblina começou a subir, envolvendo tudo, e mal acreditávamos que ainda fosse tão cedo. Olhei para o relógio.

– São seis e meia. Devemos, com neblina ou sem, ir até o posto dos correios. Mas não me importo em ir sozinha, queridos.

– Não, não, mamãe, *preciso* ir para tomar conta de você – disse Reggie –, mas Nora não precisa ir.

– Talvez seja melhor – disse a menina. – Tenho que costurar alguns botões, e ainda *estou* um pouco cansada.

E, sabendo que ela não se importava em ficar sozinha, imaginando que ficaríamos fora por no máximo meia hora, eu concordei.

Mas a meia hora se estendeu por uma hora, depois por uma hora e meia, até que a carruagem dos correios aparecesse. A estrada pela floresta deve estar impraticável, nosso amigo nos disse. Mas, como Reggie e eu estávamos cansados de esperar! – embora, em nenhum momento, tenha me passado nenhum pensamento de preocupação em relação a *Nora*. E quando a carruagem chegou atrasada, como o chefe dos correios suspeitara, o bom resultado de suas negociações nos fez esquecer todos os nossos problemas, porque o cocheiro *prometeu* nos levar na manhã seguinte em troca de um bom pagamento. Era improvável que houvesse muitos passageiros. Deveríamos estar ali, no posto dos correios, às nove horas, com toda a bagagem, pois ele não esperaria nem um minuto, e faria tudo para chegar no horário.

Através do lusco-fusco, que substituía rapidamente a neblina que se esgarçava, Reggie e eu, felizes, viemos pelo caminho de pedras.

– Como Nora ficará feliz! Ela vai se surpreender conosco – eu disse quando nos aproximamos do Katze. – Mas, o que é aquilo, Reggie, correndo de um lado para outro em frente ao chalé? É uma ovelha, ou cão branco? Ou uma menina? Seria Nora, sem capa e chapéu? E com a umidade e o frio que está fazendo? Como pode ser tão tola?

E, com uma estranha inquietação, nos apressamos para chegar ao chalé.

Sim, era Nora. Estava claro o suficiente para ver o seu rosto. O que teria acontecido com minha pequena menina? Ela estava pálida – não, não pálida, apavorada. Seus olhos estavam vidrados e sem vida, sua expressão luminosa e destemida desaparecera. Ela me agarrou com força, como se não quisesse mais me largar. Sua voz estava tão rouca, que quase não consegui compreender o que ela disse.

– Mande Reggie para dentro, ele não pode ouvir isto – ela começou a dizer, sendo totalmente altruísta e protetora.

– Reggie – eu disse –, peça à criada para levar as velas para nosso quarto, e tire as botas molhadas imediatamente.

Meus filhos eram obedientes, ele entrou no mesmo instante.

Então, Nora prosseguiu, ainda falando num sussurro doloroso:

– Mamãe, apareceu um *homem* no nosso quarto e...

– Aquele camponês assustou-a outra vez, querida? Ó, perdão por tê-la deixado sozinha – eu disse, ao me lembrar do homem para quem Reggie mostrara o punho pela manhã.

– Não, não, não foi aquele homem. Eu não me incomodaria com ele. Mas, mamãe, Reggie jamais deve saber, ele é tão pequeno, ele não suportaria. Mamãe, não era um homem. Ó, mamãe, eu vi um fantasma!

Parte II

– Um fantasma – repeti, apertando-a, trêmula, contra mim.

Creio que minha primeira reação foi de raiva contra o que quer que fosse – fantasma ou ser humano – que a tivesse assustado daquela forma.

– Ó, Nora querida, não pode ter sido um fantasma. Conte-me e tentarei descobrir o que foi. Ou prefere esquecer o assunto agora, e me contar depois? Você está tremendo muito. Eu *preciso* aquecê-la, antes de qualquer outra coisa.

– Mas, deixe-me contar, mamãe, eu *preciso* lhe contar – ela implorou. – Se você *puder* me explicar, eu me sentirei grata, mas temo que não conseguirá explicar.

E ela tremeu novamente.

Vi que era melhor deixá-la contar. Eu consegui trazê-la para dentro; havia uma porta aberta em frente, e uma lareira acesa chamou minha atenção. Era a cozinha, e o lugar mais agradável da casa. Olhei para dentro – não havia ninguém, mas, do quarto dos fundos, ouvimos a voz da anfitriã colocando o bebê para dormir.

– Aproxime-se do fogo, Nora – eu disse.

Nesse momento, Reggie desceu fazendo barulho, seguido por Lieschen, a taciturna "criada da pousada".

– Ela levou uma vela lá para cima, mamãe, mas eu não tirei as botas porque tem um bezerro no estábulo, ela disse, e vai mostrá-lo para mim. Posso ir?

– Sim, mas não demore – respondi, melhorando a impressão que tivera da sombria Lieschen.

E, assim que os dois se afastaram, eu disse:

– Agora, Nora querida, conte-me o que a assustou assim.

– Mamãe – ela respondeu, um pouco menos pálida e menos trêmula, mas ainda com o olhar estranho que eu não suportava ver –, não *pode* ter sido um homem de verdade. Ouça, mamãe. Quando você e Reggie saíram, eu peguei uma agulha e uma linha da sua bolsinha e, primeiro, remendei um buraco na minha luva, e depois tirei uma das botas, aquelas abotoadas do lado, e preguei um botão. Logo terminei e, em seguida, sem calçar a bota, fiquei ali sentada, olhando pela janela, e imaginando se você e Reggie voltariam logo. Então, pensei que talvez eu pudesse ver vocês melhor da janela do lado de fora do quarto, onde estão o feno e as sacas de farinha.

(Acho que esqueci de dizer que, para chegar ao nosso quarto, tínhamos que atravessar, no alto da escada, um tipo de piso, que, de um lado, como Nora disse, tinha grandes sacas de farinha ou de grãos e feixes de feno pendurados; nesse lugar havia uma janela com uma vista mais ampla que a do nosso quarto.)

– Eu fui até lá, ainda sem a bota, e me ajoelhei em frente à janela por algum tempo, olhando para a rua e torcendo para que vocês aparecessem logo. Mas eu não estava me sentindo entediada, nem solitária. Estava me sentindo apenas um pouco cansada. Por fim, cansei de olhar pela janela, e pensei em voltar para nosso quarto, e procurar algo para fazer. A porta não estava fechada, mas creio que a deixei entreaberta quando saí. Eu a abri e entrei, e então, tive a sensação de que havia algo que não estava ali antes, e olhei para cima; e logo ao lado do fogão, pois a porta se abre em *direção* ao fogão, como sabe, então a porta o escondeu por um momento naquela posição; ali, mamãe, de pé, *havia um homem*! Eu o vi como estou vendo você agora. Ele estava olhando para o fogão; depois percebi que devia estar olhando para o seu pacote azul. Era um cavalheiro, mamãe, bastante jovem. Eu vi seu paletó; tinha o mesmo corte do paletó de George Norman. Acho que ele devia ser inglês. O paletó era escuro, com uma fina fita amarrada. Já vi paletós como esses. Tinha uma gravata azul-escura, estava realmente bem-vestido, como qualquer cavalheiro; eu vi tudo isso, mamãe, até olhar diretamente para o rosto dele. Ele era alto e louro, eu vi isso imediatamente. Mas eu não me assustei; num primeiro momento, nem pensei como ele *havia* entrado no quarto, agora sei que ele *não poderia* ter entrado sem que eu visse. Meu primeiro pensamento, parece tão tolo – e aqui Nora parou para sorrir um pouco –, meu primeiro pensamento foi: "Ó, ele verá que estou com um pé descalço!" – o que era uma característica dela, pois Nora era uma menina muito "arrumada" – e, assim que pensei isso, parece que ele me viu, pois virou a cabeça devagar na minha direção, e então eu vi o rosto dele. Ó, mamãe!

– Era um rosto assustador? – perguntei.

– Eu não sei – a menina continuou. – Era um rosto diferente de todos que já vi e, mesmo assim, ele me *pareceu* familiar. Tinha cabelos louros ondulados, e creio que ele *foi* bonito. Tinha olhos azuis, e um pequeno bigode louro. Mas estava tão *terrivelmente* pálido e tinha um aspecto geral que não consigo descrever. E seus olhos, ao olharem para mim, *pareciam não me ver* e, ainda assim, ele me olhou. Pareciam extremamente tristes e, embora ele estivesse tão perto de mim, seus olhos pareciam muito, mas muito distantes. Ele, então, entreabriu um pouco os lábios, como se fosse falar. Mamãe

– continuou Nora muito impressionada –, ele teria falado se *eu* tivesse dito qualquer coisa, eu senti como se ele fosse falar. Mas, nesse momento e, lembre-se, mamãe, fazia menos de dois segundos que eu entrara, eu ainda não *tinha* me assustado, exatamente nesse momento tive a sensação mais apavorante. Eu *sabia* que ele não era um homem de verdade, e eu me ouvia pensando: "É um fantasma", e enquanto parecia que eu estava dizendo isso (eu não havia movido meus olhos), enquanto eu estava olhando para ele..."

– Ele desapareceu?

– Não, mamãe, ele não desapareceu. Ele *não estava mais lá*. Eu estava olhando para o vazio! Então, tive um surto de medo. Virei-me e corri escada abaixo, mesmo sem uma das botas, e o tempo todo fiquei com a horrível sensação de que, mesmo que não estivesse mais lá, ele poderia vir atrás de mim. Eu não me importaria se houvesse vinte camponeses bêbados no andar de baixo! Mas eu encontrei Lieschen. Claro que eu não disse nada a ela; apenas lhe pedi para trazer uma vela e me ajudar a procurar a bota e, assim que a calcei, vim para fora, e fiquei andando de um lado para outro, acho que por um longo tempo, até você e Reggie finalmente chegarem. Mamãe, você *consegue* explicar isso?

Como eu gostaria de poder explicar! Mas eu não enganaria minha filha. Além disso, seria inútil.

– Não, querida. Ainda não consigo explicar isso. Mas vou tentar entender o que aconteceu. Há várias formas de se explicar. Já ouviu falar de ilusões de óptica, Nora?

– Não tenho certeza. Você precisa me contar.

Ela olhou para mim de um modo tão ansioso, e tão pronta a acreditar em qualquer coisa que eu dissesse, que eu faria tudo para restaurar sua antiga coragem.

Mas, nesse momento, Reggie retornou do estábulo.

– Devemos subir – eu disse. – E Lieschen – continuei, virando-me para ela –, traga-nos nosso jantar imediatamente. Vamos partir muito cedo amanhã de manhã, e vamos nos deitar cedo.

– Ó, mamãe – sussurrou Nora –, gostaria de não ter que passar a noite toda naquele quarto!

Mas não havia jeito, e ela ficou satisfeita ao ouvir sobre o sucesso de nossa expedição ao posto dos correios. Durante o jantar, nós, claro, por conta de Reggie, não falamos nada sobre o susto de Nora, mas assim que terminamos, Reggie disse que estava com muito sono, então nós o despimos e o deitamos no canapé, que seria originalmente de Nora. Ele adormeceu em cinco minutos, e então Nora e eu tentamos encontrar a explicação que tanto queríamos. Examinamos o quarto de um lado a outro; não havia nenhuma outra entrada, nem armário de nenhum tipo. Tentei imaginar que alguns dos casacos de viagem ou xales pendurados atrás de uma cadeira poderiam, com pouca luz, ter tomado proporções imaginárias; que o fogão teria lançado uma sombra que não observamos antes; eu sugeri tudo, mas em vão. Nada abalou a convicção de Nora de que ela vira algo *sem* explicação.

– Não havia *pouca* luz àquela hora – ela assegurava. – A neblina havia se dissipado, e ainda não tinha começado a escurecer. E eu o vi *claramente*! Se fosse um fantasma comum, não teria aquela aparência, estaria envolto num lençol branco, voando e teria uma caveira, quem sabe. Mas ver alguém com a aparência de um cavalheiro qualquer, eu nunca teria *imaginado* isso!

Ela tinha razão no que dizia. Precisei desistir das minhas sugestões, e tentei explicar a Nora o que chamamos "ilusões de óptica", embora minha compreensão sobre essa teoria seja muito vaga. Ela me ouviu, mas acho que minhas palavras não tiveram efeito. E, por fim, eu lhe disse que achava melhor ela se deitar e tentar dormir. Vi que ela estremeceu com a ideia, mas não havia opção.

– Acho que não podemos passar a noite em claro – ela disse –, mas adoraria fazer isso. Estou apavorada com a ideia de acordar no meio da noite e... e... *vê-lo ali novamente*.

– Quer dormir na minha cama? Embora seja estreita, consigo me apertar e deixar espaço para você – eu disse.

Nora me agradeceu por eu ter lhe oferecido um refúgio, mas seu bom senso e consideração por mim falaram mais alto.

– Não – ela disse –, nenhuma de nós conseguiria dormir, e você estaria morta de cansaço amanhã. Deitarei na minha cama e *tentarei* dormir, mamãe.

– E, ouça, Nora; se sentir medo durante a noite, ou não conseguir dormir, me chame imediatamente. Acordo na hora e ficarei conversando com você.

Essa foi a noite mais longa da minha vida! A primeira parte não foi a pior. O que realmente achei uma sorte foi haver um clube noturno de algum tipo em Silberbach – um clube de música, é claro; e todos os camponeses com dons musicais da região se reuniram no salão com piso de areia do Katze. O barulho era algo indescritível, pois embora houvesse algumas boas vozes entre eles, estavam todas misturadas. Mesmo que nos impedisse de dormir, também afastava todos os fantasmas. Por volta da meia-noite, o grupo se dispersou, e tudo ficou silencioso. Então, passaram-se algumas horas que eu nunca esquecerei. Havia um luar muito tênue, e eu não só achei que fosse impossível dormir, como também era impossível manter os olhos fechados. Algum fascínio irresistível me fazia mantê-los abertos, e me obrigava a olhar na direção do fogão, de onde, no entanto, antes de deitar, eu tirei o pacote azul. E, cada vez que olhava, eu dizia a mim mesma: "Verei aquela figura ali de pé, como Nora viu? Não vou enlouquecer se eu o vir? Vou gritar? Ele vai olhar para mim, com seus olhos tristes e vazios? Ele dirá alguma coisa? Se ele atravessar o quarto e se aproximar de mim, ou se for em direção a Nora, ou se debruçar sobre meu Reggie, dormindo ali, inocente, sem saber que há alguém por perto, o que, ó, o que *farei*?".

Porque, no fundo do coração, embora não devesse isso a Nora, eu estava convencida de que ela não tinha visto um ser vivo – de onde ele veio, ou por que, eu não sabia dizer. Mas, no silêncio da noite, lembrei-me do que a mulher na fábrica de porcelana nos dissera sobre o jovem inglês que comprara a outra xícara, que prometera escrever e nunca fez isso! O que acontecera a ele? "Se", eu disse para mim mesma, "se eu tivesse a menor razão para duvidar de que ele está vivo e bem em seu próprio país, onde ele deve estar, realmente eu deveria começar a pensar que ele foi roubado e assassinado pelo grosseiro anfitrião, e seu espírito apareceu para nós – os primeiros compatriotas que passaram por este lugar desde então, certamente – para contar sua história."

Realmente acredito que devo ter me sentido um pouco zonza em algum momento daquela noite. Minha pobre Nora, tenho certeza, não dormiu, só espero que sua imaginação estivesse menos acelerada do que a minha. De vez em quando, falava com ela, e toda vez ela estava acordada, pois respondia em seguida.

– Estou bem, mamãe, acho que não estou com medo.

Ou:

– Não consegui dormir muito, mas rezei várias vezes, e cantei todos os hinos de que consegui me lembrar. Não se preocupe comigo, mamãe, e tente dormir.

Eu vi o dia amanhecer bem devagar. De onde eu estava deitada, podia ver através da janela o monte de pedras ásperas e rochas partidas que descrevi antes. No sopé, havia um muro baixo mal construído desses mesmos blocos mal cortados, e as formas que se projetavam para fora do muro, onde, ao lado, cresciam duas ou três árvores atrofiadas, eram mais grotescas e extraordinárias do que consigo descrever. Variavam de cor como num caleidoscópio com o aumento ou a diminuição da luz. Em certo momento, pareceu-me que uma das árvores tinha a forma de uma cigana vestida com um capote, estendendo um braço em minha direção de modo ameaçador; em outro, dois cães estranhos pareciam brigar, mas não importava quão fantásticos e assustadores fossem esses estranhos efeitos provocados pela luz e por minha imaginação juntas, eu não teria me preocupado – eu sabia o que eram; foi um alívio ter qualquer coisa para ver a fim de evitar virar o olhar em direção ao fogão de ferro fundido.

Eu, finalmente, dormi, mas não por muito tempo. Ao acordar, já era dia claro – mais fresco e mais iluminado, eu achei, ao abrir a janela, do que na véspera. Agradecendo por finalmente ter amanhecido, assim que me vesti, comecei a juntar nossas coisas e, então, me virei para chamar as crianças. Nora estava dormindo tranquila; dava pena ter de acordá-la, pois não passava muito das seis horas, porém ouvi barulho de gente no andar de baixo, e eu estava louca para ir embora, porque, embora a luz do dia tivesse dispersado muito a impressão "fantasmagórica" do medo de Nora, havia uma sensação de inquietude, quase de insegurança, que continuou na minha mente desde que me lembrei do incidente do rapaz que visitara a fábrica de porcelana. Como eu sabia que algum mal havia lhe acontecido naquele mesmo lugar? De fato, nada no anfitrião me inspirava confiança. No máximo, seria uma estranha e desagradável coincidência. Na noite anterior, me ocorreu perguntar ao anfitrião ou à esposa, ou mesmo a Lieschen, se um inglês havia se hospedado no Katze antes. Se eu me certificasse com eles de que éramos os primeiros, ou, ao menos, os primeiros "naquela época", seria, pensei, uma forma de garantir a Nora de que o fantasma fora uma ilusão de algum tipo. Mas, então, por outro lado, supondo que os donos da pousada hesitassem em responder – supondo que o anfitrião fosse culpado de alguma forma, e minhas perguntas levantassem suspeitas para ele, eu não estaria correndo perigo, além de aumentar a impressão dolorosa que permanecera em minha mente, e essa corroboração do seu próprio medo fizesse Nora instintivamente suspeitar, mesmo que eu não lhe dissesse nada?

"Não", decidi, "melhor deixar que permaneça o mistério, de qualquer modo, até que estejamos em segurança, longe daqui." Porque, imaginando que essas pessoas sejam perfeitamente inocentes e inofensivas, mesmo se elas me dissessem simplesmente, como fez a mulher em Grünstein, que o tal jovem *esteve* aqui, que ficou doente, e que possivelmente morreu aqui – eu preferiria não saber. Com certeza, isso não aconteceu; provavelmente, teriam comentado qualquer coisa a respeito se isso tivesse acontecido, mesmo sendo pessoas tão taciturnas. A mulher teria mencionado o caso para mim – ela é mais simpática do que os demais –, porque tive uma conversa amigável com ela na véspera, sobre o que toda mãe, de seu nível social, ao menos, está pronta a falar – o bebê! Um bebê bem bonito também, embora o último, ela me informou com certo orgulho melancólico, dos quatro filhos que "enterrou" – usando a mesma expressão em seu alemão grosseiro, como uma operária de fábrica de Lancashire ou uma camponesa irlandesa – um depois do outro. Certamente Silberbach não era um lugar alegre ou amistoso. "Não, não", eu disse, resoluta, "prefiro, no momento, não saber nada, mesmo que haja qualquer coisa para se saber. Prefiro, sinceramente, tentar tirar a impressão deixada em Nora."

A menina acordou tão rapidamente que me senti propensa a pensar se ela não teria "fingido" dormir só para me agradar. Estava ainda com um ar meio doentio, mas infinitamente melhor do que na noite anterior, e concordou tão entusiasticamente com meu desejo de sair do chalé tão logo fosse possível, que tive certeza de que seria a melhor coisa a fazer. Reggie acordou corado e iluminado – evidentemente nenhum fantasma perturbara *sua* noite de repouso. Havia algo consolador e satisfatório em vê-lo assim tão feliz e bem-disposto como se estivesse em casa, na Inglaterra. Mas, embora não tivesse motivos misteriosos como nós para desgostar de Silberbach, ele estava bastante cordial em sua presteza para ir embora. Chamamos Lieschen e lhe pedimos que nos servisse o café da manhã imediatamente. Como eu dissera à anfitriã na noite anterior que partiríamos muito cedo, nossa conta veio com o café. Era, devo confessar, moderada ao extremo – 10 ou 12 marcos, se me lembro corretamente, por duas noites de estada e alimentação, por *quase* dois dias, para três pessoas. E, apesar de tudo, eles nos ofereceram o melhor que tinham. Senti um pequeno peso na consciência quando me despedi da pobre mulher, por ter duvidado de seu estabelecimento. Mas, quando o anfitrião mal-humorado, do lado de fora, fumando como sempre, emitiu um "adeus" grosseiro em resposta às nossas despedidas, meu sentimento de imensurável gratidão de não ter que passar outra noite sob o seu teto voltou a prevalecer.

"Talvez ele esteja ofendido por não ter lhe dito como eu queria ir embora, sem mencionar sua estupidez em relação ao assunto", eu disse para mim mesma, ao passar por ele. Mas não, não havia um olhar de vingança, de malícia, ou até de aborrecimento em sua cara fechada. Não, acho que quase o vi sorrir quando Reggie tocou seu Tam O'Shanter,[183] saudando-o, no momento que passou por ele. Aquele anfitrião era realmente um dos seres humanos mais incompreensíveis com quem já cruzei na vida, seja na realidade ou na ficção.

Havíamos pedido a Lieschen que carregasse nossa modesta bagagem até o posto dos correios, e tendo-a colocado do lado da estrada onde a carruagem iria parar, ela educadamente nos desejou boa viagem e foi embora, aparentemente mais do que satisfeita com a pequena quantia que lhe dei. Embora fosse menos mal-humorada, era

---

[183] Tam O'Shanter (no exército britânico, abreviado como ToS) ou "Tammy": nome dado à tradicional boina escocesa usada pelos homens, e hoje também por mulheres. O nome deriva de Tam O'Shanter, herói homônimo do poema de Robert Burns (1759-1796) escrito em 1790 e publicado em 1791. (N. da T.)

quase tão impassível quanto o anfitrião. Não perguntou para onde estávamos indo, ou se voltaríamos algum dia e, da mesma forma que seu patrão, como eu disse, se ainda estivéssemos lá, não acredito que fizesse qualquer pergunta, ou expressasse qualquer surpresa.

– Existe algo realmente muito estranho em relação a Silberbach – acabei dizendo a Nora –, tanto em relação ao lugar quanto às pessoas. Elas nos dão a impressão de serem meio bobas e, no entanto, é claro que não são. Nesses dois últimos dias, me senti vivendo um tipo de sonho ou pesadelo, e não sossegarei enquanto não estivermos fora daqui.

Embora ela não me respondesse muita coisa, eu sabia que havia me entendido.

Tínhamos chegado, é claro, muito, muito cedo ao posto dos correios. O senhor idoso saiu da sua casa e pareceu se divertir com nossa pressa para ir embora.

– Creio que não gostaram de Silberbach – ele disse. – Bem, eu não me surpreendo. Acho este o lugar mais triste que já vi.

– Então, o senhor não é daqui? Não está aqui há muito tempo? – perguntei.

Ele balançou a cabeça.

– Estou aqui há poucos meses e espero ser transferido em breve – ele respondeu.

Evidentemente, ele poderia não ter me dito nada!

– É muito solitário aqui. Ninguém nunca leu um livro, todos são burros e estúpidos. Mas, por outro lado, são muito pobres, e vivem aqui, de ano a ano, quase sem ganhar seu sustento diário. A pobreza degrada, não há dúvida quanto a isso, não importa o que os sábios digam. Algumas gerações fazem com que os homens sejam um pouco mais que...

Ele parou.

– Mais que...? – perguntei.

— Mais que... — o velho filósofo do posto dos correios continuou — desculpe-me a expressão, mais do que porcos.

Havia duas ou três criaturas da fraternidade suína ruminando ao lado da estrada — elas devem ter suscitado a comparação. Não pude conter o riso.

— Mas viajei um bocado pela Alemanha — eu disse — e nunca encontrei em nenhum outro lugar pessoas tão estúpidas, impassíveis e descorteses como aqui.

— Talvez não — ele disse. — Mesmo assim, há muitos lugares como este, apenas, naturalmente, não são lugares visitados por estrangeiros. Não é tão ruim onde há casas de campo por perto, porque, hoje em dia, é permitido, pois é raro que os nobres se interessem pelo povo.

— É uma pena que nenhum homem rico goste de Silberbach — eu disse.

— Esse dia nunca chegará. A melhor coisa seria construírem uma estrada de ferro cortando este lugar, mas isso também é pouco provável.

Então, o velho chefe dos correios se virou para o jardim, convidando-nos, educadamente, a esperar ali, ou dentro do posto, se preferíssemos. Mas preferimos ficar do lado de fora, porque logo acima do posto dos correios havia uma pequena floresta bastante tentadora, muito mais bonita do que qualquer coisa do outro lado do vilarejo. E Nora e eu nos sentamos tranquilamente nas raízes de algumas velhas árvores, enquanto Reggie encontrou uma distração agradável caçando e conversando com uma ninhada de patos, que, por razões que só eles sabem, saíram de seu elemento nativo e vieram passear pela floresta.

De onde estávamos sentadas, podíamos ver, logo abaixo, nossa antiga pousada; quase podíamos distinguir a figura desleixada do anfitrião e da pobre Lieschen, com um balde d'água pendurado de cada lado, de volta do poço.

– Que vida! – não pude evitar dizer. – Dia após dia, nada além de trabalho. Não é de se admirar que eles se tornem burros e estúpidos, pobrezinhos.

Então meus pensamentos se voltaram para o lugar onde estávamos debaixo do sol, o ar fresco da manhã e a agradável emoção de ir embora me fizeram esquecer da estranha experiência da noite anterior. Era difícil aceitar quanto aquilo havia me afetado. *Agora* eu sentia como se eu quisesse ter visto o pobre fantasma, e saber se havia algo que pudéssemos fazer por ele! Porque nas histórias de fantasmas ortodoxas, há sempre alguma razão para esses espíritos vagantes retornarem ao mundo que deixaram. Mas, quando me virei para Nora e vi seu rosto meigo ainda pálido e encovado, com uma expressão um pouco assustada, como nunca vira antes, fiquei aliviada que o inesperado visitante não tivesse falado com ela.

"Isso a teria enlouquecido", pensei. "Por que, se tinha algo a dizer, apareceu para ela, pobre menina, e não para mim? No entanto, não tenho certeza se eu também não teria enlouquecido."

Logo depois, a buzina da carruagem dos correios se fez ouvir a distância; nós corremos, com o coração acelerado, temendo qualquer decepção. Porém, estava tudo bem, *não* havia passageiros e, dando adeus a nosso velho amigo, tomamos alegremente nossos assentos e partimos para Seeberg.

Ali e em outros lugares bonitos da vizinhança, passamos duas ou três semanas agradáveis. Nora recuperou, aos poucos, sua cor natural e seu bom humor. Mesmo assim, a estranha experiência deixou-lhe uma marca. Nunca mais foi aquela menina destemida, despreocupada e alegre de antes. Tentei, entretanto, aproveitar o possível do que aconteceu, lembrando que a infância não dura para sempre, que o choque possivelmente ajudara a suavizar e modificar uma natureza muito ousada para uma personalidade feminina – e, ademais, deixando de lado a ternura e a simpatia diante das fraquezas e temores de temperamentos mais fracos.

Em Kronberg, na nossa volta, soubemos que Herr von Walden havia viajado até a região dos lagos, na Itália; Lutz e o jovem Trachenfels retomaram os estudos em Heidelberg; George Norman voltara para casa, na Inglaterra. Todos os membros do nosso pequeno grupo estavam espalhados, exceto Frau von Walden.

Contei a história para ela e Ottilia, tomando nosso café numa tarde, quando Nora não estava entre nós. Ambas ficaram impressionadas.

Ottilia não resistiu e disse:

– Eu lhe avisei. Eu sabia, eu senti – ela disse – que algo desagradável iria acontecer a você lá. Nunca esquecerei – ela continuou em tom inocente – a impressão triste que o lugar me causou da única vez em que estive lá; chovia a cântaros e havia um desconforto e um ar soturno em tudo. Tivemos que esperar algumas horas um dos cavalos ser ferrado, uma vez quando eu estava indo com meu pai de Seeberg para Marsfeldt.

Frau von Walden e eu sorrimos. Mesmo assim, não havia nada gracioso na minha história, embora as duas concordassem que, do ponto de vista do bom senso, era improvável que houvesse qualquer tragédia associada ao desaparecimento do rapaz de quem ouvíramos falar em Grünstein.

– E, realmente, por que devemos nos referir ao seu "desaparecimento", eu não sei – disse Frau von Walden. – Ele não escreveu para fazer a encomenda que prometeu, isso é tudo. Sem dúvida, ele está bem feliz em casa. Quando retornar à Inglaterra, minha querida, deve tentar encontrá-lo, talvez por meio da xícara. E, então, quando Nora o vir, e descobrir que ele não se parece com o "fantasma", fará com que pense que realmente foi apenas, devo admitir, uma ilusão de óptica *bem estranha*.

— Mas Nora nunca ouviu a história de Grünstein, e não ouvirá – disse Ottilia.

— E a Inglaterra é um lugar grande, mesmo que pareça pequeno – eu disse. – Mesmo assim, se eu *encontrasse* o rapaz, talvez eu contasse tudo a Nora e, ao mostrar a ela como *minha* imaginação o vestiu, creio que talvez pudesse diminuir o efeito sobre ela em relação ao que ela imagina que viu. Seria a melhor prova para ela, os truques que nossa imaginação pode nos pregar.

— E, enquanto isso, se ouvir meu conselho, vai se referir a isso o menos possível – disse a prática Ottilia. – Não *tente* evitar o assunto, mas fale dele diante da realidade.

— Você vai encomendar o serviço de chá? – perguntou Frau von Walden.

— Provavelmente, não. Eu me desencantei com ele – eu disse. – E poderá fazer Nora se lembrar do pacote de papel azul. Acho que darei a xícara e o pires à minha irmã.

E, ao voltar à Inglaterra, foi exatamente o que eu fiz.

Dois anos se passaram. Esta é uma paisagem muito diferente da velha e simpática Kronberg, ou, mais ainda, do triste Katze, em Silberbach. Estamos na Inglaterra agora, embora não em nossa própria casa, hospedados, meus filhos e eu – duas filhas mais velhas e, além delas, a pequena Nora, embora não se possa mais chamá-la de "pequena" – com minha irmã. Reggie está aqui também, mas naturalmente não muito presente, pois são férias de verão e o tempo está excelente. É agosto de novo – uma típica tarde de agosto –, porém um pouco quente demais talvez para algumas pessoas.

— Nesta época, há dois anos, mamãe — disse Margaret, minha filha mais velha —, você estava na Alemanha com Nora e Reggie. Que verão longo foi aquele! É muito melhor estarmos todos juntos.

— Gostaria de ir a Kronberg e todos aqueles lugares estranhos — disse Lily, minha segunda filha —, especialmente àquele lugar onde Nora viu o fantasma.

— Tenho certeza de que não gostaria de *ficar* ali — repliquei. — É curioso que se lembrem disso agora. Eu me lembrei hoje de manhã. Ontem fez dois anos que tudo aconteceu.

Estávamos sentados à mesa tomando o chá da tarde no gramado do lado de fora, em frente à janela da sala de estar — minha irmã, seu marido, Margaret, Lily e eu. Nora estava com um grupo de amigas dentro de casa.

— Que estranho! — exclamou Lily.

— Acha que Nora se lembrou disso? — perguntei.

— Ah, não, tenho certeza de que não — disse Margaret. — Acho que ela já se esqueceu. Ela nos contou quando chegou em casa. Você havia nos avisado, lembra-se, mamãe, e nos disse para não dar muita importância. Um ano depois, ela se lembrou. Disse-me que ficou assustada o dia inteiro, com medo de que ele aparecesse de novo. Mas acho que, desde então, ela se esqueceu desse assunto.

— É uma menina muito sensata — disse minha irmã. — E é especialmente gentil e cordata quando os menores ficam amedrontados. Eu a vi sentada ao lado de Charlie numa outra noite por um bom tempo, porque ele ouviu o pio de uma coruja do lado de fora e ficou com medo.

Nesse momento, um criado saiu da casa e veio dizer algo ao meu cunhado. Ele se levantou imediatamente.

— É o sr. Grenfell — ele disse à esposa — e um amigo que veio com ele. Devo trazê-los aqui?

– Sim, seria uma pena termos que entrar agora, está tão bom aqui fora – ela respondeu.

E o marido foi receber as visitas.

Ele voltou depois de dois minutos, passando pelas portas envidraçadas da sala de estar, acompanhado dos dois cavalheiros.

O sr. Grenfell era um rapaz da vizinhança, que conhecíamos desde criança; apresentou-nos o amigo, sir Robert Masters. Este era um homem de meia-idade, com aparência e expressão tranquila e gentil.

– Gostaria de uma xícara de chá? – perguntou minha irmã, depois que terminaram os cumprimentos.

O sr. Grenfell declinou. O amigo aceitou.

– Vá até a sala de estar, Lily, por favor, toque a campainha, e peça uma xícara de chá com pires – disse a tia, vendo que não tinha outra. – Havia uma xícara a mais, mas alguém colocou leite no pires. Não foi você, Mark, para Tiny?

Ela continuou falando, virando-se para o marido:

– Você *não* deveria dar ao cachorro um pires que nós usamos, não é?

Meu cunhado fez um ar ao mesmo tempo cômico e compungido; ele não tentou negar a acusação.

– Basta, minha querida, não beber o chá no *pires* – ele emendou.

Como certos resultados importantes emergem de fatos tão triviais! Se Mark não tivesse servido um pouco de leite para Tiny num pires, nunca teríamos conhecido as circunstâncias que dão a essa simples relação de fatos – sem qualquer valor em si mesma – tal interesse, apenas especulativo e sugestivo, reconheço, como ela pôde vir a ter.

Lily, enquanto isso, sumiu. Porém, mais rapidamente do que teria levado para tocar a campainha e esperar que a criada respondesse ao chamado, ela retornou, trazendo algo com todo o cuidado.

— Tia — ela disse —, não é uma boa ideia? Como você tem uma colher de chá, não acho que Tiny tenha usado a colher, usou? Em vez de pedir uma nova xícara, pensei em trazer a xícara do fantasma para sir Robert. Não faz mal usá-la uma vez, já que estávamos falando dela. Vi que não está empoeirada — ela emendou e minha irmã fez uma expressão de dúvida. — Estava dentro da cristaleira.

— Mesmo assim, um pouco de água quente não irá afetá-la — disse a tia —. Mas espero que sir Robert não faça objeção de usar uma xícara com esse nome.

— Ao contrário — ele respondeu —, será uma honra. Mas gostaria que me explicassem o significado desse nome. É mais intrigante do que se fosse uma porcelana antiga, a xícara de uma tataravó, por exemplo. Porque vejo que não é antiga, embora seja muito bonita e, suponho, incomum?

Houve um momento de hesitação quando ele disse a última palavra, o que me chamou a atenção.

— Não tenho dúvida de que minha irmã estará pronta a lhe contar tudo sobre ela. Foi ela quem me deu essa xícara — respondeu a dona da casa.

Então, sir Robert virou-se para mim. Vendo-o de frente, percebi uma expressão pensativa e perspicaz em seu olhar, que redimiu sua aparência do lugar-comum do cavalheirismo, que fora tudo o que eu observara nele antes.

— Interesso-me sobremaneira por esses assuntos — ele disse. — Seria muito gentil de sua parte se pudesse me contar toda a história.

Contei, mais rápida e sucintamente, claro, do a que narrei aqui. Não é fácil ser a narradora, com cinco ou seis pares de olhos fixos em você, especialmente quando algumas dessas pessoas já ouviram a história ser contada várias vezes antes, e percebem qualquer discrepância, mesmo que não intencional.

– Como vê, não há muito a contar – concluí –, apenas ficamos muito impressionados com esse tipo de experiência quando nos é contado pela primeira vez.

– Sem dúvida que sim – respondeu sir Robert. – Muito obrigado por tê-la contado a mim.

Ele respondeu de forma muito educada, mas de um modo um tanto evasivo, com os olhos fixos, porém meio absortos, na xícara que tinha em mãos. Parecia tentar se lembrar de alguma coisa.

– Deve haver alguma sequência para essa história – disse o sr. Grenfell.

– É o que eu digo – declarou Margaret, incisiva. – Seria muita estupidez se não soubéssemos mais nada. Mas é o que acontece com histórias de fantasmas modernas, não há sentido, nem significado nelas. Os fantasmas aparecem para pessoas que não os conhecem, que não se interessam por eles, como aconteceu, e então eles não têm nada a dizer, não há nenhum *dénouement*,[184] ou seja, nenhum propósito.

Sir Robert ficou pensativo olhando para Margaret.

– Há fundamento no que disse – ele replicou. – Mas penso que há fundamento também a ser deduzido do próprio fato a que você se refere, pois é um fato em si. Acredito que aquilo que chama de falta de sentido e de propósito, a arbitrariedade, podemos dizer, das experiências modernas desse tipo são as provas mais seguras de sua autenticidade. Há muito tempo, o povo misturava fato e ficção, a imaginação corria solta e embasada em muito poucos fundamentos, frequentemente, sem dúvida, genuínos, embora frágeis, construíam uma "história de fantasma" completa e arrebatadora. Hoje, pensamos e filosofamos, queremos chegar à raiz e à razão de tudo, e estamos mais desconfiados dos exageros. O resultado é que os fantasmas apenas genuínos são seres insatisfatórios; eles aparecem sem motivo,

---

[184] Desfecho, em francês no original. (N. da T.)

e parecem ser o que, de fato, eu creio, o que *quase* sempre são, fogos-fátuos, sem qualquer propósito. Mas desses eu separaria a categoria de histórias de fantasma mais bem comprovadas e mais impressionantes, aquelas que têm a ver com o momento da morte; qualquer visão que surja em torno dessa hora, *em geral*, possui mais significado. Esses fantasmas aparecem por uma razão, se não movidos por uma intensa afeição, que os aproxima daqueles de quem serão separados.

Ouvíamos atentamente à sua longa explicação, mesmo sem entender tudo.

– Já ouvi várias vezes – eu disse –, que a categoria de histórias de fantasma a que se refere são as únicas totalmente autênticas, e penso que temos, naturalmente, mais inclinação para acreditar nelas do que em qualquer outra. Mas confesso que realmente não entendo o que quer dizer ao se referir a *outros* fantasmas como fogo-fátuo. Quer dizer que, mesmo no momento da morte haja um ser, a alma, de fato, como parte distinta do corpo, na qual todos, menos os materialistas, acreditam, que isso não tem uma existência permanente, mas se dissolve aos poucos, até se tornar algo *sem* propósito, na verdade, um fogo-fátuo? Ouvi uma teoria desse tipo ultimamente num livro em francês, mas fiquei tão chocada que a rejeitei e tentei esquecê-la. Dessa forma, *melhor* acreditar que não somos nada além de corpos, e que tudo acaba quando morremos. Realmente, não é isso que quer dizer, é?

– Deus me livre – respondeu sir Robert, com um ardor que me surpreendeu ao mesmo tempo que me tranquilizou. – Acredito profundamente que, não apenas somos algo além do nosso corpo, mas que nosso corpo é o mero invólucro do nosso verdadeiro ser. Também é minha profunda crença de que, na morte, nós, nosso verdadeiro eu, entramos imediatamente num estado de descanso temporário, ou, em alguns casos (porque não acredito em regras predeterminadas independentemente de questões *individuais*), somos privilegiados imediatamente a entrar numa esfera de trabalho mais nobre e mais puro.

Nesse momento, os olhos do interlocutor ganharam um brilho etéreo.

– Assim é menos provável, não é de todo discordante de nosso "bom senso", um dom divino que podemos usar sem medo, supor que esses "eus" verdadeiros, livres do peso do corpo, deixariam seu repouso feliz, *ou*, ainda menos, suas novas atividades, para voltar a vagar, sem propósito e sem objetivo, neste mundo, apenas deixando perplexos e alarmados aqueles que os veem? Isso não é contrário a tudo o que conhecemos da sabedoria e *razoabilidade* dessas leis que *temos*?

– Penso que sim – respondi – e, até agora, isso me tornou muito cética em relação a todas as histórias de fantasmas.

– Mas, em geral, elas são verdadeiras, tanto quanto se sabe – ele replicou. – Nossas naturezas são muito mais complexas do que podemos compreender ou perceber. Não tenho como me aprofundar no assunto neste momento, mas, para lhe dar uma vaga ideia da minha teoria sobre fogos-fátuos: pode imaginar um tipo de sombra, ou um eco do nosso ser, vagando pelos lugares que frequentamos na terra, que, sob certas condições bastante raras, da atmosfera, entre outras, possa ser perceptível para aqueles ainda "vestidos" com este corpo físico? Para tentar fazer uma comparação, sugiro o perfume que fica no ar quando jogamos as flores fora, a fumaça que aos poucos se desfaz depois que a lâmpada se apaga! É muito, muito vagamente o que eu quero dizer com minha definição de fogos-fátuos.

– Não gosto nem um pouco disso – disse Margaret, embora ainda sorrisse com o canto da boca. – Acho que ficaria mais assustada se visse esse tipo de fantasma, quero dizer, se considerasse esse tipo, do que um bom, honesto e tradicional fantasma, que sabe quem é, e quisesse aparecer.

— Mas acabou de dizer — ele objetou —, que eles nunca parecem saber o que são. Além disso, por que se assustaria? Nossos medos, nós mesmos, a bem da verdade, são a única coisa das quais devemos ter medo, nossas fraquezas, ignorâncias e loucura. Havia uma grande verdade naquela história medonha escrita por Calderón,[185] mesmo sendo uma alegoria, sobre o homem cujo gênio do mal era ele mesmo; já a leu?

Todos balançaram a cabeça negativamente.

— É a ignorância que nos amedronta — ele continuou. — Sobre esse assunto, pensem nas aparições de que estamos falando como quase da mesma natureza de uma fotografia, ou de um reflexo no espelho. Ficaríamos assustadíssimos com eles, se não tivéssemos nos habituado a vê-los, se não soubéssemos o que são. Alguém, há pouco, disse que pensaríamos coisas assustadoras sobre nossas sombras, se tivéssemos, de repente, pela primeira vez, percebido o que são.

— Não me importo tanto — disse Margaret —, quando fala de fantasmas como um tipo de fotografia. Mas...

Ela hesitou.

— Por favor, diga o que está pensando.

— Agora há pouco, quando disse ser incrível que almas de verdade retornem à terra, referiu-se apenas às boas pessoas, não foi?

Desta vez, foi sir Robert quem hesitou.

— É difícil demarcar um limite, mesmo em pensamento, entre bons e maus — ele disse — e, graças a Deus, isso não depende de nós. "Apenas diante do Criador, eu me ergo ou caio".[186] Há mal no melhor; há certamente esperança — mas, neste ponto, seu rosto ficou grave e triste — e bondade no pior. Mas, mesmo permitindo que pudéssemos

---

[185] Pedro Calderón de la Barca (1600-1681), ver nota da p. 396. (N. da T.)
[186] "Quem és tu, que julgas o servo alheio? Para seu próprio senhor, ele se ergue ou cai. E ele se erguerá, pois Deus tem o poder de fazê-lo se erguer" (Romanos 14:4). (N. da T.)

demarcar um limite, é provável que os maus, mesmo aqueles que têm tudo, mas perderam o último brilho, que não querem ser bons, é provável que eles, se, como devemos acreditar, sob o controle divino, teriam permissão para deixar sua nova vida de punição, punição no sentido de *correção*, bem entendido, de retornar aqui, para gastar seu tempo, podemos dizer, assustando pessoas totalmente inocentes, sem nenhum motivo? Não, eu creio que meu argumento seja bastante consistente. Apenas tentem se livrar de todos os *medos*, é isso o que todos podemos fazer. Mas, de fato, devo me desculpar por toda esta preleção.

Ele se virou para mim com um sorriso, quando seu olhar encontrou a xícara que colocara na mesa.

– Continuo com a impressão de que já vi essa xícara... não, não esta xícara, mas uma igual a essa, antes. Acho que não faz muito tempo – ele disse.

– Ó, então nos conte, se conseguir descobrir alguma coisa – dissemos todos quase em uníssono.

– Certamente, farei isso – ele respondeu e, poucos minutos depois, ele e o sr. Grenfell se foram.

Mas tive tempo de trocar algumas palavras com o segundo, sem que os outros nos ouvissem.

– Quem é sir Robert Masters? – perguntei. – Conhece-o há muito tempo? Ele é um homem bastante incomum e impressionante.

– Sim, pensei que gostaria dele. Não o conheço há muito tempo, mas é um velho amigo de amigos que temos em comum. Ele vem de uma boa família, de antigos barões, mas não é muito conhecido em sociedade. Viaja muito, ou já fez isso por algum tempo, e dizem que tem "ideias peculiares", embora nada deponha contra ele. Ideias peculiares, ou algo do gênero, estão na moda hoje em dia! Mas não há fingimento no que ele diz. E seja lá quais forem as suas ideias – continuou o jovem Grenfell, cordialmente –, é um dos melhores homens que já conheci. Aposentou-se há alguns anos, e devota-se a fazer o bem, mas, tão discretamente e sem ostentação, que ninguém sabe o que ele faz e, em geral, outras pessoas recebem o crédito por ele.

Isso foi tudo o que eu ouvi.

Nunca mais vi sir Robert. E ainda não cheguei ao final da minha suposta história de fantasma.

A xícara e o pires foram cuidadosamente lavados e recolocados na cristaleira. O verão passou devagar, e voltamos para casa, que ficava a uma boa distância da residência de minha irmã. Sempre nos encontrávamos, principalmente no verão. Então, embora eu não tenha me esquecido de sir Robert Masters, ou de sua estranha conversa, entre a miríade de interesses e prazeres, deveres e cuidados diários, nenhum dos incidentes que registrei aqui ocupavam minha mente e, a não ser aquele que tive, ainda na Alemanha, cuidadosamente guardando os detalhes de tudo o que acontecera, direta ou indiretamente ligado ao "fantasma de Nora", como acabamos por chamá-lo – embora fosse raramente mencionado diante da menina –, eu não conseguiria agora dar-lhes circunstancialidade.

Quinze meses completos após a visita à minha irmã, quando conhecemos sir Robert, tudo voltou de repente e inesperadamente à minha lembrança. Mark e Nora – também o nome de minha irmã – estavam, por sua vez, hospedados conosco, quando, certo dia, no café da manhã, os correios trouxeram uma carta inusitadamente bojuda e importante para ela. Minha irmã abriu a carta, olhou a página solta que continha várias folhas escritas com uma caligrafia diferente, e passou-a para mim.

– Devemos ler o restante juntas – ela disse baixinho, olhando para as crianças, que estavam à mesa. – Deve ser muito interessante!

A página que ela me entregara era um bilhete do sr. Grenfell. Estava datada de algum lugar na Noruega, onde ele fora pescar, e de onde enviou o pacote para a casa da minha irmã, sem saber que ela estava viajando.

"MINHA CARA SRA. DAVENTRY", começava a carta. "O conteúdo demorou a chegar a seu destino porque é, como verá, de fato, destinado à sua irmã. Sem dúvida, vai interessá-la também, como interessou a mim, embora eu seja muito prático e prosaico para entrar nesse tipo de assunto. Mesmo assim, é curioso. Por favor, guarde a carta; tenho certeza de que meu amigo tinha a intenção de que fizesse isso.

"Sinceramente seu,
"RALPH GRENFELL"

O manuscrito anexo era, é claro, do próprio sir Robert. Era uma carta para o jovem Grenfell; e depois de explicar que considerou melhor escrever ao amigo por não ter meu endereço, mergulhou no verdadeiro assunto da sua missiva.

"Certamente não se esqueceu", ele disse, "do incidente da 'xícara do fantasma', no verão do ano passado, e a curiosa história que sua amiga foi tão gentil em nos contar. Deve se lembrar da senhora – certamente você se lembrará, tenho certeza – e da minha forte impressão de ter visto recentemente uma xícara igual. Depois que deixei você, não consegui tirar essa ideia da cabeça. É sempre irritante não conseguir, figurativamente, 'fisgar' uma lembrança e, nesse caso, realmente eu queria encontrar uma pista, porque poderia conduzir a algum tipo de 'explicação' para a estranha experiência da menina. Revirei meu cérebro, mas sem sucesso; rememorei todas as casas que havia visitado durante determinado período; fiz listas de todas as pessoas que eu conhecia que se interessavam por 'porcelana', antiga ou moderna, e que poderiam ter esse tipo de xícara. Mas foi tudo em vão. O que consegui depois de todo esse esforço foi que começaram a pensar que eu estava desenvolvendo uma nova mania, ou, como ouvi uma senhora dizer à outra, sem saber que eu podia ouvi-la, 'o pobre homem deve estar meio maluco, embora até agora eu tenha sempre negado. Mas a mudança de ações de caridade para coleção de porcelanas está dando na vista'. Então, pensei que seria melhor deixar de perguntar aos meus amigos 'colecionadores' sobre porcelanas e faianças, e sobre louça alemã, em especial. E, depois de algum tempo, esqueci-me do assunto. Há dois meses, tive a oportunidade de fazer uma viagem ao norte, a mesma viagem, e para ficar na mesma casa onde estive quatro ou cinco vezes desde que vira a 'xícara do fantasma'. Mas isto foi o que aconteceu desta vez. Há um entroncamento por onde se deve passar durante a viagem. Em geral, consigo coordenar meus trens de forma a evitar ter que esperar muito tempo, mas nem sempre isso é possível. Desta vez, vi que seria inevitável permanecer uma hora no entroncamento. Há um restaurante muito bom, mantido por pessoas bem-educadas e decentes. Eles me conhecem de vista, e depois de beber uma xícara de chá, me propuseram, como tinham feito antes, que eu esperasse numa sala ao lado do restaurante. 'É mais silencioso e confortável', disse a mãe ou a filha que gerencia o lugar. Agradeci, e me instalei numa poltrona com meu livro, quando, ao olhar para cima – ali, sobre a lareira, havia uma xícara igual àquela – idêntica em formato, padrão e cor! Tudo voltou à minha mente naquele minuto. Eu tinha feito esta viagem logo antes de ir ao seu bairro no ano passado, e havia esperado nessa salinha da mesma forma que agora.

"'Onde conseguiu esta xícara, sra. Smith?', perguntei.

"Havia duas ou três outras peças bonitas de porcelana ali. A mulher ficou satisfeita com minha pergunta.

"'Sim, senhor. Bonitinha, não é? Gosto muito de porcelana. Recebi esta xícara da minha sobrinha. Ela disse que a pegou em algum lugar, num leilão, eu acho. Ela é estrangeira, não é, senhor?'

"'Sim, é alemã. Mas consegue descobrir onde sua sobrinha a encontrou?', pois ao ouvir a palavra 'leilão', comecei a perder as esperanças de descobrir sua origem.

"'Posso perguntar a ela. Vou escrever a ela esta semana', a sra. Smith replicou; e prometeu me conseguir qualquer informação dentro de duas semanas, quando eu deveria passar por ali novamente. Fiz isso, e a sra. Smith cumpriu a promessa. A sobrinha ganhara a xícara de um amigo, um leiloeiro, e ele, não ela, a arrematara num leilão. Mas ele estava viajando – e a sobrinha da sra. Smith não dispunha de mais informações naquele momento. No entanto, deu-lhe o endereço do leiloeiro, e assegurou-lhe se tratar de um homem muito bom, e que estaria disposto a fornecer ao cavalheiro outra porcelana daquele tipo, se ele quisesse. Ele estaria de volta em casa por volta de meados do mês. Já estávamos em meados do mês. A cidade do leiloeiro ficava a duas horas da minha rota. Talvez todos riam de mim quando lhes contar que eu desviei do meu caminho por essas duas horas, chegando à cidade tarde naquela noite e me hospedando numa antiga e estranha estalagem – que vale a pena ser vista – para encontrar o homem do martelo. Eu o encontrei. Ele foi muito educado, embora tenha ficado, a princípio, um pouco confuso. Lembrou-se da xícara perfeitamente, mas não havia possibilidade de encontrar outra de onde veio aquela!

"'E de onde ela veio?', perguntei, ansioso.

"'De um leilão, a poucos quilômetros daqui, há cerca de quatro anos', ele respondeu. 'Foi o leilão de móveis e utensílios, e de tudo, na verdade, de uma falecida viúva. Tinha algumas porcelanas bonitas, por gostar delas. Essa xícara não possuía muito valor; não era uma peça antiga. Arrematei-a por poucos vinténs. Dei-a à srta. Cross, e ela a enviou à tia, como sabe. Mas, quanto a arrumar algo parecido com ela...'

"Eu o interrompi, assegurando-lhe não se tratar de nada disso, mas eu tinha razões para querer mais informações sobre a pessoa que, eu acreditava, teria comprado a xícara. 'Nada que faça mal a ninguém', eu disse; 'é uma questão sentimental. Uma xícara semelhante foi adquirida por alguém que eu gostaria de saber quem é, mas temo que talvez esteja morto'.

"O rosto do leiloeiro se iluminou. Ele pareceu estar começando a me entender.

"'Temo que o senhor esteja certo, se a pessoa a quem se refere seja o jovem sr. Paulet, filho da viúva. O senhor o conheceu em alguma de suas viagens? Sua morte foi muito triste. Foi o que matou a mãe, dizem; ela nunca se recuperou da perda; e como não tinha nenhum outro parente para herdar seus bens, tudo foi vendido. Lembro-me de que me contaram isso no leilão, e me pareceu bastante triste, mesmo vendo tantas coisas lamentáveis em meu ofício'.

"'Recorda-se de detalhes sobre a morte do sr. Paulet?', perguntei.

"'Apenas que foi repentina, em algum lugar no exterior. Eu não conhecia a família, até me chamarem para fazer o leilão', ele respondeu.

"'Conseguiria saber qualquer detalhe para mim? Tenho certeza de que se trata do mesmo sr. Paulet', arrisquei.

"O leiloeiro pensou um pouco.

"'Talvez eu possa. Creio que uma antiga criada, que trabalhou para eles, ainda more na vizinhança', ele respondeu.

"Agradeci e deixei-lhe meu endereço, para onde ele prometeu me escrever. Senti que talvez fosse melhor não investigar mais nada pessoalmente; poderia causar algum incômodo, ou, era provável, fofocas sobre o falecido, o que eu detesto. Anotei alguns detalhes para orientar o leiloeiro, e segui meu caminho. Isso aconteceu há duas semanas. Hoje, recebi a resposta dele, que passo a transcrever:

"'Caro senhor, a criada que mencionei não pôde me dizer muita coisa, pois não trabalhou muito tempo na casa da falecida sra. Paulet. Para saber mais, ela disse, deveríamos procurar os amigos da família.

O jovem sr. Paulet era alto, louro e muito bem-apessoado. Sua mãe e ele eram bastante ligados. Ele viajava muito e costumava trazer-lhe presentes bem bonitos. Ele morreu em alguma parte da Alemanha, onde há florestas; embora tenham pensado, a princípio, que ele tivesse morrido do coração, os médicos comprovaram que ele foi atingido por um raio e seu corpo foi encontrado na floresta; os papéis que trazia com ele comprovaram sua identidade. O corpo foi enviado para casa a fim de ser enterrado, assim como tudo o que foi encontrado com ele: uma mochila e seu conteúdo, onde estava a xícara que arrematei no leilão. Sua morte ocorreu em 18 de agosto. Ficarei satisfeito de saber se esta informação lhe for útil de alguma forma'.

"Isto", continuava a carta de sir Robert, "é tudo o que pude descobrir. Parece que não houve suspeita de assassinato, nem acredito que tenha havido qualquer possibilidade para tanto. O jovem Paulet provavelmente morreu na floresta um pouco além de Silberbach, e é até mesmo possível que o grosseiro anfitrião nunca tenha ouvido falar dele. Valeria a pena perguntar sobre o assunto, se os seus amigos algum dia retornarem ao vilarejo. Se eu estiver nas vizinhanças, certamente farei isso; todas as coincidências são muito impressionantes."

Seguiram-se as desculpas pela volumosa carta, que se justificava por sua ansiedade em contar tudo o que ele sabia. Em troca, pedia ao sr. Grenfell para obter de mim algumas datas e detalhes, para poder anotá-las. O "fantasma de Nora" aparecera no dia 18 de agosto – exatamente no mesmo dia, dois anos depois da morte do pobre rapaz!

Havia também um *post scriptum* na carta de sir Robert, que dizia: "Creio que, no lugar da sra. –, eu não contaria nada à menina sobre o que descobrimos".

Eu nunca fiz isso.

E isso é tudo que tenho para contar. Não tenho sugestões, nem nenhuma teoria para explicar os fatos. Aqueles que, como sir Robert

Masters, são capazes e desejam tratar desses assuntos, científica ou filosoficamente, sem dúvida terão sua própria explicação. Não sei dizer se considero a teoria *dele* perfeitamente satisfatória, talvez eu não a compreenda de maneira suficiente, mas tentei passá-la com as mesmas palavras que usou. Se ele ler esta narrativa simplória sobre essa experiência curiosa, tenho certeza de que me perdoará por tê-lo incluído na história. Além disso, é provável que ele não seja reconhecido; homens e, também, mulheres que possuam "ideias peculiares", sinceros investigadores e honestos buscadores da verdade, bem como os plagiadores superficiais, não são raros nos dias de hoje.

CAPÍTULO XVII

À SOLTA

Mary Cholmondely

1890

Filha de clérigo, Mary Cholmondely — os ingleses pronunciam "Chumley" — passou grande parte dos seus primeiros trinta anos de vida ajudando a mãe doente a criar os sete irmãos e auxiliando o pai em seu trabalho na paróquia. Debilitada pela asma e pensando não ser adequada para se casar (aos dezoito anos, escreveu em seu diário: "É pouco provável, pois não possuo nem beleza, nem charme"), dedicou-se à literatura, além de cuidar da família. Escreveu o *Gênio do mal*[187] aos dezesseis anos, hoje perdido e, provavelmente, destruído. O primeiro romance, uma história de detetive chamada *As joias dos Danvers*,[188] fez algum sucesso, e foi

---

[187] *Her Evil Genius*, no original. (N. da T.)
[188] *The Danvers Jewels*, no original. (N. da T.)

seguido por *Sir Charles Danvers* e mais cinco romances, bem como uma autobiografia e algumas coletâneas de contos.

Seu romance de 1899, *Sopa vermelha*,[189] causou um escândalo ao ser publicado. Apesar da – ou talvez devido à – longa devoção à sua família e à paróquia do pai, o livro satiriza a hipocrisia religiosa e as visões limitadas da vida interiorana; o livro foi denunciado nos púlpitos de toda a Inglaterra por abordar assuntos como adultério, sexualidade feminina e os papéis tanto femininos quanto masculinos – a última coisa que a sociedade poderia esperar de alguém que fizesse parte da Igreja Anglicana. O romance se tornou um sucesso, e chegou a ser filmado em 1918, mas não lhe rendeu quase nada, por Mary haver vendido os direitos autorais do livro; ela o escreveu na época de inquietação que sua súbita celebridade lhe causou.

Pelo que se sabe, "À solta"[190] foi a única incursão de Mary pela ficção sobrenatural. Publicado na revista *Temple Bar* e, depois, na coletânea *Moth and Rust*,[191] com outros contos mais convencionais, é, de fato, uma história de fantasma – mas, quando saiu, era tão controverso quando *Red Pottage*. Mary foi acusada de ter plagiado o conto de uma história de T. G. Loring, intitulada "A tumba de Sarah",[192] que apareceu na revista *Pall Mall*, em dezembro de 1900. No entanto, de acordo com a nota publicada na *Moth and Rust*, Mary conseguiu provar que seu conto havia sido publicado antes – porém, ainda assim, pediu desculpas por qualquer "plágio não intencional".

---

[189] *Red Pottage*, no original. (N. da T.)
[190] "Let Loose", no original. (N. da T.)
[191] *Traça e ferrugem*, em tradução livre. (N. da T.)
[192] "The Tomb of Sarah", no original. (N. da T.)

> *Os mortos vivem entre nós! Mesmo rijos e frios,*
> *A terra parece prendê-los; eles ainda estão aqui.*

Há alguns anos, comecei a estudar arquitetura e a viajar pela Holanda, analisando as construções daquele interessante país. Eu ainda não havia percebido que não basta escolher estudar a arte. A arte também deve nos escolher. Nunca duvidei de que meu efêmero entusiasmo pela arte um dia seria correspondido. Quando descobri que a arte é uma amante severa, que não correspondia de imediato à minha atenção, naturalmente transferi meu olhar para outra devoção. Havia outras coisas no mundo além da arte. Hoje sou paisagista.

Mas, na época a que me refiro, eu ainda flertava intensamente com a arquitetura. Um dos meus companheiros nessa expedição se tornou, desde então, um dos maiores arquitetos de seu tempo. Ele era magro, determinado, com feições bem marcadas e um queixo quadrado, falava devagar, e o trabalho o absorvia a um nível que considero cansativo. Tinha um poder para superar obstáculos como raramente vi igual. Tornou-se meu cunhado, de modo que eu o conheço bem, pois meus pais não gostavam muito dele, e se opunham ao casamento, e minha irmã também não gostava nem um pouco dele, e recusava-se, toda vez, a se casar com ele, mas, mesmo assim, ele acabou se casando com ela.

Desde então, julguei que um dos motivos para ele ter me escolhido como companheiro de viagens foi para se habituar com o que, posteriormente, denominou de "aliança com minha família", mas essa ideia não passou pela minha cabeça naquele momento. Jamais vi um homem tão desleixado para se vestir e, no entanto, durante o verão escaldante em julho, na Holanda, notei que ele nunca aparecia sem uma gola alta e engomada, que já não era mais um traje comum naquela época.

Frequentemente, eu o perturbava por causa de seus colarinhos esplêndidos, e perguntava por que ele os usava, mas não obtinha nenhuma resposta. Certa noite, quando retornávamos a nossos alojamentos em Middeburg, ataquei-o pela trigésima vez sobre esse assunto.

– Por que, me diga, você os usa? – perguntei.

– Já me fez esta pergunta diversas vezes – ele respondeu, com seu modo lento e preciso de falar –, mas sempre em momentos em que eu estava ocupado. Agora estou desocupado, e vou lhe dizer por quê.

E assim ele fez.

Transcrevi o que ele me contou, usando o máximo de suas palavras, segundo me lembro.

Há dez anos, fui convidado para apresentar uma palestra sobre afrescos ingleses no Instituto de Arquitetos Britânicos. Eu queria fazer a melhor palestra possível, descendo até os mínimos detalhes, então consultei diversos livros sobre o assunto e estudei todos os afrescos que encontrei. Meu pai, que também era arquiteto, me deixou, depois de morrer, todos os seus papéis e anotações sobre arquitetura. Vasculhei-os com cuidado e, encontrei, num deles, um esboço inacabado, feito há quase cinquenta anos, que me interessou sobremaneira. Abaixo, estava anotado com sua caligrafia clara e minúscula – *Afresco da parede leste da cripta. Igreja Paroquial. Wet Waste-on-the-Wolds, Yorkshire (via Pickering).*

O desenho me deixou tão fascinado, que decidi ir até lá para ver o afresco por mim mesmo. Eu tinha apenas uma vaga ideia de onde ficava Wet Waste-on-the-Wolds, mas eu ambicionava o sucesso da minha palestra. Estava quente em Londres, e parti para minha longa jornada, não sem um certo prazer, apenas com meu grande e mal-humorado cão Brian como minha única companhia.

Cheguei a Pickering, Yorkshire, no meio da tarde e, então, comecei uma série de viagens, percorrendo as linhas locais, o que terminou, após várias horas, me levando a uma pequena estação, fora de mão, a quinze ou dezesseis quilômetros de Wet Waste. Como não havia outra forma para se chegar lá, peguei a mala, e comecei a caminhar por uma longa estrada branca, que se estendia pelo meio de um descampado cheio de colinas nuas. Devo ter andado por várias horas por um trecho de terrenos alagadiços, cobertos de urzes, quando um médico passou por mim, e me deu uma carona a um quilômetro e meio do meu destino. Rodamos por um bom tempo, e já estava bem escuro quando avistei um brilho débil de luzes à minha frente, e descobri que havíamos chegado a Wet Waste. Tive bastante dificuldade para encontrar alguém que me hospedasse, mas, afinal, convenci o dono da hospedaria a me ceder uma cama e, exausto, deitei-me o mais cedo possível, com medo de que ele mudasse de ideia, e adormeci com o ruído das águas de um riacho que passava junto à minha janela.

Acordei bem cedo no dia seguinte e perguntei, após o café da manhã, a direção até a casa do padre, descobri que esta ficava bem perto. Em Wet Waste, tudo era próximo. O vilarejo todo parecia uma fieira de casas térreas construídas com pedras cinzentas, da mesma cor dos muros que cercavam os poucos quintais do descampado circundante, bem como as pequenas pontes sobre o riacho que corria ao lado da larga rua cinzenta. Tudo era cinzento.

A igreja, a torre baixa que vi a pouca distância, parecia ter sido construída com o mesmo tipo de pedra; assim como a casa paroquial, que vi, ao me aproximar dela, acompanhado por um grupo de crianças rústicas e mal-ajambradas, que olhavam para Brian e para mim com solene curiosidade.

O clérigo estava em casa e, depois de uma pequena espera, eu fui atendido. Deixando Brian tomando conta do meu material de desenho, segui a criada até uma sala de teto rebaixado, forrada com painéis de madeira, onde, perto de uma janela de treliça, estava sentado um senhor bem idoso. O sol da manhã batia na cabeça branca inclinada sobre uma pilha de papéis e livros.

"Sr. –?", ele perguntou, olhando para mim devagar e marcando a página de um livro com o indicador.

"Blake."

"Blake", ele repetiu, e continuou em silêncio.

Disse-lhe que eu era arquiteto; que tinha vindo copiar um afresco que estava na cripta da igreja, e pedi a ele que me emprestasse as chaves.

"A cripta", ele disse, empurrando os óculos para cima do nariz e olhando-me com um ar sério. "A cripta está fechada há trinta anos. Desde então..." e interrompeu sua fala.

"Ficaria muito grato se pudesse me emprestar as chaves", eu disse, repetindo meu pedido.

Ele meneou a cabeça.

"Não", ele respondeu. "Ninguém entra mais ali".

"Que pena", respondi, "porque vim de muito longe com esse objetivo", e lhe relatei sobre a palestra que haviam me pedido para fazer, e o trabalho que estava tendo para concluí-la.

Ele se interessou pelo assunto.

"Ah!", ele exclamou, baixando a caneta, e tirando o indicador do meio do livro, "eu entendo. Também já fui jovem, e tinha muita ambição. Os caminhos me trouxeram a lugares solitários, e por quarenta anos tenho cuidado das almas deste lugar, onde, na verdade, vejo muito pouco do mundo, embora eu não desconheça as sendas da literatura. Possivelmente, já leu o panfleto que escrevi sobre a versão síria das *Três Epístolas Autênticas de Inácio?*"[193]

"Senhor", eu disse, "é uma vergonha, para mim, confessar que não tenho tempo para ler até mesmo os livros mais célebres. Meu único objetivo na vida é minha arte. *Ars longa, vita brevis*,[194] como bem sabe".

"Você está certo, meu filho", disse o velho, visivelmente desapontado, mas olhando-me com candura.

"Há muitos dons e, se o senhor lhe concedeu um dom, cuide dele. Não faça pouco de seu talento."

Disse-lhe que eu não faria isso, se ele me emprestasse as chaves da cripta. Ele ficou surpreso com minha insistência no assunto e ficou indeciso.

"Por que não?", ele murmurou para si mesmo. "O jovem parece um bom rapaz. E a superstição? O que é, senão a descrença em Deus?"

Levantou-se devagar e, tirando um grande molho de chaves do bolso, escolheu uma e abriu um armário de madeira de carvalho no canto da sala.

"Devem estar aqui", ele disse baixinho, olhando no fundo, "mas o pó acumulado em muitos anos engana a vista. Veja, meu filho, se, entre esses dois pergaminhos, há duas chaves; uma de ferro bem grande, e outra, de aço, fina e comprida".

Fui ajudá-lo imediatamente e, encontrei, no fundo da gaveta, duas chaves atadas, que ele reconheceu na hora.

---

[193] Santo Inácio: nascido em 35 d.C., foi bispo a partir de 68 d.C., de Antioquia, Síria, a terceira maior cidade do Império Romano. Foi preso e levado a Roma e, no percurso, escreveu seis cartas para as igrejas da região, e uma para o bispo Policarpo. Foi condenado à morte no Coliseu, martirizado por leões, em 100 ou 107 d.C. É venerado por católicos e anglicanos, entre outras igrejas. (N. da T.)
[194] "A arte é longa, a vida é curta", em latim no original. (N. da T.)

"São essas", ele disse. "A longa abre o primeiro portão, ao pé da escada que desce do outro lado do muro externo da igreja, junto à espada esculpida na parede. A segunda abre (mas é difícil de abrir e fechar) o portão de ferro no interior da passagem, que vai até a cripta. Meu filho, é realmente necessário, para a sua tese, entrar nessa cripta?"

Respondi-lhe que seria absolutamente necessário.

"Então, leve-as", ele respondeu, "e, à noite, traga-as de volta para mim."

Eu disse que talvez precisasse retornar outras vezes, e perguntei se ele me permitiria guardá-las até terminar o trabalho, mas, nesse ponto, ele foi irredutível.

"Da mesma forma", ele acrescentou, "tenha o cuidado de trancar a primeira porta ao pé da escada antes de abrir a segunda, e tranque a segunda também enquanto estiver lá dentro. Além disso, ao sair, tranque a porta de ferro interna, bem como a de madeira."

Prometi que faria isso e, depois de agradecer, saí correndo, satisfeito por ter obtido as chaves. Ao encontrar Brian e meu material de desenho esperando por mim na entrada, fugi da vigilância do meu séquito de crianças, seguindo pela estreita passagem interna entre a casa paroquial e a igreja, que ficava ao lado, num quadrângulo com velhos teixos.

A igreja em si era interessante, e notei que fora erguida sobre as ruínas de uma construção anterior, julgando pelo número de fragmentos de capitéis e de arcos de pedra, com vestígios de entalhes muito antigos, agora embutidos nas paredes. Também havia cruzes esculpidas em alguns lugares e, uma em especial chamou-me a atenção, flanqueada por uma grande espada. Ao tentar me aproximar para ver mais de perto, tropecei, olhei para baixo e encontrei, aos meus pés, uma estreita escada de pedra com os degraus recobertos de musgo e bolor. Certamente, era a entrada para a cripta. Desci em seguida, tomando cuidado onde colocava o pé, pois os degraus eram muito úmidos e escorregadios.

Brian me acompanhou, pois nada o convenceria a ficar para trás. Quando cheguei ao pé da escada, entrei num vão muito escuro, e precisei acender uma vela para enxergar a fechadura e pegar a chave certa para abri-la. O portão de madeira abriu para dentro de modo bastante fácil, embora o acúmulo de mofo e de lixo no chão do lado de fora mostrasse que não era usada havia muitos anos. Ao passar pelo portão, o que não foi exatamente simples, como não abria mais do que quarenta e cinco centímetros, fechei-o cuidadosamente atrás de mim, embora preferisse tê-lo deixado aberto, já que algumas pessoas se incomodam em ficar trancadas em qualquer lugar, caso precisem sair rapidamente.

Tive alguma dificuldade para manter a vela acesa e, depois de tatear por um corredor baixo e, claro, extremamente úmido, cheguei ao outro portão. Um sapo estava sentado próximo, e pareceu-me estar ali há cem anos. Quando pus a vela no chão, ele olhou para a chama sem piscar, e depois se retirou lentamente por uma fenda na parede, deixando uma pequena cavidade na lama seca que se formara em torno de seu corpo contra o portão. Vi que era um portão de ferro, com um longo ferrolho, que, no entanto, estava quebrado.

Sem mais demora, inseri a segunda chave na fechadura e, ao abrir o portão com bastante dificuldade, o ar frio da cripta tocou meu rosto. Devo admitir que senti um arrependimento momentâneo ao trancar de novo o segundo portão depois de ter entrado, mas me senti obrigado a fazê-lo. Então, deixando a chave na fechadura, peguei a vela e olhei em torno. Era uma câmara abobadada, de teto baixo, cheio de ranhuras, cortado em rocha maciça. Era difícil ver onde terminava a cripta, pois a luz, em qualquer direção, apenas mostrava outros arcos ou passagens rudimentares cortadas na pedra, que provavelmente serviram, em alguma época, como mausoléus de famílias.

Uma peculiaridade da cripta em Wet Waste, que não notei em outros lugares desse tipo, eram as pilhas de crânios e ossos arrumados a um metro e meio de altura de cada lado. Os crânios estavam simetricamente colocados a poucos centímetros do topo do arco mais baixo à minha esquerda, e as tíbias estavam dispostas da mesma forma à minha direita. *Mas, e o afresco?* Procurei em volta, mas em vão. Ao perceber, na outra ponta da cripta, um arco mais baixo e maciço, cuja entrada não estava apinhada de ossos, passei por baixo dele e me vi numa segunda câmara menor. Segurando a vela acima da cabeça, a primeira coisa a ser iluminada foi o afresco e, de imediato, vi que era excepcional. Colocando, com a mão trêmula, alguns dos meus materiais em cima de uma prateleira de pedra rugosa que pode ter servido de mesa, examinei a obra mais de perto. Era um retábulo em cima do lugar que possivelmente serviu de altar até a época em que os padres foram proscritos. O afresco remontava ao início do século XV e estava tão bem conservado, que eu quase podia identificar as fases de cada dia de trabalho no gesso, à medida que o pintor o aplicou e alisou com a espátula. O tema era a "Ascensão", gloriosamente retratada. Mal posso descrever minha alegria quando me levantei e olhei para a pintura, e pensei que esse magnífico afresco inglês seria afinal apresentado ao mundo por mim. Por fim, me recompus, e abri a sacola com o material de desenho e, depois de acender todas as velas que levei comigo, comecei a trabalhar.

Brian ficou andando em volta e, embora eu estivesse satisfeito com sua companhia nesse lugar solitário, várias vezes desejei tê-lo deixado em casa. Ele parecia inquieto, e até a visão de tantos ossos não o acalmava. Depois de dar a mesma ordem repetidamente, ele se deitou, atento, porém imóvel, no piso de pedra.

Devo ter trabalhado por muitas horas, e parei para descansar os olhos e as mãos, quando reparei, pela primeira vez, o profundo silêncio daquele lugar. Nenhum som *meu* chegava lá fora. O relógio da igreja que havia soado tão alto e pesado no momento em que desci as escadas desde então não emitira mais nenhum ruído com sua língua de ferro até o lugar onde eu estava aqui embaixo. Fazia um silêncio tumular. Este *era* um túmulo. Todos os que foram trazidos para cá de fato mergulharam no silêncio. Repeti essas palavras, ou melhor, elas se repetiram para mim.

Mergulharam no silêncio.

Eu fui despertado do meu devaneio por um som bem fraco. Parei e apurei os ouvidos. Os morcegos, vez por outra, frequentam jazigos e cavernas subterrâneas.

O som continuou, débil, furtivo e bem desagradável. Não sei que tipos de barulho os morcegos fazem, se são agradáveis ou não. De repente, ouvi o ruído de algo caindo no chão, uma pausa momentânea, e então, quase imperceptível, porém distante, o tinir de uma chave.

Eu deixara a chave na fechadura depois de virá-la, e agora me arrependia de ter feito isso. Levantei-me, peguei uma vela e retornei à cripta maior – porque, embora eu não seja tão medroso a ponto de ficar nervoso ao ouvir um barulho que não consiga identificar imediatamente, mesmo assim, em ocasiões dessa natureza, confesso preferir que elas não ocorram. Ao me aproximar do portão de ferro, houve outro som diferente (quase posso dizer, apressado). Tive a impressão de ouvir alguém se afastando com muita pressa. Ao chegar ao portão, segurei a vela perto do trinco para tirar a chave, e percebi que a outra, presa no barbante curto, ainda estava balançando. Preferiria que ela não estivesse balançando, pois isso não me parecia razoável, porém coloquei-as no bolso, e virei-me para retomar o trabalho. Ao me virar, vi no chão o que ocasionou o som mais forte que ouvi, ou seja, uma caveira que deslizara do alto de uma das paredes de ossos, e que rolara até meus pés. Ali, revelando mais alguns centímetros do alto de um arco atrás, havia um vão de onde o crânio havia rolado. Inclinei-me para pegá-lo, mas, com medo de deslocar mais crânios ao mexer na pilha e, por não querer recolher os dentes espalhados, deixei-o no chão, e retornei ao trabalho. Fiquei tão absorto, que, por fim, só fui alertado pelas velas que começaram a se apagar uma depois da outra.

Então, com um suspiro de pena por ainda não ter terminado, me preparei para sair. O pobre Brian não se habituara ao lugar, mas estava felicíssimo por ir embora. Ao abrir o portão de ferro, ele passou por mim e, no minuto seguinte, pude ouvi-lo ganindo, arranhando e, eu até diria, atirando-se contra o portão de madeira. Tranquei o portão de ferro e segui rapidamente pelo corredor, ao abrir o outro portão, Brian disparou em direção ao ar livre, subindo as escadas e desaparecendo de vista. Ao parar para retirar a chave, senti-me abandonado e deixado para trás. Quando saí novamente à luz do dia, tive uma vaga sensação de exultante liberdade.

Já era fim de tarde e, depois de voltar do presbitério para devolver as chaves, convenci o pessoal da taberna a deixar eu me juntar à família para o jantar, que estava servido na cozinha. Os moradores de Wet Waste eram pessoas simples, que viviam de um modo franco e descarado que subsiste em locais mais remotos, especialmente nas regiões silvestres em Yorkshire, mas não fazia ideia de que nessa época de postagens de 1 centavo e jornais baratos, existisse em algum lugar tal ignorância sobre o mundo externo, por mais remoto que fosse, na Grã-Bretanha.

Quando peguei uma das filhas do vizinho, a coloquei no colo – uma linda menininha com os cabelos mais loiros que já vi – e comecei a desenhar pássaros e animais de outros lugares para ela, fui imediatamente cercado por uma turba de crianças, e até mesmo de adultos, enquanto outros olhavam de longe, da porta, falando entre eles numa língua estridente e desconhecida, que descobri que se chama "Dialeto de Yorkshire".[195]

---

[195] *Broad Yorkshire*, no original. (N. da T.)

Na manhã seguinte, ao sair do quarto, percebi que acontecera algo no vilarejo. Notei um murmúrio ao passar pelo bar e, na casa ao lado, ouvi, pela janela aberta, choros e lamentos bem altos.

A mulher que me serviu o café da manhã estava chorosa e, quando perguntei o que havia acontecido, ela me disse que a filha do vizinho, a garotinha que eu pegara no colo na noite anterior, havia morrido de madrugada.

Fiquei condoído pela tristeza geral em relação à morte da menininha, e o lamento descontrolado da pobre mãe me tirou o apetite.

Apressei-me logo cedo para ir trabalhar, pegando as chaves no caminho e, com Brian me fazendo companhia, desci mais uma vez até a cripta, então desenhei e medi com uma concentração tal, que não me deu tempo, naquele dia, de ouvir sons reais ou imaginários. Brian, desta vez, também me pareceu mais satisfeito, e dormiu tranquilamente ao meu lado no piso de pedra. Depois de trabalhar o máximo que pude, guardei os cadernos, lamentando não ter terminado como eu esperava. Seria preciso voltar mais uma vez, por algum tempo, na manhã seguinte. Quando devolvi as chaves, ao final da tarde, o velho clérigo veio me encontrar na porta, e me convidou para entrar e tomar chá com ele.

"E seu trabalho prosperou?", ele perguntou quando nos sentamos na sala comprida de teto rebaixado na qual entrei, e onde ele parecia passar grande parte do tempo.

Disse-lhe que sim, e mostrei-lhe o desenho.

"Claro que já viu o original", comentei.

"Uma vez", ele respondeu, olhando fixo para o desenho.

Evidentemente, ele não estava disposto a falar sobre o assunto, então perguntei sobre a época em que a igreja fora construída.

"Tudo aqui é velho", ele disse. "Quando eu era jovem, há quarenta anos, e vim para cá, pois era pobre, e estava muito mais interessado em me casar naquele tempo, eu me sentia oprimido por tudo ser tão velho; este lugar ficava tão longe de tudo, que às vezes tive grande dificuldade para suportar isso, mas escolhi meu destino, e precisei me contentar com ele. Meu filho, não se case na juventude, por amor, que, de fato, nessa época, é um grande poder; afasta o coração dos estudos, e os filhos pequenos põem a ambição a perder. Nem se case na meia-idade, quando a mulher é apenas uma mulher, e sua conversa é cansativa, assim não se verá sobrecarregado com uma esposa na velhice".

Eu tinha meus próprios pontos de vista sobre o casamento, pois sou da opinião de que uma companheira bem escolhida quanto aos gostos domésticos e de temperamento dócil e dedicado seja uma assistência material para um homem que tenha uma profissão. Mas as minhas opiniões, uma vez formuladas, não servem para serem discutidas com os outros, então mudei de assunto e perguntei se os vilarejos vizinhos eram tão antiquados quanto Wet Waste.

"Sim, tudo aqui é velho", ele repetiu. "A estrada pavimentada que leva a Dyke Fens é uma estrada antiga, aberta na época dos romanos. Dyke Fens, que fica bem perto daqui, a cerca de cinco ou oito quilômetros, também é antiga e esquecida do mundo. A Reforma nunca chegou ali. Ela parou aqui. E, em Dyke Fens, ainda têm um padre e um sino, e cultuam os santos. É uma heresia detestável, e toda semana eu exponho isso aos meus paroquianos, apresentando-lhes as verdadeiras doutrinas; e ouvi dizer que esse mesmo padre se rendeu ao Maligno; e pregou contra mim por ocultar verdades do Evangelho do meu rebanho, mas não dou atenção a isso, nem ao seu panfleto quanto às *Homilias Clementinas*,[196] no qual, em vão, ele contradiz o que expus claramente, e provei, sem sombra de dúvida, sobre Asafe."[197]

---

[196] Nome do romance religioso que contém registros de Clemente (identificado como papa Clemente I) narrando como se tornou o companheiro de viagens do apóstolo Pedro. Sobreviveram duas versões desse livro: as *Homilias Clementinas* e os *Relatos Clementinos*. (N. da T.)

[197] Asafe: nomeado pelo rei Davi como líder dos levitas indicados como ministros diante da Arca do Senhor (ICr 16:4,5). O instrumento principal de Asafe eram os

O velho estava devaneando sobre seu assunto favorito e tive que esperar algum tempo para poder ir embora. Como de praxe, ele me acompanhou até a porta, e apenas pude escapar quando seu assistente apareceu e pediu sua atenção.

Pela manhã, fui buscar as chaves pela terceira e última vez. Eu havia decidido ir embora cedo no dia seguinte. Estava cansado de Wet Waste, e um certo ar sombrio começou a pesar sobre aquele lugar. Havia uma perturbação no ar, como se, embora o dia estivesse claro e ensolarado, houvesse uma tempestade se aproximando.

Desta vez, para minha surpresa, negaram-me as chaves quando pedi. Não aceitei, no entanto, essa recusa como final – sigo a regra de nunca aceitar uma recusa como final – e, depois de uma breve espera, fui encaminhado até a sala onde, como sempre, o clérigo ficava sentado, porém, desta vez, estava andando de um lado para o outro.

"Meu filho", ele disse com veemência, "sei por que você veio, mas não adianta. Não posso lhe emprestar as chaves novamente."

Respondi que, ao contrário, eu esperava que ele me entregasse as chaves naquele momento.

"É impossível", ele repetiu. "Fiz mal, muito mal. Nunca mais entregarei essas chaves a ninguém."

"Por que não?"

Ele hesitou, e depois disse devagar:

"Meu antigo assistente, Abraham Kelly, morreu ontem à noite."

Ele fez uma pausa e continuou:

"O médico esteve aqui agora há pouco para me contar algo que é um mistério para ele. Eu não quero que o povo local saiba, e o médico segredou isso apenas para mim, mas ele viu, no pescoço do velho e, mais superficialmente, na criança, marcas de estrangulamento. Ninguém

---

címbalos, que pertencem à percussão, formados por dois discos metálicos e utilizados para acompanhar harpas, trombetas, saltérios e timbales. (N. da T.)

senão ele constatou isso, e ele não sabe como explicá-las. Eu, infelizmente, posso explicar de um modo, mas apenas de um modo!"

Eu não entendia o que tudo aquilo tinha a ver com a cripta, mas, para animar o velho, perguntei qual seria esse modo.

"É uma longa história e, talvez, para um forasteiro, pode parecer uma tolice, mas, mesmo assim, eu vou contá-la, pois percebo que, se eu não lhe der uma razão para reter as chaves, você não deixará de pedi-las.

"Eu lhe disse, no início, quando me perguntou sobre a cripta, que ela estava fechada havia trinta anos e, de fato, estava. Há trinta anos, certo sir Roger Despard faleceu, ele era o senhor da mansão de Wet Waste e Dyke Fens, o último membro da família, que agora, graças a Deus, está extinta. Era um homem vil, não temente a Deus e que não respeitava ninguém nem tinha compaixão pelos inocentes, e o senhor deve tê-lo entregue aos obsessores antes de morrer, pois ele sofria por causa dos seus vícios, especialmente a bebida e, em certas épocas, e houve muitas, ele parecia estar possuído por sete demônios, uma abominação para a família e motivo de amargura para muitos da sociedade, pobres e ricos.

"E, por fim, quando sua taça de iniquidade se completou até a borda, e ele estava a ponto de falecer, fui exortá-lo em seu leito de morte, pois ouvi dizer que o terror havia se abatido sobre ele, e que os maus pensamentos o envolveram de tal forma de todos os lados, que poucos suportavam permanecer em sua presença. Mas, quando eu o vi, percebi que não havia lugar para o arrependimento, e ele zombou de mim e da minha crença, mesmo estando à beira da morte, e jurou que não havia Deus, nem nenhum anjo, e que todos estavam condenados da mesma forma que ele. No fim da tarde do dia seguinte, ele foi acossado pelas agonias da morte e, urrando mais ainda, dizia que estava sendo estrangulado pelo Maligno. Porém, em cima da mesa, estava a faca de caça e, com suas últimas forças, ele se arrastou e pegou-a, sem que ninguém pudesse impedi-lo, e jurou que, se ele iria arder no inferno, deixaria uma das mãos na terra, e que nunca sossegaria até cortar a garganta e estrangular alguém do mesmo modo como ele estava sendo estrangulado. E decepou a mão direita na altura do pulso, e ninguém teve coragem de chegar perto dele para impedi-lo; o sangue espalhou-se pelo chão, escorrendo para o quarto de baixo e, finalmente, ele morreu.

"Chamaram-me à noite, e me contaram sobre a maldição e, eu, pensando que seria melhor que ele a levasse, de modo que a tivesse consigo, aconselhei que ninguém falasse sobre o assunto, então peguei a mão decepada, que ninguém se aventurara a tocar, e coloquei-a ao lado do corpo dentro do caixão, caso um dia, depois de muita tribulação, ele quisesse elevar as mãos a Deus. Mas a história se espalhou e o povo se aterrorizou; então, quando ele foi levado para o túmulo de seus pais, como último membro da família, e como a cripta estivesse praticamente cheia, mandei fechá-la, e guardei as chaves comigo, e não permiti que ninguém mais entrasse ali, porque realmente ele era um homem mau, e o diabo ainda não havia sido totalmente vencido, nem acorrentado e lançado no lago de fogo. Com o tempo, a história arrefeceu, porque, em trinta anos, muitas coisas são esquecidas. E, quando veio me pedir as chaves, eu tinha em mente, a princípio, não entregá-las, mas ponderei que tudo fosse apenas uma vã superstição, e percebi o hábito que tem de insistir uma segunda vez naquilo que lhe é recusado; então, entreguei-lhe as chaves ao ver que não se tratava de mera curiosidade, mas sim o desejo de desenvolver seu talento que o fez pedi-las a mim."

O velho se interrompeu, e fiquei calado, pensando na melhor forma de obter as chaves apenas mais uma vez.

"Certamente", eu disse, afinal, "alguém tão culto e lido quanto o senhor não pode se deixar levar por uma superstição tola."

"Eu não me deixo levar", ele respondeu, "e, no entanto, é estranho que, desde que a cripta foi aberta, duas pessoas tenham morrido, e a marca está clara no pescoço do velho, e é visível na criança. Nenhum sangue foi derramado, mas, na segunda vez, a força foi maior do que na primeira. Na terceira, talvez..."

"Superstições como essa", eu disse com autoridade, "é uma total falta de fé em Deus. O senhor mesmo já disse isso."

Comecei a falar num tom moral confiante, que, em geral, funciona com pessoas mais humildes.

Ele concordou, e confessou não ter a fé de um grão de mostarda,[198] mas mesmo tendo-o convencido até esse ponto, tive dificuldade para conseguir as chaves. Apenas quando eu lhe disse que se alguma influência maligna *fora* libertada no primeiro dia, de qualquer forma, já estava à solta para fazer tanto o bem quanto o mal, e nenhuma outra entrada ou saída minha da cripta faria qualquer diferença, que, ele, afinal, aquiesceu. Eu era jovem, e ele, velho; e ele, muito abalado com o que acontecera, por fim, cedeu, então eu pude tirar as chaves dele.

Não vou negar que desci os degraus da escada naquele dia com uma sensação indefinida de repugnância, que se acentuou ao fechar o segundo portão atrás de mim. Lembrei-me, então, pela primeira vez, do leve barulho de chaves e de outros sons que percebera no primeiro dia, e como um dos crânios havia rolado. Fui até onde ele ainda estava no chão. Já mencionei que essas paredes de crânios eram tão altas que ficavam a poucos centímetros do ápice desses arcos mais baixos que avançavam pelas câmaras mais afastadas do jazigo. O deslocamento do crânio abrira um pequeno vão, largo o suficiente para passar minha mão. Notei, pela primeira vez, acima do arco, um brasão esculpido com um nome agora quase apagado: *Despard*. Este, sem dúvida, era

---

[198] "Ele respondeu: 'Porque vossa fé é pequena. Asseguro que, se tiverdes a fé do tamanho de um grão de mostarda, podereis dizer a este monte: "Vá daqui para lá", e ele irá. Nada será impossível para vós'" (Mateus 17:20). (N. da T.)

o jazigo da família Despard. Não resisti retirar mais alguns crânios para olhar dentro, segurando a vela tão perto da abertura quanto possível. O jazigo estava cheio. Havia antigos caixões empilhados, bem altos, um sobre o outro, e pedaços de caixões e ossos espalhados. Atribuo minha atual determinação para ser cremado à dolorosa impressão que me causou esse espetáculo. O caixão mais próximo ao arco estava intacto, exceto por uma grande rachadura na tampa. Eu não conseguia iluminar as placas de bronze, mas tive certeza de que este era o caixão do malvado sir Roger. Coloquei os crânios de volta, incluindo o primeiro que caiu, e terminei cuidadosamente meu trabalho. Não fiquei ali mais do que uma hora, mas me senti feliz por sair de lá.

Se pudesse ter ido embora de Wet Waste imediatamente, eu teria feito isso, pois senti uma vontade inexplicável de ir embora daquele lugar, mas descobri que havia apenas um trem que parava durante o dia na estação onde desci, e que eu não chegaria a tempo de embarcar.

Assim, aceitei o imponderável, e passeei com Brian pelo resto da tarde e até o início da noite, desenhando e fumando. O dia estava opressivamente quente e, mesmo depois de o sol ter se posto sobre o descampado, não esfriou muito. Não soprava nenhuma brisa. Quando me cansei de vagar a esmo pelas ruas, subi para o quarto e, depois de contemplar novamente o estudo terminado sobre o afresco, comecei a redigir meu ensaio a respeito dele. Como regra, tenho dificuldade para escrever, mas, naquela noite, as palavras fluíam como se eu precisasse me apressar, pressionado pelo tempo. Escrevi sem parar, até as velas se apagarem, e fui obrigado a continuar a escrever ao luar, pois me parecia tão claro quanto à luz do dia.

Quando terminei, guardei os papéis e, ao ver que ainda era muito cedo para eu me deitar, já que o relógio da igreja acabara de bater as dez horas, sentei-me junto à janela aberta, e reclinei-me para respirar um pouco de ar fresco. Era uma noite muito bonita e, ao olhar para fora, consegui tranquilizar os nervos e meus pensamentos. A lua, num círculo perfeito, parecia – se uma expressão tão poética for permitida – singrar um céu calmo. Cada detalhe do vilarejo estava iluminado pelo luar como em pleno dia; assim estava, também, a igreja ao lado, com seus teixos centenários, enquanto o campo mais adiante, ao luar, parecia apenas um desenho.

Fiquei um bom tempo recostado no peitoril da janela. O calor ainda estava intenso. Em geral, não me deixo abater facilmente, mas, ao observar o luar naquele vilarejo perdido no meio do pântano, com a cabeça de Brian apoiada no joelho, não sei como, nem por quê, fui entrando lentamente numa profunda depressão.

Minha mente retornou à cripta e os inúmeros mortos que estavam ali. A visão do destino a que toda vida, força e beleza humanas chegam ao final não me afetou naquele momento, mas agora o ar à minha volta parecia ter o peso da morte.

De que valia, eu me perguntei, trabalhar e me cansar, e moer meu coração e juventude nesse longo e extenuante esforço, vendo que, no jazigo, a loucura e o talento, a preguiça e o trabalho, jazem ali, lado a lado, e são igualmente esquecidos? O trabalho se estendia à minha frente, até meu coração doer só de pensar nele, seguindo até o fim da vida, e depois trazia, como recompensa pelo esforço, o túmulo. Mesmo que eu tivesse sucesso, se, depois de gastar toda a vida com trabalho, eu atingisse o sucesso, o que restaria, para mim, afinal? O túmulo. Um pouco antes, enquanto as mãos e os olhos ainda estão fortes para trabalhar, ou, um pouco depois, quando toda a força e a visão são tiradas, mais cedo ou mais tarde – *é o túmulo*.

Não me desculpo pelo teor excessivamente mórbido desses pensamentos, por sustentar que foram provocados pelos efeitos lunares que descrevi. A lua, em seus quadrantes, sempre exerceu uma influência decisiva sobre o que chamo de subdominante, ou seja, o lado poético de minha natureza.

Levantei-me, enfim, quando a lua começou a bater no lugar onde eu estava sentado. Deixei a janela aberta, tirei minhas roupas e me deitei.

Adormeci quase imediatamente, mas creio que eu não havia dormido muito quando fui acordado por Brian. Ele rosnava emitindo um som baixo e abafado, como fazia, às vezes, quando dormia e seu focinho ficava sob o tapete. Chamei-o para que ficasse quieto e, como ele não me atendeu, virei na cama para procurar uma caixa de fósforos, ou outra coisa para jogar nele. O quarto ainda estava claro com o luar e, quando olhei para ele, eu o vi levantar a cabeça e, claro, despertar. Eu o repreendi e estava quase dormindo de novo quando ele começou de novo a rosnar, emitindo um som baixo e selvagem, que me despertou de vez. Ele se sacudiu e se levantou, então começou a andar de um lado para outro no quarto. Sentei-me na cama e o chamei, mas ele me ignorou. De repente, eu o vi estancar sob o luar, arreganhar os dentes e se abaixar, os olhos seguindo alguma coisa no ar. Olhei-o horrorizado. Teria enlouquecido? Seus olhos chispavam, e a cabeça se moveu um pouco, como se seguisse os movimentos rápidos de um inimigo. Então, rosnando furiosamente, ele saltou e correu, pulando pelo quarto, vindo em minha direção, atirando-se contra os móveis, girando os olhos, mordendo e puxando loucamente o ar com os dentes. Percebi que ele enlouquecera. Saltei da cama e corri até ele, agarrando-o pela garganta. A lua se escondeu atrás de uma nuvem, mas, na escuridão, eu o vi se virar contra mim. Senti ele se levantar e aproximar os dentes do meu pescoço. Ele estava me estrangulando. Desesperado, continuei apertando o pescoço dele e o arrastei pelo quarto, tentando bater a cabeça dele contra a barra de ferro na cabeceira da cama. Era minha única chance. Eu sentia o sangue escorrendo pelo meu pescoço. Eu estava sufocando. Depois de momentos de luta extrema, bati a cabeça de Brian contra a barra e ouvi o crânio ceder. Vi-o estrebuchar e gemer, e então, eu desmaiei.

Quando voltei a mim, eu estava deitado no chão, cercado pelos moradores da casa; minhas mãos ensanguentadas ainda agarradas ao pescoço de Brian. Alguém estava segurando uma vela perto de mim, e a brisa da janela fazia a chama se mover. Olhei para Brian. Ele estava morto. O sangue de seu crânio amassado escorria pelas minhas mãos. Sua grande mandíbula prendia algo que – na luz difusa – eu não conseguia enxergar.

Aproximaram a vela um pouco mais.

"Ó, Deus!", exclamei. "Vejam, vejam ali!"

"Ele perdeu o juízo", alguém disse, e eu desmaiei de novo.

Fiquei doente por quase duas semanas, sem voltar à consciência, uma perda de tempo que mesmo hoje eu não posso me lembrar sem lamentar profundamente. Quando recobrei a consciência, descobri que estava sendo cuidado pelo velho clérigo e pelos moradores da casa. Ouvi muitas vezes falarem da crueldade do mundo, mas, por mim, posso dizer sinceramente que recebi muito mais gentilezas do que eu conseguiria retribuir. O povo do interior, em especial, é admiravelmente atencioso com estranhos quando estes adoecem.

Eu não podia descansar enquanto não conversasse com o médico que me atendeu, e ele me garantir que eu estaria de pé para apresentar a palestra no dia marcado. Sem essa ansiedade premente, contei-lhe o que vi antes de desmaiar pela segunda vez. Ele me ouviu atentamente e, depois, me garantiu, de uma forma com que ele tencionava me reconfortar, que, sem dúvida, eu sofrera uma alucinação com o choque, pela súbita loucura do meu cão.

"Viu meu cão depois que ele morreu?", perguntei.

Ele disse que sim. A mandíbula estava coberta de sangue e espuma; os dentes pareciam fixos, mas, como foi um caso de hidrofobia extremamente virulenta, e em razão do calor intenso, ele foi enterrado de imediato.

Meu companheiro parou de falar ao chegarmos aos nossos alojamentos, e subimos até o segundo andar. Depois, ele acendeu uma vela e baixou o colarinho.

– Como vê, ainda tenho as marcas – ele disse –, mas não tenho medo de morrer de hidrofobia. Disseram-me que essas cicatrizes não poderiam ter sido deixadas por dentes de cachorro. Se olhar bem de perto, verá a marca dos cinco dedos. Este é o motivo por que uso colarinhos altos.

CAPÍTULO XVIII

A CAVERNA DOS ECOS

Helena Blavatsky

1892

Helena Blavatsky é mais conhecida hoje como uma das fundadoras da Sociedade Teosófica e a principal criadora de sua religião mística, que mescla esoterismo ocidental com hinduísmo e budismo. Foi uma figura controvertida, ora reverenciada como guru iluminada, ora acusada como charlatã. Ainda mais controversas são as acusações de que seus escritos sobre os mestres secretos e a raça ariana tenham inspirado alguns aspectos do ocultismo nazista após sua morte.

Não é de conhecimento comum, que, além dos seus extensos escritos sobre Teosofia e outros assuntos esotéricos, Madame Blavatsky tenha escrito ficção sobrenatural. Talvez o mais admirável seja perceber que sua ficção de terror seja totalmente independente de suas pesquisas esotéricas, e não mencione os ensinamentos teosóficos. Alguns dos contos, como "A cova da bruxa" (1920),[199] são claramente inspirados por suas longas viagens, mas outros são apenas contos de fantasma e de horror, típicos de sua época.

"A caverna dos ecos" (com o subtítulo, "Uma história estranha, porém verdadeira")[200] é um desses contos. Os detalhes do ambiente russo, que empresta à história uma atmosfera rica e autêntica, se deve, em grande parte, às demoradas viagens que Madame Blavatsky fez na infância pelo Império Russo pré-revolucionário, mas o conto em si é uma história de fantasma clássica, em que uma vítima de assassinato reaparece para acusar o culpado. Saiu, pela primeira vez, em *Contos de pesadelos*,[201] a única coletânea de ficção de Madame Blavatsky, publicada em 1892, pela Editora da Sociedade Teosófica.

Esta história foi escrita a partir da narrativa de uma testemunha, um senhor russo, muito piedoso e totalmente confiável. Além disso, os fatos foram copiados do boletim policial de P–. A testemunha em questão atribui o fato, claro, parcialmente à intercessão divina e parcialmente ao Diabo.

– H. P. B.

---

[199] "A Witch's Den", no original. (N. da T.)
[200] "The Cave of Echoes: A Strange but True Story", no original. (N. da T.)
[201] *Nightmare Tales*, no original. (N. da T.)

Numa das distantes regiões do Império Russo, numa pequena cidade na fronteira com a Sibéria, ocorreu uma misteriosa tragédia há mais de trinta anos. A pouco mais de seis quilômetros da pequena cidade de P–, famosa por suas lindas paisagens silvestres e a riqueza de seus moradores – em geral, proprietários de minas e de fundições de ferro –, havia uma mansão aristocrática. Nessa casa, viviam o senhor, um velho e rico solteirão, e seu irmão, viúvo e pai de dois filhos e três filhas. Sabia-se que o proprietário, o sr. Izvertzoff, adotara os filhos do irmão, e por ter-se afeiçoado especialmente ao sobrinho mais velho, Nicolas, ele o tornou o único herdeiro de suas diversas propriedades.

O tempo passou. O tio estava envelhecendo e o sobrinho, chegando à maioridade. Muitos dias e anos haviam se passado em monótona serenidade, quando, no horizonte límpido da tranquila família, surgiu uma nuvem. Num dia infeliz, uma das sobrinhas cismou que queria aprender a tocar cítara. O instrumento, sendo de pura origem teutônica, e sem nenhum professor de cítara que residisse na vizinhança, o amável tio mandou buscar ambos em São Petersburgo. Depois de uma busca diligente, apenas um professor se dispôs a ir até aquela região tão próxima à Sibéria. Era um velho músico alemão que, gostando tanto de seu instrumento quanto de sua linda e loura filha, não queria se separar de nenhum dos dois. Então, numa bela manhã, o velho professor chegou à mansão, com a cítara numa caixa debaixo do braço e a bela filha Munchen enlaçada no outro.

A partir desse dia, a nuvenzinha começou a crescer rapidamente, porque cada vibração do melodioso instrumento encontrava um eco no coração do velho solteirão. Dizem que a música desperta o amor, e o trabalho iniciado pela cítara foi completado pelos olhos azuis de Munchen. Ao cabo de seis meses, a sobrinha havia se tornado uma exímia tocadora de cítara, e o tio sentia-se desesperadamente apaixonado.

Certa manhã, reunindo a família adotiva à sua volta, ele abraçou todos afetuosamente, prometendo se lembrar deles em seu testamento, e terminou declarando sua inalterável decisão de se casar com a bela Munchen de olhos azuis. Depois, caiu num pranto abafado. A família, compreendendo que havia perdido a herança, também chorou, mas foi por outro motivo. Depois de chorar, consolaram-se, e tentaram se alegrar, pois o velho senhor era muito amado por todos. Porém, nem todos se alegraram. Nicolas, que também tivera seu coração ferido pela bela alemã, ao ver que perdera, ao mesmo tempo, a amada e a herança do tio, nem se alegrou, nem se consolou, mas desapareceu por um dia inteiro.

Enquanto isso, o sr. Izvertzoff deu ordens para prepararem a carruagem de viagem no dia seguinte, e correu o boato de que ele iria à cidade principal do distrito, a pouca distância de casa, com a intenção de alterar seu testamento. Embora fosse muito rico, ele não tinha um administrador de bens, e ele mesmo cuidava da contabilidade. Na mesma noite, depois do jantar, ouviram-no, no escritório, repreendendo duramente o criado, que trabalhava para ele havia mais de trinta anos. Esse homem, Ivan, nascera no norte da Ásia, em Kamschatka; foi criado pela família como cristão, e acreditava-se que fosse muito afeiçoado ao seu senhor. Poucos dias depois, quando a primeira circunstância trágica que vou relatar trouxe toda a força policial ao local, lembraram-se de que, naquela noite, Ivan estava bêbado; que o senhor, que tinha horror a esse vício, bateu-lhe com uma vara, expulsando-o do escritório, e Ivan foi visto cambaleando do lado de fora, resmungando e fazendo ameaças ao seu senhor.

No vasto domínio do sr. Izvertzoff, havia uma caverna, que atraía a curiosidade de todos que a visitavam. Ela existe até hoje, e é bem conhecida dos habitantes de P–. Uma floresta de pinheiros, que começava a poucos metros do portão dos jardins, avançava sobre as íngremes encostas, até uma longa cadeia de colinas rochosas, coberta por um largo cinturão de vegetação impenetrável. A gruta que conduz à caverna, conhecida como "Caverna dos Ecos", fica a menos de um quilômetro da mansão, de onde se vê uma pequena escavação na montanha, quase oculta pelas plantas luxuriantes, mas não a ponto de impedir que qualquer um que entrasse fosse imediatamente visto do terraço na frente da casa. Ao entrar na gruta, o explorador encontra, ao fundo, uma fenda estreita; ao passar por ela, emerge numa caverna alta, parcamente iluminada através das fendas no teto abobadado, a quinze metros do chão. A caverna em si é imensa, e poderia facilmente abrigar de 2 a 3 mil pessoas. Parte dela, quando o sr. Izvertzoff era moço, era pavimentada com lajotas, e muito usada no verão como salão de baile durante os piqueniques. Em formato ovalado irregular, a caverna se estreita aos poucos, até formar um largo corredor, que se estende por vários quilômetros sob a terra, abrindo-se aqui e ali em outras salas, tão amplas e altas quanto o salão de baile, mas, diferentemente deste, somente poderiam ser atravessadas de barco, por estarem sempre inundadas. Esses lagos têm fama de serem muito profundos.

Na margem do primeiro lago, há uma pequena plataforma, com vários assentos rudimentares, cobertos de musgo, e é desse ponto que os ecos fenomenais, que deram nome à caverna, são ouvidos em toda a sua estranheza. Uma palavra sussurrada, ou mesmo um suspiro, se repete infinitas vezes, como vozes zombeteiras, e, em vez de diminuir de volume, como qualquer eco, o som aumenta a cada repetição, até, por fim, explodir como um tiro de pistola, então vai reduzindo como um lamento pelos corredores.

No dia em questão, o sr. Izvertzoff mencionou a intenção de oferecer um baile nessa caverna no dia do seu casamento, que marcou para uma data próxima. Na manhã seguinte, enquanto se preparava para sair, foi visto pela família entrando na gruta, acompanhado apenas do criado siberiano. Meia hora depois, Ivan retornou à mansão para pegar uma caixa de rapé que o senhor esquecera no quarto, e levou-a para ele na caverna. Uma hora mais tarde, a casa toda se assustou ao ouvi-lo gritar bem alto, várias vezes. Pálido e encharcado, Ivan voltou correndo como um louco, e anunciou que o sr. Izvertzoff não estava em nenhum lugar da caverna. Acreditando que o senhor tivesse caído na água, Ivan mergulhou no primeiro lago para procurá-lo e quase se afogou.

O dia passou com vãs tentativas de se encontrar o corpo. A polícia encheu a casa, e Nicolas, o sobrinho, que retornou logo após a desgraça, era o mais desesperado de todos.

Uma sombra de suspeita caiu sobre Ivan, o siberiano. Ele havia apanhado do seu senhor na noite anterior, e fora ouvido jurando vingança. Ele o acompanhara sozinho até a caverna e, ao revirarem seu quarto, uma caixa com as valiosas joias da família, que costumava ficar bem guardada no quarto do sr. Izvertzoff, foi encontrada na cama de Ivan, debaixo das cobertas. Em vão, clamou o servo por Deus como testemunha de que a caixa lhe fora entregue pelo senhor para guardá-la pouco antes de irem até a caverna; que o senhor tinha a intenção de mandar desmanchar as joias, pois pretendia dá-las, como presente de casamento, à sua noiva; e que, ele, Ivan, estava disposto a dar a própria vida para devolver a de seu senhor, se ele estivesse realmente morto. No entanto, não lhe deram nenhuma atenção; prenderam-no e o jogaram na prisão, acusando-o de assassinato. Ali ele ficou, pois, de acordo com a lei russa, um criminoso não poderia – de forma alguma, naquela época – ser condenado por um crime, mesmo que as provas circunstanciais o incriminassem, a menos que ele confessasse sua culpa.

Após uma semana de buscas inúteis, a família vestiu luto profundo e, uma vez que o testamento continuou como havia sido redigido originalmente, sem codicilo, toda a propriedade passou para as mãos do sobrinho. O velho professor e a filha aceitaram a repentina mudança de sorte com autêntica fleuma germânica, e prepararam-se para partir. Pegando novamente a cítara debaixo do braço, o velho estava a ponto de levar embora a sua Munchen pelo outro quando o sobrinho o interrompeu, oferecendo-se como marido da bela donzela no lugar do falecido tio. A mudança foi considerada agradável e, sem maiores delongas, os jovens se casaram.

Dez anos se passaram, e encontramos a feliz família outra vez, no início de 1859. A bela Munchen ficara gorda e vulgar. A partir do dia do desaparecimento do velho, Nicolas tornou-se moroso e recluso em seus hábitos, e muitos se perguntavam sobre essa mudança, pois agora não o viam mais sorrir. Parecia que o único objetivo de sua vida era descobrir o assassino de seu tio, ou fazer Ivan confessar sua culpa. Mas o preso insistia em dizer que era inocente.

Nasceu apenas um filho para o jovem casal, mas era uma criança muito estranha. Pequena, delicada e sempre doente, sua frágil vida parecia estar presa apenas por um fio. Quando seu rosto estava em repouso, a semelhança com o tio-avô era tão gritante que as pessoas da família se afastavam em horror. Seu rosto pálido e enrugado parecia de um homem de sessenta anos sobre os ombros de uma criança de nove. Nunca o viram rir ou brincar, mas ficava sério, sentado, curvado no cadeirão, de braços cruzados, como o falecido sr. Izvertzoff; e assim permanecia por horas, absorto e sem se mexer. As babás eram vistas se persignando furtivamente à noite, quando se aproximavam dele, e nenhuma aceitava dormir sozinha no mesmo quarto que o menino. O comportamento do pai com o filho era mais estranho ainda. Parecia amá-lo imensamente, mas, ao mesmo tempo, odiava-o com profunda amargura. Raramente abraçava ou acarinhava o filho, porém, passava longas horas a observá-lo, com o rosto pálido e o olhar assombrado, enquanto o menino ficava num canto, acocorado, como um duende.

O filho nunca saía da propriedade, e poucos de fora da família sabiam de sua existência.

Por volta de meados de julho, um viajante húngaro, conhecido por sua excentricidade, riqueza e poderes misteriosos, chegou à cidade de P–, vindo do norte, onde, dizem, ele vivera por muitos anos. Estabeleceu-se na cidadezinha, acompanhado por um Xamã, ou um mágico do sul da Sibéria, com quem fazia experiências de mesmerismo.[202] Promovia jantares e festas e, invariavelmente, exibia o Xamã, de quem se orgulhava, para diversão dos convidados. Um dia, os dignitários de P– entraram inesperadamente nos domínios de Nicolas Izvertzoff e pediram a cessão da caverna para um entretenimento noturno. Nicolas consentiu, mesmo com grande relutância e, apenas depois de uma hesitação ainda maior, concordou em comparecer à festa.

A primeira caverna e a plataforma ao lado do lago profundo reluzia cheia de luzes. Centenas de velas e de tochas tremeluzentes, fincadas nos vãos das paredes da caverna, iluminavam o salão, e afastavam as sombras dos cantos cobertos de musgo que se espalhara imperturbado por vários anos. As estalactites nas paredes brilhavam, e os ecos dormentes foram subitamente despertados por uma alegre confusão de risos e conversas. O Xamã, que jamais saía da vista de seu amigo e patrão, sentou-se num canto, como sempre, em transe. Agachado numa rocha, a meio caminho entre a entrada e o lago natural, com o rosto enrugado e amarelecido, nariz chato e barba fina, parecia mais um horrendo ídolo de pedra do que um ser humano. Várias pessoas se comprimiam à sua volta, e recebiam as respostas

---

[202] Mesmerismo ou magnetismo animal (em alemão, *Lebensmagnetismus*): nome dado pelo médico alemão Franz Mesmer, no século XVIII, ao que atribuía ser uma força natural invisível de todos os seres vivos (humanos, animais, vegetais). Tentou, sem sucesso, alcançar o reconhecimento científico. Mesmer foi várias vezes acusado de charlatanismo, mas os seguidores o consideravam como um sábio. (N. da T.)

certas às perguntas apresentadas, à medida que o húngaro alegremente submetia seu "vidente" hipnotizado às questões.

De repente, uma das senhoras se lembrou de que fora nessa mesma caverna que o velho sr. Izvertzoff desaparecera havia dez anos. O estrangeiro pareceu interessado, e quis conhecer melhor as circunstâncias, então buscaram Nicolas entre os convidados e o trouxeram diante daquele grupo que o aguardava, ansioso. Ele era o anfitrião e considerou impossível se recusar. Repetiu a triste história com a voz trêmula, o rosto pálido e lágrimas, que brilhavam em seus olhos febris. O grupo ficou bastante comovido, e começaram a sussurrar entre si, elogiando o comportamento amoroso do sobrinho em honrar a memória de seu tio e benfeitor, quando, de repente, Nicolas ficou em choque, com os olhos quase saltando para fora e, reprimindo um gemido, deu alguns passos para trás. Todos se viraram, curiosos, para onde ele olhava, perplexo, e se fixaram no pequeno rosto franzino que tentava se aproximar, atrás do húngaro.

— De onde você saiu? Quem o trouxe até aqui, filho? — disse Nicolas, ofegante e pálido como a morte.

— Eu estava na cama, papai. Este homem apareceu e me trouxe no colo — respondeu o menino, apontando para o Xamã, ao lado de quem ele estava em cima da rocha. O homem, de olhos fechados, continuava se balançando, para a frente e para trás, como um pêndulo vivo.

— Isso é muito estranho — observou um dos convidados —, pois este homem não saiu daqui.

— Meu Deus! Que semelhança extraordinária! — murmurou um antigo morador da cidade, amigo do falecido tio.

— Você está mentindo, filho! — exclamou o pai, num tom feroz. — Vá para cama. Este lugar não é para você.

— Ora, vamos — interveio o húngaro, com uma estranha expressão no rosto, envolvendo com o braço aquela esquálida figura infantil.

– O menino viu o duplo do meu Xamã, que, por vezes, sai de seu corpo, e confundiu o fantasma com o próprio homem. Deixe-o ficar um pouco conosco.

Ao ouvir essas estranhas palavras, os convidados se entreolharam em muda surpresa, enquanto outros mais crentes fizeram o sinal da cruz, cuspindo para o lado, presumindo que aquilo fosse obra do diabo.

– Aliás – continuou o húngaro com uma firmeza peculiar em seu sotaque, e dirigindo-se ao grupo e não a ninguém em particular –, por que não tentamos, com a ajuda do meu Xamã, desvendar o mistério que paira sobre essa tragédia? O suspeito ainda está na prisão? O quê? Não confessou até hoje? Isso é realmente muito estranho. Mas agora descobriremos a verdade em poucos minutos! Façam todos silêncio!

Então ele se aproximou do Tehuktcheno e, imediatamente, começou a apresentação, sem pedir permissão ao dono da casa. Este estava paralisado no mesmo lugar, petrificado de horror, incapaz de dizer qualquer palavra. Todos aprovaram a sugestão, exceto Nicolas; e o inspetor de polícia, col. S –, especialmente, concordou com a ideia.

– Senhoras e senhores – disse o mesmerizador, com uma voz suave –, permitam-me, desta vez, fazer diferente do que geralmente faço. Empregarei um método de mágica nativa. É mais adequado para este lugar selvagem, e muito mais eficaz, como descobrirão, do que nosso método europeu de mesmerização.

Sem esperar uma resposta, tirou da sacola que sempre trazia consigo, primeiro, um pequeno tambor e, depois, dois pequenos frascos – um, com um líquido, e outro, vazio. Aspergiu o líquido no Xamã, e este começou a tremer e sacudir a cabeça mais violentamente do que antes. Um aroma de especiarias espalhou-se pelo ar e a atmosfera ficou mais clara. Então, para o horror de todos os presentes, ele se aproximou do tibetano e, pegando um pequeno estilete do bolso, espetou a ponta de aço no antebraço do Xamã, então deixou correr o sangue, recolhendo-o no frasco vazio. Depois de encher até a metade, apertou a ferida com o polegar e interrompeu o sangramento como se pusesse uma rolha numa garrafa, então aspergiu o sangue na cabeça do menino. Em seguida, pegou o tambor pendurado no pescoço e, com duas baquetas de marfim, cobertas com símbolos mágicos e letras, começou a bater um tipo de *réveille*,[203] para acordar os espíritos, ele disse.

A plateia, chocada e aterrorizada com essa demonstração extraordinária, cercou-o, ansiosa, e, por alguns segundos, um silêncio mortal reinou dentro da caverna. Nicolas, com o rosto lívido e cadavérico, ficou imóvel e mudo como antes. O mesmerizador colocou-se entre o Xamã e a plataforma, e passou a bater lentamente o tambor. As primeiras notas soaram abafadas e vibravam tão baixo que não provocavam nenhum eco, mas o Xamã acelerou seu movimento pendular e o menino pareceu inquieto. O húngaro, ainda tocando o tambor, começou a entoar uma cantilena bem baixinho, num tom impressionante e solene.

À medida que aquelas estranhas palavras saíam de seus lábios, as chamas das velas e tochas oscilavam e tremiam, até passarem a dançar no mesmo ritmo da cantilena. Um vento frio arquejou pelas escuras passagens além do lago, deixando um eco lamurioso em seu rastro. Então, uma névoa, que emergiu do chão e das paredes rochosas, cercou o Xamã e o menino. Em volta deste, brilhava uma aura prateada e transparente, mas a névoa que envolveu o Xamã era vermelha e sinistra. Ao aproximar-se da plataforma, o mágico bateu o tambor mais forte e, dessa vez, o eco provocou um efeito terrível! O eco reverberou mais próximo e mais distante em sons incessantes; um lamento seguia-se a outro, cada vez mais alto, até o rugido trovejante soar como um coro de mil demônios elevando-se das profundezas do lago. A superfície, que refletia a luz das velas, e que antes parecia um

---

[203] Toque de despertar, em francês no original. (N. da T.)

espelho, agitou-se de súbito, como se o vento varresse a face imperturbável das águas.

Outra cantilena, e mais toques de tambor, e a montanha tremeu com os sons de tiros de canhão que atravessavam os obscuros e distantes corredores. O corpo do Xamã se elevou a dois metros do chão, e balançando-se para a frente e para trás, ficou sentado no ar, suspenso como uma aparição. Mas a transformação que acontecia agora com o menino estarreceu a todos, enquanto assistiam àquela cena em silêncio. A nuvem prateada em volta do menino também parecia agora suspendê-lo no ar, mas, diferente do Xamã, seus pés não saíam do chão. O menino começou a crescer, como se envelhecesse milagrosamente em poucos segundos. Ficou encorpado e alto, e as feições senis se acentuavam à medida que o corpo envelhecia. Segundos depois, sua aparência jovem desaparecera por completo. Fora totalmente absorvida pelo outro ser e, para o horror dos presentes que conheciam aquelas feições, era a aparência do velho sr. Izvertzoff e, em sua testa, havia uma ferida profunda, de onde escorria sangue.

O fantasma se moveu em direção a Nicolas, até ficar diante dele enquanto este, com os cabelos em pé e a expressão de um louco, olhou para o próprio filho, transformado no tio. O silêncio sepulcral foi rompido pelo húngaro que, dirigindo-se ao menino-fantasma, perguntou-lhe, em tom solene:

– Em nome do grande Mestre, daquele que detém todo o poder, responde a verdade e nada além da verdade. Ó, espírito inquieto, morreste por acidente, ou foste covardemente assassinado?

Os lábios do espectro se moveram, mas foi o eco que respondeu em gritos lúgubres:

– Assassinado! Assassinado! As-sas-si-na-do!

– Onde? Como? Por quem? – perguntou o conjurador.

A aparição apontou o dedo para Nicolas e, sem alterar sua expressão ou abaixar o braço, começou a andar de costas em direção ao lago. A cada passo que dava, o jovem Izvertzoff, compelido por um fascínio irresistível, avançava em sua direção, até o fantasma chegar ao lago e, no instante seguinte, viram-no deslizar sobre a superfície da água. Foi uma cena fantasmagórica e assustadora!

A dois passos da beira do lago profundo, uma convulsão violenta tomou o sobrinho culpado. Caindo de joelhos, agarrou-se, desesperado, a um dos assentos rústicos e, com os olhos arregalados, soltou um longo e agudo grito de agonia. O fantasma agora pairava imóvel acima da água e, dobrando o indicador, pedia-lhe que se aproximasse. Agachado, tomado pelo mais abjeto terror, o miserável urrou, até a caverna ecoar repetidas vezes:

– Eu não... Não, eu não o matei!

Então, ouviu-se um mergulho, e agora o menino estava dentro da água escura, lutando para não se afogar no meio do lago, com a mesma aparição, séria e imóvel, acima dele.

– Papai! Papai! Salve-me... Estou me afogando! – gritou sua vozinha piedosa em meio a um tumulto de ecos zombeteiros.

– Meu filho! – gritou Nicolas, alucinado, pondo-se de pé. – Meu filho! Salvem-no! Ó, salvem-no!... Sim, eu confesso... Sou o assassino... Eu matei meu tio!

Ouviu-se outro mergulho na água, e o fantasma desapareceu. Com um grito de horror, todos correram em direção à plataforma, mas, seus pés, de repente, se agarraram ao chão, enquanto assistiam, entre redemoinhos, a uma massa esbranquiçada e amorfa, unir o assassino e o menino num abraço apertado, que, lentamente, submergiu no lago abissal.

Na manhã seguinte a esses acontecimentos, quando, após uma noite insone, alguns convidados foram até a residência do cavalheiro húngaro, descobriram que esta estava fechada e vazia. Ele e o Xamã sumiram. Muitos dos antigos moradores de P– ainda se lembram dele; o inspetor de polícia, col. S –, morreu há poucos anos com absoluta certeza de que o nobre viajante fosse o diabo. Para aumentar a consternação geral, a Mansão Izvertzoff incendiou-se na mesma noite, e foi totalmente destruída. O arcebispo realizou uma cerimônia de exorcismo, mas o lugar é considerado amaldiçoado até hoje. O governo investigou os fatos e – determinou silêncio.

CAPÍTULO XIX

O PAPEL DE PAREDE AMARELO

Charlotte Perkins Gilman

1892

Frederic Beecher Perkins abandonou sua família logo após o nascimento de Charlotte. Sua mãe não tinha condições de cuidar de Charlotte e de seu irmão Thomas sozinha, então eles passaram algum tempo com as tias de Frederic, a autora Harriet Beecher Stowe, a sufragista Elizabeth Beecher Hooker e a educadora Catharine Beecher.

 A educação formal de Charlotte foi errática: ela percorreu sete escolas diferentes durante quatro anos, até completar quinze anos de idade. Suas professoras elogiavam sua inteligência, mas se decepcionavam com seu rendimento escolar. Ela preferia ir a uma biblioteca pública e ler o que quisesse: seus assuntos preferidos eram as antigas civilizações e a "filosofia natural", disciplina que passaria a ser conhecida como a física moderna. Inscreveu-se na Escola de Arte e Desenho de Rhode Island aos dezoito anos, e passou a garantir seu sustento como pintora comercial e tutora.

O primeiro casamento com o pintor Charles Walter Stetson durou apenas quatro anos, e terminou em divórcio depois de dez anos. Durante esse casamento, após uma grave crise de depressão pós-parto, escreveu "O papel de parede amarelo",[204] que, inicialmente, foi publicado com o sobrenome de casada, Charlotte Perkins Stetson: Gilman vem de seu segundo casamento, muito mais feliz do que o primeiro, com um primo-irmão, Houghton Gilman. Ela era uma ativa defensora de questões femininas, ética, trabalho, direitos humanos e reforma social, e esses temas permeavam grande parte de seus escritos.

Sob a descrição de uma loucura iminente, "O papel de parede amarelo" também aborda a asfixiante falta de autonomia de muitas mulheres da época, que frequentemente ocorriam sob o disfarce de cuidados e preocupações masculinas. Privada de qualquer estímulo para desfrutar de um repouso que propiciasse seu restabelecimento, a protagonista inominada fica obcecada com um papel de parede horrível e, sem ter mais nada com que se ocupar, aos poucos vai perdendo a sanidade. Apesar de não apresentar nenhum conteúdo sobrenatural, "O papel de parede amarelo" é um conto de horror em todos os sentidos.

---

[204] "The Yellow Wall Paper", no original. (N. da T.)

É muito raro pessoas comuns como John e eu alugarem antigas mansões para passar o verão.

Uma casa colonial, uma propriedade particular, eu diria, uma casa assombrada, que alcançasse o ápice de uma felicidade romântica – mas isso seria pedir demais ao destino!

Mesmo assim, declararia, com orgulho, que há algo estranho nisso.

Senão, por que alugariam por um preço tão baixo? E por que ficaram tanto tempo sem alugá-la?

John ri de mim, claro, mas isso é o que se espera num casamento.

John é prático ao extremo. Não tem paciência com a fé, tem imenso horror a superstições, e desdenha abertamente de qualquer conversa sobre coisas que não possam ser sentidas, vistas e reduzidas a números.

John é médico, e *talvez* – (eu não diria isso a ninguém, claro, mas isto é apenas papel morto e um grande alívio para minha mente) – *talvez* seja esta a razão por que eu não melhore mais rápido.

Veja, ele não crê que eu esteja doente!

E o que se pode fazer?

Se um médico, bastante conceituado, que é seu próprio marido, afirme a amigos e parentes que não há nada de errado com a pessoa, senão uma depressão nervosa temporária – uma leve tendência histérica –, o que se pode fazer?

Meu irmão também é médico, igualmente bem-conceituado, e diz a mesma coisa.

Então tomo fosfatos ou fosfitos – seja qual for – e tônicos, viajo, saio ao ar livre, faço exercícios e sou absolutamente proibida de "trabalhar" até que eu esteja bem novamente.

Pessoalmente, eu discordo do que eles pensam.

Pessoalmente, eu acredito que o trabalho agradável, com animação e mudanças, me faria bem.

Mas o que se pode fazer?

Escrevi, por algum tempo, apesar da não recomendação, mas me canso demais – de ter que fazê-lo escondido, para não ser repreendida.

Às vezes, acho que, na minha condição, se eu tivesse menos resistência e mais convivência e estímulo – mas John diz que o pior que posso fazer é pensar sobre minha condição, e confesso que pensar sempre faz eu me sentir mal.

Então, vou deixar isso de lado, e falar sobre a casa.

Que lugar lindo! É bem afastada, longe da estrada, a quase cinco quilômetros do vilarejo. Lembra-me lugares conhecidos na Inglaterra, pois tem cercas, muros e portões fechados, e vários chalés para os jardineiros e criados.

Tem um jardim *delicioso*! Nunca vi um jardim como este – grande e sombreado, cheio de caminhos cercados, alinhados com longos caramanchões, cobertos de uvas e com bancos sob as parreiras.

Tinha estufas também, mas estão destruídas agora.

Houve um problema legal, creio, entre herdeiros e coerdeiros; de qualquer forma, a casa ficou vazia por muitos anos.

Acho que isso estraga minha crença em fantasmas, mas não me importo – há algo estranho nesta casa, eu posso sentir.

Cheguei até a dizer isso a John numa noite de lua cheia, mas ele me disse que aquilo que senti foi uma *corrente de ar*, e fechou a janela.

Algumas vezes, fico furiosa com John. Tenho certeza de que eu não era tão sensível. Acho que isso se deve à minha condição nervosa.

Mas John diz que, se me sinto assim, eu perderei o autocontrole; então me esforço para me controlar – na frente dele, pelo menos, e isso me cansa muito.

Não gosto nem um pouco do nosso quarto. Queria um quarto lá embaixo, que se abre para o gramado, com rosas em cima da janela e antigas cortinas de chita tão bonitas! Mas John sequer me deu ouvidos.

Disse-me que só tem uma janela, e não há espaço para duas camas, e nenhum quarto próximo para ele, se ficasse em outro.

John é muito cuidadoso e amoroso, e nunca me deixa ir a lugar nenhum sem que eu receba atenção especial.

Tenho que tomar remédios a cada hora do dia; ele cuida disso para mim, então sinto-me ingrata por não valorizar mais o que ele faz.

Disse-me que viemos para cá apenas por minha causa, para que eu pudesse descansar ao máximo, e respirar todo o ar fresco possível. "Seus exercícios dependem do seu esforço, minha querida", ele disse, "e sua alimentação depende do seu apetite, mas o ar você poderá respirar o tempo todo." Então ficamos num quarto que já foi um berçário, no alto da casa.

É um cômodo grande e arejado, que toma quase todo o andar, com janelas de todos os lados, bastante ventilado e ensolarado. Foi um berçário, depois um quarto de brincar e um ginásio, eu creio, porque as janelas têm barras de proteção para crianças e argolas nas paredes.

Pela pintura e o papel de parede, parece ter sido uma escola para meninos. O papel está rasgado em grande parte na cabeceira da minha cama, até onde consigo alcançar, e em grande parte na parede do outro lado do quarto, mais embaixo. Nunca vi um papel de parede mais horroroso do que este em toda a minha vida.

Tem um desses padrões extravagantes que cometem todo tipo de pecado artístico.

É monótono o suficiente para confundir a vista, exagerado o bastante para irritar e provocar o tempo todo, e quando seguimos as curvas incertas e malfeitas de um trecho, de repente, eles se suicidam – e mergulham em ângulos ultrajantes, desaparecendo de forma absurda e contraditória.

A cor é repelente, quase enjoativa; de um amarelo encardido fumegante, estranhamente desbotado pela constante exposição ao sol.

Em alguns lugares, possui um tom alaranjado opaco, porém sombrio, que se torna sulfúrico e doentio em outros.

Não me surpreendo de que as crianças o detestassem! Eu o detestaria também, se tivesse que viver muito tempo neste quarto.

Aí vem John, e eu preciso esconder isto – ele odeia quando me vê escrevendo qualquer coisa.

Estamos aqui há duas semanas, e não tive vontade de escrever antes desde aquele primeiro dia.

Estou agora sentada junto à janela, neste berçário atroz, e não há nada que me impeça de escrever tanto quanto eu queira, exceto a fraqueza.

John fica o dia todo fora, e mesmo em algumas noites quando surgem casos sérios.

Estou feliz que meu caso não seja sério!

Mas esses problemas de nervos são tremendamente deprimentes.

John não sabe o quanto eu realmente sofro. Ele sabe que não há motivos para eu sofrer, e isso o deixa satisfeito.

Claro que é apenas nervosismo. Isso pesa sobre mim a ponto de eu não conseguir cumprir minhas obrigações de jeito nenhum!

Eu pretendia tanto ajudar John, sendo um descanso e um conforto verdadeiros para ele, e aqui estou sendo um completo fardo!

Ninguém acreditaria no esforço que é fazer o pouco que faço – vestir-me, conversar e dar ordens.

Minha sorte é que Mary seja tão boa para o bebê. Um bebê adorável!

E, no entanto, *não consigo* ficar com ele; me deixa muito nervosa.

Suponho que John nunca tenha ficado nervoso na vida. Ele ri de mim por causa desse papel de parede!

No início, ele queria trocar o papel de parede do quarto, mas depois disse que eu estava me deixando influenciar, e que não havia nada pior para uma paciente nervosa do que dar vazão a essas imaginações.

Disse-me que depois que trocassem o papel, eu implicaria com a cama pesada, e depois com as grades nas janelas, e então com o portão no alto da escada, e assim por diante.

– Você sabe que este lugar está lhe fazendo bem – ele disse – e, realmente, querida, não vou redecorar a casa para ficar aqui apenas três meses.

– Então vamos para o andar de baixo – eu disse –, há quartos tão bonitos ali.

Ele me tomou nos braços, e me chamou de "gansinho abençoado", e disse que ele iria até o porão, se eu quisesse, e eu ganharia a negociação.

Mas ele tem razão em relação às camas, janelas e tudo o mais.

É um quarto arejado e confortável e, claro, eu não poderia ser tão tola a ponto de incomodá-lo apenas por causa de um capricho.

Realmente eu estou gostando deste quarto grande, exceto por este papel de parede horrível.

Por uma das janelas, vejo o jardim, aqueles misteriosos caramanchões sombreados, as confusas flores fora de moda, os arbustos e as árvores retorcidas.

De outra, tenho uma linda vista da baía, e de um pequeno cais particular que pertence à propriedade. Há uma bela alameda sombreada que vai até ali a partir da casa. Sempre fico imaginando pessoas andando por essas inúmeras alamedas e caramanchões, mas John me alertou para eu não dar muita asa à minha imaginação. Ele diz que, com meu poder imaginativo e meu hábito de inventar histórias, uma fraqueza nervosa como a minha certamente levará a um exagero nas minhas fantasias, e que devo usar minha vontade e bom senso para reprimir essa tendência. Então, ao menos, eu tento.

Às vezes, penso que, se estivesse bem o suficiente para escrever um pouco, eu aliviaria a pressão das minhas ideias e me descansaria.

Mas vejo que fico muito cansada quando tento.

É tão desencorajador não ter nenhum conselho e companheirismo em relação ao meu trabalho. Quando eu realmente ficar boa, John diz que vamos convidar o primo Henry e Júlia para uma longa visita, mas ele me diz que prefere colocar fogos de artifício na fronha do meu travesseiro do que me aproximar de pessoas tão estimulantes neste momento.

Eu gostaria de ficar boa mais rápido.

Mas não devo pensar nisso. Este papel de parede olha para mim como se soubesse o mal que ele me faz!

Há um traço recorrente onde o padrão se torce como um pescoço quebrado, e dois olhos esbugalhados ficam me olhando de cabeça para baixo.

Fico realmente brava com a impertinência desse padrão e sua projeção ao infinito. Eles sobem e descem, e vão para os lados, e esses olhos absurdos e arregalados estão por toda parte. Há um lugar onde duas folhas do papel não se encaixam, e os olhos sobem e descem ao longo da risca, um deles pouco mais para cima do que o outro.

Nunca vi tanta expressão em algo inanimado antes, e todos sabemos quanta expressão eles têm! Quando eu era criança, costumava ficar acordada, e me divertia me aterrorizando com paredes brancas e móveis lisos mais do que a maioria das crianças numa loja de brinquedos.

Lembro-me de como os puxadores da nossa grande cômoda velha costumavam piscar de modo gentil, e havia uma poltrona que parecia uma amiga bem gorda.

Eu costumava pensar que, se qualquer coisa me encarasse de modo feroz, eu sempre poderia pular naquela poltrona e me sentir segura.

A mobília deste quarto é totalmente desarmônica, pois tivemos que trazê-la do andar de baixo. Suponho que, quando foi usado como quarto de brinquedos, tiveram que tirar os móveis do berçário, e isso não me surpreende! Nunca vi tanta destruição feita por crianças como neste quarto.

O papel de parede, como eu disse antes, está rasgado em alguns lugares, pois está colado de um jeito como eu nunca vi – tiveram que ter muita persistência e ódio para conseguir arrancá-lo.

O chão está arranhado, arrancado e lascado, o próprio gesso está esburacado aqui e ali, e esta grande cama pesada, que já estava no quarto, parece ter passado por várias guerras.

Mas isso não me incomoda nem um pouco – somente o papel de parede.

Aí vem a irmã de John. Uma moça tão querida, tão cuidadosa comigo! Não posso deixar que ela me veja escrevendo.

Ela é uma perfeita e ativa dona de casa, e não há melhor profissão para ela. Chego a acreditar que ela pense que escrever me deixe doente!

Mas posso escrever quando ela sai, e vejo-a bem longe daqui pelas janelas.

Há uma que dá para a estrada, uma linda estrada sombreada, cheia de curvas, e outra que tem vista para a propriedade. Um belo terreno também, com grandes olmos e pastos macios.

Este papel de parede tem um subpadrão numa cor diferente, uma cor especialmente irritante, que só se pode ver com certo tipo de iluminação, mas não claramente.

Porém, nos lugares onde não está apagado e bate sol, vejo uma figura estranha, provocadora e amorfa, que parece se esconder por trás daquele primeiro desenho bobo e ostensivo.

A irmã está subindo as escadas!

Bem, o Quatro de Julho[205] já passou! Todos se foram e eu estou exausta. John pensou que me faria bem se eu visse algumas pessoas, então vieram apenas mamãe, Nellie e as crianças, que ficaram por uma semana.

Claro que eu não fiz nada. Jennie faz tudo no momento. Mas isso me cansou mesmo assim.

John diz que, se eu não melhorar logo, ele vai me mandar para Weir Mitchell no outono.

Mas não quero ir para lá de jeito nenhum. Tenho uma amiga que foi tratada por ele certa vez, e disse que ele é exatamente como John e meu irmão, só que pior!

Além disso, é muito esforço ir a um lugar tão longe.

Não acho que valha a pena concordar com qualquer coisa, e estou ficando terrivelmente irrequieta.

Choro por nada e choro grande parte do tempo.

Claro que não choro quando John ou qualquer outra pessoa está aqui; apenas quando estou sozinha.

E fico sozinha boa parte do tempo agora. John fica na cidade, em geral, para atender os casos sérios, e Jennie é boa, e me deixa sozinha quando eu quero.

---

[205] Em 4 de julho é comemorada a Independência dos Estados Unidos, que ocorreu em 1776. (N. da T.)

Então, eu saio um pouco para andar pelo jardim, ou por uma alameda, sento-me na varanda sob a roseira, e fico deitada no quarto um bom tempo.

Estou gostando bastante do quarto, apesar do papel de parede. Ou, talvez, por causa do papel de parede.

Penso nele o tempo todo!

Deito-me nesta grande cama imóvel – acho que ela está pregada no chão – e fico seguindo o padrão do papel por horas. É tão bom quanto fazer ginástica, eu garanto. Começo, digamos, na base, num canto ali, que nunca foi mexido, e decido, pela milionésima vez, que seguirei aquele padrão inútil até chegar a uma conclusão.

Conheço um pouco de princípios de desenho, e sei que esta coisa foi feita sem seguir nenhuma lei de radiação, alternância, repetição, simetria ou qualquer outra da qual eu já tenha ouvido falar.

Ela se repete, claro, a cada tira de papel, e não de outro modo.

Vistas por determinado ângulo, cada tira se destaca, as curvas grossas e os floreios – um tipo de "românico decadente" com *delirium tremens* – sobem e descem lentamente em colunas de rabiscos isolados.

Mas, por outro lado, ligam-se diagonalmente, e as linhas se espalham em grandes ondas inclinadas, causando um horror visual, como longas algas chafurdando em plena fuga.

As linhas também seguem na horizontal, pelo menos assim parece, e eu me esgoto ao tentar distinguir a sequência que continua naquela direção.

Colocaram uma tira horizontal como friso, e isso aumenta maravilhosamente a confusão.

Há um canto do quarto onde o papel está quase intacto e, ali, quando a claridade se reduz, e o pôr do sol incide na parede diretamente, eu quase consigo ver a radiação, por fim – os desenhos grotescos intermináveis parecem se formar em volta de um ponto central comum, e se lançam mergulhando de cabeça com o mesmo descaso.

Fico cansada de segui-los. Acho que vou cochilar um pouco.

Eu não sei por que devo escrever isto.

Eu não quero.

Eu não me sinto capaz.

E eu sei que John pensará que é um absurdo. Mas *devo* dizer o que sinto e penso de algum jeito – é um alívio e tanto!

Mas o esforço está se tornando maior do que o alívio.

Agora, na metade do tempo, eu sinto muita preguiça, e fico deitada o tempo todo.

John diz que não devo perder as forças, e me faz tomar óleo de fígado de bacalhau e litros de tônicos e outras coisas, sem cerveja, vinho, nem carne malpassada.

Querido John! Ele me ama profundamente, e odeia me ver doente. Tentei ter uma boa conversa racional com ele no outro dia, e disse-lhe o quanto quero que ele me deixe visitar o primo Henry e Júlia.

Mas John me disse que eu não tinha condições de ir, nem de aguentar ficar por lá depois que eu chegasse; e eu não pude me defender, pois comecei a chorar antes de terminar de falar.

É um grande esforço pensar direito. Deve ser essa fraqueza nervosa.

E o querido John me pegou no colo, me levou para cima, me colocou na cama, sentou-se ao meu lado, e leu para mim, até eu não aguentar mais.

Disse-me que eu era sua querida, seu consolo e tudo o que ele tinha, e que eu deveria me cuidar por causa dele, e continuar boa.

Disse que ninguém, além de mim, pode me ajudar a me curar, que eu devo usar força de vontade e autocontrole, e não deixar que minhas tolas imaginações me atrapalhem.

Há um consolo; o bebê está bem e feliz, e não precisa ficar neste berçário com esse papel de parede horroroso.

Se não tivéssemos ficado aqui, aquela criança abençoada teria que ficar! Que troca feliz! Ora, eu não queria que um filho meu, um serzinho impressionável, ficasse num quarto desses por nada neste mundo.

Eu não pensei nisso antes, mas é uma sorte que John tenha me mantido aqui, afinal. Eu aguento ficar aqui melhor do que um bebê.

Claro, não menciono mais isso a eles – eu sou esperta – mas me controlo para não dizer mesmo assim.

Há coisas nesse papel de parede que ninguém sabe, nem saberão, exceto eu.

Por trás daquele padrão externo, as formas tênues ficam cada dia mais nítidas.

São sempre as mesmas formas, apenas mais numerosas.

E parece uma mulher olhando para baixo e se esguerando por trás daquele desenho. Não gosto nem um pouco disso. Imagino – começo a pensar – que eu gostaria que John me levasse embora daqui!

É tão difícil falar com John sobre meu caso, por ele ser tão inteligente e me amar tanto.

Mas eu tentei ontem à noite.

A lua estava cheia. O luar entra por todo o quarto, exatamente como a luz do sol.

Detesto o luar; às vezes, ele se arrasta tão devagar, e sempre entra por uma janela ou outra.

John estava dormindo, e eu não gosto de acordá-lo, então fiquei sem me mexer, e observei o luar sobre o papel de parede ondulado, até começar a sentir medo.

A figura apagada por trás do papel parecia sacudir o desenho, como se quisesse sair.

Levantei-me devagar, e fui ver se o papel se mexera e, quando voltei, John estava acordado.

– O que foi, queridinha? – ele perguntou. – Não saia andando por aí assim; vai se resfriar.

Achei que fosse um bom momento para falar, então disse-lhe que eu não estava progredindo ao ficar aqui, e que queria que ele me levasse embora.

– Por quê, querida? – ele exclamou. – Nosso aluguel termina daqui a três semanas, e não vejo como sair antes disso. A reforma na casa ainda não foi concluída, e não posso sair da cidade agora. Claro que se estivesse correndo algum perigo, eu faria isso, mas você melhorou, querida, mesmo que não esteja percebendo. Eu sou médico, querida, e eu sei. Você está corada e ganhou peso, seu apetite melhorou. Estou muito mais tranquilo com você agora.

– Eu não ganhei peso – respondi –, nem um pouco; e meu apetite pode estar melhor à noite, quando você está aqui, mas piorou pela manhã, quando você não está!

– Abençoada seja! – disse ele, me dando um abraço apertado. – Ela quer ficar doente do jeito dela! Mas vamos dormir agora, para acordar cedo, e conversamos sobre isso de manhã!

– E você não vai embora? – perguntei num tom triste.

– Como eu poderia, querida? São só mais três semanas e, então, faremos uma bela viagenzinha por alguns dias, enquanto Jennie arruma a casa. Verdade, querida, você está melhor!

– Melhor, fisicamente, talvez – comecei a dizer, e me interrompi, porque ele se empertigou, e me olhou de um modo tão severo e reprovador, que não consegui dizer mais nada.

– Minha querida – ele disse –, eu lhe imploro, por mim e pelo nosso filho, bem como por você mesma, que nunca, nem por um minuto, permitirá que essa ideia entre em sua cabeça! Não há nada mais perigoso e mais perturbador para um temperamento como o seu. É uma ideia falsa e tola. Não confia em mim como médico quando lhe digo isso?

Então, claro que eu não falei mais nada a respeito, e fomos logo dormir. Ele achou que eu adormeci primeiro, mas não – fiquei deitada e acordada por horas, tentando decidir se aquele padrão externo e o padrão interno realmente haviam se mexido, juntos ou separados.

Num padrão como este, à luz do dia, há uma falta de sequência, um desafio às regras, que perturba qualquer mente normal.

A cor é suficientemente hedionda, pouco confiável e irritantemente ruim, mas o padrão é uma tortura.

Pensamos que o dominamos, mas, ao seguir em frente, ele dá um salto mortal, e lá está ele. Dá-lhe um tapa na cara, derruba-o e pisa em você. É um pesadelo.

O padrão externo tem um arabesco florido, que lembra um fungo. Se consegue imaginar um cogumelo achatado, uma fileira infindável de cogumelos brotando em intermináveis contorções – ora, é com o que ele se parece.

Ou seja, às vezes!

Há uma peculiaridade marcante nesse papel de parede, algo que ninguém consegue perceber, somente eu, é que ele varia conforme a luz.

Quando o sol entra pela janela leste – eu sempre espero o primeiro raio de sol entrar – ele muda tão rápido, que quase não dá para acreditar.

Por isso, eu sempre espero acontecer.

Com o luar – a lua cheia brilha a noite inteira – eu diria que não é mais o mesmo papel de parede.

À noite, sob qualquer tipo de luz, no crepúsculo, à luz de velas, de lampiões e, pior ainda, ao luar, aparecem barras! O padrão externo, quero dizer, e a mulher atrás dele fica o mais nítido possível.

Por um bom tempo, eu não reparei no que aparecia por trás – aquele subpadrão mais tênue –, mas agora eu tenho certeza de que é uma mulher.

À luz do dia, ela fica sublimada, calma. Creio que seja o padrão o que a mantém tão imóvel. Isso é tão intrigante. Isso me mantém em silêncio por horas a fio.

Fico por bastante tempo deitada agora. John diz que é bom eu dormir o máximo que puder.

De fato, ele criou esse hábito ao me fazer deitar por uma hora depois de cada refeição.

É um hábito muito ruim, estou convencida disso, porque, como vê, eu não durmo.

E isso me leva à mentira, pois não digo a eles que estou acordada – ó, não!

O fato é que estou começando a ficar com medo de John.

Às vezes, ele me parece muito esquisito, e mesmo Jennie tem um olhar inexplicável.

Ocorre-me, vez por outra, como hipótese científica, que talvez seja o papel de parede!

Observei John em alguns momentos quando ele não sabia que eu estava por perto, e entrei no quarto, de repente, sob qualquer pretexto, e o peguei várias vezes olhando para o papel de parede! E Jennie também. Peguei Jennie, uma vez, com a mão na parede.

Ela não sabia que eu estava no quarto e, quando perguntei, em voz bem baixa, da forma mais contida possível, o que ela estava fazendo com a mão no papel, ela se virou como se tivesse sido pega roubando, e ficou muito brava – me perguntou por que eu a assustara daquela forma!

Então, disse-me que o papel de parede estava manchando tudo que se encostasse nele, que ela encontrou manchas amarelas em todas as minhas roupas e nas de John, e queria que tivéssemos mais cuidado!

Isso não pareceu inocente? Mas eu sei que ela estava estudando aquele padrão, e decidi que ninguém mais vai descobrir além de mim!

A vida agora está mais emocionante. Tenho algo mais para fazer, esperar, observar. Realmente, estou comendo melhor e me sinto mais tranquila do que antes.

John está tão satisfeito ao me ver melhorar! Ele riu um pouco no outro dia, e disse que eu parecia desabrochar, apesar do meu papel de parede.

Encerrei o assunto com uma risada. Eu não tinha a intenção de lhe dizer que era *por causa* do papel de parede – ele caçoaria de mim. Até poderia querer me levar embora.

Não quero ir embora até descobrir. Ainda temos uma semana, e acho que será tempo suficiente.

Estou me sentindo tão melhor! Não durmo muito à noite, porque é muito interessante observar os desdobramentos, mas durmo bastante durante o dia.

O dia é cansativo e confuso.

Há sempre novas manchas de fungo, e novos tons de amarelo espalhados por toda parte. Não consigo contá-los, embora eu tenha tentado.

Esse papel de parede tem o tom de amarelo mais estranho! Faz-se pensar em todas as coisas amarelas que já vi – não coisas bonitas, como botões de ouro, mas coisas velhas, estranhas e ruins.

Porém há outra coisa sobre esse papel de parede – o cheiro! Senti no momento em que entramos no quarto, mas, com tanta ventilação e sol, não parecia ruim. Tivemos uma semana com névoa e chuva e, mesmo com as janelas abertas, o cheiro está presente.

O cheiro se espalha pela casa.

Paira pela sala de jantar, esconde-se na sala de estar, no corredor, espera por mim nas escadas.

Impregna-se no meu cabelo.

Mesmo quando saio para dar uma volta de carruagem, se eu viro a cabeça, de repente – lá está o cheiro!

Também é um odor tão peculiar! Passei horas tentando analisá-lo para tentar descobrir – cheiro de quê?

Não é ruim – a princípio, é muito suave, mas é o odor mais sutil e permanente que já senti.

No tempo úmido, ele fede. Acordo no meio da noite e sinto o cheiro em cima de mim.

Costumava me perturbar, no início. Cheguei a pensar seriamente em atear fogo na casa – para acabar com o cheiro.

Mas agora já me habituei a ele. A única coisa a que consigo associar é a cor do papel de parede – é um cheiro amarelo!

Há uma marca engraçada na parede, bem embaixo, próximo ao rodapé. Uma listra que percorre o quarto inteiro. Passa por trás de todos os móveis, exceto a cama, é longa, reta e uniforme, como se tivesse sido esfregada muitas vezes.

Fico pensando como ela foi feita, quem a fez e por que a fizeram. Dando voltas, voltas e voltas – voltas, voltas e voltas –, deixando-me tonta!

Finalmente, descobri uma coisa.

De tanto observar à noite, quando tudo muda mais, eu consegui enfim descobrir.

O padrão externo *realmente* se mexe – e eu não me surpreendo! A mulher por trás o sacode!

Às vezes, acho que há muitas mulheres bem grandes atrás, e outras vezes, apenas uma, mas ela se move em torno do quarto bem rápido e, ao se mover, sacode todo o papel.

Nos pontos mais claros, ela não se mexe, e nos pontos mais sombreados, ela agarra as barras e as sacode com força.

E todo o tempo ela tenta atravessar. Mas ninguém consegue atravessar aquele padrão – ela fica estrangulada; acho que é por isso que há tantas cabeças.

Elas passam e, então, o padrão as estrangula, e vira-as de ponta-cabeça, e branqueia seus olhos!

Se essas cabeças fossem cobertas ou tiradas, não seria nada mau.

Acho que essa mulher sai de lá durante o dia!

E vou dizer por que – reservadamente – eu já a vi!

Vejo-a do lado de fora em cada uma das minhas janelas!

É a mesma mulher, eu sei, porque está sempre se esgueirando, e a maioria das mulheres não se esgueira de dia.

Vejo-a naquela longa alameda sombreada, para cima e para baixo. Vejo-a naqueles escuros caramanchões, cobertos de parreiras, esgueirando-se por todo o jardim.

Vejo-a naquela longa estrada se esgueirando sob as árvores, e quando uma carruagem se aproxima, ela se esconde debaixo das vinhas de amoras.

Eu não a culpo nem um pouco. Deve ser muito humilhante ser pega se esgueirando em pleno dia!

Sempre tranco a porta quando eu me esgueiro à luz do dia. Não posso fazer isso à noite, porque sei que John suspeitaria de algo imediatamente.

E John está tão estranho agora, que não quero irritá-lo. Gostaria que ele fosse para outro quarto! Além disso, não quero que ninguém surpreenda aquela mulher do lado de fora à noite, somente eu.

Fico imaginando se eu conseguiria vê-la por todas as janelas ao mesmo tempo.

Mas, por mais rápido que eu me vire, só consigo vê-la numa janela de cada vez.

E, embora eu sempre a veja, ela *consegue* se esgueirar mais rápido do que eu consigo me virar!

Observei-a, algumas vezes, ao longe no campo, esgueirando-se mais rápido do que a sombra de uma nuvem soprada pelo vento.

Se apenas aquele padrão junto do teto pudesse ser tirado de cima do outro! Quero tentar tirá-lo, devagar.

Descobri outra coisa engraçada, mas ainda não vou dizer o que é! Não se pode confiar demais nas pessoas.

Só tenho mais dois dias para arrancar esse papel de parede, e acredito que John está começando a perceber. Não gosto da expressão em seus olhos.

E eu o ouvi fazendo várias perguntas médica a Jennie sobre mim. Ela lhe passou o relatório completo.

Disse-lhe que eu dormi bastante de dia.

John sabe que não durmo muito bem à noite; para os outros, eu sou muito tranquila!

Ele me fez todo tipo de pergunta, também, e fingiu ser bastante amoroso e gentil.

Como se eu não enxergasse através dele!

Ainda assim, não me espanto de ele agir desse modo, dormindo sob esse papel de parede por três meses.

Isso só interessa a mim, mas tenho certeza de que John e Jennie estão sendo sub-repticiamente afetados por ele.

Viva! Este é o último dia, mas é o suficiente. John vai passar a noite na cidade, e ele não sai de lá senão à tarde.

Jennie queria me fazer companhia vindo dormir no meu quarto comigo – a espertinha! Mas eu disse a ela que, sem dúvida, eu descansaria melhor à noite se ficasse sozinha.

Isso foi muito inteligente de se dizer, pois, na verdade, eu não estaria nem um pouco sozinha! Assim que o luar começou a entrar pelo quarto, e aquela pobre figura passou a se mexer e a sacudir o papel, eu me levantei e corri para ajudá-la.

Eu puxei e ela sacudiu; eu sacudi e ela puxou e, antes do amanhecer, havíamos arrancado vários metros de papel de parede.

Tiramos uma faixa acima da cabeça e praticamente da metade do quarto.

E, então, quando o sol nasceu e aquele padrão terrível começou a rir de mim, eu declarei que acabaria com ele hoje!

Vamos embora amanhã, e estão levando toda a mobília de volta para baixo, para deixar tudo como estava antes.

Jennie olhou para a parede, assombrada, mas eu lhe disse, alegremente, que eu o arranquei por desprezar aquele papel de parede horrível.

Ela riu e disse que não se importaria de fazer o mesmo, mas que eu não deveria me cansar.

Como ela se traiu desta vez!

Mas eu estou aqui, e ninguém toca neste papel, exceto eu – nenhuma alma vivente!

Ela tentou me tirar do quarto – isso foi claro! Mas eu disse que estava tão silencioso, vazio e limpo agora, que eu achava que iria me deitar de novo e dormir o máximo que eu pudesse, e que ela não deveria me acordar nem para jantar – eu a chamaria quando me levantasse.

Então, agora ela se foi, os criados se foram, todas as coisas se foram, e não sobrou nada, senão aquela enorme cama pregada no chão, com o colchão forrado de lona que estava em cima dela.

Esta noite, vamos dormir lá embaixo, e pegar o barco de volta para casa amanhã.

Gosto muito deste quarto, agora que ele está vazio de novo.

Como aquelas crianças rasgaram o papel de parede por aqui!

Esta cama está bastante roída!

Mas devo começar o trabalho.

Tranquei a porta, e joguei a chave no pátio de entrada.

Não quero sair, não quero que ninguém entre, até John chegar.

Eu quero surpreendê-lo.

Tenho uma corda aqui que nem Jennie encontrou. Se aquela mulher, afinal, sair e tentar fugir, poderei amarrá-la!

Mas eu me esqueci de que não conseguiria alcançá-la sem ter onde subir!

Esta cama *não* se move!

Tentei levantá-la e empurrá-la, até ficar exausta, e então fiquei tão brava que mordi um pedaço da cama – mas machuquei meus dentes.

Depois, descasquei todo o papel de parede que alcançava do chão. Ele está muito colado e o padrão do papel se diverte com isso!

Todas aquelas cabeças estranguladas, os olhos esbugalhados e as manchas de fungo apenas gritam de escárnio!

Estou ficando brava o suficiente para fazer algo desesperado. Saltar pela janela seria um exercício considerável, mas as barras são fortes demais para eu tentar.

Além disso, eu não faria isso. Claro que não. Sei que fazer uma coisa dessas não é adequado, e pode ser mal interpretado.

Nem gosto de *olhar* pelas janelas – há tantas mulheres se esgueirando, e elas se esgueiram muito rápido.

Imagino se todas saem de trás daquele papel de parede como eu saí?

Mas estou presa agora pela minha corda bem escondida – você não consegue *me* levar até a estrada!

Acredito que terei que voltar para trás do desenho quando anoitecer, e isso é difícil!

É tão agradável ficar do lado de fora neste quarto espaçoso e dar tantas voltas quanto eu quiser!

Eu não quero sair. Eu não vou sair, mesmo que Jennie me peça.

Porque lá fora temos que nos esgueirar na terra, onde tudo é verde em vez de amarelo.

Mas aqui posso me esgueirar suavemente pelo chão, e meu ombro se encaixa perfeitamente naquela longa mancha no canto da parede, então eu não me perco.

Nossa, John está na porta!

Não adianta, rapaz, você não poderá abri-la!

Como ele grita e esmurra a porta!

Agora está pedindo que tragam um machado.

Mas seria uma pena quebrar uma porta tão bonita assim!

– John querido! – eu disse com voz muito doce. – A chave está lá fora nos degraus da entrada, debaixo da folha da bananeira!

Isso fez o fez calar por alguns segundos.

Então, ele disse, bem mansinho:

– Abra a porta, minha querida!

– Não posso – respondi. – A chave está lá embaixo, perto da porta de entrada, debaixo da folha da bananeira!

E repeti, várias vezes, de forma bem devagar e gentil, e disse isso tantas vezes, que ele precisou olhar lá embaixo, ele pegou a chave, claro, e entrou. Ele ficou parado na porta.

– Qual é o problema? – ele exclamou. – Por Deus, o que você está fazendo?

Continuei me esgueirando do mesmo jeito, mas olhei para ele por cima do ombro.

– Finalmente, eu consegui sair – eu disse –, apesar de você e Jane. E arranquei a maior parte do papel de parede, então, não conseguirá me colocar de volta!

E, agora, por que será que ele desmaiou? Mas ele desmaiou exatamente no meu caminho junto à parede, assim toda vez eu tinha que me esgueirar por cima dele!

CAPÍTULO XX

A MISSA DE RÉQUIEM

Edith Nesbit

1893

Edith Nesbit é principalmente lembrada como a autora de *As crianças da ferrovia*,[206] um romance infantil popular na Grã-Bretanha, sua terra natal, que foi filmado várias vezes. Escreveu mais de sessenta livros para crianças, tendo sido uma das primeiras autoras infantis a contar histórias do mundo real e não de reinos de contos de fadas ou de fantasia. Noël Coward declarou: "Tinha uma economia de expressão e um talento incomparáveis para evocar os dias quentes de verão no interior da Inglaterra".

Durante a infância, Edith e a família viajaram bastante pela Inglaterra, França, Espanha e Alemanha, buscando um clima

---

[206] *The Railway Children*, no original. (N. da T.)

agradável para a irmã doente, Mary. Ao retornar à Inglaterra, conheceu um bancário, Hubert Bland, com quem se casou quando estava grávida de sete meses, em 1880. O casamento não foi feliz: logo Edith descobriu que outra mulher engravidara de Bland e acreditava ser sua noiva; mais tarde, sua melhor amiga, Alice Hoatson, também engravidou de Bland, sem que Edith soubesse, e ela acabou por adotar o bebê. Ao descobrir quem era o pai, quis mandar a amiga embora, mas Bland ameaçou abandoná-la se Edith não permitisse que Alice vivesse com eles como governanta. Treze anos depois, Alice teve mais um filho de Bland e, outra vez, Edith adotou a criança. Depois que Bland morreu e ela se casou de novo, Edith tirou os filhos adotivos do testamento.

Bland e Edith tinham opiniões políticas semelhantes, e ambos se envolveram com a Sociedade Fabiana, uma organização progressista de classe média, predecessora do Partido Trabalhista inglês. Edith fez palestras na London School of Economics, e ambos publicavam o jornal *Today*, da Sociedade Fabiana. Além de histórias infantis, romances adultos, não ficção e poesia, Edith publicou quatro coletâneas de contos de horror em vida, compiladas a partir dos textos publicados em diversas revistas. Muitos deles, como "Homem de mármore",[207] são frequentemente incluídos em antologias de ficção de horror da época vitoriana. "A missa de réquiem"[208] foi publicado, pela primeira vez, na edição de abril de 1892 da revista *The Argosy* e, como o restante de seu trabalho, foi assinado com um pseudônimo neutro: "E. Nesbit".

---

[207] "Man-Size in Marble", no original. (N. da T.)
[208] "The Mass for the Dead", no original. (N. da T.)

Eu estava acordado – total e cruelmente desperto. Fiquei acordado a noite toda; como poderia dormir, quando a mulher que eu amava iria se casar na manhã seguinte – casar-se, mas não comigo?

Fui para meu quarto cedo; a reunião familiar na sala de visitas estava me deixando louco. Reunidos em torno da mesa redonda forrada com uma toalha estampada, cada um ocupado com um trabalho, ou livro, ou jornal, mas não o suficiente para me apunhalarem o coração com aquela conversa ininterrupta sobre o casamento.

Ela e sua família eram nossos vizinhos, então, por que o casamento não seria assunto em minha casa?

Eles não tinham a intenção de serem cruéis comigo; não sabiam que eu a amava, mas ela, sim. Eu lhe disse isso, mas ela soube antes. Desde quando voltei, depois de passar três anos estudando música na Alemanha – voltei e a encontrei na floresta, onde costumávamos colher nozes quando éramos crianças.

Olhei dentro dos seus olhos, e minha alma tremeu de gratidão por viver no mesmo mundo que ela. Virei-me e andei ao seu lado pela floresta cheia de cipós, e conversamos sobre os dias que vivemos juntos, com frases como: "Você se esqueceu?" e "Você se lembra?", até chegarmos ao portão do jardim de sua casa. Então eu disse:

– Adeus, não: *Auf Wiedersehen*, e que seja logo, eu espero.

E ela respondeu:

– Adeus. Aliás, você ainda não me cumprimentou.

– Não a cumprimentei pelo quê?

– Sim, não lhe contei que vou me casar no mês que vem com o sr. Benoliel?

Ela se virou e atravessou o jardim bem devagar.

Perguntei à minha família e eles confirmaram. Kate, minha querida amiga de folguedos, iria se casar com esse espanhol rico, voluntarioso, habituado a ganhar, polido nos modos, mas de origem humilde. Por que ela iria se casar com ele?

– Ninguém sabe – respondeu meu pai –, mas o pai dela é famoso na cidade, e Benoliel, o espanhol, é rico. Talvez seja por isso.

Era por isso. Ela me disse isso quando, depois de passar duas semanas perto dela, eu lhe implorei que ela rompesse aquele relacionamento vil e ficasse comigo, que a amava – e a quem ela amava.

– Você tem toda a razão – ela disse, calmamente.

Estávamos sentados no peitoril da janela no salão de lambris de carvalho na velha e desolada casa de seu pai.

– Sim, eu amo você, e vou me casar com o sr. Benoliel.

– Por quê?

– Olhe em volta, e me pergunte por quê, se puder.

Olhei em volta – a sala surrada, com cortinas verde-sálvia desbotadas, o tapete puído, as poltronas com capas de chita lavadas e remendadas. Olhei pela janela quadrada de treliça para o gramado irregular e malcuidado, para seu vestido – de tecido simples, embora ela o trajasse como as rainhas desejam trajar o arminho – e compreendi.

Kate é obstinada; é seu único defeito; eu sabia quão vãos seriam meus pedidos, mas os fiz assim mesmo; quão sem propósito seriam meus argumentos, contudo, eu os apresentei; quão inúteis seriam meu amor e minha tristeza, contudo mostrei os dois a ela.

– Não – ela respondeu, mas enlaçou os braços em torno do meu pescoço enquanto falava, e me abraçou como se eu fosse seu tesouro mais caro. – Não, não; você é pobre, e ele é rico. Você não me faria partir o coração de meu pai: ele é tão orgulhoso, e, se ele não receber nenhum dinheiro no mês que vem, estará falido. Não estou enganando ninguém. O sr. Benoliel sabe que eu não gosto dele, mas, se me casar com ele, adiantará uma grande quantia a meu pai. Ó, asseguro-lhe que tudo já foi tratado e decidido. Não há como voltar atrás.

— Minha pequena! – exclamei. – Como pode falar sobre tudo isso com essa tranquilidade! Não vê que está vendendo a alma e jogando a minha fora?

— Padre Fabian diz que estou fazendo a coisa certa – ela respondeu, soltando suas mãos, mas segurando a minha entre as dela, e olhando-me com aqueles claros olhos cinzentos que ela tem. – Devemos ser altruístas em relação a tudo e, no amor, pensar apenas em nossa própria felicidade? Eu amo você, e me casarei com ele. Gostaria de inverter as posições?

— Sim – eu disse –, porque aí eu faria com que você me amasse.

— Talvez ele faça isso – Kate disse num tom amargo.

Mesmo naquele momento, seus lábios tremeram num meio sorriso. Ela sempre gostava de provocar. Seu humor muda ao longo do dia mais vezes do que o de outras mulheres durante o ano. Seu sorriso se afogou nas lágrimas, mas ela as conteve, e disse:

— Adeus. Vê que eu tenho razão, não é? Ó, Jasper, gostaria de não ter lhe dito que eu o amo. Isso só vai deixá-lo ainda mais infeliz.

— Torna-se minha única felicidade – respondi. – Nada poderá tirar isso de mim. E ele jamais terá essa felicidade. Diga de novo que me ama!

— Eu o amo! Eu o amo! Eu o amo!

Com mais lágrimas e loucas palavras de amor, nós nos separamos, e carreguei meu coração partido para casa, deixando-a com o dela em sua nova vida.

E, agora, ela iria se casar amanhã, e eu não conseguia dormir.

Quando a escuridão se tornou insuportável, acendi uma vela, e fiquei deitado olhando vagamente para o desenho das rosas no papel de parede, ou seguindo com os olhos as linhas e as curvas da pesada mobília de mogno.

A solidez à minha volta me oprimia. Na parca luz, o guarda-roupa erguia-se como um carro fúnebre, e a caixa do violino parecia um caixão de criança.

Peguei um livro, e li até meus olhos arderem e as letras começarem um *pas fantastique*[209] pela página.

Levantei-me e me exercitei com halteres por dez minutos. Passei uma esponja de água fria no rosto e nas mãos, e tentei dormir novamente – em vão. Fiquei ali deitado, insone, sentindo-me miserável.

Tentei recitar alguns poemas, as tarefas já meio esquecidas do meu tempo de escola, mas o tempo todo reboava o refrão: "Kate vai se casar amanhã, e não será comigo, não será comigo!".

Tentei contar até mil. Tentei imaginar ovelhas numa alameda, e contá-las enquanto saltavam por cima de uma cerca imaginária – usei todos os velhos truques para dormir – em vão.

Quando os Waits chegaram, uma tortura de nervos foi somada à do coração. Depois de quinze minutos de canções de Natal, cada músculo do meu corpo parecia tremer em agonia física.

Para banir os ecos de *O ramo de visgo*,[210] cantarolei baixinho uma música de Palestrina,[211] e me senti mais desperto do que nunca.

Então, aconteceu algo que nunca poderá ser explicado. Ainda deitado, ouvi uma melodia que nunca ouvira antes, indescritivelmente linda, e diferente de qualquer outra já executada.

Meu primeiro pensamento foi, "mais Waits", porém a música era um coral, doce e verdadeira; misturava as notas de um órgão, e a cada nota, a música aumentava de volume. Absurdo sugerir que eu

---

[209] "Um balé fantástico", em francês no original. (N. da T.)

[210] "A lenda do ramo de visgo": conto de horror transformado em poema por Samuel Rogers, em 1822, intitulado "Ginevra", em seu livro *Itália*, ao qual foi acrescentado uma música chamada "O ramo de visgo", na década de 1830, de Thomas Haynes Bayly e sir Henry Bishop, que tornou-se muito popular e passou a ser cantada no Natal, apesar de sua história triste, da noiva que se esconde num baú, brincando de esconde-esconde no dia do seu casamento, e só muitos anos depois descobrem seu esqueleto no vestido de noiva. (N. da T.)

[211] Giovanni Pierluigi da Palestrina (1525-1594): compositor italiano da Renascença. Dominando a polifonia herdada da escola franco-flamenga, exerceu grande influência no desenvolvimento da música sacra, principalmente sobre Bach. (N. da T.)

tenha sonhado, pois, ao ouvir a música, saltei da cama e abri a janela. A música baixou de volume. Não havia ninguém no jardim repleto de neve. Tiritando de frio, fechei a janela. A música ficou mais nítida, e percebi que era uma missa – uma missa de réquiem, que eu nunca ouvira antes. Deitei-me de novo e acompanhei a execução de todo o ofício.

A música terminou.

Sentei-me na cama, com a vela acesa, mais acordado do que nunca e, mais do que nunca, dominado pelo pensamento em Kate.

Mas com uma diferença. Antes, eu estava apenas chorando por tê-la perdido; agora, meus pensamentos a respeito dela se misturaram a um medo indescritível. A sensação de morte e decomposição que me ocorreu com aquela estranha e bela música povoou minha mente. Eu estava povoado por fantasias de casas silenciosas, vestes pretas, salas ornadas com flores e linhos brancos repousando numa imobilidade mortal. Ouvi ecos de soluços de choros e de sinos abafados tocando monotonamente. Estremeci, como se estivesse à beira de um sofrimento irreparável e, ao contemplá-lo, observei o amanhecer opaco lentamente apagar a pálida chama da minha vela quase extinta no castiçal.

Eu senti que deveria ver Kate mais uma vez antes do casamento. Antes das dez horas, cheguei ao salão de lambris de carvalho. Ela veio falar comigo. Ao entrar na sala de estar, sua palidez, seus olhos inchados e a tristeza do seu olhar torceram meu coração, como se aquela noite de agonia ainda não tivesse terminado. Literalmente, eu não conseguia falar. Estendi minhas mãos para ela.

Ela me reprovaria por ter vindo vê-la novamente, por forçá-la uma segunda vez à angústia da separação?

Ela não fez isso. Segurou minhas mãos e disse:

– Agradeço-lhe por ter vindo. Sabe, acho que estou enlouquecendo. Não me deixe enlouquecer, Jasper!

Seu olhar acentuava suas palavras.

Gaguejei alguma coisa e beijei suas mãos. Eu estava com ela de novo, e a alegria lutava outra vez contra minha tristeza.

– Preciso dizer isso a alguém. Se eu estiver louca, não me tranquem. Tome conta de mim, sim?

E eu não tomaria?

– Entenda – ela continuou –, não foi um sonho. Eu estava bem acordada, pensando em você. Não fazia muito tempo que os Waits haviam saído, e eu... eu vi sua imagem na minha frente. Eu não estava dormindo.

Eu tremi ao abraçá-la bem forte.

– Como o céu acima de nossas cabeças, eu não sonhei isso. Ouvi uma missa ser cantada e, Jasper, era um missa de réquiem. Eu acompanhei todo o ofício. Você não é católico, mas, pensei... eu temi... ó, não sei o que pensei. Sinto-me grata por saber que você está bem.

Bateu-me uma súbita certeza e uma força muito grande dentro de mim. Agora, naquele momento de fraqueza, sob a influência daquela forte emoção, eu poderia e iria salvá-la de Benoliel, e a de uma dor eterna.

– Kate – eu disse –, acredito que isso seja um aviso. Você não deve se casar com esse homem. Deve se casar comigo e com mais ninguém.

Ela encostou a cabeça em meu ombro; parecia ter se esquecido do pai e de todos os motivos para seu casamento com Benoliel.

– Não pensa que estou louca? Não? Então tome conta de mim, leve-me embora; sinto-me segura com você.

Assim todos os obstáculos sumiram mais rapidamente do que um beijo de amor. Não ousei parar para pensar na coincidência do alerta sobrenatural – nem o que isso significaria. Diante da esperança, orgulho-me de lembrar do bom senso que tomou conta dela. A sala onde estávamos tinha portas de vidro. Peguei um chapéu de palha e um xale no corredor de entrada, e atravessamos o jardim silencioso e branco. Não vimos ninguém. Ao chegar ao jardim na casa de meu pai, levei-a até os fundos, para o chalé de verão, e deixei-a ali, embora sentisse um pouco de medo de deixá-la sozinha, enquanto eu entrava em casa. Agarrei o violino e um talão de cheques, peguei todo o dinheiro que tinha em mãos, rabisquei um bilhete para meu pai e fui ao encontro dela.

Ninguém nos vira até então.

Andamos até a estação que fica a oito quilômetros; e quando Benoliel chegasse à igreja, eu estaria saindo do *Doctor's Commons*[212] com uma certidão especial no bolso. Duas horas depois, Kate era minha esposa, e estávamos tranquila e prosaicamente tomando nosso café da manhã nupcial no restaurante do Grand Hotel.

– E para onde vamos? – perguntei.

– Não sei – ela respondeu, sorrindo. – Você não tem muito dinheiro, tem?

– Ó, não, eu não sou rico, mas não sou um pobretão.

– Poderíamos ir para Devonshire? – ela perguntou, girando a aliança nova no dedo.

– Devonshire! Por quê? Não é lá que...

– Sim, eu sei: Benoliel fez reservas lá. Jasper, estou com medo dele.

– Então, por quê...?

– Seu tolinho – ela respondeu. – Acha que Benoliel irá para Devonshire agora?

Fomos para Devonshire – eu tinha recebido uma pequena herança havia alguns meses, e não permitiria que questões de dinheiro

---

[212] *Doctors' Commons*, também chamado *College of Civilians*: uma sociedade de advogados civilistas de Londres, fazia as vezes de um cartório civil atual. A sociedade foi estabelecida em 1511, por Richard Blodwell, decano das Arcadas. Os prédios, adquiridos em 1567, situavam-se perto da Catedral de St. Paul, em Paternoster Row, e depois na Knightrider Street, onde permaneceu até serem vendidos, em 1865, e demolidos, em 1867. (N. da T.)

perturbassem minha nova e linda felicidade. Meu único temor era ela ficar triste pensando no pai, mas graças a Deus naqueles primeiros dias ela também estava feliz – tão feliz que não pensava em mais ninguém, somente em mim. E em todas as horas de todos os dias, eu dizia para mim mesmo: "Em relação àquele presságio, não importa o que queria dizer, senão ela não teria se casado comigo, e sim com ele".

Os quatro ou cinco primeiros dias de casados são flores que a memória mantém sempre frescas. O rosto de Kate recuperou a cor das rosas selvagens, e ela ria, cantava, brincava e desfrutava de todas as nossas pequenas aventuras diárias com a mais completa alegria. Logo depois, cometi a maior imbecilidade da minha vida – um daqueles atos insanos de que nos lembramos pelo resto da vida e nos perguntamos: "Como pude ser tão tolo?".

Estávamos numa pequena sala de estar medonha, porém confortada pelo calor da lareira e o fato de os dois estarem ali, sentados, de mãos dadas, olhando para o fogo, conversando sobre o futuro e o amor que sentíamos. Não havia nada que nos perturbasse; ninguém descobrira nosso paradeiro, e o medo que minha esposa sentia da vingança de Benoliel parecia ter se dissolvido diante da chama da nossa felicidade.

E, enquanto estávamos sentados, tranquilos e imperturbados, o diabo da tentação empurrou meu ombro, porque, enfim, ele sempre faz isso, e contei à minha esposa que eu também ouvira aquela música etérea naquela noite, que não fora, como ela pensou, um pesadelo – um sonho estranho –, mas algo ainda mais estranho, mais significativo. Contei-lhe como ouvi o réquiem, e toda a história daquela noite. Ela permaneceu em silêncio, e percebi que ela ficou estranhamente indiferente. Quando terminei de falar, ela soltou minha mão e cobriu o rosto.

– Acreditei que fosse um aviso para fugirmos da tentação. Nunca deveríamos ter nos casado. Ó, meu pobre pai!

Ela falou num tom que nunca usara antes. Sua profunda tristeza me deixou assombrado. E com razão. Porque nenhum argumento, pedido ou carícia conseguiram devolver minha mulher ao humor em que ela estava uma hora antes.

Ela tentava parecer alegre, mas era uma alegria forçada, e sua risada me cortou o coração.

Ela não falava mais sobre a música, e quando tentei fazê-la pensar a respeito disso sorriu de modo melancólico e disse:

— Eu não posso ser feliz. Eu não serei feliz. Está errado. Fui muito egoísta e má. Você acha que sou idiota, eu sei, mas acredito que haja uma maldição sobre nós. Nunca mais seremos felizes novamente.

— Você não me ama mais? — perguntei-lhe de modo tolo.

— Amar você?

Ela apenas repetiu minhas palavras, mas eu fiquei satisfeito. No entanto, aqueles dias foram infelizes. Nós nos amávamos apaixonadamente, porém, passávamos nossas horas numa eterna despedida. Longos, longos silêncios tomaram o lugar das pequenas brincadeiras tolas e conversas infantis que os amantes felizes conhecem tão bem. E mais de uma vez, acordando no meio da noite, ouvi minha esposa chorar, e fingi dormir, amargurado por saber que eu não tinha forças para consolá-la. Eu sabia que ela pensava o tempo todo no pai, e que ficava, a cada dia, mais ansiosa em relação a ele. Cansei-me tentando encontrar um modo de desviar seus pensamentos dele. Eu não poderia, de fato, pagar as dívidas de seu pai, mas poderia trazê-lo para morar conosco, um sacrifício muito maior e, tendo bons contatos, tanto como músico quanto como compositor, eu não duvidava de que conseguiria sustentar os dois com conforto.

Mas Kate decidira que a desgraça da falência partiria o coração de seu pai, e minha Kate não é uma pessoa muito fácil de se convencer ou persuadir.

Em Torquay, me ocorreu que talvez fosse bom que ela conversasse com um padre. É verdade que o padre Fabian a aconselhara a se casar com Benoliel, mas eu não acreditava que padres aconselhassem uma moça a se casar com um homem mau, que ela não amasse, em troca de qualquer ganho mundano.

Ela aceitou minha sugestão, mas sem entusiasmo, e procuramos uma igreja católica. Ao abrir a porta de fora da igreja, ouvimos uma música e, ao colocar a mão na porta de dentro, Kate segurou minha outra mão.

– Jasper! – ela sussurrou. – É a mesma!

Alguém abriu a porta atrás de nós, então tivemos que entrar. Em outro momento, paramos no meio da igreja às escuras – ficamos de mãos dadas no breu, ouvindo a mesma música que cada um de nós ouviu naquela noite solitária na véspera do nosso casamento.

Passei o braço pela cintura da minha esposa e puxei-a para trás.

– Vamos embora, minha querida – sussurrei. – É uma missa de réquiem.

Ela olhou para mim.

– Eu *preciso* saber, preciso ver quem é. Vou enlouquecer se me levar embora agora. Eu não aguento mais isso.

Andamos pelo corredor, e ficamos o mais perto possível do caixão, coberto de flores e círios acesos em volta. E ouvimos aquela música outra vez; cada nota era a mesma que escutáramos antes. Quando a missa acabou, sussurrei para o sacristão:

– De quem é essa música?

– Do nosso organista – ele respondeu –, esta foi a primeira audição. Boa, não?

– Quem é... quem era... quem está sendo enterrado?

– Um senhor estrangeiro. Dizem que sua noiva o deixou no dia do casamento, e que ele dera milhares de libras ao pai dela antes de descobrirem sua fuga.

— Mas o que ele estava fazendo aqui?

— Bem, esta é a parte curiosa, senhor. Para mostrar independência, ele fez a viagem de lua de mel sozinho. Mas houve um acidente de trem, e ele e todos que estavam no mesmo carro morreram instantaneamente. Sorte a moça estar com outra pessoa.

O sacristão riu baixinho.

Kate agarrou meu braço.

— Qual o nome dele? — ela perguntou.

Eu não teria perguntado: eu não queria sequer ouvir.

— Benoliel — disse o sacristão. — Nome curioso e história curiosa. Estão todos comentando o caso.

Todos tiveram algo mais a comentar ao descobrir que o orgulho de Benoliel, que lhe permitira comprar uma esposa, diminuíra no momento que ele, ao perder a noiva, quis reaver o dinheiro que pagara. E, para o homem que estava disposto a vender a filha, ficar com o valor pareceu-lhe perfeitamente natural.

A partir do momento em que ouviu o nome de Benoliel dos lábios do sacristão, a alegria e a felicidade de Kate retornaram. Ela me amava e odiava Benoliel. Estava casada comigo, e ele, morto; e a morte dele foi um choque maior para mim do que para ela. As mulheres são gentis e cruéis de um modo muito curioso. E ela não via por que o pai não poderia ficar com o dinheiro. Vale ressaltar que as mulheres, mesmo as mais inteligentes, ou as melhores, não percebem o que os homens chamam de honra.

Como explicar a música? Meu bom crítico, meu trabalho é contar a história — não explicá-la.

E eu não tenho pena de Benoliel? Sim. Posso, agora, ter pena da maioria dos homens, vivos ou mortos.

CAPÍTULO XXI

O FANTASMA DE TYBURN

Condessa de Munster

1896

A mãe de Wilhelmina FitzClarence era filha ilegítima do rei William IV[213] da Inglaterra (tio da rainha Vitória,[214] que a precedeu), e Mina nasceu no dia em que ele ascendeu ao trono.[215] Quando criança, viajou por toda a Europa, visitando a corte da "Monarquia de Julho"[216] na França, e a corte do reino alemão de Hanover, que pertencia aos monarcas britânicos desde a época em que o Eleitor de Hanover

---

[213] William IV (1765-1837) (N. da T.)
[214] Vitória (1819-1901). (N. da T.)
[215] Nasceu em 26 de junho de 1830. (N. da T.)
[216] Monarquia de Julho: monarquia constitucional liberal na França, sob Louis Philippe I, que se iniciou com a Revolução de Julho de 1830 e terminou com a Revolução de 1848, marcando o fim da Restauração dos Bourbon. (N. da T.)

se tornou o rei George I[217] da Inglaterra e Irlanda, após a morte de sua prima de segundo grau, a rainha Anne.[218]

Mina casou-se com um primo-irmão, o 2º Conde de Munster, e tiveram nove filhos. William FitzClarence era outro neto de William IV, pois o pai era filho ilegítimo do rei com a mesma amante do pai de Mina.

O casal viveu tranquilamente na então prestigiosa cidade beira-mar de Brighton. Mina começou a escrever tarde, publicando seu primeiro romance, *Dorinda*, perto dos 60 anos, e arrancando elogios de ninguém menos que Oscar Wilde. O segundo romance, *O conde escocês*,[219] publicado dois anos depois, foi bastante condenado por retratar um nobre de um modo não muito favorável – que alguns críticos consideraram muito próximo de ideias socialistas – e por não ter "quaisquer méritos de construção ou estilo". Publicou outros dois livros antes de falecer: *Histórias de fantasmas*[220] (1896), uma coletânea de contos que foi bem recebida, "escrita com um estilo semelhante às histórias das verdadeiras aparições"; e uma autobiografia, *Minhas memórias e outras histórias*[221] (1904).

"O fantasma de Tyburn"[222] foi publicado em *Histórias de fantasmas*. Este pequeno conto de fantasma atende à intenção da autora de imitar os relatos contemporâneos de supostas aparições, tanto quanto à natureza das manifestações fantasmagóricas e o tom da escrita – de tal forma que a revista *Lady's Realm* o considerou, como seus demais contos, baseado em fatos.

---

[217] George I (1660-1727). (N. da T.)
[218] Anne (1665-1714). (N. da T.)
[219] *A Scotch Earl*, no original. (N. da T.)
[220] *Ghostly Tales*, no original. (N. da T.)
[221] *My Memories and Miscellanies*, no original. (N. da T.)
[222] "The Tyburn Ghost", no original. (N. da T.)

Tyburn é um nome sugestivo para os britânicos, especialmente os londrinos. Próximo de onde está hoje o Marble Arch,[223] Tyburn era o local da principal forca de execução de prisioneiros em Londres, entre os séculos XIV e XVIII.[224] É um lugar perfeito para uma casa mal-assombrada, construída sobre uma sepultura desconhecida.

H á alguns anos, uma senhora e suas três filhas, que moravam no interior, precisaram vir até a metrópole. Depois de alguns percalços para encontrar acomodação, escolheram uma pensão numa ruazinha perto do Marble Arch, em Hyde Park.

Era verão, em meados de julho e, com o calor intenso, o ar (ou a falta dele!) numa pequena pensão ficava muito opressivo. A sra. Dale, no entanto, não se incomodava muito com o "abafamento", além disso, mesmo que se incomodasse, não tinha dinheiro para pagar por um lugar maior. De fato, se não fosse pela boa vontade da dona da pensão, e de sua prontidão em concordar com algumas mudanças pedidas pela sra. Dale quanto à arrumação dos quartos, a senhora precisaria encontrar um *pied-à-terre*[225] num lugar ainda menos adequado do que aquele na rua Dash.

Mas, para esclarecer nossa história, é preciso descrever a disposição dos quartos na rua Dash, bem como quais foram as pequenas mudanças solicitadas pela sra. Dale e atendidas pela atenciosa sra.

---

[223] Arco de Mármore: construído em mármore de Carrara, foi colocado diante do Palácio de Buckingham, como portão de entrada, em 1833, e depois movido para o Hyde Park, em 1851. (N. da T.)
[224] Tyburn: local de execução pública entre 1388 e 1793. (N. da T.)
[225] Casa ou apartamento de temporada, em francês no original. (N. da T.)

Parsons, pois a estação já ia pelo meio, e ela percebeu que seria melhor se esforçar um pouco do que não alugar os quartos.

O prédio na rua Dash nº 5 tinha apartamentos mobiliados convencionais, e os alugados pela sra. Dale possuíam duas pequenas salas de visitas no andar térreo, com portas dobráveis entre elas, e um quarto de dormir de tamanho razoável, no andar superior, exatamente em cima da sala de estar localizada na frente. Havia um grande "dossel" no quarto de dormir onde as filhas mais velhas aceitaram ficar; e a sra. Dale convenceu a dona da pensão a colocar outro "dossel" no quarto dos fundos, para ela e a mais nova – onde também dividiriam a cama.

Este foi um arranjo econômico, usando apenas duas camas em vez de quatro (ou de, pelo menos, três) e, como os senhorios cobram de acordo com o número de leitos que serão usados, o arranjo ficou satisfatório para a sra. Dale.

No dia marcado, no fim da tarde, a família Dale chegou à rua Dash. A sra. Dale tinha negócios para tratar na Cidade,[226] então, depois de um jantar frugal, começaram a se preparar para deitar. A sra. Parsons, uma mulher ocupada e trabalhadora, nem um pouco preguiçosa, logo trouxe uma cama extra, uma penteadeira etc., e depois de dar um boa-noite caloroso às suas hóspedes, deixou-as à vontade.

A sra. Dale logo se atirou nos braços de uma convidativa *fauteuil*,[227] para desfrutar de alguns momentos de relaxamento, quando, de repente, notou pela primeira vez que havia um balcão externo, que percorria as casas na rua Dash. Sem um temperamento muito imaginativo, o único perigo noturno em que a mente convencional da inocente senhora pensou foram gatos! Assim, seguiu-se o seguinte colóquio entre ela e a filha Minny, que dividiria a cama com ela:

---

[226] Cidade de Londres (em inglês, *City of London*, ou simplesmente *The City*): centro financeiro e histórico de Londres. (N. da T.)

[227] Poltrona, em francês no original. (N. da T.)

– Minny, pode fechar aquela janela?

– Claro, mamãe!

– E, por favor, tranque-a também, porque tenho pavor de gatos!

Minny era uma filha muito obediente, mas, ainda assim, não conseguia deixar de pensar, em sua "consciência interior", que, se a janela estivesse fechada, seria necessário um gato muito grande para conseguir abri-la, mesmo que não estivesse trancada! Minny, entretanto, obedeceu, silenciosa e humildemente, às ordens da mãe e, depois de algum esforço, conseguiu fechar e trancar a janela, aprisionando, assim, na salinha abafada, o cheiro agradável do jantar (salmão em conserva e torradas com queijo gratinado e molho bechamel),[228] mas também impedindo a entrada de um pouco de ar fresco!

– E agora que já nos acomodamos – disse a sra. Dale, cujas faces brilhavam devido à "combinação de calor e comida" –, podemos, finalmente, ir dormir!

Assim, depois de beijar e se despedir das duas filhas que foram para o andar de cima, ela e Minny começaram a se despir no quarto dos fundos.

– Acho – disse a sra. Dale, depois de pensar um pouco – que, se trancarmos as duas portas que se abrem para as salas de estar perto da escada, poderemos dormir com segurança, com as portas dobráveis abertas entre os dois cômodos; assim, ficará mais fresco, e teremos uma melhor ventilação (*i.e.*, cheiro do picles de salmão etc.), não acha?

– Façamos isso – respondeu a obediente Minny, abrindo as portas dobráveis.

Então, deu um beijo carinhoso na mãe e se deitou.

Porém, o quarto era pequeno e o "dossel" era grande, por isso precisaram colocar a cama quase no centro do quarto. Havia espaço apenas para uma cadeira entre a cama e a parede do lado de Minny,

---

[228] *Welsh rarebit*, no original. (N. da T.) (N. da T.)

e apenas um espaço um pouco maior, ocupado por uma banqueta e uma mesinha, do lado da sra. Dale.

Nesse momento, Minny, que era a mais ativa e eficiente das três irmãs, e assumia as principais responsabilidades da família, estava muito cansada, e logo (depois que sentiu que a mãe se deitou ao seu lado), adormeceu rapidamente.

Elas estavam viradas de costas uma para a outra – Minny estava voltada para a parede, e a mãe, para a banqueta do outro lado do quarto.

De repente, Minny foi acordada por um grito de terror da mãe e, ao se virar, viu-a sentada na cama, tiritando os dentes, com a touca de dormir torta na cabeça, tremendo.

– O que aconteceu, mãe?

– Eu... eu vi alguma coisa! – ela exclamou, ofegante.

– Mas o quê? *O quê?*

– Uma bruxa velha! Com cara de vilã beiçuda!

– Ah, mamãe, não está imaginando coisas? Sabe que nunca dorme bem numa cama estranha!

– Não *foi* imaginação! – respondeu a mulher, aterrorizada. – Ela passou por aqui – apontando para a extensão da parede com a mão trêmula –, e quando se virou e me viu olhando para ela, aproximou-se de mim, ameaçadora, com aquela cara pútrida e horrenda. Argh! Eu senti o cheio da Morte! Ela também riu do meu medo, mostrando os dentes pretos e viscosos! Então, apontou, zombeteira, para meu rosto com o dedo escuro e esquelético, e fez uma longa reverência.

O rosto da senhora estava empapado de suor só de se lembrar.

– Mãe querida – disse Minny, carinhosamente –, você está super-cansada e nervosa! Venha dormir deste lado da cama, para ninguém se aproximar de você entre a cama e a parede!

E a boa filha ajudou a mãe a se deitar do outro lado, enquanto ela ficou do lado onde estava a mãe, convencida de que a velha senhora estava sofrendo os efeitos da digestão do picles de salmão!

Minny dormiu tranquila por algum tempo, quando, de súbito, despertou, sentindo-se estranhamente inquieta e, por alguma razão, estava com medo de abrir os olhos! Assim, depois de alguns segundos, começou a perceber que algo – ou alguém – estava bem perto dela; que, de fato, um rosto estava quase tocando o seu, pois sentiu um hálito fétido, como (ela imaginava) devia ser o cheiro da cova!

Com algum esforço, Minny abriu os olhos e viu a figura de uma velha que, assim que a garota aterrorizada começou a se sentar, recuou até os pés da cama, como se fosse saltar sobre ela; agarrou-se aos dois fustes do dossel com suas mãos escuras que mais pareciam garras, os braços estendidos e a cabeça inclinada adiante, balançando o pequeno corpo flexível para a frente e para trás a fim de dar impulso.

O rosto da bruxa era o mais perverso que Minny tinha visto em toda a sua vida, coberto de manchas marrons, como se estivesse se decompondo. Usava um touca antigo, enfeitado com uma grinalda de rosas (uma touca incongruente para uma cabeça tão horrível!), e sorriu, maliciosa, abrindo os lábios carbonizados e enegrecidos. Usava um vestido longo de seda marrom todo bordado de rosas, e Minny imaginou ouvir o som de salto alto quando a detestável aparição, ao mudar de ideia, abandonou os fustes e, mais uma vez, se aproximou dela – fazendo uma reverência irônica, como se estivesse se divertindo com o terror da garota!

Mas Minny, sendo religiosamente corajosa, juntou suas forças e disse as palavras sagradas, em tom solene:

– Em nome do Pai, do Filho e do Espírito Santo, exijo que te retires!

Uma expressão mista de medo e ódio maligno surgiu no rosto da bruxa malvada enquanto Minny pronunciava lentamente essas palavras. Então, ela se encolheu, agachou-se junto à parede e, por fim, desapareceu.

Minny sabia agora que vira um espírito maligno, estava convencida de que sua oração surtira efeito e que nunca mais seria incomodada da mesma forma! Essas palavras sagradas sempre (ela sentiu) teriam poder – completo poder – sobre o diabo e seus demônios! Então, mais tranquila, deitou-se e dormiu até o amanhecer.

Achou melhor não contar nada à mãe sobre o que viu, e quando a senhora, enquanto se vestia na manhã seguinte, reiterou que aquilo que vira à noite não era "um sonho, nem um pesadelo", tudo o que Minny respondeu foi que esperava que a mãe não contasse essas experiências para as irmãs no andar de cima, pois de nada adiantaria assustá-las. A sra. Dale concordou.

A senhora ficou nervosa durante uma ou duas noites após a estranha aparição, mas, por não ter sido mais incomodada pela desagradável visitante noturna, sentiu-se mais ousada e começou a pensar que, afinal, poderia ter sido o picles de salmão, e que a torrada com queijo e molho bechamel também devia ter algo a ver com isso! Por ter vários assuntos a tratar na Cidade, e como o apartamento fosse conveniente, decidiu ficar por mais duas semanas na rua Dash.

Um dia, a segunda filha (Janet) pediu para falar em particular com Minny, e lhe contou que ela (Janet) estava se sentindo "muito doente", e que tanto ela quanto a outra irmã (Mary) achavam que havia "algo errado" no quarto onde estavam dormindo, pois ambas não "se sentiam bem" desde que haviam iniciado aquele *séjour*[229] na rua Dash.

Minny olhou ansiosa para as irmãs e concordou que ambas estavam com um aspecto doentio, então se censurou por não ter percebido isso antes. A quinzena, no entanto, estava praticamente terminando, então ela conversou com a mãe e acertaram que partiriam no dia seguinte, mas que deveriam chamar a dona da pensão e lhe

---

[229] Temporada, em francês no original. (N. da T.)

relatar isso, pois ela esperava que as hóspedes ficassem ainda por mais um ou dois dias.

A sra. Parsons ficou bastante decepcionada com a notícia e perguntou o motivo daquela partida tão repentina, e se havia algo que ela poderia fazer. Ou deixara algo sem ser feito? Enquanto falava, olhou de um modo estranho e suspeito para a sra. Dale, e murmurou que gostaria que dissessem se havia alguma reclamação a fazer.

– Ah, não, sra. Parsons – respondeu a sra. Dale –, ficamos muito bem instaladas, mas minhas filhas acham que há um mau cheiro no quarto de cima e, consequentemente, isso as desagrada. Poderia explicar isso?

– Espero que as jovens senhoritas me digam exatamente qual é o incômodo. Há algo além do mau cheiro?

Minny virou-se para Janet, que mal conseguia ficar de pé, e exclamou:

– Sim, vou lhe dizer a verdade e, Mary, venha até aqui para corroborar o que vou dizer! Porque eu não aguento mais! Sra. Parsons, toda noite, durante a última semana ou mais, entre uma e três da manhã, eu e minha irmã somos visitadas por uma terrível bruxa velha.

Com a lembrança do que havia passado, a angústia e o terror, Janet quase desmaiou e, em seguida, Mary foi obrigada a continuar a falar por ela.

– Sim! – ela disse. – Janet está falando a verdade! Mas não dissemos nada porque mamãe precisava ficar aqui! A velha bruxa – continuou Mary, tremendo – parece um diabo, embora esteja carcomida depois de anos no túmulo! Seus lábios parecem que vão cair da boca! É horrível, horrível!

– Basta! – disse a sra. Parsons, erguendo a mão. – Eu sei de tudo isso! E esta casa amaldiçoada tem sido minha ruína. Eu nunca deveria ter ficado aqui, mas o que uma pobre viúva pode fazer? Comprei a casa por um valor baixo, mas tinha fama de lugar ruim... e agora é isso!

Então contou que a comprara por um valor bem baixo de um parente, que a preveniu que a casa era assombrada pela velha que a família Dale viu. Ela nunca avistara o fantasma e não acreditava nele, mas, depois de pesquisar muito, descobriu que a casa fora construída onde ficava o Tyburn e, certa vez, por questões sanitárias, fizeram escavações e desenterraram muitos ossos carbonizados, atestando a veracidade do que lhe fora dito.

Depois de ouvir aquela história, a sra. Dale sentiu pena da mulher e, antes de partir, deu-lhe um pouco de dinheiro – dizendo-lhe, ao mesmo tempo, que não era justo, nem respeitoso para ela, naquelas circunstâncias, receber hóspedes. Também se ofereceu a ajudá-la sempre que pudesse – e ficou satisfeita, mais tarde, por ter feito isso, pois, meses depois, leu a notícia de que a casa nº 5 na rua Dash queimara até o chão, e o corpo da pobre dona da pensão foi encontrado no rescaldo, com sinais incontestes de que a infeliz (por misericórdia) morrera sufocada.

Anos mais tarde, quando os operários cavaram no mesmo lugar para erguer as novas fundações, desenterraram um velho caixão e, ao abri-lo, descobriram os restos de um esqueleto feminino – num vestido de seda marrom, maravilhosamente bem conservado, alguns dentes e uma grinalda de rosas artificiais!

CAPÍTULO XXII

A DUQUESA EM ORAÇÃO

Edith Wharton

1900

Edith Newbold Jones nasceu na alta sociedade de Nova York. Também era parente da família Rensslaer, presente na fundação dos Novos Países Baixos, e que se tornaram famosos desde então. Sua educação privilegiada, no entanto, não a satisfazia. Não se interessava por moda, etiqueta e outras obrigações, como se casar e apresentar-se bem em sociedade. Em vez disso, complementava a nobre educação que recebia por meio de tutores e governantas com longas leituras na biblioteca do pai.

Para poupar a família de constrangimentos por ter seu nome impresso em alguma publicação, seu primeiro trabalho – um poema alemão que traduziu aos quinze anos – foi publicado com o pseudônimo de A. E. Washburn, nome de um amigo de seu pai, apoiador da educação de mulheres.

Aos vinte e três, casou-se com Edward (Teddy) Robbins Wharton, esportista de Boston, doze anos mais velho do que ela. Ambos compartilhavam o mesmo gosto por viagens, até o marido cair em depressão profunda, em 1902, então passaram a viver reclusos em sua propriedade em Massachusetts, que ela mesma havia projetado. O casamento terminou em divórcio após vinte e oito anos.

Edith mudou-se para Paris depois do divórcio, permanecendo no país durante a Primeira Guerra Mundial e colaborando com os franceses para o esforço de guerra, apoiando refugiados belgas. Seus artigos sobre a guerra para a *Scribner's Magazine* foram publicados numa coletânea chamada *Lutando pela França: De Dunquerque a Belfort*,[230] que se tornou *best-seller* nos Estados Unidos. O governo francês a condecorou com a Legião de Honra pelo seu trabalho durante a guerra. Retornou aos EUA apenas uma vez, para receber um doutorado honorário conferido pela Universidade de Yale, em 1923.

A idade da inocência, o décimo segundo romance de Edith, ganhou o Prêmio Pulitzer de Literatura em 1921.[231] Continua a ser sua obra mais famosa e a imortalizou como escritora da Idade Dourada no fim do século XIX. Além disso, escreveu poesia, não ficção e contos, incluindo várias histórias sobrenaturais.

"A duquesa em oração"[232] se passa na Itália e, sem dúvida, foi inspirada pelas extensas viagens de Edith à Europa, quando criança e, depois, recém-casada. Neste conto sutil, que pode requerer mais de uma leitura para ser bem apreciado, uma esposa entediada e negligenciada é levada à tragédia por um marido insensível.

---

[230] *Fighting France: From Dunkerque to Belfort*, no original. (N. da T.)
[231] Foi a primeira mulher a receber o Prêmio Pulitzer. (N. da T.)
[232] "The Duchess at Prayer", no original. (N. da T.)

I

Alguma vez você já se perguntou por que a frente de persianas fechadas de uma antiga casa italiana – uma máscara imóvel, muda e inequívoca – lembra o rosto de um padre que ouve segredos por trás da treliça de um confessionário? Outras casas revelam as atividades que abrigam; são a pele clara e expressiva de uma vida que flui junto à superfície, mas o velho palácio, naquela rua estreita, a mansão na colina coberta de ciprestes, é tão impenetrável quanto a morte. As janelas altas são como olhos fechados, o portão é uma boca cerrada. Lá dentro, pode bater o sol, cheirar a murta e pulsar a vida através das artérias de sua imensa estrutura; ou uma solidão mortal, onde morcegos se alojam nas desarticuladas pedras e as chaves enferrujam em portas que não abrem...

II

Da *loggia*,[233] decorada com afrescos desbotados, olhei para a avenida sombreada por inúmeros ciprestes enfileirados, até o escudo ducal e os vasos partidos no portão. O sol do meio-dia iluminava os jardins, as fontes, os pórticos e as grutas. Abaixo do terraço, um líquen cromado cobria a balaustrada como finas *laminae*[234] de ouro, as vinhas se inclinavam para o rico vale cercado por colinas. As encostas mais baixas estavam repletas de aldeias brancas, como estrelas que refletiam num crepúsculo de verão e, além deles, a montanha se descortinava em tons azuis, claros como uma gaze estendida no céu. O ar de agosto estava amorfo, mas parecia leve e vivificante, depois de passar pelos quartos enlutados por onde me conduziam. Senti o ar frio e me postei ao sol.

---

[233] Varanda, em italiano no original. (N. da T.)
[234] Lâminas, em latim no original. (N. da T.)

— Os aposentos da duquesa ficam mais adiante – disse o velho.

Era o homem mais velho que eu já vira; tão preso ao passado, que parecia mais uma lembrança do que um ser vivo. A única característica que o ligava à realidade era a fixidez com que o seu pequeno olho sáurio segurava o bolso que, quando entrei, produzira uma *lira* ao filho do porteiro. Ele continuou, sem desviar o olhar:

— Por duzentos anos, nada foi alterado nos aposentos da duquesa.

— E ninguém mora aqui agora?

— Ninguém, senhor. O duque segue para Como no verão.

Fui até o outro extremo da varanda. Abaixo, entre bosques suspensos, os telhados e as cúpulas brancas brilhavam como se estivessem sorrindo.

— E ali é Vicenza?[235]

— *Proprio!*[236]

O velho estendeu os dedos tão magros quanto as mãos desbotadas para as paredes por trás de nós.

— Vê o telhado do palácio ali, à esquerda da Basílica? Aquele com uma fileira de estátuas como pássaros em pleno voo? É o palácio do duque, construído por Palladio.[237]

— E o duque vem ao palácio?

— Nunca. No inverno, ele vai a Roma.

— E o palácio e a mansão estão sempre fechados?

— Como vê, sempre.

— Há quanto tempo?

— Desde que me lembro.

---

[235] Vicenza: comuna italiana da região do Vêneto. (N. da T.)
[236] "Exatamente!", em italiano no original. (N. da T.)
[237] Andrea di Pietro della Gondola, vulgo Palladio (1508-1580): arquiteto italiano, cidadão da República de Veneza. Faleceu em Vicenza, onde está a maior concentração de suas obras, declaradas como Patrimônio Mundial pela Unesco. (N. da T.)

Virei-me para ele: seus olhos eram como espelhos de um metal escuro que não refletiam nada.

– Isso deve ser há muito tempo – respondi automaticamente.

– Um bom tempo – ele concordou.

Olhei para os jardins. Uma opulência de dálias invadia os limites da horta, entre os ciprestes que cortavam o sol como setas de basalto. Abelhas sobrevoavam as flores de lavanda; lagartos tomavam sol nos bancos e deslizavam pelas fendas das bacias vazias. Em todos os lugares, havia restos da fantástica horticultura da qual nossa sombria geração desaprendera a arte. Pelas ruelas, estátuas quebradas estendiam os braços como uma fila de mendigos que suplicavam; cigarras com orelhas de fauno riam nos matagais e, acima das moitas de *laurustinus*,[238] erguia-se a falsa ruína de um templo, decompondo-se naquele ar brilhante e esfacelador. O sol ofuscava.

– Vamos entrar – eu disse.

O velho empurrou a porta pesada, onde, na sombra, o frio cortava a pele.

– Os aposentos da duquesa – ele disse.

No alto e, à nossa volta, os mesmos afrescos evanescentes, sob as mesmas volutas *scagliola*,[239] desenrolavam-se *ad infinitum*. Armários de ébano, com incrustações de mármores preciosos em arguta perspectiva, alternavam-se pela sala com a eflorescência manchada de consoles dourados, que apoiavam monstros chineses e, da parede da chaminé, um cavalheiro, envergando trajes espanhóis, olhou-nos com um ar arrogante.

– Duque Ercole II – explicou o velho –, pintado pelo padre Genovês.

---

[238] Espécie conhecida como folhado ou folhado-comum. (N. da T.)

[239] *Volutas scagliola*: imitação de mármore ou de outra pedra, feita de gesso misturado com cola e corantes, que então são pintados ou polidos. (N. da T.)

As sobrancelhas eram estreitas, pálido como uma efígie de cera, o nariz alto e os olhos cautelosos, como se tivessem sido modelados por mãos sacerdotais; os lábios fracos e vaidosos, em vez de cruéis; uma boca trêmula que estalaria com erros verbais, como um lagarto a papar moscas, mas sem jamais ter aprendido a forma de um sonoro sim ou não. Uma das mãos repousava sobre a cabeça de um anão, uma criatura símia com brincos de pérola e trajes fantásticos; a outra, folheava as páginas de um fólio sobre uma caveira.

– No final, está o quarto da duquesa – o velho me lembrou.

Aqui as persianas deixavam entrar apenas dois estreitos fachos de luz, como barras de ouro penetrando uma escuridão subaquática. Num estrado, o leito, sombrio, nupcial, sóbrio, erguia seu baldaquino;[240] um Cristo amarelecido agonizava entre as cortinas e, do outro lado do quarto, uma senhora nos sorria sobre a parede da chaminé.

O velho abriu a persiana e a luz tocou o rosto da dama. Sua face parecia conter a chama de um riso como o vento campestre de junho, e uma expressão singular e delicada, como se uma das deusas lenientes de Tiepolo[241] tivesse entrado pela rígida bainha de um vestido do século XVII!

– Ninguém mais dormiu aqui – disse o velho – desde a duquesa Violante.

– E ela era...?

– A senhora, ali, a primeira duquesa do duque Ercole II.

---

[240] Cobertura cerimonial de pedra, metal ou tecido sobre um altar, trono ou porta. Termo do fim do século XVI, denotando um rico brocado de seda com fios de ouro. Derivado de *baldacchino*, em italiano, que significa de Baldacco, ou Bagdá, local de origem do brocado. (N. da T.)

[241] Giambattista Tiepolo ou Giovanni Battista Tiepolo (1696-1770): um dos grandes mestres da pintura italiana. Ainda jovem, tornou-se mais conhecido pelos grandes afrescos em igrejas e palácios, mas também deixou pinturas de cavalete e gravuras. (N. da T.)

Ele tirou uma chave do bolso e abriu a porta do outro lado do quarto.

– A capela – ele disse. – Este é o balcão da duquesa.

Quando me virei para segui-lo, a duquesa me lançou um sorriso de soslaio.

Entrei numa tribuna gradeada acima de uma capela ornada por estuque. Imagens de santos betuminosos moldavam-se entre as pilastras; as rosas artificiais dos vasos nos altares estavam envelhecidas e cobertas de poeira e, sob as rosetas da abóbada no teto, equilibrava-se um ninho de pássaro. Diante do altar, havia uma fileira de poltronas puídas, e eu me assustei ao ver uma imagem ajoelhada ao lado delas.

– A duquesa – sussurrou o velho. – Esculpida pelo *Cavaliere* Bernini.[242]

Era a escultura de uma mulher em vestido de peles, com a mão erguida e o rosto voltado para o tabernáculo. Havia uma estranheza na visão daquela presença imóvel em oração diante de um santuário abandonado. Seu rosto estava oculto, e me perguntei se era por tristeza ou gratidão que ela elevava as mãos e virava os olhos para o altar, sem nenhuma oração unida à sua invocação em mármore. Segui o guia pelos degraus da tribuna, impaciente para ver a versão mística de tais graças terrenas que o engenhoso artista encontrara – o *Cavaliere* era mestre em tais artes. A postura da duquesa era de elevação, como se os ares celestiais agitassem os laços e os cachos escapassem de seu toucado. Vi como o escultor captara de forma admirável a posição de sua cabeça, a suave inclinação do ombro, então fui para o outro lado e olhei o rosto – congelada numa expressão de horror. Nunca o ódio, a revolta e a agonia tiveram tal semblante...

---

[242] Gian Lorenzo Bernini (1598-1680): distinguiu-se como escultor e arquiteto, mas também era pintor, desenhista, cenógrafo e pirotécnico. É o autor da Praça de São Pedro, da Capela Chigi, do Êxtase de Santa Teresa e de inúmeras fontes espalhadas por Roma, como A Barcarola, na Piazza de Spagna. (N. da T.)

O velho fez o sinal da cruz e arrastou os pés no piso de mármore.

– A duquesa Violante – ele repetiu.

– A mesma do quadro?

– É a mesma.

– Mas o rosto... o que quer dizer?

Ele encolheu os ombros e se fez de desentendido. Então, olhou em volta na capela sepulcral, agarrou a manga do meu casaco e disse-me perto do ouvido:

– Nem sempre foi assim.

– O que não foi?

– O rosto, tão terrível.

– O rosto da duquesa?

– Da estátua. Mudou depois...

– Depois?

– Que a estátua foi colocada aqui.

– O rosto da estátua *mudou*...?

Ele interpretou minha surpresa como incredulidade e largou a manga do meu casaco.

– É, essa é a história. Eu repito o que ouvi. O que sei eu?

Voltou a arrastar os pés no piso de mármore.

– Este é um lugar ruim para se visitar, ninguém vem aqui. Está muito frio. Mas o cavalheiro disse: "*Quero ver tudo!*"

Sacudi as moedas de lira.

– Então devo ver e ouvir tudo. Essa história, agora, de quem a ouviu?

Ele puxou a mão.

– De alguém que a viu, por Deus!

– Que a viu?

– Minha avó. Sou um homem muito velho.

– Sua avó? Sua avó era...?

— A criada da duquesa, com todo o respeito.

— Sua avó? Há duzentos anos?

— Isso é muito tempo? É como Deus dispõe. Sou um homem muito velho, e ela era muito velha quando nasci. Quando morreu, tinha a pele escura como a Virgem milagrosa e sua respiração assobiava como o vento pelo buraco da fechadura. Ela me contou a história quando eu era pequeno. Ela me contou lá fora, no jardim, num banco perto do tanque dos peixes, numa noite de verão no ano em que ela morreu. Deve ser verdade, pois posso lhe mostrar o banco exatamente onde nos sentamos...

III

O meio-dia pesava ainda mais sobre os jardins; não o nosso calor agradável, mas o odor azedo de verões passados. Até as estátuas pareciam cochilar como vigias à beira de um leito de morte. Os lagartos saíam das ranhuras no solo como chamas e o banco no nicho de flores estava repleto de carcaças azuis e brilhantes de moscas caídas. À nossa frente, estava o tanque de peixes, uma laje de mármore amarelado sobre podres segredos. A mansão ficava do outro lado, com um aspecto de um rosto de morte, com ciprestes ladeando-a como velas...

IV

"É impossível, como o senhor diz, que minha avó tenha sido a criada da duquesa? Como vou saber? Tudo aconteceu há tanto tempo, que aquilo que é antigo para nós parece mais próximo, talvez, do que para quem vive na cidade... Mas, de que outra forma ela saberia sobre a estátua? Diga-me, senhor! Que ela viu com os próprios olhos, eu juro, e nunca mais sorriu de novo, assim ela me contou, até colocarem o primeiro filho nos braços... pois foi levada até a parteira pelo filho do mordomo, Antônio, o mesmo que levava as cartas... Mas o que eu estava dizendo? Ah, bem... Ela era bem jovem, entende? Minha avó, quando a duquesa morreu; ela era sobrinha da governanta Nência e sofreu na mão da duquesa por causa das brincadeiras e das músicas jocosas que conhecia. É possível que ela tenha ouvido de outros o que depois imaginou que ela mesma viu? Isso não é para um homem iletrado como eu dizer, embora, de fato, eu acredite que tenha visto muitas das coisas que ela me contou. Este é um lugar estranho. Ninguém vem aqui, nada muda, e as memórias antigas são tão nítidas quanto estas estátuas do jardim...

"Tudo começou no verão depois que regressaram do rio Brenta.[243] O Duque Ercole casou-se com uma dama de Veneza, como deve saber. Era uma cidade alegre, então, como me contaram, com risos e músicas sobre a água, e os dias passavam como barcos levados pelas ondas. Bem, para alegrá-la, ele a levou de volta, no primeiro outono, para o Brenta. O pai da duquesa, ao que parece, era o dono de um grande palácio, com jardins, pistas de boliche, grutas e cassinos, algo como nunca se viu: as gôndolas oscilavam junto aos portões de água, havia um estábulo com carruagens douradas, um teatro com vários atores, e cozinhas cheias de cozinheiros e lacaios para servir chocolate o dia todo para as belas damas com máscaras e peles, com seus cães de estimação, negros e criados. É! Sei de tudo como se eu tivesse estado lá, pois Nência, tia da minha avó, viajou com a duquesa, e voltou com os olhos arregalados, e nenhuma palavra foi dita no resto do ano a qualquer um dos rapazes que a cortejaram aqui em Vicenza.

"Não sei o que aconteceu por lá, minha avó nunca soube direito, porque Nência ficava muda como um peixe em relação a tudo que dissesse respeito à sua senhora, mas quando retornaram a Vicenza, o

---

[243] Rio que vai de Trentino ao Mar Adriático, ao sul da lagoa na região do Vêneto, no nordeste da Itália. (N. da T.)

duque mandou arrumar a mansão e, na primavera, trouxe a duquesa e deixou-a aqui. Ela aparentava ser feliz, minha avó dizia, e não parecia inspirar pena. Talvez, afinal, fosse melhor do que ficar trancada em Vicenza, nas salas de pé-direito alto, cheias de afrescos, onde os padres entravam e saíam silenciosamente como gatos espreitando passarinhos, e o duque estava sempre trancado em sua biblioteca, conversando com intelectuais. O duque era erudito; reparou como ele foi retratado com um livro? Bem, aqueles que sabem ler descobrem que os livros estão cheios de maravilhas; como um homem que esteve numa feira do outro lado das montanhas contará aos seus em casa que aquele era o lugar mais magnífico do que qualquer outro que vissem na vida. Quanto à duquesa, ela se dedicava à música, ao teatro e às companhias dos mais jovens. O duque era um homem reservado, silencioso, que andava sem fazer ruído, com os olhos baixos, como se tivesse acabado de sair do confessionário. Quando o cãozinho da duquesa latia a seus pés, ele saltava como se estivesse sendo atacado por um enxame de vespas; quando a duquesa ria, ele tremia como se ouvisse um diamante riscando uma vidraça. E a duquesa estava sempre rindo.

"Quando veio para a mansão pela primeira vez, ficou bastante ocupada arrumando os jardins, projetando grutas, plantando árvores e planejando jatos d'água que molhassem os outros de surpresa, colocou eremitas dentro das cavernas e selvagens que saltavam sobre quem passasse pela mata. Tinha muito bom gosto nesses assuntos, mas, depois de algum tempo, ela se cansou e, como não tinha com quem conversar, a não ser as criadas e o capelão, um homem desajeitado e mergulhado nos livros, ela chamou atores das ruas de Vicenza, saltimbancos e cartomantes do mercado, médicos viajantes e astrólogos, e todos os tipos de animais amestrados. Ainda assim, via-se que a pobre senhora ansiava por uma companhia, e suas camareiras, que a amavam, ficaram felizes quando o *cavaliere* Ascânio, primo do duque, veio morar na vinha do outro lado do vale. Vê a casa rosada ali junto aos arbustos de amoras, com um telhado vermelho e um pombal?

"O *cavaliere* Ascânio era um cadete de uma das grandes casas de Veneza, *pezzi grossi*[244] do Livro Dourado. Ele deveria entrar para a Igreja, eu creio, mas o quê! Ele colocou a luta acima das orações, e juntou-se ao capitão dos soldados do duque de Mântua, ele mesmo um veneziano de boa reputação, mas um pouco fora da lei. Bem, pelo que sei, o cavaliere estava novamente em Veneza, talvez não fosse bem-visto devido à sua ligação com os cavalheiros de quem lhe falei. Alguns dizem que ele tentara raptar uma freira do Convento de Santa Cruz; não sei como isso aconteceu, mas minha avó disse que ele tinha inimigos ali e, por fim, aconteceu que, por um pretexto ou outro, os Dez o baniram para Vicenza. Ali, claro, o duque, sendo seu parente, precisou ser gentil, e foi assim que ele acabou vindo para a mansão.

"Era um belo rapaz, bonito como São Sebastião, um músico de rara estatura, que cantava as próprias composições com o alaúde, de um modo que derretia o coração da minha avó e fazia seu sangue correr pelas veias como vinho quente. Ele conversava com todos também, e sempre se vestia à moda francesa, e exalava um perfume doce como um campo de feijão, e todos gostavam de vê-lo por aqui.

"Bem, a duquesa, parece, também gostava dele; as juventudes se atraem, e um riso puxa outro; e os dois se combinavam como candelabros no altar. A duquesa – já viu o retrato dela – porém, de acordo com minha avó, senhor, era preciso se aproximar dela como as ervas envolvem a rosa. O *cavaliere*, de fato, como todo poeta, comparou-a em sua canção a todas as deusas pagãs da Antiguidade e, sem dúvida, estas eram mais belas do que as mulheres simplórias, mas, dando crédito à minha avó, a duquesa fazia com que as outras mulheres se parecessem com o manequim francês que era exibido

---

[244] "Figura importante", em italiano no original. (N. da T.)

no Dia da Ascensão, na Piazza. De qualquer modo, a duquesa não precisava de roupas extravagantes para ficar bela; qualquer vestido se assentava em seu corpo como as penas se assentam num pássaro, e seu cabelo não precisava ser descolorido para ganhar cor. Brilhava por si só, como os fios de um casulo de Páscoa, e a pele era mais branca do que o pão de trigo, e a boca tão doce quanto um figo maduro...

"Bem, senhor, eles não se separavam por nada; estavam sempre juntos, como as abelhas e os ramos de lavanda. Sempre cantando, jogando boliche ou tênis, passeando pelos jardins, visitando os aviários, e brincando com os cachorros e os macacos da duquesa. Esta estava sempre alegre, pregando peças e rindo, amestrando os animais, disfarçando-se como camponesa ou religiosa (deveria tê-la visto quando enganou o capelão passando-se por uma freira mendicante), ou ensinando os rapazes e as moças das vinhas a dançar e cantar madrigais. O *cavaliere* tinha uma criatividade singular para inventar esses divertimentos, e os dias mal bastavam para tais brincadeiras. Mas, perto do fim do verão, a duquesa se calou e apenas ouvia músicas tristes, e os dois ficavam sentados juntos, no mirante na extremidade do jardim. Foi ali que o duque os encontrou certo dia quando veio de Vicenza em sua carruagem dourada. Costumava vir apenas uma ou duas vezes por ano até a mansão e foi, como minha avó disse, muito azar de sua pobre senhora ela estar usando, naquele dia, seu vestido veneziano, que deixava os ombros à mostra de um modo que o duque não gostava, com os cachos soltos sobre o colo, polvilhados de ouro. Bem, os três beberam chocolate no mirante, e o que aconteceu ninguém soube, exceto que o duque, ao sair, deu uma carona ao seu primo na carruagem, porém o *cavaliere* nunca mais voltou.

"O inverno chegou, e a pobre senhora, novamente sozinha, fez suas damas de companhia pensarem que ela cairia numa depressão ainda maior. Mas, ao contrário, a duquesa demonstrou tanta alegria e bom humor, que minha avó ficou meio envergonhada por ela não pensar mais no pobre rapaz que, por todo esse tempo, estava solitário em sua casa do outro lado do vale. É verdade que ela abandonara os trajes com laços dourados e usava um véu sobre cabeça, mas Nência achava que ela ficara ainda mais adorável com a mudança, e isso desagradou ainda mais ao duque. O que se sabe é que ele passou a vir com mais frequência até a mansão e, embora sempre encontrasse sua senhora ocupada com tarefas simples, fosse bordando, ouvindo música ou jogando com as damas de companhia, o duque sempre ia embora com uma expressão amarga e sussurrava alguma coisa para o capelão. Porém, quanto ao capelão, minha avó sabia que houve um tempo em que sua senhora não o tratou muito bem. Porque, de acordo com Nência, parece que o capelão – que raramente se aproximava da duquesa, sempre enterrado na biblioteca como um rato num queijo – bem, um dia ele ousou lhe pedir uma quantia em dinheiro, uma grande quantia, segundo Nência, para comprar alguns livros grandes, de uma caixa que um mascate estrangeiro havia trazido para ele; depois disso, a duquesa, que nunca lera um livro, riu dele e retorquiu com seu velho sarcasmo:

– Santa Mãe de Deus! Devo comprar ainda mais livros? Quase sufoquei com eles no primeiro ano do meu casamento.

"E, ao ver o capelão enrubescer com a afronta, acrescentou:

– Você poderá comprá-los à vontade, meu bom capelão, se conseguir o dinheiro, mas, quanto a mim, ainda estou procurando uma forma de pagar pelo meu colar de turquesas, pela estátua de Dafne,[245]

---

[245] Dafne (do grego Δάφνη, que significa "loureiro"): na mitologia grega, era uma ninfa, filha do rei Peneu. Apolo apaixonou-se por ela ao ser ferido por uma flecha de ouro de Eros. Este também flechou Dafne com uma seta de chumbo, o que a fez rejeitar Apolo, que começou a persegui-la. Cansada de fugir, ela pediu ao pai para livrá-la da perseguição e ele a transformou num loureiro. Disse Apolo: "Se não podes ser minha esposa, serás minha árvore sagrada". Assim Apolo passou a portar um ramo de louros. (N. da T.)

que está no fundo da sala de boliche, e pelo papagaio indiano que, na última festa de São Miguel,[246] meu pagem negro me trouxe dos mercadores da Boêmia, então, como vê, não tenho dinheiro para desperdiçar com bobagens.

"Enquanto ele saía da sala, meio sem jeito, ela lhe disse, por cima do ombro:

– Deveria rezar para Santa Blandina,[247] para abrir os bolsos do duque.

Ao que ele respondeu, calmamente:

– A sugestão de Vossa Excelência é excelente, e já pedi a essa abençoada mártir para abrir a compreensão do duque.

"Nesse momento, segundo Nência (que estava ao lado da senhora), a duquesa corou de imediato e pediu que ele se retirasse da sala; então gritou para minha avó (que adorava fazer esses favores):

– Rápido! Peça a Antônio, filho do jardineiro, para ir até a horta. Tenho que falar com ele sobre os novos cravos-da-índia...

"Porém, talvez eu não tenha lhe dito, senhor, que, havia incontáveis gerações, na cripta debaixo da capela jazia um caixão de pedra com um fêmur da abençoada Santa Blandina de Lyon, uma relíquia oferecida, segundo me contaram, por um grande duque da França a um dos nossos duques, quando lutaram juntos contra os turcos; e desde então tal relíquia tornou-se um objeto de especial veneração desta ilustre família. No entanto, desde que a duquesa ficara só, notaram que ela passou a ter uma fervorosa devoção por essa relíquia,

---

[246] 29 de setembro: dia dos três arcanjos, São Miguel, São Gabriel e São Rafael. Em inglês, é chamado Michaelmas. (N. da T.)

[247] Blandina: virgem e mártir do cristianismo, era uma jovem escrava da cidade de Lyon. Foi presa aos 15 anos, sob ordem do imperador Marco Aurélio (121-180 d.C.). Suportou a tortura, afirmando sua fé diante dos carrascos, repetindo: "Sou cristã". Torturada em uma grelha antes de ser atirada a um touro, foi, por fim, espancada até a morte, em 2 de junho de 177. (N. da T.)

indo rezar com frequência na capela, e até pediu que a laje de pedra que fechava a entrada da cripta fosse trocada por outra de madeira, para que ela pudesse descer e se ajoelhar junto ao caixão quando quisesse. Todas as pessoas da casa viram isso com admiração e deveria ser especialmente louvável para o capelão, mas, em relação aos outros, ele sempre azedava tudo o que dizia.

"Seja como for, a duquesa, depois de dispensá-lo, foi correndo até o jardim, onde conversou seriamente com o rapaz Antônio sobre os novos cravos-da-índia; e o restante do dia ficou sentada em casa, e tocou docemente o virginal.[248] Porém Nência sempre acreditou que sua senhora cometera um erro ao negar o pedido ao capelão, mas não disse nada, pois tentar fazer a duquesa ter bom senso era o mesmo que rezar pela chuva durante o estio.

"O inverno começara mais cedo naquele ano. Havia neve nas colinas no Dia de Finados, o vento arrancara as folhas dos jardins e os limoeiros foram podados. A duquesa ficou em seu quarto nesse dia, sentada junto à lareira, bordando, lendo livros de orações (algo que nunca fizera antes) e indo com frequência rezar na capela. Quanto ao capelão, aquele era um lugar onde ele nunca pisava, a não ser para celebrar a missa pela manhã, com a duquesa no alto na tribuna, e os criados sofrendo com o reumatismo naquele piso de mármore. O próprio capelão odiava o frio, e celebrava a missa rápido, como se estivesse sendo perseguido por bruxas. O resto do dia passava sentado na biblioteca, junto a um braseiro, com seus eternos livros...

"O senhor deve estar se perguntando quando eu chegarei ao cerne da história; contei devagar, reconheço, por medo do que vem

---

[248] Virginal: instrumento musical de cordas, a mais simples variação do cravo. Conjunto de cordas dentro de uma caixa de ressonância de modo que cada corda produz uma única nota. A execução é feita por pinçamento por meio de um teclado. O termo foi mencionado pela primeira vez em um tratado escrito por Paulus Paulirinus de Praga, datado de 1460. (N. da T.)

em seguida. Bem, o inverno foi longo e difícil. Quando esfriou, o duque deixou de vir de Vicenza, e a duquesa não tinha com quem conversar, exceto as criadas e os jardineiros da mansão. No entanto, foi maravilhoso, contou-me minha avó, como ela se manteve firme, com seu espírito elevado; apenas notaram que gastava mais tempo rezando na capela, onde um braseiro ficava aceso o dia todo para ela. Quando aos jovens são negados os prazeres naturais, com frequência, eles se voltam para a religião; e foi uma bênção, como disse minha avó, que ela, que não tinha com quem conversar, encontrasse tanto conforto naquela santa.

"Minha avó pouco a viu naquele inverno, pois, embora ela se mostrasse corajosa diante de todos, a duquesa se mantinha cada vez mais reclusa, pedindo que apenas Nência ficasse com ela, e dispensando-a quando ia rezar. Pois sua devoção tinha a marca da verdadeira piedade, de querer não ser observada; então Nência tinha ordens expressas de avisá-la se o capelão se aproximasse enquanto ela estivesse rezando.

"O inverno passou e a primavera estava bem avançada quando minha avó, certa noite, tomou um susto. Que fosse sua culpa, não vou negar, pois ela estava com Antônio próximo aos limoeiros, quando a tia acreditava que ela estivesse cerzindo em seu quarto; ao ver a luz se acender de repente na janela de Nência, ela se assustou e, por não querer ser flagrada em sua desobediência, subiu rapidamente pelo bosque de louro até a casa. Seu caminho seguia junto à capela e, ao se esgueirar pela copa para entrar sem ser vista, tateando no escuro, pois já era noite e a lua ainda não estava alta, ela ouviu um barulho atrás dela, como se alguém tivesse saído pela janela da capela. Seu jovem coração sentiu um aperto, mas ela olhou para trás enquanto corria e teve a certeza de ter visto um homem correndo pelo terraço, depois, ao passar pela casa, minha avó jura ter visto a barra da batina do capelão. Porém isso era estranho, por que o capelão sairia pela janela da capela quando podia passar pela porta? Como deve ter notado, senhor, há uma porta que vai da capela ao salão no térreo; a única outra saída é pela tribuna da duquesa.

"Bem, minha avó pensou e pensou sobre isso e, da vez seguinte que encontrou Antônio na alameda dos limoeiros (por causa do medo que passara, não o viu por alguns dias), ela lhe contou o que havia acontecido, mas, para sua surpresa, ele apenas riu e disse:

– Sua bobinha, ele não saiu pela janela; ele estava tentando olhar para dentro – e não disse mais nada.

"Então, na Páscoa, chegaram notícias de que o duque fora a Roma para as festas religiosas. Suas idas e vindas não mudaram a rotina na mansão e, embora não houvesse ninguém ali, era mais fácil pensar que o seu rosto pardo estivesse longe nos Apeninos, a não ser, talvez, se fosse o capelão.

Bem, num dia de maio, a duquesa passeou bastante com Nência pelo terraço, alegre com a doçura da expectativa e o agradável perfume dos cravos-da-índia nos vasos de pedra, e, antes do meio-dia, recolheu-se aos seus aposentos, dando ordens de que o jantar deveria ser servido em seu quarto. Minha avó ajudou a carregar os pratos e observou, segundo ela, a singular beleza da duquesa que, em homenagem ao bom tempo, colocara um vestido prateado e um colar de pérolas no colo desnudo, como se fosse dançar na corte com um imperador. Ela também pediu uma refeição diferente para uma dama que prestava tão pouca atenção ao que comia – geleias, pastéis de nata, frutas em calda, bolos condimentados e uma jarra de vinho grego; e balançava a cabeça e batia palmas, enquanto as criadas colocavam a comida na frente dela, dizendo, repetidas vezes:

– Vou comer bem hoje.

"Mas, naquele momento, ela mudou de ideia. Levantou-se da mesa, pediu o rosário e disse a Nência:

– O bom tempo me fez negligenciar minhas devoções. Devo recitar uma ladainha antes do jantar.

"Pediu às criadas que saíssem e trancou a porta, como era o seu costume; então Nência e minha avó desceram pelas escadas para ir até a lavanderia.

"A sala de linho dá para o pátio e, de repente, minha avó viu que algo estranho estava se aproximando. Primeiro, pela avenida, subia a carruagem do duque (que todos pensavam que estivesse em Roma) e, atrás dela, puxada por uma longa parelha de mulas e bois, vinha uma carreta transportando algo que se parecia com uma estátua ajoelhada envolta numa mortalha. A estranheza daquilo deixou a moça estática, e a carruagem do duque chegou à porta antes que tivesse o impulso de gritar que ele estava chegando. Quando Nência viu aquilo, empalideceu e saiu às pressas da sala. Minha avó a seguiu, assustada com a sua expressão, e as duas seguiram pelo corredor até a capela. No caminho, encontraram o capelão absorto, lendo um livro, e ele perguntou, surpreso, aonde estavam indo com tanta pressa e, quando lhe disseram que iriam anunciar a chegada do duque, ele ficou tão atônito e fez tantas perguntas que, quando ele as liberou, o duque já estava em seus calcanhares. Nência chegou à porta da capela primeiro, e gritou que o duque estava chegando; e antes de ouvir uma resposta, ele se postara ao seu lado, com o capelão logo atrás.

"Um minuto depois, a porta se abriu, e lá estava a duquesa. Ela segurava o rosário numa das mãos e tinha uma echarpe sobre os ombros, mas sua pele brilhava através do tecido, como a lua por trás da névoa, e sua beleza resplandecia.

"O duque segurou a mão da duquesa e fez uma reverência.

– Senhora – ele disse –, eu não poderia ter uma felicidade maior do que surpreendê-la em suas devoções.

– Minha felicidade – ela respondeu – seria maior se Vossa Excelência a tivesse prolongado avisando-me de vossa chegada.

– Se estivesse esperando por mim, senhora – ele replicou –, sua aparência não seria tão adequada para a ocasião. Poucas damas com sua juventude e beleza se vestem para venerar uma santa como se recebessem um amante.

– Senhor – ela respondeu –, como nunca pude aproveitar a companhia do último, sou obrigada a me conformar com a primeira. Mas o que é isso? – ela exclamou, dando um passo para trás, deixando o rosário cair das mãos.

"Ouviu-se um estrondo do outro lado do salão, de algo pesado sendo transportado pelo corredor e, de fato, doze homens carregavam uma escultura envolta em panos, que fora retirada da carreta puxada por bois. O duque fez um sinal erguendo a mão em direção à escultura.

– Esta – ele disse –, senhora, é um tributo à sua extraordinária piedade. Soube, com especial satisfação, de sua devoção às abençoadas relíquias desta capela e, para celebrar o zelo que nem os rigores do inverno, nem o calor escaldante do verão conseguiram abater, mandei que fosse feita uma escultura de sua imagem, maravilhosamente executada pelo *cavaliere* Bernini, para ser colocada diante do altar, na entrada da cripta.

"A duquesa empalideceu, mas, mesmo assim, abriu um sorriso para o duque.

– Quanto a celebrar minha piedade – ela disse –, reconheço uma das brincadeiras de Vossa Excelência.

– Uma brincadeira? – interrompeu o duque.

"Ele fez um sinal para os carregadores, que agora se aproximavam da entrada da capela. Em segundos, tiraram os panos da estátua, e ali estava a duquesa de joelhos, exatamente como em vida. Todos exclamaram, surpresos, mas a duquesa ficou mais pálida do que o mármore.

– Verá – disse o duque – que não é uma brincadeira, mas um triunfo do cinzel incomparável de Bernini. A reprodução foi elaborada a partir de seu retrato em miniatura feito pela divina Elisabetta Sirani,[249] que enviei ao mestre há seis meses, cujos resultados todos devem admirar.

– Seis meses! – exclamou a duquesa.

"Ela pareceu que ia cair, mas Sua Excelência segurou-a pela mão.

– Nada – ele disse – me agradaria mais do que o excesso de emoção que está mostrando, pois a verdadeira piedade é sempre modesta, e seu agradecimento assumiu a forma que melhor lhe assenta. E agora – ele disse aos carregadores – coloquem a escultura no lugar.

"Ao dizer isso, a duquesa pareceu voltar à vida, e respondeu-lhe fazendo uma grande reverência.

– Vossa Excelência diz que é natural que eu me sinta surpresa com uma graça tão inesperada, mas aquilo que o honra em relação a isso é meu o privilégio de aceitar, e peço-lhe apenas que, em respeito à minha modéstia, a imagem seja colocada na parte mais afastada da capela.

"Ao ouvir isso, o duque se enfureceu.

– O quê?! Quer que esta obra-prima, de um renomado escultor, que, eu não me furto de dizer, custou-me o preço de uma boa vinha, em moedas de ouro, fique fora da vista, como o trabalho de um pedreiro comum?

– É minha fisionomia, e não o trabalho do escultor o que desejo esconder.

– Se podeis viver em minha casa, senhora, também podeis estar na casa de Deus, com direito ao lugar de honra em ambas. Tragam a estátua, carregadores! – ele exclamou para os homens.

"A duquesa aquiesceu, submissa.

---

[249] Elisabetta Sirani (1638-1665): pintora barroca italiana. Recebeu instrução de seu pai, um pintor da Escola de Bolonha, e posteriormente fundou uma academia de arte para mulheres. A artista morreu em estranhas circunstâncias aos vinte e sete anos. (N. da T.)

– O senhor está certo, como sempre, mas eu ao menos gostaria que a imagem ficasse à esquerda do altar, de modo que, olhando para cima, possa ver Vossa Excelência sentado na tribuna.

– Um bom pensamento, senhora, pelo que agradeço, mas projetei há tempos colocar vossa imagem do outro lado do altar, e o lugar da mulher, como sabe, é à direita do marido.

– Verdade, meu senhor, mas, por outro lado, se meu pobre pressentimento é ter a honra imerecida de me ajoelhar ao vosso lado, por que não colocar ambos diante do altar, onde é o nosso lugar habitual de rezar?

– E onde, senhora, nos ajoelharíamos se as estátuas ocupassem esse lugar? Além do mais – disse o duque, ainda falando brandamente –, tenho o propósito ainda mais especial de colocar vossa imagem na entrada da cripta, porque, assim, eu não apenas marcaria vossa especial devoção à abençoada santa que está ali, mas, selando a abertura do piso, asseguraria a preservação perpétua dos ossos sagrados daquela mártir que, até hoje, têm estado demasiadamente expostos a atentados sacrílegos.

– Que atentados, senhor? – exclamou a duquesa. – Ninguém entra nesta capela sem minha permissão.

– Assim eu entendo, e creio ser bem verdade pelo que soube de vossa devoção; no entanto, à noite, um malfeitor pode entrar por uma janela, senhora, sem que Vossa Excelência saiba.

– Tenho o sono muito leve – disse a duquesa.

"O duque olhou-a com ar grave.

– É mesmo? – ele perguntou. – Um mau sinal em sua idade. Devo providenciar que tome um sonífero para poder dormir.

"Os olhos da duquesa se encheram de lágrimas.

– O senhor me privaria, então, do consolo de visitar essas veneráveis relíquias?

– Gostaria que mantivesse a guarda eterna sobre elas, sabendo que a mais ninguém poderiam ser confiadas mais adequadamente.

"Com isso, a imagem foi trazida para perto do compensado de madeira que cobria a entrada da cripta, quando a duquesa, de um salto, colocou-se no caminho.

– Senhor, deixai que a estátua seja colocada amanhã, para que hoje à noite eu possa fazer as últimas orações ao lado desses sagrados ossos.

"O duque postou-se imediatamente ao seu lado.

– Bem pensado, senhora. Descerei com a senhora agora e rezaremos juntos.

– Senhor, vossas longas ausências infelizmente criaram-me o hábito de rezar sozinha, e confesso que me distraio com a presença de qualquer pessoa.

– Senhora, aceito vossa repreensão. Até agora, é verdade, os deveres de minha posição me obrigaram a longas ausências, mas, a partir de agora, ficarei ao vosso lado enquanto viver. Podemos descer à cripta juntos?

– Não, pois temo pela vossa malária. O ambiente é extremamente úmido.

– Mais uma razão para não vos expor a esse ambiente e, para prevenir a intemperança em vossos cuidados, fecharei imediatamente o acesso à cripta.

"A duquesa tombou de joelhos no piso, num pranto convulso, levantando as mãos aos céus.

– Ó! – ela gritou. – O senhor é cruel por me privar o acesso às relíquias sagradas que me permitiram suportar com resignação a solidão à que os deveres de Vossa Excelência me condenaram; e se a oração e a meditação me dão autoridade para me pronunciar sobre tais assuntos, permita-me prevenir-vos, senhor, que temo que a abençoada Santa Blandina nos castigue por abandonar assim seus veneráveis despojos!

"O duque, ao ouvir isso, fez uma pausa, pois era um homem piedoso, e minha avó crê que ele e o capelão se entreolharam, então este deu um passo tímido à frente, com os olhos baixos, e disse:

– De fato, há muita sabedoria nas palavras de Sua Excelência, mas sugiro, senhor, que o desejo piedoso da duquesa seja atendido, e que a santa seja ainda mais honrada transferindo-se as suas relíquias da cripta para um lugar sob o altar.

– É verdade! – exclamou o duque. – E podemos fazer isso já.

"Mas a duquesa se levantou com um olhar estremunhado.

– Não – ela exclamou –, por Deus! Depois de Vossa Excelência ter negado todos os pedidos que vos fiz, diante do pedido dele tenho outro a solicitar!

"O capelão enrubesceu, e o duque se espantou e, por um momento, nenhum dos dois falou. Então, disse o duque:

– Já fizestes pedidos demais, senhora. Quereis que as relíquias sejam trazidas da cripta?

– Não quero nada que eu deva à intervenção de outra pessoa!

– Coloquem a imagem no lugar, então – disse o duque, bravo, e levou a duquesa até uma cadeira.

"Ela estava ali sentada, segundo minha avó, reta como uma flecha, as mãos unidas, a cabeça erguida, olhando para o duque, enquanto a estátua era arrastada até o lugar; então ela se levantou e saiu. Ao passar por Nência, disse:

– Chame-me Antônio – ela sussurrou, mas assim que fez isso, o duque se postou entre elas.

– Senhora – ele disse, agora sorrindo –, vim direto de Roma para lhe trazer o mais rápido possível esta prova de minha estima. Dormi ontem à noite em Monselice e estou na estrada desde o raiar do dia. Não vai me convidar para cear?

– Certamente, meu senhor – respondeu a duquesa. – Será servido na sala de jantar dentro de uma hora.

– Por que não em vossos aposentos e imediatamente, senhora? Pois acredito que seja um hábito seu cear ali.

– Em meus aposentos? – perguntou a duquesa, atônita.

– Tem algo contra isso? – ele insistiu.

– Claro que não, senhor, se me derdes tempo para me preparar.

– Esperarei em vosso camarim – respondeu o duque.

"Ao ouvir isso, segundo minha avó, a duquesa olhou para ele com desânimo, como as almas olharam para Deus depois de se fecharem os portões do inferno; então chamou Nência e entrou em seus aposentos.

"O que aconteceu ali minha avó nunca soube, apenas que a duquesa, com muita pressa, se vestiu com extraordinário esplendor, polvilhando o cabelo com ouro, pintando o rosto e o colo, e cobrindo-se de joias, até ficar brilhante como a Nossa Senhora de Loreto; e ela ainda não estava pronta, quando o duque saiu do camarim, seguido pelos criados que trouxeram a ceia. Nesse momento, a duquesa dispensou Nência, e o que aconteceu em seguida minha avó soube pelo copeiro que trouxe os pratos e esperou no camarim, pois somente o mordomo do duque podia entrar no quarto da duquesa.

"Bem, de acordo com esse rapaz, senhor, que estava atento a tudo que via e ouvia, por assim dizer, porque nunca estivera tão perto da duquesa, parece que o nobre casal se sentou à mesa bem-humorado, a duquesa, de modo alegre, reprovando o marido pela longa ausência, enquanto o duque jurava que ela estar tão bonita era a melhor forma de puni-lo. Nesse tom, a conversa continuou, com tantas brincadeiras por parte da duquesa, tantos avanços amorosos por parte do duque, que o rapaz disse que pareciam um casal de amantes numa noite de verão na vinha, e foi assim até o criado trazer o vinho quente.

– Ah! – disse o duque nesse momento. – Esta noite agradável compensa todas as noites tediosas que passei longe da senhora; nem me lembro de ter rido tanto desde aquela tarde, no ano passado, quando bebemos chocolate no mirante com meu primo Ascânio. E isso me lembra, meu primo está bem de saúde?

– Não tenho notícias dele – respondeu a duquesa. – Mas Vossa Excelência deveria experimentar estes figos cozidos em vinho Madeira.

– Estou com vontade de provar o que está me oferecendo – ele disse.

"E, enquanto ela lhe servia os figos, ele acrescentou:

– Se o meu prazer não fosse completo, quase desejaria que meu primo Ascânio estivesse aqui conosco. Ele é uma boa companhia para a ceia. O que a senhora acha? Soube que ainda está no país; devemos chamá-lo para nos visitar?

– Ah! – exclamou a duquesa, com um suspiro e olhar lânguido. – Vejo que Vossa Excelência já se cansou de mim.

– Eu, senhora? Ascânio é um excelente rapaz, mas reconheço que o seu maior mérito neste momento é a sua ausência. Gosto tanto dele, que, por Deus, eu beberia uma taça à saúde dele.

"Depois de dizer isso, o duque pegou o cálice e sinalizou para o criado encher o cálice da duquesa.

– Um brinde ao meu primo – exclamou, de pé –, que tem o bom gosto de ficar longe quando sua presença não é desejada. Bebo para que tenha vida longa. E a senhora?

"Em seguida, a duquesa, que olhava para ele com uma expressão alterada, também se levantou e aproximou o cálice dos lábios.

– E eu, à sua feliz morte – ela disse em tom macabro.

"E, ao dizer isso, o cálice vazio caiu de suas mãos e ela tombou no chão.

"O duque gritou para as criadas que ela desmaiara, e a carregaram até o leito... A duquesa sofreu terrivelmente a noite toda, segundo Nência, retorcendo-se como uma herege na estaca, mas sem dizer nenhuma palavra. O duque ficou ao seu lado e, ao amanhecer, chamou o capelão. Mas, nesse momento, ela estava inconsciente e, como os dentes estavam trincados, a hóstia não conseguia passar entre seus lábios.

"O duque anunciou aos conhecidos que a sua senhora havia morrido depois de ter bebido vinho quente em excesso e de ter comido um omelete de ovas de carpa, numa ceia que ela preparara em homenagem ao seu retorno e, no ano seguinte, trouxe uma nova duquesa para a mansão, que lhe deu um filho e cinco filhas..."

V

O céu estava plúmbeo, e a mansão se destacava com o seu contorno pálido e inescrutável. Um vento varria os jardins, soprando aqui e ali as folhas amarelas de plátano; e as colinas do outro lado do vale tingiram-se de roxo como nuvens de tempestade.

– E a estátua? – perguntei.

– Ah, a estátua. Bem, senhor, isso foi o que minha avó me contou, aqui mesmo, neste mesmo banco onde estamos sentados. A pobre moça, que venerava a duquesa como uma moça de sua idade veneraria uma bela e gentil patroa, passou uma noite de horror, como bem pode imaginar, impedida de entrar nos aposentos de sua senhora, ouvindo os gritos que vinham lá de dentro, e vendo, agachada a um canto, as criadas indo e vindo com olhares espantados, o rosto magro do duque junto à porta, e o capelão escondido na antecâmara com os olhos no breviário. Ninguém se importou com ela naquela noite, ou na manhã seguinte e, ao anoitecer, quando ela soube que a duquesa havia morrido, a pobre moça quis rezar por sua senhora. Ela se esgueirou até a capela e entrou sem ser vista. O lugar estava vazio, na penumbra, mas, ao avançar, ouviu um gemido baixinho e, aproximando-se da estátua, viu que o rosto, que na véspera mostrava um ar tão doce e sorridente, tinha a expressão que o senhor viu, e os gemidos pareciam sair de seus lábios. Minha avó gelou, mas algo, ela disse depois, impediu-a de gritar ou de pedir socorro, então deu meia-volta e saiu às pressas da capela. No corredor, ela desmaiou; e ao recuperar os sentidos em seu quarto, soube que o duque havia trancado a porta da capela e proibira qualquer um de entrar ali... A capela nunca mais foi aberta até o duque morrer, dez anos depois; e foi então que os outros criados, ao entrarem com o herdeiro, viram, pela primeira vez, o horror que minha avó guardara no coração...

– E a cripta? – perguntei. – Nunca mais foi aberta?

– Por Deus, não, senhor! – exclamou o velho, fazendo o sinal da cruz. – Não foi o expresso desejo da duquesa de que as relíquias não fossem perturbadas?

Capítulo XXIII

O TERRENO BALDIO

Mary E. Wilkins-Freeman

1903

Nascida em Randolph, Massachusetts, filha de pais da Igreja Congregacional, Mary Wilkins começou a escrever histórias infantis quando adolescente, para ajudar a subsistência da família. Aos quinze anos, mudaram-se para Brattleboro, Vermont, e abriram um empório; ela frequentava colégio local e seguiu para o Mount Holyoke College (que passou a ser o Seminário Feminino Mount Holyoke) e depois o Seminário Glenwood. O negócio familiar faliu quando ela estava com vinte anos, então se mudaram de volta para Randolph; dez anos mais tarde, após a morte dos pais, Mary foi obrigada a se sustentar apenas como escritora.

Em 1892, com quase quarenta anos, conheceu o dr. Charles Manning Freeman, sete anos mais jovem do que ela. Depois de um longo namoro, casaram-se em 1902. Freeman era alcoólatra, galanteador, viciado em drogas e em jogatinas e, mais tarde, foi internado no Hospício Estadual de New Jersey, em Trenton. Um ano depois, Mary se divorciou dele. Quando Freeman morreu, em 1923, deixou a maior parte de seus bens para o chofer, e para Mary, apenas 1 dólar.

A educação severa que Mary recebeu de acordo com a Igreja Congregacional da Nova Inglaterra aparece em grande parte de seus textos. "A moça à porta",[250] por exemplo, é um conto que aborda o julgamento das bruxas de Salém, e várias outras histórias se passam em comunidades congregacionais. Mary também criou um forte enredo sobre o realismo doméstico em muitos de seus contos, e as personagens femininas, em geral, desafiam as noções contemporâneas do papel da mulher na sociedade. "Luella Miller", um de seus contos mais famosos, trata de uma vampira que, longe de se sentir frágil, usa a aparência de fragilidade feminina para, literalmente, sugar a vida de outras pessoas.

"O terreno baldio"[251] é um conto diferente: uma história de fantasma como um pastiche sentimental pela forma como as personagens são descritas. Mesmo aqui, no entanto, é possível ouvir os ecos do passado de Mary: uma família que é dona de um armazém muda-se de uma pequena comunidade para uma grande cidade, e depois precisa voltar – neste caso, não porque o negócio faliu, mas por uma razão muito mais obscura.

---

[250] "The Little Maid at the Door", no original. (N. da T.)
[251] "The Vacant Lot", no original. (N. da T.)

Quando se soube, em Townsend Center, que a família Townsend iria se mudar para a cidade, houve uma grande comoção e espanto, pois os Townsend se mudarem equivalia à mudança do próprio vilarejo. Os antepassados dos Townsend tinham fundado o vilarejo havia um século. O primeiro Townsend era o dono de uma hospedaria à beira da estrada para pessoas e animais, conhecida como a Tabuleta do Leopardo. A placa onde o leopardo fora pintado em azul brilhante ainda existia e ocupava um lugar de destaque na porta de entrada da hospedaria. David Townsend mantinha o armazém do vilarejo. A taberna deixou de existir quando a ferrovia cortou Townsend Center na época de seu pai. Portanto a família, afastada do trabalho que escolhera em razão da marcha do progresso, passou a ser dona de um armazém geral como o negócio mais semelhante a uma taberna, e agora os hóspedes eram os fregueses, que não precisavam mais de quartos para dormir, garantindo seu descanso sobre sacas de açúcar e de farinha bem como caixas de bacalhau, comendo petiscos do estoque até se esgotarem as passas, o açúcar, o pão, as bolachas e o queijo, sem qualquer lucro.

A mudança dos Townsend da casa de seus antepassados devia-se a uma repentina fortuna que haviam recebido graças ao falecimento de um parente e ao desejo da sra. Townsend de garantir maiores vantagens para o filho George, de dezesseis anos, em termos de educação, e para a filha Adrianna, dez anos mais velha, no que diz respeito a melhores prospectos matrimoniais. No entanto, este último incentivo para saírem de Townsend Center não fora abertamente declarado, apenas deduzido pelos vizinhos.

– Sarah Townsend acredita que ninguém em Townsend Center sirva para se casar com sua Adrianna Adrianna, e por isso vai levá-la para Boston, para ver se encontra alguém por lá", diziam.

Então ficaram pensando em que Abel Lyons iria fazer. Ele havia sido um humilde pretendente de Adrianna por vários anos, porém a mãe não o aprovara, e Adrianna, que era obediente, rejeitou-o delicadamente, mas ficou um pouco triste. Ele fora seu único namorado. Ela tinha pena, mas sentia-se grata. Adrianna era uma moça simples e desajeitada, que aceitara esse fato com paciência.

Mas sua mãe era ambiciosa, muito mais do que seu pai, que parecia satisfeito com aquilo que tinha, e não sentia muita disposição para mudar. Entretanto, cedeu à vontade da esposa, concordou em vender o armazém, comprar uma casa em Boston e se mudar para lá.

David Townsend, curiosamente, era diferente dos homens da família da qual ele descendia. Seu caráter moral era certamente melhor, mas não tinha o espírito feroz e oportunista que os caracterizara seus antepassados. De fato, os antigos Townsend, embora fossem proeminentes e respeitados como homens ricos e influentes, tinham uma reputação suspeita. Havia diversos rumores sobre eles, que passava de mãe para filho no vilarejo, e especialmente em relação ao primeiro Townsend, aquele que construíra a taberna com a tabuleta do Leopardo Azul. Seu retrato, um hediondo esforço de pintura contemporânea, ficava pendurado no sótão de David Townsend. Havia muitas lendas sobre estrondos, se não coisas piores, naquela velha casa à beira da estrada, altas apostas, discussões durante as refeições, socos e dinheiro obtido de modo vil, e, para quem perguntasse, a questão era imediatamente silenciada pelos imperiosos Townsend, aterrorizando todo o vilarejo. David Townsend não aterrorizava ninguém. Ele estabeleceu sua competência no armazém por meios honestos – trocando mercadorias por libras esterlinas e pesos corretos por produtos e xelins do campo. Era um homem sóbrio e confiável, com profunda autoconfiança e uma competência bem definida para administrar as finanças. Foi principalmente por essa razão que ele ficou satisfeito por haver enriquecido de repente graças a essa herança. Assim teria uma oportunidade maior para exercitar sua propensão natural para a pechincha. Isso ele demonstrou ao adquirir a casa em Boston.

Num dia de primavera, a antiga casa dos Townsend foi fechada, a tabuleta do Leopardo Azul foi cuidadosamente retirada do lugar em cima da porta de entrada, os pertences da família foram embarcados no trem e os Townsend partiram. Foi um dia triste e conturbado para Townsend Center. Um homem de Barre alugou o armazém – David decidiu, por fim, não vender – e as antigas famílias se reuniram com ar compungido e melancólico, para debater a situação. Havia um enorme orgulho em relação àquele homem que havia partido. Eles desfiavam as suas qualidades, exibindo-as ao recém-chegado.

– David é muito esperto – disseram. – Ninguém se aproveitará dele na cidade grande depois de ter feito negócios em Townsend Center a vida inteira. Ele tem os olhos bem abertos. Sabem quanto pagou pela casa em Boston? Bem, senhor, aquela casa custava 25 mil dólares, e David a comprou por 5 mil. Sim, senhor, ele fez isso.

– A casa deve ter algum problema – observou o recém-chegado, fechando a cara do outro lado do balcão.

Ele estava começando a perceber a sua posição de menos valia.

– Não, senhor. David fez questão de verificar. Ele não ficaria com qualquer coisa. Tudo estava nos trinques, com água corrente quente e fria, e tudo o mais, e num dos melhores bairros da cidade, numa rua nobre. David disse que naquela rua o aluguel nunca é menor do que mil dólares. Sim, senhor, David conseguiu uma pechincha: 5 mil por uma casa de 25 mil dólares.

– Deve ter algum problema na casa! – grunhiu o recém-chegado do outro lado do balcão.

No entanto, como os vizinhos e confrades atestaram, parecia não haver dúvida em relação à conveniência da casa que David Townsend adquirira na cidade, e o fato de tê-la comprado por um preço absurdamente baixo. A família toda desconfiou no início. Verificou-se que a casa custara um valor redondo havia apenas poucos anos; estava em perfeito estado; não havia nada de errado com o encanamento, nem com o aquecimento, nada. Não havia sequer uma fábrica de sabão por perto para exalar um cheiro ruim, como a sra. Townsend imaginara. Ela ouviu falar sobre casas que foram rejeitadas por esses motivos, mas não existia nenhuma fábrica de sabão nas redondezas. Todos respiraram o ar e espiaram em volta; quando vieram as primeiras chuvas, inspecionaram o teto, esperando ver manchas escuras onde tivesse vazamentos, mas não havia nenhum. Tiveram que admitir que as suspeitas eram infundadas; que a casa era perfeita, apesar do mistério por ter sido vendida a um preço abaixo do seu valor real. Esse fato, no entanto, foi uma perfeição adicional na opinião dos Townsend, como parte das barganhas da Nova Inglaterra. Estavam havia apenas um mês na casa nova e felizes, embora, às vezes, se sentissem um tanto solitários pela falta da sociedade de Townsend Center, quando o problema começou. Os Townsend, embora morassem numa bela casa, num bairro nobre e bem sofisticado da cidade, eram fiéis às suas origens e mantinham, como de hábito, apenas uma criada, filha de um fazendeiro da região do seu vilarejo natal, uma senhora de meia-idade que morava com eles havia dez anos. Numa bela manhã de segunda-feira, ela se levantou cedo e lavou a roupa da família antes do desjejum, que havia sido preparado pela sra. Townsend e Adrianna, como acontecia no dia de lavar roupa. A família estava sentada à mesa para o café da manhã na sala de jantar no térreo, enquanto a criada, Cordélia, estendia as roupas no terreno baldio ao lado. Esse terreno parecia valioso, pois era de esquina. A peculiaridade era não ter nenhuma construção. Os Townsend ficaram encafifados, e chegaram à conclusão de que teriam preferido que sua casa tivesse sido construída naquele terreno da esquina. No entanto, eles o usavam com aquele seu modo interiorano inocente, sem respeitar os direitos de propriedade sobre terras desocupadas.

— Podemos colocar as roupas para secar no terreno baldio – disse a sra. Townsend a Cordélia na primeira segunda-feira depois de terem se instalado na casa. – Nosso pequeno quintal não tem nem a metade desse tamanho para estender todas as nossas roupas, e lá também bate mais sol.

Então Cordélia pendurou ali a roupa lavada nas quatro semanas, e esta seria a quinta segunda-feira. O café da manhã estava terminando – já haviam comido os bolos de trigo sarraceno – quando a criada entrou correndo na sala de jantar e ficou olhando para eles, sem conseguir falar, com uma expressão do mais perfeito terror. Ela estava pálida como uma folha de papel. As mãos, cheias de espuma, pendiam ao lado do corpo, torcendo as pontas do vestido de chita; os cabelos, claros e ralos, pareciam arrepiados de medo. Toda a família se virou e olhou para ela. David e George se levantaram imaginando que fossem ladrões.

— Cordélia Battles, qual é o problema? – perguntou a sra. Townsend.

Adrianna ficou sem ar e tão pálida quanto a criada.

— Qual é o problema? – repetiu a sra. Townsend, mas a criada não disse nada.

A sra. Townsend, uma mulher prática, levantou-se rápido, aproximou-se da criada assustada e sacudiu-a pelos ombros.

— Cordélia Battles, fale – ela ordenou –, e não fique aí com os olhos esbugalhados, que nem uma muda! Qual é seu problema?

Então, Cordélia falou, com um fiapo de voz:

— Há... outra pessoa... estendendo roupa... no terreno baldio... – ela disse, quase sem fôlego, e apoiou-se na cadeira para não cair.

— Quem? – perguntou a sra. Townsend, um pouco indignada, por já se considerar quase dona do terreno baldio. – São as pessoas da casa ao lado? Quero saber que direito eles têm! Nós estamos ao lado deste terreno baldio.

— Eu... não sei... quem eles são... – respondeu Cordélia.

— Ora, vemos aquela moça que mora aí ao lado ir à missa toda manhã — disse a sra. Townsend. — Ela tem os cabelos cor de fogo. Acho que já deve conhecê-la a essa altura, Cordélia.

— Não é aquela moça — disse Cordélia.

Então acrescentou com a voz apavorada:

— Eu não consegui ver quem era.

Todos olharam espantados.

— Por que não conseguiu ver? — perguntou a dona da casa. — Ficou cega?

— Não, senhora.

— Então por que não conseguiu ver?

— Tudo o que pude ver era... — Cordélia hesitou, com uma expressão do mais completo horror.

— Continue — insistiu a sra. Townsend, impaciente.

— Tudo o que vi foi a sombra de uma mulher muito magra, estendendo as roupas e...

— O quê?

— Eu vi as sombras das roupas penduradas no varal.

— Você não viu as roupas?

— Apenas a sombra no chão.

— Que tipos de roupas eram?

— Estranhas — respondeu Cordélia, com um arrepio.

— Se eu não a conhecesse tão bem, pensaria que está bêbada — disse a sra. Townsend. — Agora, Cordélia Battles, vou até aquele terreno baldio ver por mim mesma do que você está falando.

— Eu não vou — arfou a mulher.

Ao dizer isso, a sra. Townsend e todos os outros, exceto Adrianna, que continuava tremendo junto com a criada, foram até o terreno baldio. Tiveram que sair pelo portão do quintal até a rua a fim de chegar lá. Isso não era incomum em termos de terrenos baldios. Um grande álamo, uma relíquia da antiga floresta que um dia existiu ali, brilhava a um canto; de resto, o terreno estava cheio de um mato espesso, com flores escuras. Os Townsend estavam do lado de dentro da cerca de tábuas rústicas que separava o terreno da rua e olharam, com admiração e horror, pois Cordélia dissera a verdade. Todos viram o que ela descreveu – a sombra de uma mulher bem magra, movendo-se no chão com os braços erguidos, a sombra de roupas estranhas e indescritíveis que se agitavam a partir da sombra do fio de um varal, mas, ao olharem para cima para ver as roupas penduradas, não viam nada exceto o ar límpido e azul de outubro.

– Minha nossa! – exclamou a sra. Townsend.

Seu rosto estampava raiva e terror ao mesmo tempo. De repente, ela se adiantou, embora o marido tentasse segurá-la.

– Me solte! – ela disse.

Ela deu um passo à frente. Em seguida, voltou atrás e gritou:

– O lençol molhado bateu no meu rosto – ela exclamou. – Leve-me embora daqui! Leve-me embora daqui!

Em seguida, ela desmaiou. Carregaram-na de volta para casa.

– Foi horrível! – ela gemeu, ao voltar a si, com a família toda em volta, deitada no chão da sala de jantar. – Ó, David, o que é aquilo?

– Nada – replicou David Townsend, firme.

Ele era notável em sua coragem e imbatível em sua convicção da realidade. Agora negava para si mesmo que vira algo incomum.

– Ah, havia algo, sim – gemeu a esposa.

– Eu vi alguma coisa – disse George, em tom baixo, sombrio e infantil.

A criada chorava convulsivamente e Adrianna também, solidária.

– Não vamos falar sobre isso – disse David. – Aqui, Jane, beba este chá quente, vai lhe fazer bem; e Cordélia, pendure as roupas no nosso quintal. George, vá lá estender o varal para ela.

— O varal está lá fora — respondeu George, tremendo os ombros.

— Está com medo?

— Não, não estou — respondeu o rapaz, ressentido, e saiu, fazendo uma expressão assustada.

Depois disso, Cordélia passou a estender a roupa lavada da família no quintal da casa, sempre de costas para o terreno baldio. Quanto a David Townsend, passava um bom tempo no terreno observando as sombras, mas não chegou a nenhuma explicação, embora se esforçasse para se satisfazer com algumas.

— Creio que as sombras venham da fumaça das nossas chaminés, ou do álamo — ele disse.

— Por que as sombras aparecem às segundas de manhã, e não em nenhum outro dia? — perguntou a esposa.

David não respondeu.

Logo novos mistérios surgiram. Certo dia, Cordélia tocou a campainha para chamar todos para o almoço no horário habitual, a mesma de Townsend Center, ao meio-dia, e a família se reuniu.

Adrianna olhou para os pratos na mesa espantada:

— Nossa, que estranho! — ela disse.

— O que é estranho? — perguntou a mãe.

Cordélia parou antes de colocar um copo ao lado de um dos pratos, e derramou a água.

— Ué — disse Adrianna, empalidecendo —, eu... pensei que fosse um cozido. Senti... cheiro de repolho cozido.

— Eu sabia que iria acontecer mais alguma coisa — disse Cordélia, encostando-se na cadeira de Adrianna.

— O que quer dizer? — perguntou a sra. Townsend, rapidamente, mas seu rosto já demonstrava o assombro e a palidez agora tão corriqueiros entre eles diante da mera sugestão de qualquer coisa fora do comum.

– Senti cheiro de repolho cozido a manhã toda no meu quarto – disse Adrianna com voz baixa – e em cima da mesa tem bacalhau com batatas para o almoço.

Todos se entreolharam. David se levantou com uma exclamação e saiu rápido da sala. Os outros tremiam enquanto esperavam. Ele voltou cabisbaixo.

– O que você...? – perguntou a sra. Townsend, hesitante.

– Está cheirando repolho lá fora – ele admitiu de forma relutante.

Então olhou para a esposa com ar desafiador.

– Está vindo da casa do vizinho – ele disse. – O vento está trazendo esse cheiro para cá.

– Nossa casa é mais alta.

– Não me importa; não tem como explicar.

– Cordélia – disse a sra. Townsend –, vá até a casa da vizinha e pergunte se eles estão cozinhando repolho para o almoço.

Cordélia saiu ventando da sala, sem dizer nada, e voltou em seguida.

– Disseram que nunca comem repolho – ela anunciou, triste e triunfante, lançando um olhar conclusivo para a sra. Townsend. – A filha deles respondeu de um modo bem atrevido.

– Ó, papai, vamos embora daqui, vamos vender a casa! – exclamou Adrianna, em pânico.

– Se acha que vou vender uma casa tão barata quanto esta, porque sentimos cheiro de repolho num terreno baldio, está enganada – respondeu David, com firmeza.

– Não é apenas o repolho – disse a sra. Townsend.

– E algumas sombras... – acrescentou David. – Estou cansado dessa bobagem. Pensei que tivesse mais bom senso, Jane.

— Um dos meninos da escola me perguntou se nós morávamos na casa ao lado do terreno baldio na rua Wells, e assobiou quando eu disse que sim — disse George.

— Deixe-o assobiar — disse o sr. Townsend.

Passadas algumas horas, a família, incentivada pelo bom senso do sr. Townsend, concordou que seria uma tolice se deixarem perturbar por um misterioso cheiro de repolho. Chegaram a rir de si mesmos.

— Suponho que ficamos tão nervosos por causa daquelas sombras das roupas estendidas no varal que passamos a reparar nesses pequenos detalhes — concluiu a sra. Townsend.

— Descobriremos, um dia, que não há mais nada a ser levado em conta além do repolho — disse o marido.

— Não pode explicar aquele lençol molhado que bateu no meu rosto — disse a sra. Townsend, com ar de dúvida.

— Você imaginou aquilo.

— Eu *senti* aquilo.

Naquela tarde, tudo aconteceu como de costume na casa, até pouco antes das quatro horas. Adrianna saiu para fazer compras. A sra. Townsend sentou-se para costurar junto ao nicho da janela em seu quarto, que ficava no terceiro andar. George ainda não havia chegado em casa. O sr. Townsend estava escrevendo uma carta na biblioteca. Cordélia estava ocupada no porão; o crepúsculo, que chegava cada dia mais cedo, começou a se aproximar quando, de repente, ouviram um estrondo que trepidou a casa inteira. Até os pratos sacudiram nas prateleiras e os copos tilintaram como sinos. Os quadros pendurados no quarto da sra. Townsend sacudiram na parede. Mas isso não foi tudo: todos os espelhos da casa se partiram ao mesmo tempo — como se pôde constatar — de cima a baixo, e caíram em minúsculos fragmentos no chão. A sra. Townsend estava assustada demais para conseguir gritar. Ficou imóvel na poltrona, resfolegante, os olhos, que rolavam de um lado para outro no mais absoluto terror, viraram-se para a rua. Viu um grande grupo de pessoas de preto passando em frente ao terreno baldio. Havia algo estranhamente inexplicável e sombrio em relação a essas pessoas; ouviu som de arrastos, de ondulações e de cortinas de zibelina sendo dobradas, e seus rostos, brancos como a morte, brilhavam; e assim eles passaram. Ela virou a cabeça para vê-los, mas haviam desaparecido no terreno baldio. O Sr. Townsend entrou correndo no quarto; ele estava pálido, parecia zangado e alarmado ao mesmo tempo.

– Você caiu? – ele perguntou sem pensar, como se a esposa, que era *mignon*, pudesse ter produzido um barulho desses ao cair.

– Ó, David, o que foi isso? – sussurrou a sra. Townsend.

– Diabos, como vou saber? – respondeu David.

– Não fale assim. Isso é horrível. Ó, veja o espelho, David!

– Estou vendo. O que fica em cima da lareira na biblioteca partiu-se também.

– Ó, isso é um sinal de morte!

Ouviram os passos de Cordélia subindo as escadas, cambaleante. Ela quase tombou quando chegou ao quarto. Apoiou-se no sr. Townsend e agarrou-o pelo braço. Ele a olhou de lado, meio furioso, meio condoído.

– Bem, o que foi agora? – ele perguntou.

– Não sei. O que foi? Ó, o que foi? O espelho da cozinha se partiu. Espatifou-se no chão. Ó, ó! O que foi isso?

– Não sei muito mais do que você. Eu não o quebrei.

– Espelhos partidos são sinal de morte na casa – disse Cordélia. – Se eu me for, espero estar pronta, mas prefiro morrer do que viver assustada desse jeito.

O sr. Townsend se afastou dela e olhou, resoluto, para as duas mulheres, que tremiam.

– Agora, olhem bem, vocês duas – ele disse. – Isso é uma bobagem. Certamente morrerão de susto se continuarem assim. Eu fui tolo em me assustar. Tudo não passou de um terremoto.

– Ó, David! – exclamou a esposa, sem estar muito certa.

– Tudo não passou de um terremoto – insistiu o sr. Townsend. – Acontece exatamente assim. As coisas nas paredes se quebram, e o meio do quarto não é afetado. Já li sobre isso.

De repente, a sra. Townsend gritou, apontando para o chão.

– Como explica isso – ela gritou –, se fosse um terremoto? Ó, ó, ó!

Ela estava à beira de um ataque histérico. O marido segurou-a pelo braço, enquanto seus olhos seguiram na direção do que ela apontava com o indicador em riste. Cordélia também se virou para o mesmo lugar, tomada pelo medo. No chão, em frente ao espelho partido, havia uma massa amorfa com uma longa crista preta.

– É algo que você deixou cair – disse o sr. Townsend quase gritando.

– Não, não deixei! Ó!

O sr. Townsend largou o braço da esposa e deu um passo em direção ao montículo. Era um longo véu de crepe preto. Ele o pegou, e este voou do seu braço como se estivesse cheio de eletricidade.

– É seu – ele disse à esposa.

– Ó, David, nunca tive um desses. Você sabe, ó, você sabe que eu... não teria... a menos que você tivesse morrido. Como foi parar aí?

– Diabos, como vou saber? – respondeu David, olhando para o véu.

Ele estava pálido, porém mais ressentido do que temeroso.

– Não segure isso, não segure!

– Gostaria de saber o que tudo isso quer dizer – disse David, arremessando o véu, que, ao cair no chão, assumiu a mesma forma em que se encontrava.

Cordélia começou a chorar e soluçar. A sra. Townsend se aproximou e pegou a mão do marido, segurando-a firme com os dedos gelados.

– Qual o problema desta casa, afinal? – ele grunhiu.

– Você terá de vendê-la. Ó, David, não podemos morar aqui.

– Vender uma casa pela qual paguei apenas 5 mil quando custa 25, por uma bobagem como esta, eu não vou!

David se aproximou do véu preto, mas este se elevou no ar, e se afastou à sua frente, atravessando o quarto a uma altura como se estivesse na cabeça de uma mulher. Ele o perseguiu em vão por todo o quarto, tentando pegá-lo, então gritou ao tropeçar no próprio calcanhar, e o véu caiu de novo no chão. Ouviram passos apressados subindo a escada e Adrianna entrou correndo no quarto. Agarrou o braço do pai e tentou falar, mas não conseguia dizer nada inteligível; o rosto estava azulado. O pai sacudiu-a pelos ombros.

– Adrianna, recomponha-se! – ele exclamou.

– Ó, David, como pode falar assim com ela? – soluçou a mãe.

– Não posso evitar. Eu estou louco! – ele disse, enfático. – O que deu nessa casa e em todas vocês, afinal?

– O que foi, Adrianna, minha pobre menina? – perguntou a mãe. – Veja o que aconteceu aqui.

– Foi um terremoto – disse o pai, irredutível –, não há nada a temer.

– E como explica aquilo? – perguntou a sra. Townsend, gemendo e apontando para o véu.

Adrianna não olhou – já estava assustada demais. Começou a falar, praticamente sem fôlego:

– Eu... estava... passando... pelo terreno baldio – ela disse – e... eu... eu... trazia meu chapéu novo numa sacola de papel e... um pacote com uma fita azul, e... eu vi um grupo, um terrível... Ó! Um grupo de pessoas com rostos muito pálidos, como se... Todas vestidas de preto.

– Onde estão agora?

– Eu não sei. Ó!

Adrianna afundou na cadeira, resfolegante.

— Pegue um pouco de água para ela, David — soluçou a mãe.

David saiu do quarto apressado, resmungando imprecações com impaciência, então voltou com um copo d'água e deu-o para a filha beber.

— Aqui, beba isto! — ele disse num tom áspero.

— Ó, David, como pode falar assim com ela? — soluçou a esposa.

— Não posso evitar. Estou ficando louco — respondeu David.

Ouviram passos pesados na escada e George entrou. Ele estava muito pálido, mas abriu um sorrisinho para parecer despreocupado.

— Olá! — ele disse com a voz trêmula, tentando controlá-la. — O que aconteceu com esse terreno baldio agora?

— Bem, o que aconteceu agora? — perguntou o pai.

— Ó, nada, apenas... bem, há luzes como se ali tivesse uma casa, exatamente onde ficariam as janelas. Dá a impressão de que é possível entrar nela, mas quando olhamos mais de perto, o terreno está repleto de ervas secas sopradas pelo vento. Olhei para a casa e mal pude acreditar no que via. Uma mulher também a viu. Ela vinha caminhando perto de mim. Ela olhou, gritou e saiu correndo. Esperei que aparecesse mais alguém, mas não apareceu ninguém.

O sr. Townsend saiu rápido do quarto.

— Aposto que ela já terá desaparecido quando ele chegar lá — disse George, olhando em volta no quarto. — O que aconteceu aqui?

— Ó, George, a casa toda de repente tremeu, e todos os espelhos se partiram — disse a mãe, chorando, e Adrianna e Cordélia se uniram a ela no choro.

George soltou um assobio com os lábios embranquecidos. Então, o sr. Townsend retornou.

— Bem — perguntou George —, viu alguma coisa?

— Nem quero comentar — respondeu o pai. — Fiquei lá por tempo suficiente.

— Temos que vender a casa e voltar para Townsend Center — exclamou a esposa, com a voz alterada. — Ó, David, diga que vamos voltar.

— Não vou voltar por causa de uma bobagem dessas, e vender uma casa de 25 mil dólares por 5 mil — ele disse, firme.

Mas, naquela mesma noite, sua decisão foi abalada. A família toda permaneceu em vigília na sala de jantar. Estavam todos com medo de ir dormir — quer dizer, todos exceto, provavelmente, o sr. Townsend. A sra. Townsend declarou, com firmeza, que ela iria sair daquela casa horrível e voltar para Townsend Center, com ou sem ele, se todos não ficassem juntos em vigília, e o Sr. Townsend aquiesceu. Escolheram a sala de jantar por ficar mais perto da rua, se precisassem sair da casa correndo, e sentaram-se em seus lugares na mesa de jantar, onde Cordélia colocou uma ceia.

— Parece um velório — ela sussurrou, com um sentimento de horror.

— Não diga nada se não tiver algo melhor a dizer — advertiu o sr. Townsend.

A sala de jantar era espaçosa, com lambris de carvalho e um papel de parede azu-escuro. A antiga tabuleta da taberna, do Leopardo Azul, estava pendurada em cima da lareira. O Sr. Townsend insistira em pendurá-la ali. Aquela placa era um orgulho para ele. A família ficou reunida até depois da meia-noite e nada inusitado aconteceu. A sra. Townsend começava a fechar os olhos; o Sr. Townsend lia o jornal de modo ostensivo. Adrianna e Cordélia ficavam observando em volta da sala, depois se entreolhavam, estampando o horror que sentiam. George folheava um livro de vez em quando. De repente, Adrianna gritou e Cordélia gritou também. George assobiou baixinho. A sra. Townsend acordou assustada e o Sr. Townsend deixou cair o jornal.

— Vejam! — exclamou Adrianna.

A tabuleta do Leopardo Azul, acima da lareira, parecia estar sendo iluminada do alto por uma lanterna. A luz foi ficando cada vez mais forte. O Leopardo Azul parecia se agachar e ganhar vida. Então a porta da frente se abriu – a externa, que havia sido cuidadosamente trancada. A porta guinchou e todos reconheceram o ruído. Eles continuaram esperando. O sr. Townsend estava tão paralisado quanto os demais. Ouviram a porta externa se fechar, então a porta da sala se abriu e aquele terrível grupo de pessoas de preto que eles viram à tarde começou a entrar devagar. Todos da família Townsend se levantaram ao mesmo tempo e se juntaram num canto; ficaram abraçados, olhando aquelas pessoas que entravam. Seus rostos reluziam a brancura da morte, suas vestes pretas ondulavam, enquanto eles atravessavam a sala. Pareciam estar flutuando um pouco acima do chão, diante do olhar aterrorizado da família Townsend. Tocaram a prateleira acima da lareira onde estava a tabuleta, e um longo braço negro se levantou e fez um gesto, como se batesse numa aldrava. Então, o grupo desapareceu, como se tivesse atravessado a parede, e a sala ficou como antes. A sra. Townsend tremia de nervoso, Adrianna quase desmaiou e Cordélia estava histérica. David Townsend ficou olhando, com ar curioso, para a tabuleta do Leopardo Azul. George olhou para ele, horrorizado. Havia algo no rosto do pai que o fez se esquecer de todo o resto. Por fim, ele tocou de leve o braço do pai.

David se virou e olhou-o com ira e fúria, depois sua expressão amainou e, por fim, passou a mão pela testa.

– Meu bom Deus! O que aconteceu comigo? – ele sussurrou.

– Você parecia aquele quadro terrível do velho Tom Townsend no sótão em Townsend Center, pai – choramingou o menino, com voz trêmula.

– Eu deveria realmente parecer um velho depois de uma maldição como essa – rosnou David, mas ele estava pálido. – Vá e traga um pouco de chá quente para sua mãe – vociferou para o menino num tom brusco.

David sacudiu Cordélia.

— Pare com isso! — ele gritou, e sacudiu-a novamente. — Você não faz parte da igreja? Tem medo do quê? Não fez nada de errado, fez?

Então Cordélia começou a recitar versículos da Bíblia, entre risos e choros.

— *Sei que sou pecador desde que nasci; sim, desde que me concebeu minha mãe*[252] — ela exclamou. — Se não cometi nenhum pecado, talvez tenha pecado aquele que veio antes de mim, e quando o Diabo e os Poderes da Escuridão se vão, eu sou culpado, eu sou culpado!

Então, ela gargalhou alto, de modo longo e agudo.

— Se você não se calar — disse David, ainda pálido de terror —, vou jogá-la naquele terreno baldio, queira ou não. Estou falando sério.

Cordélia se calou, depois de revirar os olhos para ele. Adrianna se recuperava do susto; a mãe bebia o chá quente em goles espasmódicos.

— Já passa da meia-noite — ela disse — e não acredito que voltem hoje, não é, David?

— Não, eu não acredito — disse David, de modo peremptório.

— Ó, David, não podemos passar outra noite nesta casa terrível.

— Não passaremos. Amanhã, vamos voltar de mala e cuia para Townsend Center, mesmo que precisemos de todo o Corpo de Bombeiros para fazer a mudança — disse David.

Adrianna sorriu em meio ao seu espasmo de terror. Ela se lembrou de Abel Lyons.

No dia seguinte, o sr. Townsend foi até o corretor que lhe vendera a casa.

— Não adianta — ele disse. — Eu não aguento. Venda a casa pelo preço que for. Prefiro dá-la a continuar nela.

---

[252] Salmo 51:5. (N. da T.)

E, então, expressou sua opinião de forma bem enfática quanto a quem havia lhe vendido a casa. Mas o corretor alegou inocência de sua parte.

— Confesso que suspeitei que devia haver algo errado quando o proprietário, que me pediu sigilo quanto ao seu nome, me disse para vender aquela casa pelo preço que eu conseguisse, sem impor qualquer limite. Nunca ouvi nada a respeito, mas comecei a suspeitar de que algo deveria estar errado. Então, fiz algumas perguntas, e descobri que, na vizinhança, havia rumores de que acontecia algo inusitado naquele terreno baldio. Eu me perguntei por que nada fora construído ali. Havia uma história de o terreno ter sido comprado, o contrato lavrado, e o comprador falecera; então outro homem o comprou, e um dos operários morreu antes de cavar o porão, e os demais entraram em greve. Não prestei muita atenção na época. Nunca acreditei nesse tipo de relato, de qualquer modo, e também nunca descobri se havia qualquer coisa errada com a própria casa, exceto que quem morou ali disse ter visto e ouvido coisas estranhas no terreno baldio, então pensei que o senhor também poderia morar ali sem problemas, especialmente por não me parecer um homem tímido, e a casa estava sendo vendida por uma pechincha como eu nunca vi antes. Mas o que o senhor está me contando é inacreditável.

— Sabe os nomes dos antigos donos do terreno baldio? — perguntou o sr. Townsend.

— Não tenho certeza — respondeu o corretor —, porque os antigos donos viveram há muito tempo antes de nós termos nascido, mas sei que o chamamos de terreno do velho Gaston... O que foi? Está se sentindo mal?

— Não, não é nada — respondeu o sr. Townsend. — Consiga o que puder pela casa; talvez outra família não seja tão perturbada quanto a nossa foi.

– Espero que não esteja deixando a cidade – disse o corretor, em tom conciliatório.

– Vou voltar para Townsend Center tão rápido quanto o trem puder me levar, depois de fazer as malas e sair daquela casa amaldiçoada – respondeu o sr. David Townsend.

Ele não contou ao corretor, nem a ninguém da família o que pensou ao ouvir o nome do antigo dono do terreno baldio. Lembrou-se na mesma hora da história de um terrível assassinato que aconteceu no Leopardo Azul. A vítima chamava-se Gaston e o assassino nunca foi descoberto.

CAPÍTULO XXIV

UMA HISTÓRIA NÃO CIENTÍFICA[253]

Louise J. Strong

1903

Pela capacidade de gelar o sangue do leitor, *Frankenstein* é mais uma ficção científica do que uma história de terror, e o mesmo acontece neste próximo conto. Mais uma vez, um cientista, ao investigar a natureza da vida, descobre motivos para se lamentar de suas pesquisas, mas, onde o romance clássico de Mary Shelley é horror e desgraça góticos sem redenção, o ponto de vista de Louise Strong sobre o tema é mais brando, e tanto pode provocar sorrisos irônicos quanto arrepios.

O conto apareceu pela primeira vez na *Cosmopolitan* – uma revista com um público leitor muito mais amplo naquela época

---

[253] "An Unscientific Story", no original. (N. da T.)

– em janeiro de 1903. Alguns o consideraram uma alegoria, lembrando aos homens de que a criação da vida está sob o domínio das mulheres, enquanto, para outros, serve como uma advertência para aqueles que preferem se enterrar no trabalho do que lidar com suas esposas, famílias e obrigações sociais.

De uma forma mais superficial, o conto lembra o dilema de Mickey Mouse, em "O aprendiz de feiticeiro",[254] no clássico longa-metragem de animação da Disney, *Fantasia*. As criaturas do professor se reproduzem de forma descontrolada, fazem questionamentos inconvenientes e pedem-lhe coisas que ele preferiria não dar. Para muitos dos pais daquela época – e das gerações seguintes –, os filhos tinham as mesmas qualidades inquietantes.

Louise Jackson Strong é pouco lembrada hoje. Escreveu contos e romances, incluindo *Pernas para o líder*,[255] um romance infantil publicado em 1911, e *O ataque da semana*, ou *O Tesouro* em "O legado de Ma".[256] De acordo com o site de seu bisneto, o compositor George Asdel, ela também compunha música.

Ele se sentou, tenso e rijo de emoção, expectativa e incredulidade. Seria mesmo possível, depois de tantos anos de estudos, esforços e fracassos? Seria possível que, afinal, o sucesso o recompensara? Ele mal ousava respirar para não perder nada do maravilhoso espetáculo. Havia quanto tempo estava sentado

---

[254] "The Sorcerer's Apprentice", no original. (N. da T.)
[255] *Legs for the Chiefty*, no original. (N. da T.)
[256] *The Swoop of the Week*, or, *The Treasure at "Ma's Legacy"*, no original. (N. da T.)

ali, ele não sabia; ele não se mexia havia horas – ou foram dias? – exceto para ajustar a luz por meio de um botão perto da mão.

Seu laboratório, no fundo do jardim, ficava aceso dia e noite, no quarto interno (sua oficina particular), com luz elétrica, e ninguém era admitido ali, senão por um privilégio muito especial.

Ele conquistara algumas coisas pelo bem da humanidade, esperava conquistar ainda mais, porém, mais do que tudo, ele pesquisara e lutara para criar o gérmen da vida. Ele havia gastado muitos anos e boa parte de sua grande fortuna em experimentos que acabaram sendo malsucedidos. Ele enfrentara o ridículo e a descrença com estoica indiferença, sustentado pela convicção de que finalmente provaria a verdade de suas teorias. Várias vezes, a derrota e a decepção afastaram as esperanças; várias vezes, ele insistira e persistira, de forma canina.

E, agora, ele mal conseguia acreditar! Ele se recostou, e uniu as mãos sobre os olhos fechados. Talvez tivesse imaginado – seus nervos exaustos poderiam tê-lo enganado. Seria uma ilusão de óptica? Isso acontecera antes. Houve vezes em que acreditou ter desvendado o segredo, apenas para descobrir que tudo não passara de alguns espasmos abortivos de sua criatura. Ansioso, virou-se para o vidro novamente.

Ah! Ele respirou fundo, quase como um grito. Não era uma ilusão, um delírio de sua mente. A criatura – decerto era uma criatura viva – crescera e tomara forma, naqueles poucos minutos. Ela estava viva! Respirava! Movia-se! E ele teve o poder de lhe dar vida! Começou a ficar sem fôlego, seu coração batia forte, e o sangue pulsava rápido por suas veias.

Porém, logo o seu senso científico se recompôs, e ele estudou cuidadosa e detalhadamente aquele prodígio. O crescimento era fenomenal; a rapidez da expansão era inacreditável. Havia tomado forma, desenvolvido membros, feito várias tentativas para se locomover e, finalmente, saído do receptáculo de vidro que continha o líquido composto onde fora criada.

Nesse ponto, o experiente professor pôs-se de pé de um salto, exultante. O impossível fora conquistado! A vida! A vida, por tanto tempo o mistério e o desespero do homem, atendera ao seu chamado. Ele, o único de toda a humanidade, detinha o segredo na palma da mão. Ele saltava pela sala num êxtase cego de triunfo. As lágrimas desciam profusamente pelo seu rosto. Ele jogava os braços para cima como um louco, como se desafiasse a própria Onipotência. Naquele momento, sentiu-se um verdadeiro deus! Ele podia criar mundos e povoá-los! Teve o desejo ardente de sair correndo, e proclamar o feito do alto dos telhados, para a total confusão dos colegas cientistas e teólogos.

Largou-se ofegante na cadeira, e se esforçou para se recuperar e acalmar a mente. Ainda não era hora de divulgar este fato incrível. Ele deveria esperar até que o completo desenvolvimento comprovasse de fato ser uma criação viva – com natureza e desejos animais.

A criatura estava deitada, trêmula, na laje de mármore, respirando de modo regular e constante, fazendo movimentos espasmódicos. Os quatro membros, que pareciam apenas oscilar, haviam se transformado em braços e pernas longos e finos, as mãos em forma de garras, e pés chatos com seis dedos. Perdera a forma esférica; uma protuberância desigual, onde ficava o orifício respiratório, expandira-se para formar uma cabeça com feições rudimentares. Pegou a espátula e virou-a para o outro lado. Respondeu ao toque, fazendo força para se levantar; a cabeça balançava de leve, e abriram-se duas fendas no rosto sombrio, onde se viam dois olhos como de peixe. Ela crescera! A cada momento, estava maior, mais desenvolvida; embora ele não conseguisse mais perceber o crescimento acompanhando-o de hora em hora.

"Deve ser da ordem dos símios", ele anotou no memorando. "Um tipo de macaco. Cresce como uma estranha caricatura humana."

Uma abertura surgiu em sua cabeça oblonga, formando uma boca sem lábios, abaixo da protuberância do nariz; brotaram orelhas gigantescas, uma de cada lado.

A caricatura humana crescia à medida que envelhecia. Rastejou um pouco, sentou-se, fez inúmeros esforços inúteis e, por fim, conseguiu pôr-se de pé. Deu alguns passos trôpegos. Emitiu sons ofegantes enquanto se movia e zanzou de um lado para outro. Finalmente, agachou-se, os joelhos nodosos junto à barriga rotunda, as mãos segurando os tornozelos.

– Cresceu! Está numa posição de homem primitivo – murmurou o professor.

Por muito tempo, ficou assim agachada, aumentando de tamanho e começando a mostrar uma inteligência rudimentar; observando tudo em volta – percebia coisas: o arco de luz, o brilho do vidro e do metal e, principalmente, a si mesma.

Ainda não havia demonstrado nenhum desejo, mas, logo, uma mosca pousando perto foi agarrada e colocada na boca com incrível rapidez, emitindo um som ansioso de sucção. Com essa expressão de animalismo, a mão do professor tremia tanto que mal conseguia registrar esse movimento.

Apenas nervosismo! Ele não admitia o pasmo e a apreensão. Estava exausto. Por vários dias, ele mal se alimentara, e cochilava apenas depois de ter ficado muito tempo acordado. Sentia-se descansado com meia hora de sono, e a criatura não teria mudado muito em pouco tempo, pois o desenvolvimento físico parecia estar quase concluído. Deixou a cabeça cair sobre os braços e adormeceu profundamente.

Acordou com uma sensação de sufocação, de algo mordendo seu pescoço; ficou de pé e gritou, puxando uma massa pegajosa que pesava sobre um dos lados do rosto. Pelos céus! A criatura o atacara; seus dentes, que ele ainda não vira, procuravam seu pescoço!

A criatura ficou ali caída, onde ele a atirou, a língua comprida lambendo a boca amorfa, os olhos acesos, sedentos de sangue. Numa reação de repulsa, espancou a criatura com força.

Ficou perplexo com o que fez; sentiu-se como se tivesse cometido um crime ao atacá-la.

Foi para a antessala, onde deixavam comida fresca para ele todos os dias, e selecionou diferentes tipos de alimento, perguntando-se se estes satisfariam a criatura que ganhara vida de modo tão maravilhoso.

A criatura o recebeu, ansiosa e alerta, e comeu, como um glutão repugnante, tudo o que ele colocou à sua frente.

Aparentemente, possuía todos os sentidos animais; tudo fora testado, menos a audição. Ele disse algumas palavras em tom simples; a criatura ergueu o rosto, com ar de dúvida.

Ele andou devagar pela sala, pensativo e perplexo. Será que possuía capacidades mentais além dos animais comuns? Ele não esperava produzir senão uma forma de vida simples. Nunca imaginou dar vida a uma criatura com consciência de sua própria existência; esta era uma responsabilidade para a qual ele não havia se preparado.

Exausto física e mentalmente, trancou a criatura na sala interna, e atirou-se no sofá do escritório para uma noite de sono.

A criatura estava de pé quando ele entrou na manhã seguinte e, dando um passo em direção ao professor, repetiu corretamente cada palavra que ele havia dito na noite anterior, como se repetisse uma lição, esperando ansiosamente ser aprovada.

– Deus do céu! – exclamou o professor, apoiado contra a porta.

– Deus do céu! – repetiu a criatura, com os olhinhos brilhando.

O professor saltou em direção à criatura como se quisesse melindrar essa prova de inteligência; a criatura fugiu, colocando-se do outro lado da mesa; ao se ver encurralada, ela caiu de joelhos, e ergueu as mãos suplicantes, murmurando uma oração – uma oração de sua própria consciência interior!

Assustado e aterrorizado, ele olhou para a criatura, trêmulo, dizendo para si mesmo que muitos animais imitavam sons – os papagaios aprendiam rapidamente a reproduzir a fala humana.

A curiosa criatura não apresentou crescimento físico por vários dias; talvez tivesse atingido a maturidade, e logo apresentaria sinais de envelhecimento. Uma protuberância surgiu em seu peito, que ela coçava insistentemente; ele não poderia esperar muito mais para exibi-la. No entanto, hesitava em fazê-lo, até estar mais seguro em relação à criatura.

Testou a sua capacidade com uma grande quantidade de palavras, que a criatura, não só repetiu com facilidade, como memorizou perfeitamente, repetindo-as para si mesma, formando e reformulando várias frases corretas com diversas significações, que ela parecia submeter, em comparação, a uma inteligência inata ou emergente.

Uma vez, depois de muito murmurar, a criatura se aproximou dele, com tímida perplexidade, e fez a surpreendente pergunta:

– O que sou eu?

E quando ele respondeu, sem espanto, a pobre criatura vagou, repetindo as palavras. Como se tivesse se recuperado de um longo período de inconsciência, parecia buscar uma pista da qual se lembrasse vagamente para resgatar sua identidade.

O professor sentiu medo! Impossível! Ó, impossível que ele tivesse aprisionado uma alma humana dentro de uma forma tão hedionda! Uma alma que, aos poucos, despertava para o mal que ele lhe fizera! Não! Não! Afastou esse pensamento por ser a mais louca fantasia. Mesmo assim – ele não fizera nada ilegal. O homem possuía liberdade para usar plenamente seu intelecto. Ele dera vida a uma criatura, mas era responsável apenas pelo seu corpo. O Guardião das almas cuidaria do resto.

Possivelmente, um espírito havia muito desencarnado, que ganhou sabedoria enquanto vagava livremente, animara a criatura, e seu pleno desenvolvimento abriria um canal para esse conhecimento como nunca se viu antes, e o mundo celebraria o seu nome e ele seria coberto de honra e fama! Novamente, o professor exultou enquanto registrava a evolução mental da criatura, que fora tão rápida quanto o seu desenvolvimento a partir de seu corpo tosco, e com a mesma distorção. A criatura o reconhecia como seu criador, respeitava-o e obedecia às suas ordens.

A protuberância, que ele havia tomado como um sintoma de envelhecimento, cresceu e caiu. Quando quis examiná-la de perto, a criatura colocou a mão sobre a verruga caída, encarando-o, numa demonstração de hostilidade, desobedecendo a uma ordem pela primeira vez; porém ele não a forçou a obedecê-lo.

Na manhã seguinte, espantou-se ao ver que a verruga se transformara numa segunda criatura! Esta demonstrava alegria e orgulho, pedindo que ele a olhasse, balbuciando sons infantis. O professor não imaginara que a criatura pudesse gerar outro ser, mas ela se reproduzia com uma facilidade e rapidez maior do que qualquer outra criatura do mesmo tamanho.

A segunda criatura, alimentada e ensinada pela primeira, amadureceu física e mentalmente ainda mais rápido; e inventaram ou descobriram uma língua própria – um estranho jargão (do qual ele não entendia nada) por meio do qual trocavam ideias e conversavam e que, em vão, ele tentou ajudá-las a transformar numa linguagem escrita, esperando compreender o que diziam.

E a reprodução continuou, enquanto ele as submetia a vários testes para determinar sua natureza.

À medida que envelheciam e aumentavam em número, começaram a respeitá-lo cada vez menos; e surgiu uma animosidade que, por vezes, explodia num fluxo irrefreável de imprecações – uma mistura de sua própria língua com a dele.

Quando o professor não atendia aos desejos das criaturas, estas choravam impiedosamente, perguntando:

– Por quê? Por quê? – ou faziam-lhe ameaças.

Essas criaturas o convenceram de que pertenciam a uma ordem inferior de humanidade, que possuíam alma, porque nenhuma outra criatura, a não ser o homem, observava, com gosto ou desgosto, a forma física em que sua vida se manifestara. Ele estava arrasado e devastado de horror, sentindo-se culpado e responsável por aquilo. Era como se tivesse começado uma avalanche que pudesse tomar o mundo.

Elas se tornaram um peso para o professor. Ele era obrigado a ir aos mercados à noite para satisfazer a avidez das criaturas por comida, que ele atirava como se estivesse alimentando cães, elas se atacavam, lutando entre si, xingando-se mutuamente. No entanto, se o professor as repreendesse, as criaturas se voltavam contra ele, numa defesa uníssona.

Toda a complacência pelo seu trabalho desaparecera; nunca poderia mostrar essas criaturas repulsivas a ninguém. A única coisa em que pensava, sem encontrar uma resposta era: o que devo fazer com elas? Matutava continuamente sobre isso, sem chegar a nenhuma conclusão, pois não aceitaria destruir criaturas que tivessem inteligência humana, por mais distorcidas e degradadas que fossem, da mesma forma que não tiraria a vida de um idiota ou de um louco de nascença.

Um dia, absorto, esqueceu-se de trancar a porta do quartinho e, ao acordar, encontrou as criaturas espalhadas por todo o escritório. Além da claraboia no alto, havia uma grande janela, fechada por uma pesada veneziana interna e, acima, existia uma longa e estreita abertura para a entrada de ar. Algumas delas, agarradas às persianas e cortinas, emitindo guinchos agudos como lobos farejando a presa, subiram até a abertura e estavam enlouquecidas olhando para fora. Arranhavam e zombavam, com as línguas quentes balançando ansiosas, a saliva pingando de suas bocas horrendas – imagens hediondas de um apetite animal insaciado.

E o que despertara aquela luxúria macabra? Seus filhos pequenos estavam brincando no gramado, suas vozes inocentes subiam como música celestial, em contraste com os sons infernais do lado de dentro. Uma risada cortou o ar e a ansiedade das criaturas se transformou em fúria; com unhas e dentes, lutavam para expandir a abertura, sem prestar atenção às ordens perplexas do professor.

Num ataque de raiva, ele pegou uma barra de ferro e atirou-as no chão, empurrando-as com golpes e imprecações até o quarto. Elas fugiram ao constatar sua ira, mas quando o professor se virou para trancar a porta, as criaturas se atiraram contra ele, tentando, desesperadas, alcançar sua garganta.

Depois de uma batalha feroz, ele as venceu e mandou que ficassem encolhidas num canto.

– Monstros! Monstros! – ele exclamou, empalidecido com o que descobrira. – Monstros, que caçam carne humana! Que maldição eu conjurei! Isso é coisa do demônio!

– Demônio, demônio; sim, demônio – uma delas murmurou, com um brilho malicioso e impertinente nos olhos oblíquos.

Naquele momento, ele percebeu o seu dever – toda hesitação desapareceu e ele se decidiu – elas deveriam ser destruídas, e ele não poderia sobreviver à destruição.

Por meio daquele sentido ou poder oculto que elas possuíam, que ia além de tudo o que ele encontrara no homem, elas adivinharam a decisão assim que ele a tomou e se prostraram, emitindo gritos de misericórdia. Apressaram-se em colocar a seus pés seus pertences como oferendas: cartões, lápis, livros ilustrados – tudo o que oferecera a elas para se divertirem e se instruírem –, pedindo-lhe vida, a vida que ele lhes dera.

Ao rejeitar as orações e oferendas, as criaturas viraram suas inimigas declaradas. Com a intenção de fugir da prisão, precisava lutar contra seus persistentes esforços para assumirem o controle da porta, a única saída do quarto.

Elas não se machucavam facilmente. Não sofriam nenhuma mutilação, nem hematomas quando as golpeava com a vara. Seria possível destruí-las? Sua substância física se assemelhava, na aparência, a uma massa pegajosa, com consistência de borracha. Nunca conseguira superar a repugnância que sentia ao lidar com uma delas. Não podia fazer experiências com elas, mas os produtos químicos que pretendia usar com os mais fortes explosivos, segundo ele, tornariam a aniquilação rápida e completa.

As preparações foram atrasadas e impedidas em razão das incansáveis tentativas das criaturas em dominá-lo. No momento em que ele ficava absorvido no trabalho, elas se arrastavam e se esgueiravam com uma insistência maligna para mais um ataque. Certa vez, num movimento de defesa, ele espetou uma das criaturas com um instrumento afiado, e quase sufocou com os fumos do líquido viscoso e amarelo que vazou da ferida.

Fugindo do alvoroço e da indignação que se seguiram, ficou junto à janela do escritório para se refazer da tontura.

— Só por isso, elas seriam fantásticas inimigas da humanidade — ele murmurou.

— O massacre de poucas colocaria um exército em fuga. Libertas, agora que estão em grande número, com todas as características infernais, devastariam toda a cidade. Que criador miserável e impotente eu sou! Se pudesse voltar no tempo, até algumas semanas atrás, com que felicidade tomaria meu lugar ao lado do operário mais ignorante, e não me meteria mais com a prerrogativa do Todo-Poderoso!

Em poucas horas, a ferida se fechou sem deixar cicatriz, mas elas aprenderam mais uma razão para temê-lo, e se escondiam, observando-o com raiva, emitindo insultos.

Ele encontrou um bilhete da esposa entre a correspondência, informando-lhe que chegaria à cidade um famoso cientista, cuja vinda fora, em grande parte, propiciada por ele, poucos meses antes. Ela estava muito insatisfeita com sua ausência, e pedia ao marido que viesse ao próximo banquete.

"Claro que você virá", ela escreveu. "E, querido, venha cedo o bastante para dar um pouco de atenção à sua família. Há várias semanas que não o vemos; e embora eu tenha obedecido à regra, estou com tanta saudade, que me sinto tentada a transgredi-la, enchendo-me de coragem e indo até você. O bebê, que estava começando a andar da última vez que o viu, agora está correndo de um lado para outro com suas perninhas fortes, e diz 'papa' com clareza. Venha, querido; algumas horas conosco vão descansá-lo."

Descansar! O próprio céu não pareceria mais doce para este miserável do que a visão de sua casa. Sua querida mulher, feliz em desfrutar da vida que o Todo Onipotente planejara para ela; seus doces filhos, diária e harmoniosamente desenvolvendo novas graças de corpo e mente como belas flores – ele não veria a perfeita maturidade, pela qual esperara por tanto tempo. Com um gemido, deixou tombar a cabeça, e chorou amargamente – lágrimas que significavam a renúncia de sua vida perdida.

Tudo estava concluído quando chegou o dia do banquete. Ele teria apenas que apertar um pequeno botão no chão, e as poderosas correntes elétricas piscariam em volta da sala, colocando em movimento as forças de um poder brutal, de ação instantânea, e tudo se incendiaria com tal intensidade que nenhuma matéria conseguiria sobreviver.

Ele tomara precauções excepcionais para proteger os trabalhos da curiosidade e astúcia das criaturas, protegendo o botão que controlava o mecanismo com uma tampa metálica, firmemente aparafusada no chão.

E agora ele olhava para as criaturas, discriminando sua feiura, como se preparasse um relatório descritivo de cada uma delas para esse conselho de autoridades científicas. Pigmeus, entre um e um metro e vinte de altura, muito fortes; membros longos, finos e encurvados, de comprimento desproporcional; troncos grossos e atarracados; cabeças pontudas, carecas, com um tufo no alto da cabeça; enorme orelhas de abano, como de cachorro; nariz, apenas duas largas narinas; boca, uma longa fenda com dentes salientes; e os olhos, ah! – olhar que mostrava muito mais do que inteligência animal.

Os olhos eram pequenos, oblíquos, apertados, escuros, redondos, as pálpebras eram membranas esbranquiçadas, que piscavam intermitentemente – mas brilhavam com paixão, escureciam quando choravam e aumentavam quando pensavam. Aqueles olhos, mais do que uma dúzia de olhos, fixavam-se nele agora com súplica, ameaça, medo, revolta e, acima de tudo, o mais profundo e ardente julgamento. Até os menorzinhos, numerosos, de vários tamanhos, olhavam para ele com ressentimento e ódio, e corriam, como ratos assustados, de um canto para outro, enquanto ele andava pela sala.

Se, por acaso, ele caísse nas mãos dessas criaturas, o bando todo se atiraria em cima dele, e o destruiria, como a qualquer ser humano. No entanto, tão estranha, tão monstruosa fora essa criação sem precedentes, mesclando a menor ferocidade animal com a mente e a alma humanas, que considerou que fosse possível ensiná-las a ler e escrever, e a solucionar problemas matemáticos, e talvez fossem capazes de receber uma educação razoável – mas sem nenhuma característica redentora. A Terra não tinha lugar para tal coisa.

Seu apetite por sangue era terrível; de toda a comida que lhes oferecia, preferiam carne crua; quanto mais sangrenta, melhor. Providenciou uma quantidade razoável para que se ocupassem enquanto estivesse fora, e deixou-as brigando pelo alimento.

Tentou esquecê-las ao trancar as portas. Por algumas horas, estaria livre, livre de tormentos e preocupações. Mas uma profunda melancolia obscureceu a felicidade de reencontrar a família, e continuou sentindo-se triste à mesa do banquete. Não participou das comemorações e das conversas, e estava tão visivelmente desconfortável de participar do jantar, que ninguém o provocou. Somente quando o ilustre convidado tocou no assunto da possibilidade – ou impossibilidade, segundo ele – de produzir vida quimicamente, que seu interesse despertou.

– Nunca poderá ser feito – disse o convidado –, porque o poder de dar`a vida é uma prerrogativa que cabe somente ao Onipotente.

– Ah, mas o professor Levison acredita no contrário, e espera um dia nos surpreender, mostrando uma criatura que ele tenha criado, mas, se será um animal ou um ser humano, teremos de esperar que o tempo nos revele! – disse um dos presentes, com tom sarcástico.

– E na impossibilidade de determinar, de antemão, como será a criatura, está minha objeção de o homem assumir a responsabilidade, mesmo que, de algum modo, ele a conseguisse, pois quem poderá prever a calamidade para a humanidade na forma de um monstro detestável, cujas propensões malignas estivessem fora de controle? A ciência possui um grande campo de pesquisa; não é preciso se desviar do caminho para se intrometer num lugar onde o sucesso, se possível, poderia significar um desastre generalizado.

O professor se encolheu como se tivesse levado um soco, e o desejo que teve momentaneamente de exibir sua criação aos que o menosprezavam, e de provar a realidade de sua suposição, desapareceu em desespero ao pensar como essa criação era uma maldição intolerável e diabólica.

Não, nada restou além de silêncio e aniquilação. Ele se perguntou, vagamente, como ele e suas criaturas ficariam naquele lugar, além do caldeirão borbulhante, onde, em breve, todos eles iriam entrar.

Sua esposa ficou alarmada com a expressão de cansaço e a mórbida apatia com que ele falou sobre o encontro, pelo qual esperara com tanta ansiedade.

– Querido – ela disse –, você está se desgastando. Deixe tudo de lado e descanse. De que adianta todas as experiências e descobertas no mundo, se não tivermos você? Venha, tire umas férias, e façamos nossa viagem planejada há tanto tempo.

– Não posso fazer isso agora – ele respondeu, de modo tão decisivo, que ela sentiu que seria inútil insistir.

– De qualquer forma, poderá descansar por algumas horas. Não volte ao laboratório hoje à noite.

– Ah, mas eu preciso! – ele exclamou.

Então ele a abraçou e acrescentou:

– Minha querida, não posso ficar agora, mas planejo um descanso prolongado para breve.

Isso serviu para ela como um conforto posterior.

Ele olhou com extrema ternura para os filhos adormecidos, e despediu-se da esposa de um modo tão solene que ela se sentiu ainda mais ansiosa.

– É como se ele não esperasse nos ver novamente – ela murmurou, chorosa.

Do escritório, podia ouvir as criaturas pulando, rindo, brigando, distraídas, como crianças que ignoram um destino iminente que poderiam perceber claramente com a sua presença. Ele sentiu pena, mas não poderia salvá-las.

E agora chegara a hora – tudo ficara para o último ato. Mas, como o condenado que se despede da terra com um último olhar, ele ansiava por ver mais uma vez a casa onde não mais entraria.

Foi até a antessala, abriu a veneziana e inclinou-se para fora. Que noite silenciosa! Com que precisão divina tudo seguira o curso previsto, sustentado e guiado pelo Onipotente! Elevou o coração com uma oração para proteger e abençoar a casa silenciosa onde estavam seus entes queridos. Somente nessa derradeira e triste hora, percebeu quanto eram queridos para ele...

O que foi isso? O Armagedom explodiu em toda a sua terrível grandeza? A terra balançou com terríveis trovões, os céus se apagaram com as explosões – então, de repente, o silêncio e a escuridão o envolveram.

O professor abriu os olhos e olhou em volta, mal conseguindo pensar. Estava em sua cama e certamente aquele era o amado rosto de sua esposa, banhado em lágrimas de felicidade, curvada sobre ele, perguntando:

– Querido marido, está melhor? Você me reconhece?

Ele assentiu, sorrindo de leve; então a memória lhe voltou, e uma enxurrada de perguntas começaram a sair de seus lábios.

– Shh! Shh!

Ela o deteve com a mão macia.

– Fique quieto. Vou lhe contar tudo, pois sei que não sossegará de outra forma. Houve uma terrível explosão no laboratório, tão terrível que toda a cidade ouviu; o prédio todo se incendiou e, ó, meu querido! Nós temermos que estivesse ali, mas a providência divina deve tê-lo colocado numa sala externa, pois foi arremessado pela janela da entrada e resgatado dos destroços ainda em chamas.

Ela fez uma pausa para conter a emoção.

– Por quanto tempo? – ele perguntou.

– Três semanas, e você ardia em febre até dois dias atrás.

– Tudo foi destruído? – ele suspirou, ansioso.

– Sim, querido. Tudo. Não sobrou nada, senão pedaços de metal retorcido. Mas não vamos nos preocupar com isso agora, pois sua preciosa vida foi poupada. Poderá reconstruir tudo quando estiver totalmente recuperado.

– Agora pertenço a você e às crianças – ele murmurou, respondendo de modo ambíguo, puxando o rosto da esposa para perto do dele, como se o restante de sua vida não lhe pertencesse mais.

Estava claro para ele o que havia acontecido. As criaturas soltaram os parafusos da tampa que escondia o botão, e se autodestruíram. Com um suspiro de agradecimento, ele caiu no mais profundo sono.

CAPÍTULO XXV

UMA ALMA INSATISFEITA

Annie Trumbull Slosson

1904

A penúltima de dez filhos de um comerciante e político de Connecticut, Annie Trumbull (batizada como Anna) frequentou o Seminário Feminino de Hartford, um dos primeiros e principais colégios para mulheres nos Estados Unidos. Em 1867, casou-se com um advogado de Nova York, Edward Slossom; o casal, porém, não teve filhos.

Muitos dos seus parentes integravam a vida literária, científica e religiosa, e quando morreu, Annie era mais conhecida pelo seu trabalho de pesquisa como entomóloga do que de escritora. Três espécies trazem seu nome: *Coelioxys slossoni* (uma abelha), *Rhopalotria slossoni* (um besouro), e *Zethus slossonae* (uma vespa).

Escrevia com um estilo regional e com as "cores locais", muito popular no fim do século XIX e início do XX. Muitos dos seus contos foram publicados nas revistas *The Atlantic Monthly* e *Harper's Bazaar* e, subsequentemente, lançados numa coletânea. "Uma alma insatisfeita"[257] saiu em 1904, junto com "Uma romancista profética",[258] cuja narradora encontra sua alma gêmea depois de descobrir que ambos estão tentando escrever a mesma história.

"Uma alma insatisfeita" é uma história de fantasma suave, sobre uma amiga que retorna dos mortos e, no início, continua sua vida como se nada tivesse acontecido. Os vizinhos estão cheios de dúvidas, sem saber exatamente como perguntar, mas, com o imperturbável modo ianque, aceitam sem discussões. Mesmo assim, certos problemas metafísicos não podem ser ignorados. Embora não seja o conto mais assustador desta coletânea, sua gentileza e sua candura humanas a respeito de questões profundas tornam a história bastante atraente.

Aconteceu quando *Elder*[259] Lincoln falava no púlpito da antiga Casa Congregacional da União, em Francônia. Era um ministro congregacional que fora denominado *Elder*, como qualquer clérigo, ainda que tivesse outro nome; este era e ainda é considerado o título para os ministros. Havia três lugares de culto no vilarejo, cada um com seu nome, chamados coloquialmente pelos

---

[257] "A Dissatisfied Soul", no original. (N. da T.)
[258] "A Prophetic Romancer", no original. (N. da T.)
[259] *Elder*, em inglês, significa "mais velho", ou "ancião", título dado ao clérigo do vilarejo, por isso mantive no nome do personagem, em vez de traduzi-lo. (N. da T.)

moradores como "Congo", "Livre" e "Segunda-Ad", como abreviações para as igrejas "Congregacional", "Batista Livre" e "Segunda Adventista".

Os congregacionais e batistas realizavam seus serviços na mesma casa de culto, um de cada vez, anualmente, imagino, fornecendo o pastor. *Elder* Lincoln foi a escolha dos "Congo" naquela época, um senhor querido, de coração simples, que nós amávamos muito.

Estávamos sentados juntos, o bom *Elder* e eu, na praça da pequena taberna – quando era gerenciada pelo Tio Eben – e conversando tranquilamente sobre várias coisas. Não me lembro de como aconteceu, mas sei que nossa conversa acabou versando sobre a imortalidade da alma, sua condição logo após deixar o corpo, a possível provação, e o estado intermediário, tecnicamente falando. No meio dessa conversa, percebi que o *Elder* reagiu de um modo estranho, abrindo um sorriso divertido, como se estivesse pensando em algo não tão grave quanto o assunto sobre o qual estávamos conversando, e quando ele falou, disse algo totalmente irrelevante. Ele perguntou:

– Sabe quem ficou com a velha casa do moinho na estrada Landaff, onde morava o capitão Noyes?

Eu não sabia; ouvira dizer que alguém havia se mudado para a velha casa, mas não sabia o nome do novo ocupante.

– Bem – disse *Elder*, ainda ostentando aquele sorriso estranho –, antes de formar qualquer opinião final sobre esse assunto relativo ao estado intermediário, deveria conversar com a boa senhora que vive naquela velha casa.

Ele não explicou mais nada, exceto que a sra. Weaver, de Bradford, que alugara a casa, era uma senhora idosa, praticamente sozinha no mundo, ansiosa por conhecer os novos vizinhos e fazer amigos.

Foi principalmente por causa dessa sugestão que, logo depois de nossa conversa no domingo à tarde, conheci a sra. Apollos Weaver, conquistei sua amizade e confiança, e ouvi sua estranha história.

Ela não me contou a história toda de uma vez, mas de modo intermitente, ao longo do verão. Toda a história foi contada naquela velha casa do moinho, por isso, toda vez que passo diante da antiga casinha marrom acima da estrada, naquela encosta íngreme, coberta de vegetação, com dois olmos bem altos, a grande moita de lilases na frente da porta e os pés de canela descendo até a estrada, eu me lembro da sra. Weaver e de sua história.

Ela não me contou a história respondendo a nenhuma pergunta que eu lhe tenha feito, pois, apesar da sugestão do *Elder* Lincoln, acabei evitando inquiri-la de forma direta sobre seus pontos de vista e suas crenças teológicas. Um dia, recebi um telegrama sobre um assunto comercial e, ao me sentar com a sra. Weaver diante da porta aberta da casa do moinho, comentei com ela sobre isso e o pavor que aqueles envelopes pardos me causavam.

"Sim", ela disse, "são apavorantes, sob qualquer ponto de vista, mas, às vezes, ter de escrever um deles é pior do que recebê-lo. Nunca esquecerei, enquanto eu viver, quando tive de tentar e tentar, até pensar que iria enlouquecer tentando, para dizer com as palavras certas, e não mais de dez, num telegrama a John Nelson. Tentei várias vezes, repetindo as palavras para mim mesma e procurando dizê-lo de forma a dar a notícia de um modo mais fácil e, ao mesmo tempo, para fazê-lo entender sem erro: 'Maria voltou, não se assuste, tudo bem aqui'. Não, a primeira parte da frase era muito direta. 'Não fique surpreso em saber que Maria está aqui conosco agora!' Ó, não, como ele não iria se surpreender, e como eu poderia ajudá-lo a não ficar surpreso?

"Porque, como vê, Maria estava morta e enterrada já fazia três semanas!

"John Nelson ficou junto ao seu leito de morte até o fim; ele foi ao enterro, vestiu luto, sendo seu único meio-irmão e parente mais próximo. Ele foi o último da família a ver o corpo, e esperou junto com o sr. Weaver e um dos vizinhos o caixão ser coberto de terra. Então, saber que ela estava conosco agora seria surpreendente demais para ele, no entanto, eu poderia amenizar, ou tentar suavizar um pouco a notícia para ele. Foi surpreendente para nós, e é agora, ao olhar para trás; nós apenas nos habituamos com isso após algum tempo, como acontece com todas as coisas.

"Maria Bliven não era uma parente próxima, sendo apenas a irmã do meu primeiro marido – eu era a sra. Bliven quando me casei com o sr. Weaver, não é? –, mas ela viveu conosco muitos anos e saiu daqui para ser enterrada. O sr. Weaver foi muito bom por mantê-la ali, muitos homens não teriam feito o mesmo, por ela pertencer, como se diz, à outra família, do lado do meu primeiro marido. Na verdade, ela não ficou em nossa casa tanto tempo a ponto de nos cansarmos dela – Maria nunca ficou tempo demais em lugar nenhum para isso. Era a pessoa mais impetuosa, inquieta e inconstante que já vi, ou de quem ouvi falar; e ela nunca, nunca estava totalmente satisfeita. Uma semana num lugar era o suficiente, e mais do que suficiente, para Maria. Ela se agitava e se movia, andava de cima para baixo, balançava os pés, mexia os dedos e deixava todos nervosos demais para fazer qualquer coisa se tivesse que ficar num mesmo lugar por vinte e quatro horas, eu suponho. Então, toda vez que eu temia que o sr. Weaver fosse se cansar de ver Maria por perto, e de ter uma parente distante como ela à mesa a cada refeição, ela descia uma bela manhã com sua bolsa de tapete na mão, e dizia que iria a Haverhill e que passaria alguns dias com a sra. Deacon Colby, ou pegaria uma condução até Newbury ou Fairlee, para visitar os bispos ou a família do capitão Sanborn, e às vezes, ia até Littleton, à casa de Jane Spooner. Então, o sr. Weaver e eu ficávamos os dois sozinhos por algum tempo, e exatamente quando estávamos prontos para algo diferente, para ter um pouco de companhia e conversa, Maria retornava. Por vezes, algo não lhe convinha ou ela não ficava satisfeita, mas sempre tinha muitas novidades para contar, e ficávamos felizes em revê-la.

"Maria ia e vinha várias vezes, e ficava mais tempo fora do que conosco. Ora, quando ficou doente pela última vez – a última, quero dizer, antes da época a que me refiro –, ficou tão inquieta depois de ter permanecido três ou quatro dias com tia Ellen Bragg, em Piermont, que resolveu voltar para casa durante uma tempestade de neve. Ela se resfriou, pegou pneumonia e não sobreviveu mais do que dez dias.

"Fizemos tudo o que estava ao nosso alcance por ela, chamamos o melhor médico do bairro, e cuidamos dela dia e noite. O sr. Weaver foi realmente gentil, mesmo ela sendo uma parente distante, mas nada conseguiu fazer com que ela se recuperasse, e acabou falecendo. Fizemos um bom enterro, *Elder* Fuller presidiu a cerimônia e nós a enterramos em nosso próprio jazigo, ao lado do sr. Bliven. Tudo ficou muito silencioso, e era muito estranho pensar que, desta vez, ela partira de vez, e que agora teria que ficar onde estava, sem continuar voltando com seu modo inquieto e inconstante, estivesse satisfeita ou não. Realmente, eu senti falta dela, e acredito que o sr. Weaver também, embora ele não dissesse.

"E aqui estava ela, e aqui estava eu, meio louca, para escrever um telegrama a John Nelson a fim de contar-lhe isso.

"Ela partira havia exatamente três semanas, tendo falecido no dia 11 de março, e agora estávamos em 2 de abril.

"Eu estava sentada junto à janela, por volta das dez horas da manhã, descascando batatas para o almoço. Trouxe tudo para a sala de estar, porque ali eu tinha uma vista melhor, era mais claro e mais agradável pela manhã. A primavera iniciara mais cedo naquele ano, embora tenha esfriado bastante depois; a grama estava começando a despontar e os botões brotavam nas árvores, e, por alguma razão, eu me lembrei de Maria. Ela sempre ficava feliz quando chegava a primavera, saía mais e visitava os parentes, e eu estava pensando onde ela estaria e como conseguiria suportar, gostando tanto de mudar de ares, de ter que ficar no mesmo lugar, por assim dizer. Nesse momento, olhei pela janela na direção do rio e da ponte, e vi uma mulher se aproximar. No instante em que a vi, eu disse para mim mesma: 'Ela anda do mesmo jeito que Maria Bliven'. A mulher estava andando bem rápido, embora não estivesse correndo, e seu modo lembrava, de alguma forma, a família Bliven. Ela veio em direção à nossa casa, sem hesitar, e quanto mais ela se aproximava, mais caminhava como Maria. Não pensei que fosse ela, claro, e achei muito estranho ver alguém tão parecida com ela. A janela estava aberta e fui me aproximando cada vez mais. Por fim, coloquei a cabeça para fora e olhei para a rua, com uma batata numa das mãos e a faca na outra. O sol aquece quando se está ao ar livre, exercitando, e eu vi a mulher desatar os cordões da touca e jogá-los para trás. Nossa Senhora! Isso era um truque da família Bliven. Vi Maria fazer isso umas cinquenta vezes. Ela estava bem perto agora e, de repente, olhou para a casa e balançou a cabeça como Maria costumava fazer quando voltava de suas visitas. Então, um minuto depois, eu a vi tão claramente quanto o dia. Era Maria Bliven, com certeza; não havia modo de confundi-la.

"Vejo pela sua expressão o que deve estar pensando; é a mesma coisa que acontece com cada pessoa para quem conto esta história. Deve estar imaginando como eu a aceito tão placidamente, como se não fosse nem um pouco incomum.

"Bem, em primeiro lugar, tudo isso aconteceu há bastante tempo, e muitas coisas ocorreram desde então, tanto boas quanto más, o suficiente para apagar parte da minha memória. E, de alguma forma, aceitei isso calmamente quando aconteceu. Pareceu tão natural, tão comum, como se diz, e era exatamente o que se esperaria de Maria por ela ser tão inquieta e insatisfeita. E então – bem, verá por si mesmo à medida que eu contar – havia algo em relação a Maria e ao modo como ela encarou tudo isso, e que parecia também esperar que nós aceitássemos, impedindo que nos emocionássemos, ou ficássemos atemorizados, ou terrivelmente surpresos.

"Ora, imagine qual foi a primeira e única coisa que eu disse quando ela entrou pela porta do mesmo modo como fizera cinquenta vezes antes, depois de ter visitado alguém? Eu disse: 'Bom dia, Maria, você voltou'. E ela respondeu: 'Bom dia, Lyddy. Sim, eu voltei'.

"Isso tudo aconteceu externamente, porque não eu vou negar que me senti aturdida e com um nó na garganta, e que tremi de alto a baixo ao ver Maria se atirar numa poltrona e jogar os cordões da touca ainda mais para trás. Ela se sentou ali por alguns minutos, não me lembro por quanto tempo, e não consigo me recordar do que falamos. Parece-me que Maria fez algum comentário sobre estar muito quente para o começo de abril, e eu concordei com ela. Creio que me lembro de ter perguntado se ela veio todo o caminho a pé, ou se pegara carona em algum lugar. Mas não me parece que eu tenha dito uma tolice tão grande quanto essa e, de qualquer forma, não me recordo do que ela respondeu. Mas lembro-me de que ela se levantou logo depois, e disse que iria subir para trocar de roupa, e foi o que ela fez.

"Havia uma batata ainda com casca no almoço daquele dia, e deve ter sido aquela que eu estava segurando no instante em que vi Maria chegando pela estrada. Isso serve para mostrar como fiquei perturbada e confusa. A primeira coisa a fazer era contar ao sr. Weaver. Ele estava no celeiro, então eu fui até lá. Não fiz uma pausa para contar a novidade, mas falei de modo direto, sem interrupção. 'Polios', eu disse, já sem fôlego, 'Maria Bliven voltou. Ela está no quarto neste instante, trocando de roupa'. Não consigo me lembrar do que ele disse primeiro. Ele ouviu, calmo e tranquilo, da mesma forma como sempre aceitava tudo o que acontecia desde que o conheci. E, em seguida, me disse para eu enviar um telegrama a John Nelson. Veja, além de John ser o parente mais próximo de Maria, ele estava encarregado da pequena propriedade que ela havia deixado, então, era muito importante que ele soubesse imediatamente que ela não partira para sempre.

"Agora voltei ao ponto em que mencionei o telegrama. Bem, eu o enviei, e John veio de Hanover no dia seguinte. Não consigo contar esta história de modo direto e cronológico agora, mas vou lhe contar na ordem em que vier à minha cabeça, ou responderei a qualquer pergunta que faça, já que demonstra tanto interesse. Tudo prosseguiu naturalmente, como costumava ser. Claro, os vizinhos descobriram bem rápido o que tinha acontecido. Bradford é um lugar pequeno hoje, e era menor ainda antes, e não acredito que houvesse um homem, mulher ou criança dali que não tenha sabido nas primeiras vinte e quatro horas que Maria havia voltado. Naturalmente, houve um burburinho, mas não tanto quanto imagina. Os vizinhos começaram a vir vê-la, e quando a viam do mesmo modo como era antes de partir, e nós agindo do mesmo jeito, eles também se habituaram e a fofoca cessou.

"Mas, embora eles imaginassem que ela fosse a mesma de antes, eu sabia que não era. É difícil explicar de uma forma que se possa entender, mas Maria ainda não havia passado muitas horas em casa quando percebi que ela mudara completamente. Primeiro, estava falando muito menos. Antes de morrer, costumava contar tudo o que tinha feito, depois de voltar de uma de suas visitas. Contava tudo em detalhes para o sr. Weaver e para mim, e era bastante interessante. Mas, desta vez, não disse nenhuma palavra sobre o que havia acontecido desde a última vez que a vimos, onde esteve, o que fez, nem nada. Ela e eu ficamos juntas e sozinhas por um bom tempo, muito mais do que antes, na realidade, porque, por alguma razão, os vizinhos não vinham nos visitar tanto quanto antes. Maria era sempre agradável com eles, mas embora dissessem que ela continuava sendo a mesma de antes, sem nada estranho ou alarmante em relação a ela, percebi que eles não se sentiam tão à vontade agora, e não vinham mais visitá-la com a mesma frequência. Mas mesmo nos sentando juntas, ela e eu, várias horas por dia, não passava pelos lábios de Maria nenhuma palavra do que eu mais queria saber. Por que razão eu não perguntei, você pode querer saber. Bem, eu não sei. Hoje me parece, ao refletir sobre o assunto, que eu teria perguntado se tivesse novamente a chance. Não tem ideia de como eu gostaria, mas é muito tarde agora para querer ter perguntado coisas que eu tanto queria saber; agora estou ficando velha, e preciso olhar um pouco para a frente, e especialmente neste momento em que o sr. Weaver já se foi, eu queria tanto saber algo sobre ele, por termos vivido juntos por quase cinquenta anos. Mas havia uma coisa em relação a Maria que me impedia de fazer perguntas. E, às vezes, eu creio que havia algo que a impedisse de dizer. Tenho certeza de que, por vezes, ela quis dizer alguma coisa, mas não conseguiu; as palavras não saíam; ela parecia não encontrar as palavras para dizer o que queria, ou palavras que conhecemos deste lado do país. Nossa, quantas vezes eu a ouvi começar a dizer alguma coisa como: 'Quando cheguei lá, eu...', 'Antes de voltar, eu...'. Ó, como eu aguçava meus ouvidos e quase parava de respirar para ouvir! Mas ela se interrompia, parecia estar pensando em algo muito, muito longe e nunca concluía essas frases. Sim, eu sei que está pensando por que não perguntei nada a ela. Como eu disse antes, não sei explicar por que não o fiz. Mas havia algo em sua aparência e no seu comportamento que, apesar de ela ser a velha Maria Bliven com quem eu convivera por tantos anos, de algum modo, fazia com que ela parecesse uma estranha com quem eu não tinha nenhuma liberdade.

"O sr. Weaver e eu, claro, conversávamos sobre isso quando estávamos sozinhos, principalmente à noite, quando tudo ficava escuro e silencioso. Algumas vezes, parecia realmente estranho e incomum. Nenhum de nós viu isso acontecer com ninguém que conhecêssemos, ou de quem tivéssemos ouvido falar. Pessoas que morriam, em geral – quer dizer, sempre, eu creio, até essa época –, morriam de uma vez e continuavam mortas. Fomos criados como metodistas; ambos somos professores e conhecemos muito bem a Bíblia e as doutrinas da igreja. Sabemos que existem dois destinos para a alma – o feliz para os bons e fiéis, e o infeliz para os maus. Sempre nos ensinaram que a alma vai para um desses lugares um minuto ou dois após deixar o corpo. Havia quem sustentasse opiniões opostas e acreditasse existir uma região intermediária, de parada no meio do caminho, onde mesmo os bons e fiéis poderiam descansar e tomar fôlego antes de seguir para a glória preparada para eles, e onde as almas pobres, desenganadas, ignorantes ou descuidadas teriam outra chance para escolher corretamente; nós não sabíamos. Eu desconhecia essa doutrina na época, embora, depois disso, não tenha ouvido mais nada a respeito.

"Não sei se lhe contei sobre *Elder* Janeway, do Sul, ter vindo se hospedar conosco determinado verão. Ele estava escrevendo um livro chamado *Provação*,[260] e costuma ler em voz alta o que escrevia em tom de pregação, então, não havia como não escutar tudo, mesmo sem querer. E durante todo o dia, enquanto eu estava costurando ou tricotando, ou fazendo meu serviço de casa, assando ou passando roupa, eu ouvia aquela voz solene e trovejante falando sobre o 'lugar dos espíritos que partiram',[261] as provas da Bíblia de que esse lugar existe, como era, quanto tempo as almas ficavam por lá e não sei mais o quê. Isso foi logo antes de eu ter a febre da qual quase morri, como lhe contei no outro dia, e disseram que essa conversa do *Elder* surgiu em minha mente quando fiquei zonza e divagando, e muito ansiosa por causa disso.

"Mas na época à qual me refiro eu ainda não tinha ouvido falar a respeito desse assunto, então o sr. Weaver e eu conversávamos sobre isso, e ficávamos imaginando, adivinhando e supondo o que poderia ser. 'Ó, Polios', sussurrei certa noite, 'não acha que Maria é

---

[260] *Probation*, no original. (N. da T.)
[261] Sheol ou Hades: lugar onde ficam os espíritos dos que morreram. (N. da T.)

um fantasma?' 'Não mais do que você seria', disse o sr. Weaver, tentando sussurrar, mas sem conseguir, pois sua voz tinha um tom naturalmente grave. 'Fantasmas', ele disse, 'são todos brancos e se esgueiram pelos cantos, supondo-se que essas coisas existam, o que eu não acredito.' 'Mas o que mais ela seria, Polios', perguntei, 'se ela morreu e foi enterrada, e agora ela voltou? Onde ela, ou sua alma, ou espírito, estiveram nessas três semanas, desde então?' 'Bem, na verdade, eu não sei', disse o sr. Weaver. E ele não sabia. Nem eu.

"De onde ela veio naquela manhã quando apareceu inesperadamente, enquanto eu estava sentada descascando batatas? Ninguém a viu, tanto quanto sabemos, antes do instante quando a vi apontar na curva da estrada. Os vizinhos estavam nas janelas, ou à porta, ou em seus quintais ao longo da estrada que se estende por quilômetros, e nas duas estradas que vêm dar na estrada principal há muitas casas cheias de gente, mas ninguém, nenhum deles a viu passar. Ali morava Almy Woolett, cuja maior ocupação era saber quem estaria passando na frente de sua casa e por quê. Ela ficou à janela por toda a manhã, bem ali na estrada, nem cinco metros antes do lugar onde eu vi Maria apontar, e ela não a viu.

"Então, quanto às roupas que ela estava usando, os vizinhos me perguntaram sobre isso, e não pude lhes dar a menor satisfação. Porque não consigo me lembrar do que ela vestia antes de subir até o quarto e trocar de roupa. Tenho certeza de que ela não estava usando a mesma roupa com que foi enterrada, pois esta era uma mortalha. Naquela época, sabe, os corpos eram enterrados com vestes adequadas para a ocasião, em vez de serem todos vestidos como pessoas vivas, como fazemos hoje em dia. E Maria não voltou daquele jeito, ou eu saberia se tratar de um fantasma. Às vezes, me lembro de que ela estava usando algo cinza, nem preto, nem branco, mas da mesma cor daquelas nuvens ali, acima do moinho, quase cor nenhuma, se me entende. Mas isso foi, não tenho certeza, há muito tempo. Porém, eu sei que ela estava vestindo algo que eu nunca a vi usar antes, e que nunca mais usou depois, porque, ao descer, estava com o velho vestido azul de algodão, com um avental branco. Eu sei que procurei por todos os cantos possíveis o que ela estava usando quando chegou, mas não consegui encontrar em nenhuma parte. Não havia nenhum sinal dessas roupas em seu quarto, no armário, na cômoda ou na sua malinha de couro, e tenho certeza de que não estavam em nenhum outro lugar na casa quando procurei por elas, e isso aconteceu nem duas horas após o retorno de Maria.

"Apenas sei de alguns vestígios que posso lhe dizer que ocorreram depois; qualquer coisa, ou seja, que tivesse a ver com a sua estranha experiência. Eu a observei de perto e notei a única coisa que parecia ter a ver com isso. Ela se queixava bastante de se sentir solitária, e quando sugeri que saísse mais para conversar com os vizinhos, ela dizia, num tom triste e desconsolado: 'Não há ninguém igual a mim por aqui, nenhum deles; estou sozinha no mundo'. E, de certa forma, ela estava.

"Um dia, eu e ela estávamos sentadas na cozinha, e um dos meninos de Billy Lane bateu à porta para pedir um pouco de *saleratus*.[262] Depois que ele saiu, eu disse a Maria: 'Eu lhe contei, não contei, que Billy Lane morreu mês passado? Ele morreu de tétano, e foi tão rápido e violento, que ele nem conseguiu dizer como se machucou. Viram uma ferida no pé, mas não sabem como ele se feriu'. 'Ó', disse Maria, num tom espontâneo e natural, 'ele me disse que pisou num prego enferrujado próximo à cerca nova.' Eu ia perguntar como ele poderia ter dito isso a ela, pois Billy morrera uma semana depois de Maria, quando ela me interrompeu, com uma expressão estranha, e disse: 'Olhe, esqueci de fechar as venezianas, e está batendo muito sol', e subiu para o quarto.

---

[262] Bicarbonato de sódio. (N. do A.)

"A primeira morte que tivemos em Bradford depois que Maria voltou foi da pequena Susan Garret. Soubemos que ela estava doente, mas desconhecíamos a gravidade do seu estado, e ficamos muito surpresas quando o sr. Weaver veio jantar e nos disse que ela havia morrido. Senti muito pela sra. Garret, uma viúva que só tinha mais um filho, um menino muito doente, mas devo confessar que me surpreendi como Maria ficou sentida. Ela ficou muito pálida, começou a esfregar as mãos e gemeu: 'Ó, se eu soubesse que ela iria partir, se eu soubesse... Se ela tivesse esperado um pouco por mim', coisas estranhas desse tipo. Precisei levá-la até o quarto, dar-lhe um pouco de cânfora e fazê-la se deitar, de tão agitada que ficou. Ela demorou a se acalmar, e quando a ouvi dizer algo para si mesma: 'Ó, se eu pudesse tê-la visto!', eu respondi: 'Ora, Maria, você poderá vê-la. Vamos até lá agora. Creio que já prepararam a pobre menina a esta hora e nos deixarão ver o corpo'. Maria me lançou um olhar de descaso, e disse: 'Isto! Ver isto! Que bem fará ver isto, eu queria saber'. Ora, digo-lhe que esse comentário me fez sentir por um minuto como se o corpo não tivesse nenhuma importância, ao menos na opinião de Maria. E, no entanto, ela usara o dela para voltar! Um pouco depois, ela se acalmou, mas nunca explicou por que isso a afetou tanto; e eu não sei por quê. Se foi porque ela pensou que a pequena Susan fora para o mesmo lugar de onde ela viera, e desejava ter sabido a tempo para retornar com ela, apenas para lhe fazer companhia, ou se ela se sentiu mal por não ter tido a chance de aconselhá-la, ou de passar instruções para a menina que poderiam ajudá-la no caminho que Maria conhecia tão bem, e que ninguém mais naquele condado sabia; no entanto, eu não tenho a menor ideia.

"Acredito já ter lhe contado que, depois que Maria voltou para casa, ela estava sempre com determinada expressão no rosto, e se comportava como se tivesse feito algo que não deveria ter feito ou como se estivesse num lugar onde não deveria estar, parecia imaginar que deveria estar em outro lugar.

"Antigamente, ela nunca estava satisfeita em ficar muito tempo em um mesmo lugar, mas sempre se sentia feliz em voltar, ao menos por um período. Mas quando ela veio desta vez, parecia perturbada e preocupada. E, a cada dia, isso piorava. Estava sempre atenta, ouvindo e observando, como se estivesse esperando algo acontecer, assustando-se com o menor barulho, ou sobressaltando-se se alguém batesse à porta, ou chegasse ao portão. Ela empalidecia e ficava aflita como uma criança, e as coisas mais triviais a deixavam nervosa. Por exemplo, soubemos há algum tempo, o sr. Weaver e eu, que o Sr. Tewksbury, de South Newbury, havia morrido, e nós acreditamos na notícia, pois nada sabíamos em contrário. Porém, um dia, o sr. Weaver entrou e disse: 'Lyddy, lembra-se de que soubemos no outro dia que Silas Tewksbury havia morrido? Bem, acabei de encontrá-lo atravessando a ponte'. Maria estava na sala e, de repente, gritou, juntou as mãos e disse: 'Ó, não, não, não, não outro de nós! Pensei que fosse só eu. Ó, coitada, coitada de mim, é isso que querem dizer. Disseram que eu não seria a única; eles me imploraram para não tentar; e agora que comecei, nunca mais vai parar. Todos voltarão, todos, cada um deles...' e ela chorava e gemia, e não sabíamos o que fazer. Apenas quando descobriu que o Sr. Tewksbury não havia morrido, mas sim que fora o irmão dele, em White River Junction, que partira, ela sossegou.

Então, continuou assim, Maria se preocupando e se lamentando por algo que ela não podia nos dizer, exceto por pequenas dicas, enquanto o sr. Weaver e eu ficávamos imaginando, concluindo e conversando, só entre nós, aos sussurros, à noite. Nós não compreendíamos, claro, mas tiramos algumas conclusões sobre uma ou duas questões, em que estávamos os dois de pleno acordo. Maria não chegara ao céu: tínhamos certeza disso. Havia diversas razões para acreditar nisso, mas uma já bastava. Ninguém, mesmo a pessoa mais descontente ou inconstante, deixaria aquele lugar de perfeito descanso e paz por este mundo solitário, mutante e perecível, deixaria? E quanto àquele outro lugar, ora, sei com absoluta certeza que ela nunca esteve lá. Isso estaria visível em seu rosto, em suas conversas e no seu comportamento. Se for só um pouquinho como me ensinaram que é, um minuto, um segundo passado ali nos afetaria tão terrivelmente, que ninguém nos reconheceria, mesmo os mais próximos e mais queridos. E Maria era uma boa mulher, uma mulher cristã. Seu maior defeito era apenas se preocupar e achar defeitos, e querer mudar e encontrar algo melhor. Ó, não, não, de onde quer que Maria Bliven tenha vindo naquela manhã de abril, não seria daquele lugar de punição; disso tínhamos certeza, o sr. Weaver e eu. Como eu disse antes, nós não conhecíamos ainda nenhum outro lugar para onde os mortos pudessem ir. Mas, pelo que Maria deixou escapar e do modo como ela se comportava, e pelos nossos pensamentos e estudos sobre isso, começamos a chegar a essa conclusão, que talvez houvesse um lugar de parada no caminho antes de ele bifurcar – para explicar com uma metáfora deste mundo –, um local onde as pessoas podiam descansar e apurar suas crenças e aprender o que deveriam esperar e entender o que havia acontecido. No último verão, ouvi algo novo e que me impressionou bastante. A sra. Deacon Spinner me contou que seu filho havia viajado para aprender novos métodos de plantio e jardinagem. Disse que hoje em dia há lugares onde os meninos aprendem tudo isso, que se chamam "Estações Experimentais". Quando ouvi essa expressão, eu pensei: 'Esse é o nome! Esse é o nome do lugar de onde Maria voltou, e que *Elder* Janeway conhecia tão bem, é como deveria se chamar, Estação Experimental'. Mas, naquela época, quando Maria estava aqui, eu não conhecia essa denominação, nem ouvira falar sobre *Elder* Janeway, nem do lugar, nem do estado sobre o qual ele escrevia, nem do que ele falava. Porém, afinal, não creio que eu queira voltar ao que meu pai e minha mãe e os mais antigos acreditavam sobre esses assuntos. Não se falava tanto sobre isso naqueles tempos; era tudo de bom ou de mau para todos, assim que partissem desta vida, sem reclamação. Tenho certeza de que esses meus antepassados, especialmente do lado dos Wells – do lado de papai –, teriam ido para o lado mau, e gostado também, em vez de serem surpreendidos indo para um lugar intermediário. Mas, por outro lado, se não existe esse lugar, de onde Maria veio? Eu vou lhe dizer, não consigo compreender.

"Agora, neste momento, lembro-me de algo que eu não lhe contei, que acredito que eu não tenha contado a ninguém; e não sei por que estou contando agora. É como algo que se ouve de muito longe, que se pensa ter ouvido, e depois passa. É apenas uma palavra que Maria usou duas ou três vezes depois que voltou, uma palavra completamente estranha. Não é uma palavra que eu tenha ouvido ou lido num livro; não é algo que eu consiga pensar para explicar agora. A primeira vez que a ouvi, Maria estava sentada na escada da entrada, à noite, sozinha. Era uma noite excelente, sem lua, mas com milhares de estrelinhas brilhando, e o céu tinha um tom azul-escuro no horizonte. Maria não sabia que eu a observava enquanto estava sentada ali. Ela olhou para o céu azul brilhante, e então disse essa palavra, essa palavra estranha e singular. Digo que ela falou, e que eu a ouvi, mas eu não consigo explicar o que quero dizer. Parece que ela quis dizê-la, pensou na palavra, e eu a entendi, eu a senti – ó, isso parece loucura, eu sei, mas não consigo explicar melhor. De algum modo, eu sabia, sem ter ouvido, que ela estava dizendo ou pensando numa palavra, a mais estranha e significativa, ó, a mais esquisita! E, certa vez, ela disse essa palavra dormindo quando entrei em seu quarto à noite, e falou novamente quando se sentou ao lado do seu túmulo no pequeno cemitério, e eu a havia seguido sem que ela soubesse. Eu lhe digo, não é como qualquer palavra que se usa em Vermont, ou nos Estados Unidos, ou em qualquer outro lugar deste vasto mundo. É uma palavra que Maria trouxe com ela, eu tenho certeza disso, do lugar onde ela esteve antes de voltar.

"Era desgastante ver Maria naqueles dias, cada vez mais triste, cada vez mais pálida, e sentindo-se cada vez mais fraca com o tempo. E, num dia, ao entardecer, quando estávamos sentadas, só nós duas, tomei coragem para falar. 'Maria', eu disse, 'você não parece satisfeita, ultimamente.'

'Satisfeita!', ela respondeu. 'É claro que não. Alguma vez eu estive satisfeita enquanto vivi? Não era esse meu problema desde o começo? Não foi isso o que me pôs nesta horrível situação? Minha nossa, se eu tivesse ficado onde...' Ela se calou imediatamente, parecendo tão triste, arrependida e desgastada, que eu não consegui me conter nem mais um minuto, e exclamei: 'Maria, se está se sentindo assim, e posso ver que isso a está consumindo, por que você não... volta?'. Fiquei apavorada por ter falado isso, mas Maria entendeu. 'Não acha que já não pensei nisso?', ela respondeu. 'Não tenho pensado em mais nada ultimamente. Mas, pelo que sei, e sei muito mais do que você sobre isso, só existe um caminho para se chegar lá, e esse...', ela disse, falando num tom baixo e solene, 'esse... o caminho... é o mesmo que segui antes. E reconheço, Lyddy...', ela disse, 'tenho medo desse caminho, e estou apavorada por ter que percorrê-lo de novo.' 'Mas', eu disse, tomando coragem quando vi que ela não havia se ofendido com o que eu falei, 'você mesma falou que não tinha certeza. Talvez exista outro caminho para voltar; existe aquele caminho... bem, aquele que usou para vir.'

'É diferente', disse Maria. Mas percebi que ela ficou pensando e matutando alguma coisa a tarde inteira, e depois que foi para o quarto, ficou andando de um lado para outro, sem parar, grande parte da noite. De manhã, em torno das sete horas, quando ela não desceu, senti que havia acontecido algo, e subi até o quarto de Maria. Ela não estava lá. A cama estava arrumada, tudo estava no lugar, mas ela havia sumido.

'Ó, Deus', eu disse para o sr. Weaver, 'ela foi embora sozinha, fraquinha como estava, procurar o caminho de volta.' 'De volta para onde?', perguntou Polios. Como se eu soubesse...

"Mas ambos concordamos num ponto: não poderíamos fazer nada. Percebemos nossa própria ignorância, e que isto era algo que Maria deveria decifrar sozinha, ou com alguém que estivesse muito acima de nós para ajudá-la. Este foi um dia terrivelmente longo. Eu não conseguia fazer minhas tarefas como se nada tivesse acontecido, e não tirava da minha cabeça, nem por um minuto, aquela pobre mulher em suas estranhas e solitárias viagens. Será que ela encontraria o caminho? Fiquei imaginando, e seria um caminho difícil, escuro, como aquele que todos têm que percorrer antes de seguir para o pós-vida, um vale cheio de sombras, de acordo com a Bíblia,[263] com um rio negro e profundo a ser atravessado, com uma 'crescente inundação', como diz o hino?[264]

"Bem, aquele dia passou – a maioria dos dias passa, embora se arrastem – e a noite chegou. Mesmo que não tivéssemos a intenção de interferir nesse assunto, o sr. Weaver e eu fizemos algumas perguntas aos vizinhos que apareceram ou que passaram em casa naquele dia. Eles a viram seguir pela mesma estrada por onde ela chegara em casa daquela vez, e pelas duas estradas que se uniam. Duas ou três pessoas, vendo como ela estava pálida e abatida, ofereceram-lhe carona, mas não importava a direção para a qual estivessem indo, Maria respondeu a mesma coisa: que não estava indo na mesma direção que eles. Eram quase nove horas da noite e eu já havia começado a trancar a casa para irmos dormir, quando ouvi passos do lado de fora e, em seguida, o portão guinchou.

---

[263] "Ainda que eu andasse pelo vale da sombra da morte, não temeria mal algum, pois tu estás comigo" (Salmo 23:4). (N. da T.)

[264] "Beyond the swelling flood" (em tradução livre, "Além da crescente inundação"), hino composto por John H. Tenney (1840-1918), com letra de A. E. Childs, em *Garland of Praise* (1874). (N. da T.)

"Senti, no mesmo instante, que era Maria, e abri a porta o mais rápido possível. Ali estava ela tentando subir os degraus, e pronta para cair dura para trás e morrer ali mesmo. Foi necessário que Polios e eu a ajudássemos a subir as escadas. Não era hora de fazer perguntas, mas depois que o sr. Weaver saiu do quarto, e a coloquei na cama, eu disse, quando vi seu rosto pálido, com aquele terrível olhar de decepção: 'Coitadinha, está alquebrada'. 'Sim', ela sussurrou, com um fiapo de voz de cansaço, 'e não consegui encontrar o caminho. Só existe um... pelo menos, para chegar lá... e é o mesmo que percorri da primeira vez. Eu deveria saber disso. Eu deveria saber.'

"Não aguentei vê-la tão triste e perturbada, e eu lhe disse que poderia confortá-la lendo algumas palavras da Bíblia, e repetindo as promessas que foram feitas para quando chegássemos àquele vale escuro e cruzássemos as águas profundas, e sobre a ajuda e a companhia durante a viagem. Mas ela continuou com o olhar triste, e sussurrava: 'Essa é para a primeira vez; nenhuma palavra sobre a segunda. Talvez não haja nenhum meio para a segunda vez'. E o que eu poderia dizer?

"Acho que ainda não lhe contei quanto tempo, durante aqueles dias, a pobre mulher passou no cemitério, sentada ao lado do próprio túmulo. Não consigo me conformar, mesmo depois de todos esses anos, com aquela visão estranha e incomum de uma pessoa olhando para a própria tumba, arrancando as ervas daninhas e regando a relva, como se ali estivesse enterrado seu melhor amigo. Também não vejo o propósito disso. Não sei nem se o corpo dela estava lá. As pessoas não têm dois corpos: ela trouxe um de volta, e estava com ele agora. E, pelo que podíamos ver, era o mesmo que tinha quando morreu, e que enterramos ao lado do Sr. Bliven. De qualquer forma, ela parecia gostar daquele lugar, e se interessou bastante em cuidar dele. Não havia uma lápide. Nós encomendamos uma, mas ainda não havia chegado quando ela retornou, e dissemos ao Sr. Stevens para guardá-la por algum tempo, até decidirmos o que deveríamos fazer com ela.

Fiquei feliz por ainda não a haver colocado. Não consigo imaginar nada mais impressionante do que ver a própria lápide com seu nome e idade, a data de morte e um versículo de consolação escritos ali. Sei que, certa vez, eu a vi colocando um buquê de cravos[265] em cima do túmulo. Maria ficou um pouco envergonhada quando percebeu que eu a observava, e disse, um pouco tímida: 'Você sabe que sempre foram os seus buquês favoritos'. 'De quem?', perguntei, só para saber o que ela me responderia. Mas ela estava tão ocupada ajeitando os cravos, que não me ouviu.

"Depois disso, começou a ficar fraca, e logo estava tão frágil que não conseguia mais ir até o cemitério, mal chegando ao portão de casa. E eu disse ao sr. Weaver que ela não precisaria se preocupar em encontrar o caminho de volta para o seu lugar, pois iria da mesma forma que fora da primeira vez, se não se fortalecesse. Um dia, quando fui até seu quarto, ela me disse: 'Lyddy, preciso de ajuda, e talvez eu consiga ir do modo antigo, como costuma ser. Pegue a Bíblia grande para mim e deixe-me abri-la sem olhar aonde, e colocar o dedo sobre um versículo e, então, você o lerá em voz alta para mim. Talvez assim as palavras possam me dizer o que fazer, quem sabe'.

"Nunca aprovei esse tipo de método; sempre me pareceu uma forma de provocar a Providência, mas senti que eu deveria fazer qualquer coisa para ajudar aquela pobre mulher, e fui buscar a Bíblia. Ela a abriu, com as mãos magras e trêmulas, e colocou o dedo magro sobre um versículo. Devo confessar que perdi o fôlego quando percebi como se adequava ao caso, como se encaixava perfeitamente à

---

[265] Em inglês: *sweet-williams* (*Dianthus barbatus*). Desconhece-se a origem exata do nome comum em inglês, mas apareceu pela primeira vez em 1596, no catálogo de jardins do botânico John Gerard, que a nomeou em homenagem ao seu contemporâneo, William Shakespeare. Outra derivação etimológica supõe que *william* seja uma corruptela da palavra *oillet*, em francês, que significa "cravo" ou "olhinho". O nome também está ligado a baladas folclóricas inglesas, como "Fair Margaret and Sweet William", associadas à dualidade amor e morte. (N. da T.)

situação. Era uma passagem de Ezequiel, que dizia: 'Ele não voltará pelo mesmo portão por onde entrou'.[266]

"Maria soltou uma exclamação, e encostou a cabeça no travesseiro da poltrona onde estava sentada. 'Veja, veja', ela disse, trêmula e frágil, 'eu sabia, e agora tenho certeza. Terei de ir... do modo antigo.'

"E foi o que fez. Afinal, eu não estava junto quando ela se foi, pois não partiu de nossa casa. Fiquei moída e exausta por cuidar dela e procurar ajudá-la a resolver seus problemas. Então, o sr. Weaver escreveu para John Nelson e, depois de algum tempo, combinou-se que ele deveria levar Maria para a sua casa em Hanover, e foi o que ele fez. Foi uma viagem difícil para ela, de tão fraca que estava, e mal a suportou. Mas teria mais uma viagem a fazer, aquela que temera por tanto tempo e que tentara adiar.

"Não foi tão difícil assim, eu creio, afinal, pois disseram que ela adormeceu, por fim, como um bebê. Pouco antes de ir, ela disse calmamente, sem preocupação e sem medo na voz, para John e Harriet, que estavam ao lado de sua cama: 'Estou muito cansada e acho que vou dormir um pouco. E talvez me deixem ir durante o sono'. Então, no minuto seguinte, ela disse, devagar e sonolenta, com os olhos fechados: 'E, se eu me for, aonde me levarem desta vez, creio que, quando eu despertar, ficarei... satisfeita'. E dormiu.

"Creio que ela ficou satisfeita, pois, desta vez, ela se foi de vez. Foi enterrada em Hanover, no jazigo de John. Todos nós achamos que assim seria melhor. Teria sido estranho decidir, sabe, se deveríamos abrir o antigo túmulo ou não, e o que fazer com o caixão. Então, pensamos que seria melhor fazer tudo novamente, como da primeira vez, com tudo novo e nada de segunda mão, e foi o que fizemos. Maria Bliven é a única pessoa que conheço que tem dois túmulos. Há, no entanto, apenas uma lápide, pois pegamos a que encomendamos

---

[266] Ezequiel 46:9. (N. da T.)

antes ao Sr. Stevens, alterando um pouco o que estava escrito, para adequar à ocasião. Como vê, da primeira vez, colocamos uma frase muito usada em lápides na época: 'Partiu para sempre'. Essa frase deixou de ser a mais adequada, então pedimos que ela fosse suprimida e, desta vez, colocamos – *Elder* Fuller insistiu – um versículo bíblico, que lembrava muito as últimas palavras de Maria, embora eu não acredite que ela soubesse que estava citando a Bíblia quando disse: 'Eu ficarei satisfeita'."[267]

– Bem – disse o bom *Elder* Lincoln, num dia de julho, quando nos encontramos na estrada Lisboa –, ouviu o relato da sra. Weaver sobre a volta inesperada de Maria Bliven?

O *Elder* estivera no lago Streeter, pescando lúcios,[268] pois pertencia àquele grupo denominado pelo querido e velho Jimmy Whitcher como "ministros pescadores". Ele não teve muito sucesso naquele dia, mas passara a manhã toda ao ar livre, e estava com um aspecto saudável, alegre e despreocupado, que parece dissipar sombras, dúvidas e temores.

– Sim – respondi –, ouvi a história toda. O que acha daquilo?

– Bem, eu não acho nada – respondeu o *Elder*. – Não há moral relevante nessa história. A sra. Weaver não aproveitou todas as oportunidades, e não tivemos muitos esclarecimentos com seu relato. O velho Cephas Janeway, que escreveu uma obra alentada sobre "Provação", e que ninguém leu, foi, em grande parte, o responsável, creio, pelo delírio febril dessa senhora. Mas, para ela, é tudo verdade, real, algo que de fato aconteceu. E, de alguma forma, quase acredito

---

[267] "[...] quando eu despertar, ficarei satisfeito ao ver tua semelhança". (Salmo 17:15). (N. da T.)

[268] Nome geral dado aos peixes do gênero *Esox*, o único membro da família Esocidae. Nativos da América do Norte, Europa Ocidental, Sibéria e Eurásia. São alongados e predadores, com dentes afiados. De cor cinza-esverdeada, podem ter pintas em diferentes padrões. (N. da T.)

quando ouço os detalhes, e me traz "pensamentos além do alcance de nossas almas".[269]

Ele ficou um momento em silêncio, depois pegou a cesta de pesca, muito leve naquele dia, levantou a tampa, olhou para o conteúdo e disse, distraído:

– Não posso deixar de desejar, se eu pudesse ter tido a chance de encontrar Maria depois que ela voltou. Só há uma coisa...

Ele não completou a frase, e vi que seus pensamentos estavam muito longe.

Com um adeus que sei que ele não ouviu, virei-me para o outro lado, deixando-o seguir pela estrada empoeirada.

---

[269] "[...] thoughts beyond the reaches of our souls." William Shakespeare, *Hamlet*, ato I, cena 4. (N. da T.)

CAPÍTULO XXVI

O AJUSTE

Mary Austin

1908

Mary Hunter Austin nasceu em Illinois e formou-se no Blackburn College, em 1888. Nesse mesmo ano, a família se mudou para a Califórnia, e construíram uma casa de fazenda no Vale de San Joaquin. Em 1891, casou-se com Stafford Wallace Austin – aparentemente sem parentesco – em Bakersfield.

Mary estudou a vida dos indígenas americanos do Deserto de Mojave, e tornou-se uma forte defensora dos direitos desses povos e dos americanos hispânicos; além disso, foi uma das primeiras feministas dos Estados Unidos. Escreveu romances, poemas e peças de teatro, entre elas, *O fazedor de flechas*,[270] a partir da vida dos índios Paiute. Sua coletânea de contos e de ensaios

---

[270] *The Arrow Maker*, no original. (N. da T.)

sobre os desertos da Califórnia, *A terra da pouca chuva*,[271] de 1903, também tornou-se famosa.

O marido de Mary, obrigado a sair do Vale Owens durante as Disputas das Águas na Califórnia, mudou-se para o Vale da Morte, enquanto ela se juntou à colônia de artes em Carmel-by-the-Sea, que reunia, entre os membros, Jack London, Ambrose Bierce e Sinclair Lewis. Mary mergulhou na vida boêmia da colônia, mas seu interesse diminuiu após a decepção que sofreu com a produção da peça *O fazedor de flechas*, no Teatro Forest, em Carmel, em 1914,[272] fazendo com que suas visitas, a partir daí, se tornassem mais breves.

Em 1918, visitou Santa Fé, que tinha uma comunidade artística florescente. Ajudou a criar o Pequeno Teatro de Santa Fé (que funciona até hoje como Teatro Santa Fé) e a Sociedade de Artes Coloniais Hispânicas, e ainda publicou *Taos Pueblo*, em coautoria com o fotógrafo americano Ansel Adams.[273]

Mary morreu em Santa Fé, em 1934. O Monte Mary Austin, em Sierra Nevada, perto de sua casa, em Independence, Califórnia, recebeu esse nome em sua homenagem.

"O ajuste"[274] foi publicado em abril de 1908, na *Harper's Magazine*. É uma história incomum, em que o espírito insatisfeito de uma mulher precisa ser educado por uma vizinha com uma visão mais prática da vida.

---

[271] *The Land of Little Rain*, no original. (N. da T.)

[272] A peça estreou em 25 de julho de 1914. (N. da T.)

[273] *Taos Pueblo*: primeiro livro de fotografias de Ansel Adams (1902-1984), com textos de Mary Austin, publicado em 1930. Foram feitas 100 cópias com as 12 fotos originais ampliadas por Adams, em papel especial. Na época do lançamento, o livro foi vendido por um preço de capa de 75 dólares, hoje cada exemplar dessa primeira edição vale 75 mil dólares. A obra é considerada "a maior representação pictórica do Oeste americano". (N. da T.)

[274] "The Readjustment", no original. (N. da T.)

Emma Jossylin morreu e foi enterrada há três dias. A irmã que veio para o enterro levou embora o filho de Emma, e a casa foi varrida e arejada; então, quando não se pensava mais nisso, Emma voltou. A vizinha que cuidou dela foi a primeira a perceber. Eram cerca de sete da noite, na hora do lusco-fusco: a vizinha estava sentada, inclinada para a frente, com os braços dentro do avental e, de repente, ela resolveu descer a rua com uma sensação de urgência de que Emma estaria precisando dela. Ela estava no meio do quarteirão quando se deu conta de que isso seria impossível, pois a sra. Jossylin estava morta e enterrada, mas, assim que chegou em frente à casa, compreendeu o que havia acontecido. Estava tudo aberto para deixar o ar do verão entrar e a casa estava um pouco mais limpa, diferentemente das outras no restante da rua. Estava bem escuro, mas a essência de Emma Jossylin era perceptível e atraía mais a atenção do que a chama de uma vela. Atravessava o jardim e, mesmo chegando até ela misturada ao cheiro dos resedás úmidos, a vizinha percebeu que sempre soube que Emma voltaria.

"Seria estranho se não voltasse", pensou a mulher que cuidara de Emma. "Ela não era alguém que desistiria facilmente."

Emma Jossylin aceitara a morte, como aceitou tudo na vida, de modo difícil. Fora ao encontro da morte com a mesma competência com que se apresentou diante da miséria do deserto à sua volta, da insuperável simplicidade de Sim Jossylin, da aflição de seu filho aleijado; e a intensidade de sua luta silenciosa contra a morte chamou a atenção dos moradores da cidade, mantendo-os suspensos de espanto. Ela demorou para morrer, deitada ali em sua pequena casa de teto baixo, ouvindo os passos indesejados pela sala e o modo vulgar com que invadiram a sua vida, como a areia que avança por um campo seco.

Porque Emma sempre quis que as coisas fossem diferentes; queria que tivessem uma força de intenção que implicava uma ofensiva em relação às coisas como elas eram. E os moradores se ofenderam, ainda mais porque ela não deveria ter se surpreendido com a inaptidão que demostravam quanto ao tipo de sucesso que eles buscavam. Fizessem o que fizessem, nunca conseguiram pegar Emma Jossylin de robe após as três da tarde. E ela nunca falava sobre o filho – num lugar onde acontecia tão pouca coisa, mesmo os problemas eram uma bênção, se rendessem algum assunto. Diziam que ela sequer falava com Sim. Mas, então, o ressentimento das pessoas se virou contra ela. Se ela tivesse pensado em fazer alguma coisa com Sim Jossylin contra o espírito estupidificante do lugar, a esperança evasiva, o grande sentido de lazer que desancava os quadris, se ela ainda esperasse, de algum modo, fugir com ele para algum lugar, onde, pelas suas roupas, pelo seu comportamento, ela parecesse sempre e indubitavelmente adequada, sabia-se que nada daria certo. Eles sabiam quem Sim Jossylin era. No entanto, a força de sua muda insatisfação era tão vívida que, quando a febre a atacou, e ela tombou como uma figura de papelão molhado, eles se surpreenderam, pois parecia que nada poderia derrubá-la. E como se ela também se sentisse indispensável, Emma Jossylin voltou.

A vizinha atravessou a rua e, ao passar pelo canto da grade, Sim Jossylin falou com ela. Ele estava ali de pé, ela não sabia havia quanto tempo, por trás da moita de lilases, e foi caminhando com ela do outro lado da cerca, até chegarem ao portão. Ela pôde ver, no lusco-fusco, que ele umedecera os lábios antes de falar.

– Ela está lá dentro – ele disse, enfim.

– Emma?

Ele assentiu.

– Tenho dormido na loja ultimamente, mas pensei que eu ficaria mais confortável aqui... E, assim que abri a porta, ela estava lá.

– Você a viu?

– Não.

– Como sabe então?

– Você não sabe?

A vizinha compreendeu que não havia mais nada a ser dito quanto a isso.

– Entre – ele sussurrou.

Eles passaram pelas roseiras e as glicínias, e sentaram-se na varanda lateral. A porta se abriu para dentro atrás deles. Eles sentiram a Presença pulsando no crepúsculo.

– O que acha que ela quer? – perguntou Jossylin. – Acha que é o menino?

– É provável.

– Ele ficará melhor com a tia. Não havia ninguém aqui para tomar conta dele como a mãe queria.

Ele levantou a voz instintivamente, como se quisesse se justificar, falando em direção à sala atrás deles.

– Estou mandando 50 dólares por mês – ele disse. – Ele vai aproveitar mais estando lá.

Começou a explicar todas as vantagens que o menino teria vivendo em Pasadena e a vizinha ouviu com paciência.

– Ele estava feliz em poder ir – disse Jossylin olhando para a sala. – Ele disse que era o que a mãe queria.

Ficaram em silêncio por um bom tempo, enquanto a Presença parecia crescer em volta deles, e depois se deslocou para o jardim. Finalmente, Jossylin disse, de forma apaziguadora:

– Dei a ordem para Ziegler fazer o monumento ontem. Vai custar 350.

A Presença se moveu. A vizinha conseguia perceber a forma tolerante e controlada com que Emma Jossylin ouvia as mostras de inaptidão de Sim.

Depois disso, continuaram sentados, em silêncio, até o marido da vizinha chegar junto à cerca para chamá-la.

– Não vá – implorou Jossylin.

– Silêncio – ela disse. – Quer que a cidade toda saiba? Você só recebeu coisas boas enquanto Emma viveu, e não tem por que esperar nenhum mal dela agora. É natural que ela tenha voltado... se... se ela se sentiu sozinha... no... lugar para onde ela foi.

– Emma não voltaria para este lugar – protestou Jossylin –, se não quisesse alguma coisa.

– Bem, então terá que descobrir o que é – disse a vizinha.

Durante o dia seguinte, ela viu, toda vez que passava pela casa, que Emma continuava lá. Estava trancada, mas a Presença projetava-se atrás das venezianas fechadas e esbarrava nas portas. À noite, quando as mariposas começaram a dançar debaixo da janela, ela saiu para passear no jardim.

Jossylin estava esperando no portão quando a vizinha chegou. Ele suava no calor do princípio da noite, e a Presença pairava acima deles num tom de apreensão, esperando ser atendida.

– Ela quer algo – ele disse –, mas não consigo saber o que é. Emma sabe que pode ter tudo o que tenho. Todos sabem que fui um bom provedor.

A vizinha lembrou-se, de repente, da única vez em que falou com Emma Jossylin sobre o filho. Elas haviam passado a noite em claro cuidando do menino doente, e arriscou lhe fazer uma pergunta: "O que o pai dele pensa?". Emma virou o rosto pálido, endurecido pela tristeza, e admitiu: "Não sei, ele nunca me disse".

– Há mais coisas do que prover – sugeriu a vizinha.

– Sim. Há o sentimento... mas Emma tinha muita coisa para fazer para ter que me aguentar. Eu não podia perturbá-la com isso.

Ele se afastou para enxugar a testa, e recomeçou:

– Sentimentos – ele disse. – Há momentos em que um homem se cansa de tantos sentimentos, então deixa de tê-los.

Ele falou, e ficou claro para a mulher que ele estava cancelando todas as coisas de sua vida, como se estivesse enjoado delas, e tivessem acabado. Era bastante revelador, mas nem um pouco bom de se ver. O singular foi que a Presença, que vagava pelo jardim, se aproximou e grudou-se como teia de aranha sobre a hera, atraída pela respiração de suas frases entrecortadas. Ele falou, e a vizinha o viu, finalmente, como ele via a si mesmo e a Emma, enredados numa inexplicável infelicidade. Ele também se decepcionara. Ela nunca gostou do homem que ele era, e isso o envergonhava. Por isso, ele nunca partiu, para que ela não sentisse vergonha entre os seus. Ele era o marido; ele não podia mudar isso, embora se lamentasse. Mas ele podia manter a ofensa onde menos se esperava. E existia um filho – ela quis ter o filho, mesmo assim ele cometera um erro, deu-lhe um aleijado. Ele se culpava, procurava nas raízes de sua juventude uma resposta, até que a vizinha se compadeceu de ouvi-lo. Mas a Presença continuou ali.

Ele nunca conversou com a esposa sobre o filho. Como poderia? Havia o fato – o sinal de sua incompetência. E ela nunca conversava com ele. Essa era a única abençoada e inatacável memória; de ela ter espalhado o silêncio como um bálsamo sobre a dor que ele sentia. Em troca disso, ele nunca foi embora. Ele resistiu ao lado dela para poupá-la de verem o pobre homem que ele era. Com isso, havia o fato de seu amor por ela – amando-a tanto para o bem quanto para o mal. Ele se mostrou como uma criança sem perceber; e a Presença continuou ali. A conversa seguiu finalmente para os lugares-comuns a fim de tentar consolá-lo entre os desabafos de seu espírito. A Presença se abrandou e correu em direção a eles no vento do jardim. Quando o vento os tocou com o ar quente do meio-dia, que, por vezes, fica em lugares vazios após o cair da noite, a vizinha se levantou e foi embora.

Na noite seguinte, ela não esperou por ele. Quando as corujas piaram, pendurou o avental e foi conversar com Emma Jossylin. A

Presença estava lá, atenta, próxima. Encontrou a chave entre as glicínias e o primeiro pilar da varanda, mas assim que abriu a porta, sentiu o calafrio que a esperava por se intrometer com Emma Jossylin em sua própria casa.

— O Senhor é meu pastor! — disse a vizinha.

Foi a primeira expressão cristã que lhe ocorreu, então acabou por dizer todo o salmo[275] e, depois disso, entoou um hino. Passou pela porta, e ficou de costas para ela, com a mão na maçaneta. Tudo estava exatamente como a sra. Jossylin deixara, como se esperasse companhia.

— Em... — ela disse, tomando coragem, quando o calafrio cedeu um pouco após dizer o salmo sagrado. — Em Jossylin, tenho algo a lhe dizer. E terá que me ouvir — ela acrescentou com firmeza, enquanto as cortinas brancas se mexiam junto à janela. — Ninguém podia lhe falar sobre os seus problemas quando... você estava aqui antes, e nós atendemos a sua vontade. Mas agora temos que pensar em Sim. Acho que já ouviu o que veio ouvir ontem à noite, e tudo ficou bem. Talvez tivesse sido melhor se Sim tivesse dito o que pensava em vez de tê-lo guardado no coração, mas, de qualquer forma, ele disse tudo agora. E o que quero dizer é, se continua aqui com esperança de ouvir de novo, está errada. Você foi uma mulher incomum, Emma Jossylin, e nenhum de nós conseguiu entendê-la muito bem, nem lhe fizemos justiça, talvez, mas Sim é apenas um homem comum, e eu o compreendo, porque também eu sou assim. E se pensa que ele vai lhe abrir o coração toda noite ou será diferente do que sempre foi por causa do que aconteceu, isso é um erro também... e daqui a pouco, se ficar, será tão ruim quanto já foi... os homens são assim... é melhor ir agora, enquanto há entendimento entre vocês.

---

[275] Salmo 23. (N. da T.)

Ela ficou olhando para a sala escura que, de súbito, parecia ter se enchido de turbulência e negação. A Presença pareceu tocá-la e tirar-lhe o fôlego, mas ela aguentou firme.

– Você precisa ir embora... Em... e eu vou ficar aqui até você ir embora – ela disse de forma resoluta.

E recomeçou a recitar:

– "Perto está o senhor dos que têm o coração quebrantado"[276] – e recitou o salmo até o fim.

Então, quando a Presença cedeu diante do salmo, ela disse:

– É melhor você ir, Emma – num tom persuasivo.

Então, depois de um pequeno intervalo, ela continuou:

– "De seis desgraças, ele te livrará. Sim, em sete delas, nada sofrerás."[277]

A Presença se recompôs e ficou estática; a vizinha percebeu que a Presença se encostara no canto oposto, junto ao cavalete dourado onde estava o retrato em giz de cera de seu filho.

– "Tu te esquecerás das tuas desgraças, e te lembrarás apenas como águas que passaram"[278] – concluiu a vizinha, ao ouvir Sim Jossylin pisar o cascalho do lado de fora.

O que a Presença lhe causara à noite era visível em sua expressão alterada. Ele precisava, mais do que qualquer outra coisa, de sono. Ele ruminara a tristeza e esse foi o fim – como acontece com os homens.

– Vim ver se havia qualquer coisa que eu pudesse fazer por você – disse a mulher, em tom amistoso, segurando a porta.

– Não sei se há – ele respondeu. – Sou-lhe muito grato, mas não sei se há.

– Veja – sussurrou a mulher, por cima do ombro –, nem eu sei.

---

[276] Salmo 34:18. (N. da T.)
[277] Jó 5:19. (N. da T.)
[278] Jó 11:16. (N. da T.)

Ela sentiu um aperto no coração no momento em que a Presença passou por ela. A vizinha saiu logo em seguida, e andou pela rua sem calçamento, passou pela escola, cruzou o riacho que atravessa a cidade, saiu pelo campo, por cima do portal, e retornou à cidade. Eram nove horas em ponto quando a vizinha passou pela casa de Sim Jossylin. Parecia, exceto por estar um pouco mais arrumada, igual a todas as outras na rua. A porta estava aberta e a lanterna acesa; ela viu o perfil escuro de Jossylin contra a luz. Ele estava sentado lendo um livro, como um homem à vontade em sua própria casa.

AGRADECIMENTOS

G ostaria de agradecer às seguintes pessoas, sem as quais este livro não teria sido possível:

O *Big Book of Swashbuckling Adventure*, de Lawrence Ellsworth, foi a inspiração por trás desta e de minhas outras antologias. Philip Turner, meu agente, me ensinou a apresentar propostas para a edição de livros de forma consistente. Devo muito aos dois.

William Claiborne Hancock e toda a equipe da Pegasus Books foram um time dos sonhos para mim: entusiasmados com minhas ideias, pacientes com minhas mudanças quando eu encontrava um conto melhor para determinado trecho, ou cismava com as palavras escolhidas para um texto de divulgação, e solícitos em relação às minhas opiniões sobre as propostas para a capa e outras questões de produção do livro. Agradeço especialmente a Jessica Case, Sabrina Plomitallo-González, Maria Fernandez, Bowen Dunnan e Katie McGuire, pela tenacidade em buscar fontes tipográficas, paciência quando alguns tipos se tornavam uma questão de estilo de época, e a capacidade de transformar meus arquivos digitais mal-ajambrados em livros agradáveis de se ver tanto por dentro quanto por fora, e um prazer de segurar nas mãos.

Sou grato, também, a Meg Sherman e Sari Martin da W. W. Norton, por fazer a divulgação e garantir que eu sempre tivesse livros para autografar nos lançamentos!

Linda Biagi, da Biagi Literary Management, fez um grande trabalho ajudando a levar meus livros para os leitores estrangeiros.

Agradeço da mesma forma a:

Jamie Paige Davis, minha esposa, meu amor, minha amiga, minha colega e companheira, que, de algum modo, consegue me aturar.

Hammer Films and Universal Pictures, cujos filmes eu devorei na televisão em preto e branco na casa dos meus pais na juventude.

Tony Ackland e Pete Knifton, famosos ilustradores, com quem passei muitas noites prazerosas conversando sobre horror, história e música, e tudo que existisse nos diversos albergues de Nottingham.

E, claro, as senhoras deste livro, de Mary Shelley a Harriet Beecher Stowe, que poderiam ter se curvado à pressão da sociedade e se contentado com sua invisibilidade. Vocês não se curvaram e todos nós nos enriquecemos com isso.

SOBRE O ORGANIZADOR

Graeme Davis sentiu-se fascinado pela ficção de horror desde a adolescência, devorando na casa dos pais reprises de filmes clássicos da Universal e da Hammer, tarde da noite, na TV em preto e branco, enquanto comprava todos os livros de histórias de horror nos sebos locais. Trabalhou como escritor e editor na indústria de jogos desde 1986. Seu trabalho incluía os jogos de RPG góticos clássicos da década de 1990, como *Vampiro: A Máscara*, e o famoso jogo virtual de fantasia/horror da Games Workshop, *Warhammer Fantasy Roleplay*. Também publicou alguns títulos de fantasia, horror e ficção de aventura, tendo organizado a antologia *Colonial Horrors* da Pegasus Books. Tornou-se fã dos filmes de horror da Universal e da Hammer, os quais nunca mais esqueceu, cultivando a preferência pelos autores cujos livros inspiraram esses filmes, muitas vezes como adaptações livres. Ele vive hoje na cidade de Lafayette, no Colorado (EUA), com a esposa, Jamie Paige Davis, que também é escritora.

SOBRE A PREFACIADORA

Michelle Henriques formada em Letras, é analista de marketing editorial e também coordenadora e mediadora do Leia Mulheres. Escreve sobre cinema no site Cine Varda e tem um canal de terror chamado The Witching Hour. É ainda pesquisadora de cinema e literatura de terror. Michelle mora em São Paulo com seus dois gatos.

Michelle Henriques
www.michelledas5as7.net